당신이 내게
최면을 걸었나요?

당신이 내게
최면을 걸었나요?

The Hypnotist's Love Story

리안 모리아티 지음 | 김소정 옮김

마시멜로

"사랑에 빠진 사람은 아주 미치고 만다."

— 지그문트 프로이트 —

최면이라고 하면 흔히 사람들은, 공중에서 왔다 갔다 하는 추와 '이제 곧 잠에 빠져듭니다'라고 말하는 최면술사와 자진해서 무대에 오른 뒤에 닭처럼 고로록거리며 잠이 드는 사람들을 떠올려요. 그러니 저를 처음 찾아온 많은 내담자께서 긴장하는 것도 놀랄 일은 아니지요. 하지만 최면은 이상한 것도, 무서운 것도 아니에요. 아마도 여러분은 살면서 '무아지경'에 가까운 상태를 이미 경험해본 적이 있을 거예요. 아주 익숙한 장소에 갔는데, 거기까지 어떻게 운전해 갔는지 기억이 나지 않을 때가 있었죠? 바로 그거예요. 그때 여러분은 무아지경에 빠진 거예요!

— 소책자 《최면치료사 엘런 오패럴을 소개합니다》 중에서

전에는 최면을 해본 적이 없었어. 사실 솔직하게 말하면, 나는 최면을 믿지 않아. 내 계획은 최면에 걸린 척하고 조용히 누워서 절대로 웃지 않는 거였어.

"여기 오신 분들 대부분이 최면을 무척 즐기게 된다는 사실에 정말 놀라시곤 해요."

최면술사가 말했어. 최면술사의 피부는 매끈했고, 비누 냄새가 났어. 화장은 하지 않았고 장신구도 하지 않았지. 깊은 산, 계곡물로만 목욕을 하는 사람처럼 피부가 투명하고 맑았어. 시골에서 열

리는 장에 가면 볼 수 있는 비싼 수제 비누 냄새가 났어. 백단향이랑 라벤더 향이 나는 그런 비누 말이야.

우리가 함께 서 있는 방은 작고 따뜻했고 기이했어. 그곳은 집 옆면에 밀폐된 발코니처럼 만들어놓은 방이었어. 곰팡내 나는 카펫은 빛바랜 분홍 장미색을 띠고 있었지만, 창문만은 현대식이어서 바닥에서 천장까지 닿는 유리 때문에 꼭 아트리움에 들어와 있는 것 같았어. 방은 온통 빛으로 가득했어. 방에 들어서는 순간 빛이 산들바람처럼 내 머리를 통과했고, 오래된 책 냄새와 바다 냄새를 맡을 수 있었어.

우리는, 그러니까 최면술사와 나는, 창문에 바싹 얼굴을 대고 함께 서 있었어. 그렇게 가까이 서 있으니 창문 밑에 있는 모래사장은 보이지 않았어. 그저 바다만 보였지. 옅은 파란색 선이 그어져 있는 수평선까지 평평하게 쭉 이어진 반짝이는 바다만 보일 뿐이었어.

"꼭 배 위에서 키를 잡고 있는 것 같아요."

내 말에 최면술사는 과도하게 기뻐하는 것 같았어. 자기도 항상 정확히 그런 기분을 느낀다며 최면술사는 아이들 행사를 진행하는 사람처럼 두 눈을 반짝거리면서 동그랗게 떴어.

우리는 마주 보고 앉았어. 내 의자는 등받이가 뒤로 넘어가는 부드러운 녹색 가죽 의자였어. 최면술사는 팔걸이가 있는 빨간색과 크림색 줄무늬 안락의자에 앉았고. 우리 두 사람 사이에는 낮은 커피 탁자가 있고 그 위에는 티슈 상자가 놓여 있었어(그러니까 우는 사람도 있는 거야. 배를 주리는 소작농 같던 전생이 서러워서 흐느껴 우는 거야). 탁자 위에는 완벽하게 둥근 모양으로 얇게 잘라놓은 레몬 두 조각과 얼음을 띄운 물 단지가 있었고, 긴 유리잔이 두 개, 반짝이는 은박지로 싼 초콜릿을 담은 작은 금속 그릇 한 개, 알록달록한 작은 유리구슬이 빼곡하게 담겨 있는 쟁반이 하나 있었어.

나에게도 옛날에 만들어진 커다란 유리구슬이 있었는데. 아빠가 어렸을 때 가지고 놀던 구슬이었어. 시험을 보거나 직장에 면접 보러 갈 때면 행운이 오기를 기원하며 손으로 그 구슬을 꼭 쥐고 있었는데. 몇 년 전에 잃어버렸어. 그 구슬이 내 운을 모두 가져가버렸어.

우리 주위를 둘러싼 벽에서는 바닷물에 반사된 햇빛이 일렁이고 있었어. 화려한 색색의 빛들이 정신없이 춤을 추고 있었지. 그 모습을 보니까 정말로 최면에 걸린 것처럼 느껴졌어. 최면술사는 두 손을 다소곳이 무릎에 올리고 두 발은 가지런하게 모아 바닥에 대고 있었어. 납작한 발레 슈즈, 검은색 스타킹, 에스닉 자수 스커트, 크림색 랩어라운드 카디건. 히피처럼 보이지만 우아했고, 뉴에이지식이지만 전통적인 옷차림이었어.

그 최면술사는 분명히 매우 아름답고 잔잔한 삶을 살아가리라는 생각이 들었어. 당연하지. 매일 이 독특한 방에 앉아서 춤추는 빛의 향연을 만끽하고 살 테니까. 컴퓨터 모니터 화면을 가득 채우는 이메일을 보고 있을 이유도 없고, 머리를 어지럽히는 끔찍한 전화를 받을 필요도 없을 테니까. 귀찮은 회의에 참석할 일도, 스프레드시트를 만들 일도 없을 테니까.

최면술사가 얼마나 행복한지 충분히 느낄 수 있었어. 역겨운 싸구려 향수처럼 행복이 그녀의 온몸에서 발산되고 있었으니까. 물론 최면술사가 싸구려 향수를 쓸 리는 없었지만.

입안으로 분비되는 시큼한 질투의 맛이 느껴졌어. 초콜릿을 먹으면 이 시큼한 맛이 조금은 사라지겠지?

"아, 그래요. 저도 한 개 먹어야겠어요."

최면술사는 초콜릿 은박지를 벗기면서 우리가 마치 오랫동안 알고 지낸 친구라도 되는 것처럼 여자들만의 연대가 느껴지는 따뜻한 말투로 말했어. 그래, 최면술사는 그런 부류인 거야. 늘 낄낄대면서 서로를 아끼고 사랑해주는 여자 친구들에게 둘러싸여 사는 여자. 만날 때마다 반갑게 인사하고 서로 안아주면서 밤이면 〈섹스 앤 더 시티〉를 함께 보고 아주 오랫동안 전화기를 붙잡고 소리를 질러대면서 남자 얘기를 하는 여자.

최면술사는 무릎에 놓아둔 메모패드를 펼치더니 초콜릿이 가득 든 사랑스러운 입을 벌리고 말하기 시작했어.

"음, 본격적으로 최면을 걸기 전에 몇 가지 질문을 할게요. 아, 저런. 카라멜이 든 걸 먹는 게 아닌데 그랬어요. 이거 잘 안 씹히네요."

최면술사는 생각보다 훨씬 많은 질문을 했어.

그리고 나는 대부분 솔직하게 대답했어. 그다지 위험수위를 넘어서는 질문은 아니었으니까. 심지어 조금 한심하기까지 했으니까. "직업이 뭐예요?", "긴장을 풀려고 하는 일이 있나요?", "가장 좋아하는 음식은 뭔가요?" 같은 질문뿐이었으니까.

그리고 마침내, 그 최면술사는 자기 안락의자에 기대더니 웃으면서 말했어.

"그럼 말해주세요. 저를 왜 찾아오신 거예요?"

물론 그 질문에는 100퍼센트 거짓말로 대답했어.

▲ ▲ ▲

그가 말했다.

"당신한테 해야 할 말이 있어요."

그는 접시 가장자리에 나이프와 포크를 내려놓더니, 마침내 음악을 마주할 준비가 된 사람처럼 어깨를 뒤로 젖히고 몸을 똑바로 세웠다. 두려워하는 것처럼 보였고, 조금은 부끄러운 것 같았다.

엘런은 웃고 있었지만, 그 즉시 경련이 이는 것처럼 위장이 조여오는 것을 느꼈다(엘런의 마음이 어떤 신호를 감지했다. 그래서 몸이 먼저 이렇게 반응하는 것이다. 마음과 몸과 영혼은 하나로 연결되어 있으니까. 정말 흥미롭다!). 바보처럼 경직된 엘런의 얼굴에는 바로 전까지 있었던 행복한 미소가, 그것도 아주 환하게 웃던 미소가 떠나가지 못한 채 그대로 머물러 있었다.

엘런은 서른다섯 살이었다. 따라서 지금 상황이 무엇을 뜻하는지 잘 알았다. 이 근사한 남자 때문에, 도시 근교에 독립 회사를 차린 측량사로 일하면서 혼자 아들을 기르고, 캠핑과 크리켓과 컨트리음악을 좋아하는 이 남자 때문에 엘런은 자신이 이제 곧 화이트와인 소스를 뿌린 바라문디(오스트레일리아 민물고기—옮긴이) 요리에 흥미를 잃게 되리라는 사실을 알았다. 그는 이제 곧 엘런의 하루를 망쳐버릴 이야기를 할 것이다. 이토록 사랑스러운 날에, 이렇게 맛있는 바라문디 요리를 앞에 두고.

엘런은 체념하고 포크를 식탁 위에 내려놓았다.

"무슨 얘긴데요?"

엘런의 입에서는 기묘하게도 유쾌한 목소리가 튀어나왔고, 온몸의 근육은 이제 곧 날아올 주먹을 기다리는 것처럼 팽팽하게 긴장했다. 엘런이라면 이런 일쯤은 충분히 감당할 수 있을 것이다. 그렇다고 세상이 끝나는 것도 아니니까. 이제 겨우 네 번째 만난 것뿐이고, 사실 그렇게 많은 투자를 하지도 않았으니까. 엘런은 사실 이 남자를 제대로 알지도 못했다. 세상에, 이 남자는 컨트리음악을 좋아한다고 했어. 그게 위험신호였음을 처음부터 알아챘어야 했는데!
물론 조금 전까지 외출 준비를 하려고 씻으면서 한껏 희망에 찬 백
일몽에 빠져 있었다는 건 인정해야 했다. 하지만, 그거야 데이트를
앞둔 사람이라면 누구나 쉽게 빠지는 함정 아닌가.

엘런은 이미 극복하고 있었다. 회복되고 있었다. 수요일쯤 되면
이런 충격 따위는 완전히 극복할 수 있을 것이다. 적어도 목요일이
면 괜찮아질 거다. 세상에, 다행히 엘런은 이 사람과 자지 않았다.
장차 일어날 일은 엘런으로서는 어찌해볼 도리가 없었다. 엘런이
통제할 수 있는 건 그녀가 밖으로 내보일 반응뿐이었다.

잠시 동안, 엘런 앞에 엘런의 엄마가, 엄마의 눈이 허공에 둥둥
떠 있었다. *엘런, 말해봐. 얘야, 그런 안일하고 자조적인 헛소리를
진심으로 믿는 건 아니지?*

아니, 엘런은 믿었다. 그것도 진심으로(나중에 엄마는 그런 말을 해서
미안하다고 사과했다. 엄마는 "엄마가 너무 꼰대처럼 말했나 봐"라고 했고, 엘
런은 엄마가 사과를 하다니 정말 충격적이라며 기절하는 시늉을 했다).

"음, 일단, 잠깐 실례할게요."

그의 무릎에 있던 냅킨이 바닥으로 툭 떨어졌다. 그는 상기된 얼
굴로 냅킨을 주워 올려 자기 접시 옆에 조심스럽게 내려놓았다.

엘런이 그를 올려다봤다.

"그냥 잠시……."

그는 식당 뒤쪽을 가리켰다.

"좋아요."

엘런이 남자를 다독이듯 말했다.

"저기서 왼쪽으로 꺾으면 됩니다, 손님."

눈치 빠른 웨이터가 화장실 방향을 가리키면서 말했다.

엘런이 남자가 화장실로 가는 모습을 지켜봤다.

패트릭 스콧.

그래, 사실 엘런은 패트릭이라는 이름도 그다지 마음에 들지 않았다. 너무 감상적이고 연약한 이름이니까. 분명히 패트릭이라는 이름을 가진 헤어드레서가 이 세상 어딘가에는 있을 것이다. 게다가 저 남자의 친구들은 저 사람을 '스코티'라고 부른다고 했다. 그건 식으로 별명을 부르는 건, 뭐랄까…… 너무 오스트레일리아 남자 같다.

패트릭이 엘런과 더는 만나지 않겠다고 결정을 내린다면, 엘런은 정말로 마음이 아플 것이다. 그냥 따끔한 정도가 아니라 날카롭게 벤 것처럼 아플 것이다. 패트릭 스콧에게는 특이할 정도로 근사한 점은 하나도 없었다. 정말로 평범하게 유쾌한 얼굴(길고 홀쭉한 얼굴은 이마가 살짝 벗겨지고 있었다)에, 평범한 몸(키는 평균 정도 됐고, 어깨는 아주 넓었다. 하지만 운동으로 다져진 '나 좀 봐, 정말 떡 벌어졌지?' 하는 듯한 어깨가 아니라 자연스럽게 넓은 어깨였다)에, 평범한 직업에, 평범한 인생을 소유한 남자였다. 특이한 건 엘런이 패트릭을 너무 편하게 느낀다는 점이었다. 당혹스러울 정도로, 텅 빈 카페에서 처음 만난 뒤로 몇 분도 되지 않아 엘런은 패트릭이 너무나도 편해졌다.

그날 그 카페에서 만나자고 제안한 사람은 엘런이었다. 그래서 나중에 카페가 텅텅 비었다는 사실을 알았을 때는, 첫 데이트라 잔뜩 긴장한 두 사람이 주고받는 대화가 다른 사람에게도 아주 크게 들리리라는 사실을 알았을 때는, 엘런과 패트릭이 주고받는 격식에 찬 부자연스러운 대화를 엿듣는 것 말고는 딱히 할 일도 없는 10대 종업원 세 사람이 멀뚱하게 서 있어야 하는 곳이라는 사실을 알았을 때는, 정말 끔찍했다. 주문한 카푸치노를 기다리면서 패트릭은 설탕통을 빙글빙글 돌리거나 식탁에 툭툭 치면서 가지고 놀았다. 그러다가 문득 두 사람은 눈이 마주쳤고, 이 상황이 아주 끔찍하다는 사실을 공감하면서 동시에 씩 웃었다. 그 순간, 엘런은 마치 진통제를 먹은 것처럼 온몸을 팽팽하게 만들었던 긴장감이 모두 빠져나갔음을 느꼈다.

그때부터 엘런은 패트릭을 오래전부터 알던 사람처럼 느꼈다. 엘런이 전생을 믿는 사람이었다면 두 사람은 훨씬 전부터 알던 사이가 분명하다고 말했을 것이다(물론 엘런이 전생을 믿지 않는 것은 아니고, 최면을 걸면서 전생을 보는 사람들을 만나기도 했지만, 엘런은 최면에 걸렸을 때 보이는 장면이 다른 이유 때문에 떠오르는 걸 수도 있음을 인정할 만큼은 충분히 마음이 넓었다).

그런 식으로 마음이 포근해지는 경험을 여자하고는 여러 번 해봤다. 엘런은 실제로 여자들과 우정을 맺는 데는 선수였다. 하지만 남자에게 그런 기분을 느낀 것은 그때가 처음이었다.

그래, 맞다. 엘런은 패트릭 스콧이라고 불리는 이 친절한 남자에 관해 아는 것이 거의 없지만, 그가 엘런에게 이제 그만 만나자고 하면 정말로 마음이 아플 것이다. 그 통증은 그저 따끔한 정도로 끝나지는 않으리라.

엘런은 지난 몇 년 동안 내담자들이 들려준 수백, 어쩌면 수천 건이 넘는 거절 이야기를 떠올렸다. "그 남자 친척들 열세 명이 먹을 3단계 코스 요리를 모두 대접한 뒤 설거지를 하고 있는데, 그 남자가 이제 더는 나를 사랑하지 않는다고 선언했어요." "환상적인 피지 여행을 마치고 돌아오는 길에 샴페인을 마시는데, 그녀가 말하더군요. 집을 나가겠다고요. 샴페인을 마시면서요. 마치 집을 나가는 걸 축하하는 사람처럼요."

그랬다. 그 사람들은 벌써 몇 년이나 지난 이야기를 하는데도 너무나도 고통스러운 듯 얼굴을 잔뜩 찡그렸다. 사랑하는 사람에게 거절당하는 건, 아니 연인이 될 약간의 가능성만 있었던 사람일지라도 어쨌든 거절당하는 건 '내면의 어린아이(심리학에서 어른의 자아 속에 감추어져 있다는 어린아이─옮긴이)'에게는 너무 가혹한 일이다. 버려진다는 두려움, 상처받았던 기억, 열등감과 자기혐오 같은 감정이 멈추지 않고 표면으로 솟구쳐 올라오는 것이다.

엘런은 이 상황을 내담자의 사례를 평가할 때처럼 객관적으로 보려고 노력했다. 사심 없이 공정하게 평가를 내리려고 노력했다. 하지만 그럴 수가 없었다. 물론 지금 엘런은 쓸데없는 걱정을 하고 있는지도 몰랐다. 패트릭에게 엘런을 차버릴 생각이 전혀 없는지도 몰랐다. 지금까지 엘런을 찰 조짐은 전혀 없었으니까.

엘런은 사람들 마음을 잘 읽었다. 어쨌거나 그걸로 돈을 벌고 있었다. 저녁에 그녀를 데리러 온 패트릭을 맞이하려고 문을 열었을 때, 그는 마치 이제 막 선물을 받은 사람처럼 행복한 표정을 짓고서 엘런에게 "정말 근사하다"고 말했다. 패트릭은 여자가 듣기 좋아하는 말을 마음에도 없이 줄줄 내뱉을 수 있는 느물거리거나 세련된 사람이 아니다. 저녁을 먹는 내내 두 사람은 눈도 많이 마주쳤다. 그중에는 '한참 바라본다'라고 할 수 있는 경우도 몇 번은 있었다. 식사를 하는 동안 엘런은 패트릭이 그녀 쪽으로 몸을 바짝 들이민다고도 생각했다(물론 가는귀가 먹어서 그런지도 몰랐다. 놀랍게도 청력이 좋지 않은 남자는 많았다. 엘런은 데이트를 하면서, 최면 일을 하면서 그 사실을 알게 됐다).

엘런은 패트릭과는 몸짓 언어도, 호흡할 때 느껴지는 리듬도 자연스럽고 조화롭다고 생각했다. 그런 조화로움을 느끼는 게 엘런이 내담자에게 하는 것처럼 패트릭을 특정한 패턴으로 행동하고 호흡하도록 이끌기 때문은 아니었다(적어도 엘런은 고의로 그러지는 않았다).

두 사람 사이에 어색한 침묵이 흐르거나 불편한 순간도 없었다. 패트릭은 최면치료에 무례하지 않은 관심을 보였다. '한번 해봐요. 어디 한번 곯아떨어지게 해뵈요'라는 말은 하지 않았다. 비웃지도, 더욱 심하게 거들먹거리는 말투로 '대체의학'에는 전혀 관심이 없다는 말도 하지 않았다. '최면치료를 하려면 훈련을 받아야 하나요?'라거나 '돈은 벌려요?' 같은 말도 하지 않았다. 최면을 두려워하는 것 같지도 않았다. 엘런이 만난 사람 중에는 그녀가 자기도 모르는 사이에 최면을 걸지도 모른다며 정말로 무서워하는 남자도 있었다. 하지만 패트릭은 그저 궁금한 것처럼 보였다.

게다가 바로 몇 분 전에 패트릭은 그의 아들 사진도 보여줬다. 금발에 마른 귀여운 여덟 살 소년이 스케이트보드를 타고, 학교 합주단에서 트롬본을 불고, 아빠와 함께 낚시를 하는 사진이었다. 엘런과 그만 만날 생각이었다면 분명 그런 사진들은 보여주지 않았을 것이다.

하지만 돌연 엘런과 헤어져야겠다는 생각을 하게 됐는지도 몰랐다. 엘런은 패트릭이 갑자기 들고 있던 나이프와 포크를 내려놓고는, 아주 먼 미래를 쳐다보는 사람처럼 엘런의 뒤쪽을 뚫어지게 바라보다가 할 말이 있다고 선언했던 순간을 곰곰이 생각해봤다. 그때, 엘런은 한참 떠들고 있었다(엘런은 한참 제니퍼 로페즈에게 사로잡힌 환자 이야기를 하고 있었다. 사실은 그 사람이 사로잡힌 대상이 존 트라볼타였지만, 엘런은 환자의 비밀을 지키려고 언제나 세부 사항을 다르게 말했다. 더구나 그 이야기는 제니퍼 로페즈라고 했을 때 더 재미있게 들렸다).

패트릭은 아주 슬퍼 보였다. 그러니까 엘런을 차버리는 게 아니라고 해도 그녀로서는 받아들일 수 없거나 불쾌할 수도 있는 얘기를 하려는 게 분명했다. 어쩌면 싱글이라는 말이 거짓이었는지도 몰랐다. 각방을 쓰고는 있지만 사실은 아직 결혼한 상태이고 여전히 아내와 함께 살고 있다는 말을 하려는 건지도 몰랐다.

아니, 어쩌면 패트릭은 측량사가 아니라 조직폭력배일 수도 있었다. 당장 FBI가 다가와서 엘런에게 도청 장치를 달아야 한다고 우길지도 몰랐다. 안 그러면 엘런의 시체를 영원히 찾을 수 없을지도 모른다면서(엘런은 지난여름에 범죄드라마 〈소프라노스〉 시리즈를 모두 봤다).

아니면 불치병에 걸렸는데 이미 말기라고 말할지도 몰랐다. 분명히 끔찍한 소식이지만 그거라면 적어도 그녀를 거부한 것은 아니니까, 괜찮다는 생각마저 들었다.

대체 무슨 말을 하려는지는 모르겠지만, 어쨌든 하루 종일 느꼈던 엘런의 화창한 기분은 분명 사라지고 있었다. 엘런은 와인을 한 모금 마시고 패트릭이 화장실에서 돌아오는지 살폈다. 아니, 패트릭의 모습은 보이지 않았다. 화장실에서 시간을 끌고 있음이 분명했다. 지금 패트릭은 얼굴에 물을 뿌리고 세면대를 붙잡고 거칠게 숨을 몰아쉬면서 화장실 거울에 비치는 자기 눈을 째려보고 있는지도 몰랐다.

혹시 정말로 법망을 피해 도주하고 있는 건 아니겠지?

그런 생각을 하자 엘런의 숨이 가빠졌다.

'지나칠 정도로 상상력이 풍부함.' 7학년 때 파스코 선생님은 엘런의 생활기록부에 그렇게 썼다.

엘런은 주위를 둘러봤다. 다른 사람들은 모두 함께 온 사람과 이야기를 하고 있었다. 가끔씩 칼이나 나이프가 접시에 부딪치는 소리가 났고, 너무 요란하지는 않을 정도로 터지는 웃음소리가 들렸다. 텅 빈 의자를 마주 보고 앉은 여자에게 주목하는 사람은 아무도 없었다.

시간이 조금 있을까? 굳이 이걸 해야 할까? 맞아, 지금 해야 할 것 같아.

결심이 서자 엘런은 의자에서 똑바로 일어나서 양 손바닥으로 허벅지를 짚었다. 눈을 감고, 코로 숨을 들이마시고 입으로 내뱉었다. 숨을 쉴 때마다 황금색 빛이 온몸을 가득 채운다고 상상했다. 이 빛은 엘런에게 기운과 힘을 불어넣어준다. 이 빛은 엘런의 발을 채우고, 다리와 위장과 팔을 채우고, 마침내는 슈욱, 머리를 휘돈다. 그 순간 엘런의 눈앞에 번쩍이는 황금색 불빛이 나타났다. 마치 일몰을 직접 보고 있는 것처럼 느껴졌고, 잠시 동안 의자 위로 몇 센티미터쯤 붕 떠오른 기분이 들었다.

괜찮을 거야. 패트릭이 무슨 말을 하든 내 본질은 건드릴 수 없을 거야. 난 이겨낼 수 있어. 이제 셋을 세는 거야. 하나……, 둘…….

엘런은 눈을 떴다. 다시 기분이 상쾌해지고 기운이 났다. 엘런은 주위를 둘러봤다. 엘런을 쳐다보는 사람은 없었다. 당연히 엘런은 백열전구처럼 번쩍이는 빛을 보는 동안 자기 몸이 공중으로 떠오를 리가 없음을 잘 알았다. 하지만 가끔은 그 느낌이 너무나도 생생해서 자기 몸이 실제로 떠오른 게 아니라는 사실을 도저히 믿을 수 없을 때도 있었다.

"자기최면은 정말 멋진 도구예요." 최면을 배우러 온 학생이나 내담자가 자기최면에 성공할 때마다 엘런은 그렇게 말했다. 사람들은 자기 마음이 할 수 있는 일을 알게 되면 정말로 놀라워했고 경이로워했다. 공중으로 떠오르는 기분을 처음 느꼈을 때, 엘런은 마치 자신이 날 수 있음을 발견한 것 같은 기분이 들었다. 10대 아이들에게 자기최면을 가르칠 수 있다면 약물 문제는 저절로 해결될 텐데.

패트릭은 여전히 돌아오지 않았다. 엘런은 앞에 놓인 음식을 물끄러미 쳐다봤다. 음식을 먹지 않고 버리는 건 아무 의미가 없었다. 종업원이 스르르 다가오더니 엘런의 빈 와인 잔을 채워주고 갔다. 좋은 와인이다. 생선도 맛있고. 책을 가져오지 않았다는 사실이 정말 안타까웠다.

오늘은 어떤 날이었지? 엘런은 생각했다. 패트릭이 나이프와 포크를 식탁에 내려놓기 전까지는 완벽했다. 심지어 정말로 아름답기까지 했다. 엘런은 지붕을 때리는 빗소리에 맞춰 꿈도 꾸지 않고 푹 잤고, 아침 햇살을 받으면서 일어났다. 눈을 떴을 때 엘런이 처음 본 것은 불교의 염처경을 떠올리려고 천장에 매달아놓은 나뭇가지였다. 일어나자마자 엘런은 반미소(입꼬리를 살짝 들어 올리고 그 상태로 세 번 호흡을 하는 명상 수행법 – 옮긴이) 상태를 유지하면서 부드럽게 세 번 숨을 들이마시고 내뱉었다.

(엘런의 친구 줄리아에게는 반미소 수행법에 관해서 절대로 말하지 말았어야 했다. 줄리아는 엘런에게 반미소 수행법을 보여달라며 엄청나게 졸랐고, 그 끈질긴 요구에 엘런이 어쩔 수 없이 시범을 보였을 때 10분 동안이나 몸을 흔들며 큰 소리로 웃어댔다.)

침대에서 빠져나왔을 때 창유리는 손가락이 시릴 정도로 꽁꽁 얼어붙어 있었지만, 엘런의 외조부모가 돌아가시기 전에 설치한 가스 난방 장치 덕분에 집은 엘런에게 아주 포근하고 안락한 안식처가 되어줬다(모두 메리 외고모할머니가 로또에 당첨되는 바람에 가능해진 일이었다). 엘런은 흑설탕을 넣은 포리지를 먹으면서, 긍정적인 것 같기도 하고 비꼬는 것 같기도 한 ABC 뉴스를 들었다. 최근에 유행한다던 독감은 결국 유행한 것이 아니었다(일반 개업의인 엘런의 엄마는 계속 그럴 가능성이 있다고 했지만). 실종됐던 아기는 건강하게 무사히 돌아왔다. 암흑가 살인 사건이라고 알려졌던 사건은 결국 가족 간의 불화가 원인임이 밝혀졌고, 최근 시끄러웠던 정치 스캔들은 흐지부지 막을 내렸다. 교통 흐름은 원활했고 잔잔한 남서풍이 불고 있다고 했다. 엘런이 보기에 세상은 충분히 감당할 만한 곳이었다.

아침을 먹은 뒤에는 따뜻한 옷을 입고 해변을 따라 걸었고, 바람을 잔뜩 맞아 아주 상쾌해진 상태로 입가에 묻은 소금기를 핥으면서 집으로 돌아왔다.

첫 내담은 네 시에 있었다. 오늘이 마지막 내담일인 그 사람은 비행 공포증이 있는데, 결혼 40주년을 맞아 아내와 함께 프랑스로 여행을 가려면 이 공포증을 극복해야 했다. 내담을 마치고 떠나면서 남자는 엘런의 손을 잡고 힘차게 흔들었고, 파리에 가면 꼭 엽서를 보내겠다고 했다. 오늘은 새 내담자도 두 명이나 만났다. 엘런은 새로운 사람을 만나는 게 좋았다. 한 사람은 지난 4년 동안 다리를 쓰지 못할 정도로 심하게 아픈, 원인 모를 통증에 시달리고 있는 여자였는데, 수없이 많은 의사와 물리치료사와 척추지압사를 찾아갔지만, 아무 소용이 없었다고 했다. 다른 내담자는 결혼식 때까지 담배를 끊겠다고 약혼자에게 약속했기 때문에 엘런을 찾아왔다고 했다. 두 내담 모두 만족스럽게 상담이 진행됐다.

마지막 내담자는 아마도 내담 성공 사례로 기록되지 않을 가능성이 있었다. 엘런은 메리 케이트가 최면치료를 받아야 하는 진짜 이유를 도무지 알아낼 수가 없었다. 하지만 메리 케이트는 다른 치료사는 소개해줄 필요가 없다면서 계속해서 엘런에게 최면치료를 받겠다고 했다. 오늘은 아주 복잡한 치료는 하지 않고 그저 긴장을 풀어주는 가벼운 치료만 했다. 엘런은 그 치료를 '영혼의 마사지 치료'라고 불렀다. 내담이 끝난 뒤에 메리 케이트는 정말로 영혼이 마사지를 받은 것 같다며 고맙다고 했지만, 그녀는 내담이 끝날 때면 항상 그렇게 말했다.

메리 케이트가 떠난 뒤에 엘런은 집을 치웠다. 작정하고 치운 게 아니라 정리가 잘된 집처럼 보이려고 신중하게 몇 가지 물건을 여기저기 흩어놓는 방식으로. 옅은 자주색 포스트잇에다 적어서 집 안 곳곳에 붙여놓은 부처님 말씀은 떼어낼까도 생각했다. 예전 남자 친구였던 존은 그런 포스트잇을 볼 때마다 냉장고 앞에 서서 우스꽝스러운 목소리로 불경 자구를 읊으면서 엘런을 놀려댔다. 하지만 연인으로 발전할지도 모를 사람이 오는데, 진정한 자아를 숨기는 건 옳지 않다는 생각이 들어 그대로 뒀다.

엘런은 침대에는 가장 좋고 빳빳한 이불을 깔았다. 어쩌면 오늘 드디어 패트릭과 자게 될지도 모르니까. 음, 물론 조금 멋이 없기는 하지만 30대의 데이트란 그런 거니까. 30대의 데이트에 가슴 뛰는 절절한 구애 의식은 없는 거니까. 이제는 열여섯 살이 아닌 것이다. 두 사람 모두 신앙심 깊은 교인도 아니다. 그저 인터넷 연애 사이트에서 만난 사이다. 그러니까 두 사람 모두 서로가 원하는 걸 잘 안다. 두 사람은 오래 지속될 수 있는 관계를 원한다. 둘 다 프로필을 작성할 때 장기간 지속되는 관계를 원한다는 항목에 표시했다.

이미 키스는 몇 번 했다(정말 사랑스러운 키스였다). 그러니 이제는 섹스를 할 차례다. 엘런은 벌써 1년째 금욕 생활을 했고, 실은 섹스를 정말 좋아했다. 그 때문에 놀라는 남자도 있었다. 그건 모두 남자들이 애초에 엘런을 아주 여리고 연약한 여자로 생각했기 때문인데, 엘런은 그런 오해에 대해서는 크게 신경 쓰지 않았다. 오히려 그렇게 생각하도록 조금 부추기기도 했다. 아주 연약하다거나 여린 게 아닐 뿐이지, 전적으로 그렇지 않은 건 아니었으니까.

(엘런은 공포 영화도 좋아했고 커피와 중간 정도로만 익힌 스테이크도 좋아했다. 엘런을 채식주의자라고 확신하는 사람도 많았다. 그런 사람들은 그녀가 허브차를 마시는 채식주의자여야 한다고 생각했다. 심지어 저녁 식사 모임에서 엘런을 위한 요리를 준비해두고는 그녀가 고기는 먹지 않는다고 말했다는 사실을 '분명히 기억'한다고 말하는 사람도 있었다.)

엘런은 천천히 공을 들여 오늘 밤을 준비했다. 와인을 한 잔 마시고 바이올런트 팜므(미국 포크록 밴드 - 옮긴이)를 들으면서 뜨거운 물로 목욕했다. 바이올런트 팜므의 정신없는 연주와 보컬의 찢어지는 목소리는 엘런이 하루 종일 틀어놓는 벨소리처럼 말랑말랑하고 평온한 음악과 엄청나게 달라서, 마치 머리에 차가운 물을 한 양동이 들이붓는 것처럼 느껴졌다. 바이올런트 팜므를 들으면 1980년대가 떠올랐다. 다시 10대가 되어 온몸이 호르몬과 희망으로 가득 차는 것처럼 느껴졌다. 패트릭이 현관문을 두드렸을 때 엘런은 한껏 고무된 상태였는데, 문득 '왠지 문제가 생길 것 같아'라는 불길한 생각이 스쳐 지나갔다.

엘런은 그 생각을 그 자리에서 떨쳐버렸다. 그리고 지금 패트릭은…… 그녀에게 해야 할 말이 있다고 했다.

엘런은 포크를 내려놓았다. 이 남자는 지금 어디 있는 걸까? 종업원 한 명이 아주 조심스러운 눈길로 엘런을 쳐다보고 있었다. 그 사람은 엘런을 어떤 식으로든 도와야 할지 말아야 할지를 놓고 고민하고 있는 게 분명했다.

엘런은 패트릭이 반쯤 먹다 남긴 음식을 쳐다봤다. 패트릭은 포크밸리를 시켰다. 엘런은 좋은 선택이 아니라고 생각했지만, 그 때문에 패트릭을 놀릴 정도로 가까운 사이는 아니어서 조용히 있었다. 하지만 포크밸리라니. 이름도 끔찍했는데 생김새는 차갑게 응고한 커다란 지방 덩어리처럼 보였다.

혹시 패트릭은 늘 동맥이 막힐 만한 음식만 주문하는 사람이 아닐까? 혹시 지금 화장실에서 심장마비로 죽어버린 게 아닐까? 잔뜩 걱정스러운 표정을 하고 있는 저 종업원에게 화장실에 가보라고 부탁해야 하는 거 아닐까? 혹시 포크밸리가 패트릭에게는 맞지 않았던 게 아닐까? 그래서 그렇게 어색하게 군 게 아닐까? 그런 일을 겪으면 엘런도 늘 당황했으니까. 하지만 남자들은 그런 일쯤은 아무렇지 않게 생각할 수도 있을 것 같았다.

데이트 때문에 이런 고민을 하기에 엘런은 너무 나이가 들었다. 엘런의 나이쯤 되면 이 시간에는 집에서 케이크를 굽고 있어야 한다. 꼭 케이크가 아니더라도 초등학생을 부모로 둔 사람이라면 밤마다 해야 할 일을 하고 있어야 한다.

다시 고개를 든 엘런의 눈에 식탁을 향해 걸어오고 있는 패트릭이 보였다. 패트릭은 가벼운 접촉사고로 인해 충격을 받은 사람처럼, 또 은행을 털다가 붙잡혀서 손을 위로 번쩍 든 채로 밖으로 걸어나오는 사람처럼 어딘지 모르게 체념한 듯한 표정을 짓고 있었다.

패트릭은 자리에 앉아 냅킨을 무릎에 올린 후 나이프와 포크를 집어 들고 포크밸리를 물끄러미 쳐다보다가 한숨을 내쉬더니 다시 나이프와 포크를 식탁에 내려놓았다.

"나 지금 정신 나간 사람처럼 보이죠?"

패트릭이 말했다.

"음, 무슨 일인지 궁금하기는 해요."

엘런은 쾌활한 중년 여성 같은 말투로 대답했다.

"아직 이런 말은 할 필요가 없기를 바랐어요. 우리가…… 하지만 오늘 밤에 말해야 한다는 걸 깨달았어요."

"천천히 해요. 무슨 말을 하든지, 난 괜찮아요."

이제 엘런은 내담자를 대할 때처럼 차분하고, 조금은 노래하는 듯한 말투로 말했다.

"아니, 우리 사이에 문제가 있다는 건 아니에요."

엘런의 말에 패트릭이 황급히 대답했다.

"그냥 아주 당혹스러운 일이 있다는 거예요. 그게 뭐냐면……, 좋아요. 솔직하게 말할게요."

패트릭은 잠깐 말을 멈추고 바보처럼 웃었다.

"나한테 스토커가 있어요."

잠시 동안 엘런은 패트릭이 한 말을 이해하지 못했다. 마치 영어가 외국어나 되는 것처럼 그 말을 번역해야 했다. '나한테 스토커가 있어요' 라고?

"당신을 스토킹하는 사람이 있다고요?"

엘런이 마침내 말했다.

"3년 동안 나를 쫓아다닌 사람이 있어요. 헤어진 전 여자 친구예요. 가끔 사라질 때도 있지만 결국에는 복수를 하러 돌아와요."

커다란 안도감이 엘런의 온몸을 타고 흘렀다. 패트릭이 더는 만나지 말자는 말을 하지 않을 것임을 알자 엘런은 갑자기 자신이 패트릭을 정말로 많이 좋아하고 있다는 것을, 두 사람이 깊은 관계가 되기를 아주 많이 바랐다는 것을, 마스카라를 바르는 동안 실제로 자기 마음이 '그 남자랑은 사랑에 빠질 수 있을 것 같다' 고 생각하게 내버려뒀다는 것을 깨달았다. 오늘 엘런이 이렇게 행복한 하루를 보낸 이유는 날씨 때문도, 포리지 때문도, ABC 뉴스 때문도 아니었다. 그건 바로 패트릭 때문이었다.

스토킹하는 전 여자 친구라니, 그런 건 괜찮아. 스토킹이라니, 흥미로운걸. 음, 사실 스토킹이란 건……

엘런은 잡지나 신문에서 오린 글자를 붙여 만든 편지를 본 적 있었다. 벽에 피로 쓴 글도 본 적이 있다. 유명인의 집 밖에 죽치고 앉아 있는 미친 팬 이야기도 알았다. 아내를 총으로 쏘는 난폭한 남편이 있다는 것도 알았다.

하지만 측량사를 스토킹하는 사람이 있다고? (패트릭의 턱선이 정말로 사랑스럽기는 하지만, 스토킹까지 한다고?)

"스토킹을 한다고 했는데, 정확히 무슨 짓을 하는 거예요? 폭력을 쓰나요?"

"아니요."

패트릭은 혼자만 알고 싶은 힘든 병력에 관해 계속해서 질문을 받고 대답해야 하는 사람 같은 표정을 지었다.

"육체적으로 폭력을 휘두르지는 않아요. 가끔 소리는 지르죠. 욕을 하기도 해요. 한밤중에 전화를 걸거나 편지나 이메일을 보내거나 문자를 보낼 때도 있어요. 하지만 대부분은 그냥 거기 있어요. 내가 어디를 가건 그곳에 있는 거예요."

"당신을 따라다닌다는 거예요?"

"그래요. 어디든지요."

"이런, 세상에, 그건 정말 끔찍하겠어요."

다시 중년 여자의 목소리가 나왔다.

"신고는 했어요?"

엘런의 물음에 패트릭은 아주 불편한 기억을 떠올리는 사람처럼 얼굴을 찌푸렸다.

"했어요, 한 번. 여자 경찰한테 말했어요. 하지만 그 사람이……
무슨 말인가 하면, 그 사람은 전적으로 옳은 말만 했거든요. 하지만
나는 꼭 멍청이가 된 것처럼 느껴졌어요. 겁쟁이가 된 것 같았죠.
그 경찰관은 나한테 스토커가 하는 일을 모두 기록하라고 했어요.
그래서 그렇게 했죠. 경찰관은 내가 전 여자 친구한테 금지 명령을
내릴 수도 있다고 했어요. 정말로 그렇게 할까 생각했는데, 그 얘기
를 전 여자 친구한테 하자 그 사람은 경찰한테 내가 자기를 학대했
다고, 내가 자기를 때렸다고 말하겠다고 했어요. 엘런도 알겠지만,
나는 남자잖아요. 경찰이 누구 말을 믿겠어요. 당연히 그 사람 말을
믿겠죠. 그래서 포기했어요. 그냥 그 사람이 멈추기만을 기다리고
또 기다렸죠. 그렇게 몇 년이 흐른 거예요. 이렇게 오랫동안 문제가
되리라고는, 정말 생각도 못했어요."

"정말로……."

엘런은 '무섭겠다'고 말하려 했지만, 문득 패트릭이 불쾌해 할지
도 모른다는 생각이 들었다. 남자들의 자존심은 달걀 껍데기만큼이
나 잘 부서진다는 것이 엘런의 믿음이었다. 그래서 엘런은 "스트레
스가 심하겠어요"라고 말했다. 목소리 밖으로 새어나가려는 기쁨
을 완전히 막지는 못했다.

"처음에는 정말 신경 쓰였어요. 하지만 지금은 그냥 받아들이고
있는 것 같아요. 내 인생은 그냥 그렇게 가는 거라고. 하지만 그 때
문에 새로운 관계를 맺기가 힘들어요. 나에게 벌어지는 일 때문에
크게 경악하는 사람도 있었어요. 처음에는 괜찮다고 하지만, 결국
에는 견디지 못하는 사람도 있었고요."

"나는 견딜 수 있어요."

엘런은 면접시험을 보는 사람처럼, 자신은 그런 일쯤은 충분히

감당할 수 있음을 알리려는 사람처럼 재빨리 대답했다. 남자 친구들에게서 전 여자 친구의 약점을 들을 때마다 엘런은 항상 자기가 더 낫다는 사실을 입증하고 싶은 경쟁적인 충동에 사로잡혔다.

자기가 보인 반응에 당황한 엘런은 황급히 와인을 한 모금 가득 마셨다. 이렇게 쉽게 마음을 드러내 보이다니. 지금 엘런은 '당신과 깊은 관계를 맺고 싶어요' 라고 말한 것이나 다름없었다.

엘런은 와인에 관해 안 좋은 품평을 하려는 사람처럼 얼굴을 찌푸리고 한참 와인 잔을 쏘아보고 있었다. 마침내 고개를 들었을 때, 엘런의 눈에 웃고 있는 패트릭의 얼굴이 들어왔다. 주름을 잔뜩 지은 채 웃고 있는 눈에는 순수한 기쁨이 가득 들어 있었다. 패트릭이 식탁 위로 손을 뻗어 엘런의 손을 잡았다.

"당신이 견딜 수 있으면 좋겠어요. 정말로 좋게 느껴지거든요. 우리 두 사람 말이에요. 우리 두 사람의 가능성 말이에요."

"우리 두 사람의 가능성이라고요?"

엘런은 패트릭의 말을 음미했고, 패트릭의 손이 주는 감촉을 느꼈다. 30대가 되면 저런 말을 들어도 그저 심드렁하고 아무 감흥이 안 드는 게 정상 아니었나? 패트릭의 손을 느끼자 엘런의 혈관으로 엔도르핀이 다량 방출됐다. 엘런은 사랑에 관한 과학이라면 아주 잘 알았다. 지금 엘런의 뇌를 노르에피네프린, 세로토닌, 도파민 같은 '사랑의 물질들' 이 가득 채우고 있다는 것도 알았다. 하지만 잘 안다고 해서 다른 사람들처럼 그런 물질에 예민하지 않다는 뜻은 아니었다.

그래서 이제 엘런은 가지고 있는 카드를 모두 내보였다.

"왜 오늘 말하기로 한 거예요?"

패트릭은 엄지손가락을 엘런의 손바닥 위에서 빙글빙글 돌렸다.

빙글빙글, 정원을 돌아라. 테디 베어처럼.

"스토커 얘기 말이에요."

엘런의 말을 듣는 순간 패트릭의 손가락이 그녀의 손바닥 위에서 딱 멈췄다.

"그 사람을 봤어요."

"봤다고요?"

엘런은 재빨리 식당을 둘러봤다.

"그러니까, 여기서요?"

"저기, 창가 밑에 있는 식탁에 앉아 있었어요."

패트릭이 턱으로 엘런의 어깨 너머를 가리키며 말했다. 엘런이 고개를 돌려 그쪽을 보려고 하자 패트릭은 "걱정하지 않아도 돼요. 지금은 없으니까"라고 말했다.

"뭘 하고 있던 거죠? 그냥 우리를…… 쳐다본 거예요?"

엘런은 지금 자기 심장이 아주 빠른 속도로 뛰고 있다는 걸 알았다. 하지만 지금 어떤 기분인지는 잘 알 수가 없었다. 왠지 무서운 것 같기도 하고 조금 신나는 것 같기도 했다.

"문자를 보내고 있었어요."

패트릭은 진저리가 난다는 듯이 말했다.

"당신한테 보낸 거예요?"

"아마도 그럴 거예요. 전화기를 꺼놔서 알 수가 없네요."

"무슨 문자를 보냈는지, 보고 싶지 않아요?"

엘런은 어떤 문자가 왔는지 보고 싶었다.

"별로요. 사실, 전혀 보고 싶지 않아요."

패트릭이 대답했다.

"언제 떠났을까요?"

조금만 일찍 알았어도 볼 수 있었을 텐데.

"화장실에 갔을 때, 그 사람이 나를 쫓아왔어요. 그래서 복도에서 잠깐 얘기를 나눴죠. 그래서 이렇게 오래 걸린 거예요. 그 사람은 이제 곧 갈 거라고 했고, 정말로 갔어요. 다행이죠."

그렇다면 그 사람은 엘런 옆을 지나갔음이 분명했다. 엘런은 옆으로 지나간 여자가 있었는지 생각해내려고 했다. 이런, 세상에. 아무도 생각나지 않았다. 아마도 엘런이 자기최면을 걸고 있을 때 지나간 게 분명했다.

"그 사람이 뭐라고 했어요?"

"그 사람은 늘 우리가 우연히 만난 것처럼 어처구니없이 행동해요. 아마도 그 사람, 꼭 노숙자처럼 생겼을 거라고 생각할지도 모르겠어요. 머리는 부스스하고요. 하지만 아니에요. 완벽하게 정상으로 보여요. 그래서 나도 나 자신이 의심스러울 때가 있어요. 혹시 이 모든 게 내 상상이 아닌가 생각하는 거예요. 그 사람은 정말로 성공한 커리어우먼이니까요. 아주 존경받는 사람이니까요. 내 말 믿어져요? 그 사람이 여가 시간에 하는 일을 동료들이 알면 어떻게 생각할지 늘 궁금해요. 그나저나…… 우리 뭔가 가벼운 이야기해요. 그 생선, 어때요?"

지금 농담해요? 엘런은 다른 얘기는 하고 싶지 않았다. 스토커 이야기를 세세하게 듣고 싶었다. 스토커라는 그 여자의 머릿속에 존재하는 생각을 이해하고 싶었다. 엘런은 보통 어떤 경우에도 여자들의 생각을 이해할 수 있었다. 엘런은 여자들이라면 아주 잘 알았다. 엘런은 여자들을 좋아했다. 엘런을 당혹하게 하는 사람들은 주로 남자들이었다. 하지만 전 남자 친구를 3년 동안이나 스토킹한다고? 그 사람, 사이코패스인 걸까? 혹시 패트릭한테 지독한 취급

을 당했나? 아직도 패트릭을 사랑하는 걸까? 그 사람은 자기 행동을 어떤 식으로 정당화하고 있을까?

"생선은 훌륭해요."

엘런은 스토커에 관해 좀 더 알고 싶다는 티를 내지 않으려고 노력하면서 말했다. 한 남자가 자기 삶의 비참한 부분이라고 생각하는 이야기를 파헤치려고 하는 건 부당한 일이다. 엘런도 다른 사람의 개인사를 대책 없이 궁금해하는 것이 자신의 단점이라는 사실을 잘 알았다.

"오늘은 누가 아드님을 돌봐주나요?"

엘런은 패트릭이 화제를 바꿀 수 있도록 아들에 관해 물었다.

"어머니가 봐주실 거예요. 잭은 할머니를 좋아해요."

패트릭의 얼굴이 부드러워졌다. 패트릭은 눈을 깜빡이더니 손목시계를 들여다보고 말했다.

"사실, 잘 자라는 인사를 해주기로 했어요. 집에서 나올 때, 아들 녀석 기분이 별로였거든요. 전화 한 통화 해도 될까요?"

패트릭이 주머니에서 전화기를 꺼내면서 말했다.

"물론이죠, 하세요."

"사실 밖에 나와서 아들한테 전화하는 경우는 별로 없어요."

패트릭은 전화기 전원을 켜면서 말했다.

"왜냐면, 독립심이 아주 강한 녀석이라 자기 일은 자기가 알아서 하거든요."

"그렇군요."

"근데 오늘은 정말로 지독한 감기에 걸렸어요. 그게 흉부 감염으로 발전해서 항생제를 먹고 있어요."

"정말 괜찮아요."

패트릭의 전화기에서 지잉, 지잉, 알림 소리가 들렸다.

패트릭이 얼굴을 찌푸리고 말했다.

"문자군요."

"아, 당신 스토커가 보낸 거예요?"

엘런은 전화기를 노골적으로 쳐다보지 않으려고 애쓰면서 말했다.

패트릭이 전화기를 뚫어지게 쳐다봤다.

"맞아요. 대부분은 굳이 확인해보지 않고 지워버려요."

"그렇군요."

그렇게 대답했지만, 엘런은 결국 호기심을 누를 수 없었다.

"내용이 끔찍해서요?"

"그럴 때도 있지만, 대부분은 그냥 조금 한심한 내용들뿐이에요."

엘런은 패트릭이 엄지손가락으로 전화기 버튼을 누르면서 문자를 확인하는 동안 그의 얼굴을 쳐다봤다. 패트릭은 적과 끔찍한 농담을 주고받는 사람처럼 일그러진 미소를 짓고 있었다. 눈을 자꾸 찡그리고 입술 끝을 잘근잘근 씹었다.

"읽어볼래요?"

패트릭이 엘런에게 전화기를 내밀면서 말했다.

"그러죠."

엘런은 두 번 생각해보지도 않고 말했다. 엘런은 앞으로 몸을 숙여 패트릭이 화면 위로 올려주는 문자를 쭉 읽어나갔다.

여기서 보다니, 정말 기뻐. 지금 나……

창가에 있는 식탁에 앉아 있어.

그 셔츠 입으니까 진짜 멋지다.

포크밸리 시켰어?

도대체 왜 그랬어?

여자 분 예쁘다. 둘이 잘 어울려.

마지막 문자를 읽으면서 엘런은 몸을 움찔했다.

"미안해요. 이런 문자는 보여주는 게 아닌데. 하지만, 절대로, 정말로, 당신을 위험하게는 하지 않을 거예요."

패트릭이 말했다.

"아, 아니에요. 괜찮아요. 계속 보여줘요."

엘런은 전화기를 가리키면서 고개를 끄덕였다.

오늘, 우연히 만나서 정말 좋다.

언제 커피 마시지 않을래?

당신을 사랑해. 당신을 미워해.

사랑해. 미워해.

아니, 정말로 당신이 미워.

엘런은 다시 의자에 기대어 앉았다.

"전문가가 보기에 어떤 것 같아요? 완전히 미친 거 맞죠? 벌써 3년 전에 끝난 관계란 말이에요."

"얼마나 만났어요?"

"2년 만났어요. 음, 3년이라고 해야겠네요. 아내가 죽은 뒤에 제일 먼저 만난 사람이에요."

엘런은 두 사람이 왜 헤어졌는지 알고 싶었지만 대신 "그냥 전화번호를 바꾸면 안 돼요?"라고 물었다.

"자주 바꿔봤어요. 하지만 소용이 없었어요. 게다가 나는 개인 사업자잖아요. 사람들이 내 연락처를 가지고 있어야 해요. 아, 아들한테 전화해야겠어요. 시간이 너무 늦었네요."

엘런은 전화번호를 누르고 전화기를 귀에 대는 패트릭을 물끄러미 바라봤다.

"나다, 친구. 기분은 좀 어때……? 뭐 먹었냐고? 아, 포크밸리."

패트릭은 서글픈 듯이 접시를 내려다봤다.

"맞아. 별로 훌륭하지는 않아. 아무튼, 기분은 어때? 괜찮아? 항생제는 먹었고? 할머니는 뭐 하시는데? 아, 정말? 잘됐네. 그래. 알았어. 음, 빨리 말한다면."

패트릭은 입을 닫고 한동안 조용히 전화기에서 흘러나오는 소리에 귀를 기울였다. 엘런과 눈이 마주치자 패트릭은 찡긋 한쪽 눈을 감았다.

"그거 괜찮아? 알았어, 그래. 좋아. 화산? 패러슈팅? 이런."

패트릭은 손가락으로 식탁보를 톡톡 두드리면서 계속 전화기에 귀를 기울였다. 엘런은 패트릭의 손을 물끄러미 쳐다봤다. 정말로 사랑스러운 손이었다. 사각형으로 반듯하게 잘라놓은 커다란 손톱마저도.

"좋아, 친구. 자, 나머지 얘기는 내일 듣자. 전화기를 오래 들고 있는 건 내…… 친구한테 실례잖아. 좋아. 내일 아침에 보자. 와플? 당연하지. 그래. 분명히. 잘 자, 꼬마. 사랑한다."

패트릭은 전화를 끊고 전화기 전원을 끄더니 다시 주머니에 넣었다.

"미안해요. 아들 녀석이 자기가 본 영화 내용을 시시콜콜 말하느라. 유감스럽지만, 그건 나 닮은 거예요."

"그래요?"

엘런은 머리 뒤쪽을 관통하는 강렬한 기쁨을 느꼈다. 엘런은 패트릭이 아들과 대화하는 방식이 좋았다. 그 무심하고 유쾌하고 남자답고 사랑스러운 방식이 좋았다. 두 사람이 내일 아침이면 와플을 먹을 거라는 사실도 사랑스러웠다(엘런도 와플을 사랑했다!). 다른 사람을 의식하지 않고 아들에게 '사랑해'라고 말하는 방식도 마음에 들었다.

"포크밸리는 괜찮았습니까, 손님?"

종업원이 다가와 식탁에 있는 접시를 팔 위에 올리면서 말했다.

"좋았어요. 단지 내가 생각만큼 배가 고프지 않았더군요."

패트릭이 종업원을 보고 웃으면서 말했다.

"디저트 메뉴를 알려드릴까요? 아니면 커피를 준비해드릴까요?"

종업원의 말에 패트릭이 엘런을 보면서 눈썹을 찡긋 올렸다.

"아니, 괜찮아요."

엘런이 대답했다.

"그냥 계산서를 가져다주세요. 감사합니다."

패트릭이 종업원에게 말했다.

엘런은 손목시계를 들여다봤다. 아직 10시밖에 안 됐다.

"집에 맛있는 초콜릿이 있어요. 우리 집에 가서 커피 마실래요? 시간이 괜찮으면요."

"시간은 괜찮아요."

패트릭은 그렇게 대답하고 엘런의 눈을 쳐다봤다.

물론, 두 사람에게는 커피와 초콜릿을 먹을 시간 따위는 없었다.

깨끗한 시트 위에서 두 사람이 처음으로 사랑을 나눌 때, 갑자기 엄청난 빗줄기가 엘런의 집 지붕으로 쏟아졌고, 엘런은 잠시 동안 패트릭의 스토커를 생각했다. 지금 스토커는 어디에 있을까? 혹시 지금 그 사람, 우산도 없이 비를 맞으면서 가로등 밑에 서 있는 건 아닐까? 강렬한 빗줄기가 고통으로 일그러진 그 여자의 (아름다운?) 얼굴 위로 무심하게 흘러내리고 있는 건 아닐까?

하지만 곧 새로운 연인이 주는 강렬하고 흥미로운 감각이 엘런의 온 마음을 구석구석 채워버렸고, 스토커에 관한 생각은 완전히 잊어버리고 말았다.

이 나이가 되니, 친구들은 대부분 깊은 관계를 맺고 있더라고요. 하지만 저는 직업이 그래서인지, 새로운 사람을 만날 기회가 많지 않아요. 아마 제 생각에 이건 그저 새로운 친구를 몇 명 사귈 수 있는 방법이 아닌가 싶어요. 전 낭만적인 사람이지만, 현실적이기도 하거든요.

－인터넷 연애 사이트 프로필 유저명 엘런68

다음 날 아침, 엘런은 파도가 발목을 치고 지나갈 수 있도록 바지를 무릎까지 말아 올리고, 패트릭을 생각하면서(엘런은 패트릭이라는 이름이 좋았다. 이제는 너무 감상적이고 연약한 이름이라는 생각이 조금도 들지 않았다), 어젯밤에 있었던 모든 일을 떠올리면서 맨발로 해변을 따라 걸었다.

패트릭의 아들을 생각했다(정말 귀여워!).

패트릭의 미친 전 여자 친구도 생각했다(정말 흥미로워. 하지만 음, 조금은 무서워해야 하는 거 아닐까? 확신이 들지는 않았다).

패트릭의 몸도 생각했다. 우와, 맙소사. 패트릭이 입고 있던 소박한 줄무늬 와이셔츠의 단추를 풀면서 엘런은 영국 섭정시대 로맨스 소설에 나오는 여자 주인공처럼, 너무나도 황홀해서 기절할 것처럼 구는 여자 주인공처럼 속으로 환호성을 질렀다. 패트릭의 가슴을 생각하는 것만으로도 엘런의 내면에서는 순수한 욕망이 솟구쳐 올랐다. 엘런은 두 손가락으로 부드러운 입술을 살며시 어루만지면서 패트릭과 나눴던 키스를 천천히 음미했다.

패트릭은 신데렐라처럼 자정이 지나자마자 곧바로 떠났다. 패트릭은 어머니가 자기 집에서 아들을 돌보고 있고, 지금쯤이면 손님 방으로 들어가 쉬고 있을 테지만, 너무 늦게까지 밖에 있으면 왠지 어머니를 너무 이용해 먹는 것 같아서 마음이 불편하다고 했다.

"이렇게 허겁지겁 떠나는 것도 마음에 들지는 않아요. 당연히, 만약에 우리가, 무슨 뜻인지 알죠? 그때는 어머니한테 집에 안 들어간다고 말할 수 있을 거예요."

패트릭이 야성적인 가슴을 다시 셔츠로 덮으면서 말했다.

"알아요."

몰려오는 잠 때문에 엘런의 목소리는 묵직했다. 사실 엘런은 패트릭이 떠난다는 사실이 기뻤다. 패트릭과 함께 누워 있다가 아침에 일어나서 산발이 되어 있을 머리카락을 걱정하는 것보다는 그저 혼자서 누워서 패트릭을 생각하는 쪽이 훨씬 좋았으니까.

"전화할게요."

패트릭은 엘런에게 작별 키스를 하면서 말했다.

그리고 새벽 여섯 시에 문자가 왔다.

우리 언제 또 볼 수 있을까요?
내 생각엔, 당신이 나한테
최면을 건 것 같아요.

으으, 너무 느끼해. 하지만 정말로 사랑스러워.

그러니까 정말로 무슨 일인가가 일어나고 있음이 분명했다. 엘런은 무언가를 새로 시작하고 있는 거였다. *다시 연애를 하는 거야!* 엘런은 짭짤한 바다 공기를 한껏 들이마셨다. 시원한 공기가 목구멍에 걸린 것만 같았다.

잠시 동안 엘런의 마음속에서 지금까지 그녀를 스쳐갔던 모든 실망스러운 연애가 떠올랐고, 그녀의 마음은 추를 매단 것처럼 무거워졌다. 제발 이번에는 제대로 되기를 엘런은 애절하게 바랐다.

하지만 곧 마음을 다잡았다. *진정하고, 그만 좀 해.*

지금까지 조금 진지하게 연애했던 남자는 세 명이었다. 앤디, 에드워드, 존. 가끔씩 엘런은 자기가 지나온 세 번의 연애가 남긴 기억들을 녹슨 깡통처럼 매단 채 질질 끌고 다니는 것 같다고 느낄 때가 있었다.

앤디는 키가 아주 크고 성격이 별난 젊은 은행가였다. 3년 동안 계속됐던 두 사람의 연애는 어느 순간 왠지 모르게 거짓처럼 느껴졌다. 두 사람 모두 서로를 사랑하는 척했지만 사실은 아주 뛰어나게 각자 맡은 임무를 처리하고 있었던 거다. 앤디가 해외로 파견 근무를 나가게 되었을 때, 두 사람 가운데 어느 누구도 함께 가는 게 어떨까 제안하지 않았다. 그럴 수도 있을 거라는 가능성조차 서로 언급하지 않았다. 앤디와의 연애는 마치 맥도널드에서 햄버거를 먹은 것처럼 아주 불쾌한 기분만 남겼다.

에드워드는 다정하고 세심한 고등학교 선생님이었다. 두 사람은 진심으로 깊이 사랑에 빠졌고, 두 사람 앞에는 어린아이와 애완동물이 함께할 수밖에 없는 장밋빛 미래만 남은 것처럼 보였다. 그런데 두 사람은, 엘런이 지금도 이해할 수 없는 이유로, 모든 사람을 충격에 빠뜨리면서 갑자기 헤어져버렸다. 에드워드와의 이별은 비통할 정도로 고통스러웠다.

존은 엘런의 서른 살 생일 때 만났다. 그렇기 때문에 엘런은 이 번에야말로 진짜로, 제대로 된 연애를 한다고 생각했다. 진정으로 성숙한 두 어른이 만났으니까. 존은 영리하고 솔직한 엔지니어였다. 엘런은 존을 진심으로 사랑했다. 존이 엘런의 마음을 산산이 부숴버린 뒤에야 엘런은 존이 그녀를 전혀 사랑하지 않았음을 깨달았다.

엘런은 실패로 끝난 자신의 과거 연애를 늘 뭐랄까, 정말로 실패라고 생각해왔다. 하지만 지금 엘런은 그 세 번의 연애가 사실은 지금 이 해변에서의 순간이라는 운명적인 목적지에 도달하기 위한 기초 과정이 아니었을까 하는 생각이 들었다. 패트릭 스콧이라는 녹색 눈의 측량사에게 닿기 위한 과정이 아니었을까 하는 생각이 드는 거였다.

엘런은 패트릭의 전 여자 친구, 패트릭의 스토커를 생각했다. 사스키아라고 했다. 왠지 조금은 단단하고 뾰족한 느낌이 드는 독특한 이름이다. 엘런은 처음 보는 과일을 먹어보는 사람처럼 조용히 '사스키아' 라고 불러봤다. 지금 엘런의 심장이 엄청난 희망으로 가득 차 있다는 사실을 알면 사스키아는 분명 좋아하지 않을 것이다.

엘런은 발밑에 있는 바닷물을 힘껏 찼다. 차가운 물보라가 솟구쳐 올라왔다. 도대체, 정말로, 그 사람은 어떤 사람일까? 자존심이 없는 걸까? 엘런이 가끔 지난 연애에서 만난 세 남자를 생각한다는 사실을 알면 전 남자 친구들은 어떻게 반응할까? 그런 생각을 하자 엘런은 괜히 민망해졌다.

실제로도 세 사람은 항상 엘런의 마음 뒤쪽에 나른하게 자리를 잡고 있었다. 자동차에서 내릴 때마다 엘런은 자기도 모르게 운전석을 뒤로 쭉 빼놓았다. 그건 앤디와 차 한 대를 나눠 타던 때 그의 다리가 길었기 때문에 생긴 습관이었다. 토마토를 썰 때는 항상 존을 생각했다. 언젠가 존이 즙이 좀 더 많이 나오도록 토마토를 가로로 썰어달라고 부탁했기 때문이었다. 12월 26일인 박싱 데이에는 늘 에드워드가 생각났다. 그날이 에드워드의 생일이었으니까.

물론 엘런이 세 사람을 생각하는 건 조금도 이상한 일이 아니다. 한동안 셋은 엘런을 가장 잘 아는 사람이었고, 매일같이 엘런과 대화를 나누는 사람이었고, 특정한 시간이면 엘런이 어디에 있는지를 잘 알고 있는 사람이었고, 만약 엘런이 비극적으로 죽음을 맞이했다면 장례식에서 제일 앞자리에 앉아 있었을 사람들이었다.

한 사람과 아주 친근한 관계를 맺고 매일같이 함께 자고 일어나고 주기적으로 엄청나게 사적인 일들을 함께하다가 갑자기 그 사람의 전화번호는 물론, 어디에서 사는지, 어디에서 근무하는지, 오늘은 무엇을 했는지, 지난주에는, 작년에는 무엇을 했는지도 모르는 사이가 되다니, 엘런에게는 가끔 그런 상황이 아주 기묘하고도 잘못된 것처럼 느껴질 때가 있었다.

엘런은 저 멀리 수평선 위로 거대한 파도가 동그랗게 말렸다가 찰싹 부서지는 모습을 물끄러미 바라봤다. 연인과 헤어지면 몸에서 피부가 벗겨져 나가는 것 같은 기분이 드는 건 바로 그 때문이다. 사스키아처럼 행동하는 사람이 별로 없다는 게 사실은 더 이상한 거다. 모두들 정중하고 품위 있게 행동하는 게 더 이상한 거다.

"좋은 아침이에요."

해변 반대쪽에서 걸어온 노부부가 엘런에게 인사를 건넸다. 노부부는 두 팔을 힘차게 저으면서 아주 빠른 걸음으로 엘런을 지나쳐 갔다. 엘런은 80대 부부에게 지지 않으려고 좀 더 빨리 걸었다.

외조부모님이 살아 계실 때는 매일 두 분이 함께 여섯 시 뉴스가 시작하기 전까지 이 해변을 산책했다.

엘런의 외조부모는 63년 동안 함께 살았다. 63년 동안 항상 같은 침실에서, 그러니까 어젯밤에 엘런과 패트릭이 사랑을 나눈 그 침실에서, 같은 사람 옆에서 매일 아침 눈을 뜬 거다(그 생각을 하니 갑자기 끔찍해졌다. 엘런은 늘 외할머니와 외할아버지의 영혼이 여전히 집 안에 남아 있다고 생각했다. 불쌍한 외할아버지가 침실에 갇혀 있는 게 아니면 좋을 텐데. 설마 정말로 침실에서 나가지 못하는 할아버지가 커튼 뒤에 서서 어쩔 줄 몰라하며 눈을 가리고 계셨던 건 아니겠지?).

엘런은 항상 자기도 일찍 결혼을 하고, 외조부모님처럼 멋진 부부 관계를 맺게 될 것이라고 생각했었다. 자기는 그런 유형의 사람일 테니까. 전통적이고 좋은 사람이니까. 좋은 여자는 항상 좋은 남자를 만나는 거라고 생각했었다. '좋음'이야말로 연인 관계를 이어나가는 데 필요한 모든 것이라고 생각했다.

솔직하게 말하면(자기 자신을 솔직하게 판단하고 평가하는 것이야말로 엘런이 추구하는 목표인데) 엘런 자신이 멋진 부부 생활을 할 수 있으리라고 믿은 이유는 사실 그녀가 '좋은' 여자이기 때문이 아니라 엄마와는 닮은 점이 전혀 없기 때문이었다. 엘런의 엄마는 남자라고는 거의 만나지도 않고 혼자서 엘런을 길렀다. 하지만 지금 엘런은 벌써 서른다섯 살이고, 인터넷으로 남자를 찾고 있다.

인터넷 연애 사이트를 클릭할 때마다 엘런은 왠지 조금 부적절한 일을 하고 있는 것처럼 느꼈다. 인터넷 데이트가 그녀에게는 부적절하다는 것. 문제는 그거였다. 엘런은 결코 인터넷에서 데이트 상대를 찾는 사람들이 부적절한 행동을 하고 있다고 생각하지 않았다. 오히려 아주 좋은 일을 하는 거라고 생각했다. 하지만 엘런은 사람들이 잘 살아갈 수 있도록 돕는 일을 하면서 생계를 유지하고 있었다.

바로 그거다. 그렇기 때문에 엘런은 자기가 연애를 잘 하는 사람이어야 한다고 생각했다. 그런데 인터넷 연애 사이트에 등록한다고? 그럼 연애를 못하는 사람처럼 보일 텐데? 인터넷 연애 사이트에 등록하면서 엘런은 끊임없이 자기 마음을 다독여야 했다. 나는 다른 사람처럼 괴로워하거나 비통해하면 안 되는 걸까? 많은 여자가 자기 짝을 찾으려고 애쓰잖아. 그런데 왜 나는 안 되는데? 생체 시계는 자꾸 흘러가는데, 왜 그런 건 상투적인 생각이라는 듯이 그런 걱정을 하면 안 된다는 거야? 그것보다 애초에 나는 왜 상투적인 생각을 하면 안 되는데?

엘런은 자기가 창피해한다는 사실이 창피했다. 그렇기 때문에 그녀는 혼자라는 사실을 오히려 더 크게 떠들고 다녔다. 그건 일종의 고해였다. 엘런은 모든 사람에게 자기가 인터넷으로 연애 상대를 찾는다고 말했다. 또한 어색한 첫 번째 데이트에 나가야 할 때면 늘 자부심을 갖고 긍정적인 마음으로 온 마음과 가슴으로 모든 가능성을 향해 활짝 문을 열어두었다.

물론 그렇게 하기가 힘든 경우도 가끔은 있었다.

엘런은 바위에 둘러싸인 작은 웅덩이에 도착했다. 엘런이 항상 산책을 마치고 돌아가는 지점이었다. 엘런은 엉덩이를 두 손으로 짚고 숨을 가쁘게 내쉬었다. 생각보다 훨씬 빨리 걸은 게 분명했다.

엘런은 고개를 돌려 저 멀리 보이는 외조부모의 집을, 이제는 그녀의 집이 된 그곳을 쳐다봤다. 아침 햇살을 받은 유리방이 집 옆에 아무렇게나 박아 둔 다이아몬드처럼 반짝이고 있었다.

"엄청나다. 여길 훨씬 더 흉물스럽게 만들었잖아."

외조부모님이 증축한 유리방을 봤을 때 그분들의 딸이자 엘런의 엄마인 앤은 그렇게 말했다. 유리방 역시 메리 외고모할머니가 받은 로또 당첨금으로 지었다.

결혼도 하지 않았고 자녀도 없었던 메리 외고모할머니(엘런의 외할아버지의 누님이다)는 로또에 당첨되어 50만 달러를 받았지만, 그로부터 6주도 지나기 전에 세상을 떠났다. 돌아가시기 전까지 외고모할머니는 횡재한 돈으로 무엇을 할지 한참 고민하고 있었다['음, 텔레비전을 사야 할까 봐. 평면 텔레비전 말이야. 하지만 사실, 평면이든 아니든 〈딜 오어 노딜〉(미국 NBC 텔레비전 게임 쇼-옮긴이)은 똑같아 보이지 않을까? 그냥 큰 걸로 사야겠어' 같은 생각을 하셨는지도 모른다]. 결국 로또 당첨금은 엘런의 외할아버지에게 왔고, 외할아버지는 그 돈으로 집 옆에 유리방을 만들고, 난방 시설을 설치하고, 돌아가시기 전까지 해마다 열흘씩 외할머니와 함께 크루즈 여행을 다녔다. 외고모할머니가 남긴 로또 당첨금 덕분에 외조부모는 자기들 집은 엘런에게 주고, 현금은 딸과 국제사면위원회에 나눠줄 수 있었는데, 이는 모두를 만족시키는 결정이었다. 엘런의 엄마는 어린 시절을 보낸 부모님의 집에서 살 마음이 전혀 없었다. 엄마는 마치 전문가가 의견을 내는 것처럼 매우 암울한 권위를 담고서 "얼마를 쏟아붓든 이 집은 구할 수 없을 거야" 같은 말을 하고는 했다.

외조부모님의 집은 정말로 기이하게 생겼다. 1970년대에 지은 이 집은 밖으로 노출된 기둥과 벽돌, 나선형 스테인리스스틸 계단, 거울 같은 아치, 라임그린색 섀그 카펫, 밝은 주황색 주방 등, 70년대에 유행했던 온갖 건축 양식이 잡다하게 섞여 있었다. 하지만 엘런은 언제나 이 집을 사랑했다. 엘런은 이 집을 아주 근사한 복고풍 매력이 가득한 곳이라고 생각했다. 그래서 내담자를 위한 노외주차장을 만든 것 외에는 조부모님의 집에 전혀 손을 대지 않았다. 엘런의 엄마가 실망과 자부심을 담아 사람들에게 늘 말하는 것처럼 최면치료사로서 엘런은 '상당히 높은 수입'을 올리고 있었지만, 그녀는 외할머니가 돌아가실 때까지 아파트와 내담실을 임대해서 사용했다. 따라서 외소부모의 집을 물려받고 외할머니의 재봉실에서 상담을 하게 되면서 엘런의 재정 상태는 훨씬 안정되었다.

문득 모래밭에 떨어져 있는 하얀 돌이 보였다. 엘런은 몸을 숙여 그 돌을 집어 들었다. 모양도 촉감도 모두 좋은 돌이었다. 분명히 이 돌이 필요한 내담자가 있을 거야.

허리를 다시 펴면서 엘런은 넓은 바다를 바라봤다. 그러자 마치 가슴을 조이던 코르셋을 푼 것처럼 엄청난 해방감이 몰려왔다. 스스로에게도 인정한 적이 없지만, 엘런, 너는 정말로 사랑을 하고 싶었던 거야. 남자는 케이크가 아니라, 케이크에 바르는 당의라고 하잖아. 엘런은 자신이 느끼는 행복의 크기가 당혹스러웠다. 머릿속에서 팡팡 터져 나오는 샴페인 마개를 아무도 보지 못한다는 사실이, 엘런으로서는 정말 다행이었다.

집에 돌아가면 패트릭에게 전화해서 오늘 밤 영화를 보러 가자고 말할 것이다. 영화라니, 독창적이지는 않지만 새로 사귄 남자 친구하고 할 수 있는 사랑스러운 일 가운데 하나인 건 분명하니까. 하지만 정말 가고 싶어 죽겠다는 티는 내지 않을 거다.

엘런은 바다 가까이 다가가 모래 속 깊이 발가락을 밀어 넣었다. 엘런은 자신이 손가락으로 어루만졌던 패트릭의 등을 떠올렸다. 그녀의 입술에 닿았던 패트릭의 쇄골을 떠올렸다.

미안해요, 사스키아. 이 남자는 내 거예요.

음, 그 사람, 최면술사랑 잤어.

맞아. 분명해. 영화관에서 나올 때 그 사람이 최면술사의 허리를 감싸 안은 모습을 보니까 바로 알겠던데, 뭐. 아주 자신 있게 허리춤을 끌어안는다는 건, '이 여자는 내 거야'라는 뜻이잖아.

그 사람은 자기가 침대에서 아주 끝내준다고 생각해. 그건 모두 그 사람 아내 탓이야. 그 사람 아내가 '당신은 아주아주 뛰어난 사랑의 기술자'라고 했대. 그 여자, 그런 말을 하고는 죽어버렸어. 그 때문에 그 여자가 하는 말은 이제 모두 신이 하신 말씀이 돼버렸어. 일명 콜린께서 가라사대, 가 된 거지.

콜린은 그 사람한테 대부분 빨래를 세탁기에 넣고 그 위에 세제를 뿌리지만 그러면 안 된다고 했대. 옷을 넣기 전에 먼저 세제를 넣으라고 했대. 세제가 완전히 녹으면 그 뒤에 옷을 넣고 빨아야 옷이 훨씬 더 잘 빨린다고. 그건 뭐, 맞는 말이지. 그런데 문제는, 지금도 내가 세제를 먼저 녹이고 빨랫감을 넣는다는 거지. 그건 정말 짜증 나는 일이야. 일단 세제를 풀려면 세탁기에 물이 찰 때까지 기다려야 한단 말이야. 게다가 어떨 때는 세탁기를 돌리고 있다는 사실을 잊어버려서 물만 계속 돌아갈 때도 있어. 세탁 과정이 반이나 지난 뒤에야 빨래를 넣지 않았다는 걸 깨닫는 거야.

사실 패트릭은 침대에서 제법 잘 했어. 아마 지금도 그렇겠지. 지금도 같은 말을 하면서 같은 동작을 하겠지.

나는 최면술사와 함께 침대에 누운 그 사람을 생각해. 그 사람, 독성 물질이라고는 하나도 바르지 않은 최면술사의 부드러운 피부를 손으로 어루만지면서 그 여자에게서 나는 백단향 냄새를 맡을 거야.

그래, 정말로 훤히 볼 수 있어. 마치 침대 끝에 앉아서 그 여자 유두를 향해 고개를 숙이는 그 사람이 보이는 거 같아. 그 여자 가슴은 나보다 커. 아마 패트릭은 좋아하겠지.

그 여자, 패트릭한테는 무료로 최면을 걸어줄까? 그 여자의 목소리는 숟가락으로 벌꿀을 퍼올렸다가 주르륵 떨어뜨릴 때 나는 소리 같아.

두 사람은 어젯밤 러셀 크로가 나오는 영화를 봤어. 정말 괜찮은 영화지. 패트릭은 영화가 어떻게 전개되는지 알고 있었을 거야. 우리가 월요일 밤에 보던 드라마가 원작이니까. 패트릭은 그 드라마를 기억할까? 왠지 잊어버린 것 같아서 내가 문자로 알려줬어.

영화를 보고 나서 두 사람은 태국 식당에서 저녁을 먹었어. 그곳은 패트릭이 나한테 처음으로 사랑한다고 말했던 곳이야. 그곳 구석에 있는 식탁에서였는데.

두 사람이 그 자리에 앉았을까?

패트릭은 그곳에서 나한테 사랑 고백을 했다는 걸 기억할까? 나에게는 패트릭의 머릿속에 잠깐 동안 들어갔다 나올 정도의 자격이 충분히 있어.

그런데 식당에 내가 앉을 자리는 없었어. 두 사람은 분명히 예약을 하고 갔을 거야. 패트릭은 예약 같은 걸 하는 사람이 아니니까 최면술사가 했겠지. 할 수 없이 나는 카페에 가서 패트릭에게 편지를 썼어. 그저 무슨 상황인지 설명하려고 쓴 거야. 그 편지는 패트릭이 볼 수 있도록, 패트릭의 자동차 앞 유리에 꽂아놓고 왔어.

빨리 최면술사를 다시 만났으면 좋겠어. 내담일이 기다려져.

The Hypnotist's Love Story

3

16세기에 파라켈수스는 "사람이 스스로 어떻게 되겠다고 상상하면, 그렇게 될 것이며, 지금 자신은 스스로 상상한 모습이다"라고 했습니다. 마음에 힘이 있다는 생각은 새로운 생각이 아니에요, 신사 숙녀 여러분. 좋은 아침입니다.

– 노던비치스로터리클럽 8월 조찬회에서 엘런 오패럴이 한 강연 인사말(안타깝게도 스피커 상태가 좋지 않아서 청중 대부분이 엘런 오패럴의 말을 제대로 듣지 못했다.)

"이제 가야 해요."

엘런이 하품을 하면서 말했다.

"그래, 정말로 가야겠네요."

목요일 밤이었고, 11시가 다 되어가고 있었다. 두 사람은 하버브리지 바로 밑에 있는 경사진 풀밭에 돗자리를 깔아놓고 똑바로 누워 있었다. 오늘 두 사람은 키리빌리에 있는 공연장에서 유치한 연극을 봤고, 작고 붐비는 국숫집에서 저녁을 먹은 뒤에는 다리를 가득 메운 자동차들과 다리 밑을 지나가는 불 켜진 여객선을 바라보면서 항구의 보드워크를 따라 걸었다. 두 사람은 오늘은 일찍 헤어지기로 약속했다. 저녁을 먹고서 엘런의 집으로는 가지 않기로 했다. 왜냐하면 오늘은 패트릭의 이웃에 사는 10대 소녀가 그의 아들을 돌봐주고 있었고, 다음 날 대학에 가야 하는 그 이웃집 소녀를 늦게까지 붙잡아두고 싶진 않았기 때문이다. 하지만 두 사람은 여전히 작별 인사를 할 마음이 전혀 없었다.

두 사람은 이제 3주째 데이트를 하고 있었고, 무슨 일을 하든지 번쩍번쩍 빛나는 새 차처럼 행동했다. 두 사람은 심지어 하품할 때 내는 소리조차도 세심하게 신경 써서 자기 자신을 빛내는 도구로 활용했다. '자, 이게 바로 내가 피곤할 때 내는 소리야' 라고 알려주는 것이다.

"내일은 바빠요?"

패트릭이 물었다.

"그냥 평범해요. 다섯 명 내담할 거예요. 그 정도가 나한테 딱 맞아요. 내담자를 더 많이 받으면 분명히, 아주, 진이 빠질 거예요."

엘런은 최면 문제에서는 가장 최근에 끝난 연애 때문에 스스로 늘 방어적이 된다는 사실을 잘 알았다. 존은 엘런의 직업을 아주 교묘한 방식으로 경멸했고, 엘런은 그의 태도가 경멸인지 아닌지 감을 잡지 못해서 제대로 대응하지 못했다. 더구나 존은 엘런의 엄마보다도 더 격렬하고 열성적인 무신론자였다(존이 가장 좋아하는 책은 리처드 도킨슨의 《만들어진 신》이었다). 존은 "분명한 증거를 보여줘"라는 말을 입에 달고 살았다. 엘런이 일 얘기를 할 때마다 존은 머리를 한쪽으로 기울이고는, 동화 속 공주 이야기를 하는 어린 조카를 보듯 귀여우니 참아준다는 미소를 지었다. 그리고는 이 세상에 동화 속 공주는 없다는 말은 차마 못해도, 어른이 되면 다른 즐거움을 찾게 될 거라는 식의 아주 짓궂은 농담을 하면서 엘런을 놀려댔다. 존은 사람들에게 "엘런은 최면치료로 학사 학위를 땄어요"라고 말했다. 최면치료 학사라는 건 당연히 없었다. 존이 그런 말을 하는 건 엘런에게 학위가 없는 걸 비꼬려는 의도였다(엘런은 대학의 심리학

과에 입학했지만, 최면치료를 배우려고 두 번째 학기를 다니다가 학교를 그만뒀다. 엘런의 엄마는 지금도 그 사실을 애통해한다).

존과 헤어지고 난 뒤에야 엘런은 두 사람이 함께 있는 동안 자신이 얼마나 마음을 다스리려고 애썼는지 알았다. 말을 할 때마다 엘런은 너무 진지해지지 않으려고 애썼고(난 사소한 조롱 정도는 충분히 처리할 수 있어), 동시에 자기 존재에 정당성을 부여하려고 애썼다(그래, 나로 충분해. 나는 나를 믿어. 내가 한 말을 믿어. 난 하찮고 별 볼일 없는 사람이 아니야. 음, 어쩌면 그런지도 모르지만).

"진이 빠지는 이유가…… 아, 그러니까 어째서, 음, 무슨 말인가 하면, 정확히 어떻게 진이 빠지는지 궁금해요."

패트릭이 한쪽 턱을 긁으면서 얼굴을 찡그린 채 하늘을 올려다보며 말했다. 살짝 당황한 게 분명했다.

"그건 내가 일을 설렁설렁 하지 않아서가 아닐까요? 나는 내담자한테 정말로 온 신경을 집중해요. 대본 같은 걸 미리 준비하지는 않지만요. 최면유도를 할 때마다 나는 매번……."

"최면유도라니, 그게 뭐죠?"

"최면유도라는 건, 내가 최면을 걸 때 쓰는 기술이에요. 그러니까 내담자에게 별이 가득한 밤하늘을 보면서 걷고 있는 상상을 하게 하거나 몸에서 서서히 긴장이 빠져나가는 상상을 하게 하는 거죠. 심상을 잘 떠올리는 사람인지 분석적인 사람인지 같은 내담자의 특성을 파악해서, 그 사람이 관심을 갖고 있는 내용이나 살아온 배경을 참고로 사람마다 다른 식으로 최면을 유도해요."

"까다로운 내담자는 없나요?"

패트릭은 몸을 옆으로 돌려 손바닥에 얼굴을 괬다.

"최면에 잘 걸리지 않는 사람은 없어요?"

"거의 모든 사람이 어느 정도는 최면에 걸려요. 하지만 특별히 잘 걸리는 사람은 있는 것 같아요. 상상력이 풍부하고, 정말로 집중을 잘하고 심상을 떠올리는 능력이 타고난 사람들이 있어요."

"허, 나한테 그런 재능이 있는지 궁금한걸요."

"그게 알고 싶으면 우리 피암시성 테스트를 해봐요."

엘런은 무릎을 꿇고 앉으면서 말했다. 왠지 살짝 기분 좋기도 했다. 존하고는 이런 시도는 해볼 생각조차 못했으니까.

"잘 속는 성향 테스트랑 비슷한가요?"

패트릭이 엘런을 올려다보며 물었다.

"아니, 아니에요. 그냥 상상력이 어느 정도 되는지 살짝 점검해보는 거예요. 긴장 풀어요. 전혀 이상한 시험 아니니까. 아마 어디 마케팅 설명회 같은 곳에서 해봤을 거예요."

"좋아요."

패트릭도 일어나서 무릎을 꿇고 앉았다. 엘런을 쳐다보는 패트릭의 어깨는 잔뜩 긴장해 있었다. 엘런은 이제 패트릭의 애프터셰이브 냄새가 익숙했지만, 그 냄새를 맡을 때마다 여전히 야릇한 기분이 들었다.

"눈을 감을까요?"

패트릭이 물었다.

"아니에요. 그저 손을 이렇게 해봐요."

엘런은 기도하는 사람처럼 두 손을 깍지 끼고 양쪽 집게손가락이 서로 붙지 않도록 나란하게 들어 올렸다. 패트릭은 엘런처럼 깍지를 끼고 그녀의 눈을 똑바로 응시했다. '이런, 너무 섹시하잖아.' 엘런은 생각했다.

"자, 이제 두 손가락 사이에 아주 강력한 자기력이 작용해 두 손가락을 붙이려고 해요. 물론 당신은 그 힘에 맞서 싸울 거예요. 하지만 자기력이 너무 강해서 이길 수가 없어요. 그 자기력을 응시하세요. 자기력은 점점 강해집니다. 점점 더 강해져요. 엄청나게 강해져요. 좋아요!"

패트릭의 두 집게손가락이 찰싹 달라붙었다.

"봤죠? 당신의 무의식은 자기력이 실제로 작용했다고 믿은 거예요."

엘런의 말에 패트릭은 여전히 달라붙어 있는 집게손가락을 쳐다봤다.

"음, 그렇군요. 그게, 음, 모르겠어요. 자기력을 정말로 느낀 것 같기는 한데, 어쩌면 이건 그냥, 당신이 말하는 대로 따라 했기 때문에 이렇게 된 게 아닐까요?"

패트릭의 말에 엘런이 웃었다.

"맞아요. 바로 그거예요. 최면은 모두 자기최면이거든요. 마술이 아니에요."

"다른 것도 해볼까요?"

"좋아요. 이번에는 눈을 감아요. 그리고 두 팔을 앞으로 쭉 뻗어 봐요."

패트릭이 눈을 감고 손을 앞으로 쭉 뻗었다. 엘런은 잠시 동안 달빛에 비친 패트릭의 얼굴 윤곽을 쳐다봤다.

"엘런?"

"아, 미안해요. 좋아요. 당신 오른쪽 손목에 아주 커다란 풍선이 매달려 있어요. 그 풍선에는 헬륨이 가득 들어 있고요. 풍선 때문에 오른손이 계속 위로 올라가고 있어요. 자, 풍선이 잡아당기는 힘을 느껴봐요. 이제 내가 당신 왼손에 양동이를 하나 쥐여줄 거예요. 양동이에는 여기 해변에서 퍼 온 모래를 가득 담을 거예요. 이 양동이는 아주 무거워요."

엘런이 말하는 동안 패트릭의 오른손은 위로 올라갔고 왼손은 아래로 내려갔다. 패트릭이 이렇게 반응하는 이유는 엘런을 기쁘게 해주고 싶어서거나 정말로 최면에 잘 걸리는 기질을 가지고 있기 때문일 것이다.

"눈을 떠봐요."

엘런의 말에 패트릭은 눈을 뜨고 두 손을 살펴봤다.

"허."

패트릭은 두 손을 내리고 그 손으로 엘런의 허리를 감싸 안았다. 패트릭은 엘런에게 입을 맞추려는 듯이 몸을 숙였지만, 갑자기 동작을 멈추고 몸을 돌려 뒤를 쳐다봤다.

"왜 그래요?"

깜짝 놀란 엘런이 물었다.

"미안해요. 무슨 소리가 들린 것 같았거든요. 그 사람인 줄 알았어요."

패트릭이 '그 사람'이라고 할 때는 누구인지 굳이 물어볼 필요도 없었다. 엘런은 숨어 있는 여자가 있는지 보려고 다리 밑 어두운 곳을 살폈다. 그리고 자신이 조금 흥분하고 있다는 사실을 깨달았다. 패트릭의 스토커가 은밀하게 두 사람을 지켜보고 있을지도 모른다는 생각이 엘런의 아드레날린을 솟구치게 한 것이 분명했다.

"오늘 그 사람 못 본 거, 맞죠?"

엘런이 물었다. 지난번 영화를 보고 저녁을 먹기 전까지 패트릭은 사스키아를 봤다는 말을 하지 않았다. 저녁을 먹고 차를 타려고 주차장에 왔을 때에야 패트릭의 차 앞 유리에 꽂혀 있는 사스키아의 편지를 발견했다.

패트릭은 눈을 가늘게 뜨고 주위를 둘러봤다.

"맞아요. 오늘은 못 봤어요. 아마도 오늘은 우리한테 쉴 시간을 주려나 보죠."

패트릭은 엘런을 감싸 안았다.

"미안해요. 그 사람 생각을 하면 이렇게 초조해질 때가 있어요."

"알아요. 이해해요."

엘런은 패트릭의 심정을 이해한다는 듯 말했다. 어, 저기 송전탑 밑에서 뭔가 움직이는 것 같은데? 이런, 아니구나. 그냥 빛이 움직인 거야. 쳇.

"그러니까 당신이 하는 일은 모두 마음의 힘을 이용하는 거군요."

패트릭이 말했다.

"맞아요. 무의식이라는 마음의 힘을 이용하는 거예요."

"나도 마음의 힘을 믿어요. 그러니까 이제부터 하는 말 오해하지 말고 들어요."

드디어 시작하는 건가? 패트릭의 말에 엘런은 위장이 조여 오는 것 같았다.

"하지만 분명 마음의 힘에는 한계가 있겠죠. 안 그런가요?"

"그게 무슨 말이에요?"

엘런이 되물었다. '패트릭은 존이 아니야.' 엘런은 마음속으로 생각했다. '패트릭은 그냥 의견을 밝히는 거라고. 그러니까 진정해.'

"내 말은 그저, 마음의 힘만으로는 모든 걸 치유할 수 없다는 거예요. 콜린이, 그러니까, 아내가 아팠을 때, 사람들은 계속해서 콜린한테 긍정적으로 생각하라고 말했어요. 긍정적으로 생각하기만 하면 암이 사라질 것처럼요. 아내가 죽었을 때 나는 텔레비전에 나와서 이런 말을 하는 여자를 봤어요. '나는 암이 나를 이기도록 내 버려두지 않을 거예요. 아시겠지만, 내게는 두 아이가 있어요. 나는 살아야 해요.' 그 말을 듣고 얼마나 화가 났는지 몰라요. 왠지 콜린이 죽은 게 모두 콜린의 잘못이라고 말하는 것 같아서요. 콜린이 더 노력했어야 하는데, 하지 않았다고 비난하는 것 같아서요."

이럴 때는 정말로 신중하게 대답해야 한다고 엘런은 생각했다. 엘런은 무슨 말인가를 하려고 입을 열었지만, 그대로 다시 다물었다.

패트릭이 엘런의 무릎에 손을 얹었다.

"하지만 아내 얘기를 할 때마다 당신이 마치 달걀 위를 걷는 것처럼 조심스러워지는 것도 원치 않아요. 나는 괜찮아요. 당신이 곤란한 감정을 느끼지 않게 할게요. 약속해요."

음, 엘런은 생각했다.

"우리 엄마가 의사잖아요. 그래서……."

그래서, 뭐? 우리 엄마가 의사라 나도 의학 지식을 갖고 있다고? 사실 엄마는 내 일을 안 믿는걸?

"나는 말기 환자가 고통을 덜고 스트레스를 덜 느낄 수 있도록 돕는 일도 해요. 하지만 그렇다고 그 사람들을 치료할 수 있다고 장담했던 적은 한 번도 없어요."

"그런 의미로 말한 거 아니에요."

패트릭은 엘런의 무릎에 올린 손에 힘을 줬다.

"알아요. 그런 뜻이 아니라는 거."

엘런은 패트릭의 손에 자기 손을 얹었다. 지금 패트릭이 아내의 얼굴을 보고 있는지 궁금했다. 엘런은 그녀 자신이 경이로울 정도로 놀라운 잠재력이 존재함을 믿고 있음을 패트릭에게 굳이 내색하지 않았다.

'분명한 증거를 제시해봐.' 엘런의 머릿속에서 존이 말했다.

잠시 동안 엘런과 패트릭은 아무 말도 하지 않았다. 항구 건너편에서 여객선이 지나가면서 내는 경적 소리가 들렸다. 그리고 두 사람 뒤에서 걸어오는 발소리도 들렸다. 두 사람 모두 뒤를 돌아봤다. 검은 정장을 입고 하얀 스니커즈를 신은 여자가 두 사람이 앉아 있는 길을 따라 걸어오고 있었다.

"혹시 저 사람이……."

엘런이 물었다.

"아니에요."

가로등 불빛 안으로 들어온 여자를 본 패트릭의 표정이 밝아졌다.

두 사람은 다시 아무 말도 하지 않았다. 존과 연애했던 몇 년 동안 엘런은 무엇 때문에 자기 정체성을 크게 차지하는 부분을 포기하고 살았을까? 패트릭과의 연애가 성공하려면 모든 문을 활짝 열어야 한다. 문을 열어 빛이 쏟아져 들어오게 해야 한다. 공기가 쏟아져 들어오게 하고……, *이런, 엘런. 집을 은유로 사용하는 건 이제 그만해. 그 정도면 됐어.*

"나는 내 일을 정말 사랑해요."

엘런은 여전히 방어적으로 말했다. 방어하지 않도록 의식적으로 노력해야 한다. 이 상황을 그대로 받아들여야 한다.

"그리고, 내가 정말 잘하는 일이기도 하고요."

패트릭은 아주 놀랍다는 표정을 지어 보였다.

"우와, 최면치료의 여왕이군요."

"그럼요."

"와, 진짜 우연의 일치네요. 난 측량계의 왕인데."

"정말요?"

엘런의 말에 패트릭은 한숨을 쉬었다.

"아니, 사실은 아니에요. 나는 측량계의 뒷방 늙은이에 더 가까워요."

"어째서요?"

"새로 나오는 기술을 그다지 좋아하지 않거든요. 여전히 직접 손으로 제도하는 게 좋아요. 그래서 작업 속도가 아주 느려요. 효율적이지 않은 거죠. 동생도 늘 얘기하지만, 경쟁자들한테 밀릴 수밖에 없어요."

"동생도 측량사예요?"

"아뇨, 그래픽디자이너예요. 기술을 아주 능숙하게 다루는 녀석이죠. 당신도 신기술을 잘 다루나요?"

"딱히 그렇진 않아요. 하지만 인터넷 검색하는 건 좋아해요. 매일 인터넷을 해요. 구글이 나한테는 신탁과 같아요."

"오늘은 뭘 검색했어요?"

오늘 엘런은 '홀아비와 데이트할 때 위험을 피하는 법'과 '의붓아들은 재앙인가?'를 검색했고, '코 주변 모세혈관이 터졌을 때 치료하는 법'을 검색했다.

"이런, 생각이 안 나요."

엘런은 살며시 손을 저었다.

"사소한 거 몇 개 찾았겠죠."

그러고는 재빨리 원래 화제로 돌아갔다.

"왜 측량사가 되기로 한 거예요?"

"지도 때문에요. 항상 지도를 사랑했거든요. 다른 것과 비교했을 때 내가 정확히 어디에 있는지 아는 것, 그걸 사랑했어요. 삼촌 한 분이 측량사인데, 내가 어렸을 때 그분이 '패트릭, 너는 위치 감각이 뛰어나니까 좋은 측량사가 될 거야'라고 말씀해주셨어요. 그래서 측량사가 뭐냐고 물어보니, 삼촌은 측량사란 지구 표면에 있는 물체의 위치를 지구 표면이나 그 밑에 있는 다른 모든 것들과 비교해서 결정하는 사람이라고 하셨어요. 정말로 그렇게 말씀하셨다니까요. 그 말이 내 머리에 박혀버린 거예요. 그리고 뭐 때문인지는 모르지만 그 말이 지금도 나를 사로잡고 있어요. '그래, 맞아. 그게 내가 하는 일이지'라고 생각하는 거죠."

"나는 위치 감각이 형편없는 것 같아요. 내가 어디 있는지 감지하는 기능이 전혀 없는 것 같아요. 지금처럼요. 지금도 우리 집이 어느 쪽에 있는지 모르겠다니까요."

엘런의 말에 패트릭이 그녀의 어깨 너머를 가리켰다.

"북쪽에 있어요. 저쪽이죠."

"당신이 그렇다면 그런 거겠죠."

"혹시 종이 있어요? 내가 지도를 그려줄게요."

엘런은 항상 아름다운 양장본 공책과 펜을 가방에 넣고 다녔다. 그래야 생각이 떠오를 때나 일에 도움이 될 만한 아이디어가 떠오르는 즉시 적을 수 있으니까. 엘런은 조심스럽게 공책을 한 장 찢어서 패트릭에게 내밀었다. 패트릭이 공책에 적힌 낙서를 읽는 건 원치 않았다. 대부분 아주 지질한 내용이니까.

패트릭이 주머니에서 가느다란 금색 만년필을 꺼냈다.

"우리 할아버지 파커 펜이에요. 집에 불이 났을 때 이걸 꺼내오려고 다시 집으로 들어갔죠."

패트릭은 엘런의 공책을 무릎으로 받치고 그 위에 종이를 놓더니 종이 한쪽 구석에 구식으로 나침판을 그려 넣고는 곧바로 시드니 항구의 굴곡진 해안선과 선착장을 그리기 시작했다. 여객선과 요트도, 하버브리지도, 오페라 하우스도 그려 넣었다. 엘런은 마치 고대 보물 지도가 눈앞에서 갑자기 펼쳐지고 있는 것처럼 느꼈다.

"오늘, 우리는 여기서 저녁을 먹었어요."

패트릭은 지도 위에 작게 식당을 그려놓았다.

"여기서 끔찍한 연극을 봤고요. 자, 여기서 북쪽으로 올라가봅시다."

패트릭은 해변을 하나 그리더니 그 위에 2층짜리 건물을 그렸다.

"이게 당신 집이에요."

패트릭이 집 위에 '엘런의 최면 하우스'라고 적었다.

"그리고 숲이 우거진 북쪽 해변을 넘어서 여기로 가면, 우리 집이 있어요."

그 집에는 '패트릭과 잭의 엉망진창 남자들 가축우리'라고 적었다. 패트릭의 필체는 아름다웠다. 지금보다 훨씬 우아했던 옛 시절을 떠오르게 하는 글씨였다.

엘런은 아직 패트릭의 집에 가보지 못했다. 정말로 가축우리 같을까? 엘런은 궁금했다.

"그리고 여기가 우리가 처음 만난 곳이에요."

패트릭은 계속해서 그려나갔다.

"이 정도면 거의 다 그린 것 같네요. 아, 한 가지 더 있어요."

패트릭은 항구 옆에 조그맣게 X 표시를 하고 '우리가 있는 곳'이라고 썼다.

"이렇게 예쁜 지도는 한 번도 본 적이 없어요."

엘런이 진심을 듬뿍 담아 말했다. 지금까지 지도에 관심이 있었던 적은 한 번도 없지만 이 지도는 영원히 간직하게 되리라는 걸, 엘런은 알았다.

엘런의 말에 패트릭의 얼굴이 잠시 어두워졌다. 하지만 그 어둠은 아주 잠깐 사이에 왔다 갔기 때문에 엘런은 그가 슬퍼한 것인지, 분노한 것인지, 당혹스러워한 것인지, 아니면 그저 자신의 착각이었는지를 구분할 수가 없었다.

패트릭이 엘런을 보고 씩 웃었다.

"돈은 필요 없어요, 자기."

그 미소 앞에서 엘런의 심장은 속수무책으로 무너져 내렸다.

▲ ▲ ▲

이 상자는 계속 가지고 있을 거야.

이 상자를 버린다면, 아마도 멈출 수 있을 거라는 생각은 해본 적 있어. 이 상자를 들고 쓰레기통 앞까지 가본 적도 있어. 하지만 쓰레기통 뚜껑을 열었을 때 훅 밀려왔던 음식물 쓰레기 냄새를 맡으니까, 윙윙거리는 파리 소리를 들으니까, '이건 쓰레기가 아니야. 이건 내 인생이야' 라는 생각이 들었어.

오늘은 두 사람을 놓쳐버렸어. 키리빌리에 있는 메이슨 포인트 근처에서 사라져버렸지. 배가 너무 고파서, 그 사람 차를 찾으러 돌아다닐 수도 없었어. 그래서 그냥 집으로 돌아왔어. 방바닥에 앉아서 정어리 토스트를 먹으면서, 상자를 옆에 놓고 〈콜드 케이스〉(미국 CBS 드라마―옮긴이)를 봤어.

광고가 나올 때마다 상자에 있는 걸 아무거나 꺼내봤어. 상자에서 나온 물건이 무엇이건 간에 그 물건이 어떤 단서이기나 한 것처럼, 어떤 해결책을 주기라도 할 것처럼 면밀하게 살폈어. 과거의 비밀을 캐려고 애쓰는 〈콜드 케이스〉에 나오는 형사처럼 유심히 관찰했어.

여전히 뻣뻣하고 반짝이는 생일카드가 나왔어. 빛바랜 곳은 단 한 군데도 없는 카드였어. 마치 어제 받은 것처럼 보였지.

사랑하는 사스키아.
당신의 남자들이 당신의 생일을 축하해.
우리가 사랑하는 거 알지?
– 패트릭과 잭이. 쪽쪽!

나랑 잭이 공작 점토로 도시를 만드는 모습을 찍은 사진이 나왔어. 우린 몇 시간이나 앉아서 도시를 만들었는데. 거실 탁자에 카드 보드지를 깔고 점토로 길을 만들고 교차로를 만들고 가로등을 만들었어. 가게도 만들고 집도 만들었지. 도시 하나를 만드는 데 며칠이나 걸렸어. 우리는 잭스빌, 잭랜드, 잭타운을 만들었어. 나도 잭만큼이나 도시를 만드는 게 좋았어. 도시 건설 정책이나 서류만 없었지, 우린 진짜로 도시 설계사들이었어.

뉴질랜드 퀸스타운행 탑승권도 나왔어. 그곳으로 패트릭이랑 일주일 동안 스노보드를 타러 갔었는데. 패트릭의 어머니가 잭을 돌봐줬고. 핫초콜릿을 사서 숙소로 돌아갈 때 패트릭이 갑자기 멈춰서 나한테 키스했던 게 기억나. 패트릭 입술은 참 따뜻했어. 차가운 눈발이 마치 애무하는 것처럼 우릴 감쌌지.

공항에서 건축업자의 사무실이 어디 있는지 알려주려고 패트릭이 나한테 그려줬던 지도도 나왔어. 그때 패트릭한테 '이렇게 예쁜 지도는 한 번도 본 적이 없어'라고 말했었는데…….

The Hypnotist's Love Story

4

'스토커'란 특정인을 따라다니거나 관찰하거나 특정인이 사회 활동 및 여가 활동을 목적으로 자주 가는 특정한 장소나 거주지, 직장, 일터 근처에 자주 출몰하거나 접근하는 사람을 말한다.

— 범법 행위 제8항 (가정 및 개인 폭력 관련) 법

"그래서, 너희를 따라다닌다고? 어디든? 그런 일이 가능해?"

"음, 어디든 따라오는 건 아니야. 마지막으로 따라온 건 우리가 영화를 본 날이었어."

"그냥 우연히 거기 있었던 거 아니야?"

"그럴지도 몰라. 하지만 우리가 들어간 식당으로 들어오려고 했고, 패트릭 자동차 앞 유리에다 편지를 꽂아놓고 갔어. 패트릭의 집 근처에서 숨어 있다가 그 사람 차를 쫓아온 게 분명해. 그 사람 말이, 평소에 가지 않던 곳에 가면 놓치기도 하지만, 크레몬에 있는 극장처럼 자주 가던 곳에 가면 어김없이 나타난대."

"세상에."

"알아."

"너 진짜 끔찍하겠다. 한참 꿀이 떨어질 땐데, 그게 무슨 일이니? 지금은 미친 전 여자 친구가 있는지 없는지 살펴보는 게 아니라, 둘이 곧 죽어도 좋다는 얼굴로 서로만 쳐다봐야 할 때잖아."

"괜찮아. 사실, 난 좀 흥미롭기도 해."

"진짜 괴짜라니까."

줄리아의 단호한 말에 엘런은 웃음을 터뜨리면서 늘어지게 기지개를 켰다. 토요일 아침에 두 친구는 집 가까운 곳에 있는 수영장에서 수영을 하고, 지금은 뜨거운 김이 모락모락 나는 사우나장에서 흰색 타월을 깔고 누워 있었다. 엘런은 다리와 어깨가 아팠다. 수영을 너무 열심히 해서다. 줄리아와 함께 수영을 하면 혼자 할 때보다 훨씬 더 강하고 빠르게 움직여야 했다.

엘런은 온몸에서 방울방울 떨어지는 땀방울을 느꼈다. 움푹 파인 가슴 사이로 또르르 흐르는 땀방울이 느껴졌다. 엘런은 두 손을 허벅지 위에 가볍게 올려놓았다. 윤이 나는 허벅지는 부드러웠고 관능적이었다. 연애를 시작할 때는 마음을 다잡고 챙길 필요가 없다. 모든 게 자연스럽게 진행되니까. 모든 게 섹스로 해결되니까. 두 사람의 몸에서 온갖 화학물질이 넘쳐나니까.

그리고 온갖 경탄할 일로 가득 하니까. 그게 바로 사랑에 빠지는 일이 경이로운 이유다. 패트릭은 엘런의 몸이건 과거건 성격이건 간에, 그녀에 대해 알게 되는 새로운 모든 사실을 전적으로 지지하는 것처럼 보였다. 그 때문에 엘런은 스스로를 섹시할 뿐 아니라 더 재미있고, 영리하고, 친절하고, 상냥하고, 무엇보다도 사랑스러운 사람인 것처럼 느꼈다. 패트릭 덕분에 엘런은 천하무적이 된 같았다. 엘런의 삶은 아주 정교하고 조화롭게 요동치면서 마치 광명을 이룬 것 같았다. 내담자들은 상냥하고 친구들은 사랑스럽고 엄마조차도 절망적으로 느껴지지 않았다(전화를 걸어온 엄마는 자기가 아주 평범한 엄마라는 듯이 온화하고 기분 좋은 목소리로 "그 사람 언제 만나게 해줄 거니?"라고 물었다).

꼭 사고 싶었던 식료품은 언제나 식료품점 진열대 위에 올려져 있었던 것처럼 엘런을 맞이했고, 교차로에 다가갈 때면 마치 기다리고 있었던 것처럼 초록 불이 켜졌고, 자동차 열쇠와 선글라스와 지갑은 엘런이 편하게 사용할 수 있도록 얌전하게 복도 장식용 탁자 위에 놓여 있었다. 오늘 아침만 해도 엘런은 한 시간 안에 은행, 자동차 등록소, 세탁소를 모두 다녀와서 여유 있게 볼일을 볼 수 있었다. 더구나 세 곳에서 만난 사람들은, 심지어 자동차 등록소 직원마저도 매력적이었다. 은행 직원하고는 날씨에 관한 아주 감성적인 이야기를 나눴다(영국 출신의 그 은행원은 오스트레일리아 겨울 날씨가 정말 '축복'이라고 했다. 그 말을 듣고 엘런은 천하무적이 된 것 같은 그녀의 상태가 오스트레일리아의 날씨를 만든 유일한 원인이라도 되는 것처럼 가슴 벅찬 자부심을 느꼈다).

할 수만 있다면 엘런은 이 감정을 병에 담아 영원히 보관하고 싶었다. 엘런의 이성은 이 행복이 영원히 지속될 수 없음을 알고 있었지만 마음은, 엘런의 어리석은 마음은 이렇게 지저귀고 있었다. '그래, 할 수 있어. 왜 안 되는데? 이제부터는 이게 나야. 이제부터는 이런 인생이 쭉 계속되는 거야!'

"나라면 스스로를 그런 식으로 우습게 만들지 않을 거야."

줄리아가 말했다.

무슨 말이지? 아, 스토커!

"음, 내 생각에 그 사람은 그저 흘려보내지 못하는 것 같아."

지금 이 순간, 엘런의 마음은 인류에 대한 연민으로 가득 차 있었다.

그 말에 줄리아는 콧방귀를 뀌었다. 엘런을 마주 보며 벤치 위에 누워 있던 줄리아가 수건을 터번처럼 머리에 둘렀다. 운동선수처럼 길고 가느다란 몸매에, 구불구불한 금발 머리가 매혹적인 줄리아는 극도로 아름답다는 기준에 부합할 만한 외모의 소유자였다. 엘런이 줄리아와 함께 거리를 걸을 때면 언제나 잠시 동안 자기도 모르게 평가하는 눈길로 줄리아를 쳐다보는 남자들의 시선을 느낄수 있었다.

하지만 안타깝게도 줄리아의 미모는 특정 부류의 남자들을 끌어당기는 게 분명했다. 품질을 평가하고 좋은 물건에는 웃돈이라도 얹어줄 수 있는 부류의 남자들 말이다. 이런 남자들의 문제는 끊임없이 컴퓨터를 업그레이드하고, 새 차를 사고, 여자를 갈아치운다는 것이다. 그게 그 남자들의 천성이었다. 그들은 경제관념이 밝기까지 한 헌신적인 소비자들이었다. 거의 5년 동안 부부 생활을 유지했던 줄리아의 남편 윌리엄도 크게 다르지 않았다. 가장 최신 브랜드의 여자로 업그레이드해야겠다고 결심한 듯 가무잡잡한 스물세 살짜리 여자를 만난 것이다.

(엘런은 언제나 자기가 끌리는 남자 유형이 줄리아를 선택하는 남자들보다는 당연히 우수하다고 생각했다. 그 남자들은 광고에서 떠드는 아름다움을 추구하지는 않으니까. 그 남자들은 피상적인 미가 아니라 개별적인 사람을 선택하니까. 하지만 엘런의 이론을 뒷받침해줄 만한 일은 일어나지 않았다. 엘런의 연애사도 줄리아의 연애사만큼이나 처참했다.)

(사실 엘런의 내면 깊은 곳을 들여다보면 그녀의 이론은 그저 기분 좋아지기 위한 자기 위로임을 분명히 알 수 있었다. 대부분의 남자들은 엘런에게 잠시라도 눈길을 주고 싶다는 기분을 느끼지 않을 테니까. 비록 윌리엄은 지독한 명청이가 분명하지만 말이다.)

(솔직히 말해서, 엘런도 처음에는 윌리엄을 정말 좋아했다.)

"그 여자는 자존심도 없대? 그냥 흘려보내고 잊어야지, 세상에.

그 여자 때문에 우리가 우스워지잖아."

줄리아는 자기가 직접 공격받는 것처럼 아주 날카롭게 말했다.

"그 사람 때문에 우리가 우스워졌다고? 사실 스토커는 보통 남자 잖아. 그러니까 좋은 거야. 그 여자는 우리도 남자만큼이나 효과적 으로 스토킹할 수 있다는 걸 보여줬잖아."

엘런의 말에 줄리아는 '픕' 하고 웃었다. 벤치 위에서 몸을 일으 킨 줄리아는 몸을 숙여 그 긴 팔로 바닥에 있는 국자를 집어 들고 양동이에 있는 물을 뜨더니 뜨거운 돌 위에 뿌렸다. 쉬이익, 물이 끓어오르면서 증기가 일자, 사우나장 안은 더욱더 뿌예졌다.

"줄리아, 숨 막혀 죽을 것 같아."

엘런이 숨을 헐떡이면서 말했다.

"강해져야지."

줄리아가 다시 벤치에 누우면서 물었다.

"그 여자 이름이 뭔데?"

"사스키아."

엘런은 뜨겁고 탁한 사우나 안에서 숨을 쉬려고 노력하면서 말했 다. 사스키아라는 이름을 입 밖으로 내뱉는 순간 엘런은 마치 유명 인의 이름을 말한 것처럼 조금 쑥스러운 기분이 들었다.

"실제로 본 적 있어? 사진을 보거나?"

"아니. 그 사람은 그 여자가 떠난 뒤에야 봤다고 얘기해. 정말로 어떻게 생겼는지 보고 싶은데."

"혹시 그 남자가 상상하는 거 아닐까? 그러니까 미친 건 그 남자 인 거지."

"음, 그런 것 같진 않아."

패트릭은 미치지 않았어. 그 사람은 사랑스러워.

"내 생각에는 그 남자가 먼저 헤어지자고 한 것 같아."

줄리아가 말했다.

"패트릭은 그냥 자연스럽게 끝났다고 했어."

"그 남자가 여자 마음을 아프게 한 거지."

줄리아가 단호하게 말했다.

"글쎄, 내 생각에는……."

"그렇다 하더라도, 변명의 여지가 없어. 그런 일은 누구에게나 일어나잖아. 접근 금지 명령을 내려야 해. 신고는 했대?"

줄리아는 모든 일에는 해결 방법이 있다고 믿는다.

"경찰에 신고했대."

엘런은 입을 열었지만, 곧 다물었다. 자세하게 이야기하고 싶지는 않았다. 왜 사스키아에게 접근 금지 명령이 내려지도록 조치하지 않았는지에 대해 패트릭이 한 말을 완전히는 믿지 않았기 때문이다.

"아무튼, 그 바보 같은 여자는 자제할 필요가 있어."

줄리아는 엘런이 접근 금지 명령을 내릴 수 있는 위치에 있는 사람이라는 듯이 말했다.

"맞아."

두 사람은 한참 동안 아무 말도 하지 않고 누워 있었다. 엘런은 그날 밤 패트릭에게 무슨 음식을 해줄지 고민했다. 패트릭은 이미 엘런에게 저녁을 차려준 적이 있었다. 그날 밤 잭은 친구 집에서 잤다. 패트릭은 그다지 특별할 것이 없는, 그럼에도 아주 훌륭하고 평범한 구이 요리를 해줬다. 정말 좋았다. 예전에 엘런은 스스로 매우 훌륭한 요리사라고 자부하는 남자들과 만난 적이 있었다. 그런 사람을 만난다는 게 처음에는 멋진 자산을 갖게 된 것처럼 생각됐지만, 곧 아무 쓸모없는 일이라는 사실이 드러났다. 이런 부류의 남자들은 도와주지도 않을 거면서 부엌에서 알짱거리며 마늘 써는 법을 가지고 트집을 잡았다.

돼지고기를 준비하는 게 좋겠어. 그 사람, 포크밸리도 시켜 먹는 사람이잖아. 아주 부드러운 포크 메달리온을 하면 될 거야.

"에디 마스터스, 기억해?"

줄리아가 물었다.

"정육점 도제 말하는 거잖아."

엘런은 머리가 길고 날씬했던 에디를 기억했다. 파란색과 흰색 줄무늬 앞치마를 입고 있던 남자. 10대였을 때 줄리아는 에디와 데이트를 했다. 그래, 돼지고기로 해야겠다. 집에 가다가 시장에 있는 비싼 정육점에서 고기를 사 가야지.

"나랑 끝난 뒤에 화학 수업을 함께 들었던 셰릴이랑 데이트했잖아."

"무섭게 생긴 애였지. 사실 내가 그 애를 무섭다고 기억하는 건 귀에 구멍을 두 개 뚫고 있었기 때문인지도 몰라."

"맞아. 아무튼, 에디가 날 차버렸을 때, 그때 나 계속 셰릴네 집에 전화했었어. 걔가 받으면 아무 말도 하지 않고 앉아서 그 애가 전화를 끊을 때까지 기다렸어. 걔는 소리를 지르고 나한테 욕도 했는데, 나는 그냥 숨만 쉬면서 앉아 있었다니까. 아주 거친 숨을 쉰 게 아니라, 내가 아직 전화기를 들고 있다는 것만 알 정도로 차분하게 숨을 쉬었어."

"줄리아 마거릿 로버트슨!"

엘런은 벌떡 일어나 앉으면서 반은 거짓으로, 반은 진심으로 놀라서 소리쳤다. 엘런은 두 손을 깍지 끼고 배 위에 얌전히 올려놓은 채 누워 있는 친구를 쳐다봤다. 줄리아는 사립 여고의 도도한 학생 회장이었다. 그런 줄리아가 정육점 직원이랑 슬럼가를 어슬렁거렸던 거다.

줄리아는 눈을 뜨지 않았다. 그저 사악하게 씩 웃었다.

"너희 스토커를 생각하다 보니 그 기억이 나지 뭐야. 몇 년 동안 까맣게 잊고 있었는데."

"그거 정말 너답지 않아."

"알아. 하지만 에디가 날 버렸을 때 정말로 힘들었어. 어떻게 해도 셰릴 생각이 떠나질 않았어. 왜 에디가 내가 아닌 걔를 선택했는지 도무지 알 수가 없었으니까. 왠지 내가 더는 존재하지 않는 것처럼 느껴졌어. 그 애한테 전화를 할 때만 내가 존재하는 것처럼 느껴졌다니까. 꼭 중독 같아. 전화를 걸고 나면 나 자신이 너무 싫어지는 거야. 그래서 다시는 하지 말아야겠다고 생각해. 하지만 어느새 또 그 애 전화번호를 누르고 있는 거야."

"어떻게 그만둔 거야?"

"나도 몰라. 아마도 내가 에디를 잊었기 때문이겠지."

줄리아는 잠시 입을 다물었다가 말했다.

"그거 알아? 에디, 키스 하나는 진짜 근사하게 했는데."

"그 사람, 염소수염 있지 않았어? 진짜 듬성듬성 나 있었던 것 같은데? 꼭 턱에 가짜 수염을 붙이고 다니는 것처럼 말이야."

"맞아. 티셔츠 소매에 담뱃갑 집어넣고 다닌 것도 기억하지?"

"팔에 종기 난 것처럼 보였잖아."

"난 끝내주게 섹시하다고 생각했는데."

두 친구 사이에 잠시 침묵이 흘렀지만, 그들은 곧 숨이 넘어갈 것처럼 헐떡이면서 웃기 시작했다. 학창 시절을 같이 보낸 여자들만

이 낼 수 있는 웃음소리가 두 사람 입에서 흘러나왔다.

"페이스북에서 에디를 찾아봐. 아마 지금쯤 직접 정육점을 운영하고 있을 거야."

웃음을 멈춘 뒤에 엘런이 말했다.

"아니, 그렇게까지 하고 싶지는 않아. 게다가 난 싱글인 게 정말로 행복해."

'거짓말하지 마, 친구.' 엘런은 속으로 중얼거리면서 줄리아가 몸으로 말하는 것을 찬찬히 살펴봤다. 줄리아는 주먹을 꽉 쥐고 입을 앙다물고 있었다. 줄리아의 전남편은 2년 전에 흑갈색 머리 아가씨에게로 떠나버렸다.

줄리아가 갑자기 번쩍 고개를 들더니 말했다.

"혹시 스토커 얘기, 네가 모두 꾸며낸 건 아니지? 혹시 네가 꾸며낸 다음 무의식적으로 '나는 그 미친 스토커가 좋아, 나는 계속 나가야 해, 데이트를 할 거야'라고 하는 건 아니지?"

"그게 무슨 말이야?"

말은 그렇게 했지만 사실 엘런은 줄리아가 무슨 말을 하는지 정확히 알았다.

"언젠가, 네가 아주 유명한 최면술사 얘기를 해준 적이 있잖아. 네 영웅이니 뭐니 하면서. 자주색 망토 입고 다니는 사람."

"밀턴 에릭슨. 우와, 너 진짜 기억력 좋다."

엘런은 한숨을 내쉬면서 말했다.

사람들은 항상 줄리아를 과소평가했다. 이게 다 줄리아가 너무 아름답기 때문에, 열네 살 소년의 유머 감각을 지니고 있기 때문이다.

"그 사람은 환자를 치료할 때 이야기를 활용한다며."

"치료를 위한 은유를 사용한 거지."

엘런이 조그만 소리로 중얼거렸다.

"뭐 아무튼, 윌리엄이 떠난 뒤로 너, 나한테 그런 얘기들을 아무 의도도 없는 것처럼 불쑥 말하곤 하잖아. 사람들이 장애를 딛고 일어섰다거나, 아주 힘든 일을 겪는 뒤에 행복을 찾았다거나 하는 얘기 말이야."

"안 했거든."

물론 했다.

"으음."

줄리아가 턱을 치켜들고 엘런을 보고 웃었다. 엘런도 줄리아를 보고 어색하게 따라 웃었다.

"그러니까 패트릭의 스토커는 치료를 위한 은유가 아니라고?"

"아니야."

두 친구는 또다시 잠시 아무 말도 없이 누워 있었다.

"그러니까 패트릭한테는 미친 전 여자 친구랑 죽은 아내가 있는 거구나. 진짜 좋은 결혼 상대 같네. 복잡할 게 하나도 없잖아."

"그다지 복잡하다는 생각은 안 드는데."

엘런이 말했다.

"그렇겠지."

줄리아가 대답했다.

"열렬하게 지지해줘서 고맙다."

"그냥 해본 말이야."

줄리아가 자리에서 일어나 머리에 두른 수건을 풀더니 상기된 뺨을 문질렀다.

"너, 그 사람이 홀아비라서 사랑하는 거지, 그치? 그 사람이 낭만적이고 비극적으로 느껴지는 거지. 마일스처럼 말이야."

"마일스가 누구야?"

"마일스 말이야. 고등학교 때, 네가 사랑했던 다리 하나밖에 없는 애."

"자일스야. 그리고 그 다리 하나인 친구를 사랑하지 않은 애는 없었어. 정말 멋진 애였다고."

내가 10대였을 때 어땠는지를 알고 있는 사람과 친구로 지내는 건 바로 이런 게 문제다. 항상 10대였을 때만 생각하고 성인이 된 나를 진지하게 받아들이지 않는다는 것.

사실 패트릭이 홀아비라는 사실 때문에 행복하지 않은 건 아니었다. 오히려 그 때문에 더 복잡해진다는 사실이 마음에 들었다. 패트릭이 홀아비라는 사실이 엘런의 인생이라는 직물을 (그리고 죽음이라는 직물을) 훨씬 더 풍요롭게 만든다고 느꼈으니까. 더구나 그로 인해 엘런이 가진 직업적 소양을 내보일 기회를 더 얻을 수 있을 테니까.

엘런은 사람들이 '그 사람이 아내를 어떻게 생각하고 있을지 걱정되지 않아요?' 라고 묻는 상상을 했다. 그럴 때면 엘런은 차분하게 '아니, 전혀요. 걱정되지 않아요' 라고 말할 것이다. 그녀라면 패트릭이 여전히 아내를 생각한다는 사실을 완벽하게 이해할 수 있을 것이다. 그녀라면 언제 물러서야 하는지, 언제 패트릭이 죽은 아내 때문에 슬퍼할 수 있게 내버려둬야 하는지를 본능적으로 알 것이다.

"나는 그 다리 하나 있는 애, 전혀 사랑하지 않았어."

줄리아가 말했다.

"그랬겠지. 전 남자 친구가 사귀는 여자애한테 전화 걸어서 숨 쉬느라 아주 바빴겠지."

"오라, 투셰! 내가 찔렸군."

줄리아가 펜싱 선수처럼 정확하게 허공에 대고 검을 휘둘렀다. 고등학교 때 줄리아는 펜싱 챔피언이었다. 줄리아는 수건을 다시 머리에 두르고 벤치에 누웠다.

"그래도 내가 한 스토커 짓은 변명 거리라도 있지. 난 열일곱 살이었다고. 10대는 뇌가 아직 제대로 다 만들어지지도 않았을 때야. 의사들이 그랬어. 그래, 네 스토커는 몇 살이야?"

"내 스토커가 아니라 패트릭의 스토커야. 아마 40대 초반일걸."

패트릭한테 사스키아의 기본 정보를 빼내는 일은 마치 이를 뽑는 것처럼 어려웠다. 패트릭이 되도록이면 사스키아라는 이름도 부르지 않으려고 한다는 걸, 엘런은 알았다. 패트릭은 전 여자 친구를 '그 여자'라거나 '버니 보일러(복수심에 불타올라 심신이 불안정한 사람— 옮긴이)'라고 불렀다.

"그거 봐. 그 사람은 다 큰 어른, 중년 여자잖아. 그러니까 변명의 여지가 없지. 그 여자는 제정신이 아니야. 정신병원에 보내야 한다고."

줄리아의 말에 엘런은 한숨을 내쉬었다. 엘런은 온 팔과 다리를 쭉 뻗어 기지개를 켠 뒤, 벤치 위에 축 늘어지면서 말했다.

"우린 모두 누구나 조금씩은 미쳤어, 줄리아."

'살이 빠질 겁니다.' / '스스로 선택한 만큼 호리호리해질 수 있습니다.' 이 두 제안이 어떻게 다른지 살펴봅시다. 첫 번째 제안은 권위적이고 직접적이고 남성적이라고 할 수 있습니다. 두 번째 제안은 너그럽고 간접적이고 여성적입니다. 밀턴 에릭슨은 무의식은 권위적인 제안을 거부한다고 했습니다. 에릭슨은 '교묘한 모호성'이라는 용어를 처음 사용한 사람입니다. '교묘한 모호성'이라니, 정말 사랑스럽지 않나요?

— 엘런 오패럴의 최면치료 고급반 강의 발췌록(강사의 말에 세 학생이 고개를 끄덕였고, 나머지 학생은 모두 교묘하고 모호하게 강사를 쳐다봤다.)

그날 밤, 갑자기 패트릭의 아들을 처음으로 만나게 될 거란 소식을 들은 엘런은 완벽히 패닉 상태에 빠져버렸다.

"당연하죠. 그럼요. 물론이에요."

패트릭이 전화해, 오늘 밤에 잭이 놀러 가기로 한 친구가 바이러스에 감염됐다며 저녁 식사에 잭을 데려가도 되는지 물었을 때, 엘런은 미친 꼭두각시처럼 계속해서 고개를 끄덕였다.

"잭은 그냥 우리가 먹는 거 같이 주면 돼요. 아니면 피자 같은 거 시켜줘도 되고요. 그러니까 걱정하지 말아요. 아, 잭이 볼 DVD도 챙겨갈 거예요."

그러니까 아이한테 두 사람이 먹을 포크 메달리온을 조금 잘라주면 되는 걸까? 아니면 빨리 밖에 가서 양 꼬치라도 사 와야 할까? 하지만 엘런에게는 시간이 없었다. 오후에 방문할 내담자가 두 명 있었고, 그 가운데 한 명은 5분 안에 도착할 테니까.

저녁을 먹으면서 마실 음료도 샴페인과 와인뿐이었다. 콜라나 코디얼(과일 주스에 물을 탄 음료 - 옮긴이)이 있어야 할 텐데. 아니면 주스라도 있어야 할 텐데. 리큐어 안에 넣을 딸기랑 디저트로 먹을 킹아일랜드 크림이 있지만, 모두 아이가 먹을 만한 음식은 아니었다.

잭은 아이스크림을 먹고 싶어할 텐데. 케이크랑. 아니면 컵케이크? 너무 아이 취급을 하는 걸까? 너무 꼬마처럼 대하면 불쾌해할 수도 있다. 세상에. 엘런에게는 준비할 시간이 필요했다. 아이 문제라면 뭐든지 아는 매들린에게 전화해야 해. 바보처럼 굴지 말라고 말해줄 줄리아에게 문자를 보내야 해. 아마존에서 정답을 찾아주고, 《바람직한 새엄마가 되는 법》 같은 책을 주문해주고, 인터넷에서 '엄마가 되고 싶다는 간절한 바람을 철저하게 숨긴 채 여덟 살 소년과 대화하는 법'을 찾아줄 카멜에게 메일을 보내야 해. 이런, 카멜은 뉴욕에 있지!

엘런과 패트릭은 엘런이 잭을 처음 만날 때는 밤이 아닌 낮이어야 한다는 사실에 동의했다. 셋이서 수족관 같은 곳으로 놀러 가야 한다는 사실에 동의했다. 긴장을 풀어줄 활동을 해야 한다는 사실에도 동의했다. 엘런은 아무 준비도 하지 않은 것처럼(사실은 아주 철저하게 준비해 갈 테지만) 아주 자연스럽게 여덟 살 소년이 좋아할 만한 물고기에 관한 재미있고도 흥미로운 이야기를 들려줄 생각이었다.

엘런은 또 다른 문제를 생각해내고 움찔했다. 엘런이 가지고 있는 DVD 플레이어는 작동하지 않았다. 그 불행한 엄마 없는 아이가 오늘 저녁 내내 지루해서 못 견딜 텐데.

　아, 게임을 하면 돼! 셋이서 게임을 해야 해. 그런데, 요즘 아이들도 보드 게임을 하나? 그냥 함께 앉아서 얘기를 나눠야 할까? 하지만 무슨 얘기?

　잠시 동안, 엘런은 눈물이 나올 것 같았다.

　이런 문제는 훨씬 긍정적인 시각으로 다시 들여다봐야 할 필요가 있다. 엘런, 잭은 아이야. 영국 여왕도 미국 대통령도 아니야.

　하지만 그런 생각도 아무 소용없었다. 사실 오늘 저녁에 만날 사람이 여왕이나 대통령이라면 훨씬 더 안심이 될 것 같았다. 영국 여왕은 엘런이 매일같이 보고 싶어하는 외할머니를 닮았고, 오바마 대통령은 유쾌하고 재미있는 재담꾼처럼 보이니까. 엘런은 어른들에게 둘러싸여 혼자 큰 아이였다. 지금은 매일 새로운 사람을 만나는 일을 하고 있다. 엘런에게는 자기를 혐오하는 성향이 있지만, 수줍은 성격은 아니었다(스스로를 혐오하는 성향은 자기 향상 프로그램의 일환이기도 하다). 사회적으로 다른 사람에게 열등감을 느끼지도 않는다. 하지만 아이들은 다르다. 맞다. 솔직하게 말하면, 엘런은 아이들에게 열등감을 느꼈다.

　아이들은 전혀 다른 생물 종이었다. 아이들에겐 아이들만의 언어와 문화가 있었다. 요즘 아이들은 모두 자부심으로 가득 찬 것처럼 보인다. 오늘만 해도 수영하고 나서 상점에 들렀을 때, 분홍색 핸드폰을 귀에 대고 바쁘게 이야기하면서 엘런의 옆을 스르륵 미끄러지듯 나아가는 여덟 살 정도 되는 여자아이를 봤다. 털이 달린 후드 코트를 입었고, 얼굴에는 호랑이처럼 보디페인트를 한 그 아이는 뒤꿈치에 교묘하게 바퀴를 숨긴 운동화를 신었는지, 정말로 땅 위에서 미끄러지고 있었다. 그 아이의 운동화 옆면에서는 분홍색 빛까지 번쩍이고 있었다. 엘런은 보이지 않는 스케이트를 신은 독특한 호랑이 공주님을 보면서 경탄을 금치 못했다.

아기를 기르는 친구들은 있다. 하지만 아기는 어렵지 않다. 아기는 안아주거나 그저 손가락을 쿡 찔러서 웃게 만들거나 말랑말랑하고 부드러운 목에 라즈베리를 살짝 던져주면 그만이다. 맞다. 엘런은 아기를 사랑한다. 하지만 아이들은……

엘런은 벌써 30대 중반이지만, 엘런과 비슷한 연배의 많은 친구들이 아이가 없었다.

"너희 젊은 애들은 시간이 영원할 것 같지? 평생 배란되는 난자는 태어날 때 가진 게 다라는 건 알지? 내가 지금 주름이 자글자글한 백발 할머니가 되고 있어서 하는 말은 아니야."

엘런의 엄마는 그러면서 아주 짧게 웃었다.

맞다. 엘런이 아이들을 만나본 적은 많지 않았다. 하지만 이렇게까지 당황하는 데는 그보다 더한 이유가 깔려 있었다. 엘런은 의식의 층을 거침없고도 효율적으로 벗겨내 그 아래 존재하는 거칠고도 적나라한 진실을 들여다봤다.

엘런은 이 아이의 새엄마가 되고 싶다. 엘런은 이 아이가 귀여운 작은 정장을 입고 자기 결혼식에 참석해주기를 바란다. 엘런은 이 아이가 자기 아기의 멋진 형이(또는 오빠가) 되어주기를 바란다. 왜냐고? 엘런은 서른다섯 살이고, 아기를 낳을 수 있는 난자를 모두 가지고 태어났으니까. 엘런은 이 아이의 아빠가 미래의 남편이기를 원한다. 다시는 끔찍한 인터넷 연애 사이트에 접속해서 다른 남자의 프로필을 들여다보기는 싫으니까. '침대에서 뒹굴고 오랫동안 함께 해변을 산책할 날씬한 여자'를 원하는 뚱뚱하고 머리가 벗겨진 중년 남자가 컴퓨터 화면에서 그녀를 거만하게 쳐다보는 눈길을 더는 받고 싶지 않으니까. 맞다. 엘런은 이 아이가 자기를 사랑해주기를, 자기를 인정해주기를, 뚱뚱하고 오만한 남자와 침대에서 딩굴지 않도록 자기를 구해주기를 바라는 거다.

물론 엘런의 바람은 너무 많고, 너무 성급하고, 너무 당혹스러운 것이었다. 이런 미친 바람을 잭이 알아채기라도 한다면 어떻게 될까(엘런은 아이들이 개처럼 본능적으로 공포를 감지할 수 있다고 믿었다)?

그때 누군가가 아주 조급하게 초인종을 눌러댔다.

엘런은 시계를 쳐다봤다. 2시에 상담받기로 한 내담자가 온 것이다. 엘런은 한 번에 두 계단씩 계단을 달려 내려갔다. 하지만 마지막 계단에서는 걸음을 멈추고 상담을 하기 전에 늘 읊조리는 다짐을 했다. (숨을 들이마시고) *나는 이 내담자와 상담할 준비가 됐다.* (숨을 내쉬고) *나는 내가 줄 수 있는 모든 도움을 이 내담자에게 제공할 것이다.*

엘런은 전문가답게 차분하게 웃으면서 현관문을 열었다. 어쩔 줄 몰라 갈피를 못 잡는 엘런은 이제 마음 뒤쪽에 놓인 찬장에 집어넣고 안전하게 문을 닫아뒀다.

찾아온 내담자는 약혼자에게 결혼식 전까지 담배를 끊겠다고 약속한 로지였다. 천진하고 어린애 같은 표정을 짓고 있는 로지는 키는 작지만 몸의 굴곡이 뚜렷했고, 신뢰감을 주는 눈은 크고 동그랬으며, 앞니는 살짝 벌어져 있었다. 그런 로지가 담배를 피우다니, 엘런으로서는 상상하기 힘들었다. 왠지 아장아장 걷는 아기가 담배를 물고 있는 모습이 연상됐다.

첫 상담 시간에 로지는 그녀가 '이언 로먼'과 결혼한다고 말했다. 그러고는 이제 당신이 말할 차례라는 표정으로 엘런을 쳐다봤다.

'그러니까 내가 그 남자를 알아야 한다는 뜻이군요'라고 엘런은 생각했다.

"언론 매체에 자주 나와요. 그 사람은, 정말, 음, 저명하거든요."

그 말을 듣고서야 생각이 났다. 아, 그 이언 로먼! 이언 로먼은 엘런의 잠재의식 깊숙한 곳에 자리 잡고 있는 이름 가운데 하나였다. 신문사든가 방송사든가를 소유하고 있는 사람이었고, 경제면에 종종 실리곤 하는 유명인이었다. 물론 엘런은 경제면을 즐겨 보진 않았지만.

"그래서 결혼을 하면 나는 로지 로먼이 될 거예요."

로지는 조금 부자연스럽게 웃었다.

"꼭 이름을 바꿀 필요는 없어요."

엘런이 지적했다.

"아, 아니에요. 난 직업도 없는 걸요."

로지는 자기 처지로는 어림도 없는 상품을 사라고 권유받은 사람처럼 손사래를 쳤다.

"나는 그냥 평범한 사람이에요."

목이 아픈 사람처럼 고개를 이리저리 움직이고, 빨래를 잘못 해서 쪼그라든 옷을 펴는 것처럼 점퍼 끝자락을 계속 잡아당기는 모습을 보니, 로지는 오늘 기분이 좋지 않은 것 같았다.

"결혼 준비는 어떻게 돼가요?"

로지를 위층으로 안내하면서 엘런이 물었다.

"물어보지 마세요."

로지의 말에 엘런은 "오, 저런" 하고 대답했다.

"이렇게 정신없을 때 담배까지 끊겠다고 하다니, 바보 같아요."

"꼭 그런 건 아니에요. 정신없이 생활할 때가 습관을 끊을 적절한 타이밍일 때가 많아요."

"그렇겠죠."

하지만 로지는 엘런의 말에 전적으로 동의하는 것 같지 않았다.

엘런은 유리방으로 들어가면서 로지의 어깨에서 긴장이 풀리는 모습을 지켜봤다. 빛과 탁 트인 바다 전경의 조합은 아주 강력해서 가끔은 엘런도 더 많은 걸 해주기보다 내담자들을 그저 유리방에 앉아 있게 하는 것만으로도 충분하다는 생각을 하곤 했다.

"좋아요. 어떻게 되고 있어요?"

두 사람 모두 의자에 앉았을 때, 엘런이 물었다.

"여전히 굴뚝처럼 담배를 피워대요."

로지가 뻐딱하게 말했다.

엘런이 무슨 말인가를 하기도 전에 로지가 다시 입을 열었다.

"미안해요. 엘런 잘못이 아니에요. 내 잘못인 거 알아요. 사실 엘런이 준 CD조차 듣지 않았는걸요."

엘런은 금연을 도와줄 목적으로 특별히 준비해서 녹음한 CD를 로지에게 줬다. 몇 년 전에 녹음한 CD인데, 잔뜩 과장해서 CD의 효과를 칭찬하는 내담자도 있었지만, 사실 엘런은 그 CD를 들을 때마다 흘러나오는 자기 목소리를 참을 수가 없었다.

"왜 안 들었나요?"

CD를 가져가도 시간을 내어 그것을 듣는 내담자는 많지 않았다. 그저 왠지 죄를 지은 사람처럼 잔뜩 방어적인 얼굴로 그 사실을 사과하는 거였다. 마치 숙제를 안 해놓고는, 자기는 성인인데다가 그 CD를 돈 주고 샀으니 혼내지 말아달라는 표정을 짓는 거였다.

엘런의 말에 로지는 어깨를 으쓱했다.

"모르겠어요. 아마 결혼식 외에는 다른 걸 신경 쓸 여유가 없었나 봐요. 그러니까 가령, 내가 고른 신부 들러리 드레스 색도 너무 싫은 거예요. 살구색이라니. 왠지 꼭 잠시 정신이 나간 사람처럼 느껴졌어요."

로지는 그릇에 담긴 초콜릿을 하나 집어 들었다가 다시 떨어뜨렸다.

"약혼자는 몇 년 전에 담배를 끊었어요. 그냥 F3 도로에서 차를 몰고 가다가 담배를 끊어야겠다고 생각했대요. 그래서 창문을 내려 반이나 남은 담뱃갑을 밖으로 던져버리고, 다시는 담배를 피우지 않았대요."

"쓰레기 불법 투기네요."

엘런의 말에 로지는 깜짝 놀란 표정을 짓더니 깔깔 웃었다.

"맞아요."

하지만 로지는 곤란한 일을 하다가 들킨 사람처럼 갑자기 정색하고 웃음을 멈췄다.

분명히 뭔가 잘못된 거야. 엘런은 로지가 무언가 거짓말을 하고 있다는 생각이 들었다. 물론 의식적이건 무의식적이건 간에 사람들은 언제나 거짓말을 한다.

"정말로 담배를 끊고 싶어요?"

엘런이 물었다.

로지가 눈을 휘둥그레 떴다.

"당연하죠."

"음, 가끔은 무의식이 습관을 버리는 걸 막을 때가 있거든요. 오늘은 조금 다른 시도를 해봐야겠어요. 로지의 무의식을 탐구해볼 거예요."

"좋아요. 하지만 분명히 감춘 건 없어요. 나한테 필요한 건 강한 의지력뿐이에요."

"좋아요. 어디 한번 알아봐요."

엘런은 로지에게 적절한 최면유도법을 생각해내려고 잠시 말을 멈췄다. 그래, 이 은유라면 완벽할 거야.

"신부 들러리들이 입을 드레스는 어떤 색이면 좋겠어요?"

"파란색요."

로지는 망설이지 않고 대답했다.

"좋아요. 저 벽 한 곳을 뚫어지게 쳐다보세요. 어디든 괜찮아요."

로지는 한숨을 쉬고 어깨를 으쓱하더니 유리방을 둘러봤다. 그러고는 오른쪽 구석의 한 곳을, 앉은 자리에서 가장 먼 곳에 있는 한 점을 응시했다. 사실 대부분의 사람이 그곳을 택했다.

"됐어요."

로지가 말했다.

"이제 곧 눈을 깜박일 거예요."

엘런이 말했다.

로지가 눈을 깜박였다.

"좋아요. 이제 곧 눈이 감길 거예요. 곧바로 감길 수도 있고, 조금 시간이 걸릴 수도 있어요."

로지가 눈을 감았다.

엘런은 조용히 들썩거리는 로지의 가슴을 쳐다보면서 같은 호흡으로 숨을 쉬었다. 단지에서 물을 쏟아붓는 것처럼 그녀의 말이 로지의 마음으로 쏟아져 들어간다고 상상하면서 엘런은 아주 빠른 속도로 부드럽게 말했다.

"자, 이제 벽을 하나 떠올리는 거예요. 안타깝게도 그 벽은 온통 살구색으로 칠해져 있어요. 하지만 다행히 아주 멋진 파란색으로 다시 칠할 수 있어요. 페인트 붓을 움직여서 벽을 칠해봅시다. 위로, 아래로, 경쾌하게 붓을 칠해보세요. 위로……, 아래로……, 위로……, 아래로……."

너무 복잡한가? 엘런은 은유를 사용할 때는 조심해야 한다는 걸 알았다. 남자들은 문자 그대로의 표현에 매달릴 때가 많았다. 벽을 칠하는 은유를 들면 '벽을 칠하기 전에 먼저 밑칠을 해야죠'라고 말하는 남자도 있었다. 그와 달리 여자들은 갑자기 옆길로 샐 때가 있었다. 한 내담자는 일광욕을 사랑한다고 했다. 그래서 엘런은 열대 해변에 누워 있는 상상을 하게 하면 최면을 유도할 수 있겠다고 생각했다. 그런데 그 내담자는 최면을 유도하는 내내 해변에서 어떤 수영복을 입을지를 고민하면서 시간을 보냈다고 했다.

엘런은 눈꺼풀 밑에서 정신없이 움직이는 로지의 눈과 잔뜩 긴장해 있는 로지의 몸을 바라봤다. 로지의 어깨는 위로 솟아 있었고, 두 손은 의자 팔걸이를 세게 움켜쥐고 있었으며, 손가락은 의자 가죽 시트 안으로 파고들고 있었다. 창문 밖에서는 구름이 해 앞을 지나갔고, 한줄기 햇살이 창문을 뚫고 들어와 로지의 커다란 다이아몬드 약혼반지를 비췄다.

"페인트 붓이 움직이는 모습을 지켜보세요. 붓이 한 번 움직일 때마다 로지의 몸은 아주 깊은 안식을 느낍니다. 이제 붓이 움직이는 속도에 맞춰 숨을 쉬고 있는 로지를 발견할 겁니다. 위로……, 아래로……, 안으로……, 밖으로……, 위로……, 아래로……, 안으로……, 밖으로……."

엘런은 V자 모양으로 밖으로 벌어지는 로지의 작고 앙증맞은 검은색 부츠를 쳐다봤다. 마치 요정이 신을 것 같은 부츠였다. "발을 봐야 해. 발을 봐야 알 수 있어." 플린은 그렇게 말했다.

"벽은 거의 다 칠했어요. 이제 벽은 거의 파란색이에요…… 조금쯤은 나중에 칠하려고 놔둬도 돼요……. 이제 지금껏 경험해보지 못했던 정말로 편한 상태를 즐기게 될 거예요."

입이 처지고 얼굴은 축 늘어진 로지가 고개를 옆으로 툭, 떨어뜨렸다. 최면에 걸렸을 때 자기가 어떤 모습인지를 안다면 정말로 경악할 내담자도 있을 것이다. 엘런은 최면에 걸린 내담자의 상태를 다른 사람에게, 심지어 같은 최면치료사에게도 절대로 말하지 않았다. 내담자와 엘런이 나누는 지극히 사적인 순간처럼 느껴지기 때문이었다.

좋아, 엘런. 지금 앞에 있는 파란색 벽을 가지고 정확히 뭘 해야 하는지 알기는 하는 거지?

그러나 엘런은 알았다. 가끔은 상담을 하는 스스로가 너무나도 서툴고 부자연스럽다는 느낌이 들 때가 있었다. 하지만 어떤 날은, 그러니까 지금처럼 모든 것이 물 흐르듯 너무나도 자연스럽게 느껴지는 순간도 있었다. 그녀 자신도 최면에 걸린 것 같은 기분이 드는 것이다. 그녀도 내담자와 함께 최면에 걸리는 영역에 들어간 것이다.

"로지, 로지에게는 그 벽을 아주 짙은 푸른색 커튼으로 바꿀 수 있는 힘이 있어요. 그 벽을 연극 무대 앞에 설치한 커튼으로 바꿔보세요. 그 커튼 뒤에는 아주 중요한 사람이 서 있어요. 당신은 그 사람이 누군지 몰라요. 하지만 그 사람은 아주 지혜롭고, 당신이 신뢰할 수 있는 사람이에요. 자, 이제 커튼을 젖혀서 당신을 기다리고 있는 사람을 보세요. 그 사람이 당신에게 다가와 당신을 안아줄 거예요."

엘런은 잠시 기다리면서 로지를 지켜봤다.

"그 사람을 만났나요?"

로지가 오른손 집게손가락을 들어 올렸다. '그렇다' 라는 대답을 할 때 두 사람이 하기로 한 신호였다.

"좋아요. 나는 로지가 그 사람과 대화할 거라고 믿어요. 그분은 로지가 왜 담배를 끊기 어려운지 말해줄 수 있을 거예요. 담배를 끊으려면 어떤 일을 해야 하는지, 어떤 힘을 가져야 하는지 알려줄 거예요. 그 사람 말에 귀 기울이는 동안, 나는 조용히 있을게요."

엘런은 자신의 가슴이 로지의 호흡과 정확히 같은 속도로 위아래로 움직이는 것을 느꼈다. 로지는 여전히 무표정한 얼굴이었지만, 입술을 잘근잘근 씹고 있었다.

몇 초 뒤에 엘런이 말했다.

"로지. 원하던 대답을 들었는지 모르겠네요. 대답을 들을지 말지는 로지가 결정하면 돼요."

로지는 잠시 입을 다물고 있다가 말했다. 아주 탁한 목소리가 천천히, 로지의 입에서 흘러나왔다.

"난 그 사람과 결혼하고 싶지 않아요. 그래서 담배를 못 끊는 거예요. 그 사람이랑 결혼하고 싶지 않으니까."

엘런의 눈이 휘둥그레졌다. 엘런은 재빨리 번쩍이고 있는 로지의 다이아몬드 반지를 쳐다봤다.

"결혼하고 싶을 정도로 그 사람을 좋아하지는 않기 때문이에요." 로지가 말했다.

▲ ▲ ▲

"자, 이 친구가 내 아들, 잭이에요."

패트릭은 가느다란 아들의 어깨에 두 손을 얹은 채로 엘런의 현관 복도에 서 있었다.

"와 안녕, 잭. 반가워."

엘런은 걱정했던 것만큼이나 정확한 발음으로, 그러니까 마치 구연동화를 읊는 도서관 사서처럼 패트릭의 아들에게 인사를 건넸다.

"감사합니다."

잭은 엘런을 흘긋 올려다보더니 다시 시선을 피했다. 잭의 눈도 아빠의 눈처럼 조금은 아몬드처럼 생겼고, 눈동자는 연한 녹색이었다. 짙은 금발 머리는 귀를 덮을 정도로 아무렇게나 자라 있는 것이 마치 1960년대 록 가수처럼 보였다.

"그래, 음, 아…… 아주 좋아. 소시지 샌드위치를 좋아하면 좋겠다."

다행히 엘런은 두 사람이 도착하기 전에 냉장고에서 소시지를 몇 개 찾아냈다.

잭은 엘런의 말을 듣지 못한 것 같았다. 그저 고개를 숙이고, 옷감의 강도를 측정하는 사람처럼 계속해서 티셔츠 앞자락을 잡아당기고 있었다.

패트릭이 헛기침을 했다.

"엘런 아줌마가 너한테 물어보시잖아, 친구."

"아닌데. 안 물어봤어."

잭이 대답했다.

"아니야. 물어보셨어. 너한테 소시지 좋아하냐고 물어보셨잖아. 너 소시지 좋아하잖아, 안 그래?"

잭은 어깨를 으쓱하더니, 아빠의 손을 떨쳤다.

"아니, 안 좋아해. 그리고 안 물어봤어. 나한테 소시지 좋아했으면 좋겠다고 했어. 그거, 질문 아니야. 그냥 말한 거잖아."

"맞아. 아줌마는……."

엘런이 말하려고 했지만, 잭이 계속 말했다.

"나, 피자 좋아해. 아빠가 오늘 피자 먹을 거랬잖아."

"피자를 시켜 먹을 수도 있다고 했지. 하지만 엘런 아줌마가 소시지 샌드위치 만들어두셨잖아. 그러니까 샌드위치를 먹으면 돼."

패트릭은 엄한 아빠의 표정으로, 하지만 어느 정도는 아주 당황한 얼굴로 잭을 쳐다봤다.

"사실 아직 안 만들었어. 그러니까 먹고 싶으면 피자 시켜 먹으면 돼, 잭. 당연히 피자 먹을 수 있어."

엘런이 서둘러 말했다.

"네. 전 피자가 좋아요. 고맙습니다."

잭은 이제야 마침내 이성을 찾은 사람을 발견했다는 듯이 크게 한숨을 내쉬면서 대답했다.

"그럼 이제 DVD 봐도 돼요?"

잭이 물었다.

"잭, 그러지마. 지금 당장 DVD를 볼 필요는 없잖아. 그건 예의 없는 행동이야."

엘런은 패트릭이 이로 볼 안쪽 살을 깨물고 있는 것처럼 그의 볼이 옴폭 들어가 있는 모습을 쳐다봤다. 지금 패트릭은 잭이 엘런에게 매우 좋은 인상을 심어주기를 간절히 바라고 있었다. 그런 패트릭을 보니, 엘런은 긴장이 스르르 풀렸다.

"아니야, 괜찮아. DVD가 고장 났거든. 그래서 아줌마 노트북으로 봐야 하는데, 괜찮겠니?"

"네, 괜찮아요. 노트북으로 보면 돼요."

잭은 다정하게 말하면서 처음으로 고개를 들어 엘런을 똑바로 쳐다봤다.

"친구가 아파서 실망했겠다."

엘런의 말에 잭이 아주 빠른 속도로 말했다.

"네, 아, 맞다. 나한테 최면 걸어줄 수 있어요? 친구들한테 최면 걸 수 있게 가르쳐주세요. 내가 친구들한테 명령을 내리게요. 그럼 정말 끝내줄 것 같아요. 친구들을 모두 내 노예로 만들 거예요."

"음, 그건 올바른 행동이 아닌데?"

엘런이 대답했다.

"왜요?"

"됐어. 가서 DVD 봐라."

패트릭이 손뼉을 짝 치면서 말했다.

"오늘 아빠 너무 이상해."

잭이 얼굴을 찡그리며 말했다.

패트릭은 엘런을 보고 아주 어색하게 웃으면서 말했다.

"그러게. 아빠가 평소랑은 다르지, 잭?"

"응, 진짜 이상해."

잭은 아주 근엄하게 고개를 저었다.

복도를 따라 걷다가 잭은 문득 걸음을 멈추더니 주황색 벽지에 그려진 금속성 은색 물방울무늬를 손가락으로 어루만지면서 엘런을 올려다봤다.

"이 집, 진짜 멋져요."

"고마워."

그런 잭의 모습이 너무나도 사랑스러워서 엘런은 하마터면 '달링'이라고 할 뻔했다.

20분 뒤에 잭은 엘런의 거실에서 노트북을 무릎에 올리고 이어폰을 낀 채 번쩍이는 노트북 화면을 뚫어지게 쳐다보고 있었고, 엘런의 아름다운 복고풍 커피 탁자 위에는 두툼한 잭의 운동화가 척 걸쳐져 있었다.

하지만 패트릭은 잭에게 탁자에서 다리를 내리라는 말을 하지 않았고, 엘런은 못된 새엄마처럼 굴지 않으면서 잭에게 탁자에서 다리를 내리라고 말하는 방법을 알지 못했다. 음, 탁자에 운동화 긁힌 자국이 조금 생기는 게 큰 문제는 아니겠지?

"음, 근사한 아이예요."

엘런이 패트릭에게 말했다.

두 사람은 식탁에 앉아 있었다. 두 사람 앞에는 사워도우 빵과 빵을 찍어 먹는 소스, 커다란 생 올리브가 놓여 있었다. 주방 문 너머로 DVD를 보고 있는 잭의 정수리가 보였다. 엘런은 두 사람의 소리를 잭이 듣지 못할 게 분명한데도 목소리를 낮추고 말했다.

"한참 신나는 시간을 보내고 있겠죠."

패트릭이 말했다. 패트릭은 헛기침을 하고 엘런을 보고 웃었다.

"엘런이 아내가 죽은 뒤에 내가 제일 처음 잭에게 소개하는 여자예요."

"음, 그건 영광이네요. 하지만, 잠깐만요. 사스키아는요? 내 말은, 두 사람 몇 년 동안 같이 살았다고 했잖아요. 그러니까, 잭하고도 함께 산 거 아니에요?"

지금까지 엘런은 사스키아가 잭의 조그만 아들을 모른다는 생각을 해본 적이 없었다.

패트릭은 매우 불쾌한 냄새를 맡은 사람처럼 킁킁거리며 코를 찡그렸다. 패트릭이 올리브 씨를 손바닥에 뱉으며 말했다.

"그 사람은 생각하지 않았어요."

엘런은 당혹스러웠다. 패트릭은 사스키아가 애초에 존재하지 않았던 것처럼 행동해선 안 된다. 분명히 처음에는 사스키아를 사랑했을 것이다. 그러니까 엘런은 패트릭이 자기 아들에게 소개한 첫 번째 여자가 될 수는 없는 거였다. 엄밀히 말하면 사실이 아니니까. 엘런은 그런 태도가 마음에 들지 않았다.

"사스키아랑 함께 살았을 때 잭은 몇 살이었어요?"

"막 걷기 시작했을 때였을 거예요, 아마도."

"두 사람…… 잘 지냈어요? 사스키아가 떠났을 때 잭이 놀라지는 않았나요?"

"기억도 못하는걸요."

패트릭은 진절머리가 난다는 듯이 말했다. 패트릭의 반응은 분명 엘런의 질문에 대한 답은 아니었다. 엘런에게서 시선을 떼고 고개를 돌린 패트릭이 갑자기 잭에게 소리를 질렀다.

"잭, 탁자에서 발 내려야지!"

여기서 잭이 탁자에 발을 올리고 있는 게 보인다고? 이미 알고 있었으면서 지금까지 아무 말도 안 했던 거야?

"잠깐만요."

패트릭이 식탁에서 일어나더니 주방에서 나갔다. 그리고 다시 주방으로 돌아왔을 때, 그는 다른 얘기를 꺼냈다.

"그래, 오늘은 어땠어요? 오늘 내담자가 몇 명 있을 거라고 했잖아요. 내담은, 음, 괜찮았어요?"

엘런이 패트릭과 좀 더 잘 아는 사이였다면 '아직 사스키아랑 잭 얘기 안 끝났어요'라고 말했을 것이다. 하지만 지금까지 엘런은 자신이 갖고 있는, 패트릭의 전 여자 친구에 대한 관음증 환자 같은 지대한 관심을 애써 숨겨왔다. 더구나 패트릭은 엘런의 전 남자 친구들에 관해서는 조금도 궁금하지 않은 것이 분명했다.

그래서 엘런은 로지 이야기를 했다. 로지가 최면에 걸렸다가 자기가 담배를 끊을 수 없는 이유가 사실은 결혼하고 싶지 않기 때문임을 알게 됐다는 얘기를 해줬다. 물론 실제로 로지나 로지의 약혼자 이름은 말하지 않았고, 두 사람의 결혼 취소 소식이 어쩌면 시드니 신문 사회면에 나올 수도 있다는 얘기도 하지 않았다. 엘런은 로지 이야기를 들으면 패트릭이 자신을 대단하게 생각할지도 모른다는 일말의 기대를 품고서 말을 이었다.

하지만 패트릭은 엘런이 하는 말을 진지하게 듣더니, 눈부신 해를 쳐다보는 사람처럼 그녀를 보면서 눈을 가늘게 뜨곤 인상을 찌푸렸다. 그런 표정을 지으면 패트릭은 좀 더 나이가 들어 보였다. 패트릭의 눈가에는 깊은 주름이 잡혀 있었는데, 엘런은 그가 밖에서 측량사 일을 했기 때문일 거라고 생각했다.

"그래서, 결혼을 취소한다고요? 당신 때문에?"

패트릭이 말했다.

"음, 그 사람이 정확히 무슨 일을 할지는 나도 몰라요. 결정은 그 사람이 하는 거니까요. 나는 그저 그 사람이 실제로는 어떤 기분을 느끼는지를 깨닫도록 돕는 것뿐이에요."

"하지만 그 사람 약혼자가 어떤 느낌일지도 생각해봐요. 그 내담자가 그냥 겁이 나서 달아나려는 걸 수도 있잖아요. 아니면 그저 담배를 끊지 않을 변명 거리를 찾는 걸 수도 있죠."

패트릭의 말은 엘런을 짜증나게 했다. 엘런이 기대한 반응은 재미있어하는 패트릭, 더 나아가서는 최면치료가 해낼 수 있는 일에 경이로움을 느끼는 패트릭이었다. 엘런은 손목을 긁었다(짜증이 나면 항상 오른쪽 손목의 한 곳이 가려웠다. 어렸을 때 피부염을 앓았던 자리였다).

"나는 내담자가 어떤 행동을 하게 만들지는 않아요. 내담자가 생각을 방해하는 비판적인 목소리를 우회해서 무의식이 숨기고 있는 마음에 직접 도달할 수 있게 돕는 거예요. 내담자들이 불교에서 '깨달음'이나 '득도'라고 부르는 단계에 도달할 수 있도록 돕는 것뿐이에요."

엘런은 로지의 최면이 끝나갈 무렵에 있었던 일을 떠올렸다. 로지가 결혼을 어떻게 생각하는지를 알게 된 엘런은 최면이 끝난 뒤에 그녀가 결정을 내릴 수 있도록 "최면에서 깨어나면 차분해질 거예요. 그리고 앞으로 하고 싶은 일이 뭔지, 결정할 수 있게 될 거예요"라고 유도해줬다.

최면에서 깨어난 로지는 잠시 눈을 깜빡이다가 곧바로 손을 들어 약혼반지를 쳐다봤다. 손가락에서 약혼반지를 빼고, 손가락으로 반지를 들고는 마치 처음 보는 신기한 물건을 보는 듯한, 괴이한 과학 표본을 보고 있는 듯한 표정으로 전등에 비춰봤다. 그러고는 웃으면서 엘런을 보고 말했다.

"그거 알아요? 나, 심지어 이 반지도 마음에 들지 않아요."

"미안해요. 비난하려는 뜻은 없었어요. 그저, 그 사람 약혼자한테 너무 감정 이입을 했나 봐요."

패트릭이 말했다.

"괜찮아요."

이건 우리도 어느 정도는 서로에게 짜증이 날 수 있다는 걸 알려주는 첫 번째 징후야. 그럴 수 있다는 건 알고 있어야 하잖아. 그러니까 지나치게 경계할 이유는 없어.

"언젠가 최면술을 하는 공연을 본 적이 있거든요. 왜, 최면술사가 공연 보러 온 사람을 아무나 무대로 불러와서 막 최면을 거는 공연 말이에요. 나는 정말, 당신이 내 말에 화를 내지 않았으면 좋겠는데, 음, 내 생각에는 당연히 엘런이 하는 최면치료는, 그런 공연하고는 다를 거라고 생각하는데, 왜, 엘런은 올바른 최면치료를 하겠지만, 그런 공연은, 정말 싫거든요."

잔뜩 미안해하는 패트릭의 얼굴을 보고 엘런은 활짝 웃었다.

"괜찮아요. 내 내담은 그런 공연이랑 전혀 달라요."

"최면에 걸린 사람들이 멍청한 표정을 짓는 것도 싫고요."

패트릭은 최면에 걸린 사람처럼 의자에 푹 기대더니 턱을 가슴까지 툭 떨어뜨렸다. 그러고는 다시 똑바로 자세를 고치고 앉아 와인을 한 모금 마셨다.

"최면에 빠진 사람들은 너무 무기력해 보여요. 꼭 약 기운에 취해서 누군가에게 조정당하는 것 같잖아요."

"전혀 그렇지 않아요. 최면에 걸린 사람도 결정은 본인이 내리는 거예요. 최면치료사는 그저 억제하고 있던 마음을 풀 수 있도록 돕는 것뿐이에요."

"나는 내 의지대로 움직이는 게 좋아요. 그래서 술을 많이 마시지 않는 거예요. 마약을 한 적도 없고, 늘 내가 운전하려고 하는 건 모두 그 때문이죠."

패트릭은 잠시 말을 멈추고 올리브를 집었다가 자기 앞에 있는 접시에 조심스럽게 내려놓았다. 그리곤 여전히 올리브를 쳐다보면서 말했다.

"전 여자 친구가 정말로 끔찍하게 싫은 것도 바로 그 때문이에요. 그 사람이 모든 결정을 내리니까. 내 인생을 마음대로 휘두르는데 나는 거기에 대해 한 마디도 할 수 없어요. 내가 할 수 있는 일이 하나도 없어요. 그래서 그 사람에 대해서는 내가 조금 이상하게 구는 부분이 있을 거예요. 미안해요. 그냥, 그 사람 얘기를 하면, 왠지 꼭 그 사람이 함께 있는 것처럼 느껴져서 그래요."

패트릭은 많은 내담자가 엘런을 바라볼 때 짓는 간절하고도 애절한 표정을 짓고 있었다. 엘런이 자기에게 해답을 알려주기를 바라면서도 실제로 해답을 줄 거라고는 믿지 않는 사람들이 짓는 표정을 하고서 그녀를 쳐다보고 있었다. 그 모습을 보면서 엘런은 한 가지 사실을 불현듯 깨달았고, 패트릭이 안쓰러워졌다.

스토커에 관해 처음 이야기하던 날, 패트릭이 보인 패기는 모두 허세였던 거다. 당연히 패트릭은 스토커 때문에 상처를 받았다. 패트릭은 스토킹의 피해자였다. 세상에, 지금까지 그런 생각을 전혀 못하다니, 어쩌면 이렇게 무심할 수가 있지? 엘런은 그저 사스키아에게만 관심을 가졌고, 어째서 사스키아가 그런 행동을 하는지, 그 이유만 궁금해했다. 패트릭이 스토킹 때문에 어떤 잠재적 충격을 받았는지는 제대로 생각해보려고 하지 않았다. 엘런은 여자만이 진짜 감정을 가지고 있고, 남자는 훨씬 단순한 생명체일 거라고 여기고 행동했다.

"미안해요. 당신은 사스키아에 관한 얘기는 정말로 하고 싶지 않았을 텐데, 그런 생각은 못하고 내가 하고 싶은 질문만 했어요. 당연히, 당신한테는 정말로 큰일일 텐데요. 그건 정말로……, 음, 분명히, 나로서는 짐작도 할 수 없는 힘든 점이 있을 거예요."

패트릭은 엘런의 눈을 똑바로 쳐다봤다. 패트릭의 눈에는 엘런에게 전하고 싶은 복잡한 감정이 들어 있었다. 아마도 그는 어느 정도 '득도'를 했는지도 몰랐다.

패트릭이 앞으로 몸을 숙였다. 엘런도 패트릭 쪽으로 몸을 숙였다.

그래, 지금 패트릭은 자기 이야기를 해주려는 거야. 이제 두 사람은 좀 더 깊고 새롭고 더욱 영적이고 의미 있는 관계를 맺게 되는 거야.

"잠깐 위에 올라갈래요?"

패트릭이 말했다.

▲ ▲ ▲

"정말로 뭔가 의미 있고 중요한 말을 할 줄 알았단 말이야. 그런데 섹스라니! 자기 아들이 아래층에 있는데 어떻게 그럴 수가 있어? 섹스라니, 생각도 못했어."

"남자들이야 항상 그게 제일 중요하지."

엘런의 말에 매들린이 말했다.

두 친구는 전화 통화를 하고 있었다. 엘런은 서류 정리를 하고 있었고, 송신기 너머로 들려오는 달그락거리고 쉭쉭거리는 소리로 미루어볼 때, 매들린은 임신으로 볼록해진 배에 꽃무늬 앞치마를 두르고 무언가 고상한 유기농 요리를 하고 있음이 분명했다. 매들린의 둘째 아이는 매들린의 배속에서 무럭무럭 자라고 있었다. 20대 때 두 사람은 같은 아파트에서 함께 살았다. 만약 그 무렵에 엘런이 매들린에게, 몇 년 후에 꽃무늬 앞치마를 입고 요리를 하고 있을 거라고 말했다면, 매들린은 기가 막힌 듯 대굴대굴 구르며 웃어댔을 거다.

사실 줄리아에게 전화를 걸까도 생각해봤지만, 패트릭과 만난 기간과 비례해 패트릭에 관한 그녀의 관심이 급격히 식어간다는 사실을 엘런은 알 수 있었다. 줄리아는 사실 이혼하기 전에도 연애가 잘 될 때보다는 문제가 생겼을 때 전화를 걸어야 하는 친구였다. 패트릭이 공식적으로 엘런의 '남자 친구'가 된 이후로 엘런이 패트릭의 이야기를 할 때마다 줄리아는 어딘지 모르게 경멸하는 듯한 태도와 분위기를 풍겼다. 단, 패트릭의 미친 여자 친구 이야기를 할 때는 예외였다. 줄리아는 사스키아에게 관심이 많았다. 줄리아가 엘런이 행복하기를 바라지 않기 때문에 그러는 것은 아니었다. 그저 줄리아는 행복에 관해서는 말할 것이 별로 없다고 생각하는 것뿐이었다.

반면 매들린은 아주 사려 깊은 친구였지만, 상황이 안 좋을 때는 정말로 도움이 안 되는 친구였다. 고민 상담이라도 하려고 하면 매들린은 극도로 패닉 상태에 빠져 감정을 주체하지 못했고, 목소리까지 바르르 떨면서 재빨리 화제를 바꿔버렸다. 매들린의 목소리에서 살짝 비난을 감지한 엘런은 얼굴을 찡그렸다.

"그건 사실이 아니야. 그런 식으로 남자를 규정해선 안 돼. 섹스에는 전혀 관심 없는 남자하고도 데이트를 해봤는걸. 아무튼, 그 사람이 그런 생각을 했다고 '남자니까 그래' 하면 안 될 것 같아. 그저 '한 개인이구나, 한 사람이구나'라고 생각해야 하지 않을까?"

"그래, 섹스를 하고 싶어한다고 그 사람이 사람이 아닌 건 아니니까."

매들린은 엘런이 하는 말의 요점을 제대로 파악하지 못한 게 분명했다.

"그건 그렇지. 아무튼, 자기 아들이 같은 집에 있는데 어떻게 그런 생각을 하지?"

"음, 앞으로 네가 그 사람이랑 같이 산다면, 어차피 극복해야 할 문제잖아."

"보통 부모들은 아이가 잔 뒤에 하지 않아?"

"여기서 중요한 건 그 사람이 어떤 표정을 지었는지야."

"맞아. 바로 그거야. 내가 은밀한 유혹을 거절하니까, 분명히 어떤 표정을 지었거든. 그게 꼭 심통이 난 듯한 표정이었던 것 같아."

"표정인 것 같다니, 그게 무슨 뜻이야?"

"그게, 아주 잠깐 스쳐가는 표정이었거든. 왜, 거짓말을 탐지하는 전문가들이 '숨기고 있는 감정을 드러내는 미세한 표정' 이라고 말하는 그런 표정 있잖아. 근데, 그 뒤로는 또 아무렇지도 않은 것처럼 보이는 거야. 우린 즐겁게 저녁을 먹었고, 그 뒤로는 잭이랑 모노폴리 카드 게임을 하면서 재미있게 보냈거든. 하지만 계속 그 미묘한 표정이 생각나는 거야. 계속 '이게 신호인가' 하고 생각하게 되는 거지. 앞으로 어느 날 그 순간을 돌아보면서 '그때 이 남자하고 그만뒀어야 했는데' 라고 생각하게 되는 거 아닐까? 그런 고민이 되는 거야. 미세한 표정이라는 게 그런 거잖아. 진짜 자기를 나타내 보이는 표정."

"엘런. 그렇게 멍청한 소리는 처음 들어봐. 그 불쌍한 남자는 지금 너한테 푹 빠져 있잖아. 그러니까 그날 온종일 너하고 섹스할 생각만 했을 거라고. 그런데 네가 거절한 거지. 당연히 잠깐 실망한 표정을 지을 수도……."

"알아, 알아. 터무니없는 생각이라는 거. 지나치게 분석하고 예민하게 굴고 있다는 거. 그건 내가 이 사람하고는 정말로 잘됐으면 하기 때문이야, 매들린. 난 정말로 이 사람하고 잘됐으면 좋겠어."

"그래. 당연히 잘될 거야."

매들린은 단호하게 말했다.

▲ ▲ ▲

그러니까 정말 심각해. 최면술사가 잭을 만났어. 내가 아는 한,

패트릭이 잭을 여자에게 소개해준 건 나 이후로 처음이야. 잭은 최면술사를 어떻게 생각했을까?

최면술사는 아이들이 좋아할 사람 같지는 않아. 너무 영적이고 가벼우니까. 아이들은 현실적이고 실재적인 사람을 좋아해. 땅에 발을 굳건하게 딛고 자기들과 놀아줄 사람을 좋아하는 거야. '몸 안에 빛이 가득 들어찬다고 생각해보세요'라고 말하는 사람이 모래 상자에 앉아서 아이들과 잘 놀아줄 리가 없잖아.

패트릭의 집 뒷마당에는 아직 모래 상자가 있지만, 이제 잭은 너무 커서 거기에서는 놀지 않겠지? 패트릭이 일하러 나가고 잭이 학교에 가고 없을 때면 나는 가끔 패트릭의 집 뒷마당에서 점심을 먹고 와. 우리가 이베이에서 사 온 정원 의자에 앉아서 점심을 먹는 거야. 거긴 내가 모닝 티를 마시던 곳이야. 그곳에 앉아서 나는 패트릭의 집이 나의 집이었을 때를, 패트릭의 뒷마당이 나의 뒷마당이었을 때를, 그곳에서의 삶이 나의 삶이었을 때를 생각해. 나는 항상 패트릭에게 뒷문에 맹꽁이자물쇠를 달아야 한다고 말했어.

잭과 함께 모래 상자에 앉아서 몇 시간이고 잭의 매치박스 자동차를 가지고 놀았는데. 패트릭은 나보다 훨씬 다양한 소리를 흉내 낼 수 있었지만, 나보다는 참을성이 없었어. 패트릭은 아주 어린애 같은 사람이야. 패트릭은 모래 위에 아주 멋진 길을 만들고, 호수 위에 놓인 다리를 만들었어. 그러다가 잭이 갑자기 벌떡 일어나서 자기가 만든 걸 납작하게 부수면 크게 좌절했지. 그때마다 내가 "패트릭. 잭은 아직 두 살이잖아"라고 말해줘야 했어.

최면술사의 집으로 들어가려고 차에서 내리는 잭을 보니 훌쩍 커 있었어. 그때 난 상담을 마치고 최면술사의 집 건너편 길가에 차를 대고 앉아 있었어. 왠지 패트릭이 저녁을 먹으러 올 것 같았거든.

최면술사가 나를 데리고 2층으로 갔을 때, 마늘 냄새랑 와인 냄새가 났으니까. 그건 분명히 요리를 양념에 재어둔 냄새였어. 하지만 잭이 오리라고는 생각도 못했어. 정말로 충격적인 일이었어. 정말로 뭐라고 말로 표현할 수 없는 통증이 느껴졌어. 왜, 어렸을 때 추운 날 아침 갑자기 날아온 농구공에 코를 맞았을 때 어마어마하게 아팠던 그런 통증이었어. 정말로 믿을 수 없을 정도로 아픈데, 친구들은 미친 듯이 웃어댈 때 느끼는 그런 통증 말이야. 다른 생각은 하나도 들지 않고 그저 엄마만 빨리 달려와줬으면 좋겠는 그런 통증이 몰려온 거야.

잭이 최면술사하고 만나는 걸 그다지 좋아하지는 않았을 거라고 생각해. 아주 행복한 것처럼 보이지는 않았으니까. 어깨가 축 처져 있었는걸. 코를 훌쩍이는 것 같던데, 독감은 아니겠지? 독감은 천식이 있는 잭에게는 정말 안 좋은데.

언젠가 잭이 막 세 살이 됐을 때, 패트릭이 일 때문에 멀리 있을 때, 한밤중에 잭이 천식 발작을 일으켜서 응급실에 가야 했어. 그때 얼마나 무서웠는지 몰라. 그때의 두려움은 지금도 생생하게 떠올라. 그 작은 가슴이 공기를 들이마시려고 얼마나 가쁘게 움직였는지, 그 아름다운 눈이 얼마나 애타는 눈으로 나를 쳐다봤는지, 내 무릎에 앉아서 벤톨린을 주사하는 동안 잭이 얼마나 필사적으로 자기 입을 덮고 있는 바보 같은 플라스틱 마스크를 벗겨내려고 애썼는지 분명히 기억해. 그때 의사도 간호사도 나를 잭의 엄마라고 생각했는데. 끊임없이 "어머니는 좀 괜찮으세요?", "어머니, 차를 좀 가져다드릴까요?"라고 물어봤는데. 그 사람들한테 '나는 잭의 엄마가 아니에요'라고 말하는 건, 나는 그저 새엄마일 뿐이라고 말하는 건 바보 같은 일이었을 거야. "새어머니, 차를 가져다드릴까요?"라고 하는 건 정말 우습잖아.

잭은 나를 사스라고 불렀어. 패트릭이 그렇게 불렀으니까. 밤마다 잘 자라는 인사를 하려고 잭의 방으로 들어가면 잭은 가짜 젖꼭지를 입에서 뺍고는 '사스, 싸랑해'라고 말했어. 그다음에는 곧바로 가짜 젖꼭지를 다시 입에 물었지(우리는 잭이 거의 네 살이 될 때까지 가짜 젖꼭지를 물고 자게 내버려뒀어. 좋은 일이 아니었지만, 우리는 잭에게는 너무 관대했어). 그 모습을 볼 때마다 정말 심장이 튀어나올 것처럼 가슴이 벅찼는데. 잭은 내가 원하던 것 이상이었어. 내가 꿈꾸던 것 이상의 아이였어.

천식 발작이 일어난 날, 병원에서는 날이 밝은 뒤에야 우리를 집에 보내줬어. 나는 잭을 아기 침대에 남겨 두고 오기 싫었어. 그래서 방으로 데려와서 같이 잤어. 정말 푹 잤지. 잠에서 깨어났을 때는 이미 패트릭이 집에 돌아와 있었어. 그는 그저 서서 사랑과 자부심이 가득 담긴 애정 어린 표정으로 우리를 내려다보고 있었어. 내가 눈을 뜨니까 패트릭은 "안녕, 내 가족들"이라고 말했어. 그때 패트릭의 표정은 절대로 잊지 못할 거야.

그리고 2년 뒤에, 잭이 학교에 입학하고 3주가 지났을 때 패트릭이 불쑥 내게 말했어.

"내 생각에는 끝난 것 같아."

"끝나다니, 뭐가?"

나는 정말 기분 좋게 물었어. 도대체 뭐가 끝난 건지 알 수가 없었으니까. 도대체 무슨 말을 하는 건지 조금도 짐작할 수 없었으니까. 텔레비전 시리즈가 끝났다는 말일까? 여름이 끝났다는 말일까? 나는 궁금했어.

패트릭이 의미한 건 우리였어. 바로 우리가 끝났다는 말이었어.

"거부당한 스토커는 아주 친밀한 관계를 맺었던 연인일 때가 많다. 스토커는 관계를 회복하고 싶다는 소망과 복수를 하고 싶다는 아주 복잡하고 불안한 감정에 휩싸여 있다." (복수라고?!! 왜? 그 사람이 대체 스토커한테 무슨 짓을 했기에?)

  – 인터넷으로 '스토커가 되는 이유'를 검색하면서 엘런 오패럴이 한 낙서

패트릭에게서 '미세한 표정'은 더는 볼 수가 없었다. 아니, 있었지만 엘런이 보지 못한 것일 수도 있다. 엘런의 의혹은 촛불에서 피어오르는 연기처럼 사라져버렸다.

7월의 첫 두 주 동안 엘런은 그해 가장 아름다운 시간을 보냈다. 파랗고 화창한 하늘이 펼쳐지는 여름날은 사과처럼 아삭했고 바삭했다. 새로 시작하는 연인에게는 정말로 완벽한 날씨였다. 손을 꼭 잡고 대중교통을 타기에도, 최근에 연인과 헤어진 사람을 울릴 만한 행동을 하기에도, 모든 사람이 시샘 어린 눈으로 노려볼 만한 행동을 하기에도 완벽한 날씨였다.

엘런은 기억을 모았다. 현대미술관 외벽에 붙어서 10대처럼 욕망에 휩싸여 나눈 기막힌 키스에 대한 추억. 엘런 때문에 패트릭이 다른 사람이 모두 돌아볼 정도로 큰 소리로 웃었던 어느 일요일 날 아침의 카페 풍경. 약간 술이 취한 채로 결국 침대에서 끝나버린

'진 루미' 보드게임. 요가 수업을 받고 오자 현관 층계참에 놓여 있었던 커다란 꽃다발과 '내 아가씨를 위하여' 라고 적힌 카드.

이제 두 사람은 서로를 지나치게 정중하게 대하지는 않았다. 엘런이 거대한 스테이크를 소스 한 방울까지 싹싹 긁어 먹었을 때, 패트릭은 "아이고, 주님"이라고 했다.

"자기, 아주 경건한 가톨릭 신자라고 하지 않았어?"

"나야 주님의 이름을 헛되이 부르는 사람이 아니지. 내 말은, 세상에, 자기 먹는 걸 좀 봐. 나는 내가 인습을 거부하는 채식주의자랑 데이트를 하는 줄 알았는데, 완전히 굶주린 육식동물이잖아."

"허, 빨리 먹어야 할걸. 안 그러면 자기 것도 먹어버릴 거야."

한동안 사스키아는 나타나지 않았다.

"아마 내가 무서워서 도망갔나 봐."

지금도 여전히 시간이 나면 스토킹을 하는 사람들의 심리를 곰곰이 생각해보곤 하는 엘런이 말했다.

"그럴지도 모르지."

패트릭은 '어쩌면 나는 예외일 수도 있잖아요' 라고 말하는 말기 환자를 위로하는 의사처럼 걱정스러우면서도 다정하게 엘런의 팔을 톡톡 두드렸다.

두 사람이 함께하는 시간이 길어지면서 엘런의 머릿속에서는 도저히 멈출 수 없는 노래 가사처럼 '사랑해' 라는 말이 맴돌기 시작했다. 어디선가, 아마도 바보 같은 잡지에서 읽은 기사일 텐데, 엘런은 여자가 먼저 사랑한다는 말을 하는 건 아주 치명적이라는 글을 읽은 적이 있다. '사랑해' 라는 말은 엘런이 듣게 될 가장 섹시하면서도 미신적인 말이 될 것이다. 하지만 그렇다고 서두를 이유는 없었다. 아직 두 사람이 만난 지 6주밖에 되지 않았으니까. 분명히 사랑한다는 말을 들을 수 있는 완벽한 순간이 찾아올 것이다.

엘런은 지난 연인들과 함께했던 '사랑해' 순간을 떠올려봤다.

앤디에게는 엘런이 먼저 "사랑해"라고 말했다. 엘런의 말을 듣는 순간 앤디는 끔찍하다는 표정을 지었지만, 곧 정신을 가다듬고 의무적으로 "나도 사랑해"라고 대답했다.

에드워드에게도 엘런이 먼저 사랑한다고 말했다. 정말로 맛있었던 딸기 다이커리(럼주에 과일 주스와 설탕을 섞은 칵테일 - 옮긴이)를 먹은 직후였다. 사실 그때 엘런이 사랑한다고 말한 대상은 에드워드가 아니라 딸기 다이커리였다.

지금 생각해 보니, 항상 엘런이 먼저 사랑한다고 말했다. 존에게는 그의 서른여덟 번째 생일을 축하하는 카드에 '사랑해'라고 적어 보냈고, 굴욕적이게도 존은 42일 뒤에야 대답을 해왔다.

그러니 패트릭과는, 패트릭이 먼저 말할 때까지 기다리는 것이 어느 모로 보나 안전했다.

그리고 패트릭이 먼저 말했다.

어느 날 평일 저녁, 패트릭은 엘런의 집에서 잠을 잤다. 그리고 다음 날 아침, 늦잠을 자는 바람에 약속 시간에 늦을 지경이 됐다. 패트릭은 침대에 기댄 채 엘런의 뺨에 입을 맞추더니 "좋아, 이제 가야 해, 사랑해"라고 말하고는 재빨리 방에서 나가버렸다.

그러니까 패트릭은 전화기에 대고 잭에게 '사랑해'라고 말할 때의 그 일상적인 목소리로 엘런에게 사랑한다 말하고 가버린 것이다. 이건 명백한 말실수였다.

엘런이 살짝 얼이 빠진 채 그 상황을 되짚어보고 있을 때, 밖에서 패트릭이 나선형 계단을 뛰어 올라오는 소리가 들렸다. 엘런이 몸을 일으켜 앉았을 때, 패트릭이 방 안으로 들어왔다.

"미안."

패트릭이 문설주를 움켜잡은 채 숨을 헐떡거리면서 말했다.

"실수였어. 아니 그게, 사실 실수는 아니야. 하지만 달빛이 비치고 무지개가 뜨는 그런 완벽한 순간에, 제대로 고백하고 싶었거든. 그런데 내가 망쳐버렸어. 진짜 바보라니까."

패트릭은 자기 이마를 손바닥으로 세게 쳤다.

패트릭은 침대로 다가와 엘런의 옆에 앉으면서 그전까지 연인이든, 친구든 그 누구에게도 보여준 적 없는 표정으로 그녀를 쳐다봤다. 이제껏 그런 식으로 강렬하게 엘런을 쳐다본 사람은 아무도 없었다.

"한 가지 분명히 할 게 있는데, 그래도 되지?"

"그럼. 물론이지."

엘런은 심각한 표정을 지어 보였다.

"나는 이 선언을, 음, 공식적인 기록으로 인정했으면 해. 필요하다면 물론, 문서로 남길 용의도 있어."

"좋아."

패트릭은 헛기침을 했다.

"엘런. 사랑해. 공식적으로 나는 당신을 사랑해."

"나도 자길 사랑해. 물론, 공식적으로."

"좋아. 아주 좋아. 그럼, 이로써 모든 게 극적으로 잘 해결된 거야."

패트릭은 손을 내밀었고, 엘런은 그 손을 잡았고, 두 사람은 서로 간에 만족스러운 사업 계약을 체결한 사람들처럼 악수를 했다. 엘런이 패트릭의 손을 놓아주려고 할 때, 패트릭이 엘런을 와락 끌어안아 침대에 쓰러뜨리더니 격렬하게 키스를 퍼부었다.

마침내 몸을 일으킨 두 사람은 한참 동안 서로를 보면서 바보처럼 웃어댔고, 패트릭은 손목시계를 들여다봤다.

"좋아. 이런 말은 하기 싫지만⋯⋯."

"알았어. 날 사랑해줘. 그리고 떠나버려!"

엘런이 말했다. 패트릭은 엘런에게 다시 한 번 입을 맞추고 방에서 나갔고, 엘런은 침대에 똑바로 누워서 행복에 흠뻑 젖었다. 이게 바로 사랑을 하면 느끼는 기분이다! 단순하고 평화롭고 재미있는 거. 사랑을 할 때 분석해야 하는 건 아무것도 없다. 왠지 지금까지는 한 번도 사랑했거나 사랑을 받아본 적이 없었던 것처럼 느껴졌다. 패트릭 이전의 사랑은 모두 진짜 사랑을 모방한 가짜 사랑처럼 느껴졌다.

죽을 때까지 이 느낌을 한 번도 경험해보지 못한 채 살았다면 어떻게 됐을까? (그리고 그다지 중요한 건 아니지만, 잊어버리지 않으려고 기록해두는 건데, 이번엔 패트릭이 먼저 말했어!)

▲　▲　▲

멜버른으로 출장을 가야 했기 때문에 최면술사와 약속을 다시 잡아야 했어. 출장은, 가지 않으려고 정말로 노력했지만, 트리시가 끔찍한 독감에 걸려서 어쩔 수 없었어. 더구나 나는 회사에서 유일하게 급한 일이 생기지 않을 사람이니까. 혼자 살지, 아이도 없지. 내가 대체 어떤 핑계를 댈 수 있겠어? 맞아. 댈 수 있는 핑계는 하나도 없어.

패트릭과는 멜버른에 가본 적이 없어. 그러니까 거리마다 깃든 추억 같은 건 하나도 없어. 처음에는 출장 가면 오히려 좋을 거라고 생각했어. 끝없이 이어지는 시드니의 화창한 날을 견디는 것보다는 음침하고 세찬 바람이 부는 멜버른에 있는 게 안심이 될 거라고 생각했으니까. 바쁘게 일하다 보면 다른 일에 신경 쓸 겨를이 없을 테니까. 밤이면 너무 피곤해서 곧바로 곯아떨어질 테니까.

하지만 시드니에서 떨어져 있는 시간이 길어질수록 패트릭과 엘런을 보고 싶다는 갈망은 커져만 갔어. 목요일 아침에는 일찍 눈이 떠졌고, 두 사람이 뭘 하고 있는지 지독하게 궁금해졌어. *지금 이 순간, 두 사람은 뭘 하고 있을까?* 패트릭은 엘런의 집에서 잤을까? 엘런이 패트릭의 집에서 잤을까? 두 사람의 일거수일투족을 알고 싶은 나의 욕망은 영양 결핍처럼 실제로도 내 몸이 느끼는 갈망이었어.

나는 금요일 아침에 시드니로 출발하는 첫 번째 비행기를 타고 돌아왔어. 내가 힘을 쓰면 비행기가 훨씬 빨리 날 수 있는 것처럼 좌석 손잡이를 힘껏 움켜잡고 온몸을 앞으로 숙이고 있었지. 나는 뱀파이어야. 나에게는 피가 필요해.

▲ ▲ ▲

금요일 오후에 엘런은 내담이 비는 시간에 잠시 심호흡을 하고 마음을 긍정적으로 다잡을 필요가 있었다. 이제부터 3일 동안은 아주 힘든 주말을 보내야 하니까.

그날 밤, 엘런은 패트릭과 함께 엄마와 엘런의 대모들과 만나 저녁을 먹을 예정이었고, 토요일 밤에는 패트릭의 가족을 만나기로 했다. 일요일에는 처음으로 패트릭과 함께 줄리아를 만나기로 했다. 줄리아와는 왓슨베이에서 피시앤칩스를 먹기로 했고, 패트릭의 친구 '스팅키'도 엘런을 만나러 올 것이다. 스팅키라는 이름이 주는 느낌이 불길하기는 했지만 어쩌면 줄리아와 좋은 만남이 될 수도 있다고 생각했다(엘런이 패트릭에게 실제로 냄새가 나서 '스팅키'라는 별명을 붙인 거냐고 묻자 패트릭은 껄껄 웃으면서 "아, 실제로 '악취가 나는 건' 아니야. 그냥 우리가 그렇게 부르는 거야"라고 말했다. "그럼 왜 그렇게 부르는 거야?"라는 질문에도 패트릭은 이유를 설명하지 않은 채 계속 웃기만 했다. 남자들은 가끔 정말 이해할 수 없을 때가 있다).

사실 패트릭이나 엘런은 이렇게 급하게 양쪽 가족과 친구를 만날 생각이 없었다. 하지만 엘런의 엄마가 갑자기 저녁 약속 날짜를 변경하거나, 일요일에 뜻밖에 스팅키가 시드니로 오는 등의 다양한 이유들이 맞물려서 결국 3일 연속으로 약속을 잡을 수밖에 없었다.

엘런에게는 다가오는 주말이 마치 중요한 시험이나 치과 약속을 앞둔 것처럼 비장하게 느껴졌다. 오늘 아침에 엘런은 살짝 메스꺼움을 느끼면서 잠에서 깼다. 두려움이 그런 식으로 몸에 영향을 주고 있음이 틀림없었다. 이제 막 시작하려는 연인들의 연약한 관계를 여러 사람이 몰려와 짓밟고 지나가려고 한다는 두려움 때문에, 사람들이 마구 의견을 던지고, 질문을 해대고, 단점을 찾아내려고 혈안이 되리라는 걸 알기 때문에 속이 불편한 게 분명했다. 패트릭과 엘런은 다른 사람들, 두 사람에게는 아주 중요한 사람들의 눈으로 서로를 다시 보게 될 것이다. 두 사람을 사랑하는 사람들의 견해는 어둠 속에서 빛나는 스포트라이트처럼 거칠고 노골적일 것이다.

숨을 들이마셔야지.

그래. 다른 사람 생각 따위, 신경 쓰지 않을 거야.

숨을 내쉬어야 해.

바보 같아. 당연히 엘런은 신경이 쓰였다. 정말로 신경 쓰였다. 엘런은 그녀가 사랑하는 모든 사람이 패트릭을 사랑하기를 바랐다.

패트릭을 사랑하는 모든 사람이 그녀를 사랑하기를 바랐다.

숨을 들이마셔. 내쉬고, 들이마시고…….

"잊어버려!"

엘런은 큰소리로 말했다.

엘런은 더 높은 자아에 접근하려는 시도를 포기하고, 그 대신 은제 그릇에서 초콜릿을 하나 집어 입에 넣고 천천히 녹여 먹었다. 내담실에 초콜릿을 두는 건 최면치료에 도움이 되기 때문이다. 초콜릿을 먹으면 세로토닌이나 엔도르핀 같은 신경전달물질이 분비되기 때문에 행복한 기분을, 더 나아가 희열을 느낄 수 있다. 줄리아의 말처럼, 이런 복잡한 이유들이 작용하기 때문에 초콜릿을 맛있다고 생각하는 것이다.

엘런은 잠시 눈을 감고 얼굴 위로 쏟아져 내리는 햇살을 느꼈다. 지금 엘런은 내담자가 앉는 비스듬한 안락의자에 앉아 있었다. 엘런은 내담자가 이 의자에 앉아 어떤 기분을 느끼는지, 이 위치에서는 그녀의 모습이 어떻게 보이는지를 상상하면서 자주 이 의자에 앉았다. 이 의자에 앉게 되는 내담자들이 엘런의 의심을, 더 심하게는 엘런의 허무를 조금이라도 눈치챌 수 있을까? 전문가처럼, 우아하게 다리를 꼬고 앉은 엘런이 바보처럼 보이지는 않을까? 창문으로 비치는 햇살 때문에 그녀의 입가에 난 잔털과 주름이 더욱 선명하게 보이는 건 아닐까?

엘런은 측량사처럼 번듯한 일을 하는 패트릭이 밖에 나가 한 손을 쭉 뻗고 측지기(망원경이 달린, 수평축이나 수직축을 기준으로 각도를 재는 측량기기 중 하나 ─ 옮긴이)를 들여다보다가 문득 자의식에 사로잡히는 순간은 절대로 없을 거라고 확신했다. 하지만 지금도 여전히 최면치료사라고 하면 마법사나 신앙치료사나 사기꾼이라고 생각하는 사람들이 있는 상황에서 엘런처럼 인정받지 못하는 직업을 가진 사람들은 다를 수밖에 없다. 문득 자의식을 느낄 수밖에 없는 거다.

한 번은 오랜만에 만난 옛 친구가 정말로 깜짝 놀라는 모습도 본 적이 있다. 그 친구는 아주 재미있는 말을 들었다는 것처럼 "아직도 최면인가 뭔가를 하는 거 아니지?"라고 말했다.

"그게 내 직업이야."

엘런은 그렇게 대답했지만, 기업 변호사인 그 친구는 그녀가 농담을 한다고 생각했는지, 그저 정중하게 웃을 뿐이었다. 하지만 엘런에게 최면치료는 직업 이상의 의미가 있었다. 최면치료는 엘런의 열정이었고, 엘런의 천직이었고, 엘런의 소명이었다.

안락의자에는 마지막으로 다녀간 내담자의 온기가 남아 있었다. 내담자는 10분만 걸어도 원인을 알 수 없는 통증 때문에 다리에 힘이 빠져 힘들어하는 데버라 반덴버그였다. 데버라는 엘런에게 오기 전에 물리치료사와 척추지압사, 스포츠 전문 의사를 여럿 찾아다녔고, X레이와 MRI 촬영을 수차례 하고 예비 수술도 여러 번 받았다. 하지만 아무리 해도 몸에서는 통증을 느끼는 원인을 찾을 수가 없었다. 의사들은 모두 그저 어깨를 으쓱하면서 "안타깝지만, 원인을 모르겠군요"라고만 했다.

"난 아주 활동적인 사람이었어요. 부시워킹(관목이나 가시덤불이 자라는 산길을 걷는 운동—옮긴이)을 정말 사랑했죠. 하지만 지금은, 어떤 때는, 컨디션이 아주 나쁠 때는, 쇼핑도 할 수가 없다니까요. 통증이 내 인생의 모든 걸 바꿔버렸어요."

"만성 통증은 그럴 때가 많죠."

엘런이 말했다. 엘런은 만성 통증으로 고생해본 적은 없지만 수년 동안 많은 내담자를 보면서 만성 통증이 어떻게 인생을 좀먹는지,

어떻게 인생의 소박한 행복들을 야금야금 앗아가는지 알게 됐다.

"하지만 제가 도울 수 있을 거예요."

엘런의 말에 데버라는 정중하지만 냉소적으로 웃었다.

"다들 그렇게 생각해요. 날 도울 수 있다고요. 하지만 결국은 포기하고 말죠."

데버라를 보고 있으면 왠지 모르게 줄리아가 생각났다. 데버라도 키가 컸고, 어딘가 확신에 차 있었다. 짙은 색의 짧은 머리, 블랙진을 입은 긴 다리를 보고 있을 때면(한 다리가 다른 다리를 완전히 감쌀 정도로 꼰 채 의자에 기대어 앉아 있을 때면) 남성적인 우아함마저 느껴졌다.

데버라가 요리를 좋아한다고 했으므로 엘런은 지난번 상담 때는 스토브 다이얼을 떠올리면서 통증을 줄이는 상상을 할 수 있도록 유도해줬다. 오늘 데버라는 의자에 앉자마자 아침에 주차장까지 걸으면서 스토브 다이얼을 줄이는 상상을 했더니 통증이 한층 줄어들었다면서, 어쩌면 지난번 시도가 통증을 줄이는 데 '도움이 될지도' 모르겠다고 말했다.

"하지만 그냥 그렇게 생각한 건지도 몰라요."

데버라는 갑자기 자기 자신이 의심스럽다는 듯이 말했다. 상담을 시작했을 때, 데버라는 자기가 회의론자라는 사실을 분명히 했다. 지난번 상담이 끝났을 때는 어느 정도 자부심을 드러내면서 "나는 최면에 걸리지 않았어요. 당신이 최면을 거는 내내 완전히 깨어 있었거든요"라고 말했다.

그때 엘런은 "그래도 괜찮아요"라고 말했다(바로 전까지만 해도 입을 벌린 채 침을 질질 흘리면서 깊은 최면에 빠져 있었던 게 분명한데도 그렇게 말하는 내담자는 정말 많았다).

"오늘도 다이얼을 돌려보려고 해요. '좋은 에너지 다이얼'이라고 부르면 좋을 것 같아요."

엘런의 말에 데버라가 비웃듯이 입을 삐죽거렸다.

"뭐, 아주…… 귀여운 이름이네요."

"좋아하실 거라고 생각했어요."

엘런은 데버라의 반응을 무시하고 단호하게 말했다. 부정적으로 반응한다는 것은 두렵다는 뜻이다.

엘런은 계단을 내려가듯이 단계마다 점점 더 깊은 휴식 상태로 들어가는 빠르고도 간단한 최면을 유도하면서 데버라의 날카로운 신경이 조금씩 풀려가는 모습을 지켜봤다. 최면에 빠져 있을 때 데버라는 훨씬 어려 보였다(스스로는 상당히 회의적이었지만, 실제로 데버라는 거의 대부분의 경우 최면에 걸렸다). 얼굴에 난 주름은 부드럽게 펴졌고, 확고하고 예민한 확신에 찬 표정은 완전히 방심한 표정으로 바뀌어 있었다. 그런 모습을 볼 때마다 엘런은 엄마처럼 짠한 느낌이 들었다.

"자신감에 차 있거나 행복했던 시간을 떠올려보세요. 완벽했던 순간을 찾을 때까지 계속 기억을 떠올려보세요. 그 생각을 떠올렸으면 고개를 끄덕여주세요."

엘런은 데버라가 기억을 더듬어가는 모습을 지켜보면서, 자기도 가장 완벽했던 순간으로, 처음 최면을 걸어봤던 순간으로 되돌아갔다. 그때 엘런은 열한 살이었다. 그때 엘런은 외할머니와 함께 바로 이 방에 앉아 있었다. 외할머니는 엘런이 하는 일이라면 무조건 아주 특별하다고 생각하는 분이었다. 엘런이 도서관에서 《다른 사람에게 최면을 거는 법》이라는 책을 빌려와 다 읽었을 때, 외할머니는 기꺼이 엘런의 첫 번째 내담자가 되어줬다. 엘런은 목걸이를 추로 사용했고, 추를 따라 외할머니의 예리한 갈색 눈동자가 양옆으로 부지런히 움직이는 모습을 쳐다봤다.

"너 정말 소질이 있구나."

최면에서 깨어난 외할머니는 엘런이 느끼기에 정말로 놀라며 그렇게 말해줬다. 외할머니의 반응은 엘런이 처음 리코더를 부는 모습을 보고 관대하게 박수를 쳐주던 것과는 분명히 다른 반응이었다. 외할머니는 "우리 손녀, 최면에 재주가 있네"라고도 하셨다.

우리 손녀, 최면에 재주가 있네.

엘런으로서는 상상도 하지 못했던 정말로 달콤하고 놀라운 말이었다. 외할머니의 말 한마디에 엘런은 영화에서 슈퍼히어로가 자기의 능력을 깨닫게 되는 순간, 수녀가 순결한 귀에 대고 속삭이는 으스스하고 권위적인 신의 목소리를 처음 들었다고 느낀 순간에 비견될 경험을 했다.

여전히 눈을 감고 있던 데버라의 뺨이 살짝 상기되더니, 마침내 그녀가 고개를 끄덕여 좋은 기억을 떠올렸다는 신호를 보냈다. 엘런은 데버라가 지금 어떤 생각을 떠올렸을지 살짝 궁금했다.

"지금 느끼는 감정, 그 감정이 내가 데버라가 필요할 때마다 떠올리길 바라는 감정이에요. 이제부터 엄지손가락으로 오른손을 꾹 누르면 그 감정이 느껴질 거예요. 세게 누르면 누를수록 감정은 더욱 강하게 느껴질 거예요. 그 감정은 전류처럼 데버라의 몸을 타고 흐를 거예요."

엘런의 목소리는 더욱더 열정적으로, 힘 있게 바뀌어갔다. 데버라가 느끼기를 바랐기 때문이다.

"이제 다시 통증이 느껴지면 데버라는 이걸 해야 해요. 먼저 통증 다이얼을 돌려서 통증을 줄이는 거예요. 그리고 에너지 다이얼을 돌려서 강해진다는 느낌을 경험하는 거예요."

엘런은 데버라의 얼굴에서 잠시 주저하는 빛을 보자마자 더욱더 강하고 단호한 목소리로 말했다.

"당신에게는 이 일을 할 능력이 있어요, 데버라. 모두 당신 안에 있어요. 이 기술을 능숙하게 사용할 수 있을 거예요. 고통에서 벗어날 수 있어요. 당신은 분명히 고통에서 벗어날 수 있어요!"

몇 분 뒤에, 엘런은 데버라의 최면을 풀었다. 눈을 뜬 데버라는 비행기 안에서 갑자기 깨어난 승객처럼 어리둥절한 표정으로 흐리멍덩한 눈을 깜빡이다가 재빨리 손목시계를 들여다봤다. 그러고는 두 손으로 머리를 쓸어내렸다.

"또 최면에 걸리지 않았어요."

데버라는 핸드백 안에서 힘차게 지갑을 꺼내면서 말했다.

엘런은 그저 고개를 끄덕이면서 초콜릿 그릇을 데버라에게 내밀었다. 헤어질 때, 현관 앞에서 코트를 입던 데버라는 엘런을 보지 않은 채 열심히 단추를 채우면서 아주 천천히 말했다.

"정말로, 당신이 날 치료한 것 같아요."

"나는 치료하지 않았어요. 통증의 원인은, 그게 뭔지는 모르지만 아직 그대로 있어요. 난 그저 통증을 다룰 수 있게 도와준 것뿐이에요."

"알아요. 하지만 실제로 효과는 있는 것 같아요."

데버라의 눈 속에는 오래전 엘런의 외할머니의 눈에서 봤던 놀라움과 경이로움이 담겨 있었다.

엘런은 그 순간을 기억하면서, 지금 웃고 있었다. 바로 그런 순간, 엘런은 최면치료사로서 만족감을 느꼈다.

엘런은 수첩을 펼쳐 다음 내담자를 확인했고, 그 순간 그녀의 얼굴에서 미소가 사라졌다. 다음 내담자는 메리 케이트 맥마스터스였다. 이런. 오늘은 더는 놀라거나 경이로워하는 표정은 볼 수 없겠구나, 엘런은 생각했다.

엘런은 흘끔 시계를 봤다. 아직 메리 케이트가 올 수 없다고 전화할 시간적 여유가 있었다. 벌써 세 번이나 메리 케이트는 상담 시간 직전에 일 때문에 도저히 빠져나올 수 없다는 전화를 해왔다. 메리 케이트는 법률회사 비서였는데, 예약 취소 전화를 걸 때마다 자기가 없으면 회사가 전혀 돌아가지 않는 것처럼 아주 숨 가쁜 목소리로 자신이 아주 중요한 사람이라는 티를 마구 냈다.

'아니야, 사람을 그렇게 나쁘게 생각하면 안 돼.' 엘런은 스스로를 나무랐다. 메리 케이트는 정말로 회사에서 없어서는 안 될 사람인지도 모른다. 게다가 메리 케이트는 늘 상담을 취소하면 규정대로 진료비의 50퍼센트를 지불했다(진료비 규정대로라면 하루 전까지 예약을 취소하지 않으면 위약금 50퍼센트를 물어야 했지만, 엘런이 그 규정을 적용한 적은 한 번도 없었다. 엘런은 아무 일도 하지 않고 돈을 받는 게 끔찍하게 싫었다).

그때 초인종이 울렸다.

엘런은 날카로운 모서리에 발가락을 찧은 사람처럼 조그맣게 욕을 내뱉었다. 그러니까 엘런은 메리 케이트가 상담을 취소해도, 상담 시간에 제대로 나타나도 짜증이 나는 거였다. 왜인지는 모르지만 엘런은 가련하고 우울한 메리 케이트에게 강한 반감을 느끼고 있었다. 도대체 왜 그런 걸까? 지금까지 엘런을 짜증나게 했던 내담자는 분명히 있었고, 다른 사람보다 더 좋아하게 된 내담자도 있었지만, 내담자가 약속 시간에 나타났다는 이유만으로 이렇게까지 심하게 불쾌한 감정을 느낀 경우는 한 번도 없었다. 정말로 조심하지 않는다면, 이 감정은 메리 케이트를 치료할 때 영향을 미칠 것이다. 그런 행동은 치료사의 윤리에 맞지 않았다.

엘런은 불교의 '물아일체'를 떠올렸다. 내가 메리 케이트고 메리 케이트가 곧 나야.

으음.

엘런은 따뜻하고 밝게 웃으면서 현관문을 열었다.

"메리 케이트! 어서 오세요. 얼굴 보니 정말 좋네요."

"그렇게까지 좋은 건 아니겠죠."

메리 케이트도 밝기는 하지만 빈정대는 얼굴로 나름 활짝 웃었다.

저런, 내가 욕하는 소릴 들은 건 아니겠지? 아닐 거야.

늘 그렇듯이, 메리 케이트는 오늘도 온통 검은색 옷을 입고 있었다. 땅딸막하고 오동통한 메리 케이트는 1970년대 히피처럼 길고 쭉 뻗은 머리를 정수리에서 정확하게 반으로 가르고 있었지만, 그에 어울리는 천연덕스럽고 천진한 표정을 짓고 있지는 않았다. 메리 케이트의 표정은 화가 난 것처럼도 보였고 처량한 것처럼도 보였다.

'메리 케이트, 당신 모습은 너무 우울해요.' 엘런은 생각했다. 엘런은 메리 케이트에게 화장을 해주고 머리를 자르고 염색한 다음 볼륨을 살리고, 검은 옷을 벗겨버리고 화사한 옷을 입혀주고 싶었다. 사실 메리 케이트는 아주 예뻤다. 립스틱만 살짝 발라도 환해질 얼굴이었다.

이런 세상에, 나 지금 잔소리쟁이 엄마들처럼 굴고 있잖아!

"화장실 먼저 가실래요?"

엘런이 메리 케이트에게 물었다. 엘런은 항상 내담자에게 화장실에 다녀올 거냐고 물었다. 방광이 꽉 차 있는 것만큼 최면치료에 방해되는 건 없으니까.

"아니, 괜찮아요. 빨리 치료나 하죠."

메리 케이트가 대답했다.

메리 케이트가 세상에서 가장 불편한 의자라는 표정을 지으며 초록색 안락의자에 앉는 동안 엘런은 무릎 위에 놓인 그녀의 진료 파일을 펼쳤다.

"지난번에 다녀간 뒤로 잘 지냈나요?"

엘런이 물었다.

"늘 그렇죠. 고래처럼 뚱뚱해요. 엘런은 잘 지냈겠죠?"

메리 케이트의 말에 엘런이 재빨리 고개를 들었다.

"몸무게 때문에 걱정이세요?"

"아뇨. 아, 음, 맞아요. 당연히 걱정하죠. 하지만 뭐 어때요."

메리 케이트는 한숨을 내쉬고 곧바로 하품을 했다.

"뭐, 오늘은 금요일잖아요. 주말에 뭐 재미있는 계획이라도 있어요, 엘런? 친구들 만나요? 가족?"

"특별한 계획은 없어요. 자, 말해보세요. 우리가 해결했으면 하는 문제가 몸무게랑 관련이 있나요?"

처음 진료를 받을 때 메리 케이트는 시드니 하버 터널을 지날 때마다 왠지 모르게 극심한 공포를 느끼기 시작했다며, 자신이 '허약한 미친' 부류 중 하나가 되기 전에 그 공포를 없애고 싶다고 했다. 몸무게에 관한 말은 단 한 마디도 하지 않았다. 하지만 많은 내담자가 그랬다. 상담을 몇 번 받아야만 자신이 치료를 받고 싶어한 진짜 이유를 알게 되는 것이다.

"아마도 전생에 감자 기근이 발생한 아일랜드에서 살았을지도 모르죠. 그래서 지금 그 보상을 받고 싶은 거예요. 감자를 죽어라 먹는 건 그래서일걸요."

메리 케이트가 말했다.

"음, 아마 최면치료가 큰 도움이……."

"난 전생은 안 믿어요. 모두 헛소리예요."

메리 케이트가 아주 신랄하게 말했다.

"지난번 내담 때도 이 얘기를 한 것 같네요."

엘런은 온화하게 말했다. 엘런은 '헛소리'라는 표현을 좋아하지 않았다. 그리고 메리 케이트가 전생을 믿지 않는다는 얘기도 지난번에 아주 길게 했다.

"그럼 사람들에게 전생을 떠올리라고 하면 안 되는 거잖아요."

"나는 전생을 떠올리라는 말을 하지 않아요. 하지만 최면에 걸리면 전생을 경험했다고 믿는 내담자도 분명히 있죠. 난 그런 분들의 말씀을 믿어요."

엘런의 말에 메리 케이트는 살짝 콧방귀를 뀌었다.

"마지막 내담 뒤로 시드니 하버 터널을 또 지나간 적이 있나요?"

엘런이 물었다.

"아, 있어요. 사실, 괜찮아졌어요. 이겨낸 게 분명해요."

메리 케이트가 어깨를 으쓱하면서 말했다.

엘런은 메리 케이트를 뚫어지게 쳐다봤다.

"그럼, 오늘은 어떤 도움을 받으려고 오신 건가요, 메리 케이트?"

그 말에 메리 케이트는 또다시 한숨을 내쉬었다. 메리 케이트는 마치 싸구려 호텔 방에 들어온 것처럼 한껏 경멸 어린 표정으로 방을 둘러보더니, 몸을 앞으로 숙여 초콜릿을 하나 집어 들었다가 곧 마음을 바꾸고 초콜릿을 다시 그릇에 떨어뜨렸다.

그리고 마침내 입을 열었다.

"사실 여기 화장실을 쓸 수 있을 것 같아서 왔어요."

▲ ▲ ▲

엘런을 다시 보니 안도감이 밀려왔어.

엘런이 나를 어떻게 생각하는지는 모르겠지만, 나는 굳이 따지자면 엘런을 좋아하는 쪽이야. 무슨 말이냐면, 엘런이 존재한다는 사실을 생각하면 속이 매스껍지만, 엘런이라는 존재가 이상할 정도로 흥미롭다는 사실은 인정한다는 거야.

그러니까 이건 비뚤어진 사랑과 같아. 왜 한 남자를 만났는데, 남자는 너무 역겹지만 왠지 함께 잠자고 싶을 때가 있잖아. 그 남자랑 잘 때는 정말 좋지만, 하룻밤이 지나고 나면 후회가 물밀듯이 밀려와서 몸이 아플 정도로 녹초가 되는 거, 그거랑 비슷한 거야. 작년에 고객 초청 크리스마스 파티 때 만난 유인원처럼 생긴 남자가 그랬지. 그 남자는 애프터셰이브 로션을 잔뜩 바른 데다 보석도 나보다 더 많이 차고 있었어. 그 사람하고의 섹스는 좋았지만, 섹스가 끝난 뒤 나는 욕실에서 몸을 벅벅 문지르면서 패트릭을 생각하며 울었어. 그때 그 감정은 기름진 정크 푸드를 잔뜩 먹은 뒤에 느끼는 자기혐오랑 비슷할 거야.

엘런이라면 정크 푸드 따위는 먹지 않을 거야. 분명히 두부랑 렌즈콩을 먹겠지? 패트릭이 피자를 얼마나 좋아하는지 알면 몸서리치지 않을까?

물론 나는 엘런과 함께 침대에 가고 싶은 마음은 없어. 그저 엘런의 모든 것을 알고 싶을 뿐이야. 나는 일어날 수 있는 모든 상황 속에서 엘런을 관찰하고 싶을 뿐이야. 나는 엘런의 머릿속으로, 엘런의 몸 안으로 들어가고 싶을 뿐이야. 그저 단 하루만, 엘런이 되어보고 싶은 거야.

패트릭과 데이트한 여자 가운데, 나에게 이런 생각이 들게 한 사람은 없었어. 엘런에게 느끼는 이런 감정을 느꼈던 사람은 아무도 없었어.

엘런의 이름을 부를 수 있다는 사실을 생각하면 기분이 좋아져. 지난번 내담 때 나는 그녀의 이름을 정말 많이 불렀어. "고마워요, 엘런.", "다음 주에 봐요, 엘런." 엘런의 이름을 부를 때마다 자기만족에 푹 빠져 있는 패트릭의 얼굴을 찰싹 때리는 기분을 느꼈어.

이제 새로운 삶을 살게 됐다고 생각하지 마, 패트릭. 나하고는 전혀 관계없는 삶을 살아가게 됐다고 자만하지 말란 말이야. 나는 여기에 있어. 내가 엘런의 이름을 부르고 있단 말이야. 나는 엘런의 집에 들어갈 거야. 엘런의 욕실도 사용할 거야. 나는 엘런이 어떤 탈취제를 쓰고 어떤 생리대를 쓰는지 알아. 그녀도 특별할 거 하나 없단 말이야.

아니, 엘런은 아주 특별한지도 몰라. 어쩌면 그녀는 당신보다 훨씬 나은 사람인지도 몰라, 패트릭. 당신이 함께할 수 있는 사람이 아닐지도 몰라. 엘런은 우리하고는 전혀 다른 사람일 수도 있단 말이야.

안에 있는 엘런과 밖에 있는 엘런이 정확하게 동일한 사람이라는 것, 그게 그녀의 특별한 점이야. 아무튼, 엘런은 사람들에게 이런 인상을 심어줘. 술책을 부린다거나 거짓으로 꾸미지 않는 것처럼 보인다는 거. 사람들에게 자기가 의도한 인상을 주려고 말을 뱉기 전에 할 말을 고민하고 걸러내지 않는 것처럼 보인다는 거.

물론 엘런도 말을 거르겠지. 사람들은 누구나 걸러서 말하니까. 하지만 엘런의 말을 거르는 필터는 아주 단순하고 빠르게 작동하는 게 분명해. 그녀의 필터는 다른 사람을 불쾌하게 만들 수도 있는 말들을 신중하고도 빠르게 걸러내고 있어. 내 필터는 상황에 따라, 사람에 따라, 내가 그 순간에 입증해 보이고 싶은 일에 따라, 내가 하는 모든 생각을 다른 사람이 받아들일 수 있는 말로 걸러내려는 파이프와 깔때기와 체가 마구 뒤섞여 있는 미궁인데 말이야.

엘런은 입증해야 할 일이 하나도 없어. 엘런은 '마음의 힘'이라는 헛소리를 진심으로 믿으니까. 마음의 힘을 열렬하게 믿으니까. 마음의 힘은 엘런에게 종교와 같으니까. 처음에는 엘런이 너무 경건한 체한다고 생각했어. 하지만 이제는 옛사람 같은 언어 감각을 지닌 정말로 좋은 사람이라고 생각해. 엘런은 세상에 좋은 것만 존재하기를 바라는 사람이야. 하지만 당신이랑 나는 아니야. 안 그래, 패트릭? 우린 결점이 많은 사람이야. 우리는 이 세상 모든 사람이 행복하기를 바라지는 않잖아. 안 그래?

엘런하고 있을 때면 왜 그런지는 정확히 모르겠지만, 내가 꼭 가짜인 것처럼 느껴져. 아마도 내가 내 본모습 그대로 엘런을 만났다고 해도 우리 두 사람에게 어떤 차이가 있는지, 금방 알아냈을 거야. 당신이 왜 엘런을 사랑한다고 생각하는지 알아. 이해할 수 있어, 패트릭. 정말로 이해해. 나도 조금쯤은 엘런을 사랑하니까.

그건 우리가 처음으로 함께 보냈던 크리스마스이브랑 같은 거야. 기억나? 그때 우리 둘 다 마치 일광욕하는 사람처럼 대자로 뻗어서 잠들었잖아. 입에서는 스팅키가 준 끝내주는 리큐어 때문에 라즈베리 맛이 났고. 천장에서 선풍기가 빙글빙글 돌아가고 있고, 방이 부드럽게 출렁이는 것처럼 느껴져서, 나는 우리가 마법의 강을 떠내려가는 뗏목을 탄 두 어린아이 같다고 생각했었어.

분명 그런 밤이 있었잖아. 엘런이 얼마나 달콤한지, 얼마나 순수한지는 나에게 중요하지 않아. 그런 밤이 있었다는 것만이 중요해. 우리에게 그 밤이 있었다는 것민 중요하다고. 그때 엘런은 존재하지도 않았어.

우리 둘 다 캐머런 디아스에게 홀딱 반했던 거 기억하지? 우리가 엘런에게 반한 것도 그런 거야. 우리는 디너파티에 갔다가 엘런을 만나야 했어. 집으로 돌아가면서 엘런이 얼마나 사랑스러운지, 최면치료라는 게 얼마나 신기하고 재미있는 건지 떠들어대야 했어. 그러고는 집에 오자마자 그녀에 관한 일은 모두 잊어버려야 했다고.

엘런은 정말 끝내주는 사람이야. 하지만 실은 캐머런 디아스 같은 사람인 거야, 패트릭. 엘런은 우리 인생에서 정말로 존재하는 사람일 수 없어. 우리하고는 아무 관계없는 사람이란 말이야.

▲ ▲ ▲

엘런과 패트릭은 엘런의 엄마 집으로 달려가고 있었다. 운전대를 잡은 건 패트릭이었다. 패트릭은 운전은 당연히 자기가 해야 한다고 생각하는 사람이었다. 엘런처럼 운전을 할 때면 극도로 긴장하는 사람에게는 정말로 좋은 파트너였다(존은 정말로 꼼꼼하게 운전하는 차례를 따졌다. 엘런에게 자동차 열쇠를 던져주면서 "이번에는 당신 차례야"라고 말했다. 그러고는 늘 목적지까지 가는 내내 한숨을 쉬면서 잔소리를 늘어놓았다).

"그러니까 아버지와 헤어진 뒤로 아무도 만나지 않으셨다고? 이런, 세상에. 차들이 왜 이렇게 많아?"

패트릭이 브레이크를 세게 밟는 바람에 자동차가 크게 요동쳤다.

패트릭은 극도로 긴장한 게 분명했다. 엘런은 패트릭에게 '걱정하지 마. 엄마는 분명히 자기를 좋아할 거야' 같은 말을 해줄 수 있다면 좋을 텐데, 하고 생각했다. 불쌍한 패트릭.

엘런의 엄마는 아마도 패트릭을 마음에 들어하지 않을 것이다. 엘런의 애인 가운데 엘런의 엄마 앤이 가장 좋아했던 사람은 재치가 넘쳤고 신랄한 말을 입에 달고 살았던 존이었다. 당연히 그렇겠지. 존은 엘런의 자부심을 가장 많이 다치게 한 사람이니까. 엘런은 존을 사랑했지만, 존은 엘런을 진심으로 사랑하지 않았으니까.

앤이 정치나 사업같이 집 밖에서 일어나는 일에는 관심이 없는, 다정하고 통통하고 말이 많은 엄마였다면 어땠을까? 엘런에게 그녀의 엄마가 '손님'에게 접대할 두 번째 치즈케이크를 가져오려고 부산을 떠는 동안, 패트릭과 다정하게 악수하고 남자 대 남자로 측량 일을 물어보는 백발에 안경 쓴 아빠가 있었다면 어땠을까? 그랬다면 지금 걱정하는 일은 전혀 일어나지 않을 텐데.

"살면서 조금 길게 갔던 관계는 몇 번 있었어. 하지만 아무도 안 만난 지는 한참 된 것 같아."

엘런이 말했다.

"아버지는…… 사진도 없다고?"

"사진 같은 건 하나도 없어."

엘런은 살짝 짜증이 나서, 입을 다물었다가 다시 말했다.

"내가 말했잖아."

엘런은 데이트를 시작하고 몇 주쯤 지났을 때 가족사를 패트릭에게 이야기했다. 몇 년이나 거듭해서 아버지에 대한 스토리를 완벽하게 다듬었기 때문에 엘런에게 가족사는 디너파티 때 자연스럽게 꺼낼 수 있는 가장 좋은 이야깃거리가 되었다. 엘런은 독특하면서도 흥미롭고 친근하게, 같이 저녁 먹는 사람들이 당황해서 의자에서 자세를 고쳐 앉으며 안절부절못하지 않아도 될 정도로만 적절하게 가족 이야기하는 법을 익혔다.

엘런은 항상 같은 문장으로 이야기를 시작했다.

"우리 엄마는 시대를 앞서 나간 여자예요."

그러고는 전적으로 실용적인 닥터 앤 오패럴이 1971년 1월 1일 아침에 새해 결심으로 싱글 맘이 되기로 했다는 것부터 설명한다. 자립심이 강한 성공한 30대 여성이었던 앤 오패럴은 결혼해야겠다는 생각은 특별히 없었지만 이상하게도 아기는 갖고 싶었다. 앤 오패럴은 가장 친한 여자 친구 두 명의 도움을 받아 자기 아이의 아빠가 되어도 좋을 남자들의 장단점을 철저하게 따져봤다. 물론 남자들의 교육 수준, 병력, 성격도 철저하게 점검했다.

앤은 이때 작성한 목록을 간직했다가 엘런이 10대가 되었을 때 딸에게 보여줬다. 앤이 직접 손으로 작성하고 각 항목을 체크한 목록에서 엘런의 아버지 이름 옆에는 85점이라고 쓰고 동그라미를 쳐놓은 점수가 적혀 있었다. 차점자보다 10점이나 높은 최고 점수였다.

엘런 아버지의 장점은 '대학원 수료(엘런의 아버지는 외과 의사였다. 앤은 대학에서 엘런의 아버지를 만났다)', '건강한 치아', '작은 귀(엘런의 엄마는 크고 펄럭이는 귀를 싫어했다)', '멋진 피부', '심장병, 당뇨, 호흡기관계 질병이 없는 가족력', '뛰어난 사교성'이었다.

엘런 아버지의 단점은 '시력(안경을 썼다)', '영적인 경향', '타로 카드 점을 보는 모친', '조금 이상한 유머 감각', '결혼하려고 약혼을 했다는 것'이었다.

최근 몇 년 동안 엘런은 '결혼하려고 약혼을 했다는 것'이라는 항목은 가족사 이야기에서 빼버렸다. 엘런은 세상 전체가 점점 더 윤리적으로 변해가는 것인지, 전 지구적으로 내숭 떠는 수준이 높아진 것인지, 아니면 엘런이 어울리는 사람들이 점점 더 보수적으로 변해가는 것인지 도무지 알 수가 없었다.

아무튼, 엘런의 아버지에게 결혼을 약속한 약혼자가 있었다는 사실은 엄마에게 전혀 장애가 되지 않았던 게 분명했다. 아버지를 유혹하는 일은 식은 죽 먹기여서, 엘런의 엄마는 배란기를 전후로 임신 최적기에, 한 번이 아니라 적절한 수만큼 아버지를 유혹할 수 있었다.

"뭐, 70년대 일이잖니."

엘런의 엄마는 그렇게 말했다.

그러니까 그렇게 된 거였다. 엄마의 계획은 성공했다. 엘런의 '아버지'는 두 달 뒤에 결혼해서 영국으로 떠났고, 엘런은 아버지에게 자기 존재를 눈곱만큼도 알리지 못한 채 이 세상에 태어났다.

"내가 영국에 가서 아빠를 만나고 싶다면 어떻게 할 거야?"

지나치게 유순하고 짧았던 10대의 반항기를 거치고 있을 때 엘런은 엄마에게 그렇게 말했다. 익숙하지 않은, 너무나도 뚜렷한 성별을 나타내는 '아빠'라는 말을 해야 할 때는 입술이 파르르 떨리기까지 했다.

"말리지는 않을게."

신문을 읽고 있던 엘런의 엄마는 고개도 들지 않고 말했다.

"뭐, 그 사람 부인한테는 아주 잔혹하고 힘든 일이 되겠지."

물론 엘런은 다른 사람을 힘들게 하는 잔혹한 일을 일부러 할 수 있는 사람은 아니었다. 더구나 알지도 못하는 중년 남자를 만난다는 것은 생각만으로도 부끄러웠다. 친구의 아빠들은 덩치가 크고 털이 많고 목소리가 걸쭉했다. 간혹 재미있는 사람도 있었지만 대부분은 따분했고, 본질적으로 엘런에게 아버지가 꼭 있었으면 하는 바람을 심어줄 만한 사람들이 아니었다.

엘런의 엄마 친구들인 멜라니 이모와 필리파 이모는 아이가 없었다. 두 사람은 엘런의 대모였고, 엘런이 어렸을 때는 대부분 같은 아파트에서 함께 살았다. 세 친구의 남자 친구들은 부지런히 엘런이 사는 아파트로 찾아와 여자 친구와 함께 데이트를 하러 나갔고, 가끔 거뭇거뭇한 수염과 착 가라앉은 목소리를 내면서 식탁에 앉은 모습으로 아침 식사 시간에 모습을 드러내기는 했지만, 그런 남자들은 대부분 엘런의 인생에서 잠시 왔다가 사라지는 존재일 뿐이었다. 그저 한동안 존재하다가 사라지기 전까지 타성에 젖은 행동과 모습을 즐겁게 분석하는 것으로 족한 존재들이었을 뿐이다(멜 이모는 40대가 됐을 때 마침내 수줍음 많고 쉽게 마음을 드러내지 않는 남자와 결혼했다. 그분은 멜 이모를 아주 행복하게 해주는 사람인 듯했고, 멜 이모의 사회생활에 지나치게는 간섭하지 않는 것 같았다).

"꼭 엄마가 세 명인 것 같아요."

엘런은 사람들에게 그렇게 말했는데, 실제로도 그랬다. 소신이 뚜렷한 성공한 독신 여성 세 명은 자기가 엘런을 길렀다고 주장할 수 있는 권리를 동등하게 나눠 갖고 있었다.

"마치 레즈비언 공동체에서 자라는 것 같았어요."

어렸을 때는 그렇게 말했지만, 어른이 된 뒤로 엘런은 그런 말은 덧붙이지 않았다. 왜냐하면 스스로 지적이고 예리한 사람처럼 보이고 싶었고, 어쩌면 그런 말이 레즈비언에게는 실례가 될 수도 있다고 생각했기 때문이다. 더구나 엘런은 레즈비언 공동체의 삶이 어떤지를 몰랐고, 실제로 레즈비언 공동체가 존재하는지도 몰랐기에 더는 레즈비언 이야기를 하지 않았다.

"그러니까 우리 아버지는 본질적으로는 정자 기증자라고 할 수 있어요. 본인은 그걸 몰랐지만요."

엘런은 가족사 이야기를 언제나 이 말로 끝냈고, 엘런의 이야기를 들은 사람들은 대부분 그 즉시 활발하게 토론하기 시작했다. 사람들은 보통 자기가 그런 생각을 이 세상에서 가장 먼저 한 사람이라도 되는 것처럼, '아하! 그래서 당신이 최면치료사가 된 거군요. 아버지는 영적이고 할머니는 타로 카드 점을 보는 분이었으니까요' 라고 말했다. 엄마의 결정에 관해서는 놀랍다고 감탄하는 사람도 있었고, 정중하게, 또는 전혀 정중하지 않게 용납할 수 없는 행동을 했다고 나무라는 사람도 있었다.

하지만 엘런은 사람들의 반응에 신경 쓰지 않았다. 그녀 스스로도 엄마의 행동을 용납할 수 있는지 없는지 확신하지 못했고, 엄마가 다른 사람들 생각은 신경 쓰지 않으리라는 것도 확실한데다가, 이미 수년 동안 여러 번 자기가 태어나게 된 이야기를 하면서 엘런으로서도 무심해진 부분이 있었기 때문이다. 엘런에게 엄마와 아빠가 일으킨 엘런 만들기 사건은, 줄리아에게 줄리아의 부모님이 양육권 소송을 벌이는 동안 아버지가 줄리아와 그녀의 동생을 납치해 두 아이의 머리카락을 갈색으로 물들이고, 박진감 넘치는 경찰 추격 사건을 일으킨 일과 거의 비슷했다. 줄리아도 한때는 그 사건을 기억할 때마다 엄청난 감정을 느꼈을 테고, 아마도 무의식에서는 여전히 그런 감정이 남아 있을 테지만, 의식 상태에서 줄리아에게 줄리아 남매 납치 사건은 그저 아주 재미있는 굉장한 이야기일 뿐임을 엘런은 알았다. 모두 사람들을 만났을 때 써먹을 수 있는 즐거운 소재일 뿐이다.

엘런이 가족사 이야기를 해줬을 때 패트릭은 정말로 열심히 들었고, "어머니한테는 잘된 일이네요. 하지만 당신이 아버지를 그리워하며 자라야 했다는 게 안타까워요"라고 말했다.

"처음부터 없었던 걸 그리워할 수는 없죠."

엘런은 그렇게 대답했다. 물론 자기가 한 말이 전적으로 사실이라고는 믿지 않지만, 엘런이 어린 시절을 침대에 얼굴을 파묻고 '아빠'를 찾으며 울면서 보내지는 않았다는 건 분명했다.

"혹시 내가 아들이었다면, 그리워했을지도 모르죠."

"나는 딸에게도 역시 아빠가 필요하다고 생각해요."

엘런의 말에 패트릭은 정말 진지하게 그렇게 대꾸했다. 그런 진지함 때문에 엘런은 패트릭을 조금 더 사랑하게 됐고, 패트릭이 베이비파우더 광고에 나오는 남자처럼 어린 딸을 살며시 안고 있는 모습을 상상했다(그래, 맞다. 그때 엘런은 자기가 낳은 딸을 안고 있는 패트릭을 상상했다).

그런데 지금 아버지 사진은 하나도 없냐고 물은 건가? 그러니까 내 얘기를 제대로 듣지 않았다는 거네? 내가 우리 가족 이야기를 한지 벌써 몇 년은 됐다는 듯이, 자세한 내용은 하나도 생각이 나지 않는다는 거야? 엘런은 너무나도 실망스러웠다. 또다시 토할 것처럼 속이 메스꺼워졌다. 내가 이 사람하고 사랑에 빠지고 싶다는 생각에 절실하게 매달려 있는 거면 어쩌지? 이 사람에 대한 모든 생각이 내 지나친 망상이면 어쩌지? 이 사람이 사실은 그저 피상적이고 이기적인 멍청이라면 어쩌지?

아버지가 있었다면 좋은 남자를 고르는 능력을 제대로 갖출 수 있었을까? 그럴지도 몰라. 맞아. 거의 그럴 거야. 아버지를 찾아가겠다는 엄포가 허세임을 엄마에게 들킨 뒤로 엘런은 아버지 없이 자란 딸들을 연구한 심리학 자료를 찾아서 특히 문제가 되는 부분을 형광펜으로 표시한 뒤에 엄마가 볼 수 있는 곳에 놓아두었다.

"네가 원하는 게 정확히 뭔데? 시간을 돌려서 너를 임신하지 않았으면 하는 거니?"

심리학 자료를 본 엄마는 그렇게 물었고 엘런은 "죄책감을 느꼈으면 좋겠어"라고 대답했다.

하지만 앤은 웃음을 터뜨렸다. 그녀의 감정을 나타내는 사전에 '죄책감'이라는 단어는 없었다.

"미안."

교통신호등이 초록색으로 바뀌자 천천히 출발하면서 패트릭이 말했다.

"당연히 사진 한 장 없다는 건 알아. 그냥, 너무 떨려서 그래. 꼭 직장 면접을 보는 것 같아서. 난 그런 면접을 못 보거든. 특히 정말로 합격했으면 싶을 때는 더 엉망이야."

엘런은 패트릭을 흘긋 쳐다봤다. 패트릭의 얼굴은 정말로 연약해 보였고, 공포에 질려 있었다. 잠시 동안, 엘런은 그런 패트릭이 꼭 잭처럼 보인다고 생각했다.

"잔뜩 긴장해 있으면 이렇게 진짜 말도 안 되는 소리를 떠들어대는 거야."

그러고는 백미러를 보면서 얼굴을 찡그렸다.

"더구나, 뒤에 우리 친구가 있어서 더 정신이 없군."

"친구라니?"

"우리의 버니 보일러 친구 말이야. 우리 뒤에 있어."

"사스키아가 따라온단 말이야?"

엘런은 재빨리 몸을 돌려서 뒤를 쳐다봤다.

"어디? 어디 있는데?"

"좋아. 끝내주네. 환상적이야. 여자 친구 가족한테 처음으로 인사가는 전 남자 친구를 꼭 쫓아와야 한다는 거지. 진짜 고맙네."

패트릭이 낮게 중얼거렸다.

"그러게. 그래서 그 사람, 어디 있는데?"

엘런은 안전벨트에 목이 졸릴 정도로 완전히 몸을 틀어서 뒤를 돌아봤다. 엘런과 패트릭 바로 뒤에는 남자가 운전하는 트럭이 있었다. 트럭 운전사는 눈을 감고 한 손으로 커다란 운전대를 팡팡 치면서, 엘런에게는 들리지 않는 노래를 따라 부르는지 계속해서 입을 벙긋거리고 있었다.

"그 사람은 옆 차선에 있어. 우리보다 몇 대 뒤에. 걱정하지 마. 내가 따돌릴게."

패트릭은 가속 페달을 힘껏 밟았고, 자동차는 쏜살같이 앞으로 튀어나갔다. 엘런은 앞으로 몸을 돌려 노란색 신호등이 빨간색으로 바뀌는 모습을 쳐다봤다. 교차로를 지나가면서 엘런은 패트릭의 차를 따라오지 못하고 교차로 건너편에 남은 차들을 쳐다봤다.

"무슨 색이야? 차 말이야. 무슨 색이야?"

엘런이 필사적으로 물었다.

"따돌렸어. 봐, 길이 뚫렸어."

"잘됐네."

엘런은 안전벨트에 쓸린 목을 문지르면서 말했다.

▲ ▲ ▲

교차로에서 신호 때문에 두 사람을 놓쳤어. 두 사람이 어디로 갔는지는 몰라. 어쩌면 엘런의 친구를 만나러 간 건지도 모르겠어. 패트릭의 친구는 아니야. 내가 아는 한 그쪽 방향에 사는 사람은 없으니까.

엘런이 뒤돌아보는 걸 봤어. 나를 보려고 한 걸까?

패트릭은 내가 뒤에 있다는 걸 알았겠지. 패트릭이 뒤에 있는 나를 언제 알아채는지는 정확하게 알 수 있어. 평소랑 다르게 미친 듯이 속력을 내니까. 가끔은 손가락을 들어서 나한테 욕을 하기도 해. 한 번은 나를 따돌리려고 불법으로 우회전을 하다가 경찰에 걸리기도 했어. 그 때문에 내가 얼마나 마음이 아팠는지 몰라. 그 사람은 20년 이상 운전을 하면서 한 번도 딱지를 뗀 적이 없다는 걸 자랑으로 삼는 사람이니까.

너무 미안해서 패트릭에게 와인을 한 병 보냈어. 정말 특별한 와인이었지. 페퍼 트리 화이트와인. 우리가 마지막으로 함께 보냈던 여름에 헌터밸리에서 발견한 와인 말이야. 그 와인을 발견하고 우리는 한 상자째 사 왔었어. 정말로 빠져버렸거든. 그 와인을 마시면서 나를 생각하지 않을 수 있을까? 당연히 생각날 거야.

와인을 보내고 패트릭의 사무실 밖에서 기다렸어. 그런데 패트릭이랑 함께 일하는 여자가 내가 보낸 와인 병을 들고 나오는 게 아니겠어? 내가 보낸 와인인지 어떻게 아느냐고? 그야 내가 포장해 보낸 파란 박엽지에 싸여 있었으니까. 그러니까 패트릭은 내가 보낸 선물을 열어볼 생각도 하지 않고 그냥 그 여자한테 던져준 거야.

패트릭이 최면술사한테는 내 얘기를 어떻게 했을까 궁금해. 엘런한테 말이야. 분명히 내가 '미쳤다'고 했겠지?

한 번은 패트릭이 나한테 고함도 질렀어. 패트릭 뒤를 따라 상점가를 걷고 있었는데, 그가 갑자기 몸을 휙 돌려서 곧바로 나한테 걸어왔어. 나는 걸음을 멈추고 웃으면서 패트릭이 다가오기를 기다렸어. 패트릭도 나를 보고 웃고 있었어. 나는 마침내 우리 둘이 제대로 된 대화를 할 수 있게 됐다고 생각했어. 하지만 아니었지. 가까이 다가오는 패트릭의 웃음은 비웃는 듯한, 화가 난 웃음이었어. 패트릭은 손가락으로 내 얼굴에 삿대질을 하면서 소리를 질렀어.

"당신은 정말 미친 정신병자야."

아마도…… 다른 상황이었다면 아주 재미있었겠지만, 나는 패트릭이 정말로 나를 때리는 게 아닌가 걱정됐어. 너무 화가 난 듯 온몸을 부르르 떨고 있었거든.

하지만 사실 나는 패트릭이 나를 때렸으면 했어. 나는 맞고 싶었어. 패트릭이 나를 두 팔로 안아주지 않을 바에는 차라리 때리기라도 하길 바랐어. 그러면 우리는 다시 한 번 연결될 테니까. 살과 살이 다시 한 번 맞닿는 거니까.

하지만 패트릭은 날 때리지 않았어. 그저 두 손으로 뒷목을 잡더니 자폐를 앓는 아이처럼 몸을 앞뒤로 흔들었어. 나는 패트릭을 진정시켜주고 싶었어. 패트릭은 그렇게 흥분할 이유가 없었어. 그냥 나인걸. 나는 여전히 변한 거 없는 나일 뿐이었는걸. 하지만 그가 이해하지 못하는 건 바로 그거였어. 나는 안타까워서 "자기야"라고 불렀어.

그러자 패트릭은 두 손을 툭 떨어뜨렸어. 벌게진 그의 눈이 촉촉해졌어.

"날 그렇게 부르지 마."

패트릭은 그렇게 말하고는 떠나가버렸어. 나는 그 자리에 꼼짝도 하지 않고 서서, 일요일 저녁이면 항상 우리 둘이 피시앤칩스를 먹곤 했던 식당 창문을 뚫어지게 쳐다봤어. 창문에는 스페셜 메뉴가 붙어 있었어.

바로 이게 문제야. 이제 나는 미친 사람이라는 역할에 영원히 갇힌 거야. 패트릭은 이제 나를 늘 미친 사람이라고 생각할 거야. 예전에 패트릭은 나를 '재미있는 사람'이라고 생각했어. 내 눈이 '아름답다'고 생각했고, 나를 아주 '관대한' 사람이라고 생각했어. 그냥 내 생각이 아니야. 패트릭이 나한테 그렇게 말했단 말이야. 그때는 패트릭은 나를 그런 식으로 생각했어. 그런데 이제는 그저 미친 사람이라고 생각하는 거야.

내가 미친 사람이 아니라는 걸 보여주는 방법은 패트릭의 인생에서 조용히 사라져버리는 거야. 양식이 있는 전 여자 친구라면 당연히 해야 할 일을 해주는 거야. 사려 깊게 과거 속으로 사라져주는 거야.

바로 그거야! 그것 때문에 내가…… 미치겠는 거야!

▲　▲　▲

엄마 집 현관으로 들어가면서 엘런은 패트릭의 내부에서 '싸우거나 도망치기 반응'이 점점 더 활성화되고 있음을 알 수 있었다.

'오, 불쌍한 패트릭.'

엘런은 생각했다. 패트릭의 모습은 존이 보인 반응과는 확실히 달랐다. 우월감에 사로잡혀 있던 존은 눈을 반쯤 감은 느긋한 표정으로 엄마 집을 구석구석 살펴봤다. 그에 반해 패트릭은 맑은 초록색 눈으로 그저 도망갈 경로를 필사적으로 찾으면서 계속해서 헛기침만 해댔다.

패트릭에게는 엄마 생각이 중요한 거야. 패트릭이 엄마 생각을 중요하게 여긴다는 건 중요한 일이야. 그건 나를 중요하게 여긴다는 거니까.

불쌍한 패트릭. 이렇게 잔뜩 긴장해 있는 것도 충분히 이해할 수 있다. 존이 특이했던 거다. 남자들은 대부분 이런 상황에서 잔뜩 겁먹는 게 당연하다.

우아한 와인 잔을 극도로 세심한 자세로 살며시 집어 든 채 흰색 소파, 흰색 벽지, 흰색 장식품 같은 엄마의 흰색 취향에 맞춰 기괴할 정도로 철저하게 흰색으로 맞춰 입고 온, 지나치게 우아하고 엄청나게 자신감 넘치는 60대 여성 셋이 패트릭의 양 볼에 키스하겠다며 앉아 있던 높은 스툴에서 한꺼번에 내려오고, 세 사람의 키에 맞추려고 구부정하게 무릎을 굽히고 있던 패트릭은 한쪽 볼에만 입을 맞출 거라고 생각해 모두에게 엉뚱한 쪽 볼만 내밀었으니 그럴 만도 했다.

"왜 모두 하얀 옷을 입은 거예요? 모두 가구에 묻혀서 제대로 보이지도 않잖아요."

엘런의 말에 세 여자는 까르르 웃었다.

"우리도 처음 봤을 때 믿을 수가 없었다니까."

필리파 이모가 말했다.

"꼭 베트 미들러가 나온 영화 주인공들 같죠? 〈조강지처 클럽〉 말이에요. 뭐, 우리가 아내였던 적은 없지만."

엘런의 엄마가 패트릭에게 말했다.

엘런은 엄마가 패트릭이 입고 있는, 긴 소매를 팔목 위로 걷어 올린 저스트진스(오스트레일리아 의류 판매점 – 옮긴이) 체크무늬 셔츠와 청바지를 바라보고 있다는 사실을 알았다. 존은 아르마니와 베르사체, 너무나도 특별해서 엘런으로서는 이름도 들어보지 못한 이탈리아 남성 브랜드 옷을 입었다.

"아, 앤. 멜은 아내잖아."

필리파 이모가 엄마의 말에 토를 달았다.

"물론 그렇지. 하지만 난 멜이 아내라는 생각이 들지 않아. 칭찬이야, 멜."

"괜히 으쓱해지네, 앤."

"거기 누가 나왔더라? 베트 미들러랑 골디 혼이랑 또 누가 있었는데? 내가 아주 좋아하던 배운데. 혹시 알아요, 패트릭?"

필리파 이모의 말에 패트릭은 화들짝 놀랐다.

"아, 저는……."

"우리가 흰 옷을 입고 온 건 모두 〈보그〉에서 같은 기사를 읽었기 때문이란다. 50대 여성을 돋보이게 하는 색상에 관한 기사 말이야. 뭐 엄밀하게 따지면, 우린 50대가 아니지만."

멜 이모가 말했다.

"그건 너나 그렇지."

앤이 말했다. 엘런의 엄마는 자기의 실제 나이를 떠오르게 하는 모든 행위를 모욕으로 받아들였다.

"앤 오패럴. 네가 나보다 34일 먼저 태어났거든."

"다이앤 키튼! 맞아. 그 사람이 세 번째 아내였어. 그걸 떠올리다니 얼마나 다행인지 몰라. 안 그랬으면 오늘 밤 잠도 못 잤을 거야."

필리파 이모가 갑자기 소리쳤다.

"패트릭, 뭐 마실래요? 맥주? 와인? 샴페인? 스피리츠? 목이 아주 마를 것 같은데."

엘런의 엄마는 먹이를 사냥하는 매처럼 아름다운 보라색 눈을 패트릭에게서 떼지 않았다.

(앤의 외모에서 가장 눈에 띄는 부분은 눈이었다. 앤이 어렸을 때, 친구들은

그녀에게 엘리자베스 테일러 닮은꼴 대회에 나가보라고 부추겼다. 앤이 그런 대회를 하찮게 여기지 않았다면 분명히 엘리자베스 테일러 닮은꼴 대회에서 우승을 했을 것이다. 불행하게도 앤은 아름다운 눈을 엘런에게는 물려주지 못했다. 당연히 일부러 물려주지 않은 건 아닐 테지만, 엘런은 엄마가 일부러 물려주지 않았을 거라고 항상 생각했다. 아름다운 눈은 혼자만 갖기로 결정한 것이 분명하다고 생각했다. 앤은 자신의 눈에 관해서는 자부심이 대단했으니까.)

패트릭이 또다시 헛기침을 했다.

"맥주가 좋을 것 같습니다. 감사합니다. 저……."

"아직 이분을 제대로 소개해주지 않았잖니, 엘런? 이 불쌍한 젊은이는 늙은이 할렘에 들어왔다고 생각할 거 같은데."

"세 분이 계속 떠들었잖아요."

엘런이 패트릭의 팔에 손을 얹으면서 말했다.

"패트릭. 이분이 우리 엄마, 앤이야."

"어때, 닮은 것 같아요?"

앤은 눈썹을 파르르 떨면서 패트릭에게 맥주잔을 건넸다.

"저는, 음, 저는…… 잘 모르겠습니다."

패트릭은 맥주잔을 움켜잡았다.

"그리고 여기는 대모님, 멜 이모랑 핍 이모."

엘런은 엄마를 무시하고 다른 두 사람을 소개했다.

"아니면, 필리파 이모일지도 몰라. 계속 이름을 바꾸시거든."

"날씬하냐 뚱뚱하냐에 따라 이름이 바뀌죠."

필리파 이모는 손으로 통통한 자기 몸을 위아래로 훑으면서 패트릭을 향해 활짝 웃었다.

"그래, 오늘은 나를 뭐라고 부르면 될까요?"

필리파 이모의 말에 패트릭은 기절할 것 같은 표정을 지었다.

"필리파 이모."

엘런이 항의하듯 말했다.

"아하! 핍이 될 만큼 날씬하지는 않다는 거구나. 너한테 최면치료를 몇 번 더 받아야겠다, 엘런."

필리파 이모는 아주 진지한 얼굴로 패트릭에게 다시 고개를 돌렸다.

"탄수화물 중독 때문에 아주 고생하고 있다니까요."

"아, 그……."

패트릭은 뭐라고 대답하려 했지만, 도무지 대답할 말을 찾지 못했다. 패트릭은 맥주에 자기 인생이 달려 있기라도 한 것처럼 허겁지겁 맥주를 들이켰다.

"탄수화물을 끊으려고 엘런에게 최면치료를 받은 적이 있어요."

"최면치료를 받는 내내 계속 낄낄거리셨어."

엘런이 한숨을 내쉬면서 필리파 이모의 말을 받았다. 엘런의 엄마는 딸의 의사를 묻지도 않고 와인을 내밀었다. 엘런은 주스를 마시고 싶었다.

"이리 와서 나랑 대화다운 대화를 나눠요, 패트릭."

멜 이모가 자기 옆에 있는 스툴을 툭툭 치면서 말했다.

"엘런 말이 측량사라던데, 그래요? 우리 할아버지가 나한테 아주 멋진 옛 지도들을 남겨줬어요. 가장 오래된 게, 아마 1820년대 지도일걸."

멜 이모의 말에 패트릭은 맥주잔에서 입을 떼고 평소의 그다운 목소리를 내면서 대답했다.

"그렇습니까?"

패트릭이 옆에 앉자 멜 이모는 빵과 연어크림치즈가 담긴 접시를 그의 앞으로 밀어줬다. 엘런은 멜 이모가 패트릭에게는 익숙하고도 안정적이고도 사실에 입각한 이야기를 차분하게 이끄는 동안, 다시 말해서 남자들이 선호하는 주제로 대화를 나누는 동안 패트릭의 어깨에서 긴장이 빠져나가는 모습을 지켜봤다. 어떤 주제로도 우아하고 지적으로 대화할 수 있는 멜 이모를 볼 때마다 엘런은 그녀가 외교관의 아내가 됐어야 한다고 생각했다(하지만 멜 이모한테 그런 얘기를 하면 그런 말은 아주 성차별적인 발언이라고 할 것이다. 멜 이모는 '외교관의 아내가 아니라 내가 직접 외교관이 돼야지' 라고 대답할 게 분명했다).

"가서 엄마를 도와주자."

필리파 이모가 엘런의 팔을 잡으면서 말했다.

"아우, 고마워, 핍."

여전히 보라색 눈을 패트릭에게서 떼지 않은 채 엘런의 엄마가 말했다.

"오호, 엘런. 네 애인 정말 사랑스럽다."

필리파 이모가 얼룩 하나 없는 앤의 주방에 들어서자마자 말했다.

"분명히 아주 강하고 조용한 타입일 것 같은데, 맞지? 측량 장비를 들고 산꼭대기에 서서 태양을 쳐다보는 모습이 눈에 선하다."

"아니에요(엘런도 사실은 정확히 패트릭의 그런 모습을 떠올릴 때가 많지만, 말은 그렇게 했다). 그런 타입은 아니에요. 사실 기회만 주면 말을 아주 많이 하죠. 그리고 대부분은 집을 측정해요."

"아이고, 나도 젊었으면 좋겠다. 다시 사랑에 빠지고 싶어. 정말 좋지 않니? 사랑에 빠지면 살도 쭉 빠지는데."

필리파 이모가 향수에 젖은 사람처럼 말했다.

"이모가 여기서 그 얘기했던 거 기억해요. 줄리아랑 내가 열일곱 살 때 이모가 '나도 젊었으면 좋겠어. 사랑에 빠지게' 라고 하셨잖아요."

엘런은 잠시 생각에 잠겼다가 계속 말했다.

"그때 이모 나이가, 지금의 나랑 몇 살밖에 차이 안 났잖아요."

"줄리아 말이 나왔으니까 하는 말인데……."

자기 부엌에서 절대로 다른 사람의 도움을 받을 리가 없는 엘런의 엄마가 불쑥 끼어들었다. 앤은 거대하고 네모난 흰색 접시에 우아하게 담은 요리를 마지막으로 손보고 있었다. 엄마의 요리에서는 정말로 근사한 냄새가 났지만, 패트릭은 분명 집으로 돌아가는 길에 피자를 먹자고 할 것이다. 필리파 이모가 빵 바구니에 손을 뻗었다.

"토요일에 요가 교실에 가서 줄리아의 엄마를 만났거든. 그 사람 말이, 네 남자 친구한테 스토커가 있다던데?"

"첩보망이 엄청 효율적이네."

엘런은 친구 엄마들이 모두 한동네에 살았던 폐쇄적인 사립학교 공동체에서 한 번도 벗어난 적이 없다는 느낌이 들 때가 가끔 있었다.

"스토커? 끝내준다."

필리파 이모가 눈을 번쩍 떴다.

"허, 그래. 퍽이나 재미있겠다, 필. 우리 딸이 도랑에 빠져 죽은 시체로 발견될 수도 있는데?"

엘런의 엄마가 식료품 저장실 안에서 말했다.

"전 애인이야?"

필리파 이모가 앤을 무시하고 말했다.

"패트릭이 퇴짜 놓은 사람이야? 아니면 그냥 패트릭한테 흥미를 가진 모르는 사람? 살인마 기질이 있는?"

식료품 저장실에서 나온 엄마가 비네그레트 드레싱(식초에 다양한 허브를 넣고 만든 샐러드드레싱 – 옮긴이) 병을 필요 이상으로 세게 탁자에 내려놓더니 물었다.

"폭력적인 성향을 보이는 사람이야? 경찰에 신고는 했니?"

"아직 패트릭을 못 잊는 전 여자 친구일 뿐이야. 걱정할 건 전혀 없어."

엘런이 대답했다.

엘런은 사실은 오늘 밤에도 사스키아가 두 사람을 쫓아왔고, 교차로에서 그 여자를 따돌린 일로 엘런이 얼마나 실망했는지를 안다면 엄마가 어떤 반응을 보일지 궁금했다.

"제발 조심하겠다고 약속해. 넌 너무 사람의 '좋은 면'만 보려고 하는 게 탈이야. 당연히 그건 네 장점이기도 하지만, 너무 순진한 건 좋지 않아."

그런 엄마를 보고 엘런은 활짝 웃었다.

"아마 아빠한테 물려받은 장점인가 봐."

"나한테 물려받지 않은 건 분명해."

엘런의 엄마는 웃지 않았다.

"내가 봐도 절대 아니야."

필리파 이모는 코까지 흐으응, 거리면서 자지러지게 웃었다.

▲ ▲ ▲

두 사람을 어디에서 기다려야 할지, 결정할 수가 없었어. 패트릭의 집으로 가야 할까, 엘런의 집으로 가야 할까?

두 사람이 어디로 갈지는 밤에 잭을 어떻게 하는지에 따라 결정

될 거야. 대부분은 패트릭의 어머니 모린이 패트릭의 집으로 가서 잭을 돌보지. 하지만 가끔은 잭이 할머니한테 갈 때도 있어. 할머니네 집에서 잭은 뒷방에 묵을 거야. 모린이 잭을 보다니, 그건 모린에게 불공평한 일이야. 잭이 아장아장 걷는 아기였을 때, 모린이 잭을 보면서 얼마나 피곤해했는지 기억하는걸. 잭은 그 작은 손으로 할머니를 꼭 끌어안고 있었어. 물론 이제 잭은 여덟 살이니까 그때랑은 다르겠지. 아마 자기 혼자 시간을 보낼 것 같아. 텔레비전을 보거나 하겠지. 패트릭이 잭이 텔레비전을 너무 오래 보지 않게 해야 할 텐데.

잭이 책을 읽었으면 좋겠어. 잭은 책을 사랑했어. 한번은 아예 마음먹고 《아주 배고픈 애벌레》를 몇 번이나 읽어줘야 잭이 지쳐서 '이제 그만'이라고 할지 궁금해서 계속 읽어준 적이 있어. 결국 열다섯 번이나 읽은 뒤에 내가 포기하고 말았지. 잭은 한 번도 지루해하지 않고 내가 《아주 배고픈 애벌레》를 다 읽으면 똑같이 기대에 찬 목소리로 "다시 읽어줘요"라고 했어. 지금도 '토마스와 친구들' 잠옷을 입고 내 무릎에 앉아 있던 잭의 통통하고 발그레한 뺨이 기억나. 애벌레가 사과를 베어 먹고 남긴 구멍에 손가락을 집어넣으려고 입을 앙다물고 집중하던 잭을 기억해.

패트릭과 엘런이 오늘 외출한다는 걸 알았으면 내가 잭을 돌봐줄 걸 그랬어. 그럼 아무 문제없었을 텐데. 10대 베이비시터 아이들처럼 문 앞에 서서 '잘 다녀와요'라고 명랑하게 인사해줄 수 있었을 거야. 두 사람이 떠난 뒤에는 잭이랑 소파에 앉아서 이불을 덮고 감자 칩을 나눠먹었을 거야.

내가 잭을 돌보겠다고 패트릭한테 문자라도 보낼 걸 그랬어. 하하하!

패트릭이랑 헤어진 다음 그냥 잭의 베이비시터가 됐으면 좋았을 텐데. 그랬다면 지금쯤 모든 게 바뀌었을 텐데. 패트릭이 잭을 내 인생에서 뺏어가는 일은 없었을 텐데. 내 꼬마, 내 사랑스러운 아이.

우리 사이가 끝났다는 소식을 들었을 때, 잭의 예비학교 엄마 한 명이 나한테 전화했던 걸 기억해. 그 엄마는 "패트릭이 당신한테 이래선 안 돼요, 사스키아. 이건 불법이에요. 당신테는 권리가 있어요. 당신이 잭의 엄마잖아요"라고 했어. 문제는 나는 잭의 진짜 엄마가 아니라는 거였어. 나는 그저 잭 아빠의 여자 친구였지. 법원에서는 내 권리 따위는 생각해주지 않을 거야. 우린 고작 3년밖에 만나지 않았으니까. 실제로도 사귄 첫해에는 셋이 함께 살지도 않았으니까. 우린 생각만큼 오래 살지 않았어.

하지만 잭이 기저귀 떼는 모습을 지켜볼 만큼은 오래 살았어. 잭이 수영을 배우고 '똑똑똑 누구십니까?' 장난을 치고 나이프와 포크 사용하는 법을 가르칠 정도로는 오래 살았단 말이야. 잭의 곱슬곱슬하던 머리가 쫙 뻗은 직모로 변할 정도로는 오래 살았어. 잭이 악몽을 꿀 때마다 나를 부를 정도로는 오래 살았단 말이야. 잭은 나를 불렀어. 자기 아빠가 아니라. 잭은 항상 나를 불렀어.

잠을 뚫고 날카로운 비명이 들릴 때면 나는 제대로 잠도 깨지 못한 상태로 복도를 달려서 잭의 방으로 갔어. 한번은 내가 방으로 들어가자마자, 침대에 앉아서 눈을 비비고 있던 잭이 정말 서럽게 울음을 터뜨렸어. 잭은 꿈을 꾼 듯 "내가 촛불을 끄고 싶단 말이야"라면서 울었어. 내가 "그래, 괜찮아. 잭이 촛불 끄자"라고 말해주고 보이지 않는 케이크를 내밀자, 비로소 볼을 잔뜩 부풀리더니 훅 하고 촛불을 껐지. 그걸로 모든 게 해결됐단 말이야. 그 뒤로는 아무 문제없었어. 잭은 눈물이 그렁그렁한 눈으로 나를 보고 활짝 웃더니, 곧바로 베개에 머리를 대고 잠들어버렸어. 밤에 이런 일이 있었다는 걸, 패트릭은 다음 날 아침에도 전혀 몰랐지.

잭은 이제 그렇게 귀엽고 단순한 악몽을 꾸지 않겠지?

바로 그게 문제야. 도대체 베이비시터와 엄마를 가르는 선은 언제 넘을 수 있는 거야? 하룻밤 아이를 돌봤다고 갑자기 그 애의 엄마가 될 수 있는 건 아니야. 분명해. 목욕을 시켜주고 몇 시간 아이를 먹이고 입혔다고 엄마가 되는 건 아니야. 일주일을 돌봐도 엄마는 될 수 없어. 한 달도 마찬가지야. 하지만 1년은 어때? 2년은? 3년은? 눈에 보이지 않는 선을 넘을 수 있는 양육 기간이 있기는 한 걸까? 혹시 법적인 선을 넘는 것 외에는 어떠한 방법도 없는 거 아닐까? 입양하겠다는 서류에 서명해야지만 진짜 엄마가 될 수 있는 거 아닐까? 위탁 가정은 몇 년을 함께 살아도 진짜 부모가 아이를 돌려달라고 하면 아이들을 돌려줘야 하잖아.

맞아. 잭을 입양해야 했어. 그게 내 실수야. 하지만 그때는 잭을 입양해야겠다는 생각을 전혀 하지 못했는걸. 잭을 돌보는 일은, 나에게는 특권이었고 선물이었어. 패트릭과의 관계가 그토록 좋았던 데는 잭이 있다는 사실도 분명히 한몫했는걸.

패트릭이 나하고는 끝났다고 했을 때, 나는 패트릭과 관련해 사랑했던 모든 것을 잃는 것과 마찬가지로 잭도 잃게 되리라는 사실을 알고 있었어. 나는 정맥이 선명하게 드러나는 패트릭의 손을 잃었어. 그 손을 정말 사랑했는데. 남자치고는 정말로 아름다운 글씨도 이제는 볼 수 없어. 사랑을 나눈 뒤에 나를 보고 지었던 그 특별한 미소도 이제 없어. 집안일을 하면서 패트릭이 조용히 읊조렸던 컨트리음악도 이제는 들을 수 없어. 나는 컨트리음악을 싫어해. 하지만 패트릭이 조용히 부르는 그 노래는 사랑했어. 그 노래들은 내 인생의 사운드트랙이었단 말이야.

나에게 잭을 양육할 권리가 있는지는 알아보지 못했어. 아마도 있지 않을까?

하지만 그때는 패트릭이 나를 더는 사랑하지 않는다는 말에 너무 충격을 받아서 아무것도 할 수 없었어. 침대에서 일어날 수도 말을 할 수도 먹을 수도 없었어. 아주 끔찍한 질병에 걸린 것만 같았어. 마치 커다란 폭탄이 날아와 내 인생을 완전히 폭파시켜버린 것 같았어. 내가 안다고 생각하는 모든 것을 날려버린 것만 같았어.

패트릭이 주말마다 내가 잭을 볼 수 있게 해줬다면 어땠을까? 이혼한 아빠들은 일주일에 한 번씩 아이를 보러 가잖아. 그랬다면 충분했을 거야. 그랬다면 이런 일은 벌이지 않았을 거야. 지금 같은 일은, 아무리 그만두려고 노력해도 멈출 수 없는 지금 같은 일들은 하지 않았을 거야. 나는 노력했을 거야. 그리고 실제로 멈췄을 거야.

전에는 알코올 중독도, 도박 중독도 전혀 이해할 수 없었어. '그냥 그만두면 되잖아.' 늘 그렇게 생각했었어. 바보 같은 중독 때문에 인생을 망치는 사람을 보면 그렇게 생각했어. 하지만 이제는 이해할 수 있어. 그만두라는 건 그 사람에게 숨을 쉬지 말라는 거랑 같아. '그냥 숨을 쉬지 마. 숨을 멈추고 일상으로 돌아가란 말이야' 라고 하는 거야. 그러면 한참 동안 숨을 멈추고 버티려고 노력하지. 하지만 결국에는 포기하고 다시 숨을 들이마실 수밖에 없는 거야. 알아. 내가 얼마나 창피한 일을 하고 있는지. 내가 얼마나 정신병자처럼 굴고 있는지. 하지만 상관없어. 이건 그저 멈추라고 한다고 멈출 수 있는 게 아니야.

그래서 지금 엘런의 집 앞에 차를 세우고 앉아 있는 거야. 이 집은 엘런의 외할머니가 돌아가시면서 엘런에게 남긴 거라고 했어. 이것도 우리 두 사람의 차이점이야. 우리 할머니는 나한테 과일 그릇만 남기셨거든. 자동차 창문을 내리자 파도가 해변에 부딪치는 소리가 들렸어. 엘런은 잠잘 때마다 저 소리를 듣겠지. 여기서 잠을 잔다면 패트릭도 저 소리를 들을 거야.

한참 자동차 안에 있다가 결국은 잠이 들어버렸어. 등이 뻣뻣하게 굳은 채로 잠에서 깨어났을 때는 해가 이미 떠오른 뒤였는데, 패트릭의 차는 없었어. 그러니까 두 사람은 패트릭의 집에서 잔 거야. 한때는 내 침대였던 곳에서 잠을 잤겠지. 내가 고른 시트에서 잤을지도 몰라. 해가 떠오를 때 눈을 뜬 패트릭이 엘런의 팔을 손가락으로 조심스럽게 더듬어 내려가고 있을까? 엘런은 잠결에 손가락의 감촉이 꿈인지 현실인지 몰라 어리둥절해하고 있을까? 새벽에 반쯤 잠이 든 몽롱한 상태에서 사랑을 나누는 게 패트릭의 특기인데.

나는 차 문을 열고 밖으로 나가 나이 든 노파처럼 등을 구부렸어. 웃는물총새의 미친 듯이 웃는 소리가 들려왔어.

명심하세요······.

1. 최면은 모두 자기최면입니다.

2. 최면 상태에 갇힐 수는 없습니다.

3. 최면에 걸렸다고 통제력을 상실하는 것은 아닙니다. 원한다면 언제라도 최면 상태에서 벗어날 수 있습니다.

4. 최면은 자연스러운 마음 상태입니다.

5. 초콜릿은 마음껏 먹어도 됩니다.

– 엘런 오패럴의 내담실 벽에 붙은 코팅 종이 내용

천천히 팔을 타고 올라오는 패트릭의 손가락을 느끼면서 엘런은 잠에서 깨어났다. 팔을 그런 식으로 만지는 것이 패트릭이 엘런을 깨우는 방법이었다.

존은 엘런의 목덜미에 키스했다. 살며시 간질이듯이 하는 키스를.

에드워드는 침 범벅을 만들면서 아주 열정적으로 엘런의 귓불을 핥았다. 정말 참을 수 없이 간지럽게. 에드워드는 엘런이 경련을 일으키면서 비명을 지르는 모습을 늘 사랑을 하고 싶다는 신호로 받아들였고, 엘런은 결국 에드워드의 오해를 풀어주지 못했다.

앤디는 잔뜩 흥분해서는 거친 숨을 몰아쉬면서 엘런의 귀에 대고 속삭이곤 했다. "당신 이거······."("이거 뭐?' 엘런은 앤디가 끝까지 말해주기를 원했다. 이게 뭔지 가르쳐주기를 바랐다. "제발 말을 끝까지 하란 말이야!")

엘런은 존이 지금 이 순간 누군가의 목덜미에 입을 맞추고 있을지, 에드워드가 누군가의 귓불을 핥고 있을지, 앤디가 끝내지도 않을 문장을 속삭이고 있을지 궁금했다.

왜 지금 옛 남자들을 생각하고 있는 거지?

엘런은 눈을 뜨지 않은 채로 패트릭이 팔을 좀 더 잘 더듬을 수 있도록 패트릭 쪽으로 몸을 돌렸다. 엘런은 패트릭의 손길이 좋았다. 패트릭의 손가락을 사랑했다.

존의 파르르 간질이듯 살짝 하는 키스도 사랑했다.

그래서 뭐? 손가락에 집중해.

사스키아도 이런 식으로 깨웠겠지? 사스키아도 이 침대에 누웠을 거야. 어쩌면 이 시트를 덮고 잤을지도 몰라.

음, 흥미로운 생각이기는 하지만, 지금 상황하고는 전혀 관계없어.

사랑을 나누는 기술은 일단 고정되면 쉽게 변하지 않는다. 엘런은 지금도 열다섯 살 때 이동주택 주차장에서 한 남자애가 가르쳐준 방식대로 키스를 한다. 그 애 입에서 맥주 맛이 났는데, 역겹기도 하고 달콤하기도 한 맛이었다. 걔 이름이 뭐더라? 크리스였나? 크레이그? 비슷한 이름이었는데?

패트릭이 엘런의 잠옷을 잡아당기면서 말했다.

"이거, 벗을까?"

엘런은 지금 이 순간, 패트릭과 함께 침대에 있기를 원했다. 다른 곳으로는 전혀 가고 싶지 않았다. 하지만 존이 지금 이 순간 다른 사람의 목덜미에 키스하고 있다고 생각하는 일이 특별히 즐거운 건 아니었다.

엘런은 패트릭이 잠옷을 벗길 수 있도록 고개를 들어줬다.

지금 사스키아는 뭘 하고 있을까? 우리를 놓친 뒤에 어디로 갔을까? 집으로 돌아가서 패트릭과 함께 찍은 사진을 들여다봤을까? 울진 않았겠지?

지금 엘런 때문에 한 여자가 슬퍼하고 있었다. 혹시 사스키아에게 패트릭을 돌려줘야 하는 걸까? 물론 그녀는 패트릭을 돌려줄 생각이 없었다. 패트릭이 사스키아를 원하지 않으니까. 패트릭은 엘런을 원하니까.

그게 이 세상이 돌아가는 방식이다. 관계는 끝나기 마련이다. 그렇지 않았다면 엘런은 지금도 맥주 냄새를 내뿜고 있는 소년과 이동주택 주차장에 있었을 것이다. 줄리아가 옳다. 사스키아는 어른이 되어야 한다. 이제 새로운 삶을 살아야 한다.

하지만 한편으로 생각해보면, 옛사랑을 떠나보내지 않겠다는 사스키아의 결의에는 뭔가 고결한 부분이 있는 것 같았다. 사스키아는 미칠 정도로 강한 열정에 사로잡혀 있었다. 엘런은 한 번도 그렇게까지 미친 열정에 사로잡혀본 적이 없다.

"무슨 생각해?"

패트릭이 고개를 팔에 괴고 옆으로 누워 엘런을 보고 웃었다. 그가 팔을 뻗어 엘런의 이마에 붙은 머리카락을 쓸어 올렸다.

"사스키아."

엘런은 아무 생각 없이 불쑥 대답해버렸다. 패트릭이 엘런의 이마에서 손을 거뒀다.

"나는 절대로 그 여자한테서 벗어날 수가 없는 건가?"

"미안."

엘런이 패트릭을 다시 끌어당기면서 말했지만, 패트릭은 이런 일이 너무나도 오랫동안 반복된 듯 지치다 못해 넌더리가 난다는 표정으로 교실 앞에 서 있는 성격 나쁜 선생님처럼 입을 앙다물었다.

"이제 그 지긋지긋한 여자가 내 침대에도 있다는 거지?"

침대에서 내려간 패트릭은 침실에 붙어 있는 욕실로 들어가더니 지나치게 세게 문을 쾅, 닫았다.

엘런은 베개에 몸을 기대고 천천히 돌아가는 천장의 선풍기를 쳐다봤다(선풍기는 돌고 돌고 또 돌았다. 저걸 최면유도할 때 써 먹어야지. '자, 이제 천장에서 선풍기가 돌고 있다고 생각해보세요' 라고 하는 거야!).

이거 봐요, 사스키아. 당신 때문에 우리가 사랑을 하지 못하잖아. 당신 때문에 패트릭 화났단 말이에요.

패트릭과 함께 있을 때면 엘런은 늘 사스키아가 두 사람을 지켜보고 있다면 어떻게 반응할지를 생각했다. 마치 시청자가 한 명뿐인 엘런 리얼리티쇼에 출연한 것 같은 기분이 드는 거였다. 엘런이 사스키아 생각을 이렇게 많이 한다는 걸 패트릭이 안다면 정말로 화내겠지?

창밖에서 웃는물총새가 웃음을 터뜨렸다.

▲ ▲ ▲

누군가를 뒤에서 한참 응시하고 있으면, 그 사람은 이상한 기운을 느끼고 돌아보게 돼. 실제로 쳐다보는 사람을 보지는 못하지만 공기를 흐르는 기운이 다르다는 걸 느끼는 거야.

그게 바로 내가 패트릭을 오랫동안, 충분히 오랫동안 생각하면 패트릭이 나를 느낄 수 있을 거라고 믿는 이유야. 같은 방에서 한 사람을 오랫동안 쳐다봤을 때 그 시선을 느낄 수 있다면, 아무리 떨어진 지역에 있어도 엄청난 감정을 계속해서 보내면, 수많은 감정을 해일처럼 보내면, 그 감정을 느낄 수도 있는 거잖아.

나는 상상을 해. 내 감정이 뭉게구름처럼 시드니 거리를 둥실둥실 떠다니다가 어느 날 패트릭의 집 위에서 멈춘다고. 그때 패트릭은 샤워를 하고 있어. 욕실 창문은 열려 있고(패트릭은 온몸이 빨개지고 증기가 모락모락 날 때까지 오랫동안 샤워하는 걸 좋아해), 그리고 갑자기 모든 걸 느끼는 거지. 내 사랑을 느끼는 거야. 구름에서 내 기분을 느낀 패트릭은 수돗물을 잠그고 나를 생각해. '사스키아!' 라고 생각하는 거지.

물기를 닦으면서 패트릭은 생각할 거야. '내가 큰 실수를 저질렀어.'

패트릭은 옷도 입지 않고 곧바로 나한테 전화를 걸 거야. 그러면 모든 게 잘되는 거야. 사람들은 재결합을 하잖아. 늘 재결합을 한다고. 그러니까 우리도 그러지 말라는 법은 없어!

▲ ▲ ▲

욕실에서 패트릭이 샤워하는 소리가 들려왔다.

엘런 때문에 화가 난 게 분명했다. 오늘 아침을 분명 기대하고 있었을 텐데. 잭은 지금 할머니네 있고, 저녁을 먹을 때까지 데리러 가지 않아도 된다. 패트릭은 오늘은 늦게까지 잘 수 있으니 침대에서 아침을 먹으며 신문을 보자고 했다. 그러려고 특별히 크루아상까지 사 왔는데. 엘런이 그런 아침을 망쳐버렸다. 엘런과 사랑을 나누려고 했는데 스토커 이름을 들었으니, 화가 나는 게 당연했다.

엘런은 후회는 집어치우고 이불을 걷고 일어섰다. 잠옷을 다시 입지 않은 채로 침대에서 나와 욕실 문손잡이를 돌려봤다. 문은 잠겨 있지 않았다. 샤워기에서 물이 세차게 떨어지고 있었다. 자욱한 증기 때문에 욕실 안이 제대로 보이지 않았다.

"같이 샤워할까?"

욕실 안에서 패트릭의 목소리가 들렸다. 더는 화가 난 선생님 목소리가 아니었다.

엘런은 샤워 스크린을 열어젖혔다.

잠시 뒤에 엘런은 두 다리로 패트릭의 허리를 감싸고 있었고, 사스키아 생각은 조금도 하지 않았다.

▲ ▲ ▲

한동안 최면술사네 집 앞마당을 서성거렸어.

꽃을 귀 위에 꽂으면 자기가 예쁘고도 엉뚱하게 보일 거라는 사실을 잘 아는 여자들이 그러는 것처럼 나도 땅에 떨어져 있는 데이지를 집어서 귀 위에 꽂아봤어. 꼭 데이지가 이 모든 상황을 바꿔줄 수 있는 것처럼 행동한 거야. 데이지를 꽂으면 나도 귀엽고 사랑스러운 사람이 되고, 데이지를 꽂으면 우스운 삼각관계가 형성된다고 믿는 것처럼 행동한 거야. 나와 엘런이 파티에 참석해서 한 남자의 시선을 끌려고 애쓰는 두 여자가 될 수 있는 것처럼 행동한 거야. 그러고는 엘런의 현관 앞으로 걸어가서 현관 유리에 비친 내 모습을 쳐다봤어. 나는 지저분한 중년 여자일 뿐이었어. 나는 데이지를 떼어내서 손으로 으깨버렸어. 엘런이 집에 없다는 걸 알면서도 아주 세게 현관문을 두드려댔어. 화가 나서 현관문을 두드리고 또 두드렸어. 나는 두 사람에게 알려주고 싶었어. '나 여기 있단 말이야라고 소리쳐주고 싶었어.

결국 나는 우리 둘이 약속을 했는데, 엘런이 나를 바람맞힌 것처럼 어깨를 으쓱하고 말았어. 그리고 현관 앞 계단을 걸어 나오다가 집 옆에서 해변으로 이어지는 길을 발견했어. 나는 그 길로 걸어 내려가 신발을 벗고 차가운 모래 위를 맨발로 걸었어. 한번 상상해봐. 뒷문으로 내려가면 곧바로 해변으로 갈 수 있는 거야.

엘런은 그런 집에서 살 수 있다는 게 얼마나 행운인지 알고 있을까? 엘런은 특별히 운동을 좋아하는 타입으로는 보이지 않아. 엘런이 땀을 흘리고 숨을 헐떡거리는 모습은 상상할 수가 없어. 나에게 엘런은 그저 의자에 앉아 다리를 꼬고 찬가를 읊는 사람일 뿐이야. 요가는 하겠지. 태양을 보고 합장하는 그런 멍청한 짓은 할 것 같아.

파도가 찰싹거리고 가끔 갈매기 울음소리가 들리기는 했지만 해변은 조용했고 황량했어. 너무 이른 아침이라 조깅하는 사람도, 파워워킹을 하는 사람도, 개를 데리고 산책을 나온 사람도 없었어. 아직 만조 때라 저 멀리 은백색 하늘은 아주 낮게 깔려 있는 것처럼 보였어.

깊게 생각해보지도 않고 나는 입고 있던 옷을 모두 벗고 넓은 대양으로 뛰어들었어. 곧바로 파도 밑으로 헤엄쳐 들어갔어. 바닷물은 내 폐에 들어 있던 공기를 모두 토해내야 할 만큼 지독하게 차가웠어. 다시 파도 위로 나왔을 때 나는 비명을 내질렀고, 다시 곧바로 바닷속으로 고꾸라져 들어갔어. 물속에 잠길 때마다 나는 눈을 부릅뜨고 모래가 회오리치는 모습, 희미한 광선이 바다를 뚫고 들어가는 모습을 지켜봤어.

잊어버려.

놓아줘.

그를 자유롭게 해주란 말이야.

물속으로 들어갈 때마다 인어들이 내 귀에 대고 속삭이는 것처럼, 그 목소리들이 머릿속에서 선명하게 들려왔어.

한참 뒤에, 벗은 어깨를 부드럽게 어루만지는 햇살을 느끼면서 옷가지를 벗어놓은 곳으로 걸어가고 있을 때, 그러니까 카페에 가서 커피를 마시면서 신문을 읽어야겠다는 생각을 하고 있을 때, 갑자기 오랫동안 잊어버리고 있던 어떤 감정이 되살아나고 있다는 묘한 느낌을 받았어. 몇 분 뒤에야 나는 그 감정이 행복이라는 사실을 깨달았어. 내가 느끼는 감정은 단순하면서도 분명한 행복이었어. 정말 오랫동안 나는 바다에서 수영하는 게 얼마나 즐거운 일인지 잊고 있었어. 정말 오랫동안 바다에서 수영하지 않았어. 패트릭은 바다에서 수영을 하자고 할 때마다 물이 너무 뜨겁다거나 너무 미지근하다고 했어. 내가 바다에 들어가서 "이런 바보!"라고 소리칠 때마다 패트릭은 보고 있는 신문에서 고개도 들지 않고 알았다는 듯이 손만 까닥 올렸어.

패트릭의 어머니는 패트릭이 항상 수온에 민감하게 반응했다고 했어. 학교 축제 때는 패트릭이 가지 않겠다고 해서 결석계까지 써 줘야 했다고. 샤워할 때마다 패트릭의 동생이 컵에 냉수를 담아서 뿌리면 여자애처럼 비명을 질러댔다고도 했어. "아주 계집애 같은 녀석이었지." 패트릭의 아버지는 그렇게 말했어.

최면술사는 패트릭의 가족을 만났을까? 패트릭의 어머니는 나를 좋아했는데. 언젠가 크리스마스 때, 펀치를 잔뜩 마신 패트릭 어머니는 내가 꼭 딸처럼 느껴진다고 했어.

나는 인어들이 하는 말을 들어야 하는지도 몰라. 패트릭과 최면술사가 둘이서 잘살게 내버려두는 게 맞을 거야.

결국 오늘 밤 회사 파티에 가야겠시? 계속 입기를 주저했던 빨간 드레스를 입어야 할 것 같아. 파티에 가는 길에는 패트릭의 어머니에게 들러야겠어. 그냥 인사하러 가는 거야. 내가 이제는 극복했다는 걸 보여주려고 가는 거야.

▲ ▲ ▲

"음, 그럼 최면술사라는 거네. 최면술사는 지금까지 한 번도 만나본 적이 없어요."

패트릭의 어머니가 말했다.

"최면치료사라니까요, 엄마."

패트릭이 어머니의 잘못을 지적했다.

"어머, 미안해요."

패트릭의 어머니는 정말로 당혹스러워했다.

"괜찮아요."

패트릭과 엘런은 재빨리 그녀를 안심시켰다.

별다른 특징이 없는 소박한 머리 스타일에 부드럽게 처진 얼굴, 허리에 고무줄이 달린, 몸매가 드러나지 않는 연한 색상의 옷을 입고 있는 패트릭의 어머니, 모린 스콧은 전형적인 엄마였고 할머니였다.

"우리 엄마는 당신 어머니보다 훨씬 늙었어. 완전히 다른 세대 사람이야."

패트릭이 어머니 집으로 차를 몰면서 말했다.

"몇 살이신대?"

"올해 일흔이 되셨어."

엘런의 엄마는 올해 예순여섯이고 패트릭의 어머니보다 네 살 어린 뿐이었지만, 그 점을 지적하지는 않았다. 그리고 모린을 보는 순간, 가만히 있기를 잘했다는 생각이 들었다. 모린은 앤보다 적어도 스무 살은 많은 것처럼 보였다. 엘런의 엄마가 날카로운 선과 각도로 이루어져 있다면, 패트릭의 어머니는 전혀 경계가 없는 사람처럼 보였다. 엘런에게 패트릭의 어머니는 조부모 세대 같았다. 앤이 패트릭의 어머니를 봤다면 아주 거만하고 냉정하게, 할머니가 됐을 때 겪어야 하는 문제를 자기는 아주 나중에나 고민해야 하는 것처럼, 칼슘을 먹어서 골다공증을 예방하고 정기적으로 유방암 검사를 받으라고 말했을 것이다.

"그러니까, 최면, 치료사라는 거지요?"

모린이 이번에는 아주 신중하게 말했다.

"그게 어떤 일인지 듣고 싶네요, 엘런."

패트릭의 어머니가 프렌치 어니언 딥과 예츠 비스킷이 담긴 접시를 엘런에게 내밀면서 말했다. 시드니 하버 브리지 사진이 프린트된 접시였다.

"이거, 조심해야겠는걸. 혹시 저녁 먹을 때 우리한테 최면을 걸수도 있잖아."

패트릭의 아버지가 손뼉을 짝 치더니 싱긋 웃었다.

약간 당황한 것 같으면서도 장난기 가득해 보이는 패트릭의 아버지, 조지 스콧은 패트릭과 매우 닮아보였다. 엘런은 패트릭의 아버지를 뚫어지게 쳐다보지 않도록 조심해야 했다. 지금까지 엘런은 부모와 자식이 그렇게까지 닮을 수 있다는 생각을 한 번도 해본 적이 없었다. 패트릭이 같은 장소에 있지 않았다면 엘런은 그가 변장도 하지 않고 노인인 것처럼 꾸며서 그녀를 놀리려 한다고 생각했을 것이다. 패트릭과 달리 조지의 머리카락은 갈색이 아닌 백발이었지만, 두 사람 모두 똑같은 스타일로 머리를 잘랐고, 조지가 좀더 주름이 많기는 했지만 두 사람 모두 똑같이 생긴 초록색 눈을 가지고 있었다. 두 사람은 모든 점에서 같았다. 코의 형태, 턱선의 모양, 어깨 형태는 물론이고, 심지어 그 큰 손으로 맥주잔을 꼭 쥐고 두 다리를 앞으로 쭉 뻗은 채 의자에 앉아 있는 모습조차 같았다.

"두 사람은 사실 클론이에요."

패트릭의 동생이 엘런 앞에 컵받침을 놓으려고 몸을 숙이면서 그녀의 귀에 대고 속삭였다. 컵받침에는 에어즈 록 사진이 프린트 되어 있었다.

패트릭의 동생 사이먼은 키가 작고 까무잡잡했으며 패션디자이너처럼 깔끔하게 손질한 염소수염을 기르고 있었다. 스물네 살밖에 안 된 패트릭의 동생은, 소리를 죽인 채 게임 쇼를 틀어놓은 텔레비전 위에 십자가가 매달려 있고 접시와 여러 잡동사니를 모아놓은 찬장이 있는 단층 벽돌집에서 가족이 먹을 음료수를 나르기보다는 나이트클럽에서 마약을 하고 있는 게 딱 어울려 보였다.

"엘런 아줌마가 나한테 친구들 최면 거는 방법을 가르쳐줄 거예요."

잭이 텔레비전 앞에서 고개를 들지도 않고 말했다. 잭은 텔레비전 앞에 누워서 컴퓨터 게임을 하고 있었다.

"잭, 할아버지가 가르쳐주마."

조지가 티스푼을 들더니 손가락에 끼고 양옆으로 흔들었다.

"이제…… 너는…… 잠이 든다."

그러고는 자기 무릎을 손바닥으로 탁 쳤다. 조지는 자부심이 대단한 사람임이 분명했다.

"네에, 할아버지."

잭이 대답했다.

"엘런은 그런 농담 들어본 적도 없을걸요, 분명."

사이먼이 말했다.

"조지. 사람한테 최면을 걸려면 그렇게만 해서는 안 될 거예요. 그렇죠, 엘런? 저걸로는 안 되죠?"

모린이 말했다.

"네, 조금 달라요."

엘런이 대답했다. 프렌치 어니언 수프와 사워크림을 섞어 만든 프렌치 어니언 딥을 보니 문득 학창 시절이 생각났다.

"텔레비전을 너무 많이 보면 꼭 최면에 걸린 것처럼 느껴질 때가 있어요. 멍하니 있다가 정신을 차린 것처럼 느껴지는 거야."

모린이 말했다.

"음, 사실 그때, 정말로 살짝 최면에 걸리신 거예요."

"정말?"

모린은 조금 뿌듯하다는 표정을 지었다.

"엘런은 사람들이 금연을 하거나 체중을 줄일 수 있게 돕고 있어요. 그런 일을 하는 거죠. 사람들 앞에서 발표를 해야 하는 고위직 기업 간부가 공포를 극복할 수 있게 돕기도 하고요."

패트릭이 굉장한 선언을 하듯이 말했다.

패트릭은 엘런이 만든 광고지에 실은 내용을 말하고 있었다. 그걸 읽었구나. 엘런은 모르고 있었다.

오늘 두 사람 사이가 왠지 새로운 단계로 접어들었다는 기분이 들었다. 좀 더 복잡하고 중요한 관계를 맺게 되었다는 느낌이 들었다. 오늘 아침 욕실에서 나눈 사랑은 너무나도 특별해서 엘런은 그 얘기를 사람들에게 해주고 싶어 견딜 수가 없을 정도였다(식료품점 점원이 명랑하게 "오늘, 어떻게 보냈어요?"라고 물었을 때, 엘런은 "그게, 사실은 오늘 아침에 욕실에서 아주 끝내주게 기분 좋은 멋진 섹스를 했지 뭐예요. 물어봐줘서 고마워요"라고 말할 뻔했다). 사랑을 나누고 침대로 돌아왔을 때 패트릭은 엘런에게 화를 내서 미안하다고 사과하면서, 사스키아를 생각하면 스스로 정신과 상담을 받아보는 게 좋지 않을까 싶을 정도로 미칠 듯이 화가 날 때가 있다고 했다.

"아, 사람들 앞에서 발표를 잘할 수 있게 돕는다는 말이에요? 나도 고객들 앞에서 일 때문에 말을 해야 할 때가 있는데."

웹사이트 디자이너인 사이먼이 말했다.

"사실 나는 내가 하나도 안 떤다고 생각하거든요? 그런데 고객들 앞에서 말할 때마다 이상한 행동을 하는 거예요."

사이먼이 시범을 보이듯이 자리에서 일어났다.

"이렇게, 갑자기 왼쪽 다리에 경련이 이는 거예요."

사이먼은 한쪽 무릎으로 다른 쪽 무릎을 세게 쳤다.

"허, 나도 그런데. 사실 나는 조금 달라. 이렇게 되거든."

패트릭이 의자에서 일어나더니 한쪽 다리를 홱, 하고 움직였다.

"너희 꼭 엘비스 프레슬리 흉내 내는 사람들 같다."

모린이 까르륵 웃었다.

잭이 어른들을 보려고 고개를 뒤로 젖히고 말했다.

"난 발표 잘하는데. 내 다리는 그렇게 안 움직여. 할아버지도 다리가 저렇게 움직여요?"

조지는 고개를 저었다.

"전혀. 우리 손자 배짱은 할아버지를 닮았나 보다."

"배짱이 있어. 나는 배짱이 있다고."

잭이 중얼거렸다.

"모린은 어떠세요?"

엘런이 물었다.

"사실 나는 발표를 상당히 잘해요."

엘런으로서는 전혀 예상하지 못했던 대답이었다.

"테니스 클럽에서 크리스마스 파티를 하면 늘 내가 연설을 해요. 벌써 40년 동안 그랬어. 대부분 아주 잘했어요."

"엄마가 농담하시는 거야."

패트릭이 다시 자리에 앉아 맥주잔을 집어 들면서 말했다.

"엄마들은 보통 농담을 잘 못하잖아요. 우리 엄마는 달라요."

사이먼이 말했다.

두 아들은 엄마를 자랑스럽게 쳐다봤고, 모린은 활짝 웃었다.

"가끔 아주 야한 농담도 해요. 모린은 야한 농담의 귀재라니까."

조지가 말했다.

"아이, 그건 아니에요."

모린이 낄낄거리면서 부정했다.

"나도 농담 알아요. 똑똑똑, 누구십니까?"

잭이 소리를 질렀다.

그때 정말로 현관에서 문 두드리는 소리가 들렸다. 모두 웃음을 터뜨렸다.

"아직 농담 안 했는데."

잔뜩 실망한 잭이 불만을 터뜨렸다.

"네가 '똑똑똑'이라고 말할 때 정말로 누가 문을 두드려서 웃은 거야. 기가 막힌 우연이잖니? 그래서 웃은 거야. 그런데, 이 밤에 누가 온 건지 모르겠네. 이 시간에 올 사람은 없는데. 혹시 너희 친구들이 오기로 했니?"

모린이 아들들에게 말했다.

"뭐, 방문판매원이겠죠. 아마 전화기를 바꾸라고 할걸요."

패트릭이 대답했다.

"글쎄다, 누군지 모르겠네."

모린은 수수께끼부터 풀어야 한다는 듯이 자리에서 꼼짝도 하지 않고 말했다.

"여호와의 증인 아닐까?"

자리에서 일어나지는 않은 채 조지가 말했다.

다시 문을 두드리는 소리가 들렸다.

"이 시간에 남의 집에 오다니. 지금은 좀 그런 시간 아니니? 저녁 먹을 시간이잖아."

모린이 골똘히 생각하면서 말했다.

"와, 이런 일이 일어나다니. 정말로 어처구니가 없네."

정말로 놀란 것 같은 사이먼의 목소리에 엘런은 처음에는 그가 진지하다고 생각했다.

"이제 우린 죽을 거야. 이제 우린……."

"내가 나가볼게."

패트릭이 두 손으로 무릎을 짚으면서 말했다.

"내가 갈 거야!"

잭이 벌떡 일어나 현관으로 달려가면서 말했다.

현관문이 열리고, 여자 목소리가 들려왔다. 무슨 말을 하는지는 알아들을 수가 없었다.

"아마도 아름다운 여자 분이 나를 애타게 찾고 있나 봐요."

사이먼이 엘런의 의자 뒤로 팔을 두르면서 말했다.

"늘 있는 일이죠."

"꿈에서야 늘 있는 일이겠지."

패트릭이 말했다.

커피 탁자에 둘러앉은 사람들 모두 잭이 길게 이야기하는 소리를 들었다.

"잭이 우리의 신비한 손님한테 '똑똑똑, 누구십니까' 얘기를 들려주고 있나 봐."

사이먼이 씩 웃으며 말했다.

"글쎄, 아무래도 내가 나가봐야겠다. 근데 정말 이 시간에 누굴까? 도무지 모르겠네."

모린이 자기 머리를 톡톡 두드리면서 주방에서 나갔다.

그때 현관에서 패트릭의 부모님 집을 방문한 여자가 크게 웃는 소리가 들렸고, 갑자기 패트릭이 맥주잔을 커피 탁자 위에 거칠게 내려놓는 바람에 맥주가 사방으로 튀었다.

"말도 안 돼."

"말이 안 되다니, 뭐가 말이냐?"

조지가 패트릭에게 물었다.

패트릭은 조지의 말에 대답도 하지 않고 벌떡 일어나더니 창문에 드리운 커튼을 휙 걷어 집 밖을 내다봤다. 창밖으로 무언가를 확인한 패트릭은 정말로 무시무시하게 웃더니 엘런을 쳐다보지도 않고 현관으로 성큼성큼 걸어 나갔다.

엘런의 심장이 미친 듯이 뛰기 시작했다. 패트릭은 부모님 집으로 오는 내내 백미러를 계속해서 들여다봤고, 마침내 목적지에 도착했을 때는 "망할 버니 보일러는 어디에도 없는 것 같아"라며 아주 행복해했다.

"이게 무슨 일이냐?"

조지가 말했다.

"우리가 아는 사람이 왔나 본데요."

사이먼은 그렇게 말하고 유감이라는 듯이, 하지만 무언가를 묻는 얼굴로 멋쩍게 웃으면서 엘런을 봤다.

"아이고, 이런, 망할. 내가 가서 심판을 봐야겠다."

조지도 현관으로 걸어갔다.

"누구를 말하는 건지 알죠? 형, 전 여자 친구 말이에요."

두 사람만 남자, 사이먼이 조심스럽게 엘런에게 말했다.

"네, 알아요."

엘런은 의자에서 벌떡 일어나 현관으로 달려가고 싶은 마음을 억누르려고 두 손으로 허벅지를 힘껏 내리눌렀다. *난 그냥 그녀가 어떻게 생긴 사람인지 보고 싶은 것뿐이라고!*

엘런은 현관에서 나는 소리를 들으려고 귀를 쫑긋 세웠다.

사이먼이 고개를 가로저었다.

"진짜 이상해요. 화나시죠?"

"아, 아니에요. 한 번도 본 적이 없는걸요."

엘런은 불만을 터뜨리는 것처럼 들리지 않게 하려고 조심스럽게 말했다.

패트릭이 주방까지 들릴 정도로 아주 큰 소리로 고함을 지르고 있었다. 지금까지 저런 식으로 말하는 그를 한 번도 본 적이 없었다. 패트릭의 목소리에는 날카롭게 날이 서 있었고 불쾌한 기운이 가득 서려 있었다. 패트릭은 초저녁 불륜 적발 프로그램에 나와 카메라를 향해 주먹질을 하는, 얼굴이 붉고 우람하고 뚱뚱한 사람처럼 소리를 지르고 있었다.

"사스키아, 당장 떠나지 않으면 경찰에 전화할 거야. 당신은 선을 넘었어. 이건 용납할 수 없어."

그때 잭의 목소리가 들렸다. 무서워서 그런 건지 신이 나서 그런 건지는 모르지만 잭의 목소리는 아주 높았다.

"아빠? 경찰은 왜 불러?"

사이먼이 얼굴을 찡그렸다.

"잭을 데리고 와야겠네요."

사이먼도 주방에서 나갔다. 엘런만 의자에 고정되어 있었다. 하지만 엘런이 현관에 나갈 구실은 하나도 없었다.

엘런은 현관에 모인 사람들 안전을 걱정해야 하는 건지 알 수가 없었다. 혹시 사스키아가 번쩍이는 식칼이나 권총을 꺼내 들고 위협하고 있는지도 모르잖아. 엘런이 읽은 책에서는 스토킹 피해자들 대부분이 물리적으로 심하게 다치는 경우는 별로 없다고 했지만(주로 정신적 피해를 입는다고 했다), 실제 사례를 연구한 자료에는 불쌍한 피해자들이 결국 죽고 끝나는 이야기가 가득했다.

어쩌면 엄마 말이 옳을지도 몰랐다. 엘런이 걱정해야 하는 건 그녀 자신의 안전일 수도 있었다. 사스키아의 목표는 엘런일 수도 있었다. 엘런이 죽으면 엄마는 정말로 짜증을 낼 것이다.

"좋아. 일단 모두 진정하자고."

패트릭의 아버지가 말했다. 사스키아의 목소리는 제대로 들리지 않았다.

엘런은 코바늘로 뜬 에어즈 록 컵받침 위에 음료수를 올려놓고 주방을 서성였다. 주방에는 액자를 잔뜩 세워둔 책장이 있었다. 패트릭이 다른 여자와 함께 찍은 사진을 발견한 순간 엘런은 재빨리 액자를 들어 올렸다. 이 사람이 사스키아일까?

하지만 엘런은 곧 같은 여자가 병원에서 찍은 사진을 발견했다. 침대에 앉아 파란색 버니 러그를 덮고 아기를 안고 있는 젊은 금발머리의 여자는 콜린이 분명했다. 패트릭의 아내. 패트릭의 죽은 아내. 고작 1년 뒤에 콜린의 생명을 앗아간 암세포들은 이미 저때, 그녀 안에 숨어서 끔찍한 공격을 퍼부을 힘을 모으고 있었던 걸까?

패트릭은 아마도 침대 위로 폴짝 뛰어올라 갔을 것이다. 사진에서 두 사람은 꼭 붙어 앉아서 병원 침대 등받이에 등을 기대고 있었다. 콜린은 한 손으로 아기를 안고 다른 한 손으로는 패트릭의 손을 잡은 채 남편의 무릎에 두 손을 올려놓았고, 패트릭은 그런 콜린의 손을 힘껏 쥐고 있었다.

사진 속에서 콜린은 아기를 보고 웃고 있었고 패트릭은 사진을 찍은 사람을 보고 웃고 있었다. 8년밖에 안 된 사진이지만 사진 속 패트릭은 지금하고는 달랐다. 훨씬 젊었다. 눈이 더 동그랬고 볼은 더 통통했고 머리카락은 더 무성하고 길었고 훨씬 젊은 사람이 입는 티셔츠를 입고 있었다. 콜린의 머리는 부스스했고 패트릭은 수염을 깎지 않았다. 잭이 태어나고 몇 시간밖에 지나지 않았을 때 찍은 사진일 것이다. 두 사람은 처음으로 부모가 된 사람들이 으레 짓는 놀란 표정을 하고 있었다. '우리가 무슨 일을 해냈는지 좀 봐요!'라고 말하는 표정을 짓고 있었다. 첫 아기가 태어난 거다. 이 세상 곳곳에서 매일같이 일어나지만 직접 해낸 사람들에게는 엄청나게 경이롭게 느껴지는 일이 일어난 거다.

엘런은 살짝 당혹스러웠다. 하루 종일 저 젊은 여자의 남편과

'샤워를 하면서 사랑을 나눈 일'을 생각했다니. 그건 너무 민망한 일이었다. 패트릭은 콜린과 진짜 관계를 맺었다. 콜린과 결혼했고, 콜린과 함께 아기를 낳았다. 두 사람은 매우 성숙한 관계를 맺은 것이다. 콜린에게 몸을 기대고 있는 모습을 보면 그가 아내를 얼마나 사랑했는지 알 수 있었다.

엘런은 현관에 서서 스스로 바보가 되는 걸 감내하고 있는 불쌍하고 어리석은 미친 사스키아에게 동병상련의 아픔을 느꼈다. 사랑스러운 콜린이(사진만 봐도 콜린이 얼마나 사랑스러운지는 알 수 있었다) 죽지 않았다면, 패트릭은 사스키아든 엘런이든 그 누구에게도 눈길조차 주지 않았을 것이다.

죽는다는 건 관계를 끝내는 가장 우아한 방법이다. 죽음으로 관계를 끝내면 더는 배신을 하지 않아도 되고, 더는 따분해지지 않아도 되고, 더는 밤늦게까지 복잡한 말씨름을 하지 않아도 된다. '그 사람, 아직 혼자라는데?' 같은 말을 듣지 않아도 되고, 파티나 다른 사람 결혼식에서 마주칠 걱정도 없고, '살이 붙었더라'라든가 '이제 나이가 들었더라' 같은 말도 들을 이유가 없다. 죽음은 결정적이고 신비롭고 더는 새로운 소식을 들려주지 않는 마지막 통고다.

"우리 엄마예요."

불쑥 들려오는 말에 엘런은 깜짝 놀랐다. 잭이 엘런 옆에 서서 사진을 들여다보고 있었다.

"내가 태어났을 때래요. 우리 엄마는 죽었어요."

"그래."

엘런은 조심스럽게 액자를 제자리에 돌려놓았다. 잭도 엘런이 곁에 없는 아빠를 느끼는 것처럼 곁에 없는 엄마를 느끼는지 궁금했다. 어떠한 감정도 '없다'는 감정 말이다.

"아줌마도 알아."

"밖에 우리 아빠 전 여자 친구가 왔어요. 사스키아 아줌마요. 아줌마는 예전에 우리랑 같이 살았어요."

"사스키아 아줌마를 기억하니?"

엘런의 말에 잭은 아차 하는 표정을 지었다.

"조금요. 학교 끝나면 아줌마가 나를 데리러 왔던 게 기억나요. 아줌마는 '잘 돌아왔어, 잭'이라고 했어요. 항상 작은 접시에 비스킷이랑 과일 같은 걸 담아서 줬고요. 근데 아빠는 사스키아 아줌마 얘기하는 거 싫어해요."

잭은 얼른 주의를 하라는 듯이 엘런을 힐끔 봤다.

"아줌마도 알아."

엘런이 대답했다. *어째서 사스키아가 잭을 데리러 간 거지? 사스키아는 출근해야 하잖아? 어째서 자기가 잭을 데리러 가지 않은 거야, 패트릭?*

그때 밖에서 여자가 고함 지르는 소리가 들렸다. 곧 차 문이 세게 닫히는 소리가 들렸고, 타이어로 바닥을 긁으면서 자동차가 떠나는 소리가 들렸다.

▲ ▲ ▲

내가 떠나지 않으면 경찰을 부른다고 했어.

난 패트릭이 거기에 있는지도 몰랐는데. 나는 빨간 드레스를 입은 내 모습이 너무 마음에 들어서 기분 좋았던 것뿐이야. 해변에서 옷을 벗고 수영하고 나서 상쾌해진 기분을 그대로 느끼고 있었던 거야. 그래서 패트릭의 부모님을 만나고 가야겠다고 생각했어. 그저 평범하고 사교적인 일을 하고 싶어서. 나는 그저 이제는 옛 친구들을 만나도 좋을 때가 됐다고 생각한 거야. 패트릭의 부모님 집이 내가 옛 생활로 돌아가는 첫 걸음이 될 거라고 생각한 거야.

내 발걸음이 '습관' 적으로 그곳을 향한 게 절대 아니야. 요즘 나를 사로잡았던 비열하고 불쾌한 습관 때문에 그곳에 간 게 아니란 말이야.

그분들 집 앞에 세워져 있던 패트릭의 차를 눈치채지 못한 게 바로 그 증거야. 나는 어디서든 패트릭의 차를 찾을 수 있는걸. 항상 따라다녔기 때문에, 내 눈에 장착한 특수한 망원경은 패트릭의 차를 단번에 알아보는걸. 수 킬로미터나 이어진 교통 체증에 갇혀 있어도 나는 패트릭의 차를 곧바로 알아볼 수 있어.

패트릭의 부모님 집 현관을 향해 걸어가면서 나는 패트릭이 가족을 처음 소개해준 순간을 생각했어. 잭이 우리보다 먼저 현관으로 달려갔는데. 콜린이 죽은 지 1년도 되지 않았을 때라 나는 잔뜩 긴장하고 있었어. 어쩌면 그분들이 아내가 죽어 슬픔에 잠긴 자기 아들을 내가 너무도 빨리 덥석 낚아챘다고 생각할지 몰랐으니까.

그때 사이먼은 여전히 교복을 입은 졸업반이었는데. 왜인지는 모르지만 머리카락을 모두 쓸어 올려서 고무줄로 묶는 바람에 머리카락이 꼭 고슴도치 가시처럼 보였어. 그 때문에 모린은 자꾸 작은아들에 대한 변명을 늘어놓았고.

현관 진입로를 걸어가면서 내가 생각한 건 하나였어. 그분들이 나를 친절하게 대해주셨다는 것. 그리고 현관문이 조금도 변하지 않았다는 것.

지금 생각해보면 정말 어리석었지. 배울 만큼 배운 사람인데도 나는, 가끔씩 이렇게 터무니없이 멍청해지는 거야. 패트릭의 부모님네 현관이 변한 게 없다는 이유로, 정말 지난 몇 년 동안 아무 일도 일어나지 않았다고 생각한 걸까? 내가 아무 때나 그분들 집을 방문해도 되는 친구라고 생각했던 걸까? 내가 그렇게나 터무니없는 망상을 할 수 있는 사람인 걸까?

현관문을 두드렸을 때, 갑자기 큰 웃음소리가 들려왔어. 안에 있는 사람들이 모두 나를 비웃고 있는 것 같았지. 그 순간 갑자기 정신을 차리고 현실로 돌아왔어. 고개를 돌리는 순간, 패트릭의 차가 보였어. 그 차를 보지 못했다니, 믿을 수가 없었어. 그러고는 이런 생각이 드는 거야. '패트릭이 엘런을 데리고 왔어. 엘런을 부모님에게 소개하고 있는 거야.'

그들이 나를 보기 전에 도망가야겠다고 생각했지만, 한편으로는 집으로 쳐들어가서 '어떻게 내가 존재한 적도 없다는 듯이 새로운 여자를 만날 수가 있죠? 어떻게 좋지도 않은 와인을 따라주면서, 흥미롭다는 듯이 이런저런 질문을 할 수가 있죠? 어떻게 다른 여자한테 나에게 줬던 하버 브리지 쟁반에다 예츠 비스킷을 담아서 줄 수가 있죠? 좀 이상하지 않아요? 이런 행동은 하면 안 되는 거잖아요'라고 말해주고 싶었어.

그때 잭이 현관문을 열었어. 물론 패트릭이 알고 있는 것보다는 더 많이 잭을 봐왔지만, 패트릭과 헤어진 뒤로 이렇게 가까이에서 잭을 본 적은 없었어. 잭에게 가까이 갈 기회는 많았지만, 잭이 나 때문에 당황하거나 혼란스러워하는 건 원치 않아서 다가가지 않았던 거야.

그런데 잭이 나를 보고 웃었어. 정말로 사랑스럽게, 활짝 웃었어. 잭의 눈은 여전히 아름다웠어. 잭은 나를 보고 아주 자연스럽게 말을 시작했어. 자기가 '똑똑똑, 누구십니까' 농담을 하려고 했는데 갑자기 내가 현관문을 두드렸다고 했어. 그런 신기한 일이 일어날 가능성이 천분의 일인지 백만분의 일인지 궁금하다고 했어. 그 소리를 듣고 내가 웃음을 터뜨렸을 때 모린이 나타났어. 모린은 아주 정중하지만 당혹스러운 표정을 짓고 있었어. 그리고 나를 보자마자 마치 내가 침입자라도 되는 것처럼 끔찍한 표정을 지었어.

그다음 분노로 얼굴이 일그러진 패트릭이 나타났어. 그러고는 심각한 교통사고라도 난 것처럼 얼굴을 잔뜩 찡그린 패트릭의 아버지가 나타났고, 이제는 머리도 묶지 않고 다 자라버린 사이먼이 나타나더니 나를 쳐다보지도 않고, 내게서 잭을 구하기라도 하겠다는 듯이 잭의 손을 잡고 집 안으로 들어가버렸어.

내가 하는 말은 그 무엇도 소용이 없었어. 그 사람들은 그저 내가 떠나버리기만 바랐어.

난 당신들 모두를 사랑한단 말이야. 당신들은 내 가족이란 말이야.

나는 비명을 지르고 싶었어.

▲ ▲ ▲

"우린 그 애를 아끼고 사랑했어요. 정말로 사랑했어."

모린이 엘런에게 말했다.

"제발 좀 더 재미있는 얘기를 하면 안 될까요?"

패트릭이 말했지만, 누구도 그의 말을 듣지 않았다.

저녁 식사는 모두 끝났고, 잭은 거실에 있는 소파에서 잠자고 있었다. 엘런은 패트릭의 가족이 모두 평소보다 술을 더 많이 마시는 것 같다고 생각했다. 아마도 사스키아가 갑자기 찾아와서 스트레스를 받았기 때문일 텐데, 그래서인지 모두 평소보다 훨씬 말이 많은 것 같았다.

"패트릭이 그 애랑 헤어진다고 했을 때 우린 정말로 속상했어요. 그 애는 여기에 가족이 아무도 없었거든. 태즈메이니아에서 자랐어요, 그 애는. 그래서 그 애한테는 우리가 가족이나 다름없었지."

"엘런은 그런 얘기 듣고 싶어하지 않는다니까요."

패트릭이 말했다.

"아니야. 괜찮아."

엘런은 자기 안에 있는 엄청난 호기심을 감추려고 최대한 조심스럽게 대답했다.

"사랑은 식을 수도 있는 거니까. 그것 때문에 패트릭을 비난하면 안 되지."

조지가 말했다.

"나도 알아요, 조지. 그렇다고 그 가여운 애를 불쌍하게 여기지 말란 법도 없잖아요."

모린이 살짝 짜증을 냈다.

"하지만 이제는 패트릭을 놓아줄 때가 됐지. 벌써 그게 언제 적 일이야."

조지가 대꾸했다.

"잭한테 그 애는 엄마 같았어요."

모린이 남편을 무시하고 계속 말했다.

"형이 사스키아가 잭을 볼 수 있게 해줬어야지."

사이먼이 말했다.

"몇 번을 말해야 해. 그 여자가 잭을 보게 해달라는 말을 안 했다니까. 내가 그만두자고 하니까 그 즉시 미쳐버렸어. 완벽하게, 말

그대로 미쳐버렸다고."

패트릭이 대답했다.

"마음이 찢어졌으니까 그랬겠지."

모린이 말했다.

"어쨌든 그 사람 옆에 있었으면 잭은 무사하지 못했을 거야."

"게다가 그 애 어머니도 그 무렵에 돌아가셨잖니."

모린이 말했다.

"그랬지. 그럴 때 헤어지다니, 정말 끔찍했을 거야."

"그 애는 자기 엄마랑 아주 가까웠어요. 매일같이 전화했으니까. 내가 저 두 녀석한테 매일 전화하면 아마 우리 애들은 미쳐버릴걸요. 물론, 딸은 아들하고 다르겠죠."

모린은 잠시 아쉬운 표정을 지으며 입을 다물었다.

"엄마한테 매일 전화 드려요, 엘런?"

"아뇨, 그렇지는 않아요."

사실은 이메일을 보내건 문자를 보내건 거의 매일 어떤 식으로든 서로 연락하고 지냈지만 엘런은 웃으면서 그렇게 대답했다.

"사스키아의 아버지는 그 애가 아주 어렸을 때 돌아가셨어요. 그리고 그 애한테는 형제자매가 없으니까, 가족이라곤 어머니뿐이었지. 그래서 엄마가 돌아가신 뒤에는 정말로 힘들어했어요."

"그 사람 어머니가 돌아가시고 한 달이나 지난 뒤였어요. 그 사람 어머니는 1년 내내 아팠고요. 대체 내가 얼마나 더 기다려야 해요? 사랑하지도 않는데 사랑하는 척하는 게 더 못할 짓 아니에요?"

"한 달은 상처를 극복할 수 있는 시간이 아니지."

사이먼이 말했다.

개인적으로는 엘런도 사이먼의 말에 동의했다.

"허, 배려남 나셨네. 너는 여자 친구한테 문자로 헤어지자고 했잖아."

패트릭이 말했다.

"아주 신중하게 배려해서 보낸 문자였어. 아무튼, 난 그 친구하고 함께 살지는 않았거든."

"그때 패트릭은 자기 사업을 시작했을 때라 정말 바빴어요. 그래서 사스키아가 시간제로 일하기로 했지요. 잭을 돌보려고요. 그 애는 정말로 멋진 엄마였어요."

모린은 엘런을 보며 말했다.

"잭 엄마는 콜린이에요."

패트릭이 끼어들었다.

"물론 그렇지, 아들. 하지만, 콜린은 잭 옆에 없었잖니."

"콜린이 일부러 떠난 게 아니잖아요."

"당연하지. 그런 말을 하는 게 아니야. 나는 그저 사스키아에게 공정해야 한다는 거야. 그 애가 정말 잘해줬잖니."

"콜린이 있었으면 더 잘했을 거예요. 콜린은 미치지도 않았을 거고."

"형수한테 헤어지자는 말을 해본 적도 없으면서, 형수가 미칠지 안 미칠지 어떻게 알아?"

사이먼이 말했다.

"알아. 안다고. 그리고 나는 절대로 콜린이랑 헤어지지 않았을 거야."

패트릭이 대답했다. 패트릭의 목소리가 너무나도 비통했기 때문에, 탁자 주위에 앉아 있던 사람들은 모두 일순간에 입을 다물어버렸다. 엘런은 사람들이 그녀와 시선을 마주치지 않으려고 애쓰고 있음을 알 수 있었다. 왠지 모린이 구운 맛있는 양고기와 감자가 뱃속에 뭉쳐 있는 것 같았다. 음, 패트릭이 죽은 아내를 아직도 사랑하는 건 당연해. 콜린은 패트릭이 따분해지거나 짜증 날 기회도 주지 않고 죽어버렸으니까.

패트릭의 아버지가 크게 한숨을 내쉬더니 엘런을 보고 웃었다. 하지만 그녀와 시선을 마주치지는 않았다.

"음, 나는 최면 사업 얘기를 더 듣고 싶은데."

엘런이 조지를 보면서 어색하게 웃었다. 이미 두 사람은 저녁 먹는 내내 '최면 사업'에 관해 오랫동안 이야기를 나눴다.

"히틀러도 최면술을 활용했다는 얘기를 어디선가 읽은 적이 있어요."

사이먼이 말했다.

"대부분의 정치인들이 대화를 할 때, 최면 걸 때 쓰는 패턴을 능숙하게 활용하죠."

강연을 할 때마다 듣는 말이었기 때문에 엘런은 자동적으로 입을 열었다.

"간단한 기술이에요. 말을 반복하거나……."

"요즘 하는 텔레비전 광고 있잖아……."

패트릭이 탁자 밑을 내려다보면서 불쑥 말했다.

"도대체 무슨 광고인지 모르겠지만, 왜 한 남자가 수영장에 있는데, 누가 붙였던 반창고가 물 위에 둥둥 떠 있다가 그 남자 입에 딱 달라붙는 거 있잖아. 남자가 반창고를 떼어내려고 하지만 절대로 안 떨어지지. 저리 가, 저리 가, 진저리를 치는데도 말이야."

"아, 그거 알아. 자동차 광고야."

사이먼이 말했다.

"자동차 광고랑 반창고가 무슨 상관이 있다는 거니?"

모린이 얼굴을 찡그리면서 말했다.

"중요한 건, 룸미러로 사스키아의 차를 볼 때마다, 도대체가 알아볼 수 없는 말을 늘어놓은 편지나 이메일이나 문자를 볼 때마다, 자동응답기에 남겨놓은 그 여자 목소리를 들을 때마다, 그 지긋지긋한 망할 꽃다발을 받을 때마다, 아, 엄마, 욕해서 미안해요. 하지만 정말로 사무실에 장미를 보낸다고. 아무튼, 그럴 때마다 난 내가 그 광고에 나온 남자처럼 느껴져요. 그냥 저리 가, 진저리 치며 떨어지길 바라는 거죠."

"그 애가 너한테 장미를 보냈니? 남자한테 꽃을 보냈어?"

"그러니까 나는 더 이상 사스키아가 진짜 좋은 엄마였다거나 내가 그래선 안 될 시기에 사스키아에게 이별을 통보했다는 말 따위는 듣고 싶지 않아요. 내가 그 여자한테 잘못한 게 있다고 해도, 이제는 충분히 대가를 치렀다고요. 대가를 치를 만큼 충분히 치렀어요."

그 말을 끝으로 패트릭은 벌떡 일어나더니 거실에서 나갔다.

"아이고, 저걸 어쩌니."

모린이 한숨을 내쉬었다.

"우리 가족이 된 걸 환영해요."

사이먼이 밝게 웃었다.

"콜린을 떠나보내고 사스키아랑 너무 빨리 시작해서 그래. 그게 문제야. 충분히 슬퍼할 시간을 갖지 않은 거야. 남자들은 슬픈 걸 너무 끔찍해하잖아. 기분이 나쁘면 그저 거기서 벗어나려고만 하고 무시해버리니까."

모린이 말했다.

"여자들은 죽을 때까지 뭐든지 말하고 또 말하고 말이지."

조지가 말했다.

"말하는 게 도움이 된다니까."

모린은 남편을 나무라고 다시 엘런을 쳐다봤다.

"콜린이 죽은 뒤에 패트릭 머릿속에는 잭을 돌봐줄 좋은 사람이 필요하다는 생각밖에 없었어요. 거기에 너무 사로잡혀 있었던 거죠. 자기 자신은 일에만 매달렸고 말이에요. 그래서 사스키아가 전적으로 잭을 맡아서 돌봐야 했던 거예요. 패트릭은 계속 일만 했으니까."

"엄마. 오늘은 그 정도로 충분할 것 같은데요?"

사이먼이 말했다.

"그래, 그런 것 같구나."

모린이 자리에서 일어나더니 탁자에 놓인 그릇을 차곡차곡 쌓기 시작했다.

"엘런, 혹시 가톨릭 신자인가요?"

모린이 엘런을 쳐다보지 않고 얼른 물었고, 사이먼은 콧방귀를 뀌었다.

"아니요."

엘런이 사과하는 사람처럼 말했다.

"아, 그렇군요. 그럼, 종교가 있는지 물어봐도 될까요? 큰일은 아닌데, 그냥 궁금해서요."

모린이 조지의 접시를 집어 들면서 말했다.

"음, 특별히 믿는 종교는 없어요. 그다지 종교적인 가정에서 자라지는 않았거든요. 저희 엄마는 독실한 무신론자세요."

엘런의 말에 모린은 경악했다.

"그건 신을 믿지 않는다는 말인가요? 전혀? 그럼, 엘런도?"

"밥 먹을 때 정치나 종교 얘기는 하지 않는다는 규칙이 있지 않았나?"

사이먼이 말했다.

"저는 엄마보다는 더 영적인 사람인 것 같아요. 가령, 전 불교에도 관심이 많아요. 불교 철학이 좋더라고요. 마음 챙김 같은 수행도 마음에 들고요."

엘런이 대답했다.

"아, 그렇구나. 불교에서는 모든 게 바로 그 순간의 '내면'에 들어 있다고 들었어요."

모린이 말했다. 엘런은 자기 점수가 깎였다는 걸 알 수 있었다.

"으으으음."

조지가 찬가를 읊으면서 공손하게 합장하더니 고개를 숙였다.

"엘런 같은 불교도는 이렇게 하죠. 그렇죠? 으으으음. 으으으음."

"조지! 엘런은 진짜 불교도가 아니에요."

모린은 남편을 나무라고 약간 걱정스러운 표정으로 엘런을 쳐다봤다.

"그렇죠. 안 그래요, 여보?"

사이먼이 웃음을 터뜨렸다.

"그냥 흥미로운 종교라고 생각해요."

엘런이 공손하게 대답했다.

"그렇군요."

모린은 삶이 어떤 고난을 던져도 꿋꿋하게 버티겠다고 결심한 사람처럼 어깨를 반듯하게 폈다.

"아기는 좋아해요, 엘런?"

"엄마!"

사이먼이 손으로 자기 머리를 탁 쳤다.

엘런은 모린의 눈에 서린 악동 같은 장난기를 놓치지 않았다. 모린은 자기가 뭘 하고 있는지 정확히 알고 있었다.

"아기는 정말 사랑하죠."

엘런이 단호하게 말했다.

"아주 좋아요. 나도 그래요."

두 사람은 서로를 완벽하게 이해했다.

"디저트 먹어야 하지 않나? 그래야 할 것 같은데."

조지가 끼어들었다.

"크림 애플 크럼블이랑 아이스크림이 있어요."

모린이 조지에게 눈을 흘기며 말했다.

"저는 아주 조금만 주세요."

엘런이 말했다.

"아니, 아니. 엘런은 너무 말랐어. 많이 갖다줄게요."

모린이 말했다.

그날 밤, 엘런과 패트릭은 제산제를 먹고 엘런의 침대 위에 나란히 천장을 보고 누워 있었다. 패트릭의 어머니는 잭이 자기 집에서 하룻밤 더 자고 가야 한다고 주장했다. 소파에서 잠든 잭을 패트릭이 안아서 손님방으로 옮길 때도 잭은 눈을 뜨지 않았다. 술을 너무 많이 마셨기 때문에 패트릭과 엘런은 택시를 타고 엘런의 집으로 왔다.

"오늘 밤에는 미안했어."

패트릭이 말했다.

"괜찮아. 모두 정말 좋으신 분 같아."

엘런이 대답했다. 그 말은 진심이었다. 패트릭의 가족은 왠지 모르게 엘런을 정말로 편안하게 해줬다. 이미 몇 번이나 만나 함께 구운 감자를 먹은 가족 같았다.

"사스키아 얘기를 그런 식으로 몰고 가면 안 되는 거였어. 그냥, 모두 그 사람 편을 드는 거 같아서 화가 났던 거야."

"알아."

엘런은 몸을 옆으로 돌리고 패트릭의 어깨를 쓰다듬었다. 패트릭의 어깨는 잔뜩 힘이 들어가서 바위처럼 단단했다. 엘런은 패트릭의 긴장을 풀어주려고 손가락으로 어깨를 조물조물 주물러줬다.

"이해해."

"잭 앞에서 사스키아한테 소리질러선 안 되는 거였어. 그 사람 목소리를 듣자마자 너무도 화가 나서 나를 주체할 수가 없었어. 한동안 그냥 '그 사람을 받아들이자, 나한테 장애가 있는 것처럼 그냥 인정하고 말자'라고 생각했거든. 하지만 실제로는 전혀 다른 쪽으로 그 사람을 생각하게 된 것 같아. 이제 한계에 도달한 것처럼. 가끔은 정말로 그 사람을 죽일 수도 있겠다는 생각이 들어. 이제는 왜 사람들이 그런 일을 하는지 알 것 같아. 나도 그 사람을 죽일 수 있어."

"제발, 그러지 마."

엘런은 패트릭을 어루만지던 손길을 멈췄다. 지금 패트릭에게는 마사지가 소용이 없었다.

"자기랑 자려고 감옥에 가기는 싫단 말이야."

"절대로 안 잡힐게."

엘런은 걱정스러운 얼굴로 패트릭을 쳐다봤다. 패트릭은 엘런의 표정을 보더니 싱긋 웃었다.

"알았어. 그냥 농담한 거야. 근데, 아마 난 잡힐 거야. 제대로 도망쳐본 적이 없거든. 생전 처음 불법 우회전을 했더니, 떡하니 경찰이 숨어 있었던 거 알아?"

"경찰 말인데……."

"알아, 무슨 말인지."

패트릭의 턱이 경련이 일듯이 빠르게 움직였다.

"나는 그냥……, 잘 모르겠어. 어떻게 해야 할지 도무지 모르겠어."

패트릭은 사스키아를 다시 경찰에 신고하고 싶어하지 않는 게 분명했는데, 엘런은 도무지 그 이유를 알 수 없었다. 사스키아가 패트릭이 그녀를 학대했다고 말할까 봐 걱정돼서 그러는 걸까? 아니면 다른 이유가 있는 걸까?

"한번 생각해봐."

엘런이 말했다.

"그럴게."

하지만 패트릭이 신고하지 않으리라는 걸 엘런은 알 수 있었다.

엘런이 갑자기 늘어지게 하품을 했다.

"너무너무 피곤해."

"난 앞으로 몇 시간은 못 잘 것 같아. 머릿속에서 생각이 빙글빙글 돌고 있는 것 같아. 혹시 잠들 수 있게 최면을 걸어줄 수 있어?"

"하!"

패트릭의 말에 엘런이 헛웃음을 지었다.

"진지하게 하는 말이야. 할 수 없어?"

"애인한테 최면을 거는 건 좋은 일이 아니야. 윤리적인 문제가 있어."

그런 말을 하면서 엘런은 너무 잘난 체하는 것처럼 보이지 않을까 걱정됐다. 사실 전 애인들도 엘런에게 최면을 걸어달라고 했다. 하지만 대부분 아주 경박한 이유 때문이었고, 엘런은 모두 거절했다.

"신고하지 않을게. 그냥 머릿속에서, 소용돌이치는 생각을 멈추고 싶어서 그래."

"최면에 걸리는 거 별로 좋아하지 않았잖아? 자기 몸을 통제할 수 없는 상태로 만드는 게 싫다며."

엘런은 패트릭의 부탁을 거절할 핑계를 댔다.

"그거야 당신을 만나기 전이지. 이제는 최면이 뭔지 더 잘 알게 됐다고. 그리고 난 당신을 믿어."

패트릭의 말을 들으면서 엘런은 멘토인 플린을 떠올렸다. 60대인 플린은 전통파 최면치료사로 무대에서 쇼를 하는 최면술사를 싫어했다. 그는 무슨 일이 있어도 내담실에서만 최면치료를 하는 것이 최면치료사로 정통성을 간직할 수 있는 유일한 길이라고 믿었다. 엘런은 자기에게 최면을 배운 젊은 남자 대니도 떠올렸다. 매력적인 대니는 술집에서 여자들을 꼬실 때 악수하면서 최면을 건다며 으스댔다. 대니의 엄청난 성공률을 듣고 엘런은 자기가 그런 일에 반대한다고 얘기해도 전혀 소용없겠구나 생각했다. 만약 플린에게 대니 이야기를 했다면, 플린은 엘런이 자기 아이가 엉망이 되도록 내버려두는 나쁜 엄마나 되는 것처럼 아주 끔찍해했을 것이다. 엘런은 자신의 윤리적 위치가 플린과 대니의 중간쯤 되는 게 아닐까 생각했다.

"그냥 긴장 풀게 도와주는 거라면, 그다지 문제는 없겠지."

엘런이 말했다.

그런데, 나는 당신을 '스토킹' 하는 게 아니야. 그러니까 스토킹이라는 말은 쓰지 마. 너무 터무니없는 말이라는 거 알잖아. 나는 그냥 당신하고 말하고 싶을 뿐이야. 내가 하고 싶은 건 토킹이라고.

– 패트릭이 열어보지 않은 이메일 내용

"전 여자 친구의 스토킹을 신고한 한 미국 남자가 법원에 갔답니다. 그런데 판사는 '괜히 관심 받는 거 같아서 으쓱한 거죠?' 라며 대수롭게 않게 여겼죠. 결국 그 남자는 며칠 뒤에 살해됐어요. 스토커가 총을 쐈다나 칼로 찔렀다나 아무튼 그랬답니다. 정말이에요."

패트릭이 말했다.

일요일 오후, 엘런과 패트릭은 줄리아, 패트릭의 친구 '스팅키' 와 함께 왓슨스베이에서 돗자리를 깔고 피시앤칩스를 먹었다(엘런과 줄리아는 '스팅키' 의 진짜 이름을 몰랐다. 그리고 두 사람 모두 착실한 '북부 해안' 출신 어머니들의 딸이라 스팅키를 스팅키라고 부를 수도 없었다).

스토킹 얘기를 먼저 꺼낸 사람은 줄리아였다.

"스토커가 있다면서요, 패트릭?"

줄리아는 자리에 앉자마자 '패트릭, 측량사라면서요?' 라고 묻는 것과 완벽하게 동일한 사교적인 말투로 그렇게 물었다. 엘런은 패트릭이 화제를 바꾸려고 애쓰지 않는 모습을 보고 깜짝 놀랐다. 더구나 어제 저녁 가족 모임에서 큰일을 겪은 뒤인데도 말이다. 오히려 패트릭은 아주 열정적으로 사스키아에 관해 이야기했다. 다른 사람과 함께 있을 때면 성격이 조금 달라지는 패트릭을 보는 것도 흥미로웠다. 패트릭은 가족과 함께 있을 때면 좀 더 말이 많아지고 부드럽고 소년처럼 보였다. 스팅키, 줄리아와 함께 있는 패트릭은 아무 걱정 없는 한가로운 오스트레일리아 남자처럼 보였다.

"혹시 죽을까 봐 두려운 건 아니지, 스코티?"

머리가 벗겨지기 시작한 스팅키는 땅딸막한데다 두 볼에 보조개까지 있어서, 희끗한 수염이 나고 목소리가 굵어진 거대한 아기처럼 보였다. 스팅키는 남자치고는 키가 꽤 작은 편이었는데, 패트릭은 그 정보를 엘런에게 말해 주지 않았다. 공교롭게도 엘런 역시 줄리아가 여자치고는 키가 꽤 크다는 사실을 패트릭에게 알려주지 않았다. 딱 맞는 재킷에 스카프를 매고 스파이크 힐을 신은 슈퍼모델만큼이나 큰 줄리아는 구겨진 컨트리셔츠에 빛바랜 청바지를 입고 작업화를 질질 끌면서 걷는 스팅키와 악수를 하면서 그 뒤에 서 있는 엘런을 향해 눈썹을 찡긋 들어 올렸다. 그런 줄리아를 보며 엘런은 앞으로 몇 년간은 줄리아가 지금 이 순간을 한껏 과장하면서 '그때 네가 나를 스팅키라는 대머리 땅꼬마한테 떠넘기려고 했잖아'라며 놀려댈 것임을 직감했다.

하지만 줄리아가 스팅키에게 전혀 관심이 없었기 때문에 오히려 모임 분위기는 훨씬 밝았다. 줄리아는 전혀 긴장하지 않은 채 뜨거운 감자튀김을 마구 집어 먹으면서 스팅키와 장난을 치기도 했다. 줄리아가 스팅키를 연인 후보로 생각했다면 분명히 눈도 제대로 맞추지 못하고, 과도하게 흥미가 없는 것처럼 보이느라 식욕을 완전히 잃고 말았을 것이다.

"생명의 위협을 느끼지는 않아. 단지 가끔 미칠 것 같을 뿐이야. 내가 하고 싶은 말은, 사람들은 남자에게 스토커가 있다고 하면 그다지 심각하게 생각하지 않는다는 거야."

패트릭이 말했다.

"그 여자, 만난 적 있어요?"

줄리아가 스팅키에게 물었다.

"그런데, 진짜 이름 가르쳐주면 안 돼요? '스팅키'라고 부를 수는 없잖아요. 그렇게 냄새도 나지 않는걸요."

"브루스예요."

"이런, 이름이 뭐 그래요?"

"브루스가 어때서요. 불쾌하군요."

"좋아요, 브루스. 그 사람 만난 적 있어요? 패트릭의 스토커요."

"잘 알죠. 난 좋아했습니다. 실제로 정말로 많이 좋아했죠."

브루스는 패트릭을 흘긋 쳐다봤다. 패트릭이 어깨를 으쓱하면서 말했다.

"왜, 전화번호 가르쳐줘? 분명히 반가워할걸."

"그럼, 그 사람이 이런…… 미친 짓을 할 거라는 생각은 못했겠네요."

줄리아가 물었다.

"아, 전혀요."

브루스의 보조개가 더욱 깊어졌다.

"우리 모두 그럴 수 있지 않을까요? 난 항상 사랑은 미친 짓이라고 생각했거든요."

"사랑은 미친 짓이라니. 그건, 으음, 브루스라는 이름을 가진 남자가 하기에는 아주 시적인 말이네요."

줄리아가 말했다.

"여성 분들한테 좋은 인상을 심어주려고 노력하는 겁니다."

패트릭이 말했다.

"중요한 건, 우리 모두 다른 사람 때문에 상처를 받는다는 거예요. 하지만 상처를 극복하고 살아가야죠. 그게 인생이니까."

줄리아가 말했다.

"인터넷으로 예전 애인이 어떻게 사는지 찾아본 적 없어요? 나는 여자 친구랑 헤어지고, 몇 시간이고 그 사람 계정을 들여다봤어요. 실제로 스토킹을 하지는 않았지만, 마음으로는 계속 스토커 짓을 하고 있었던 거죠."

브루스가 말했다.

"그게 뭐 어때서요? 내가 전남편한테 화가 나서 고함을 질러댈 수는 있겠지만, 그게 내가 전남편을 죽이는 사람들이랑 같은 부류라는 뜻은 아니잖아요."

"하지만 사람이 어떻게 그럴 수 있는지 이해할 수는 없다?"

"네. 전혀요."

"우와, 타협이 없는 분이군요."

"네, 전 그래요."

그 말에 엘런이 과연 그럴까, 하는 표정으로 줄리아를 봤다.

"아, 알았어. 사실 헤어진 남자 친구랑 사귀는 여자한테 전화를 걸어서 아무 말 않고 가만히 있었던 적이 있어요. 하지만 몇 주 동안만 그런 거예요. 더구나 열일곱 살 때요."

"아하! 당신도 스토커였던 적이 있군요!"

스팅키가 의기양양하게 감자튀김으로 줄리아를 가리키면서 말했다.

"아니, 스토커는 아니었어요. 바보 같은 열일곱 살이었죠."

"줄리아는 날 스토킹하는 '버니 보일러' 하고는 전적으로 달라요."

패트릭은 잠시 입을 다물었다가 계속 말했다.

"가끔은, 내가 없을 때 그 사람이 우리 집에 들어와 있는 게 아닐까 하는 생각도 든다니까요."

"그런 말은 안 했잖아."

엘런이 재빨리 패트릭을 봤다.

"세상에, 빨리 경찰에 신고해요. 현관 열쇠도 바꾸고요."

줄리아가 말했다.

"벌써 여러 번 바꿨어요. 사실 왜 그런 생각이 드는지는 나도 모르겠어요. 그냥, 집에 들어가면 그런 느낌이 나는 거예요. 물건이 옮겨졌다거나 바뀐 건 없어요. 그저 그 사람이 있다 갔다는 느낌이 드는 겁니다. 뭔가 분위기가 다르다고 할까요. 어쩌면 그 사람 향수 냄새를 맡는 건지도 몰라요."

엘런은 패트릭이 경찰에 신고하라는 줄리아의 충고를 교묘하게 피해 갔다는 사실을 알았다.

줄리아는 연극배우처럼 온몸을 부르르 떨었다.

"오, 세상에. 꼭 공포 영화에 나오는 얘기 같아요."

줄리아가 턱으로 엘런을 가리켰다.

"새로 사귄 여자 친구가 공포 영화를 좋아해서 다행이네요."

"정말? 당신이 공포 영화를 좋아하는지 몰랐네. 나는 완전히 겁쟁이인데. 공포 영화는 무서워 죽겠어."

패트릭이 엘런의 무릎에 손을 얹었다.

"팝콘이랑 초코 아이스크림 먹으면서 공포 영화 보는 거 좋아해. 사스키아가 자기 집에 들어갔을지도 모른다고 생각하니 정말 싫은 걸. 그건 진짜 싫어."

엘런은 몸을 부르르 떨었지만, 마음 한편에서는 자기가 이렇게 과장되게 반응하는 이유가 사람들이 그녀에게 이런 반응을 기대하기 때문임을 알고 있었다. 엘런은 패트릭의 고통에 정말 가슴이 아팠고, 그가 뭘 두려워하고 불안해하는지 이해할 수 있었지만, 왠지 자기 안전에 관해서는 조금도 무섭지 않았다. 아마도 사스키아를 한 번도 만나본 적이 없어서 여전히 그녀가 정말로 존재하는 사람처럼 느껴지지 않기 때문인지도 몰랐다. 어쩌면 사스키아가 여자라서 그런지도 모른다. 실제로는 여자들도 다른 사람을 해칠 수 있음을 알지만, 그럼에도 여자들이 난폭해질 수 있다는 사실을 진심으로는 믿지 않기 때문인지도 몰랐다. 왜 그런지는 모르지만, 사스키아에 대해서라면 엘런은 두렵다기보다는 호기심을 느꼈다.

"미안. 당신한테 말할 생각은 전혀 없었어. 그냥 내 상상일 수도 있어."

패트릭이 말했다.

"지금까지 사스키아가 다른 사람에게 해코지한 적은 없어요. 혹시 불안해할까 봐 하는 말인데, 그녀는 평화주의자예요. 이라크 전쟁 반대 시위에 나간 적도 있고요."

스팅키가 말했다.

"그거야 정치적인 입장이지. 이건 사적인 일이잖아."

패트릭이 말했다.

"한동안 동물 보호소에서 일한 적도 있지 않아?"

"동물 보호소라고요?"

스팅키의 말에 줄리아가 콧방귀를 뀌었다.

"동물 보호소에서 일하는 게 뭐가 웃겨?"

엘런이 물었다.

"모르겠어. 그냥 너무 상투적이잖아."

"불쌍한 강아지랑 고양이한테는 엄청나게 도움이 될 거예요."

스팅키가 슬픈 표정을 지어 보였다.

"이거 왜 이래? 나는 온통 스토커 편드는 사람들하고 살아가는 거야?"

패트릭이 스팅키의 팔을 툭, 쳤다.

"아, 미안, 스코티."

스팅키가 두 팔을 번쩍 들었다.

"그냥 엘런의 기분을 풀어주려고 그런 거야. 위험한 사람이 아니라는 걸 알려주려고."

"음, '스코티'. 나는 여기 있는 '스팅키'랑은 달라요. 스토커를 옹호해줄 생각은 전혀 없어요. 내 생각에 그 사람은 완전히 미쳤어요. 두 사람 모두 정말 단단히 조심해야 해요."

줄리아의 말에 패트릭은 고맙다고 대답했다.

▲ ▲ ▲

오늘, 나는 또다시 해변에 갔어. 빨간 드레스를 입고 해변에서 잠들어버렸지.

엘런의 집 옆에 있는 해변이 아니야. 패트릭하고 같이 갔던 해변도 아니고. 아발론 해변으로 갔어. 그곳은 사실 한 번도 가본 적 없는 곳이라 추억은 하나도 없어.

어젯밤의 기억은 계속 나를 괴롭혔어. 그 기억이 지독할 정도로 계속 떠올랐어.

패트릭의 부모님 집을 떠난 뒤 파티에는 가지 않았어. 아마 나는 그전부터 이미 파티에 가지 않을 걸 알고 있었는지도 몰라. 나는 딱 한 번, 기름을 넣고 물을 한 병 사려고 멈춘 것 말고는 여섯 시간 내내 쉬지 않고 차를 몰았어.

나는 시드니에서 패트릭과 함께 간 모든 곳을 찾아갔어.

하버 브리지를 적어도 서른 번은 왔다 갔다 했을 거야.

이 도시하고는 처음 왔을 때부터 사랑에 빠졌어. 시드니를 사랑하게 된 거지. 시드니라는 이름만 들어도 흥분될 정도로 사랑에 빠진 거야. 태즈메이니아 중앙에 있는 아주 작고 칙칙한 시골 마을에서 자라지 않은 좀 더 세련된 사람들이라면 '뉴욕'이라는 이름을 들어야 그런 기분을 느낄 거야.

시드니 사람들은 늘 '정말? 그렇게 작은 곳에서 왔어?'라고 말하고 싶어하는 표정으로 눈을 크게 뜨고 반쯤 웃으면서 "태즈메이니아에서 왔다고요?"라고 말했어. 그럴 때 나는 무슨 잘못이라도 한 것처럼, 마치 사과하는 것처럼 항상 고개를 숙였었어. 하지만 이제는 더는 그런 말을 하지 않아. 이제 사람들은 "아, 태즈메이니아에 있는 아름다운 시골에서 왔군요"라고 말해. 그런 말을 들을 때마다 정말로 궁금해져. 내가 바뀐 건지, 그사이에 태즈메이니아가 바뀐 건지 정말로 궁금해지는 거야.

시드니는 보석을 잔뜩 걸치고 신용카드를 번쩍이는 크고 건방진 전 애인 같아. 해변으로, 술집으로, 눈부신 햇살로, 멋진 식당과 카페로, 음악으로, 그리고 해변에서 반짝이는 엄청나게 큰 사파이어 물결로 나를 눈부시게 만드는 거야.

애인한테 푹 빠진 바보 같은 여자처럼 나는 시드니에 관해 알 수 있는 모든 것을 찾아 돌아다녔어. 나는 시드니 토박이나 택시 운전

사보다도 시드니에 관해 훨씬 많이 알아. 시드니에서 제일 맛있는 얌차를 파는 곳도, 스시를 파는 곳도, 타파스를 파는 곳도 알아. 극장이 어디에 있는지, 박물관이 어디에 있는지, 멋진 술집이 어디에 있는지도 알아. 스쿠버다이빙을 할 수 있는 곳도 부시워크를 할 수 있는 곳도 알고, 주차장도 알아. 시드니에 오고 6개월 만에 패트릭을 만났지만, 시드니에서 나고 자라 다른 곳에는 가보지도 않은 패트릭보다 내가 적어도 두 배는 더 아는 곳이 많았어.

패트릭과 시드니는 내 인생에서 가장 행복한 시간을 만끽하게 해줬어. 우린 여객선 위에서 키스를 했고, 시드니 항구 옆에서 샴페인을 마셨어. 우리는 함께 연극을 봤고 영화를 봤고 밴드 공연을 봤어. 우리는 잭을 데리고 녹색 나무가 우거진 수풀 사이로 여기저기 햇살이 비치던 국립공원 산책길을 오랫동안 걷기도 했어. 그때 잭은 패트릭의 등에 업혀서 나를 보고 방실방실 웃었지. 해변에 서서는 우리 둘이 잭의 손을 잡고 "하나, 둘, 셋" 하고 외친 뒤 하얀 물결이 이는 바다 위로 잭을 힘차게 들어 올리기도 했어.

나는 두 사람을 너무나도 사랑했어. 그때 엄마한테 "이렇게 쉽게 행복해져도 되나 모르겠어"라고 말했던 걸 기억해. 엄마는 "네가 행복하다니 엄마는 정말 기쁘다"라고 대답했었는데. 나는 엄마가 부엌에서 행주를 들고 세제를 뿌린 싱크대를 열정적으로 닦으며 싱긋 웃는 모습을 상상할 수 있었어. 내가 행복한 게 엄마가 원하는 전부였으니까.

나는 엄마가 나에게 무조건 헌신하는 이유를 전혀 이해하지 못했어. 하지만 잭을 돌보면서 어렴풋이 알 수 있었어. 아이의 기분이 엄마의 마음을 좌우한다는 걸. 아이의 기분에 따라 엄마의 기분이 바뀌는 게 자연스러운 습관이 돼버린다는 걸 알 수 있었어.

엄마는 그때 "패트릭도 너만큼 행복하니?"라고 물었어. 나는 당연히 나만큼 그도 행복하다고 대답했고. 내 말에 엄마는 잠시 침묵하다가 망설이듯이 아주 조심스럽게 말했어.

"패트릭이 아내를 잃은 지, 1년도 안 됐잖니. 분명 아직 많이 슬플 거야, 사스키아. 그런 슬픔은 아주 오래 가는 거야. 엄마는 그저 네가…… 그걸 늘 염두에 두면 좋겠어."

엄마는 배우자를 잃은 사람의 심정을 잘 알았어. 내가 이제 막 걷기 시작했을 때 아빠가 돌아가셨으니까. 나는 아빠에 대한 건 아무것도 기억나지 않아. 아빠 없이 자랐다고 해서 나한테 억눌린 감정이 있거나 한 건, 분명히 아니야.

엄마한테 아빠는 하나밖에 없는 사랑이라고 했어. 엄마가 매일 아빠를 그리워했다는 건 잘 알아. 하지만 패트릭이 꼭 엄마와 같을 수는 없잖아. 한 가지 예만 봐도 알아. 엄마는 아빠가 죽은 뒤에 엄마를 행복하게 해줄 사람을 다시는 만나지 못했어. 하지만 패트릭은 나를 만났잖아. 내가 패트릭을 행복하게 만들어줄 수 있어. 패트릭은 나 때문에 행복해하는걸. 나는 바보가 아니야. 그건 내 상상이 아니라고.

물론, 패트릭이 여전히 죽은 아내를 생각하면서 슬퍼하리라는 건 알아. 콜린이 잭을 기를 때 유의해달라고 남긴 글을 보면 정말로 숙연해져. 콜린은 잭을 기를 때 지켜야 할 내용을 글로 남겨놓았어. 글씨가 삐뚤삐뚤한 걸로 보아, 건강이 아주 나빠졌을 때 쓴 게 분명해. 콜린의 필체는 그다지 좋지 않았어. 이런 걸 다 언급하다니, 너무 무정해 보인다는 거 알아. 하지만 그게 나인걸. 난 항상 그다지 좋은 사람은 아니었다고!

콜린은 비타민이 중요하다고 생각했어. 그래서 나는 잭에게 매일 비타민을 먹였어. 콜린은 러닝셔츠가 모든 사악한 기운에서 어느 정도 아이들을 보호해준다고 믿었어. 그래서 나는 조금 더울지 모르는 날에도 잭에게 러닝셔츠를 입혔어. 내 생각에는 콜린이 더운 날에도 러닝셔츠를 입히라는 뜻으로 그런 목록을 작성한 건 아닌 것 같지만, 패트릭은 콜린이 남긴 글을 문자 그대로 받아들이고 모두 지켰어.

패트릭은 나와 함께 있어서 행복했어. 자기도 그렇게 말했는걸. 패트릭은 "당신이 내 인생을 구했어"라고 했어. "당신과 영원히 함께할 거야. 당신이 없었다면 난 아무것도 할 수 없었을 거야"라고도 했단 말이야.

오늘은, 해변에 누워서 콜린 꿈을 꿨어. 꿈에서 나는 콜린에게 고래고래 소리를 질렀어. "비타민이라고 쓸 때는 아포스트로피(')를 붙이는 게 아니에요."

죽은 사람한테 문법이 틀렸다고 소리를 지르다니. 정말 멍청하고 당혹스러운 꿈이야.

그때 누군가 나한테 "아주 굉장한 밤을 보냈나 봐요"라고 말하는 게 들렸어.

눈을 떠보니 한 남자가 내 옆에 서서 나를 내려다보고 있었어. 햇살이 눈부셔서 그 남자 모습이 제대로 보이지는 않았지만 무릎까지 오는 수영복을 입고 한 팔로 겨드랑이에 낀 부기 보드를 잡고 있는 사람이라는 건 알 수 있었어. 나이에 비해서 너무 젊어 보이는 더벅머리를 하고 있는 남자였어.

나는 일어나 앉아서 입고 있던 빨간 드레스를 내려다봤어. 그런 밤을 보내기에는 내가 너무 늙었다는 것 말고는 누구나 나를 보면 어젯밤 화려한 파티에 다녀온 사람처럼 보일 거라는 생각이 들었어.

"그렇죠, 뭐."

내 말에 그 남자는 무슨 말을 해야 할지 모르는 것 같았어. 그래서인지 그저 살짝 웃으면서 경례하듯이 손가락을 이마에 대었다 떼고는 바다 쪽으로 걸어가버렸어.

나는 해변에 앉아서 그 남자가 부기 보드를 타는 모습을 지켜봤어. 부기 보드를 잘 타는 사람은 아니었어. 파도가 몰려올 때마다 남자는 파도를 향해 헤엄쳐갔지만 번번이 놓쳤어. 하지만 어쩌다 파도를 붙잡았을 때는 이마 뒤로 더벅머리를 모두 넘긴 채 정말로 신난다는 표정으로 흥분을 감추지 못했어.

오늘 오후에 나는 서핑 용품을 파는 가게에 들어갔어. 갑자기 무슨 바람이 불어서 그랬는지는 모르지만 거기서 서핑용 수영복이랑 부기 보드를 샀어. 부기 보드 타는 법을 배워야 할 것 같아. 서핑 하는 법이라고 해야 하나? 정확히 뭐라고 하는지는 잘 모르겠어. 하지만 파도를 탄다고 생각하니까, 정말 기뻐.

▲ ▲ ▲

월요일 아침, 너무나도 지치고 피곤한 상태로 눈을 뜬 엘런은 내담 예약 일정을 보고 공포에 사로잡혔다. 점심 먹을 시간도 없이 계속해서 내담을 잡아놓았기 때문이다.

'좋아, 할 수 있을 거야'라며 의기양양하게 예약을 잡았던 모습이 어렴풋이 떠올랐다. 지금 엘런이 원하는 것은 단 하나, 침대 밖에 없었다. 다시 이불로 들어가 잠에 빠져든다면 얼마나 행복하고 즐거울까? 만약에 지금 정말로 제대로 아플 수만 있다면, 전염병에 걸려서 제대로 그 증상이 나타나기만 한다면 내담자들에게 전화를 걸어서 예약을 취소할 수 있을 텐데.

하지만 엘런은 병에 걸리지 않았다. 그저 피곤할 뿐임을 엘런도 알았다. 주말 내내 너무 많이 먹었고, 너무 많이 마셨고, 극도로 긴장했기 때문이다. 감정 소모를 너무 많이 했기 때문이다. 잠을 너무 적게 자고 섹스를 너무 많이 했기 때문이다. 엘런은 혹시 지독한 방광염에 걸린 것은 아닌지 걱정됐다.

더구나 우유도 없었다. 우유를 다 마셨다는 사실을 알게 된 엘런은 냉장고 문을 연 채로 잠시 멍하니 서 있었다. 우유가 없다니! 왠지 세상이 끝난 것처럼 느껴졌다. 실제로 발을 동동 구르기까지 했다. 지금 당장 엘런은 차가운 우유에 시리얼을 잔뜩 말아 먹어야 했다.

엘런은 우유가 떨어진 데 책임이 있는 사람이 죄의식을 느끼면서 지켜보고 있기라도 한 것처럼 골이 나서 재빨리 오래전에 사둔 빵을 토스터기에 넣었다. 신문을 가지러 앞마당으로 나간 엘런은 신문배달부가 고맙게도 신문을 생울타리에 완벽히 처박히게 던져놓았다는 사실을 알았다. 엘런은 신문을 집어, 기분 나쁘게도 신문을 축축하게 만들면서 찰싹 붙어 있는 이슬 머금은 이파리들을 떼어내야 했다.

그 뒤로도 엘런의 불행은 끝나지 않았다. 토스터기에서 꺼내 먹은 빵은 기이하게도 신맛이 났고, 읽고 있는 신문은 살인이니 사망이니 재난이니 전쟁이니 자살 폭탄이니 하는 나쁜 뉴스로 가득 차 있었다. 세상은 눈물의 바다 위에서 표류하고 있었다. 그러다가 엘런은 신문 기사를 봤다.

'상류층 인사들이 대거 참석할 화려한 결혼식.'

기사에는 로지의 사진이 실려 있었다. 로지가 마지막 내담을 한 것은 두 달 전이었다. 그때보다 살이 많이 빠진 게 분명했다. 둥글둥글했던 부분은 하나도 없었다. 끈이 없는 드레스를 입고 앙상한 어깨를 구부정하게 구부리고 있는 로지는, 다리를 가리는 긴 드레스를 입은 키 큰 신부 들러리 네 명에게 둘러싸여 있었다.

'곧 결혼하나 보구나.' 엘런은 생각했다. 엘런이 걸었던 노련한 최면 덕분에 알게 된 사실은, 즉 로지가 담배를 끊지 못하는 이유가 약혼자를 진심으로는 좋아하지 않기 때문이라는 사실은 로지의 결심에 아무런 영향을 미치지 못했음이 분명했다. 로지는 왜 결혼을 취소하지 않았을까? 어쩌면 정말로 약혼자를 좋아하지 않는 건 아니라고 생각했을 수도 있고, 돈이나 결혼으로 누릴 수 있는 특권을 포기할 수 없었기 때문일 수도 있고, 이미 상류층 사람들을 잔뜩 초대해놓은 터라 차마 취소할 용기가 나지 않았기 때문일 수도 있다.

이유가 무엇이건 간에, 로지의 기사 때문에 엘런은 더욱 우울해졌다. 왠지 스스로가 무능하게 느껴지고 무기력해졌다.

따르릉, 전화벨이 울리고, 엘런은 예약을 취소하는 전화이기를 바라면서 재빨리 전화를 받았다. 오늘 첫 상담을 취소한다는 전화였으면 좋겠어. 그러면 다시 침대로 들어갈 수 있을 텐데.

"여보세요, 좋은 아침입니다."

엘런이 활기차게 말했다.

"글쎄, 좋은 아침을 보내는 사람 목소리는 아닌 것 같은데."

전화를 건 사람은 존의 여동생 해리엇이었다. 해리엇과는 존과 헤어진 뒤에도 계속 친구 사이로 남았다.

작고 완고한 해리엇은 보스 기질이 있는 사람이었는데, 엘런의 기분을 귀신처럼 알아맞힐 때가 있었다. 가끔 아주 신맛이 강한 감초를 먹고 싶을 때가 있는 것처럼, 엘런에게는 그런 해리엇의 태도

가 필요할 때가 있었다. 하지만 지금은 살짝 콧소리가 나는 해리엇
의 목소리 때문에 신경이 치즈 가는 기계에 들어가 잘게 채쳐지는
느낌이 들었다.

엘런은 이제 막 가파른 언덕을 뛰어올라가려고 준비하는 사람처
럼 깊은 숨을 들이마셨다.

"잘 지냈어, 해리엇?"

"그럼, 그럼. 그냥 얘기나 할까 싶어서 전화했어. 벌써 통화 못한
지 몇 달이나 됐잖아."

월요일 아침 7시 30분을 친구와 수다 떨기에 가장 좋은 시간이라
고 생각하는 사람은 해리엇밖에 없을 것이다.

"그러게, 정말. 아주 오래됐네."

엘런은 잠시 눈을 감았다. 왠지 비명을 지르고 싶은 터무니없는
충동에 사로잡혔다.

해리엇과 이야기할 때마다 존이 갑자기 엘런의 의식 앞으로 튀어
나오곤 했다. 해리엇의 말투를 듣는 동안에는 존의 목소리가 귓가
에 맴돌았다. 반쯤 눈을 감고 희죽거리는 존의 얼굴이 떠올랐다. 해
리엇은 존이 여전히 이 세상에 존재한다는 사실을 일깨워줬다.

엘런은 해리엇과 대화할 때면 자신의 상황이 존의 귀에 제대로
들어갈 수 있도록, 자신이 '미래를 향해 활기차게 나아가고 있다'는
메시지를 충분히 전달할 수 있도록, 일부러 더 밝고 활기차게 말했
다(엘런은 해리엇이 존과 대화할 때면 언제나 그녀 이야기를 한다는 사실을 알
았다. 그게 바로 해리엇이 하는 일이니까. 정보를 모아서 사람들에게 나눠주는
것. 그것이 해리엇이 가진 작은 권력이다).

제대로 하려면 엘런은 지금 패트릭 얘기를 해야 했다(그러면 해리
엇은 존에게 "그거 알아? 엘런한테 남자 친구가 생겼대"라고 말할 테니까). 하

지만 지금 엘런에게는 패트릭이 당연히 누려야 할 열정적인 소개를 해줄 기력이 없었다.

"존은 어떻게 지내?"

그래서 대신 존의 안부를 물었다. 대화의 한 모퉁이에 존을 두고 간을 보는 대신 이번에는 무대 중앙으로 직접 존을 소환한 것이다.

"엘런이 오빠 얘기를 먼저 꺼내고, 정말 별일이네. 안 그래도 상상도 못할 일이 벌어졌지 뭐야. 영원한 독신주의자일 줄 알았던 우리 오빠께서 결혼을 하시겠대. 가족 모두 입이 떡 벌어졌지 뭐. 이게 믿어져?"

해리엇이 말했다.

"정말? 잘됐네."

엘런은 헛기침을 했다.

존과는 4년을 함께 살았지만, 그의 입에서 '결혼'이라는 말이 나온 적은 단 한 번도 없었다. 엘런은 존이 결혼이라는 제도를 믿지 않는 사람이라고 생각했다. 그래서 엘런한테 결혼을 어떻게 생각하는지 물어볼 생각을 전혀 하지 않는 거라고 믿었다. 하지만 이제 보니 존은 엘런하고는 결혼할 생각이 전혀 없었던 거였다.

엘런은 정말로 상처를 입었다. 도자기 컵 여러 개가 한꺼번에 박살나는 것처럼 감정이 산산이 부서지는 것 같은 아픔이 느껴졌다. 예리한 통증이 파편이 되어 온몸으로 쏟아져 들어왔다. 콧구멍 속을 따끔거리게 만든 고통들이 커다란 통증이 되어 쐐기처럼 가슴 깊이 박혔다.

아니, 왜 그러는 거야? 내가 속상할 일이 뭐가 있어? 나한테는 패트릭이 있잖아. 살면서 처음으로 제대로 된 사랑을 하고 있잖아. 신경 쓰지 마. 신경 쓰지 마. 신경 쓰지 말란 말이야.

하지만 마음의 통증은 가시지 않았다.

"고작 몇 달 만난 사람이랑 결혼한대. 치과위생사랑."

해리엇이 계속 말했다.

몇 달 만났다고? 고작 몇 달 만났다는 거지? 아마 존도 생애 처음으로 제대로 된 사랑을 하고 있나 보다. 엘런도 진심으로 존을 사랑한 게 아니었으니, 그건 괜찮다. 하지만 존이 진심으로 그녀를 사랑하지 않았다는 건 마음이 아프다. 왜? 엘런은 좋은 사람이었으니까.

"아무튼, 우린 끝까지 가지는 않을 거라고 생각해."

해리엇의 목소리는 엘런에게 손상을 입혔으니 이제는 물러난다는 듯이 살짝 떨리고 있었다.

혹시 해리엇은 웬만한 사람이라면 가장 방어력이 낮을 게 뻔한 이른 아침에 이런 소식을 전해서 엘런의 마음을 아프게 하려고, 월요일 아침에 그 누구보다도 일찍 전화를 건 걸까? 존이 결혼한다는 소식이 엘런에게는 반가운 소식이 아님을 해리엇도 잘 알 것이다. 하지만 엘런은 해리엇이 그녀를 정말로 좋아한다는 것을 잘 알았다.

"왜 그런 말을 해. 난 두 사람이 오랫동안 잘 살았으면 좋겠어."

엘런은 자기 입에서 나오는 침착하고 무심한 목소리가 마음에 들었다.

"그런데, 해리엇. 다음에 통화할 수 있을까? 오늘 아침은 좀 정신이 없어. 우유도 떨어졌고, 일어났을 때 기분도 별로였어."

"혹시 월경전 증후군 아니야?"

해리엇은 자기의 생리 주기 얘기를 할 때면 항상 과도하게 신이 나는 사람이었다.

"그냥 잠을 제대로 못 잔 것뿐이야."

엘런은 대답했다.

전화를 끊고 엘런은 울음을 터뜨렸다. 듣기 싫게 꺼억거리면서 온몸을 들썩이며 울었다. 이건 정말 터무니없는 일이다. 터무니없어도 지나치게 터무니없는 일이었다.

존과 결혼한다고? 그보다 안 좋은 일은 이 세상에 없을 것이다. 엘런은 존이 조금도 그립지 않았다. 엘런이 하는 모든 생각을 의심하게 만들고, 엘런의 개성을 조직적으로 파괴한 존과 헤어진 뒤에 그녀가 자신감을 회복하는 데는 아주 오랜 시간이 걸렸다.

존은 이기적이고 거만하고 자기중심적이고 비열한 남자였다. 하지만 엘런은 존을 절실하게 사랑했다. 존과 결혼하고 싶지는 않았지만, 존이 다른 사람과 결혼하지 않기를 바랐다. 존을 원하지는 않았지만 존은 엘런을 원하기를 바랐다.

정말로 바보 같고 유치한 생각이었다. 하지만 그 생각이 엘런의 마음을 붙잡고 있었다. 엘런은 감정을 제대로 조절할 수가 없었다. 엘런은 울고 또 울었다. 이상하게도 기를 쓰고 통곡했다. 엘런은 존에게 전화하고 싶었다. 존에게 퍼부어주고 싶었다. 도대체 내 어디가 그렇게 마음에 안 들었던 거냐고, 물어보고 싶었다. 존과 결혼한다는 여자를 만나보고 싶었다. 두 사람이 함께 있는 모습을 보고 싶었다. 두 사람이 주고받는 말을 들어보고 싶었다.

아, 사스키아. 당신을 이해해요. 정말이에요. 정말로 어떤 마음인지 알아요.

마침내, 한참 어깨를 들썩이고, 코를 과도하게 훌쩍이고, 한바탕 눈물을 쏟아낸 뒤에야 모두 끝이 났다. 체한 음식을 마지막까지 모두 토해낸 사람처럼 갑자기 허탈하고 맥이 빠지고 온몸이 부들부들 떨리고 식은땀이 났지만 기분만은 상쾌해졌다.

세상에. 이게 무슨 괴상한 짓이야? 이게 무슨 추태냐고. 해리엇 말이 맞는지도 몰라. 아직 호르몬 주기가 제대로 작동하고 있어서 호르몬 때문에 감정이 극적으로 변하는 일은 없었지만, 엘런은 정말로 월경전 증후군인지도 모른다고 생각했다.

엘런은 수첩을 들춰서 생리 주기를 살펴봤다. 처음에는 천천히, 나중에는 점점 더 빠른 속도로 수첩을 들춰보고 또 들춰봤다. 그럴 리가 없잖아, 안 그래?

마침내 엘런은 수첩을 내려놓고 주방 창문으로 내다보이는 바다를 쳐다봤다.

▲ ▲ ▲

그만둘 거야. 신경 안 써. 결정했어.

얄궂게도 그게 오늘 내가 최면술사를 만나러 갔을 때 머릿속에서 계속해서 생각하고 있던 거였어.

현관문을 열어주는 최면술사의 모습은, 상태가 그다지 좋은 것 같지 않았어. 피부는 얼룩덜룩했고, 머리카락은 일자로 쫙 뻗어 있었고, 상의에는 음식물까지 묻어 있었어. 그 모습을 보니 정말 기분이 좋았어.

상담을 하기 전에, 늘 그랬듯이 엘런은 나에게 화장실에 다녀올 거냐고 물었어. 난 그러겠다고 했어. 정말로 용무가 급했으니까.

그녀의 화장실에서 거울 달린 욕실장을 열어봤어. 사실 그다지 호기심이 일지는 않았어. 뭘 보게 될지 정확하게 알았으니까. 분명 슈퍼마켓에서 사 온 로션, 콘택트렌즈 용액, 데오도란트, 면도기,

립스틱 몇 개, 작은 에센스 오일이 몇 개 들어 있을 테니까.

그러니까 나는 거의 놓칠 뻔한 거야. 문을 닫으려고 할 때, 왠지 못 보던 물건이 눈에 띄었어. 긴 사각형 상자였지.

그 상자를 집어들 때까지도 그다지 흥미가 가진 않았어. 하지만 그 상자를 집어 드는 순간 갑자기 날카로운 뭔가가 내 가슴을 파고 드는 것 같았어. 날카로운 갈고리를 심장에 박았다가 갑자기 확 잡아채, 심장을 갈기갈기 찢어버리는 것만 같았어.

그 상자는 임신 테스트기였어. 내가 썼던 거랑 같은 제품이야. 한 번도 아니고 여러 번 썼던 거라 잘 알아.

상자는 뜯어져 있었어.

나는 상자를 열고 플라스틱으로 만든 임신 테스트기를 두 개 꺼냈어. 최면술사는 결과를 확실하게 알려고 벌써 두 번이나 테스트를 해본 거야.

임신 테스트기는 두 개 모두 같은 결과를 보여줬어. 내가 너무 나도 원했지만 절대로 보여주지 않았던 검사 결과를 나타내고 있었어.

최면술사는 임신을 한 거야.

스벵갈리(다른 사람을 조종해 나쁜 짓을 하게 만들 수 있는 힘을 지닌 사람—옮긴이), 스벵갈리, 스벵갈리 외에는 볼 수도 없고 들을 수도 없고 생각할 수도 없게 될 것이다.

 — 조르주 뒤 모리에의 고전 소설 《트릴비》에서 스벵갈리가 트릴비 오패럴에게 내린 명령

엘런은 잠시 동안 잊어버렸다가 또 기억해냈다가 하는 일을 계속 반복하고 있었다.

임신 테스트를 하고 고작 일곱 시간밖에 지나지 않았다. 수첩을 내려놓고 적어도 10분은 창문을 뚫어지게 내다보던 엘런은 갑자기 다른 사람에게 몸을 빼앗긴 것처럼 광분했다. 벗어두었던 옷을 급하게 다시 걸쳐 입고 차를 타고 마을로 달려가 이미 다른 차가 세워진 도로 옆에 아무렇게나 차를 세우고 이제 막 문을 연 약국으로 뛰어 들어갔다. 보통은 엘런에게 건초열 약을 파는 명랑하고 말 많은 중년의 약사는 엘런이 임신 테스트기를 이중으로 포장해서 달라고 했을 때도 정중하고도 무심한 표정으로 그 무렵의 날씨에 관해 우스운 농담을 했다.

첫 내담자가 현관문을 두드렸을 때도 엘런은 축 처진 손으로 의심할 여지 없이 임신임이 분명한 결과를 나타내고 있는 임신 테스트기를 들고 외할머니의 욕조 가장자리에 앉아 있었다.

그 뒤로는 아침 시간이 어떻게 지나갔는지 잘 기억이 나지 않았다. 일을 제대로 했는지 엉망으로 했는지도 생각이 나지 않았다. 내담자들과 대화를 했고, 내담자의 말에 귀를 기울였고, 내담자에게 최면을 유도했고, 영수증을 발행했지만, 엘런의 머리 뒤쪽에서는 놀라운 목소리가 계속 들려왔다. *나, 임신했어! 나, 임신했어! 나, 정말로 임신했어!*

이건 너무 빨라! 고작 세 달밖에 되지 않았잖아. '나, 임신했어' 라는 말을 하기에 두 사람 관계는 아직 너무 새롭단 말이야. 벌써 그런 말을 해야 하다니, 너무 천박하고 저속하게 느껴졌다. 드라마에 나오는 10대 연인들에게나 일어날 수 있을 일처럼 느껴졌다.

더구나, 너무 의학적이기도 했다. *우리가 콘돔을 제대로 못 썼는지, 콘돔에 문제가 있었는지, 불량이었는지 그 이유는 모르겠지만, 아무튼 자기 정자가 우연히 내 난자를 만났기 때문에 내 생리가 늦어졌어. 내가 소변의 호르몬 수치로 임신이 분명하다는 사실을 확인했어. 정말이야.*

모든 걸 떠나서, 패트릭이 다른 아기를 원하기는 할까? 조금은? 언젠가는? 엘런은 예전에는 그럴 거라고 생각했지만, 지금 생각해 보면 그녀가 그렇게 믿은 이유는 패트릭이 아들을 매우 사랑한다는 것, 처음 보는 아기한테도 아주 부드럽게 웃어주는 걸 본 적이 있다는 것, 패트릭의 어머니가 아들이 더 많은 아이를 낳았으면 한다는 것, 패트릭이 자기 엄마를 많이 사랑하는 것처럼 보인다는 것 같은, 아주 취약한 증거에 기반하고 있었다. 하지만 패트릭은 사랑스러운 남자였고, 사랑스러운 남자에게는 당연히 자기가 가진 사랑스러운 유전자를 다른 세대에 전해야 할 의무가 있으니까, 당연히 더 많은 아기를 원하고 있지 않을까?

어쩌면 패트릭이 낯선 아기를 보면서 사랑스럽게 웃은 건 '신이시여, 감사합니다. 나보다 열등한 아이군요'라고 생각했기 때문인지도 모른다.

그 생각을 하는 순간 엘런은 오싹해졌다. 그건 터무니없는 생각이야. 난 패트릭을 잘 알아. 패트릭은 거미를 무서워해. 오이 끝부분도 보지 못하고, 브루노라는 소년을 한 번 때렸을 뿐이야. 하지만 엘런은 그게 중요한 판단 기준이 될 수 있는지, 도무지 알 수가 없었다.

그리고 사실 패트릭이 또 다른 아기를 원치 않는다고 해도, 두 사람이 실제로, 정말로, 무슨 일을 할 수 있겠어? 둘이 함께 살아야할까? 그렇다면 어디서? 엘런의 집에서? 아니면 패트릭의 집에서? 결혼을 해야 할까?

엘런은 패트릭의 집에서는 살고 싶지 않았다. 패트릭의 집 욕조는 너무 낮았고, 부엌은 너무 작고, 거실 카펫의 색은 엘런의 영혼에 좋지 않은 영향을 미칠 것이다. 엘런은 외조부모가 남긴 집을 사랑했다. 이 방에서 일하는 게 좋았고, 바닷소리를 들으면서 잠드는 것도 좋았다. 하지만 잭이 자기 집에서 살지 못하면 문제가 되지 않을까? 맞다. 잭은 어떻게 하지? 잭은 동생을 맞을 준비가 되어 있을까?

잭의 동생이라니. 여동생일까, 남동생일까? 그 생각을 하자 또다시 충격이 몰려왔다. 아기는 분명 아들 아니면 딸이다. 성별은 이미 결정이 됐을 거다. 세상에, 정말로 '아기'를 낳을 거라니! 극심한 공포와 맹목적인 기쁨이 거의 동일한 강도로 한꺼번에 밀려오는 기이한 느낌에 엘런은 정신이 없어서 쓰러질 것만 같았다. 정말로 아기란 말이지?

"엘런, 시작 안 해요?"

2시였다. 루이자를 내담할 시간. 방금 엘런의 욕실을 사용하고 돌아온 루이자의 조각처럼 매력적인 얼굴이 살짝 화가 난 표정으로 엘런을 쳐다보고 있었다. 루이자에게서는 언제나 간신히 분노를 억누르고 있다는 느낌을 받았다. 루이자는 줄리아 엄마 친구의 딸로, 아주 최근에야 내담을 시작했다. '이유를 알 수 없는 불임' 때문에 엘런을 찾아온 루이자는 자신은 사실 '이런 대체 의학'을 믿지는 않지만, 이제는 무슨 일이라고 기꺼이 해봐야 하는 시점에 도달했다는 사실을 분명히 했다. 엘런을 찾아오기 전에 루이자는 침술사도 약초 치료사도 영양사도 만나봤다고 했다. 엘런은 루이자가 엘런이 잘못해서, 실수로, 바보처럼, 곤란하게도 임신을 했다는 사실을 알면 무슨 생각을 할지 걱정됐다. 세상은 정말로 불공평한 곳이다.

▲ ▲ ▲

패트릭을 만났을 때 나는 30대 후반이었어. 그러니까 내가 아기를 만들 기회는 패트릭하고밖에는 없다는 걸 알았지. 그리고 그 문제는 내가 패트릭에게 애원하거나 간청할 필요도 없었어. 패트릭이 곧바로 그러자고 했으니까. 심지어 나와 함께 아이를 만든다는 생각에 신이 난 것처럼 보였어. 패트릭은 끊임없이 아이가 잭 하나뿐인 건 원치 않는다고 했어. 하지만 몇 달 동안이나 아무 일 없이 지나가자, 결국 흥미를 잃어버리는 것 같았어.

패트릭은 그 문제를 꺼내는 것도 싫어했고, 의사를 만나보자는 내 말은 거부했어. 임신 가능일에 사랑을 나누는 것도 원치 않았어.

배란 현상이 아주 역겨운 무엇이라도 되는 것처럼 "당신 배란일 얘기는 듣고 싶지 않아"라고 했어. 솔직히 말해서, 패트릭은 그때 조금 나쁜 놈이었어.

하지만 나는 패트릭을 용서했어. 남자들은 우리랑은 다르다는 걸 아니까. 남자들한테 생물학적인 충동 같은 건 없으니까.

패트릭은 "사스키아, 내 사랑. 안 되는 건 안 되는 거야"라고 했어. 그건 맞는 말이었어. 그리고 우리한테는 잭이 있었고.

아니, 그건 사실이 아니야. 잭은 패트릭 거야. 잭이 내 거였던 적은 한 번도 없어. 난 패트릭의 사랑도 아니었고.

결국 그건 안 되는 게 아닌 거였어. 봐, 패트릭이 또 다른 아기를 갖게 됐잖아. 그저 나와 함께 만든 아이가 아닐 뿐이야.

▲ ▲ ▲

"잘 안 들려. 뭐라고 했어요? 터퍼웨어(주방용 플라스틱 용기 상품명 – 옮긴이) 파티에 초대한다고요?"

엘런은 몇 년 전에 최면치료를 가르쳤던 대니와 통화를 하고 있었다.

"하! 바로 그거예요."

대니가 소리를 질렀다. 대니는 나이트클럽에서 전화를 하고 있는 것 같았다. 대니는 패트릭의 동생 사이먼을 떠오르게 했다. 그 세대 사람들은 엘런 세대와는 말하는 방식도 말투도 억양도 다른 것만 같았다. 모두 약간은 미국인처럼 말을 했고, 그들 너머에는 아무것도 없다는 듯이 상당히 태평한 태도로 세상을 바라봤다.

아니면, 혹시 엘런도 스물네 살 때는 그런 식으로 말했던 게 아닐까? 아니, 엘런은 어떤 일에도 그렇게 태평한 태도를 보인 적이 없었다.

"잠깐만요. 밖으로 나갈게요."

대니가 말했다.

나 임신했어요, 대니. 임신했다고요. 내 안에 아기가 있단 말이야. 세 달밖에 만나지 않은 남자 아기를 가졌단 말이에요. 고작 세 달 만난 여자 친구가 임신했다고 하면, 대니는 그 사람한테 뭐라고 할 거예요?

"좋아요. 이제 잘 들리죠?"

수화기 너머로 시끄럽게 들리던 소리가 사라졌다.

"내가 물어본 건, 터퍼웨어 파티 하는 법을 아냐는 거였어요. 알고 있죠? 방금 바에서 카운터 옆에 서 있었거든요. 그런데 중년 여자 둘이, 아마 엄마들인 것 같았어요. 아무튼 그 사람들이 하는 얘기를 듣게 됐거든요. 얼마나 몸무게를 빼야 하는지, 개인 트레이너가 어떤 사람인지, 구운 감자를 먹은 만큼 열량을 소비하려면 러닝머신을 얼마나 뛰어야 하는지, 그리고 아시다시피, 그 망할 것에 대해서 신나서 떠들어댔어요."

"무슨 말인지 못 알아듣겠어요."

"최면 파티! 말이에요. 내가 몸무게를 감량하는 최면 파티를 하려고 하거든요. 여자들을 모아놓고 몸무게가 빠지도록 집단 최면을 걸 거예요. 엘런이 나한테 말해준 플린의 빠른 최면유도 기술을 쓸 건데, 플린이 기분 나빠하지는 않겠죠? 그죠? 아무튼, 그 귀여운 여자들은 뭐든지 완벽하게 받아들일 수 있는 상태일 거예요. 그러니까 몇 마디, 충동을 자극하는 말만 해주면 되지 않을까요? 구운 감자를 보거나 냉장고를 열 때마다 아주 혐오스러운 감정을 느끼게 하는 거죠. 그런데 엄마들은 아기들 때문에 밥을 해야 하지 않나요? 그럴 것 같은데. 아무튼, 세부 사항은 생각해보려고요. 내 생각 어때요?"

"글쎄, 나는 잘……."

"완벽해요. 얼마를 받으면 적당할 것 같아요?"

"글쎄, 잘 모르겠어요. 나는 늘 일대일 맞춤 치료를 선호해서……."

"그 사람들이 개인 트레이너한테 내는 만큼만 돈을 받아야겠어요. 결과는 훨씬 나을 거예요."

"아마도, 그렇겠죠."

여자들은 대니와 쉽게 사랑에 빠졌다. 그는 엘런이 가르쳤던 최면치료 개론 강의에 참석한 유일한 남자 수강생이었다. 매력적이고 카리스마가 있었지만, 조금 순화해서 말하자면 자기만이 주목 받을 자격이 있다고 생각하는 사람이었다. 엘런이 수업을 하는 동안 대니는 언제나 교실 가장 오른쪽에 앉았는데, 엘런은 다른 수강생들이 봄바람에 꽃들이 한쪽으로 기울어지듯 자기도 모르는 사이에 모두 오른쪽으로 기울어져 있던 모습을 기억했다.

갑자기 수화기 너머로 한 여자가 소리치는 소리가 들렸다.

"대니! 자기 찾으려고 온갖 곳을 돌아다녔잖아."

'정말로 그랬을 거야'라고 엘런은 생각했다. 대니는 사람을 볼 때 두 눈을 똑바로 쳐다봤다. 그건 선물이었다. 그런 식으로 사람을 쳐다보는데도 정신병자라는 생각이 들지 않는 남자는 그다지 많지 않다.

"이런, 가봐야겠어요. 갑자기 든 생각이라 엘런의 의견이 듣고 싶었어요. 다시 전화할게요. 괜찮죠? 아, 그런데, 잘 지내시죠? 미안해요. 내가 선생님 안부도 안 물어봤네요."

대니의 목소리에는 가식이 전혀 없었다. 정말로 엘런을 염려하는 것처럼 들렸다. 아마 그럴지도 몰랐다. 어쩌면 대니는 사람의 마음을 사로잡는 완벽한 세일즈맨일 수도 있었다.

"잘 지내고 있어요, 대니. 어서 가봐요."

엘런이 말했다.

▲ ▲ ▲

그날 밤, 엘런은 소파에 늘어지게 앉아 〈뷰티 앤 긱〉(애시튼 커쳐가 제작하는 텔레비전 리얼리티 쇼-옮긴이)을 보면서 손가락으로 구운 감자를 집어먹고 있었다. 접시에는 구운 감자밖에 없었다. 그것 말고는 먹을 수 없을 것 같았다.

물론 전에도 특정한 음식을 강렬하게 먹고 싶었던 적이 있었지만, 현재 엘런은 임신 상태였다. 그러니 왠지 이런 식욕에는 미친 듯이 먹고 싶다는 표현을 해야 할 것 같았다. 그러니까 이건 엘런이 아니라 아기가 원하는 거다. 음, 아니면 그저 대니가 구운 감자 얘기를 했기 때문에 엘런이 무의식적으로 그의 제안을 받아들인 걸 수도 있다.

엘런은 생각과 말들이 그대로 마음속에서 흘러가도록 내버려뒀다. *내가 임신했기 때문에…… 아기가…… 미친 듯이 원하는 거야.* 그러자 왠지 약간 불법적인 일을 한 것 같은 느낌이 들었다. 공식적인 통행 허가증 없이는 복잡한 모성애의 세계로 풍덩 빠져들지 못하는 것이다. 맞다. 그런 거다. 그런데 통행 허가증이 뭐지? 결혼 증명서인가? 어제만 해도 아기를 갖는다는 건 아주 먼 미래에나 있을 일이라고 생각했는데, 오늘은 약국에 다녀온 뒤로 미친 듯이 구운 감자를 먹으면서 '그 아기'를 생각하다니, 꼭 미친 것만 같았다. 다음에는 디저트로 피클과 아이스크림을 먹겠지?

탄수화물과 나쁜 텔레비전 프로그램 때문에 엘런은 반쯤 혼수상태에 빠졌다. 뇌에 탈지면이 꽉 들어찬 것 같았다.

아기의 뇌는?

그만, 엘런!

그때 전화벨이 울렸다. 엘런은 접시를 내려놓고 끙, 하고 신음을 토하며 천천히 몸을 일으켰다. 이제 엘런은 임산부처럼 한 손으로 허리를 짚은 채 걷고 있었다. 문득 그 사실을 깨닫고는 몸을 똑바로 세웠다. 그녀는 이 세상에서 가장 영향을 받기 쉬운 인간이었다.

전화를 건 사람은 엘런의 대모인 멜 이모였다. 좋은 일이었다. 멜 이모는 전화로 이야기하는 걸 정말로 싫어했다. 언제나 용건만 간단하게 말하고 끊었다. 이번에도 그럴 거다. 그러니 엘런은 이제 곧 다시 소파로 가서 명랑하고 멍청한 미인들과 사랑스럽고 고루한 영재들이 노는 모습을 지켜볼 수 있다.

"그냥, 내가 패트릭을 얼마나 좋아하는지 말해주려고 걸었어."

멜 이모가 말했다.

"정말로, 정말로, 마음에 들더구나. 존하고 비교하면 정말 업그레이드된 친구 아니니? 그 애는 자기밖에 모르는 멍청한 놈이었잖아. 내가 그렇게 말한다고 기분 나쁜 건 아니지?"

"그 자기밖에 모르는 멍청한 놈이 다른 여자한테 결혼하자고 했대요."

"이런, 그 아가씨가 누군지 정말 안됐다. 네가 아닌 게 얼마나 다행이니."

멜 이모는 진심을 담아 말했다.

그 순간 존은 엘런의 기억 저편에 있는 서류 보관함으로, 그가 원래 있었던 장소로 돌아가 밀봉되어버렸다. 엘런은 두 대모가 엄청나게 고마웠고, 사랑스러웠다. 필리파 이모도 오늘 일찍 전화를 걸어와 엘런의 음성사서함에 영혼의 동반자니, 결혼식 종이니 하는 얘기를 낄낄거리면서 두서없이 떠들어댔고, 신부 들러리를 하기에 자기가 너무 나이가 많은지도 물어봤다. 물론 엘런의 진짜 엄마는 아직 일언반구도 없다.

"너희 엄마도 패트릭을 마음에 들어해."

멜 이모가 말했다.

"엄마가 그렇게 말해요?"

"음, 아니. 하지만 안 한다고 모르니? 너희 엄마 말이 나왔으니 말인데, 금요일 밤에 너희 엄마, 조금 이상하지 않았니?"

"잘 모르겠어요."

사실 엘런은 금요일 밤에 엄마의 행동이 어땠는지 잘 기억이 나지 않았다. 평소랑 달랐나? 신경이 온통 패트릭에게 가 있었기 때문에 엄마를 살펴볼 여유는 없었다.

"왜요?"

"응, 아니, 특별한 건 없어. 그냥 뭐랄까, 음, 요즘에는 왠지 비밀스러워. 우리한테 뭔가 숨기고 있는 것 같아."

아아, 멜 이모. 나야말로 지금 정말로 큰 비밀이 생겼어요. 그러니까 엄마의 비밀 때문에 내 시간을 쓸 여유는 없단 말이에요. 젊고 흥미로운 사람은 엄마가 아니라 나란 말이에요. 어째서 엘런의 엄마는 패트릭의 어머니처럼 인생의 엄청난 격동 따위는 자기 뒤에 안전하게 치워버리고 그저 지루하고 성실하게 살아가지 않는 걸까?

그게 바로 엘런이 구운 감자와 깜빡거리는 텔레비전 화면을 갈망하는 눈으로 쳐다보면서 떠올린 유치한 생각이었다.

"혹시, 엄마 어디 아픈 거 아니에요?"

그런 유치한 생각을 하다니, 이기적인 자신이 벌을 받을지도 모른다는 생각이 들자 엘런은 갑자기 극심한 공포에 사로잡혔다.

"아니, 아니야. 바보처럼 내가 널 걱정시켰구나. 너희 엄마 건강은 완벽해. 지난주에 너희 엄마랑 테니스를 쳤는데, 내가 얼마나 당했는지 아니? 어쩌면 다 내 상상일지도 몰라. 가십거리가 절실하게 필요해졌나 봐. 내 말은 신경 쓰지 마. 내가 전화한 건 정말로 패트릭이 마음에 든다고 말해주고 싶어서였어. 이제 끊어야겠다. 또 통화하자."

그러고는 멜 이모는 사라져버렸다. 멜 이모처럼 갑자기 전화를 끊는 사람도 없었다. 필리파 이모는 일단 시작한 얘기를 마무리하는 데만도 적어도 20분씩은 걸렸다. 엄마가 어딘가 이상하다는 말을 필리파 이모가 했다면, 엘런은 그런 말을 듣는 즉시 잊어버렸을 것이다. 하지만 멜 이모는 허튼소리를 하는 사람이 아니었다. 멜 이모가 엄마가 무언가 숨기는 게 있는 것 같다고 말했다면 그건 분명히 엄마한테 숨기는 게 있는 것이다. 물론 비밀이라고 해서 무조건 나쁜 건 아니다. 사람에겐 누구나 비밀을 가질 권리가 있으니까.

"나한테도 비밀이 있잖아."

엘런은 큰소리로 말했다. 지금 느껴지는 감정은 너무나도 낯설었다. 이런 강한 감정을 느껴본 적이 있는지, 있다면 언제가 마지막이었는지 엘런은 기억나지 않았다. 이건 정말로 감당하기 어려운 비밀이었다.

단지 우리 둘뿐이야, 아가. 이 비밀을 알고 있는 건 우리 둘밖에 없어.

아마도 한동안은 계속 이런 느낌을 받아야 할 것이다.

엘런이 구운 감자를 또 하나 먹고 있을 때 다시 전화벨이 울렸다. 이번에는 줄리아였다.

"우와, 네가 내 거드랑이밖에 오지 않는 남자를 소개해주다니, 정말 믿을 수가 없다."

줄리아가 새된 소리로 비명을 질렀다.

"미안, 나도 몰랐어."

엘런이 입안 가득 감자를 물고 말했다.

'나 임신했어' 라고 한 마디만 하면 줄리아의 비명 소리가 두 배는 더 커질 텐데. 엘런은 정말로 그렇게 말해보고 싶었다.

"게다가 그 남자 진짜로 〈아내 찾는 농부들〉 프로그램에 나오는 남자처럼 생겼잖아."

줄리아가 말했다.

"음, 내 생각엔 굳이 말하자면 섹시한 쪽인 것 같은데."

엘런이 대답했다. 당연히 임신했다는 말을 해선 안 된다. 그 사실은 패트릭이 제일 먼저 알아야 하니까.

"섹시하지 않다고는 말 안 했어."

줄리아가 말했다.

"알아."

엘런의 눈썹이 찡긋 올라갔다.

"너랑 패트릭이 떠난 뒤에, 그 남자가 내 차로 오더니 언제 한잔 하자고 하더라."

"그래서 넌 뭐랬는데?"

"그러자고 했지 뭐. 당연히 친구로서 한잔 하자는 거지."

"그렇지, 당연히."

줄리아의 달라진 목소리에 엘런은 마음이 한결 따뜻해졌다. 줄리아의 목소리에서 까칠함이 사라져 있었다. 지난 몇 년 동안 없었던 일이다.

"그리고, 그 남자 진짜 이름을 알았어. 샘이었어. 브루스가 아닐 줄 알았다니까. 아, 맞다. 패트릭이 정말 마음에 든다는 거 말 안 했지? 꽤 멋진 사람이던데. 진짜 남자 중의 남자 같아. 그러니까 이번에는 꼭 성공해야 해!"

"신임 투표를 통과시켜줘서 고맙다."

"정말로 하는 말이야, 엘런. 패트릭은 정말 꼭 잡아야 하는 사람이야."

"알았어."

정말로 그래야 할 것 같아. 그 사람 아기를 가졌거든.

"사실 존은 자기 자신한테 너무 만족하는 사람이었잖아."

줄리아가 혼잣말을 하듯 중얼거렸다.

"어째서 진심은 다 나중에야 말하는 거야? 내가 존을 만날 때는 모두 존이 아주 사랑스럽다는 듯이 행동했잖아. 그 사람이 농담하면 모두 재미있다고 대굴대굴 굴러놓고."

"맞아, 존이 재치는 있었지. 그런데 너 〈뷰티 앤 긱〉 봐?"

갑자기 줄리아가 심란한 듯이 말했다.

"거기 보면 눈이 툭 튀어나온 금발 머리 여자 나오잖아? 그 여자 꼭 살인할 것처럼 생기지 않았어? 살인하니까 생각난 건데, 너 왜 패트릭 스토커가 그 사람 집에 들어간다는 얘기는 안 했어?"

"나도 몰랐어."

엘런은 텔레비전 화면에 나오는 눈이 튀어나온 금발의 여자를 뚫어지게 쳐다봤다. 엘런은 주말에 사스키아에 관해 알게 된 새로운 사실을 여태 까맣게 잊고 있었다. 사스키아가 엘런이 임신했다는 사실을 알게 되면 무슨 생각을 할까? 이제 단념하고 스토킹을 그만 둘까? 아니면 자제력을 잃고 미쳐버릴까? 사스키아도 패트릭의 아 기를 갖고 싶었을까?

"아무튼, 이만 끊어야겠다. 핸드폰이 울리거든. 아마 샘일 거야. 나중에 또 전화할게."

줄리아가 전화를 끊었다. 엘런이 구운 감자를 들고 소파에 앉자 마자 또 전화벨이 울렸다.

"안녕, 자기."

패트릭이었다. 언제부터인지 모르지만 패트릭은 '안녕'이라고 말할 때마다 미국 카우보이 흉내를 냈고, 이는 어느새 두 사람만의 작은 의식 같은 것이 되어 있었다.

"뭐 하고 있었어?"

"텔레비전 보면서…… 감자를 먹고 있었어."

패트릭에게 임신 사실을 말하지 않는 매 초가 마치 패트릭을 배 신하는 것처럼 느껴져서 엘런은 마음이 불편했다. 하지만 그런 얘 기를 전화로 할 수는 없잖아, 안 그래? 그리고 솔직히 말해서, 엘런 은 지금 당장은 패트릭의 생각을 듣고 싶은 기분도 아니었다. 자기 생각이 어떤지를 파악하는 것만으로도 충분히 혼란스러운데, 패트 릭의 생각까지 더해지면 분명 상황이 더욱 복잡해질 것 같았다. 패 트릭이 매우 기뻐한다면 엘런은 주저할 것이다. 너무 이른 건 아닐 까? 모든 게 잘못된 건 아닐까? 아이를 지우는 것이 현명한 일 아닐 까? 이런 생각을 하게 될지도 몰랐다. 반대로 패트릭이 끔찍해한다 면, 임신중절 수술을 받으라고 한다면, 엘런은 무너져버릴 것이다. 엘런은 이 아기를 진심으로 원했다! 만약에 패트릭이 '당신이 하자는 대로 할게. 뭐든지 따를 거야' 라고 말한다면 엘런은 분노할 것이다. 아기는 엘런의 문제가 아니라 두 사람의 문제니까. 이 불쌍한 남자가 어떤 반응을 보여도 엘런은 기쁠 것 같지 않았다.

"오늘 하루는 어땠어?"

엘런은 최대한 자연스럽게 말하려고 애쓰면서 물었다.

"좋았어. 누군지 알 만한 사람이 사무실에 나타나기 전까지는."

"누군지 알 만한 사람? 아, 알아. 당연히 누군지 알지."

불쌍한 사스키아. 패트릭은 항상 사스키아의 이름을 부르지 않았다.

"평소보다 더 미친 것 같았어. 울더라니까. 아기라고 하면서."

"아기?"

엘런은 피가 차가워지는 것 같았다. 패트릭이 벌써 아는 것 아닐까? 자기가 안다는 걸 이런 식으로 으스스하게 알리려는 게 아닐까?

"그 사람이 뭐라고 했는데?"

엘런은 외할머니 전화기의 꼬불꼬불한 수화기 선을 손가락으로 배배 꼬았다(그것은 30년도 더 전에 구입한 녹색 전화기로, 한 손가락을 둥근 숫자 구멍에 넣고 다이얼을 천천히 끝까지 돌려야 하는 구식이었다).

"아, 모르겠어. 사실 듣지도 않았거든. 그냥 정신병원에 가보라고 했어. 그랬더니 꼭 읽어달라면서 편지를 주더라고."

"읽어봤어?"

"당연히 안 읽었지. 그 사람 편지를 안 읽은 지 몇 년 됐어. 항상 똑같은 헛소리만 늘어놓는데, 뭐. 아, 그건 그렇고, 이번에 평일에 하루 쉬고 긴 주말여행을 가는 게 어떨까? 시드니를 벗어나는 거지. 갑자기 비행기를 타고 이 추운 곳을 벗어나고 싶다는 생각이 들었거든. 그런데 바로 누사(오스트레일리아의 북쪽 끝에 있는 휴양지─옮긴이)행 비행기 표가 싸게 나왔다는 메일을 받았어. 왠지 그게 주말 내내 우리 둘이 낭만을 즐기라는 신호 같은 거야. 지난주 주말은 힘들었으니까 2~3일 정도 우리 둘만 있을 곳으로 다녀오자, 어때?"

패트릭의 말에 엘런은 쉽게 대답할 수가 없었다. 여행을 간다는 생각을 하니 극심한 피로가 몰려왔다. 여행을 가려면 짐을 꾸려야 한다. 낭만적인 주말을 보내려면 여자들이 휴양지에서 쓰는 챙 넓은 모자도 가져가야 한다. 선글라스도 가져가야 할텐데 어디에 두었는지 도통 기억이 나지 않았다. 벌써 며칠 전부터 자취를 감췄는데. 선글라스를 잃어버렸다는 사실이 왠지 대체할 수 없는 문제처럼 느껴졌다.

"풀장에서 칵테일을 마시고, 늦잠을 자고, 해변에서 느긋하게 누워 있는 거지."

패트릭은 계속 말을 해도 되는지 확신이 서지 않는 듯 말꼬리를 흐렸다.

"아, 이런. 당신은 해변에서 사는군. 그러니 누사가 그렇게 가고 싶은 곳은 아닐 수도 있겠다."

패트릭의 말에 엘런은 정신을 차렸다. 지금 사랑스러운 새 남자친구가 주말에 놀러 가자고 하잖아. 당연히 기뻐해야지!

"아니, 아니야. 정말 근사할 것 같아. 지금 우리한테 꼭 필요한 일이야!"

마음이 놓였는지 패트릭의 목소리가 느긋해졌다.

"벌써 엄마한테 주말에 잭을 봐달라고 부탁해뒀어. 그렇게 해주신대. 아, 맞다. 우리 가족 모두 당신이 정말 마음에 든대. 동생은 당신이 아주 핫하다는데? 그래서 꺼지라고 해줬지."

"사이먼이 그랬어?"

엘런은 의기양양해졌다. 사이먼은 아주 젊은 남자란 말이야. 봤지, 존?

엘런이 임신했다는 사실을 알면 패트릭의 가족은 어떻게 생각할까? 엘런은 텔레비전 위에 걸려 있던 십자가상을 떠올렸다. 패트릭의 가족은 전통적인 가톨릭 집안이라고 했다. 시대가 시대이니만큼 패트릭과 엘런이 잠자리를 하는 건 아마 아실 거다. 하지만 그렇다고 이렇게 빨리 얼굴을 들이밀고 집 안으로 쳐들어오리라고는 생각 못했을 텐데. 패트릭의 어머니가 갑자기 엘런을 난잡한 여자라고 부르는 건 아닐까?

"다음 주 월요일에 내담 취소할 수 있어?"

패트릭이 물었다.

"내담이 몇 개 잡혀 있기는 한데, 옮길 수 있을 거야."

"좋아. 정말 빨리 가고 싶다. 사랑해."

"나도 사랑해."

전화를 끊자마자 엘런은 구운 감자를 버리려고 접시를 들고 쓰레기통으로 향했다.

여행 가서 말해야겠다. 그게 좋겠어. 패트릭의 집도 엘런의 집도 아닌 새로운 장소에서 말하는 거다. 바삭바삭한 호텔 시트가 깔린 킹사이즈 침대에서, 잡다한 일상 얘기는 하지 않고 아기 얘기만 한다면, 좀 더 선명하고 우아한 해결책을 찾을 수 있을 것이다.

영화에 나오는 것처럼 하얀 시트를 가슴까지 끌어 올리고 두 손으로 시트를 움켜잡고 머리카락을 섹시하게 헝클어뜨리고 말하는 거다.

'패트릭, 내 사랑, 할 말이 있어.'

구운 감자를 쓰레기통에 쓸어 넣고 일어서는데, 냉장고 위에 놓인 선글라스가 보였다.

'그래, 모든 게 잘될 거야.' 엘런은 생각했다.

▲ ▲ ▲

최면술사를 만난 뒤에 곧바로 회사로 돌아왔어. 사무실로 돌아오는 동안 조심스럽게 천천히 걸었어. 안 그랬다가는 수백만 조각을 간신히 붙여놓은 내 몸이 미세한 자극에도 영화에 나오는 특수 효과처럼 산산이 부서져버릴 테니까.

"많이 아파 보이는데."

상사가 말했어. 그는 내가 등이 아파서 물리치료를 받고 왔다고 알고 있거든.

내가 등이 아프다는 핑계를 댄 건, 작년 내내 상사가 등이 아파서 고생했다는 걸 알았기 때문이야. 이제 그는 아픈 등에 관해서라면 온갖 흥미로운 이야기를 알아. 나는 여전히 등이 아프다고 했고, 우리는 척추 디스크, 스트레칭, 소염제인에 관해 신나게 대화를 나눴어. 그러다 상사가 회의에 늦었다는 걸 깨닫고 부랴부랴 떠나는 바람에 얘기를 멈췄지.

그리고 나는 일을 했어. 이메일에 답장을 보냈고, 전화를 걸고, 미결 서류를 처리하고, 보고서의 첫 다섯 페이지를 작성했어. 나는 일을 잘해. 사무적이고 능률적이고 부지런하지. 직장에서 나는 정말로 존경받고 있어. 내가 점심시간마다 전 남자 친구의 일터로 찾아가 울어댄다는 걸 알면 동료들은 어떻게 생각할까? 거죽 밑의 나는 산산이 부서져 있다는 걸 알면 동료들은 무슨 생각을 할까?

나는 최면술사의 내담실 밖에 앉아서 쓴 편지를 패트릭에게 줬어. 완전히 분노에 차서 쓴 편지니까, 아마 말도 안 되는 내용이 가득할 거야.

하지만 그런 편지는 아무 소용이 없어. 패트릭은 이제 더 이상 내 편지를 읽지 않는 것 같으니까. 이게 문제야. 패트릭이 더는 나를 보지 않으니, 이 분노가 갈 데가 없다는 것. 이건 마치 내 몸이 완전히 피에 젖을 때까지, 거대하고 웅장하고 아무런 소리도 내지 않는 절벽에 머리를 찧고 찧고 또 찧는 것과 같아. 나로서는 나에 대한 패트릭의 생각을 바꿀 수 있는 방법이 하나도 없어. 내가 무슨 짓을 해도 그는 다시는 나를 보지 않을 거야.

그런데도 나는 그 사실을 받아들이지 못하고 있어.

패트릭이 우리 엄마처럼 죽어버린 거라면 납득할 수 있었을 거야. 이미 가버렸으니까. 하지만 패트릭은 가버리지 않았어. 아직 저기 있단 말이야. 내가 마치 자기 아내처럼 죽어버렸다는 듯, 그냥 자기 인생을 살아가고 있단 말이야. 자기에게 다른 삶을 살아갈 완벽한 권리가 있는 것처럼 나를 밀어내고 다른 여자를 임신시켰단 말이야.

누군가 이 분노를, 이 고통을 사라지게 만들 방법을 알려준다면, 난 그 사람 말대로 할 거야.

정말 이상한 일이지. 사방에서 빛이 반사되는 최면술사의 내담실에 앉아 있을 때면 가끔 그녀에게 간절하게 말하고 싶어질 때가 있어. '엘런. 제발 나를 도와줘요.' 정말로 그렇게 말하고 싶어.

그럼 엘런이 나를 도와줄 것 같아. 정말로.

살을 빼고 싶습니까? 할 수 있는 건 다 해봤다고요? 완벽한 자격을 갖춘 경험 많은 임상 최면치료사의 도움을 받으면 당신과 당신 친구들은 집에서 푹 쉬면서 살을 뺄 수 있습니다. 최면 파티를 열어보세요(장소를 제공하는 분께는 특별한 선물이 준비되어 있습니다!).

– 대니 호건이 만든 총천연색 광고지(1만 부 발행) 글 중에서

목요일 밤, 엘런이 주말여행을 가려고 짐을 싸고 있을 때, 누군가 현관문을 두드렸다.

"어쩐 일이야?"

현관문을 연 엘런은 와인 병을 든 채 꼭 디너파티에 온 사람처럼 웃고 있는 엄마를 보고 말했다.

"그냥 지나가다가. 그렇게 놀란 얼굴 좀 하지 마라. 그냥 이 근처에서 저녁을 먹다가 갑자기 딸네 집에 들렀다 가야겠다고 생각한 것뿐이니까. 세상에, 너 왜 이렇게 창백하니? 엄마가 온 게 그렇게 놀랄 일이니?"

"응. 진짜로. 엄마가 그냥 왔을 리가 없잖아."

엘런은 엄마가 들어올 수 있도록 살짝 물러나면서 말했다.

"세상에, 이 벽지를 아직도 그대로 둔 거니? 정말 이해할 수가 없다."

앤은 복도를 걸어가면서 끔찍하다는 듯이 손가락 끝으로 벽지를 쓱 문질렀다.

"나 같았으면 벌써 이걸 뜯어내고……."

"차분한 색으로 다시 칠했겠지. 알아. 엄마가 벌써 말했잖아. 나도 엄마한테 말했고. 나, 이 벽지 좋아해. 할머니 생각이 난단 말이야."

엘런이 엄마의 말을 가로막고 말했다.

"그래, 분명히 그랬었지."

앤은 조용히 중얼거렸다. 부엌으로 들어간 앤은 언제나 그렇듯 주황색 조리대를 생전 처음 보는 사람처럼 얼굴을 찡그렸다. 엄마의 행동은 이제 자기는 힘든 일을 극복했다는 일종의 퍼포먼스 같은 것이었다. 그녀는 해변 옆에 있는 완벽하게 사랑스럽고 넓은 집에서 완벽하게 목가적인 어린 시절을 충분히 즐기면서 자랐으면서도 뭐랄까, 왜인지는 몰라도 자기는 가난한 백인 거주지에서 자랐지만 지금은 파리에서 살고 있는 것처럼 행동하기를 좋아했다.

"와인 마실래?"

앤이 물었다.

"아니, 전혀 생각 없어. 주말에 너무 많이 마셨잖아. 이번 주는 알코올 없이 보낼 거야."

그리고 나 임신했어, 엄마.

임신 생각이 엘런의 마음을 스쳐 지나갔지만, 이상하게도 아무런 의미가 없는 것처럼 느껴졌다. 월요일에 임신 테스트를 한 뒤로 변한 것은 아무것도 없었고, 처음에 받았던 충격이 사라지자, 왠지 진짜 임신한 것 같진 않다는 생각이 점점 강하게 들었다. 무엇보다도 첫날 '미친 듯이' 구운 감자를 먹고 싶어 했다는 것 외에 임신 증상은 하나도 나타나지 않았다. 평소와 다른 점은 하나도 없는 것처럼 느껴졌다. 그래서 혹시 자연유산이 된 것 아닌가 하는 생각도 들었다. 어쨌거나 엘런은 30대였다. 그러니까 임신을 하려면 일단 비타민 보조제를 복용하고, 의사를 만나서 혈액 검사부터 해야 한다. 이런 생각이 들자마자 정말로 자연유산이 된 거라고 믿게 되었다. 엘런이 너무 호들갑을 떨거나 지나치게 생각만 하지 않는다면 이번 임신은 조용히 끝나고, 엘런의 몸은 다시 적절하고도 체계적으로 임신할 수 있는 상태로 돌아갈 것이다.

"아, 그럼 나도 안 마실래."

엘런의 엄마가 말했다. 엄마가 와인 병을 식탁 위에 내려놓더니 식탁을 톡톡 두드렸다. 엄마답지 않은 의미 없는 행동이었다. 문득 며칠 전에 엄마가 숨기는 게 있는 것 같다던 멜 이모의 말이 떠올랐다.

"잘 지냈어?"

엘런이 물었다.

"나? 잘 지냈지. 아주 잘 지냈어."

엄마는 식탁을 두드리던 것을 멈추고 살며시 고개를 내저었다.

"그럼 우리 차 마실까? 나 때문에 놀라기 전에. 넌 뭐 하고 있었니?"

"짐 싸고 있었어."

엘런은 전기 주전자의 전원을 켜고 조심스럽게 외할머니 찻잔 가운데 가장 꽃이 많고 고풍스러운 찻잔 두 개와 컵받침을 꺼냈다.

"패트릭이랑 주말에 여행 가기로 했거든. 누사로 갈 거야."

"아, 패트릭."

앤은 식탁에 자리를 잡고 앉았다.

"괜히 찻잔이니 받침이니 꺼낸다고 야단법석 떨지 마라. 엄마

80대 노인 아니야."

엘런은 엄마의 말을 무시하고 찻주전자를 꺼냈다.

"그냥 티백으로 마셔. 너 80대니?"

"음, 엄마가 보기에 패트릭, 어떤 것 같아?"

엘런은 찻주전자를 물로 데우면서 앤의 짜증을 더 키웠다.

"멜 이모랑 핍 이모는 전화했던데. 두 분 모두 패트릭이 마음에 든대."

"걔들이 그랬어?"

전기 주전자에서 물이 끓는 소리 때문에 엘런은 목소리를 높여야 했다.

"뭐, 분명히 마음에 들지 않는 건 아니야. 너 정말 저 주전자 좀 내다버릴 수 없니?"

"그게 무슨 뜻이야?"

엘런이 찻주전자를 식탁에 내려놓으면서 물었다.

"너무 시끄러워. 꼭 비행기가 이륙하는 소리 같잖아."

"아니, 내 말은, 마음에 들지 않는 건 아니라는 게 무슨 뜻이냐고."

"패트릭은 완벽하게 무해하잖니?"

"그거 너무 모욕적이잖아, 엄마."

엘런은 믿을 수가 없어서 반쯤 웃음을 터뜨렸다.

"솔직하게 말하면, 약간 옳지 못한 부분이 있는 것 같아. 조금 차 가운 것 같기도 하고."

차갑다고? 그게 따뜻하고 포근하고 모성애 넘치는 엄마가 할 소 리야?

"아, 엄마야 냉철한 평가자니까."

엘런은 식탁에 앉아 찻잔에 차를 따랐다. 파르르 떨리는 손이 보였다. 화가 났기 때문이다. 패트릭 때문에 엄마에게 화가 난 것이다.

"뭐, 네가 물어봤잖아. 내가 옳다고는 안 했어. 그냥 느낌이 그렇다는 거지."

"존은 멋있다고 생각했잖아."

"존이야 좋은 친구지."

앤은 존이 좋은 옛 친구라도 되는 것처럼 애정을 담아 활짝 웃었다.

"멜 이모가 며칠 전에 존은 자기밖에 모르는 멍청이라고 했어. 심하게 비꼬기만 하는 사람이었다고. 날 바보처럼 취급했단 말이야. 말로는 거의 나한테 폭력을 휘두른 거랑 다를 게 없었어."

"오, 엘런. 존은 그런 적 없어. 기억을 왜곡해선 안 되는 거야. 특히 널 피해자로 만드는 건 좋은 일이 아니야. 나는 요즘 여자들이 걸 핏하면 자기를 희생자로 만들려는 거, 정말 마음에 안 들더라. 그냥 제대로 되지 않은 연애일 뿐이잖니? 존은 끔찍한 괴물이 아니야."

"존 때문에 불행했단 말이야."

엘런의 목소리가 바르르 떨렸다. *존은 정말로 끔찍한 괴물이었단 말이야!* 엘런은 호르몬이 미친 듯이 요동치고, 엄마와 말하면 언제나 울음을 터뜨리는 것으로 끝났던 열다섯 살 사춘기가 생각났다.

"패트릭하고 있으면 정말 행복하고."

"뭐, 그럼 된 거 아니니?"

엄마는 엘런이 열다섯 살이었을 때와 똑같이 사무적이고 논리적이면서도 이제는 화해하자는 말투로 말했다.

"네가 내 말을 들을 필요는 없지. 내 연애사를 봐라. 내가 너한테 남자 얘기를 해줄 처지니?"

"아니. 전혀."

엘런의 엄마는 눈을 크게 뜨더니 찻잔을 들어 올렸다.

"아무튼 너 화나라고 한 소리는 아니야."

"글쎄, 퍽이나."

엘런이 퉁명스럽게 말했다. 엘런은 정말로 열다섯 살 사춘기 소녀처럼 행동하고 있었다. 잘 발달된 감정 지능은 도대체 어디로 사라진 걸까?

"미안, 정말 미안."

앤은 엘런의 어깨를 어색하게 툭툭 두드리면서 말했다.

"그런데 너 아직도 창백하네?"

"그거야, 내가 임신했으니까 그렇지."

그 순간, 엘런의 눈에서 닭똥 같은 눈물이 펑펑 쏟아져 내리기 시작했다.

▲ ▲ ▲

화요일에는 회사에 아프다고 전화하고 새로 산 부기 보드를 들고 다시 아발론 비치로 갔어.

핑계를 대고 회사를 빠진 건 처음이야. 그런 행동은 내가 받고 자란 교육에 상당히 어긋나니까. 엄마가 알면 정말로 당혹해할 거야. 엄마는 매달 월급을 받는 직업이 있는 걸 정말로 근사하게 생각했으니까. 그런 직장은, 여자라면 특히 당연하게 누릴 권리라고 생각해선 안 된다고 믿었으니까.

내가 대학을 졸업한 뒤에 처음 취직했을 때, 엄마가 다른 사람들한테 얼마나 자부심을 가지고 그 소식을 전했는지 분명히 기억해. "사스키아가 취직했지 뭐예요"라고 말하는 엄마의 목소리에는 경외심이 가득했어. 훗날 내가 '직업 만족도'에 관해 조금 불만스럽게 말했을 때, 엄마는 정말로 안절부절못했어.

"하지만, 얘. 회사에서 너한테 돈을 주잖아."

엄마는 내가 상사한테 무례하게 굴까 봐 걱정했어. 엄마는 분명 꾀병을 부리고 회사에 빠지는 건 미친 짓이고, 위험한 짓이고, 아주 나쁜 태도라고 생각할 거야. *엄마, 미안. 오늘은 정신 건강을 챙길 필요가 있어서 그래.*

'정신 건강이라니?' 내 변명을 들으면 엄마는 콧방귀를 뀔 거야. 엄마는 우울증이나 거식증 같은 현대인들의 질환을 믿지 않았으니까. 엄마 친구의 아들이 만성 우울증 진단을 받았을 때도 엄마는 끔찍해했어. "그 바보 같은 애는 뭐가 그리 슬프다니? 좋은 직장이 없어, 마누라가 없어, 애가 없어?" 엄마는 그렇게 말했지.

엄마 생각과 기준으로는 사람이 죽으면 당연히 슬퍼해야 하고, 아이가 태어나거나 사랑을 하거나 결혼을 하거나 소박하고 영양가 있는 음식을 먹거나 깔끔한 집이 있으면 즐거워해야 해. 그 외에 나머지는 그저 '바보 같은 일'일 뿐이야.

패트릭이랑 헤어진 뒤에 내가 이렇게 엉망이 되고 바보같이 되어버린 걸 봤다면 엄마는 뭐라고 했을까? 엄마는 패트릭을 좋아했는데. 잭도. 패트릭은 사위라고, 잭은 손자라고 생각했는데.

아마 패트릭은 벌써 최면술사의 부모님을 만났을 거야. 패트릭이 다정한 우리 엄마는 한 번도 존재하지 않았던 것처럼, 우리 엄마는 진짜 장모를 만나기 전에 연습 상대였던 것처럼 정중하게, 좋은 인상을 심어주려고 노력하면서 최면술사의 엄마랑 얘기했을 모습을 상상하면, 순간 어마어마한 분노에 휩싸이게 돼.

나는 엄마에게 전화를 걸려고 전화기를 들었다가 끊어버리곤 해.

엄마가 떠난 뒤로 몇 달 동안이나 그랬어. 심지어 몇 번은 전화를 걸기도 했어. 전화가 걸리는 신호음을 듣고서야 엄마가 더는 없다는 생각이 나서 낯선 사람이 대답하기 전에 재빨리 수화기를 내려놓은 적도 있어. 전화기에서 흘러나오는 목소리를 들으려는 게 아니야. 그저 생각하는 거야. '엄마가 전화를 받은 거야.' 지금도 엄마가 그리워. 매일매일 너무 그리워.

내 이성은 부모님의 죽음을 인생의 일부로 받아들여야 한다는 걸 알고 있어. 정말로 아팠던 80세 노인이 세상을 떠난 걸 비극이라고 생각할 사람은 없을 거야. 엄마의 장례식 때는 조용하게 흐느껴 울던 사람이나 눈이 벌겋게 충혈된 사람은 있었지만, 비통하게 울부짖던 사람은 아무도 없었어. 아아, 그게 잘못이었던 거야. 이제야 나는 생각해. 나는 통곡했어야 해. 비통하게 울부짖고 가슴을 쥐어뜯으면서 엄마의 관을 붙잡고 못 가게 막았어야 해.

그때 나는 시를 낭독했어. 엄마가 좋아할 듯한 근사하고 감동적인 시를 읽었어. 하지만 이제 알겠어. 나는 내 사랑을 얘기했어야 해. 장례식에 온 사람들에게 엄마만큼 나를 그렇게 열렬하게 사랑해줄 사람은 이제 이 세상에 없다는 걸 안다고 말했어야 해. 모두에게 말했어야 해. *지금 여러분은 작고 다정했던 할머니의 장례식에 왔다고 생각하겠지만, 아니에요. 여러분의 곁을 떠나가고 있는 이분은 클라라라는 작은 소녀였어요. 허리까지 오는 짙은 금발 머리를 곱게 땋고, 철도 회사에서 일하는 수줍음 많은 남자와 사랑에 빠진 여자였어요. 두 사람은 몇 년이나 아기를 가지려고 노력했고, 마침내 클라라가 임신했을 때, 둘은 거실을 빙글빙글 돌면서 덩실덩실 춤을 췄답니다. 하지만 아기가 다칠까 봐 천천히 돌면서 춤을 췄대요. 클라라의 작은 아이가 태어나고 2년 동안, 그녀는 자기 생애에*

서 최고로 행복한 시간을 보냈답니다. 하지만 남편이 일찍 죽어버리는 바람에, 클라라는 딸을 혼자서 길러야 했어요. 혼자 아이를 기르는 여자에게 보조금도 주지 않던 시절에, '싱글맘'이라는 명칭조차 없었던 시절에 그녀는 혼자서 아이를 길러야 했답니다. 그렇게 말해줬어야 해.

장례식에서 나는 학교에 다닐 때 있었던 일을 말했어야 해. 갑작스럽게 추워진 어느 날, 엄마가 내 재킷을 들고 학교 운동장에 서 있던 얘기를 했어야 해. 브로콜리는 쳐다도 보지 않을 정도로 싫어했고, 영국 드라마 〈저지 존 디드〉의 주인공을 사랑했었다는 말을 해줬어야 해. 엄마는 책 읽는 걸 정말 좋아했고, 끔찍한 요리사였다는 걸 말해줬어야 해. 엄마는 항상 요리를 하면서 도서관에서 빌려온 책을 읽었다고, 책을 읽느라 음식을 쳐다보지 않아서 저녁은 태워먹기 일쑤였고, 도서관에서 빌려온 책에는 음식이 튀기 일쑤였다고, 책에 묻은 음식물을 지우려고 행주 끝에 물을 묻혀서 책을 빡빡 문질러 닦기 일쑤였다고 말했어야 해. 우리 엄마가 잭을 정말로 손자처럼 생각했다고, 잭이 좋아하는 특별한 레이싱카 퀼트 이불을 어떻게 만들었는지도 말해줬어야 해. 강독대를 두 손으로 움켜잡고 제대로, 말해줬어야 해. '여기 이분은 그저 작은 할머니가 아니에요. 이분은 클라라예요. 이분이 제 엄마예요. 정말로 멋진 분이셨어요'라고 말했어야 해.

하지만 나는 그렇게 말하지 않았어. 그저 나쁘지 않은 짧은 시를 읽고서는 그냥 앉아버린 거야. 앉아서 패트릭의 손만 잡아버린 거야. 나중에 패트릭은 나를 도와 엄마 친구들한테 차를 대접했고, 그 할머니들이랑 애교 있게 얘기를 나눴어. 그래서 내가 '이제 나에게는 가족이 아무도 없어'라는 생각을 하지 못한 거야. 패트릭이 장례식에 다녀오는 내내 내 손을 잡아줬고, 시드니 공항에서 잭이 우리를 보고 달려와 안겼으니까. 패트릭의 어머니가 비프 스트로가노프를 만들어서 냉장고에 넣어놓고 갔으니까. 패트릭의 어머니는 내가 좋아하는 음식이 뭔지 알고 있었어.

그리고 4주 뒤에 패트릭은 "내 생각에는 끝난 것 같아"라고 말했지.

내 마음이 끝없는 원을 계속해서 돌고 있는 것 같아. 만약에 엄마한테 전화해서 패트릭 얘기를 한다면 기분이 나아질 거야. 하지만 엄마는 죽었는걸. 패트릭한테 엄마가 죽었다는 걸 믿을 수가 없다고 말할 수 있다면 기분이 나아질 것 같아. 하지만 패트릭은 더는 나를 원하지 않는걸. 잭을 데리고 공원에 놀러가거나 영화를 볼 수 있다면 기분이 나아질 것 같아. 하지만 나는 더는 잭의 엄마가 아닌걸. 모린을 만나서 이야기할 수 있다면 기분이 나아질 것 같아. 하지만 이제 모린은 더는 나하고는 관계없는 사람인걸.

한꺼번에 이렇게 많은 사람을 잃었지만, 그 사람들을 대체할 사람들을 나는 충분히 알지 못해. 나에게는 이모도, 고모도, 사촌도, 조부모도 없단 말이야. 나는 백업이 되어줄 사람들을 마련해두지 못했어. 이런 상실을 겪었을 때 나를 지탱해줄 보험을 들어놓지 않았어.

내 고통은 육체적으로도 분명하게 느껴졌어. 피부를 넓게 도려냈는데, 전혀 회복되지 않고 있는 것처럼 느껴져.

그리고 이제, 최면술사는 아기를 가졌어.

알아, 엄마. 나는 좋은 직장을 가졌어. 직장에서는 나한테 돈을 줘. 하지만 최면술사의 임신 테스트기를 본 뒤로 직장에 있으면 아주 이상한 모습이 자꾸만 떠오르는걸. 뜨거운 커피를 동료의 얼굴에 뿌려버린다거나, 발가벗고 중역회의실로 뛰어 들어가서는 음란한 말을 퍼붓는다거나, 가위를 들고 내 허벅지를 마구마구 찔러대는 상상을 하는걸. 엄마는 이해하지 못할 거야. 엄마의 머리가 미친 생각으로 가득했던 적은 없었을 테니까.

그래서 회사에 전화를 걸고 오늘은 부기 보드 타는 법을 배우려고 해변으로 온 거야.

부기 보드는 생각보다 훨씬 힘들었어. 너무 미끄러웠거든. 도대체 왜 이렇게 미끄러운 걸까? 부기 보드를 배에 대고 자세를 잡는 건 나로서는 할 수 없는 일인 것 같았어. 계속 미끄러지는 거야. 아무리 둘러봐도 다른 사람들은 내가 겪는 문제를 겪지 않는 것 같았어. 너무 화가 나서 욕이 나왔어. 그러니까 부기 보드조차도 나를 원하지 않는구나, 하는 생각이 들었던 거야.

가까스로 부기 보드에 올랐을 때는 파도가 전혀 일지 않았어.

나는 생각했어. 여섯 살짜리 꼬마들도 해내는 걸 왜 못하는 거야. 나는 대체 뭐가 문제인 걸까? 생각하고 또 생각했어. 다른 사람들은 모두 잘도 사랑을 하고 아기를 낳아 가족을 만드는데, 나는 뭐가 문제인 걸까? 다른 사람들은 전 남자 친구한테 이렇게 집착하지 않는데, 나는 뭐가 문제인 걸까?

너무 짜증이 나서 그냥 부기 보드를 바다에 떠내려 보낼까도 생각했지만, 그건 너무 낭비인 것 같았어. 더구나 회사에 가지 않고 바다에 왔다는 사실만으로도 이미 충분히 부끄러웠는걸.

코를 쿵쿵거리고 떨면서 제대로 잡히지도 않는 그 멍청한 부기 보드를 어색하게 팔에 끼고 자동차로 걸어갈 때, 예전 빨간 드레스를 입고 왔을 때 만났던 더벅머리 남자가 나를 보고 있는 게 느껴졌어. 이 남자는 부기 보드를 편안하게 팔에 끼고 해변을 걸어오고 있었어.

"서핑은 어땠어요?"

그 남자가 물었어.

"바보 같았어요."

나는 대답하고 계속 걸었어.

차에 도착했을 때, 핸드폰이 울렸어.

최면술사였어.

▲ ▲ ▲

처음으로 둘이 함께 비행기를 탔다는 사실에 엘런과 패트릭은 말이 많아지고 지나치게 흥분해 있었다. 승무원이 진지한 얼굴로 안전 수칙을 이야기할 때도, 재미있는 내용이 전혀 없었는데도 두 사람은 계속 웃었다. 두 사람 모두 비행기에서 읽을 소설책을 사 왔지만, 책은 무릎에 놓아둔 채 계속 떠들어댔다.

패트릭이 특히 잔뜩 고무된 것 같았다.

"전에 누사에 가본 적이 있는지도 안 물어봤네."

비행기가 이륙할 때, 패트릭이 물었다.

"안 가봤어. 자기는?"

"딱 한 번. 사실 거기서 사스키아를 만났어."

엘런은 지금이 패트릭이 아주 드물게, 사스키아가 평범한 여자인 것처럼 말하는 순간임을 알았다.

"어떻게 만났는데?"

엘런은 지나치게 흥미를 드러내지 않으면서도 충분히 밝은 목소리를 내려고 노력하면서 말했다.

"누사에서 도시 개발 회의가 있을 때 만났어. 사스키아는 도시 설계사거든. 내가 말했었나? 아무튼, 한 발표회 때 사스키아 옆에 앉았거든. 그게 참 이상해. 그때 나는 내가 조금 미쳤다고 생각했어. 콜린이 죽었다는 사실이 여전히 믿어지지 않았으니까. 나한테 사스키아는 제정신인 것처럼 보였어. 사스키아는 부시워킹을 하는 사람이었는데, 나를 데리고 국립공원의 엄청나게 긴 길을 걷게 한 거야. 나는 운동을 하는 사람은 아니었는데, 긴 길을 걷다 보니까, 갑자기 심장이 미친 듯이 뛰고 폐 안으로 공기가 밀려들어오는 거야. 주위를 둘러싼 굉장한 경치를 보고 있으니까, 또다시 행복해질 수 있을 것 같은 기분이 들었어."

"엔도르핀이 나온 거야. 이번 주에는 조금 걸어야겠다."

엘런이 말했다.

자기 몸이 행복한 엔도르핀으로 가득 찼을 때, 아기 얘기를 해 줄게.

"그래, 그렇게 하자. 그때부터 한동안 사스키아랑 매주 부시워킹을 했어. 하지만 사스키아 다리에 문제가 생겼어. 조금만 걸어도 지독하게 아파했지. 정말로 아파했어."

"왜? 무슨 문제가 있었는데?"

엘런은 사스키아의 이야기가 이상하게 낯설지 않다는 생각을 했다. 패트릭이 이 얘기를 전에도 해준 적이 있던가? 그랬다면 잊어버렸을 리가 없는데? 엘런은 패트릭이 주는 사스키아에 관한 정보라면 무엇이든지 꼼꼼하게 비축을 해뒀다.

"아무도 알아내지 못했어. 사스키아는 온갖 의사란 의사는 다 찾아가 봤어. 물리치료사도 찾아가 봤는데, 전혀 소용이 없었어. 한 의사는 통증이 모두 마음의 문제라고 했고 그래서 사스키아가 화를 내고 그냥 걸어 나온 적도 있어."

엘런은 밖에 나왔다가 가스레인지를 끄지 않았다는 걸 기억해
낸 사람처럼, 이상하게도 중요한 기억을 잊어버린 사람처럼 초조
해졌다.

"저녁을 할 때면 앉으려고 부엌으로 의자를 가져가야 할 정도였
어. 그때부터 성격이 바뀐 거야. 원래 운동을 아주 좋아하는 민첩한
사람이었거든. 그 사람을 이해하고 공감해주려고 노력했지만, 결국
은 그냥 좌절하고 말았어. 내가 해줄 수 있는 게 하나도 없었으니
까. 그 사람은 내가 자기를 참을 수 없게 됐다고 생각했지만, 그건
아니야. 난 그 사람이 정말로 안쓰러웠어. 내가 좌절했던 건 나로서
는 아무것도 할 수 없었기 때문이야. 마치 콜린이 아팠을 때를 보는
것 같았으니까. 내가 아무 짝에도 쓸모없는 사람이 된 것 같았어.
주먹 한 번 휘둘러본 적이 없는데, 싸움에서 진 것 같은 기분이 드
는 거야."

승무원이 두 사람 가까이 다가오자 패트릭은 입을 다물고 승무원
쪽으로 고개를 돌렸다.

"뭐 좀 마실까? 돈을 내야겠지만, 그래도 퇴폐적인 것처럼 보이
지는 않을 거야. 이게 값싼 항공권의 문제지."

이런 일이 그저 우연일 리 없어. 안 그래?

엘런은 큰 소리로 '우와. 그거 정말 재밌다. 나를 찾아오는 내담
자 한 사람도 바로 그 문제 때문에 고민하고 있는데!' 라고 말함으로
써, 이 일이 우연인지 아닌지를 실제로 알아볼 뻔했다. 물론 그런
일이 우연일 리는 없었다. 패트릭도 분명히 그렇게 생각할 것이다.

데버라.

성이 뭐였더라?

데버라 반덴버그.

데버라 반덴버그의 얼굴이 선명하게 떠올랐다. 데버라는 첫 내담 시간에 늦었다. 첫 내담 시간에 데버라는 어딘지 모르게 조금 이상해 보였고 눈치를 살피는 것 같았다. 하지만 사실 처음 내담을 하는 사람은 다 그랬다. 최면치료사를 생전 처음 본 데다 앞으로 무슨 일이 벌어질지 모르니 그럴 수밖에 없다. 처음 내담 온 사람들은 대부분 앞에 있는 미심쩍은 사람이 이제 곧 자기들에게 장난을 치리라는 것을 안다는 듯 잔뜩 경계한다.

처음 엘런을 만났을 때 데버라는 "다리가 너무 아파요"라고 말하면서 청바지를 입은 길고 날씬한 허벅지를 손바닥으로 쓱 문질렀다. 데버라는 다리가 아파서 부엌에서 앉아서 요리를 해야 할 때도 있다고 했다. '지나치게 상냥했던' 한 의사는 최근에 '스트레스'를 받은 일이 없느냐고 물어보면서, 데버라의 통증이 사실은 상상일 수도 있다는 기색을 내비쳤고, 그 바람에 화가 나서 아무 말도 하지 않고 걸어 나온 적도 있다고 했다.

데버라가 사스키아였어.

사스키아가 데버라였던 거야.

엘런이 사스키아에 대한 생각으로 꽉 차 있었을 때 그녀는 이미 사스키아를 만났던 것이다. 사스키아가 엘런에게 이야기를 했고, 그녀의 집에 들어와 있었던 것이다. 사스키아는 키가 크고 매력적인 사람이었다. 눈 색깔이 신기했는데, 마치 호랑이 눈처럼 거의 황금색에 가까운 밤색이었다(엘런은 항상 사람들의 눈을 봤다. 그 이유는 아마도 보라색 눈동자를 가진 엄마의 그늘에 가린 채로 성장했기 때문일 것이다). 잘 차려 입었고, 의사 표현도 분명한 사람이었다. 어디를 봐도 스토커라는 생각이 들지 않는 사람이었다. 엘런은 사스키아의 사진을 한 번도 보지 못했지만, 왠지 키가 작고 사시에 생쥐처럼 종종거리며 허둥지둥 움직이는 사람일 거라고 생각했다(도대체 키 큰 사람들도 미칠 수 있다는 생각을 왜 안 했을까? 키 큰 사람들이 이 세상을 지배하는 것처럼 보여서? 엘런이 키 큰 사람을 숭배해서? 엘런이 그 긴 다리를 갈망하기 때문에?).

문득 팔을 만지는 패트릭의 손길이 느껴졌다.

"엘런? 뭐 마실래?"

재미있는 건, 엘런이 그 사람을 정말로 좋아한다는 거다. 데버라 말이다. 사스키아라고 해야 하나? 엘런은 데버라와 내담하는 시간이 좋았다. 이야기를 나누는 것이 좋았다. 그 사람이 신고 있는 부츠도 좋아했다. 데버라, 그러니까 사스키아는 그 부츠가 예쁠 뿐 아니라 정말로 편하다고 했다. 엘런은 당장 밖으로 나가서 평소에 신는 신발보다 비싼 그 신발을, 데버라가 신고 있던 바로 그 모델을 사 가지고 왔다.

그리고 지금 그 부츠를 신고 있다.

"아니, 안 마실래."

엘런은 부츠를 의자 밑으로 밀어 넣으면서 말했다.

사스키아는 정말로 다리 통증을 고치고 싶은 걸까? 아니면 나를 보러 오는 구실에 불과할까? 나를 만나러 오는 진짜 이유는 뭐지? 그저 내가 어떤 사람인지 알고 싶은 걸까? (엘런도 존이 결혼한다는 치과위생사를 은밀하게 보고 싶었다. 하지만 그 충동을 실현할 마음은 없었다. 그렇게까지 그 치과위생사에게 관심이 있는 것도 아니고, 무엇보다도 들켰을 때 그 어마어마한 창피함을 감당할 수 없을 게 분명하니까.)

패트릭이 한숨을 쉬면서 다리를 쭉 뻗었다.

"시드니를 벗어나서 가장 좋은 점은 이제 사스키아가 어디에서든 불쑥 튀어나올 수 있다는 걱정을 하지 않아도 된다는 거야.
난 핸드폰도 두고 왔어. 엄마랑 잭한테 호텔 전화번호를 가르쳐
주고 왔어. 당신 핸드폰 번호랑. 미리 물어봤어야 하는데. 그래도
괜찮지?"

"그럼, 당연하지."

오, 아니야, 아니야, 아니라고!

"그러니까 지금이 이번 주에는 마지막으로 그 여자 얘기를 하는
순간인 거지. 주말 내내 난 그 여자 얘기는 하지 않을 거야. 생각하
지도 않을 거고. 그 여자를 볼 일도 없어. 지금 우리는 사스키아가
없는 청정 지역으로 들어가고 있는 거야."

이런 세상에. 엘런은 손가락 두 개로 리듬을 타듯이 이마를 톡톡
두드렸다. 이렇게까지 끔찍하지 않았다면 어쩌면 우스꽝스러운 일
일 수도 있었을 텐데. 적어도 조금쯤은 재미있기라도 했을 텐데.

"왜 그래? 무슨 문제 있어?"

"그냥 생각나는 게 있어서. 떠나기 전에 했어야 하는데, 잊고
왔어."

엘런은 데버라, 아니 사스키아에게 주말에 어디로 가는지를 정확
하게 알려줬다. 어디에 묵는지도 분명히 알려줬다.

며칠 전 월요일에 내담이 잡힌 사람들에게 전화를 걸어서 긴 주
말 연휴(주말에 금요일이나 월요일 하루를 더 보태서 쉬는 휴일−옮긴이)를
보낼 예정이니 내담 시간을 조정하자고 부탁했다.

"갑자기 여행을 가게 됐어요. 누사에서 긴 주말 연휴를 보낼 거
예요."

엘런은 그렇게 말했었다.

"정말 부럽네요. 난 누사를 사랑해요. 어디에 묵을 거예요?"

데버라는 아주 차분한 목소리로 물었다.

"내 파트너가 쉐라톤 호텔을 예약한 것 같아요."

엘런은 그렇게 대답했었다. 파트너라니! 엘런은 패트릭을 파트너라고 불렀다. 어째서 그랬을까? 심지어 엘런은 파트너라는 말을 좋아하지도 않는데. 아마도 데버라는 '남자 친구'라는 말을 어린 사람들이나 쓰는 말이라고 생각할 것 같아서 그렇게 말했을 것이다. 하지만 애초에 패트릭 얘기는 왜 꺼낸 걸까? 데버라한테 자기가 연애한다는 사실을 알려주고 싶었던 걸까? 데버라가 매력적인 40대 커리어우먼처럼 보였으니까? 데버라는 아무 준비 없이 덥석 임신하는 대신, 포도밭을 거닐고 보트를 타면서 아주 멋진 사랑을 나누는 우아한 연애를 할 것처럼 보였으니까? 엘런은 데버라에게 자기도 그런 멋진 연애를 하는 사람이라는 것을 알리고 싶었던 것이다.

그러니까 엘런의 바보짓 때문에, 내담자에게 좋은 인상을 심어주고 싶다는 전문가답지 못한 바람 때문에(애초에 내담자에게 어떤 인상을 심어주고 싶다는 것 자체가 잘못되었다!), 그녀가 낭만적인 주말을 보내려고 떠나는 곳이 사실은 사스키아와 패트릭이 만난 곳이라는 사실을 알려줘버린 것이다.

엘런은 패트릭을 힐끔 쳐다봤다. 패트릭은 평온한 얼굴로 비행기 좌석에 머리를 기대고 있었다.

"떠나기 전까지는 내가 그 사람 때문에 얼마나 긴장하고 있었는지도 깨닫지 못했다니까."

엘런은 고개를 숙인 채 너무나도 비통해하며 손바닥 아랫부분으로 이마를 조용히 쾅, 때렸다. 패트릭의 인생을 평온하게 해주지는 못할망정 스토커를 돕고 부추기기까지 했다. 입안이 바싹 말랐다.

엘런은 고개를 들었다. 사스키아는 우리를 쫓아오지 못할 거야. 안 그래? 더구나 사스키아가 이 비행기 티켓을 구할 수 있을 리도 없잖아.

엘런은 안전벨트를 풀고 고개를 빠끔히 내밀어 주변에 있는 사람들을 살펴봤다. 엘런과 눈이 마주친 사람들은 눈길을 피했고, 보통은 책을 읽거나 옆 사람과 이야기를 하고 있었다. 오직 엄마 무릎에 앉아 있는 작은 여자 아기만이 고무젖꼭지를 맹렬하게 빨면서 호기심어린 눈으로 그녀를 빤히 쳐다봤다. 엘런은 다시 좌석에 등을 대고 앉아, 울고 싶은 건지 웃고 싶은 건지 모를 신경질적인 욕망을 꾹 내리눌렀다.

이제는 주말 내내 커다란 비밀을, 한 가지도 아니고 두 가지나 짊어지고 다녀야 한다. 어느 때든 입만 열면 저 남자의 얼굴에서 평온한 표정을 한 번에 지워버릴 수 있는 능력을 갖게 된 것이다.

패트릭이 눈을 떴다. 비행기 창문으로 들어오는 햇살 때문에 그의 얼굴은 정말로 녹색처럼 보였다.

"괜찮아?"

"좋아."

엘런은 패트릭의 무릎을 토닥이고는 창문 너머 비행기 날개를 쳐다봤다.

"아주 좋아."

▲ ▲ ▲

가까스로 두 사람이 탄 비행기를 예약할 수 있었어.

두 사람은 내가 앉은 곳을 지나갔어. 패트릭이 좌석을 확인하느라 탑승권을 쳐다보면서 얼굴을 찡그린 채로 앞서 갔고, 엘런은 꼭 꿈을 꾸는 것 같은 표정으로 주위를 둘러보면서 그 뒤를 따라갔어. 엘런은 '내 파트너가 좌석을 찾고 있으니 나는 얼굴을 찡그리고 탑승권을 들여다볼 필요가 없어요. 새로운 시대가 열린 거죠. 난 행복해요. 임신했거든요' 라고 말하고 있는 것 같았어.

엘런은 자기 '파트너' 랑 멀어져갔어. 나는 '파트너' 라는 말이 싫어. 너무 시드니 사람 같은 표현이잖아. 도대체 왜 '남자 친구' 라고 하지 않는 거야? 나랑 있을 때 패트릭은 내 남자 친구였어. 난 패트릭의 여자 친구였고.

그래서 함께 누사를 향해 떠나고 있는 거야. 유쾌한 우리 3인조가.

엘런이 '누사' 라고 말했을 때 나는 부기 보드를 떨어뜨리고 말았어. 그때까지 나는 패트릭이 나를 더 아프게 할 새로운 방법은 없을 거라고 생각했어. 그런데 '누사' 라니? 어째서 로맨틱한 주말을 보낼 장소가 널리고 널린 이 나라에서 하필 '누사' 를 가기로 한 거야?

우리가 함께 보낸 그 한 주의 기억은 안전하다고 생각했단 말이야. 그 시간에 손을 댈 수 있는 건 아무것도 없다고 생각했단 말이야. 나는 누사에서의 시간을 단 한 순간도 잊지 않았어. 그때 느꼈던 맛도, 소리도, 냄새도, 모든 것이 그대로 내 기억에 들어 있단 말이야.

그때 내 손에 느껴졌던 호텔 방의 열쇠 모양도 또렷하게 기억하고 있어. 우리가 마셨던, 얼음과 소금과 알코올을 섞어 만든 마르가리타의 맛도 분명히 기억해. 엘리베이터 안에 나란히 서서 층수가 바뀌는 모습을 지켜보던 모습도 기억해. 우리 둘 다 내 방에서 처음으로 사랑을 나누게 되리라는 걸 알고 있었잖아. 그다음 날 투박한 카트를 밀면서 우리에게 아침을 실어다준 검게 그을린 젊은 남자도 기억해. 커피랑 베이컨 냄새도. 침대에 앉아 읽던 신문에 크루아상 부스러기가 떨어져 있던 것도 기억해.

심지어 그들은 쉐라톤에 묵는다고 했어. 왜 거기를 예약한 거지? 어쩌면 패트릭도 쉐라톤 호텔에서의 기억을 특별하게 여기고 있는 지도 몰라. 그곳에서 다른 사람과 행복하게 지내면 내 기억이 사라 질지도 모른다고 생각한 것 같아(남자는 정말로 가끔 너무 멍청해질 때가 있어). 하지만 그럴 수는 없어. 나에 관한 기억을 몽땅 덜어낸 뒤에 그 자리를 다른 여자와의 기억으로 채울 수는 없다고.

그게 바로 최면술사한테 전화를 받자마자 내가 함께 가야 한다고 결정한 이유야. 나도 쉐라톤에 있어야 해. 나도 거기에 있다는 걸 패트릭에게 알려야 해. 내가 아직도 여기에 있다는 걸, 그에게 알려 야 해.

정말로 완벽한 순간을 택해서 내가 함께 있다는 걸 두 사람한테 알려줄 거야. 분명 패트릭은 화를 내겠지만, 상관없어. 무시하는 것 보다는 화를 내는 게 나아. 내가 전혀 존재하지 않는 것처럼 행동하 는 것보다는 나한테 고함을 지르는 게 더 나아.

▲ ▲ ▲

패트릭은 욕실에서 이를 닦고 엘런은 침대에서 비용을 지불한 영 화를 보면서 미니바에서 사 온 초콜릿을 먹었다.

완벽하게 사랑스러운 방이었다. 바삭바삭한 시트가 깔려 있는 킹 사이즈 침대, 크고 푹신한 타월, 어스름하고 부드러운 조명과 무채 색 색상. 엘런이 다른 남자들과 묵었던 호텔들과 정확하게 같은 특 징을 공유하고 있었다.

엘리베이터를 타고 올라오면서 엘런은 "지난번에는 어디에서 묵었어?"라고 물었다.

"여기."

패트릭은 올라가고 있음을 알리는 번쩍이는 숫자를 보면서 대답했다.

"그러니까, 여기가 사스키아를 만난 호텔이야?"

"음, 여기가 좋다는 걸 알았으니까."

그렇게 말하고 패트릭은 손가락으로 엘런의 입을 막았다.

"이번 주에는 그 여자 이름 말하지 않기로 한 거, 기억하지?"

그러니까 불쌍한 사스키아는 엘런과 패트릭이 두 사람이 처음 만났던 호텔에 묵는다는 소리를 들은 것이다. 세상에, 여긴 분명히 두 사람이 처음으로 사랑을 나눴던 호텔일 거야. 안 그래도 상당히 뒤틀려 있을 텐데, 그런 소리까지 들은 사스키아의 마음은 어땠을까?

엘런은 호텔 방문을 쳐다보다가 문득 공포 영화에서 본 장면을 떠올렸다. 패트릭과 엘런이 룸서비스를 시킨다. 그러자 호텔 직원처럼 차려입은 사스키아가 고개를 푹 숙인 채 카트를 밀고 방 안으로 들어온다. 낮게 깔린 음악 때문에 영화를 보는 사람들은 이제 곧 끔찍한 일이 벌어질 것임을 안다. 음악이 최고조에 달했을 때, 갑자기 사스키아가 칼을 높이 치켜들고 패트릭과 엘런에게 달려든다. 그리고…….

"치약 가져왔어?"

패트릭이 욕실 문밖으로 고개를 삐죽 내밀고 물었다.

"응. 내 화장 가방에 몇 개 챙겨왔어."

패트릭은 여전히 아주 정중하게 엘런의 물건을 만질 때도 꼭 허락을 받았다.

그리고 지금, 엘런은 그의 아기를 가졌다.

너무 빨라. 너무 빠르다고.

"당연히 낳아야지."

엘런의 엄마는 그렇게 말했다.

"꼭 그래야 하는 건 아니지."

엄마의 단호한 목소리에 엘런은 놀라면서 대답했다. 앤이라면 좀 더 길게 말해줄 줄 알았다. *네가 무슨 결정을 하든 엄마가 도와줄 게. 그런데 너 피임은 어떻게 한 거니?* 이런 말을 할 줄 알았는데.

"일단 패트릭의 말을 들어봐야지. 그리고, 엄마도 알지만 나는…… 임신중절 찬성파란 말이야."

미국 사람들은 그렇게 말했다. 하지만 그것이 적절한 용어인지 확신은 들지 않았다. 임신중절 찬성파라니. 반대 용어는 뭐지? 생명 찬성파? 나는 생명도 찬성하는데?

딸의 말에 앤은 콧방귀를 뀌었다.

"넌 서른다섯 살이야. 열여섯 살이 아니고. 그리고 정말로 아기를 갖고 싶어했으니까……."

"잠깐만. 그건 또 무슨 말이야? 내가 언제 아기를 갖고 싶어했어?"

"메들린 임신 축하 파티할 때, 누구더라? 이름은 생각나지 않는데, 거기 온 아기를 안았을 때 네 표정이 어땠는지 알아? 내가 보기에는 진짜 못생긴 애더구만."

"엄마."

"애가 꼭 두꺼비처럼 생겼었잖아. 아무튼 내 말은, 절실하게 아기를 원하지, 재정적으로도 문제없지, 그 아이 아빠를 좋아하기까지, 아니 심지어 사랑하기까지 하잖아. 그게 중요하다는 거야. 만약에 낙태를 했다가 더는 임신할 수 없다는 소리를 들으면 넌 너를 결코 용서하지 못할 걸. 당연히 낳아야지. 그냥 패트릭한테 말해. 아기를 가졌다고. 두 사람 모두 의도했던 일은 아닐 테지만, 어쨌거나 아기가 생긴 거잖아. 지금은 1950년대도 아니니까, 패트릭이 너랑 결혼하지 않는다고 해도 원하는 만큼 아기를 기르는 데 관여할 수는 있잖아. 아주 간단한 문제라니까. 패트릭한테는 당연히 아기를 부양할 법률상의 책임이 있지만, 내가 너라면 그런 문제는 그렇게 걱정하지 않을 거야. 넌 할머니, 할아버지한테 받은 집도 있잖아. 나도 있고, 너희 대모들도 있고. 사실 패트릭의 돈은 필요도 없지, 뭐."

"그런 생각은 안 해."

패트릭에게 돈을 받는다는 생각은 떠오르지도 않았다.

"아주 간단한 문제야."

앤은 아주 신이 난 사람처럼 손가락으로 탭댄스를 추듯 식탁을 두드렸다. 어쩌면 흥분한 것 같기도 했다. 그러다 앤은 문득 동작을 멈췄다. 그녀의 얼굴에서 부드러운 표정이 사라졌다.

"지금은 초기잖아. 네 나이 때는 임신 초기에 유산할 가능성이 아주 높아."

"고마워, 엄마."

"음, 임신중절을 얘기한 건 너였던 것 같은데. 그래도 유산할 수 있다는 생각은 하기도 싫은가 보네."

"그런 말은…… 나는, 맞아. 동의해."

엘런의 엄마가 옳았다. 의심할 여지가 없는 일이었다. 엘런은 아기를 낳을 것이다. 엘런이 아기를 원하는가 원하지 않는가는 전혀 복잡한 문제가 아니었다. 복잡한 건 아기를 임신했다는 사실이 엘런과 패트릭의 관계에 어떤 영향을 미칠 것인가였다.

왜냐하면 엘런은 그저 아기만을 원하는 게 아니었으니까. 엘런은 이것저것 모든 것을 원했다. 패트릭이 엘런의 남편이 되어주기를, 엘런 아기의 아빠가 되어주기를, 엘런의 손을 잡고 분만실로 들어가주기를 바랐다.

엄마에게는 할 수 없었던 말이 있었다. *나는 엄마처럼 살고 싶지 않아. 엄마처럼 하고 싶지 않단 말이야. 나는 혼자서 아기를 기르고 싶지 않아. 나는 다른 삶을 원해. 나는 그냥 다른 사람들처럼 살고 싶어.*

욕실에서 나온 패트릭이 침대 위로 팔짝 뛰어올랐다. 패트릭은 엘런이 먹고 있던 초콜릿을 잘라 먹었다.

"지금 막 양치했으면서?"

엘런이 물었다.

"알아. 잭한테는 말하지 마. 알아. 나는 나쁜 아빠야."

말이 나와서 하는 말인데, 자기 다른 아이가 생기는 걸 어떻게 생각해? 엘런은 그 말을 내뱉을 뻔했지만, 지금 당장은 이야기할 기력이 남아 있지 않았다. 내일 하자. 내일 말할 기회가 있을 거야. 패트릭이 술을 많이 마시지 않는 사람이라는 게 다행이었다. 저녁 식사를 할 때 엘런이 와인을 마실 기분이 아니라고 하자 패트릭은 "그래, 좋아. 나도 안 마실래"라고 했다. 존은 연애할 때 좋은 와인을 나눠 마시는 걸 아주 중요하게 생각했다. 그 앞에서 엘런이 와인을 마시지 않았다면 그는 즉시 무슨 일인지 눈치챘을 것이다.

두 사람은 나란히 누워서 영화를 봤다. 줄거리가 난해했다. 도저히 인물을 한눈에 알아볼 수가 없었다. 두 사람은 영화를 보는 내내 "무슨 일이야? 저 남자가 누구야?"라는 말을 해야 했다. 마침내 영화가 끝났을 때, 두 사람은 정말로 피곤하다는 사실을, 두 사람이 나이가 들었다는 사실을 인정했고, 몸을 돌려 서로를 마주 봤다.

두 사람은 오래 결혼 생활을 한 부부들처럼 졸린 상태로 부드럽게 사랑을 나눴다. 엘런은 눈물이 날 것만 같았다. 모든 것이 너무나도 완벽하게 흘러가고 있었다.

"잘 수 있게 최면 걸어줄 수 있어?"

불을 껐을 때, 패트릭이 물었다.

"오늘은 정말 피곤해."

엘런이 하품을 하면서 말했다.

잠들기 전 최면은 두 사람에게는 아주 빠른 속도로 습관이 되었다. 패트릭이 잠들기 전에 엘런은 5분쯤 마음이 평온해지는 최면을 걸었다. 패트릭은 최면에 걸리는 게 아주 좋다고 했다. 마치 마술 같고, 최면을 거는 엘런의 목소리를 듣는 때가 하루 중에서 가장 행복한 시간이라고 했다. 패트릭은 10대 때부터 잠을 제대로 자지 못했는데, 엘런의 목소리를 들으면 '그 여자'와 관련된 스트레스도, 직장에서의 스트레스도, 힘들었던 일들도 모두 잊고 잠들 수 있다고 했다. 그렇게까지 엘런의 최면술에 감탄하는 사람은 패트릭이 처음이었다.

"그래, 괜찮아. 내가 자기를 너무 부려먹는 거지? 알아. 나도 지금 당장 일어나서 측량을 하라면 당연히 못할 거야."

으, 착한 패트릭. 엘런은 패트릭이 내일 아침 평온한 마음으로 일어나기를 바랐다.

엘런은 침대에서 몸을 일으키고 손으로 패트릭의 이마를 짚었다. 가끔은 이런 행동이 섹스를 하는 것보다 더 짜릿하게 느껴졌다. 내담자의 몸을 만지는 최면치료사도 있다는 걸 알지만 엘런은 내담자를 만지는 일이 거의 없었다. 칠흑같이 어두운 사적인 공간에서 침대에 누워 자신의 말이 이 남자의 머릿속에서 영상을 만들고, 남자의 심장을 가라앉히고 혈압을 가라앉힐 힘이 있다는 사실을 안다는 것은 왠지 자신에게 강력한 힘이 있는 것처럼, 신비한 치유력이 있는 것처럼 느껴졌다. 그건 마치 선한 마녀가, 선한 마법사가 된 것 같은 느낌이었다. 최면치료사가 아니라 최면술사가 된 것 같은 느낌이었다.

"이제 열까지 셀 거야. 셋이나 넷을 세면 호흡이 느려지고 눈꺼풀이 무거워질 거야. 다섯이나 여섯까지 세면 눈을 뜨고 있기가 힘들어질 거야. 일곱에서 여덟까지, 또는 아홉까지 세면 저항할 수 없을 정도로 눈꺼풀이 무거워질 거야. 그때는 눈을 감을 수밖에 없을 거야. 열을 세면 완전히 눈이 감기고 규칙적으로 아주 깊은 숨을 쉬게 될 거야."

엘런은 어둠 속에서 빛나는 패트릭의 눈을 볼 수 있었다. 패트릭의 호흡은 이미 느려지고 있었다. 엘런은 그때그때 떠오르는 대로 다른 방법으로 최면을 유도했다. 패트릭에게 돈을 받고 치료하는 내담자들보다 훨씬 자유롭고 느긋하고 훨씬 창의적으로 최면을 걸었다.

엘런은 패트릭의 이마를 점점 더 세게 누르면서 열까지 세기 시작했다. 부드럽고 나긋하지만 충분히 단호한 목소리로 수를 세어나갔다.

일곱까지 셌을 때 패트릭의 눈이 감겼다.

"그럼 이제 한 가지 모습을 떠올릴 거야. 따뜻한 꿀이 숟가락에서 주르륵 흘러내리는 모습을 생각해봐."

패트릭은 꿀을 사랑했다. 패트릭은 아침에 먹는 시리얼에 꿀을 듬뿍 넣었고, 저녁에는 넋이 빠진 것처럼 부엌에 서서 높이 쳐든 숟가락에서 꿀이 천천히 떨어지는 모습을 지켜보고는 했다.

"그건 그냥 평범한 꿀이 아니야. 이 꿀은 아침에 떠오르는 햇살을 담고 있어. 이 꿀은 따뜻하고 달콤하고 안전해. 이 꿀은 자기 인생에서 행복했던 모든 순간을 담고 있어. 아름다웠던 모든 기억을 담고 있어. 정말로 살아 있다고 느낀 모든 순간을 담고 있어."

엘런은 패트릭이 진짜로 그 꿀을 보고 있다는 걸 알았다. 엘런에게도 그 꿀이 보였다. 엘런도 조금쯤은 자기최면에 걸려 있었다. 최면이 잘 걸릴 땐 엘런도 내담자처럼 최면에 걸렸다. 이런 경험은 언제나 유쾌하고 행복했다.

"계속 그 꿀을 봐. 자기 마음에 아무것도 남지 않을 때까지 꿀을 쳐다보는 거야."

엘런은 잠시 말을 멈췄다. 엘런은 손 밑으로 패트릭의 고개가 떨어지는 걸 느낄 수 있었다. 패트릭의 몸에서 발산되는 온기도 느낄 수 있었다. 엘런은 생각했다. *이 남자가 내 아이의 아빠야. 이 남자는 아기의 아빠가 될 거고 나는 아기의 엄마가 될 거야.*

아빠 생각을 할 때마다 엘런은 대책 없이 감상에 빠져드는지도 몰랐다.

"이제 자기 발을 내려다봤으면 좋겠어. 자기 발이 따뜻한 꿀처럼 침대 속으로 녹아들어간다고 생각해봐. 액체가 되어…… 녹아들어가는 거야."

엘런은 천천히 패트릭의 의식으로 들어가 그가 점점 더 깊은 최면에 빠질 수 있도록 계속해서 꿀의 은유를 사용했다. 지금까지는 이렇게까지 깊게 패트릭에게 최면을 걸어본 적이 없었다. 패트릭을 꼬집어봤지만, 그는 움찔하지 않았다. 자발적 마취 상태에 빠진 것이다.

패트릭이 정기적으로 치료를 받으러 오는 내담자였다면 바로 지금이 마취가 깬 뒤에도 무의식에 남을 느낌을 심어줄 순간이었다. 금연하고 싶은 사람을 치료한다면 '담뱃갑을 열 때마다 엄청나게 혐오스럽고 역겹다는 생각이 들 거예요' 라고 말하는 것이다. 과식하는 버릇을 고치고 싶은 사람을 치료한다면 '이제부터는 천천히 음미하면서 음식을 먹게 될 거예요. 당신의 몸이 필요로 하는 만큼만 먹게 될 거예요' 라고 말해줄 것이다.

하지만 패트릭은 특별히 치료해달라고 부탁한 내용이 없었다. 그저 스트레스를 풀었으면 하는 바람뿐이었다. 그저 푹 잤으면 하는 소망뿐이었다. 치료사로서 엘런은 패트릭이 말해주는 것만 알 수 있을 뿐이었다. 여자 친구로서 엘런은 패트릭이 이번 주에 극단적으로 스트레스를 받았을 가능성이 있다는 것만 알았다.

엘런은 말했다.

"이번 주 내내 자기는 아주 평온하고 행복한 한 주를 보내게 될 거야."

이런 말은 아무 문제가 없었다. 이미 패트릭의 마음 틀 안에 들어가 있는 생각이니까.

엘런은 계속해서 말했다.

"만약에 나쁜 일이 생기면, 화가 날 일을 보거나 들으면, 걱정할 일이 생기면, 내가 자기 어깨를 만질 거야. 이렇게. 그러면 그 즉시 마음이 평온해지고 안심이 될 거야."

엘런은 패트릭의 어깨를 어루만졌다.

"자기 앞에 어떤 인생이 펼쳐진다고 해도 자기는 잘해나갈 수 있을 거야. 전혀 예상하지 못한 일이 벌어진다고 해도, 자기 마음에는 이미 어떤 게 자기에게 가장 좋은지 알 수 있는 자원이 들어 있어.

지금 내가 한 말들을 자긴 기억하지 못할 거야. 그리고 이제 내가 셋까지 세면 자기는 최면에서 깨어나 곧바로 잠이 들 거야. 밤새 꿈도 꾸지 않고 깨지도 않고 자게 될 거야. 아침이면 정말 상쾌하고 기운차게 일어나게 될 거야. 자, 하나, 둘, 셋!"

그 순간 패트릭은 훨씬 얕게 숨을 쉬기 시작했다. 패트릭의 코에서 콧방귀를 뀌는 건지 코를 고는 건지 모를 우스운 소리가 났다.

"고마워."

패트릭은 조그맣게 웅얼거리고 몸을 옆으로 돌리면서 베개를 똑바로 세워서 머리를 벴다.

"잘 자, 자기."

그러고는 잠이 들어버렸다.

엘런도 몸을 옆으로 돌리고, 자기 등을 패트릭의 등에 꼭 붙였다.

지금 나, 선을 넘은 걸까? 직업윤리를 어긴 걸까?

플린이라면 패트릭에게 최면을 건 순간에 이미 선을 넘은 거라고 말할 것이다.

대니라면 웃으면서 선이라는 게 있는지도 모르겠다고 말하겠지. 원래 연애라는 게 거의 그런 거 아니냐고도 말할 것이다. 내가 원하는 대로 상대방을 조작하는 것. 언젠가 대니는 말했다. "누구나 자기 파트너한테 최면을 걸려고 하죠. 우린 그저 일반적인 사람보다 그걸 조금 더 잘하는 것뿐이고요."

엘런의 생각은 어떨까? 글쎄, 엘런은 자신이 선을 넘었다고는 생각하지 않았다. 확실히. 하지만 그 선에 발가락 끝을 걸치고 있을 수 있다고는 생각했다.

발가락 끝이라.

엘런은 사스키아를 생각했다. 이제는 사스키아의 얼굴을 떠올릴 수 있었다. 지적이고 매력적인 얼굴이다. 사스키아는 패트릭을 되돌리려고 선을 넘는 것도 두려워하지 않았다.

선이란 건 넘어가라고 있는 것이다.

그리고 어쩌면 엘런은 지금 '태어나지 않은 아기'를 위해 필요한 일을 한 것인지도 몰랐다. 새끼를 지키는 암사자가 된 건지도, 아기를 구하려고 불이 난 건물로 뛰어 들어가는 엄마가 된 건지도 몰랐다. 아니면 그 모든 건 헛소리고 엘런은 그저 자기가 잘못했다는 걸 알기 때문에 자기 행동을 정당화하려고 이런저런 핑계를 대는 건지도 몰랐다.

아무튼, 됐어. 다시는 이런 일을 하지 않을 것이다. 그 대신 패트릭에게 자기최면 거는 법을 가르쳐줄 것이다. 그게 해결 방법이다. 두 사람이 하는 최면에는 어딘지 모르게 아주 조금…… 비도덕적인 데가 있었다. 엘런은 이 시간을 너무 즐겼다. 이제 더는 하지 않을 것이다. 엘런은 더는 자위행위를 하지 않겠다고 다짐하는 성당의 어린 복사(사제의 미사 집전을 돕는 소년 – 옮긴이)가 된 것 같은 기분이 들었다.

엘런도 이내 잠이 들었고, 이제는 사스키아임을 알게 된 데버라가 꿈에 나왔다. 데버라는 엘런의 내담자 의자에 다리를 꼬고 앉아 커다란 꿀단지에 숟가락을 담그고 있었다. 꿀단지에서 꿀을 한 숟가락 가득 푼 데버라는 숟가락을 머리 위로 높게 들더니 입을 크게 벌리고 길게 늘어지듯 떨어지는 꿀을 받아먹으려고 했다.

그러다가 갑자기 입을 다물고 엘런을 쳐다보더니, 혀로 끈적끈적한 입술을 천천히, 관능적으로 핥았다.

"당신은 선을 넘었어. 당신도 알잖아."

"내 의자에 꿀 떨어뜨리지 말아요."

엘런은 부끄러움을 감추려는 듯 일부러 더 명랑하게 말했다.

▲ ▲ ▲

비행기에서 내린 뒤 나는 공항 끝에 있는 커다란 기둥 옆에 서서 수하물 컨베이어 벨트 앞에서 짐이 나오기를 기다리고 있는 두 사람을 지켜봤어. 두 사람은 나를 보지 못했어.

엘런은 아는 사람을 찾으려는 듯이 끊임없이 주위를 둘러봤어. 패트릭은 눈을 가늘게 뜨고 언제라도 짐을 보면 달려들 준비를 한 채 컨베이어 벨트에만 집중했고. 우리가 여행을 갔을 때도 패트릭은 항상 그랬어. 짐을 수거하는 게 힘과 민첩성을 측정하는 시험이라도 되는 것처럼 우리 짐이 나타나는 순간 맹렬하게 낚아채서 바닥에 던져버렸지. 그 모습을 볼 때마다 깔깔 웃어대고는 했는데.

당연히 엘런도 깔깔 웃었어. 패트릭이 갑자기 몸을 앞으로 숙이더니 한 번에 먹이를 덮치는 맹수처럼 가방 두 개를 확 잡아서 바닥에 휙 내려놓는 모습을 보자마자 엘런이 웃는 게 보였어. 그 가방은 우리가 함께했던 마지막 해에 내가 패트릭에게 생일 선물로 줬던 거야.

엘런은 가방 손잡이에 리본을 달아두는 사람이야. 조금 엉뚱하지만 아주 실용적인, 여성스럽고 파랗고 번쩍이고 커다란, 하늘거리는 리본을 달아뒀더라고. 그 리본이 바로 내가 엘런을 사랑하면서도 미워하는 모든 이유를 설명해주고 있었어.

나는 두 사람이 렌트카 대여소로 걸어가는 걸 지켜봤어. 가방은 패트릭이 모두 끌고 있었어. 엘런이 임신했다는 걸 알고 패트릭이 특별히 더 신경 써서 배려하는 것 같았어.

적어도 생애 한 번은 나도 저런 시간을 갖게 될 거라고 생각한 적이 있어. 저 시간은 여자로서 갖는 천부적인 권리니까. 한 남자가 나를 공주처럼 대해주는 시간을 누리는 것 말이야. 한 남자가 밤마다 내 다리를 주물러주고 내 배에 손을 얹고 짐짓 엄숙한 목소리로 무거운 건 절대로 들지 말라고 명령하는 그런 순간이 올 거라고 생각한 거야.

하지만 그건 정말 아닌 것 같아. 나는 아마 그런 대접을 받는 걸 못 견뎠을 거야. 그냥 그런 생각을 하는 게 좋았을 뿐이야. 공주 같은 대접을 받기에 내 키는 너무 커.

렌트카 접수대에서 패트릭은 직원과 말을 하면서도 엘런의 목덜미를 계속 주물렀어. 무슨 말인가를 하면서 세 사람 모두 큰 소리로 웃기도 했지. 두 사람이 떠난 뒤에야 나는 수하물 찾는 곳으로 갔어. 컨베이어 벨트에는 내 가방만 남아 있었어. 내 가방은 그 누구의 눈길도 받지 못한 채 혼자서 돌고 있었어. 내 가방에는 예쁜 리본도 달려 있지 않아. 그저 낡고 지치고 축 늘어진 가방이었어. 그 모습을 보고 내가 누굴 떠올렸을까?

"그렇게 애처롭게 굴지 좀 마!"

가방한테 퉁명스럽게 쏘아붙이는 나를 못 본 척하며 한 남자가 지나갔어.

나도 패트릭과 엘런이 머물렀던 렌트카 대여소로 갔어. 그 직원은 내게는 따뜻한 미소조차 보여주지 않았어. 그저 아주 엄숙한 얼굴로 서류를 데스크에 올려놓더니 추가 보험금이라든가, 차를 타고 떠나기 전에 손상된 부분이 있는지를 꼼꼼하게 살펴봐야 한다는 무시무시한 경고만 잔뜩 늘어놓았어.

"사실 그런 건 빌려주는 쪽에서 점검해야 하는 거 아닌가요?"

내 말에 직원이 아무 말도 하지 않고 나를 물끄러미 쳐다보기에 또 덧붙여줬어.

"알았어요, 잊어버려요."

나는 차를 타고 쉐라톤 호텔로 달려갔어. 로비에서부터 추억이 밀려올까 봐 단단히 각오하고 들어갔지만, 놀랍게도 쉐라톤 호텔은 리모델링을 한 뒤였어. 로비는 완전히 다른 곳처럼 보였어. 마치 어떤 의도를 가지고 바꿔놓은 것 같았어. '사스키아, 너는 더 이상 존재하지 않는 거야. 우린 네 흔적을 지우려고 특별한 인테리어 디자이너들을 데리고 왔어'라고 하는 것 같았지.

엘런과 패트릭은 어디에서도 찾을 수 없었어.

나는 해변으로 걸어가면서 다리의 고통을 줄이려고 엘런이 가르쳐준 다이얼 돌리는 상상을 해보려고 노력했어. 그런 상상은 효과가 있는 것 같아. 효과가 있다고 내가 상상하는 걸 수도 있지만. 아마도 엘런은 그게 바로 자기가 하고 싶었던 말이라고 할 거야. 내 상상력을 이용하면 실제로 고통을 느끼지 않을 수 있다고 말이야.

아마도 엘런은 아이를 낳을 때 통증을 느끼지 않으려고 자기 기술을 써먹을 거야. 진통제를 맞지 않고도 '자기 몸을 자연스럽게 마취 상태로 만들어' 제왕절개를 하는 여자들도 있다고 엘런이 말했잖아. 맞아. 칼로 배를 갈라도 아무것도 느끼지 못하는 사람들도 있어. 필요한 건 그저 믿음뿐이야. 꼭 기독교 영화에 나오는 소리 같잖아?

사실 엘런이 정말로 내 다리의 통증을 고쳐줄 거라고는 생각하지 않았어. 그저 "오늘은 여기 왜 오셨나요?"라고 엘런이 물었을 때 그냥 떠오른 생각일 뿐이었어. '당신이 패트릭하고 몇 번이나 데이트를 했잖아요. 패트릭이 당신을 보던 표정을 봤어요. 내 생각에는 당신이 첫 번째 심각한 도전자가 될 수도 있겠다 싶어서 따라온 거예요. 당신 집 앞마당에 앉아 있는데, 그 귀여운 "엘런 오패럴의 최면치료소"라는 간판에 당신 전화번호가 떡하니 적혀 있기에 전화해서 약속을 잡은 거예요. 나 잘했죠? 라고 할 수는 없었으니까.

내담이 끝날 때마다 나는 최면에 걸린 것 같지 않다고 말했어. 그러면 엘런은 늘 자기는 더 많은 걸 안다는 듯이 모나리자처럼 우월감 넘치는 미소를 짓곤 했어.

솔직히 말해서 그 유리로 만든 환한 방에서 무슨 일이 벌어지는지 잘 모르겠어. 그 녹색 의자에 앉을 때마다 나는 최면술사가 지시하는 내용을 꼭 귀담아 들을 필요는 없다고 생각해. 다른 생각을 해야 한다고 결심하는 거야. 나는 최면에 걸리려고 그곳에 가는 게 아니니까. 내가 그곳에 가는 이유는 최면을 걸기 전이나 뒤에, 건초열이라든가 편한 신발을 찾는 게 얼마나 어려운지를 떠들기 위해서야. 하지만 왠지 모르게 엘런의 말은 자꾸만 듣게 돼. 머릿속으로 천천히 스며들어오는 거야. 어느새 엘런의 말에 귀를 기울이고, 생각을 하게 되지. '아, 그래. 눈꺼풀이 무겁게 느껴진다고 문제가 될 건 없잖아.' 그다음 순간에는 의자에 푹 파묻히게 돼. 엘런이 나한테 눈을 떠보라고 할 때에도 눈은 떠지지 않아. 하지만 내가 정말로 눈을 뜨려고 한다면, 아마도 뜰 수 있을 거야.

일단 엘런이 말을 하기 시작하면 패트릭 생각은 전혀 나지 않아.

지난번 내담 시간에는 엘런이 '순식간에 지나간 아주 완벽했던 순간'을 기억해보라고 했어. 나 자신이 확신에 찼고 행복했고 평화로웠고 강력하게 느껴졌던 순간을 떠올려보라고 했어. 그때 나는 내가 아이였을 때 엄마와 함께 아침을 먹었던 여름날 일요일이 떠올랐어. 나는 팬케이크를 잔뜩 만들었고, 엄마는 언제나처럼 깜짝 놀라줬어. 우리는 뒷마당에 돗자리를 깔고 책을 읽으면서 팬케이크에 레몬과 설탕을 곁들여 먹었어. 점심시간이 될 때까지 계속 돗자리에 앉아 있을 때도 있었어.

내 다리의 통증을 없애려면 '그 기억의 힘'을 이용해야 하는 거야.

당연히 헛소리라고 나는 생각해.

나는 처음 다리에 통증을 느꼈던 순간을 기억해. 이 통증은 엄마가 자기 병을 알려준 직후에 시작됐어. 그때 나는 잭이랑 식료품을 사고 있었어. 잭이 자기가 갖고 싶은 걸 모두 구경하고 싶어했기 때문에 우린 한참을 실랑이하면서 돌아다녔어. 그러니까 필요한 물건만 빨리빨리 살 수 있는 쇼핑은 아니었던 거야.

그때 우리는 좋은 인상을 심어줘야 하는 패트릭의 고객을 초대해서 함께 저녁을 먹을 생각이었고, 나는 희귀한 재료를 찾느라 정신이 없었어. 패트릭은 항상 "그냥 간단하게 준비해"라고 했지만, 그럴 때마다 나는 "좋은 리넨 식탁보가 깔리고 아름다운 꽃과 천 냅킨, 번쩍이는 유리잔이 놓인 식탁 앞에 앉으면 누구나 다른 사람이 자기를 위해 애썼구나 알게 돼. 스스로 특별한 사람이 된 것 같은 기분을 느끼게 되지"라고 말했어. 나는 아름답게 세팅된 식탁을 사랑했어. 이제는 접시를 들고 소파 또는 침대에 앉아서 먹거나 부엌 모퉁이에 서서 먹어버리지만.

그날 갑자기 통증이 내 다리 옆을 타고 스멀스멀 기어 올라왔어. 아주 고통스러운 통증은 아니었어. 그저 근육을 잡아당기는 것처럼 짜증 나는 통증이었어. 결국 나는 냉동식품 코너 모퉁이에 주저앉을 수밖에 없었어. 그런 나를 보고 잭은 "왜 그래요, 사스?"라고 했었지.

그다음 날도 통증이 느껴졌어. 하지만 크게 신경 쓰지는 않았어.

그때는 5년이 지난 뒤에도 여전히 통증 때문에 고생할 거라는 생각은 조금도 하지 않았으니까.

제일 처음으로 물리치료사를 찾아갔을 때는 분명히 나을 거라는 확신이 있었어. 나한테 다리 통증은 자동차 정비소에 들르거나 다리털을 제거하는 것처럼, 해야 할 일 목록에서 지워버려야 할 사소한 일일 뿐이었어. '빨리 이 통증을 제거해버리자. 정말로 짜증 나는 통증이야.' 그렇게만 생각했어.

처음에 패트릭은 나를 안쓰럽게 여겼어. 하지만 점점 참을 수 없어하는 것 같았고, 내 통증에 흥미를 잃은 듯했어. 우리는 더는 부시워킹도 하지 못했어. 두 구역도 못 가서 버스정류장을 찾거나 쉬어야 했으니까. 우리는 도심지를 걷지도 못했고 외식도 할 수 없었어. 파티에 가도 모임에 가도 나는 항상 '의자 좀 가져다주세요'라고 말해야 했어. 부엌 바닥에 앉아서 무릎에 도마를 올려놓고 당근을 썰고 있을 때, 직장에서 돌아온 패트릭의 얼굴에 스쳐 지나갔던 짜증을 기억해. 아마도 자기 여자 친구가 노인처럼 구는 게 너무 싫었을 거야.

그러다 엄마가 죽었어. 패트릭은 나와 헤어졌고. 아마도 패트릭은 점점 권태로워졌고, 내 다리 통증에 한계를 느꼈을 거야.

다리 통증은 예전처럼 지독하지는 않아. 하지만 일정 수준으로 유지되면서 더는 나아지지 않고 있어. 아마도 이 통증은 내 인생의 모든 것이 바뀌었을 때를 영원히 기억하게 만드는 육체적 표지일 거야. 괴상하고 강박적이고 무기력하고 부적절한 지금의 나라는 사람과, 정상적이었고 행복했고 몇 년이나 의사 없이 지낼 수 있었던 과거의 나를 구별하는 표지인 거야. 통증이 스멀스멀 올라오면서 내가 느끼는 절망과 무기력과 공허감도 점점 커져만 갔어.

통증 때문에 만난 사람 가운데 조금이라도 거기에 흥미를 보인 사람은 엘런이 처음이었어. 엘런은 이 통증이 나에게 얼마나 지독하게 영향을 미쳤는지를 알고 있다는 듯 반응했어.

"정말로 지독하게 절망스러울 것 같아요."

엘런이 정말로 내가 안쓰럽다는 듯이 굴었기 때문에 나는 끔찍하게도 그 자리에서 울음을 터뜨릴 뻔했어.

맞아요, 엘런. 정말로 절망스러워요. 내 취미는 전 남자 친구를 쫓아다니는 거거든요. 아, 그 사람이 바로 지금 당신의 남자 친구예요. 그러니 걸어야 할 때가 많단 말이에요. 걷는 건 나한테 너무 어려워요. 하지만 난 포기하지 않았어요. 그건 자랑스러운 일이죠. 아무리 고통이 심해도, 잔뜩 찡그린 얼굴 때문에 사람들이 날 이상하게 쳐다봐도, 포기하지 않았단 말이에요. '저것 좀 봐. 인상을 잔뜩 찡그린 늙은 마녀가 통증이 없었던 예전의 삶을 붙잡으려고 손톱을 세우고 쫓아가고 있어. 예전의 삶을 잡아채고 싶은가봐!' 라고 수군거려도 말이에요.

태어나는 그 순간부터 우리는 최면에 걸려 있어요. 우리는 모두, 어
느 정도는 최면에 빠져 있는 거죠. 내담자들은 우리가 그 사람들을
'잠들게 한다'고 생각해요. 하지만 우리가 궁극적으로 추구하는 목
적은 그 반대예요. 우리는 사람들을 깨어나게 하려는 거예요.
– 〈힙노테라피 투데이〉에 실린 엘런 오패럴의 글 중에서

토요일은 근사했다. 두 사람은 늦게까지 잠을 잤고, 침대에서 신
문을 읽으면서 아침을 먹었다. 해변을 따라 오랫동안 걸었고, 재빨
리 수영했다(정말로 재빨리 수영을 했다. 바다에 들어가고 몇 분 안 돼서 패트
릭이 벌벌 떨기 시작했으니까). 강가에서 커피를 마시고 수영장에서 점
심을 먹고 오후에는 낮잠을 잤다.

엘런의 모든 감각이 날카롭게 깨어 있는 것 같았다. 태양과 바다
의 미풍이 엘런의 피부를 간질였다. 헤스팅스트리트를 걷는 동안
엘런은 커피와 바다 냄새는 물론이고 지나가는 사람의 향수 냄새,
애프터셰이브 로션 냄새, 선크림 냄새까지 모든 냄새를 맡을 수 있
었다. 사람들이 나누는 모든 대화 내용을, 주변 사람들이 터뜨리는
웃음소리를 모두 들을 수 있었다.

누사에서는 누구나 아기를 낳는 것 같았다. 어딜 가든 갓난아기
와 아장아장 걷는 아기와 임산부가 있었다. 아기들은 하나같이 정

말 사랑스러웠다. 아기들은 또랑또랑한 눈으로 마치 엘런의 비밀을 알고 있다는 듯이 그녀를 쳐다봤다. 임산부들도 마찬가지였다. 엘런의 비밀을 감지하고 있다는 듯, 선글라스를 낀 눈으로 부드럽지만 의미심장한 미소를 지으며 엘런을 쳐다봤다.

엘런은 자기가 엄마와 아기들의 클럽에서 배제된 것처럼 느껴졌다. 엘런은 자신이 끊임없이 생각하고 있음을 알았다. 나도 저 모임에 들어갈 수 있을까? 나도 저렇게 크고 복잡해 보이는 유모차를 끌고 다닐 수 있을까? 나도 먼저 다른 사람의 허락을 구할 필요 없이 아기를 안아 올릴 수 있을까? 아장아장 걷는 아기의 손을 잡고 건널목을 건널 수 있을까?

왜 안 되겠어? 엘런은 자기 자신에게 말했다. 안 될 거 없어.

하지만 아직 패트릭에게 말하지 않았는걸.

패트릭에게 말할 수 있는 시간이 자꾸만, 자꾸만 흘러갔다. 괜찮아. 시간은 많으니까. 패트릭이 이렇게 편안해 보인 적은 한 번도 없었다. 심지어 이마의 주름까지 펴진 것 같았다. 그리고 끊임없이 엘런을 어루만졌다.

사스키아가 있다는 징후는 어디에서도 나타나지 않았다. 긴장으로 꽉 조여 있던 엘런의 배가 서서히 풀어졌고, 엘런은 주위를 둘러보는 일을 그만뒀다. 패트릭 때문에, 엘런은 마음이 놓였다. 이 불쌍한 남자는 적어도 이번 주말만큼은 끊임없이 뒤를 돌아보지 않고 마음 편하게 지낼 수 있었다.

사스키아가 집에 왔었다는 사실을 알았을 때 자기 기분이 어땠는지, 엘런은 궁금했다. 무서웠나? 화가 났었나? 짜증이 났었나?

오후에 낮잠을 자고 일어났을 때, 패트릭의 몸이 여전히 엘런의 몸을 감싼 채 두 사람이 처음 잠들었을 때처럼 손가락을 풀지 않고 손을 맞잡고 있을 때, 엘런은 생각해봤다.

세 가지 감정 모두 가능할 것 같았다. 맞아. 사스키아가 엘런의 내담실에, 엘런의 유리방에 앉아 그녀를 속이고, 그녀를 은밀하게 관찰했다는 생각을 하면서 정말로 두려웠고 분노를 느꼈다. 사스키아는 나한테 뭘 원하는 거지? 무슨 일을 하려는 거지? 어떻게, 감히 내 집에 들어올 수가 있지? 어떻게 그렇게 뻔뻔할 수가 있지?

하지만 그렇다고는 해도 여전히 흥미로웠다. 심지어 전보다 더 흥미로웠다. 매혹적이었다. 공포의 감정 이면에서 여전히 엘런은…… 아니야, 확실히 그건 아니야. 하지만, 맞다. 부적절하기는 해도, 그것이 엘런이 느끼는 감정이었다. 약간의 기쁨. 엘런은 누군가가 자기에게 관심을 보이는 게 좋았다. 다른 사람이 자기에게 관심이 있다는 사실을 알면, 엘런은 강렬한 짜릿함을 느꼈다. 그녀의 마음속에서 스파크가 이는 것이다. 아마도 그 이유는 조금쯤은 유명한 사람이 된 것 같은 기분이 들기 때문일 것이다. 자기가 하는 모든 일이 중요하고 주목받을 가치가 있다는 느낌이 들기 때문일 것이다. 아니면 엘런과 사스키아는 서로가 서로를 채워줄 수 있는 상보적 특성을 가지고 있는지도 모른다. 엘런은 음이고 사스키아는 양이어서 두 사람이 함께 있으면 정신병적으로 완벽하게 조화를 이루게 되는 것인지도 모른다(그것도 아니면 혹시 엘런 자신도 사스키아만큼이나 독특하고 흥미로운 사람이 되고 싶어서 그러는 걸까?).

어쨌거나 언젠가는 패트릭에게도 사스키아가 엘런을 찾아왔다는 사실을 말해야 한다. 하지만 현실에서 벗어나 있는 이 짧은 시간을 그런 말로 망치고 싶지는 않았다. 시드니에 돌아가면 말해야지. 말할 것은 또 있다. 임신했다는 것. 아기가 있다는 것.

살짝 몸을 움직이다가 깨어난 패트릭이 엘런을 꼭 끌어안았다.

"안녕, 잘 잤어?"

패트릭은 하품을 하면서 한 손으로 엘런의 어깨부터 허리를 지나 엉덩이까지 쭉 쓰다듬었다.

"아기처럼 잤어."

엘런은 조금도 흔들리지 않는 목소리로 말했다.

"으음, 나도."

패트릭이 대답했다.

잠에서 깨어난 뒤에 패트릭은 산책을 하자고 했다. 창문으로 엘런을 데려간 패트릭은 "저기, 바다 쪽으로 툭 튀어나온 곳 보이지? 저기가 국립공원 입구 바로 옆이거든. 저기에 있으면 해가 지는 모습을 볼 수 있을 거야. 저기로 가는 게 어떨까?"라고 했다.

"완벽한 생각이야."

엘런이 대답했다. 정말로 그렇게 느껴졌다.

곳에는 탁자와 벤치가 있었다. 초목이 우거진 국립공원은 짙은 파란색 바다와 기가 막히게 어울렸고, 은은한 파스텔 색 하늘에는 분홍색과 파란색과 주황색이 뒤섞여 있었다.

패트릭은 값비싼 샴페인과 치즈와 비스킷과 딸기를 준비해 왔다. 호텔 미니바에서 빌려온 샴페인 잔 두 개는 비치타월로 조심스럽게 싸여 있었다.

"정말 인상적이야."

"그래!"

패트릭이 자랑스러운 듯 말했다.

엘런은 샴페인은 한 잔 마시기로 결정했다. 엄마가 "와인은 가끔 마셔도 뱃속 아기한테 크게 영향을 미치지 않아"라고 했으니까.

"우리 두 사람을 위하여!"

패트릭이 샴페인 잔을 챙, 하고 부딪치면서 말했다.

"분명 이런 주말을 계속 보내게 될 거야."

"분명 이런 샴페인을 더 많이 마시게 될 테고."

엘런이 말했다.

샴페인은 정말로 근사했다. 부드러웠고 깔끔했다.

"분명히 이런…… 이런, 잠깐만."

"뭐 떨어뜨렸어?"

그녀의 발치에서 무언가를 부산스럽게 찾는 패트릭 때문에 엘런은 당혹스러웠다.

패트릭은 대답하지 않았다. 그저 관절염 있는 노인처럼 지극히 어정쩡하고 이상한 자세로 다시 몸을 일으켰다.

"어디 다쳤어?"

엘런이 의자에서 일어나 패트릭을 부축하려고 했다.

"빨리 앉으시죠, 숙녀 분. 전혀 안 다쳤으니까."

패트릭은 웃지 않으려고 애쓰는 것 같았다.

"근데 왜 그래?"

"엘런."

패트릭의 목소리는 깊고 묵직하게 바뀌어 있었다. 그의 얼굴은 제스처 놀이(한 사람이 하는 몸짓을 보고 무엇을 표현하는 것인지 알아맞히는 놀이-옮긴이)를 하는 사람처럼 우스꽝스러우면서도 당혹스러워 보였다. 패트릭이 한쪽 무릎을 꿇고 땅바닥에 앉더니 작은 검은색 벨벳 상자가 놓인 손을 엘런 앞으로 내밀었다.

이런, 세상에. 지금 그는 프러포즈를 하려는 거야. 정확한 자세로 무릎을 꿇고 제대로 준비한 반지를 내밀고 있어. 너무나 근사해.

그런데 얼마나 무릎이 아플까?

그때 패트릭 뒤쪽으로 무언가가 보였다. 작은 움직임이었다. 전망대에서 석양이 지는 모습을 찍는 사람이 있었다.

"엘런."

패트릭이 말을 시작했다. 그 한 마디를 하고 패트릭은 헛기침을 했다.

"좋아. 조금 바보처럼 느껴지기는 해. 뭔가가 무릎을 쿡쿡 찌르고 있기도 하고. 이상하네. 영화에서는 훨씬 쉬워 보였는데 말이야."

엘런은 패트릭의 말에 웃으며 샴페인 잔을 내려놓았다. 손가락이 살짝 떨리고 있었다. 한 가지 생각이 의식을 가득 채우고 있어서, 왠지 눈물이 날 것 같아 눈을 깜박였다. *석양이 질 때 한 남자가 나에게 프러포즈를 하고 있어!*

그때 사진을 찍던 여자가 몸을 돌려 엘런을 쳐다봤다. 엘런과 눈이 마주치자 여자는 방긋 웃었다.

"엘런, 나랑, 음, 나에게, 당신과 내가, 어, 결혼할 수 있는 영광을 주겠어?"

"대답하기 전에 두 가지 말할 게 있어."

엘런이 말했다. 너무나도 차분하게 나오는 목소리에 그녀 스스로도 놀랄 정도였다.

"그래."

패트릭은 검은 벨벳 상자를 든 손을 재빨리 내렸고, 그 바람에 균형을 잃고 넘어질 뻔했다. 패트릭이 간신히 피크닉 탁자를 움켜쥐고 말했다.

"으음, 나, 일어나야 해?"

"나 임신했어."

엘런은 잠시 말을 멈췄다.

"그리고, 저기 있는 여자 분명 사스키아인 것 같아. 지금 여기로 오고 있어."

그러고는 좋은 효과가 나기를 기대하면서 패트릭의 오른쪽 어깨를 세게 붙잡았다.

The Hypnotist's Love Story

12

도시화가 가속되면서 생길 수 있는 여러 가지 결과 가운데 하나가 개인의 고립화와 외로움이 심화되는 것입니다. 따라서 도시 계획 위원회에서 정신과의사나 심리학자를 초빙해 의견을 듣는다면 도움이 될 거라고 생각합니다.

ㅡ2004년 누사 '2004년과 그 이후의 도시 개발' 회의에서 사스키아 브라운이 발표한 내용

"안녕, 패트릭. 안녕, 엘런. 어쩐지 두 사람일 것 같았어요."

사스키아는 패트릭과 엘런이 있는 곳까지 성큼성큼 걸어와 피크닉 탁자 앞에 멈춰 서서 선글라스를 벗더니 두 사람을 보면서 밝게 웃었다. 반바지(엘런은 사스키아의 길고 아름답고 부드러운 다리를 쳐다봤다)와 티셔츠를 입고 야구 모자를 쓴 사스키아는 완벽하게 정상적이고 평범하게 보였다. 활기차고 매력적이었다. 사스키아를 본 사람이라면 누구나 당연히 그녀가 산책을 나왔다가 우연히 친구를 만났다고 생각할 것이다. 오히려 그 사람들 눈에는 엘런과 패트릭의 행동이 이상하게 보일 것이다. 두 사람은 아무 말도 하지 않고 한 대 맞은 것 같은 표정으로 멍하니 사스키아를 쳐다봤다.

"정말 아름다운 저녁이에요."

사스키아는 티셔츠 자락으로 선글라스를 닦더니 다시 쓰면서 손

으로 하늘을 가리켰다.

"엽서에 담아도 좋을 저녁 아니에요?"

"사스키아."

패트릭의 목소리가 갈라졌다. 패트릭은 노인처럼 등을 구부린 상태로 자리에서 일어났다.

"오, 이런. 패트릭. 내가 방해한 거 아니지?"

사스키아는 자신은 상관하지 말고 다시 무릎을 꿇으라는 듯이 상냥하게 두 손을 내저으며 말했다.

"프러포즈 계속해요. 두 사람 모두 만나서 반가웠어요."

사스키아는 성큼성큼 걸어가버렸다.

패트릭은 엘런 맞은편 벤치에 털썩 주저앉더니 자기 잔에 든 샴페인을 단숨에 들이켰다.

그때 갑자기 사스키아가 걸음을 멈추더니 뒤를 돌아보면서 소리쳤다.

"엘런, 금요일에 봐요. 다리는 훨씬 좋아졌어요."

사스키아가 손바닥으로 자기 다리를 세게 치면서 말했다. 그러고는 손을 흔들었다.

엘런은 자기도 모르게 벌떡 일어나서 손을 흔들었다.

"저 여자를 알아?"

패트릭의 얼굴이 파랗게 질렸다.

"저 여자를 알고 있었던 거야? 두 사람이 짜고 나를 속인 거야?"

"아니야. 절대로 그런 거 아니야."

엘런은 황급히 설명을 해나갔다.

"내가 아는 저 사람은 데버라야. 자기가 데버라라고 했어. 데버라 반덴버그. 다리가 아파서 나를 찾아온 거라고."

"데버라고?"

멍하니 엘런의 말을 따라 하던 패트릭의 눈이 갑자기 번뜩였다.

"하지만 당신, 저 사람이 사스키아라는 걸 알고 있었잖아. 그래, 당신은 알고 있었어."

"비행기 안에서 알았어. 자기가 사스키아 다리가 아프다는 말을 했을 때. 하지만 자기 기분을 망치기 싫어서 아무 말도 안 했던 거야. 저 사람이 여기 있는 건 내 잘못이야. 내가 누사에 간다고 말했거든……. 저 사람이 데버라인 줄 알았을 때. 미안해. 정말 미안."

엘런은 정말로 사스키아와 못된 공모자라도 된 것 같은 기분이었다.

패트릭은 보석 상자의 뚜껑을 열었다가 다시 재빨리 닫으면서 스스로 믿을 수 없다는 듯이 웃었다.

"완벽하게 안전하다고 생각했는데. 그 여자가 지켜보지 못하는 곳에서 프러포즈할 수 있을 거라고 생각했단 말이야. 하지만 나는 그것조차 할 수 없는 거였어."

"반지 좀 봐도 될까?"

엘런이 물었다.

"앤티크야. 역사가 담겨 있는 거지. 그러니까, 누군가의 역사 말이야. 우리 집안 가보는 아니지만, 당신이 좋아할 것 같았어."

패트릭은 다시 보석 상자를 열었지만, 반지를 쳐다보지도 않고 다시 닫았다.

"당신은 사람들이 많이 하는 다이아몬드 반지 같은 건 좋아하지 않을 것 같았거든. 잭이 반지 고르는 걸 도와줬어."

패트릭의 말투는 아주 먼 옛날에 일어난 일을 말하는 것처럼 우울하고도 아련했다.

"아주 근사할 것 같아. 그러니까 반지를 좀⋯⋯."

패트릭은 보석 상자를 그녀 앞으로 밀었고, 엘런은 상자를 들어 뚜껑을 열었다.

"오, 패트릭."

작은 타원형 아쿠아마린에 바다를 담은 것 같은 화이트골드 반지였다.

"정말 아름다워. 나한테 고르라고 했어도 이 반지를 골랐을 거야."

엘런은 보석에는 특별히 관심이 없었다. 정확한 지식을 가지고 캐럿이니 커팅을 논할 수 있는 여느 여자들과는 달랐다. 친구들이 왼손을 내밀어 약혼반지를 보여줘도 엘런이 할 수 있는 말은 고작 '우와, 진짜 반짝거린다' 가 다였다. 엘런의 눈에 반지는 모두 똑같아 보였다.

하지만 패트릭이 고른 반지는 달랐다. 너무나도 탁월한 선택에 엘런은 울음이 터질 것만 같았다. 이 반지는 패트릭이 그녀를 정확하게 알고 있다는 분명한 증거였다. 엘런으로서는 한 번 생각해본 적도 없고 말해본 적도 없는데 누군가가 '그걸 몰랐어? 이게 바로 너야' 라고 말해주는 듯한 반지였다.

엘런은 애석해하면서 보석 상자 뚜껑을 닫았다. 이제 무엇을 해야 할지 알 수가 없었다. 사실 아직 패트릭의 프러포즈에 대답도 하지 않았으니까. 사스키아의 존재를 알게 된 이래 엘런은 처음으로 정당하고도 분명한 분노를 느꼈다. 그 순간은 오로지 엘런의 것이었다. 아무런 방해도 받지 않았다면 엘런은 반쯤은 울고 반쯤은 웃으면서 패트릭의 가슴에 얼굴을 묻고, 가끔은 고개를 들어 반지 낀 손을 들어 올리면서 반지를 들여다보고 또 들여다봤을 것이다. 분명 평생 동안 소중하게 꺼내볼 추억이 만들어졌어야 할 순간인데,

이제 그런 순간은 영원히 사라져버렸다.

"너무 성급했는지도 몰라. 하지만 난 지금이 적기라고 생각했어. 그저 '에이, 지금 해도 될 거야'라고 생각한 거야. 내가 바라는 사람을 만났다는 걸 알았으니까. 그래서 나는……."

패트릭은 갑자기 말을 멈추고는 엘런의 내담자들이 최면 상태에서 깨어날 때 그러는 것처럼 천천히 눈을 깜박였다.

"그런데 당신, 임신했다고 했어?"

▲ ▲ ▲

그러니까 그 사람은 최면술사의 남편이 되기로 한 거야. 그 사람은 완전히 영화에 나오는 것처럼 프러포즈를 했어. 분홍색으로 물들어가는 석양, 샴페인을 옆에 두고 여자 앞에서 무릎 꿇은 남자라니.

그 모습을 보면서 나는 생각했어. 두 사람은 실제로도 그런 삶을 살아가겠지. 왜, 정말로 그런 삶을 살아가는 사람들이 있잖아. 두 사람은 분명히 아름답고 우아한 결혼식을 올릴 거야. 아마도 해변에서 하겠지. 비는 내리지 않을 테고. 비가 내린다고 해도 아주 재미있을 거야. 남자들은 아주 큰 우산을 쓰고, 여자들은 낄낄대면서 하이힐 신은 다리로 열심히 달릴 테지. 엘런은 임신을 했으니까 샴페인은 한 잔만 마시겠지. 그리고 아기가 태어날 거야. 그러면 모두 병원으로 찾아와 꽃을 건네고 농담을 하고 사진을 찍어대겠지. 두 사람은 또다시 아기를 낳을 거야. 처음 낳은 아기와는 성별이 다른 아이가 태어나고, 밤이면 친구들과 모여 파티를 하고 매주 아주 바쁜 주말을 보낼 거야. 아이들 발표회에 가서 감상에 젖은 채 눈물을 찔끔 짜고, 아이들이 모두 자라면 여행을 다니면서 취미 생활을 즐기겠지. 두 사람 모두 나이가 들면 친절한 요양소로 들어갈 거야. 두 사람이 죽으면 아이들이, 손자들이 장례식장에 모여서 진심으로 슬퍼하겠지.

오늘 내가 죽으면 누가 슬퍼해줄까? 동료들? 아마 나 같은 건 금방 잊어버리고 내 사무실과 자리를 차지하겠다고 서로 싸울걸. 친구들? 지난 몇 년 동안 친구들은 모두 크리스마스카드를 보낼 사람 목록에서 나를 지워버렸을걸. 하지만 친구들에게 화를 낼 수는 없어. 전화를 받지 않고 이메일에 답장을 하지 않은 건 나니까. 패트릭을 쫓아다니느라 너무 바빴으니까.

패트릭을 따라다니는 건 정말로 시간이 많이 드는 취미야. 미용실에서 내 머리를 해주는 사람은 나를 좋아하는 것 같지만, 누가 내 죽음을 그 사람에게 알리겠어? 그 사람은 그저 내가 다른 미용실로 갔다고만 생각할 거야. 하지만 미용실은 절대로 바꾸지 않을 거야. 어쩌면 유서를 남겨놔야 할지도 모르겠어. '내가 죽으면 반드시 내 헤어드레서한테 알려주세요'라고 말이야.

최면술사와 그녀의 남편에게는 슬픔도 고통도 없을 거야. 있다고 해도 잘 넘기겠지. 힘든 일을 극복할 때까지 서로가 서로를 지탱해줄 테니까. 의사가 두 사람에게 고통을 없앨 처방을 내려줄 테니까.

이상한 일이지만, 패트릭이 프러포즈하는 모습을 보니 이제 더는 패트릭과 다시 함께하는 내 모습을 떠올릴 수가 없었어. 뭔가가 확 변해버린 거야. 패트릭은 나한테 프러포즈한 적이 없었어. 결혼 얘기는 더더욱 한 적도 없어. 패트릭은 이미 콜린과 함께 성대한 화이트 웨딩을 올렸던 사람이야. 나는 패트릭의 결혼식 사진이 들어 있는 가죽 장정 앨범을 보면서 시간을 보내곤 했었는데. 소매가 풍성한 하얀 드레스를 입고 있는 콜린을 볼 때마다 그녀가 나를 어떻게 생각할지 궁금해했었는데.

언젠가 아침에, 우리가 함께 침대에 있을 때 패트릭이 불쑥 "당신을 끝까지 놓치지 않을 거야"라고 말했어. 그게 바로 내가 원하는 전부였는데. 그 말속에 낭만적인 프러포즈, 약혼반지, 결혼식, 허니문이 모두 들어가 있었어. 나는 분명 그 순간에 우리가 결혼한 거라고 생각했어. 패트릭의 생각은 나와 전적으로 달랐지만.

엘런은 남자가 무릎을 꿇고 프러포즈를 하고 싶게 만드는 여자인 거야. 나는 아니고.

피크닉 탁자가 있는 곳까지 걸어갈 때, 나는 마치 끔찍한 반인반수가 된 것 같았어. 나에게서 풍기는 추함을 느낄 수 있었어. 나는 그 추함을 받아들였어. 그건 괜찮아. 그 사람들은 영원히 안에 있을 테고 나는 영원히 밖에 있을 테니까.

하지만 나는 확신해. 두 사람은 내가 항상 거기 있으리라는 걸 알 거야. 내가 유리창으로 안을 들여다보리라는 걸. 내가 창문을 두드리리라는 걸 알 거야. 나는 절대로 사라지지 않아.

▲ ▲ ▲

"그 여자는 절대로 사라지지 않을 거야. 당신이 나랑 결혼하면, 그 사람도 패키지처럼 받아들여야 할 거야. 내 아들, 우리 엄마, 아빠, 동생, 스토커가 한 묶음인 거지."

"알아. 이해해."

엘런이 대답했다.

"딸이었으면 좋겠어. 우리 아기 말이야. 아주 작은 딸이었으면 좋겠어. 예쁘고 작은 딸이 좋아. 당신도 딸이 좋겠어?"

"당연하지."

엘런이 또 대답했다.

패트릭은 술에 취하지 않았는데도 목소리가 많이 나긋나긋해져 있었다. 두 사람은 호텔 방 발코니에 앉아 있었고, 패트릭은 남은 샴페인을 마시고 있었다.

두 사람은 약혼한 바와 다름없었다. 엘런은 왼손에 반지를 끼고 있었다. 엘런은 계속 반지를 쳐다본 채 패트릭에게 "결혼할게"라고 말했다.

패트릭은 아기 때문에 신이 나 있었다. 흥분한 것 같기도 했다. 엘런이 임신했다는 사실을 충분히 인지한 뒤에 패트릭은 아주 소중한 존재인 듯 그녀를 꼭 끌어안았다. 그리고 중얼거렸다.

"아기라고. 이런 젠장. 다른 게 뭐가 중요해. 우리가 아기를 가졌는데."

모든 것이 완벽했다. 엘런의 눈가에 사스키아의 얼굴이 계속해서 사라지지 않고 떠 있다는 것만 빼면. 사스키아의 얼굴은 지독한 자동차 사고가 남긴 끔찍한 기억처럼, 금속이 으스러질 때 나는 소리처럼, 엘런의 머릿속에서 사라지지 않았다. 엘런은 사스키아가 그들에게 걸어오던 순간을 재생하고 또 재생했다. 활짝 웃던 입과 검은 선글라스에 가려져 보이지 않았던 눈을 계속 떠올렸다.

이제 정당했던 분노는 사라지고 엘런은 이상하게도 기진맥진하면서도 공허한 기분이 들었다. 커다란 후유증을 남긴 사고를 겪은 기분이 들었다.

"이상하게도 오늘은 평소랑 달리, 사스키아를 봤는데도 그렇게 화가 나지 않는 것 같아. 왠지 아주 냉정해진 것 같아. 그냥 받아들일 수 있을 것 같아."

엘런의 최면 후 암시가 효과가 있었던 거다. 엘런은 최면치료사로서 자부심과 죄책감을 동시에 느꼈다. 엘런은 아무 말도 하지 않았다. 좀 더 편하게 앉으려고 의자에서 몸을 뒤척이면서 반지만을 만지작거렸다.

"너무 꽉 껴? 사이즈는 바꿀 수 있어."

"아냐, 딱 맞아. 그냥, 반지를 껴본 적이 없어서 그래."

패트릭은 샴페인을 마저 마시고 의자에 몸을 기대더니 발을 쭉 뻗어 발코니 난간의 가로장을 발가락으로 꽉 집었다.

"그래. 당신을 꼭 닮은 작고 예쁜 금발 머리의 여자아이일 거야."

패트릭은 달이 빛나는 밤하늘을 바라보면서 행복한 듯이 말했다.

"난 금발은 아니지만 말이지."

엘런이 웃으면서 대답했다.

"물론 당신은 금발이 아니지."

패트릭은 자기 같은 바보는 없다는 듯 허, 하는 표정을 짓더니 엘런의 머리카락을 살며시 만졌다.

"바보같이 잭이랑 비슷할 거라고 생각했네."

엘런은 패트릭의 부모님 집에서 보고 온 콜린의 사진을 떠올렸다. 병원에서 잭을 안고 있던 콜린의 사진. 콜린의 머리카락은 매우 길고 구불구불하고 선명한 금발이었다.

▲　▲　▲

시드니로 돌아오자마자 엘런과 패트릭은 모든 사람에게 약혼 소식을 알렸고, 가까운 친구와 가족들에게 당연히 비밀을 유지해야 할 임신 소식도 알렸다.

사람들은 놀랍게도 모두 행복해하는 것 같았다. 눈물을 그렁거렸고, 꽃과 카드를 보내왔고, 샴페인을 들고 와서 꼭 안아주는 사람도 있었다.

"그런 게 왜 놀라워?"

패트릭이 물었다.

"모르겠어. 나는 우리 나이쯤 되면 다른 사람이 우리한테 그다지 신경 쓰지 않을 거라고 생각했나 봐."

"사람들은 가끔 좋은 소식을 들을 수 있다는 사실에 그저 행복한 것뿐이야. 모두 해피엔딩을 사랑하잖아."

왜인지 엘런은 이런 시끌벅적한 축하 인사가 그리 기쁘지만은 않았다. 엘런은 항상 주목받는 사람보다는 지켜보는 사람이 되는 것이 좋았다. 그녀 자신도 아직 확실하게 알지 못하는 '예정일이 언제야?', '결혼식은 언제 할 거야?', '어디에서 살 거야?' 같은 질문을 받으면 초조해졌다. 더구나 어쩌면 사람들을 실망시켰을 수도 있다는 생각에 걱정도 됐다.

약혼 소식을 들었을 때 엄마의 보라색 눈에서는 눈물 한 방울 나오지 않았다. 그저 눈썹을 찡긋 들어 올렸다가 곧바로 엄마가 내보일 수 있는 가장 우아한 표정(영국 여왕을 떠오르게 하는 바로 그 표정 말이다)과 완벽하게 매혹적인 태도로 "정말로 행복하다"라고 말했고, 5,000달러짜리 수표를 내미는 것으로 패트릭을 완전히 매혹시켜버렸다.

엘런의 엄마는 딸에게 따로 "네가 임신했다고 꼭 패트릭이랑 결혼할 필요는 없어. 패트릭에 관해 네가 아는 건 5분 얘깃거리밖에 안 되잖아"라고 했다.

"내가 임신했다는 걸 알기 전에 프러포즈한 거거든. 그리고 패트릭에 관해 알아야 할 건 다 알고 있어."

"그건 네 생각이고."

엄마가 목소리를 낮춰서 말했지만, 엘런은 못 들은 척했다. 엘런은 숨을 깊이 들이마시고 엄마 말은 신경 쓰지 않기로 했다.

엘런의 소식을 들었을 때 줄리아가 어떤 생각을 했는지는 정확히 알 수 없었다. 엘런이 약혼했다는 말을 했을 때 줄리아는 비명을 지르면서 그녀를 껴안았고, 반지에 관해서는 여자 친구답게 수많은 말을 마구 쏟아냈지만, 임신 소식을 들었을 때는 그 아름다운 얼굴에 살짝 그늘이 스치고 지나갔다.

"지금 계획에 없던 임신을 했다는 거야? 10대들이나 그런 식으로 임신하지. 마음의 힘으로는 피임이 안 되는 거니?"

엘런은 줄리아에게 매들린이 소개해준 정말 좋은 산부인과 의사를 만나고서 알게 된 이야기, 그러니까 잔뜩 술에 취한 채 진 루미게임을 한 뒤에 피임하는 걸 '깜빡 잊고' 사랑을 나눴을 때 임신이된 것 같다는 이야기는 하지 않았다. 그건 정말로 10대들이 실수한얘기처럼 들렸을테니까.

"아직 스팅키하고는 한잔 안 했어? 샘 말이야."

엘런은 화제를 돌렸다.

"약속은 했어. 근데 마지막 순간에 취소하더라. 독감에 걸렸대. 침대에서 일어날 수가 없다고 하던데."

줄리아는 짧게 대답했다.

"샘이 약속을 미룬 거야?"

"몰라. 그렇게 부드럽고 나긋나긋한 목소리로 말하지 말아줄래?

괜히 화나니까. 그 사람이 흥미가 없는 거면 없는 거지, 뭐."

"줄리아. 정말로 독감에 걸렸을 수도 있잖아."

"그만. 너 지금 아주 거만하고, 평온한 표정인 거 알아?"

엘런은 다시 화제를 바꿔서 누사에서 사스키아를 만난 이야기를 했다. 사스키아가 그곳에 온 이유가 자신 때문이라는 말도 했다. 확실히 줄리아의 기분이 훨씬 좋아진 듯 보였다.

패트릭의 가족은 모두 사랑스러운 반응을 보였다. 패트릭의 어머니는 엘런을 처음 만난 날 두 사람이 약혼하게 해달라고 기도했다고 했다.

"그럼 엄마가 아기도 갖게 해달라고 빌었어요?"

패트릭이 천진난만하게 물었다.

"당연하지. 솔직히 말해서 이렇게 빨리 응답 받을 줄은 몰랐지만 말이야. 내가 못마땅해할 거라고 생각했다면 실망이다, 패트릭. 너희 엄마 그렇게 구식 아니야."

모린은 엘런을 뚫어지게 쳐다보면서 말했다.

"물론, 아기가 태어나기 전에 결혼은 해야 해. 알겠니?"

패트릭의 아버지는 꼭 아버지처럼 엘런을 끌어안아줬다. 패트릭의 아버지에게서 풍겨오는 강렬한 애스터셰이브 로션 냄새 때문에 외할아버지가 너무나도 절실하게 그리워진 엘런은 하마터면 패트릭 아버지의 셔츠 앞자락을 붙잡고 매달릴 뻔했다. 패트릭의 동생 사이먼은 엘런에게 꽃을 선물했고, 두 사람을 자기 아파트로 초대해 아주 근사한 저녁을 만들어줬다(사이먼은 패트릭보다 훨씬 능숙한 요리사였다). 사이먼은 엘런이 한 번도 겪어보지 못한 남자 형제들만의 방식으로 엘런을 놀렸고, 엘런은 사이먼의 그런 놀림이 사랑스러웠다.

엘런은 자기가 새엄마가 된다는 사실을 알면 잭이 어떻게 반응할지, 더구나 임신했다는 사실을 알면 잭이 어떻게 반응할지 잔뜩 걱정이 됐다. 하지만 잭은 걱정할 일은 조금도 없다는 듯이 반응했다.

"아기가 남동생이었으면 좋겠어요. 그럼 내가 많이 가르쳐줄 거예요. 자동차 운전하는 거랑 비행기 조종하는 거랑 다 알려줄 거예요."

잭은 잠시 말을 멈췄다가 엘런을 곁눈질하면서 말했다.

"총 쏘는 법도요."

"총 쏘는 법도?"

엘런은 세상에서 가장 끔찍하다는 표정을 지었다.

"농담이에요!"

잭이 밝게 웃으며 말했다. 그게 요즘 잭이 즐겨 하는 말이었다. 이로써 모든 통과 절차가 원만하게 잘 진행된 것 같았다. 패트릭과 잭은 엘런의 집으로 이사했으면 좋겠다고 했다.

"우리랑 함께 있는 게 행복하다면 그렇게 하는 게 좋겠어. 우리 집은 투자를 하는 거지. 세를 놓는 거야. 우린 부동산 부자가 될 거야."

패트릭은 그렇게 말했다.

"평생 매일매일 바다에 나갈 거예요. 비가 와도 나갈 거예요. 우박이 와도 갈 거예요. 아니, 진짜 그러진 않을 거예요. 그냥, 농담이에요!"

잭이 말했다. 잭은 지금까지 다니던 학교에 계속 다닐 것이다. 엘런의 집에서 차로 20분만 가면 되고, 패트릭의 사무실과 같은 방향이니 아무 문제없었다.

이제 모든 게 확정됐다.

엘런은 새로운 가족의 일원이 되었고, 엘런의 인생 전체가 이제 완전히 바꾸려고 한다. 엘런은 끊임없이 집 안을 거닐면서, 새로 낀 약혼반지를 돌리고 또 돌리면서, 새로운 사람과 새로운 물건으로 가득 찬 집을 상상했다. 잭을 위한 방이 생길 것이다. 새로 태어나는 아기를 위한 방도 필요하다. 엘런은 두 아이의 엄마가 되는 것이다. 엘런의 냉장고에는 잭의 학교에서 보낸 가정통신문이 붙어 있게 될 것이다. 패트릭이 모은 골동 측량 장비 컬렉션도 벽에 붙을 테고, 아기 침대도 아기 용품 수납대도 아기 욕조도 생길 것이다. 마당 한쪽에는 잭의 자전거가 쓰러져 있을 것이고, 자동차에는 카시트가 달릴 테고, 복도에는 유모차와 학교 가방이 있을 것이다.

정말 놀라웠다.

정말로 완벽하게 무서운 일이었다.

▲ ▲ ▲

'데버라 반덴버그'의 내담 일정은 금요일 오전 11시로 잡혀 있었다.

"오지 않을 거 같아. 이제는 내가 자기가 사스키아라는 걸 알잖아."

(물론 사스키아는 금요일에 보자고 말했지만.)

"그날은 하루 쉬게. 그 사람이 왔을 때 당신 혼자 두고 싶지 않아." 패트릭이 말했다.

"안 온다니까. 그리고 만약 온다고 해도, 난 괜찮아. 난폭하게 군 적은 한 번도 없는걸."

엘런은 사스키아가 왔을 때 패트릭이 있는 게 싫었다. 정말로 사스키아가 온다면 대화를 해보고 싶었다. 여자 대 여자로, 제대로 얘기해보고 싶었다. '왜 이런 일을 벌이는 거예요? 내가 이해할 수 있게 설명해줘'라고 물어보고 싶었다.

이제 엘런이 치료사의 입장으로 사스키아를 만나는 일은 불가능하겠지만, 그녀의 다리 통증을 치유해주고, 패트릭을 떠나보낼 수 있게 도와줄 다른 치료사를 소개해줄 수는 있었다. 엘런은 친절하면서도 단호하게, 이 모든 어처구니없는 상황을 종식시킬 수 있을 것이다(자신이 얼마나 친절하고 이해심 많은지를 알면 사스키아가 우아하게 물러날 거라고 생각하다니, 엘런도 자기 생각이 어리석다는 걸 어느 정도 알았다).

"이건 당신 문제가 아니라 내 문제야. 당신이 임신했다는 걸 기억해. 스트레스를 받으면 안 돼."

패트릭이 초조한 듯이 말했다.

"안 온다니까. 분명히 안 와. 확실해."

엘런이 단호하게 대답했다.

"접근 금지 명령을 내릴 수 있나 알아봐야겠어."

패트릭이 말했다.

누사에서 돌아온 뒤로 패트릭은 계속 접근 금지 명령을 신청하겠다는 얘기를 하고 있지만, 엘런은 왜인지 그가 절대로 법원에 그런 신청을 하지 않을 거라는 생각이 들었다. 엘런은 패트릭이 자꾸 결정을 미루는 데는 자존심 탓도 있지만 분명히 다른 이유도 있다고 확신했다. 하지만 패트릭을 채근할 생각은 없었다. 책에서 읽은 대로라면 정말로 작정하고 덤비는 스토커에게는 접근 금지 명령이 전혀 소용이 없으니까.

결국 패트릭은 출근하기로 했다. 엘런이 사스키아가 오는 시간에 집에 혼자 있을 이유가 없어졌기 때문이다. 금요일에는 누사에서 돌아온 다음 날 갑자기 고장난 온수 시설을 고치러 덩치 큰 배관공이 올 예정이었다.

　패트릭의 친구인 그 덩치 큰 배관공은 엘런의 집에 있는 내내 그녀와 가까운 곳에 머물면서 사스키아가 나타나는지 감시해주겠다고 약속했다(사스키아가 재빨리 핸드백에서 소음기 단 권총을 꺼내서 엘런을 쏘거나, 엘런에게 성대를 포함한 온몸을 마비시키는 약물을 주입하면 어떻게 하려고? 아무리 덩치 큰 배관공이라도 진짜 사이코패스에게선 피해자를 보호해주지 못할 거라는 생각이 들다니, 공포 영화를 너무 많이 본 게 분명했다).

　사스키아의 예약 시간이 다가오자 엘런은 책상에 앉아서, 사스키아가 오든지 말든지 자기하고는 아무 상관이 없다는 듯이 행동하고 있었다. 서류를 정리하려고 했지만, 가슴이 너무 떨려서 도저히 집중을 할 수가 없었다.

　'사스키아는 오지 않을 거야.' 엘런은 생각했다.

　하지만 사실은, 정말로 그렇게 믿지는 않았다. 마지막 내담 때 엘런은 사스키아에게 최면치료로 통증을 관리하는 법이 소개된 책을 빌려줬다. 두 사람은 빌린 책을 돌려주지 않는 사람들에 관해 한참 이야기했다. 사스키아는 "걱정 말아요. 이 책은 돌려받을 수 있을 테니까"라고 했다.

　시간은 계속 흘러갔지만 초인종은 울리지 않았다. 지금 느끼는 이 감정은 실망일까 안도감일까? 엘런은 두 감정 모두 진짜로 느끼고 있다고 확신했다.

　약속 시간이 20분쯤 지났을 때 전화벨이 울렸고, 엘런은 재빨리 수화기를 집어 들었다.

　"엘런 오패럴의 최면치료소입니다. 무엇을 도와드릴까요?"

　살짝 떨리기는 했지만 엘런은 상당히 차분하게 말했다.

　수화기 너머에서는 아무 목소리도 들려오지 않았다. 그저 도로에서 차량이 바쁘게 지나가는 소리만 들렸다.

"여보세요?"

엘런이 말했다.

상대방은 아무 소리도 내지 않았다. 엘런은 수화기를 귀에 대고 꾹 눌렀다. 차들이 지나가는 소리가 더 크게 들렸다. 어떤 차는 경적을 울렸다.

"사스키아?"

엘런이 조용히 말했다.

상대방은 전화를 끊었다.

▲　▲　▲

엘런에게 가는 길에 자동차가 고장났어. 그것도 고속도로 한가운데서. 사람들이 모두 나를 보고 화를 내면서 경적을 울려댔어. 계속해서 울려댔어. 자기들이 경적을 울리면 내 자동차가 다시 움직일 거라고 확신하는 것처럼.

나는 차 밖으로 나가서 경적을 울려대는 사람들에게 소리쳤어.

"나보고 어쩌라는 거야? 내가 일부러 이런 것 같아?"

지나가는 차들 소리가 너무 커서 그 사람들이 내 소리를 들을 가능성은 없었어. 그 사람들은 그저 내가 미친 듯이 입을 벙긋하면서 팔을 내젓는 모습이나 봤겠지. 아마도 경적을 울리고 가면서 혼잣말로 '미친 거 아니야?' 라고 중얼거렸는지도 몰라.

사실 정말로 미쳤기도 했고.

보험회사에서 나오기를 기다리는 동안 엘런에게 못 가겠다고 전화해야겠다는 생각이 들었어. 예약을 하고 못 가면 전화를 해주는 게 정중하고도 정상적인 일처럼 느껴졌으니까. 어쨌거나 평소에도 예약을 하고 못 가면 전화를 해줬으니까. 내가 데버라였을 때는 늘 그랬으니까.

나는 정말로 아무 일도 없는 것처럼 내담 시간에 엘런을 찾아가고 싶었어. 엘런이 그 상황을 어떻게 처리할지 궁금했으니까. 나를 집으로 들일지, 아니면 내 눈앞에서 문을 닫아버릴지 궁금했으니까. 아마 문을 닫지는 않았을 거야. 사람을 앞에 두고 문을 닫을 수 있는 사람이 아니니까. 엘런은 영적이고 상냥한 사람이잖아. 혹시 패트릭이 엘런과 함께 있는지도 궁금했어. 패트릭이 엘런의 옆에 있으면서 내가 나타나자마자 경찰을 부를지도 궁금했어. 늘 그러겠다고 협박했지만 한 번도 하지 않았던 접근 금지 명령을 마침내 신청했는지도, 소중하고 예쁘고 임신까지 한 자기 약혼자를 보호할 준비를 모두 마쳤는지도 궁금했어.

만약에 패트릭이 거기 없다면 엘런은 나를 들여보내줬을 거야. 그럼 나는 엘런의 반지를 보고 감탄해주고 분만 예정일은 언제인지, 결혼식은 성대하게 할 것인지를 물어봤을 거야. 결혼식에는 나도 하얀 옷을 입고 가도 되는지, 그러면 실례인지, 나를 초대하기는 할 건지도 물어봤을 거야. 하하하! 패트릭이 지금도 샤워하면서 섹스하는 걸 좋아하는지, 일요일 아침이면 구강 섹스를 하는지도 물어봤을 거야. 그러고는 엘런의 평온한 표정이 유리처럼 깨지는 모습을 지켜봤을 거야.

아니, 패트릭 얘기는 한 마디도 안 했을지도 몰라. 계속 데버라 역할을 하면서 엘런이 빌려준 책을 돌려주고, 정신없지 않은 척하는 엘런을 즐겁게 관찰했을지도 몰라. 이번 주에는 텔레비전을 너무 많이 봤어. 어린 미국 여자애들이 나오는 텔레비전. 개네들 말투는 정말 중독성이 있어.

아무튼 나는 그때그때 사정 봐가면서 내가 하고 싶은 대로 했을 거야. 어떤 상황이든 내 맘대로 처리하고 내가 하고 싶은 대로 하고 내가 하고 싶은 말을 했을 거야. 그게 내가 엘런에게 전화를 걸면서 했던 생각이었어. 하지만 전화기 너머로 엘런의 목소리를 듣자마자 내 목소리는 사라져버렸어. 성대가 마비되어버린 거야. 실제로 목소리를 내서 '아, 안녕, 엘런. 나예요. 사스키아. 오늘은 내담 시간에 못 가겠어요. 차가 고장 났거든요'라는 말을 할 수가 없었어.

이제 엘런은 나를 미친 사람이라고 생각할 테니까 정상인 것처럼 행동할 수는 없었어. 그건 나한테 선택의 여지가 있다는 걸 암시하니까. 내가 미칠 것인지 정상일 것인지를 직접 결정할 수 있다는 걸 뜻하니까. 내가 선택을 한다면, 그건 내가 정말로는 전혀 미치지 않았다는 걸 의미할 테니, 그때는 이 모든 걸 멈추고 다시 내 삶으로 돌아가야 할 테니.

하지만, 내 삶이라는 게 뭔데? 패트릭과 엘런이 내 삶이야. 두 사람이 없으면 나에게는 그저 일과 식료품 쇼핑과 이제는 자동변속장치를 갈아야 하는 자동차밖에 없단 말이야.

▲　▲　▲

초인종은 그날 오후에, 배관공이 떠난 뒤에, 엘런이 새로 설치한 온수 시설에 달린 멋진 제어판을 쳐다보고 있을 때 울렸다.

온수 시설은 패트릭이 수도에서 나오는 물의 온도를 미리 조절할 수 있다며 선택한 것이었다. 그러면 갓난아기를 목욕시킬 때 좋다고 했다. 엘런은 그런 수도 시설이 존재하는지도 몰랐다(패트릭은 아기 바스 타임에 유용할 거라고 했다. 바스 타임이라니! 아주 평범하지만 특별한 일에 아무렇지도 않게 격식을 갖추고 말하는 패트릭의 능력은 정말 경이로웠다). 패트릭은 아기가 열지 못하는 콘센트 덮개를 사야 한다거나, '아장아장 걷는 아기의 죽음의 덫'이 될 나선형 계단을 고쳐야 한다 같은, 태어날 아기를 위해 해야 할 일들에 대한 목록을 아주아주 길게 작성했다.

"견적을 좀 내봐야 하는 거 아니야?"

엘런은 패트릭이 작성한 목록을 볼 때마다 스트레스 수치가 올라가는 것을 느꼈다.

"그런 건 내가 다 알아서 할게."

패트릭은 슈퍼히어로처럼 가슴과 턱을 한껏 내밀면서 말했다.

"그 작고 예쁜 머리로는 이런 걱정 하지 마."

엘런은 이마에 손을 짚고 패트릭의 품으로 기절해 쓰러지는 척했다(사실은 정말로 기절할 것 같았다).

엘런은 시계를 쳐다봤다. 특별히 내담이 잡힌 사람은 없었다. 사스키아일까? 엘런은 계단을 내려가면서 생각했다. 이제는 나를 지켜줄 덩치 큰 배관공도 없는데. 만약을 대비해서 엘런은 복도 탁자에 있는 외할머니의 묵직한 유리 촛대를 집어들었다가 복도 거울에 비친 자기 모습을 보고 웃음을 터뜨렸다. 너무 심하잖아. 그래도 촛대를 내려놓지는 않았다.

현관문을 열었다.

그곳에 사스키아는 없었다. 그 대신 날씬하고 작고 잔뜩 긴장한 것처럼 보이는 작은 여자가 담배를 피우고 있다가 엘런을 보더니 미안한 듯이 웃었다.

엘런이 완벽하게 아는 얼굴이었지만, 잠시 동안 그녀는 앞에 있는 사람을 알아보지 못했다. 사스키아가 분명하다고 생각했기 때문에, 엘런의 머릿속에 '사스키아'라는 이름 외에 다른 이름은 떠오르지 않았다.

그 여자는 담배를 버리고 발바닥으로 문질러 껐다. 그러더니 담배꽁초를 집어 옴폭하게 오므린 손에 들었다.

"초인종을 눌러놓고 담뱃불을 붙이다니, 믿을 수가 없어요. 난 정말 바보예요. 아무튼, 보셔서 알겠지만, 아직도 못 끊었어요."

엘런은 뭉개진 담배꽁초를 물끄러미 쳐다보면서 말했다.

"로지."

"알아요. 죄송해요. 예약도 안 하고 왔어요. 오늘 아침에 신혼여행에서 돌아왔어요. 혹시 지금 엘런 시간이 비어 있을지도 모르니, 그냥 무작정 와봤어요."

"지난주에 신문에 난 거 봤어요. 결혼식 사진."

엘런은 화난 목소리를 내지 않으려고 노력했다. 우리가 알아낸 걸 무시하고 결혼했잖아요. 그 남자를 좋아하지도 않는다고 했으면서 결혼을 하다니, 말이 돼요?

"그 사진은 정말 끔찍했어요. 내가 너무 못생기게 나왔잖아요. 신부 들러리 드레스 색은 봤어요?"

"흑백사진이었어요."

"아, 맞다. 그랬죠. 아무튼, 끔찍했어요. 아무튼, 혹시…… 지금 시간 되세요?"

"물론이에요. 괜찮아요."

엘런은 조금 전 로지에게 화를 냈다는 사실에 미안해하면서 따뜻한 목소리로 말했다.

"또 만나서 반가워요."

엘런은 로지가 집 안으로 들어올 수 있게 살짝 물러나면서 그녀가 눈치채지 못하게 살며시 촛대를 다시 탁자에 올려놓았다.

"왜 내가 그 사람이랑 결혼했는지 궁금하시죠?"

로지는 초록색 안락의자에 앉으면서 말했다.

"여기요."

엘런은 손바닥 위에 티슈를 한 장 펴고 로지가 여전히 쥐고 있는 담배꽁초를 버릴 수 있도록 그녀 앞으로 손을 내밀었다.

"온갖 바보 같은 이유 때문이었어요. 아마 엘런이 들으면 끔찍하다고 생각할 거예요."

"그럴 리가요."

물론 정말 그럴 것 같았다.

"지난번, 내담을 끝나고 나갈 때만 해도 당장 결혼을 취소하려고 했거든요. 당연히 아주 큰 문제가 되리라는 건 알았어요. 이미 청첩장도 모두 발송했으니까요. 우리 결혼식에는, 총리도 초대했어요. 원래 총리는 일본인가 어딘가에 가야 했지만, 아시잖아요……. 우리 엄마도 살을 20킬로그램이나 빼고, 한 번도 안 사본 정말 비싼 드레스를 산 거예요. 거기다가 아빠는 몇 날 며칠 결혼식 연설을 연습하시고요. 친구들도 모두 절 부러워했어요. 그게 누군가하고 결혼하는 이유가 돼선 안 되지만, 아시겠지만, 모두 내가 분에 넘치는 결혼을 하는 것처럼 생각했는걸요. 물론, 물론 그렇기는 하지만, 아무튼, 그래서 결혼을 한 건 아니에요. 여기서 나간 뒤에 무슨 일이 생겼기 때문이에요."

"일이 생기다니요?"

엘런이 물었다.

"그날, 생각을 정리하려고 해변을 걸었어요."

로지는 손가락을 V자 모양으로 만들더니 자기 입술을 톡톡 두드렸다. 담배를 피우고 싶은 게 분명했다.

"머리를 비우려고요. 이언에게 어떻게 설명해야 할지 고민하려고요. 그러다 해변에 앉아 있는 연인을 봤어요. 두 사람은 키스를 하고 있었어요. 진짜 키스요. 처음 연애할 때 사람들이 하는 키스 방식 알죠?"

"네, 알아요."

엘런은 패트릭과 처음 박물관 앞에서 했던 키스를 떠올렸다.

"그 사람들을 보면서 생각했어요. 우와, '달콤하다.' 하지만 그 사람들한테 점점 다가가면서 생각했죠. '이런, 조잖아!' 조는 내 전 남자 친구예요. 우린 1년 전에 헤어졌어요. 이미 모두 잊었다고 생각했거든요. 이제 조 따위는 어떻게 살든 신경 쓰지 않는다고 생각했었는데, 조가 그렇게 행복했던 적은 없었던 것처럼 그 여자한테 키스하는 모습을 보니까, 꼭 죽을 것만 같았어요."

"아."

엘런이 대답했다.

"그래서 갑자기 이런 생각을 하게 된 거예요. '난 안 할 거야. 결혼식 취소하지 않을 거야. 우린 말레이시아에 있는 최고급 리조트로 신혼여행을 갈 거야. 조랑 나랑 늘 가고 싶어했지만, 결국 돈이 없어서 가지 못했던 그곳으로 갈 거야. 조가 그 소식을 들었으면 좋겠어. 거기서 내가 다른 남자랑 함께 있는 모습을 상상했으면 좋겠어. 그 얼굴에서 그렇게 행복하다는 표정을 없애버리고 싶어.' 조는 항상 부유한 사람들이라면 쉽게 할 수 있는 일을 부러워했거든요. 우리 두 사람 모두의 친구들도 꽤 있어서 그 친구들이 내 결혼식 얘기를 조한테 전해줄 거라는 것도 알았고요. 그리고, 잘 모르겠어요.

내가 정신이 나갔던 것 같아요. 그래서 결혼한 거예요. 그리고 '이언을 사랑할 거다, 사랑하기로 결심했다, 내가 어떻게 이언을 사랑하지 않을 수가 있겠어?' 이렇게 생각했어요. '최면에 걸렸을 때 잠깐 혼란스러웠던 거야.' 그렇게 생각했죠. 솔직히 당신을 원망하기도 했어요. 그래서 결혼한 거예요. 그걸로 모든 게 잘된 거다 생각했어요. 그런데 그렇지 않았어요."

"왜요?"

엘런이 물었다.

"두 가지 때문에요. 말레이시아의 리조트는 그렇게 근사하지는 않았어요. 사실은 아주 끔찍했어요. 게다가 합병인지 쿠데타 때문인지는 모르지만 신혼여행도 중간에 그냥 돌아와야 했어요. 그리고, 오늘 아침에 무슨 얘기를 들은 줄 아세요? 내 전 남자 친구가 그 여자랑은 몇 주 만나고 헤어졌대요. 다시 싱글이 된 거예요. 그런데 그런 소식이 신경조차 쓰이지가 않는 거예요. 사실 그 사람을 다시 만나고 싶은 생각은 추호도 없었던 거예요. 나는 그냥 그 사람은 다른 사람이랑 행복하게 지내는데 나만 다시 싱글이 되는 게 싫었던 거예요. 이렇게 한심한 얘기는 처음 들어보죠?"

"물론, 아니에요. 누구나 저마다 독특한 동기를 가지고 무언가를 하기 마련이니까요."

두 사람은 잠시 아무 말도 하지 않았다. 녹색 의자 위에서 꼼지락거리던 로지가 갑자기 말했다.

"엘런, 약혼했네요!"

로지는 엘런의 반지를 가리켰다. 그때서야 엘런은 자기가 계속 반지를 돌리면서 로지의 시선을 끌었다는 걸 알았다. 반지를 돌리는 건 아주 빠른 속도로 엘런의 습관이 되어버렸다.

"축하해요. 엘런은 분명 그 사람을 사랑하겠죠? 분명히 그 사람을 올바로 사랑하고 있을 거예요."

"음."

엘런은 바보처럼 웃었다. 의기양양한 것처럼 들리지 않았으면 했다.

"아무튼, 이언은 곧바로 아기를 가졌으면 해요."

"지금 당장 담배를 끊고 싶어서 온 거군요."

엘런은 로지가 온 이유를 알 것 같았다.

"아니에요."

로지가 대답했다.

"최면을 걸어서 이언을 사랑하게 만들어달라고 부탁하려고 온 거예요. 사실, 사랑은 마음의 상태잖아요, 그죠? 난 사랑하지도 않는 남자의 아기를 낳고 싶지 않아요. 엘런이라면 할 수 있죠? 내가 이언을 사랑한다고 믿게 만들 수 있죠? 내가 내 인생 최고로 멍청한 실수를 한 게 아닌 걸로 해주세요."

여자는 아빠랑 맺는 관계가 나중에 다른 남자들과 맺는 관계에 엄청나게 영향을 미친대. 아빠가 없는 딸들은 보고 배울 견본이 없는 거지. 아빠가 없는 딸들은 난잡하게 클 확률이 높대. 진짜 대단하네. 고마워, 엄마. 난 난잡한 여자가 될 거야!!!!!

— 열다섯 살이 되기 일주일 전에 엘런 오패럴이 쓴 일기

엘런의 엄마는 잔뜩 긴장해 있었다.

갑자기 모든 것이 분명해졌다. 점심을 먹으러 식당에 들어온 뒤로 엘런은 줄곧 엄마를 관찰하면서 다른 점을 알아내려고 노력했다. 다른 사람이 봤다면 앤은 아주 차분하게 엘런과 임신에 관해 이야기하고, 엘런의 대모들과 어떤 와인을 고를지를 놓고 쾌활하게 논의하고, 종업원에게 오늘의 특별 요리에 대해 꼼꼼하게 물어봤다고 대답할 것이다. 하지만 앤이 앉은 자세에는 어딘가 이상한 점이 있었다.

앤은 지나칠 정도로 꼿꼿하게 허리를 세우고 앉아 있었다. 아무리 좋은 자세를 찬양하는 사람이라고 해도 그녀가 턱을 너무 높게 치켜세우고 어깨를 너무 펴고 있다고 지적할 게 분명했다. 앤의 아름다운 보라색 눈은 엘런을 보지 않고 스쳐 지나가기만 했다. 보통때는 엘런을 뚫어지게 쳐다보면서 건강 상태를 점검하던 엄마였다.

피부 색, 체중, 눈의 흰자위 등을 점검하던 엄마였다. 엘런은 언제나 엄마가 딸을 꼭 끌어안아주는 것보다는 팔에 혈압 재는 기구를 둘러서 혈압을 검사하고 만날 때마다 딸의 입을 벌리고 체온계 꽂는 걸 더 좋아할 거라고 생각했다.

엘런은 두 대모에게 시선을 돌렸다. 필리파 이모는 조금 위험한 쇼를 관람하려는 사람처럼 잔뜩 흥분한 마음을 억누르고 있는 듯 보였다. 멜 이모는 처음에는 전혀 이상한 점이 없어 보였다. 하지만 계속 관찰해보니 엘런의 엄마가 무슨 말인가 하기를 바라는 사람처럼 계속 앤에게 눈길을 돌린다는 사실을 알 수 있었다. 임신과 약혼 때문에 지금까지 까맣게 잊고 있었지만 엘런은 정확히 2주 전 멜 이모가 전화를 걸어 앤이 조금 이상하게 행동한다고 말했던 것을 떠올렸다.

종업원이 주문을 받아 가자마자 엘런은 큰 소리로 말했다.

"그래, 무슨 일인데요?"

앤이 손으로 목을 만졌다. 그 바람에 엘런은 엄마가 한 번도 보지 못했던 아름답고 비싸 보이는 목걸이를 하고 있다는 사실을 알았다. 그리고 엄마의 목 피부가 다른 곳에 비해 나이 들고 너무나도 연약해 보인다는 사실도 알았다. 엄마의 목은 꼭 실크의 구겨진 부분 같았다. 엘런은 손을 뻗어 엄마의 목주름을 펴주고 싶었다.

"그 목걸이 어디서 났어?"

엘런이 물었다.

"사실 너희 엄마, 이런 거 안 하잖니? 액세서리라니. 기억하지? 우리가 진짜 힘들게 설득했던……."

"핍. 이건 앤이랑 엘런이 해야 하는 얘기잖아."

"맞아. 알겠어. 사실 난 우리가 왜 여기 있는지도 모르겠는걸. 우리가 자리를 비켜줄까? 둘만 얘기할 수 있게?"

필리파 이모의 말에 앤이 한숨을 쉬었다.

"우리 셋이 엘런을 함께 길렀잖아. 그게 너희가 여기 있었으면 하는 이유야. 너희 둘 다 엘런에게는 엄마와 다름없으니까. 우리 넷은 한 가족이야. 우린 가족이고, 이건…… 가족의 일이니까."

엘런은 겁에 질렸다. 엄마가 이런 식으로 말한 적은 한 번도 없었다.

"암인 거지? 그렇지?"

"좋은 소식이야."

앤이 엘런을 보고 웃었다. 갑자기 엄마의 얼굴에서 빛이 났다.

"사실 그때 저녁에 이 얘기를 하려고 너희 집에 간 거야. 다른 일이 생겨서 말 못했지만. 기억나지?"

"알아."

"그게, 내가 하고 싶은 말은, 지금 너희 아버지랑 만나고 있다는 거야. 그게 다야."

"음, 그게 다는 아니지."

필리파 이모가 말했다.

"일종의…… 연애를 하는 거지."

앤이 말했다.

"정말 낭만적이라니까."

필리파 이모가 한숨을 쉬었다.

"이해가 안 돼. 아빠는 결혼해서 영국에서 산다며."

"이혼했어."

앤은 세상에서 이혼이 가장 달콤하고 행복한 일인 것처럼 즐겁게 말했다.

"그리고 시드니로 돌아왔어. 엄마랑 몇 주 정도 만났던 모양이야. 우리한테도 말 안 했어. '그냥 뭔가 있구나' 생각했을 뿐이지."

멜 이모가 말했다.

"모두 내 덕분이야. 내가 페이스북에서 그 사람을 찾았거든. 그 사람이 나한테 지금도 앤 오패럴이랑 연락하느냐고 물어보지 뭐니. 그래서 너희 엄마한테 어떻게 할지 물어봤는데, 너희 엄마 표정을 보니까 아직도 그 사람을 생각하고 있다는 걸 알겠는 거야. 그렇게 오랜 세월이 지났는데도 말이야."

"생각하고 있었다고?"

엘런은 가슴속에서 격심한 짜증이 밀려 올라오는 것을 느꼈다. 세 엄마 모두 10대 소녀처럼 굴고 있었다.

"목록에서 그냥 고른 거라며?"

"맞아, 맞아. 그랬어. 걱정하지 마. 네 인생이 거짓 위에 세워진 건 아니니까. 그냥 그때 내가 그 사람한테 조금 반해 있었다는 것만 말하지 않았을 뿐이야."

"조금이 아니지. 당연히 핍 이모랑 나는 네 엄마를 꿰뚫어 봤단다."

멜 이모가 말했다.

세 사람 모두 수업 시간에 웃지 않으려고 애쓰는 10대들처럼, 립스틱 바른 입술을 잘근잘근 씹고 있었다. 앤은 세 사람이 비운 와인 잔을 다시 채웠다. 미네랄워터를 마시며 엘런은 자신이 왠지 세 사람의 중년 엄마가 된 것 같은 기분이 들었다. 모두 정말 바보처럼 굴고 있었다.

"그 사람도 항상 나를 좋아했던 거야. 결혼 생활 내내 내 생각을 했대. 내 모습이 늘 꿈에 선명하게 나타났었대."

엄마는 자랑스러운 듯이 말했다.

"정말 불쌍하다."

엘런이 말했다.

"불쌍하다니, 누가?"

엘런의 엄마가 얼굴을 찡그리면서 물었다.

"그 사람 부인 말이야. 엄마가 그 사람이랑 자면서 나를 만들었을 때, 그 사람이랑 약혼 상태였던 사람."

"아우, 그런 말은 정말……"

앤은 갑자기 입을 다물고 전혀 해가 없는 곤충을 쫓는 사람처럼 손을 내저었다. 엘런은 엄마가 '따분해'라고 말하려 했을 거라고 짐작했다.

멜 이모가 입을 열었다.

"엘런, 너희 엄마는 그 사람들 결혼이 깨진 거랑 아무 관계가 없어. 이 이야기에서 의도적으로 무슨 일을 한 사람은 아무도 없어."

엘런은 시드니에서 보낸 여름에 만난 아름다운 보라색 눈을 가진 여자를 꿈꾸는 남자 옆에서 매일같이 잠을 자야 했던 불쌍한 런던 여자를 생각했다. 그래, 의도적인 건 아무것도 없었다.

"그래서, 내 얘기는 했어?"

엘런은 퉁명스럽게 말하지 않으려고 노력했다.

엘런의 말에 꿈꾸는 엄마는 사라지고 다시 긴장하는 엄마가 나타났다.

"당연히, 큰 충격을 받았지. 왜 말하지 않았냐고 화를 냈어. 자기가 알았다면 당연히 결혼을 취소하고 나랑 결혼했을 거래. 생각해봐. 나도 소박한 아내가 될 수 있었어."

"이런, 엄마."

엄마의 목소리는 왠지 은밀하고 회심에 가득 찬 것처럼 들렸다. 그런 엄마의 목소리를 들으니 엘런은 자기 자신이 자유롭고 용감한 여자의 딸이 아니라 엉성하고 진부한 사람의 자식이 된 것처럼 느껴졌다.

"아빠를 만나볼 거지? 그렇지, 엘런? 꼭 잃어버린 가족을 찾는 텔레비전 쇼 같지 않니? 그 생각만 하면 괜히 눈물이 나지 뭐니."

필리파 이모가 말했다.

"만날 거예요. 당연히 만나보려고요. 하지만 낭만적이라거나 가슴이 찢어질 일은 없을 거예요. 우리는 그저 같은 DNA를 공유하고 있을 뿐이니까."

엘런이 대답했다.

"하지만 이제 너희 부모가 얼마나 사랑하는지 알게 됐잖니."

필리파 이모가 자기 가슴을 두 손으로 꼭 누르면서 말했다.

"우린 네가 정말 기뻐할 거라고 생각했어."

멜 이모는 회계장부가 차이 나는 이유를 알아내려는 사람처럼 얼굴을 찡그리고 호기심 어린 표정으로 엘런을 쳐다봤다.

"넌 언제나 아빠를 만나고 싶어했잖아. 한동안 아빠 생각에 사로잡혀 있기도 했고."

"그때는 열네 살이었잖아요. 지금은 조금 불편하지만 사회적으로 해야 하는 의무처럼 느껴지는걸요."

"아빠가 어떻게 생겼는지 궁금하지 않니?"

필리파 이모가 물었다.

"물론 궁금해요."

엘런은 그렇게 대답했지만, 사실 그렇게 궁금하지는 않았다. 지금은 자기 자신의 인생만으로도 정신이 없었다. 이제 엘런에게는 아기가 있었고, 곧 의붓아들과 남편도 생길 것이다. 남편이 될 사람에게는 전 여자 친구가 있다. 그러니 굳이 새로운 관계를 만들 여력이 없었다.

"뭐, 서두를 건 없어. 준비가 되면 그때 보면 돼."

엘런의 엄마가 다시 목으로 손을 뻗어 새로 갖게 된 목걸이를 만지작거렸다.

"그러니까 그 목걸이를 그 사람이 줬다는 거지. 그…… 데이비드 씨가?"

원래는 아빠라고 부르지 않았었나?

앤이 목걸이에서 손을 떼었다.

"맞아. 한 달 기념으로 사준 거야. 그런 걸 챙기기에 우린 너무 늙었지만." 엄마의 얼굴이 빨개졌다.

"아우우우."

필리피 이모가 말했다.

엘런의 엄마는 사랑에 빠진 게 분명했다. 그것도 엘런의 아버지와 사랑에 빠졌다. 분명히 아주 만족스럽고 적절한 일이었다. 세상이 제대로 돌아가고 있다는 뜻이었다. 그런데도 어째서 이렇게 기분이 나쁜 걸까? 그저 지금까지의 삶이 변하는 게 싫어서일까? 엄마가 나 말고 다른 사람을 사랑하는 게 싫어서 그런 걸까? 엘런은 집에 가면서 이 문제를 곰곰이 들여다봐야겠다고 생각했다.

"엄마가 기쁘다니 나도 기뻐, 엄마."

엘런은 최선을 다해서 진심인 것처럼 들리게 말했다.

"물론 지나치게 일찍 샴페인을 터뜨릴 생각은 없어."

엘런의 엄마는 활기차게 말하더니, 갑자기 엘런이 한 번도 본 적 없는 얼굴로 활짝 웃으면서 그녀의 손을 잡았다.

"너희 아빠는 내가 아는 그 누구보다도 사랑스러운 사람이야."

▲ ▲ ▲

나는 두 세대가 벽 하나를 두고 나란히 사는, 방 세 개짜리 듀플렉스(복층 아파트—옮긴이)에서 살아. 듀플렉스 따위 좋아하지도 않는데, 어쩌다 보니 여기서 살고 있는 거야.

패트릭이랑 헤어진 뒤에 되도록 빨리 살 곳을 마련해야 했기 때문에 부동산 중개업자한테 내가 가진 돈으로 가장 빨리 구할 수 있는 임대주택을 찾아달라고 부탁했어. 그래서 부동산 중개업자가 20층짜리 아파트 단지가 세 개 있고, 똑같은 듀플렉스로 꽉 들어찬 거리에 있는, 이 작고 단조롭고 개성이라고는 하나도 없는 집을 구해준 거야.

여기 사는 사람들은 열심히 일하는 중산층 전문직 직업인들이야. 더 나은 삶을 위해 이 사회에서 벌처럼 일하는 노동자들이지. 여기는 '편리함'이 가장 중요한 곳이야. 지하철역은 금방 걸어갈 수 있는 곳에 있고 시드니 시내까지는 10분이면 갈 수 있어. 적절하지만 엄청나게 근사하지는 않은 식당이 수십 개 있고, 24시간 운영하는 세탁소, 현금자동인출기, 택시 주차장이 있지. 사람들은 테이크아웃 커피를 마시고 핸드폰을 들여다보면서 성큼성큼 걸어 다녀. 여긴 연인을 위한 장소가 아니야. 거리의 악사도 서점도 전시관도 영화관도 없어. 그건 좋아. 여긴 꼭 사무실을 확장해놓은 곳 같아.

3년 전 내가 처음 이사 왔을 때 벽 하나를 사이에 둔 옆집에는 제프라는 남자가 살고 있었어. 키가 작고 대머리에 생강색 턱수염을 단정하게 기르는 남자인데, 내가 그 사람에 관해 개인적으로 아는 거라고는 도통 추위를 느끼지 않는다는 거야. 그는 1년 내내 반팔 티셔츠만 입었어. 일단 집 안으로 들어가면 그는 거의 소리를 내지 않아. 음악 소리도, 텔레비전 소리도 낸 적이 없었어. 한번은 비통한 듯 고함치는 소리를 들은 적이 있었어. 제프는 "그렇게 하는 건 네 방식이 아니잖아!"라고 했어. 그 소리를 듣고 잠깐 뭘 그렇게 한다는 걸까 생각을 하긴 했지만 크게 흥미를 느낀 건 아니었어. 사실 제프하고는 제대로 얘기를 나눠본 적도, 눈을 마주쳐본 적도 없었는걸.

우편함이나 진입로나 현관에서 상대방을 보기라도 하면 우리는 급한 약속에 늦었다는 사실을 갑자기 깨달은 사람처럼 그 즉시 아주 빨리 걸어가버리거나, 정말로 흥미로운 편지를 받은 것처럼 그 자리에서 봉투를 찢어서 뚫어지게 내용물만 쳐다봤어. 가끔이라도 말을 건넬 때는 아주 조급하고 정신없는 말투로 "너무 덥죠?"라거나 "너무 춥죠?" 같은 말을 했고, 날씨 이야기를 꺼내기 힘들 때는 "어떻게 지내세요?" 같은 질문을 했지만, 상대방이 대답할 때까지 기다리지는 않았어. 둘 다 상대방 대답에는 관심이 없었으니까. 가끔 속으로 대답할 때는 있었어. *지금도 여전히 맹렬하게 전 남자 친구를 스토킹하고 다녀요. 엄마가 돌아가셔서 슬프고요. 아무 이유 없이 다리가 아파서 고생하고 있어요. 물어봐줘서 고마워요. 제프는 어떻게 지내요?*

벽이 붙은 곳에서 함께 살기에는 제프만 한 사람도 없을 거야. 우리는 몇 년이나 함께 살았어. 한 사람이 멀리 떠나기라도 하면 우편물을 대신 챙겨줬고, 쓰레기 수거라거나 잔디 깎는 문제를 함께 해결했지만, 적당히 유쾌할 정도로 피상적인 관계만 맺으며 살아온 거지.

그런데 오늘, 정비소에서 자동차를 찾아 집으로 돌아왔을 때, 갑자기 제프가 아주 가까이 다가왔어. 어찌나 가까웠는지 살며시 물러날 뻔했다니까.

"안녕하세요, 사스키아."

아마도 그게 몇 년 동안 함께 살면서 제프가 처음으로 내 이름을 부른 순간이었을 거야.

"안녕하세요, 제프."

나도 대답했어. 나도 제프를 이름으로 부른 건 처음이었어.

"곧 이사 갈 거라는 걸 알려주고 싶었어요. 내 인생이 아주 크게 바뀔 거거든요."

"인생이 크게 바뀐다고요?"

나는 제프의 말을 따라 했어.

"네, 남부 해변에 있는 작은 마을로 이사갈 거예요. 거기서 카페를 열려고요. 이름은 제프의 부두 카페예요."

왠지 정신이 멍해졌어. 왜 그랬는지는 잘 모르겠어. 아마도 나는 제프는 자기 인생에 큰 변화를 줄 만큼 그렇게 중요한 사람은 아니라고 생각했었나 봐. 제프도 그의 인생에서는 그 자신이 주인 공일텐데, 나야말로 사소한 인물일테고. 그런데도 전혀 예상하지 못했어. 물론 억울할 것도 없지만.

"물론 부두에 있는 카페지만, 부두처럼 꾸미려고요. 밧줄이랑 닻을 걸고…… 버킷 같은 것도 달고요."

제프의 얼굴에는 확신이 없었어. 그 사람은 아직 어떻게 할지 제대로 계획을 세우지 못한 거야.

"정말 근사할 것 같네요."

나는 그렇게 대답했지만, 속으로는 분명히 비참하게 실패할 거라고 생각했어.

"예. 이제는 경찰서를 떠날 때가 됐다고 생각했거든요."

제프가 말했어.

"제프, 경찰관이에요?"

믿을 수가 없었어. 제복 입은 모습은 한 번도 본 적이 없으니까. 나는 제프가 회계 감사관이나 IT 컨설턴트일 거라고 생각했어. 어쩌면 사서일 수도 있다고 생각했어. 경찰은 자기 직업을 이웃들에게 밝히면 안 된다는 규정이 있는 걸까? 아무 생각 없이 우편함에 범죄 흔적을 남겼으면 어쩔 뻔했어? 내가 제프한테 마약이라도 권했으면 어쩔 뻔했냐고!

그리고 패트릭 문제가 있잖아. 패트릭은 항상 경찰에 신고하겠다고 나를 협박했어. 꼭 멜로드라마처럼. 패트릭은 왜 경찰이 두 성인 사이에 벌어지는 사적인 일을 신경 쓸 거라고 믿는 걸까? 하지만 분명히 신경 쓸 거야. 엄밀하게 말해서 패트릭의 허락 없이 그의 집을 들락날락한 건 사실이니까.

"경찰인 거 전혀 몰랐어요."

내 목소리에는 분함이 잔뜩 묻어 있었어.

"위장 근무를 해야 하니까요. 스트레스가 이만저만이 아닙니다. 항상 걱정하고 긴장해야 하는 일이죠. 연애도 할 수 없어요. 이제 어리지도 않은데 말이에요. 정말로 '특별한 여자'를 만나고 싶어요. 언젠가는 아빠도 되고 싶고요."

제프에게서 특별한 여자를 만나고 싶다는 말 따위는 듣고 싶지 않았어. 그건 마치 너무나도 은밀하고 조금은 혐오스러운 성생활을 들여다보는 것 같았으니까.

"사람 좋은 젊은 부부가 이사 올 겁니다. 아이도 둘 있어요. 남자

아이랑 여자아이더군요. 나보다는 훨씬 활기찬 이웃일 겁니다."

그 말을 하는 순간, 제프는 우리가 어떤 이웃이었는지를 깨달은 것처럼 갑자기 물러섰어.

"아, 너무 오래 붙잡고 있었네요. 그냥 알려드려야 할 것 같았어요. 그래야 내일 이삿짐센터에서 와도 놀라지 않을 테니까요. 새 가족은 모레 올 겁니다."

"행운이 함께하기를 빌어요."

내 말에 제프는 고맙다면서 활짝 웃었어. 생각지도 못하게 근사하면서도 수줍게 웃는 제프를 보니 갑자기 이상하게 쓸쓸하고 후회가 됐어. 제프랑 친구가 되었어야 했는데. 술이나 한잔 하자고, 커피나 한잔 마시자고 초대를 했어야 했는데. 그랬다면 인생을 완전히 바꿔보겠다는 바보 같은 생각 따위는 하지 않았을 텐데. 패트릭을 만나기 전에 나는 그런 사람이었어. 이건 모두 패트릭의 잘못이야.

그러니까 이제 곧 '사람 좋은 젊은 부부'가 옆집에 살게 되겠지. 이제 내 작은 듀플렉스는 다른 사람의 행복한 삶에서 안전하게 떨어져 있을 수 있는 천국은 못 될 거야. 매일같이 서로를 사랑하는 가족들이 의기양양해하는 것을 보고 들어야 하다니, 도저히 참을 수 없고 받아들일 수 없어. 자동차 광고에 나오는 가족처럼 딸 하나, 아들 하나 둔 가정은 정말 싫어. 그건 너무 깔끔하잖아. 그런 가족은 늘 자기만족으로 가득 차 있지.

갑자기 머릿속 압력이 증가해서 머리가 터져버릴 것 같았어. 무슨 일인가 일어나야 했어. 내가 무슨 일이든 저질러야 했어. 이제 곧. 하지만 그게 무슨 일인지는 알 수가 없었어.

▲ ▲ ▲

엄마들과 점심을 먹고 집으로 돌아온 엘런은 가방을 무릎에 올리고 첫 번째 계단에 앉았다. 가방에서 열쇠를 꺼내 현관문을 열고 텅 빈 집으로 들어가고 싶지 않았다. 엘런은 초인종을 누른 뒤 문을 열어주려고 천천히 걸어오는 발소리를 듣고 싶었다. 외할아버지는 항상 경계하듯이, 거의 적대적인 표정으로 문을 열었다. 그 표정은 엘런을 보자마자 바로 사라졌지만.

"우리 아가 왔어!"

외할아버지는 환호성을 지르면서 엘런이 왔다는 사실을 외할머니한테 알리며 문을 활짝 열었고, 그럴 때마다 엘런은 빵 굽는 냄새를 맡을 수 있었다.

두 분이 돌아가신 지 1년이 넘었지만, 오늘은 왠지 두 분이 안 계실 리가 없다는 생각이 들었다. 두 분이 엘런을 위해 저 문을 열어준 건 수백 번도 넘을 것이다. 엘런은 왠지 자기가 그저 기억을 떠올리고 있는 게 아니라는 생각이 들었다. 지금 집 안에 할머니가, 할아버지가 계신다는 건 완벽하게 말이 되는 일 같았다. 꼭 거기가 아니더라도 다른 시공간에 있어서, 엘런이 계단에 앉아 충분히 오랫동안 집중한다면 시간과 물질과 그 어떤 장애도 모두 뛰어넘어 외할아버지의 어깨에 다시 한 번 얼굴을 기대고 있을 수 있을 것만 같았다. 엘런이 안아줄 때마다 늘 그랬듯이 살짝 빨갛게 달아오른 할아버지의 얼굴을 볼 수 있을 것만 같았다.

"무슨 걱정 있니, 엘리?"

외할머니는 엘런을 엘리라고 부른 유일한 분이었다("나는 절대로, 내 아이 이름을 '엘리'라고 짓지 않을 거야." 엘런의 엄마는 할머니가 자기 딸을 엘리라고 부를 때마다 몸서리를 쳤다).

엘런은 자기 삶에 생긴 커다란 변화를 외조부모님에게 말해주고 싶었다. 자기 출생증명서에 적혀 있는 이상하고 매혹적인 데이비드 그린필드라는 이름이 더는 엄마가 젊었을 때 신중하게 고른 정자 기증자가 아니라, 엄마가 알고 있는 '이 세상에서 가장 사랑스러운 사람'이 됐다는 걸 알려주고 싶었다. 그건 이제 더는 마법을 믿지도, 신경도 쓰지 않게 됐는데, 산타클로스가 실제로 있다는 사실을 알게 된 것처럼 혼란스러운 일이었다.

'네 엄마가 그렇지 뭐.'

외할머니는 물 주전자를 올리면서 고개를 저으실 거다. 엘런은 한숨을 내쉬고 살며시 웃었다. 맞아. 그런 할머니의 모습을 볼 수만 있다면 모든 게 풀릴 텐데. 할머니가 내 인생을 이렇게 마구 뒤흔드는 엄마를 혼내주면 좋을 텐데. 엘런의 조부모는 늘 엘런 편이었다.

엘런이 엄마가 혼났으면 하고 바라는 이유는 두렵기 때문이었다. 변하는 게 두렵기 때문이다. 모르는 일이 벌어진다는 것이 두렵기 때문이다. 외할아버지가 현관문을 열 때마다 이상한 표정을 지었던 것도 모두 두려웠기 때문이다. 변화가 현관문을 두드리고 있을까 봐 두려웠던 거다.

엘런이 한숨을 쉬고 가방에서 열쇠를 꺼내 일어서는데, 문득 현관문 근처에 있는 연철 모자이크 탁자 위에 무언가가 놓여 있는 것이 보였다. 그 탁자는 엘런의 외할머니가 모자이크 강좌를 들었을 때 만드신 것이다(사실 그렇게 잘 만든 모자이크는 아니었다. 녹색과 주황색 직사각형은 삐뚤빼뚤 잘 들어맞지 않았다. 모자이크 선생님은 수업 시간 내내 할머니가 말이 너무 많다고 혼냈다고 한다).

탁자 한가운데에는 책이 수직으로 꼿꼿이 놓여 있었다. 마치 서

점에서 판매하기 위해 조심스럽게 올려둔 것 같았다. 책 옆에는 분홍색 동백나무 꽃이 비스듬하게 놓여 있었다.

한 줄기 서늘함이 엘런의 등줄기를 타고 올랐다. 사스키아에게 빌려준 책이었다. 약속한 것처럼 책을 돌려준 것이다. 엘런은 책을 들고 휘리릭 책장을 넘겨봤다. 쪽지 같은 것은 없었다. 그저 기이하고 조심스럽게 책을 세워놓았을 뿐이었다. 그리고 꽃까지. 꽃은 왜 놔두고 갔는지 궁금했다.

"여기가 최면치료를 하는 곳입니까?"

갑자기 목소리 하나가 엘런의 생각을 뚫고 들어왔다.

엘런은 펄쩍 뛰면서 꺅, 하고 비명을 질렀다.

"이런, 정말 미안합니다. 놀라게 할 생각은 전혀 없었습니다."

40대 후반이나 50대 초반으로 보이는 남자가 아주 미안하다는 표정을 지으며 현관 계단 앞에서 엘런을 올려다보고 있었다. 남자는 옆쪽에 조심스럽게 펜을 고정한 공책을 들고 있었고, 두 치수는 커 보이는 양복을 입고 넥타이는 매지 않았다. 꼭 처음 참석하는 성서 공부 모임에 늦어서 허겁지겁 뛰어온 사람처럼 보였다.

엘런은 뛰는 심장을 진정하려고 손으로 가슴을 꾹 눌렀다.

"죄송해요. 생각을 너무 깊게 하고 있었나 봐요."

엘런은 웃으며 손을 내밀면서 계단을 내려갔다.

"바로 찾아오셨어요. 알프레드, 맞죠? 알프레드 보일 씨."

알프레드는 인터넷으로 엘런을 찾아서 몇 주 전에 가격 책정 내용을 서면으로 확인해줄 수 있냐고 요청한 사람이었다. 그는 이메일에서 자신은 회계사무소 공동 대표인데 '전문가답게 연설하는 기술을 향상시켰으면 한다'고 했다.

알프레드를 안내하면서 엘런은 집 안을 둘러봤다. 외할머니와 외

할아버지를 조금이라도 볼 수 있기를 기대하면서 집 안을 둘러봤다
(두 분은 분명히 사스키아에 관해 할 말이 있을 거야). 하지만 집은 텅 비어
있었다. 아무리 코를 킁킁거려도 외할머니가 굽는 빵 냄새는 나지
않았다. 전날 저녁 엘런이 만들어놓은 태국식 치킨 카레 냄새뿐이
었다.

　엘런은 나중에 생각하려고 복도 탁자 위에 책과 동백나무 꽃을
내려놓았다.

The Hypnotist's Love Story

14

프로이트는 항상 자기가 더 이상 최면을 걸지 않는 이유는 한 환자가 갑자기 벌떡 일어나 키스를 했기 때문이라고 했습니다. 하지만 진짜 이유는 코카인을 너무 많이 해서 잇몸이 다 허물어져 틀니를 제대로 낄 수가 없었기 때문입니다. 틀니를 제대로 낄 수 없으니 최면을 유도하는 말을 제대로 할 수가 없었죠. 여기서 우리가 배워야 할 교훈이 무엇일까요? 치실질을 잘합시다!

– 2010년 8월 노던비치스 최면치료사 회의에서 플린 홀리데이가 한 강연 내용

"오, 엘런, 정말 좋아 보이네."

"고마워요, 플린."

플린 홀리데이는 고개를 숙여 엘런의 뺨에 자기 뺨을 살짝 갖다 댔다.

엘런이 누사에서 돌아온 지 한 달이 지났다. 엘런은 오스트레일리아 최면치료사협회 지역 정기 회의에 참석했다. 플린은 협회장이었고 엘런은 총무였다. 회의는 지역 주민센터에서 열렸고, 플린과 엘런은 회의를 준비하려고 다른 사람보다 30분 먼저 도착했다.

"어떻게 지냈어? 무슨 새로운 소식이라도?"

플린이 책상과 의자를 편자 형태로 배열하면서 엘런에게 물었다.

엘런은 잠시 주저했다. 왠지 죄책감이 느껴졌다. 엘런은 플린 옆

에 있으면 항상 죄책감을 느꼈다. 여러 가지로 플린을 실망시켰다고 느끼기 때문이다.

엘런은 20대 초반부터 플린을 알았다. 엘런은 수년 동안 플린의 밑에서 일했다. 처음에는 치료 보조원이었고, 나중에는 수습 치료사로 일했고, 마지막에는 최면치료사로 일했다. 플린은 엘런이 공동 대표가 되어 함께 일하기를 바랐지만 엘런은 직접 최면치료소를 차렸고, 그 때문에 플린이 상처받았다는 사실도 알고 있었다.

그리고 한 번도 엘런이 입 밖으로 내본 적 없는, 심지어 엘런 스스로도 인정하지 않는 한 가지 일이 더 있었다. 플린이 엘런을 보는 눈길에 무언가가 있다는 것. 가끔은 엘런이 착각한 게 아닌가 싶기도 했다. 엘런에게는 아빠가 없기 때문에, 나이 든 남자가 젊은 동료에게 보일 수 있는, 완벽하게 허용 가능한 친근함을 오해하는 것이 아닐까 싶을 때도 있다. 하지만 또 어떨 때는 엘런이 조금만 여지를 주면, 그녀에게 시를 읊어주고 정성 들여 찬사를 보내고 사려 깊은 선물을 할 만반의 준비가 갖춰져 있는 것처럼 보이기도 했다.

한 번도 결혼한 적이 없는, 엘런이 아는 한 연애조차 하지 않은 플린은 50대 후반이었다. 숱이 풍부한 금발에, 발그레한 뺨에 천사 같은 얼굴의 플린은 꼭 나이 든 성가대 소년처럼 보였다. 그런 플린과 섹스하는 건 왠지 범죄처럼 느껴졌다.

아직 임신했다는 말을 할 필요는 없을 것 같았다. 지난 몇 주 동안 분명히 많은 변화가 느껴졌지만(무언가가 배를 이상하게 쿡쿡 찌르는 느낌이 들었고 가슴이 민감해졌고 하루 종일 속이 조금 매스꺼웠고 왠지 계속 눈물이 날 것 같은 기분이 들었다), 겉보기에는 다른 점이 하나도 없었다. 게다가 엘런은 플린이 그녀를 아주 순진한 사람이라고 믿고 싶어할 거라는 생각이 들었다.

하지만 약혼한 얘기를 하지 않는 것도 이상할 것이다.

"사실, 새로운 소식이 있어요."

엘런이 약혼반지를 엄지손가락으로 누르면서 말했다.

"저 약혼했어요."

다른 쪽을 보고 있던 플린은 지나치게 오랫동안 뜸을 들이다가 고개를 돌려 엘런을 쳐다봤다.

그런 플린의 반응을 보자 엘런의 눈가가 촉촉해졌다. *오, 플린, 이 바보 같은 양반.* 만약에 정말로 평행 우주가 있어서 또 다른 엘런이 어딘가에 있다면, 그 엘런은 플린이 그녀에게 구애하도록 허락해줄 것이다. 그 엘런은 플린과 결혼해 그를 행복하게 만들어줄 것이다. 물론 섹스는 하지 않을 테지만.

"축하해."

플린은 회의장을 가로질러 와서 어색하게, 살짝 박하 냄새를 남기면서 엘런의 볼에 키스했다. 그러고는 뒤로 물러나 시골 교구 목사처럼 손 깍지를 끼더니 "아주 근사해"라고 말했다.

플린이 더듬거리며 축하한다는 말을 하는 동안 엘런은 사스키아를 생각했다. 플린과의 관계가 이렇게 복잡하지만 않다면 플린에게 사스키아에 관한 조언을 구할 텐데. 사람의 심리에 관해서는 플린의 의견이 정말 소중했다.

패트릭에게 사스키아가 책을 돌려줬다는 얘기는 절대로 해선 안 되는 거였는데. 그 뒤로 패트릭은 지독한 불면증에 시달리고 있었다. 스스로 무력함에 좌절하면서 집 안을 서성거렸다.

"당신이 이런 일을 겪어야 한다는 걸 참을 수가 없어. 당신에게 더 나은 삶을 살게 해주고 싶었는데, 오히려 안 좋아져버렸어."

스트레스 때문에 패트릭은 훨씬 나이 들어 보였다.

"그냥 책을 돌려준 거야. 무섭지 않아."

엘런은 무섭지 않았다. 정말로 무섭지 않았다. 조금 불안하기는 했지만, 그건 모두 인생이 바뀌리라는 것을 알기 때문에 느끼는 자연스러운 감정이지 사스키아하고는 전혀 관계가 없었다.

"그래, 정말 근사한 소식이야."

플린은 같은 말을 반복했다. 그러다가 갑자기 그의 얼굴에 끔찍하다는 표정이 스쳐 지나갔다.

"혹시, 대니라는 친구는 아니지?"

플린이 물었다.

"아니에요. 사실, 측량사랑 결혼할 거예요. 측량사의 아내가 되는 거예요."

뭐라고? 엘런은 어색할 때면 항상 이상한 말을 하곤 했다.

"측량사! 땅의 남자로군. 좋아. 아주 근사해."

플린은 따뜻한 악수를 하는 것처럼 깍지 낀 손을 계속 흔들었다.

"참, 대니 얘기가 나와서 말인데, 그 친구는 어떻게 지내나?"

엘런은 플린과 대니를 한 산업 행사장에서 서로에게 소개시켜줬는데, 두 사람은 만난 순간부터 서로를 싫어했다.

"한동안 연락을 못해봤군."

"최면치료에 터퍼웨어 회사 같은 마케팅을 도입하려고 해요. 파티를 열어서 사람들을……."

"최면 파티를 한다는 거예요."

마를린이 회의장으로 들어오면서 말했다. 마를린은 플린과 연배도 생각도 비슷한 최면치료사였다(어째서 플린은 마를린을 사랑하지 않는 걸까?).

"진짜 끔찍하지 뭐예요. 바로 어제 라디오에서 그 사람이 하는 말을 들었어요. '뭐라고? 잠깐만? 잘못 들은 거 아니지? 최면 파티 라고?' 그 말을 들으면서 이런 생각을 했다니까. 그래도, 그런 걸 하면 우리가 전문가로 인정받는 데 도움은 되겠죠. 안 그래요?"

▲ ▲ ▲

"그랬군, 이번 주 일요일이 이번 달 마지막 일요일이네."

그날 오후에 패트릭이 말했다.

"낡은 청바지. 이 상자에는 '낡은 청바지'라고 적혀 있어."

엘런은 복도에 서서 먼지 쌓인 커다란 카드보드지 상자에 검은색 마커로 단정하게 적은 글을 내려다봤다. 패트릭과 잭이 공식적으로 엘런의 집에서 지낸 지 꼭 일주일 되는 날이었다. 두 사람의 물건을 옮겨오는 것은 생각보다 아주 복잡한 일임이 드러났다. 패트릭은 이삿짐센터를 믿지 않았다. 하는 일에 비해 돈을 너무 많이 받는다 고 생각했다. 그래서 그는 며칠에 한 번씩, 시간이 날 때마다 사무 실에서 쓰는 세단을 이용해 상자를 몇 개씩 실어 날랐다.

엘런은 패트릭이 며칠 쉬고 지나치게 많은 비용을 청구하는 사람 을 몇 명 고용해서 제대로 이사를 했으면 했다. 하지만 엘런의 바람 은 이뤄지지 않았고, 엘런의 집 복도에는 패트릭이 시간이 없어서 옮기지 못하고 그녀로서는 너무 무거워서 옮기지 못하는 짐들만 가 득 쌓여 갔다. 최면치료를 받으러 온 내담자들은 상자를 피해서 몸 을 옆으로 돌리고 들어와야 했다.

"그러니까 이 상자에는 낡은 청바지가 가득 들어 있는 거야?"

"그거 함정 질문이야?"

"왜 낡은 청바지를 보관하고 있는 거야?"

"집안일할 때 입어야 하니까. 정원을 손질하거나 할 때 말이야."

패트릭이 남자다운 인내심을 발휘해 참겠다는 말투로 대답했다.

"좋아. 그런데 그런 청바지가 한 상자 가득이라고?"

엘런은 상자 위에 쌓인 먼지를 손가락 끝으로 쓸었다. 왠지 패트릭이 창고에서 몇 년 동안이나 꺼내지 않았을 거라는 생각이 들었다. 이 청바지들을 절대 입지도 않겠지만 절대로 버리지도 않을 것 같았다. 엘런은 코가 간지러워서 재채기를 했다.

"저런, 신이 축복하기를! 그나저나…… 다음 일요일이 이번 달 마지막 일요일이라는 거네."

엘런은 '낡은 청바지' 상자 옆에 있는 상자로 시선을 옮겼다. 그 상자에는 '낡은 셔츠'라고 적혀 있었다. 상자에서는 눅눅한 곰팡이 냄새가 나는 것 같았다. 실제로 엘런은 상자 모퉁이에서 자라고 있는 보슬보슬한 녹색 곰팡이도 목격했다.

패트릭은 어떤 물건도 버리지 못하는 사람이야. 엘런은 그 사실을 알지 못했다. 패트릭의 집은 갈 때마다 충분히 깨끗해 보였다. 실제로 정리가 잘 되어 있었고 깔끔했다. 그러니 이 물건들은 모두 찬장 안에 숨겨져 있거나, 창고 천장에 닿을 정도로 쌓여 있었을 것이다.

이번에는 목이 간지러워서 다시 재채기를 했다.

"이런 상자가 몇 개나 더 와야 해?"

엘런은 그저 궁금해서 물어보는 것처럼 평온한 목소리를 내려고 애썼다.

"빙산의 일각이야. 우린 거기서 20년 넘게 살았잖아. 그러니까 당연히 물건이 많지."

엘런은 점점 짜증이 나서 폭발해버릴 것만 같았다.

"왜? 이것 때문에 짜증 나서? 그냥 잠깐 이렇게 두는 거야. 자기 복도를 창고로 만들까 봐 걱정하는 거라면, 절대로 그런 걱정 안 해도 돼."

패트릭이 엘런의 허리를 손으로 만졌다.

"이, 이…… 물건들은 곧장 밖에 버려야 해. 버려도 아마 그립지 않을걸."

엘런은 몸을 살짝 움직여 패트릭의 팔을 떨쳐냈다.

엘런은 자기가 냉정하고도 분명한 목소리로 말하고 있다는 사실을 깨달았다. 엘런의 엄마 목소리였다. 아주 최근에 줄리아가 엘런에게 그녀의 목소리가 점점 엄마를 닮아간다고 했을 때 엘런은 "그렇게 위험한 일이 나한테 생길 리 없잖아"라고 했었는데.

앤은 쓰지 않는 '물건'을 진저리를 칠 정도로 싫어했다(엄마는 '물건'이라는 말을 꼭 비속어처럼 뱉어냈다). 어렸을 때 엘런의 물건은 항상 어디론가 사라져버리곤 했다. 엘런이 엄마가 자기 장난감을, 자기 옷을 '가난한 사람들'에게 기증해버렸다는 사실을 알게 될 때마다 앤은 "너 그 물건 몇 주나 손도 안 댔잖아!"라고 말했다. 엘런은 친구네 집에 가서 친구네 가족들이 부엌 탁자 위에 정신없이 쌓아놓은 잡동사니를 보거나(그건 친구 가족들이 살아가고 있다는 증거였다), 선반 위에 액자와 책들이 뒤죽박죽 쌓여 있는 걸 보거나, 냉장고에 딸기 모양 자석으로 아이들이 그린 형형색색 그림이나 학교에서 타온 상장을 붙여놓은 모습을 보면 정말로 부러웠다. 그런 집에 비하면 엘런의 집은, 그리고 엘런의 인생은 지나치게 깔끔한 것처럼 보였다. 엘런은 어질러진 집안과 그녀에게 피넛버터 샌드위치를 건네주고 허둥지둥 오븐이나 세탁기로 뛰어가던, 친구들의 친절하고 특색 없고 통통한 엄마들을, 사랑스러움 또는 포근함과 동일시했다.

드물게 엄마가 일하러 가지 않고 집에 있는 날에 친구들이 엘런의 집에 놀러오면, 엄마는 그녀의 친구들을 거의 신경도 쓰지 않았고, 그저 아름다운 보라색 눈으로 아이들을 찌를 것처럼 쳐다봤다. 엘런의 엄마는 딸 친구들에게 라임 주스를 권하면서(어떤 애가 라임 주스를 마신단 말이야?) 그 무렵에 회자되는 사회 문제에 관해 아이들의 견해를 물어봤고(당연히 아이들은 아무런 견해도 없었다. 줄리아만 빼고. 줄리아는 엘런의 엄마가 굉장하다고 생각했다), 불쑥 누구 하나 이해할 수 없는 냉소적인 농담을 했다.

엘런은 자기가 엄마와 같은 의미로, 같은 말투로 '물건'이라는 말을 사용했다는 사실이 믿어지지 않았다. 이렇게 어린 시절 기억은 자기도 모르는 사이 무의식에 각인되는 것이다. 엘런은 나중에 시간을 내서 이 문제를 진지하게 고민해봐야겠다고 생각했다. 이 문제에 관해서 엘런이 정말로 어떤 감정을 느끼는지 알아봐야겠다고 생각했다. 안 그랬다가는 나중에 아이들 친구가 놀러왔을 때 라임 주스를 주는 엄마가 될지도 모른다.

"이것 때문에 짜증 났구나. 분명히 이번 주말에 다 버리겠다고 약속할게."

다정하게 미안한 표정을 짓는 패트릭을 보자 엘런의 마음은 그에 대한 사랑으로 넘쳐흘렀고, 눈에서는 미안함의 눈물이 넘쳐흘렀다(이게 다 임신 호르몬 때문이다. 임신 호르몬은 눈에 띄게 엘런의 감정에 영향을 미쳤다).

"괜찮아. 너무 서두르지 않아도 돼. 내가 바보같이 굴었어."

엘런은 재빨리 눈을 깜빡이면서 상자는 쳐다보지도 않고 걷기 시작했다.

"그런데 일요일 얘기는 왜 한 거야?"

두 사람은 부엌으로 들어갔고, 패트릭이 물 주전자의 전원을 켰다. 패트릭은 부엌에서는 차를 마시는 게 당연하다는 듯이 언제나 부엌에 들어오는 즉시 물을 끓였다. 그런 습관은 아주 구식이었고 무언가 진지한 의식을 치르는 것처럼 느껴지기도 해서 엘런은 그런 패트릭을 볼 때마다 한 사람을 떠올렸다. 누구냐고? 당연히 엘런의 외할아버지였다. 엘런의 사랑스러운 외할아버지는 늘 외할머니에게 차를 끓여줬다.

그렇다. 엘런은 패트릭을 사랑했다. 오, 감사합니다. 엘런은 이런 감정이 바보 같고 비현실적이라는 걸 알았다. 하지만 아주 잠깐이라도 패트릭 때문에 짜증이 날 때면 정신을 차릴 수가 없었다. 두 사람은 함께 아기를 낳아 길러야 한다. 그러니 조금이라도 방심해선 안 된다. 두 사람 사이에 조금이라도 금이 가면 재빨리 그것을 메워야 한다. 그건 정말로 중요한 일이다. 이 아기는, 엘런의 아기는 당연히 엄마랑 아빠와 함께 살아가야 하니까.

"이번 주 일요일 얘기는 뭐야?"

패트릭이 엘런 앞에 찻잔을 놓고 있을 때, 그녀가 물었다.

이번 주 일요일은 엘런이 생애 처음으로 아빠를 만나는 날이었다. 그 생각을 하자마자 갑자기 배가 조여 왔다. 전혀 신경 쓰지 않는다는 듯이, 조금도 긴장하지 않았다는 듯이 꾸미는 것은 불가능했다. 아빠와 만난다는 생각을 할 때마다 온몸이 신호를 보내왔다.

"그날이 이번 달 마지막 일요일이잖아."

패트릭은 냉장고 쪽으로 걸어갔다.

"집에 크럼핏(위에 작은 구멍이 있는 동그랗고 납작한 빵—옮긴이) 있어?"

패트릭이 냉장고를 들여다보면서 말했다.

"아, 여기 있네. 당신도 우리랑 함께 갈 건지 궁금해서. 통밀? 대체 맛있는 크럼핏을 굳이 통밀로 만들어서 망치는 이유가 뭘까?"

"그게 무슨 소리야?"

패트릭은 지금 내일 아침 엘런이 차와 함께 먹을 크럼핏을 하나도 남기지 않고 다 먹어 치우려 하고 있었다. 또 터무니없는 일을 하고 있는 거다.

"왜 나한테 무슨 의미가 있는 것처럼 '이번 달 마지막 일요일'이라는 말을 계속하는 거야?"

엘런의 토스트기에 마지막 남은 크럼핏 두 조각을 넣고 있던 패트릭이 그녀의 말이 놀랍다는 듯 고개를 들었다.

"알잖아…… 마지막 일요일에는, 잭이랑 내가 콜린의 부모님이랑 점심을 먹거든. 산에 가서."

"아직도 콜린의 부모님을 만나? 매달?"

엘런이 당황하면서 말했다.

"잭의 외할머니, 외할아버지잖아. 가는 길에 늘 콜린의 무덤에 들르고."

"그런 말은 한 번도 안 했잖아."

엘런은 심장 뛰는 속도가 빨라짐을 느꼈다. 아주 조금.

"한 번도 안 했어."

"미안해. 한 줄 알았어. 아무튼, 큰일은 아니니까……."

"한 번도 말 안 했어."

엘런이 말했다. 그런 얘기를 잊어버렸을 리가 절대 없었다. 엘런은 여자니까. 그 여자가 바로 엘런이니까. 패트릭이 모는 자동차 모델명은 잊어버릴 수 있고 패트릭이 좋아하는 미식축구 팀은 잊어버릴 수도 있다. 하지만 패트릭이 매달 죽은 아내의 무덤을 찾고, 죽

은 아내의 가족과 점심을 먹는다는 사실은 잊어버리려야 잊어버릴
수 없는 일이었다.

"별일 아니야."

패트릭이 다시 말을 시작했다.

"별일이지. 자기, 한 번도 그런 얘기 안 했어. 분명해. 내가 잊어
버렸을 리가 없어."

"말했다고 하진 않았어. 말한 줄 알았다고 했지. 분명히 그랬지
만, 사실……."

"언제? 언제 말했다고 생각했는데?"

토스트기에서 크럼핏이 팍, 하고 튀어 올랐다. 뜨거운 크럼핏을
집어 올리다가 패트릭은 손가락을 데었다.

"아우, 이런. 모르겠어. 난 정말로 얘기했다고 생각했어."

"안 했어."

엘런은 자기가 못되게 군다는 걸 알고 있었다.

"좋아. 내가 말하는 걸 잊었어. 미안해. 그러니까 이제 그만하면
안 될까?"

"자기가 그렇게 말할 때마다 정말 참을 수가 없어!"

그 말을 하자마자 엘런은 패트릭은 그런 말을 처음 했다는 사실
을 깨달았다. "이제 그만하자"라는 말을 입에 달고 살았던 건 에드
워드였다. 에드워드는 언제나 늘 지친다는 말투로 그만하자고 했
다. 그렇게 오랜 시간 동안 잊어버리고 있던 기억이 갑자기 의식의
표면으로 튀어 올라올 때가 있다니, 정말 놀라운 일이다.

"참을 수가 없다니, 내가 무슨 말을 했는데?"

패트릭이 깜짝 놀란 표정으로 말했다.

"아무것도 아니야. 미안."

엘런이 말했다.

엘런은 두 사람이 약혼하기 전까지는 패트릭이 의도적으로, 아니면 무의식적으로 콜린에 관한 이야기를 너무 많이 하지 않도록 조심한 것이 아닐까 하는 의심이 들었다. 엘런이 프러포즈를 받아들인 뒤부터 콜린이라는 이름이 두 사람 사이에 자주 등장했다. 엊그제만 해도 엘런이 세탁기에 세제를 넣고 있을 때, 패트릭이 그 옆을 지나가다가 콜린은 옷을 넣기 전에 세제를 먼저 넣는 것이 좋다고 했다고, 그래야 세제가 완벽하게 풀린다고 했다고 했다. 당연히 엘런은 엄청나게 짜증이 치밀었다. 콜린은 가정 일의 여신인 것 같았다. 콜린은 재봉질도 했다. 복도에 있는 상자 가운데는 '재봉틀'이라고 적힌 상자도 있었다. 이게 뭐냐고 물었을 때 패트릭은 "콜린이 그 재봉틀로 웨딩드레스를 직접 만들었어"라고 했다. "음, 나는 드레스 못 만들어. 바늘에 실도 못 꿰는걸." 엘런이 농담인 것처럼 말하자 패트릭은 "아, 그럼. 그럴 거라고 생각했어"라고 대답했다. 엘런에게 그 말은 '당연하지. 당신이 콜린처럼 특별할 거라고 생각해본 적 없어'라는 말처럼 들렸다. *망할 아름다운 금발머리에 세제까지 녹이는 콜린.*

"음, 아무튼 내 생각에는, 우리가 약혼도 했고 아기도 생겼고 그러니까……."

패트릭은 헛기침을 하면서 엘런의 시선을 피했다.

"내 생각에는 이번 일요일에는 우리가 함께 그분들을 만나는 게 어떨까 싶어."

엘런은 마음을 가라앉히려고 깊게 숨을 들이마셨다. 콜린의 부모님을 찾아가는 일은 패트릭에게는 중요한 것이다. 엘런의 의사를 묻는 패트릭은 잔뜩 긴장해 있었다.

"음, 함께 가면 좋을 것 같아. 하지만 이번 주 일요일은 안 돼. 우리 엄마랑…… 아버지랑 점심을 먹기로 했거든. 생애 처음으로 만나는 거라고. 기억하지?"

패트릭은 엘런의 인생에 갑자기 아버지가 나타났다는 사실에 아주 신나했었다. 두 사람은 그 문제를 길게 이야기했다. 엘런의 아버지는 어떻게 생겼을까?(엘런을 닮았을까?) 엘런의 아버지는 어떤 기분일까? 앤이 이상하게 행동하진 않을까? 너무 어색하고 거북하진 않을까?

"아, 물론……."

패트릭은 크럼핏에 버터를 지나치게 많이 바르고는 얼굴을 찡그렸다.

"근데 잊어버리고 있었어. 혹시 약속을 바꿀 순 없을까? 저녁에 만나도 되지 않아?"

엘런은 아버지를 저녁에 만나고 싶지 않았다. 저녁은 좀 더 은밀하고 정중하고 중요하니까. 점심이 좋다. 가볍고 경쾌하니까. 더 편하게 '안녕하세요, 아빠. 만나서 반가워요'라고 말할 수 있으니까. 더구나 엘런은 이미 정해진 약속을 굳이 바꾸는 수고는 하고 싶지 않았다. 엘런이 시간을 바꾸자고 하면 엘런의 엄마는 기절해버릴 것이다. 엘런은 엄마가 이렇게까지 안절부절못하는 모습을 본 적이 없었다(엄마로 말하자면, 잔뜩 긴장한 상태가 가장 자연스러웠다). 엄마는 이 만남이 성공적으로 성사되는 데 모든 것이 달려 있다는 듯이 행동했다. 회담 장소도 엄마답지 않게 한 번에 결정을 내리지 못했다. 처음에 한 식당을 예약했다가 취소했고, 다른 식당을 예약했지만 전망이 좋지 않다며 취소했다. 마침내 말레이시아 식당을 예약한 뒤에는 엘런이 약속 장소와 시간을 정확하게 아는지 확인하고 또 확인했다. 필리파 이모와 멜 이모도 애가 타기는 마찬가지였다. 엘런의 친구들도 아버지를 만나고 오면 바로 상황을 보고하라고 했다. 이런 모든 상황을 잘 아는 엘런이 그 약속을 취소할 수는 없었다.

"그 점심은 나한테는 아주 큰일이야."

엘런이 말했다.

"나도 알아."

패트릭은 엘런의 옆에 앉아 크럼핏을 담은 접시를 식탁에 올려놓더니 간청하는 표정을 지었다.

"하지만 당신 아버지는 시간을 변경해도 괜찮을지 모르잖아? 안 그래? 토요일에 만나는 건 어때?"

당신 아버지라니? 그런 표현을 쓴다는 것이 바로 패트릭이 이 만남이 갖는 엄청난 중요성을 전혀 이해하지 못한다는 뜻이다. 엘런은 패트릭이 근처 쇼핑센터에서 친절한 자기 아버지를 만나서 함께 점심을 먹듯 '엘런의 달콤한 아버지'와 만나서 함께 점심을 먹을 수는 없었다.

"자기가 콜린 가족이랑 점심을 먹는 날을 바꿀 수는 없을까?"

엘런은 감정을 드러내지 않고 되도록 유쾌한 목소리로 말했다. 그래, 이건 쉬운 일이야. 그저 시간만 조절하면 되잖아. 다른 커플이라면 결국 이런 문제로 싸우고 말겠지만 감정적으로 성숙한 엘런 같은 사람은 이런 걸로 논쟁을 하지는 않는다.

패트릭은 얼굴을 찡그리더니 턱 옆을 긁었다.

"그게, 항상 그날 만났거든. 매달 마지막 일요일에. 콜린이 살아 있을 때도 그랬어. 그게 전통이야. 절대로 바뀌지 않는. 콜린의 부모님은 정말 나이가 많고 보수적이시거든……. 그분들은 항상 분명한 방식을 좋아하셔. 그리고 내가……."

패트릭은 창피하다는 표정을 지으면서 크럼핏을 내려놓았다.

"내가, 그분들에게 당신도 올 거라고 말했거든. 그분들에게도 이 번 주 일요일은 아주 큰 의미가 있는 거야. 나도 그렇고. 난 한 번도 그분들한테 다른 여자를 소개해준 적이 없어. 그분들한테는 아주 힘든 일일 테니까. 그분들은 당신이 콜린을 밀어낸다고 느끼실지도 몰라. 당연히 지금도 딸을 잃어서 매우 슬프실 테니까. 자식이 죽은 건 영원히 극복할 수 없는 슬픔이잖아. 하지만 정말로 당신을 만나 고 싶어하셔. 밀리는 '엘런은 잭 인생의 일부가 될 테니까, 당연히 우리 인생의 일부가 됐으면 좋겠구나'라고 하셨어."

패트릭은 정말 놀랍다는 듯이 고개를 저었다. 그리고 밀리의 대 범함에 엘런도 똑같이 놀라야 한다는 듯이 슬프고도 아련하게 웃으 면서 그녀를 쳐다봤다.

그 순간, 엘런은 모든 사람에게 격심한 분노를 느꼈다. 엘런은 아 버지라는 낯선 남자와 만나고 싶은 마음이 그렇게 절실하지는 않았 다. 패트릭의 죽은 아내의 가족이라는 사람들과도 그다지 만나고 싶은 생각은 없었다(살아 있는 엘런이 사랑하는 외동딸을 잃은 사람들을 만 나면 당연히 죄의식을 느낄 수밖에 없지 않을까?).

엘런은 임신 중이었다. 평생 이렇게 피곤했던 적은 없었다. 지금 엘런의 집 복도는 온갖 물건들로 가득 차 있다. 엘런은 그저 아무도 없는 곳에서 자고 자고 또 자고 싶었다. 엘런이 자는 동안 패트릭이 그 상자들을 몽땅 밖으로 가져가버렸으면 했다. 그게 바로 일요일 에 엘런이 하고 싶은 일이었다.

패트릭이 손가락에 묻은 꿀을 빨아먹으며 말했다.

"잭은 당신이 밀리와 프랭크를 만난다는 생각에 아주 신이 나 있 어. 당신이 그분들한테 최면을 걸 거라고 생각하거든."

"나한테 가자는 말도 안 하고 잭한테 내가 갈 거라고 말한 거야?"

엘런이 말했다.

"알아. 정말 미안해. 내가 바보였어. 당연히 당신이 갈 거라고 생각했나 봐."

"하지만 난 못 가!"

엘런이 말했다.

"하지만 당신이 아버지한테……."

"그 사람은 내 아빠가 아니야."

엘런이 말했다. 엘런은 자기가 입을 앙다물고 있다는 사실을 깨닫고 턱에 힘을 빼려고 의식적으로 노력했다.

"한 번도 만난 적 없는 사람이야. 그러니까 제발 내 아빠라는 말은 하지 말아줘."

"알아. 당신이 아버지를 만나는 일이 당신에게 얼마나 중요한지. 당연히 엄청 중요하지. 하지만 내 생각에는 당신 아버지는 약속을 바꿔도……."

"아니, 안 바꿔. 밀리랑 프랭크한테 이번에는 못 간다고 전해줘. 다음 달에 갈 거야."

"혹시 어색할까 봐 그래? 그분들 때문에 당신이 어색할 일은 없을 거야. 세상에. 그분들은 심지어 당신이 아는 그 사람한테도 친절했어. 콜린이 죽고 얼마 되지 않았는데도 말이야."

"나도 아는 사람? 자기, 사스키아 말하는 거야? 방금 전에 콜린의 부모님한테 그 누구도 소개하지 않았다며?"

"제정신인 여자는 소개하지 않았다는 거야. 그 여자는 치지도 않았어."

패트릭의 목소리가 높아졌다.

"당연히 쳐야지."

엘런의 목소리도 패트릭만큼이나 높아졌다.

패트릭은 사스키아라는 이름이 나올 때마다 그랬듯 화를 꾹 눌러 참는 표정을 지었다.

"왜 그 여자 편을 드는 건데?"

"내 말은……."

"아냐, 잊어버려. 일요일 얘기는 없던 걸로 하자고. 내가 말한 건 다 잊어. 당신 말이 맞아. 다음에 가자."

패트릭이 엘런의 말을 가로막고 일어섰다.

"집에서 저 물건들이나 더 가져와야겠어."

패트릭은 엘런을 쳐다보지도 않고 부엌문을 세게 닫고 나갔다.

"내 크럼핏, 다 먹어 치워줘서 고마워!"

엘런이 패트릭의 등에 대고 소리쳤다. 그러고는 스스로도 놀랍게 크럼핏을 담은 접시를 들어서 벽에 던져버렸다.

▲　▲　▲

모두 이사를 가고 있어.

옆집 살던 제프는 해변으로 가버렸어. 이제 곧 활기찬 가족이 옆집으로 이사 올 거야.

패트릭과 잭도 엘런의 집으로 이사할 거야.

한 곳에 머무는 건 나뻐이야.

일이 끝나고 패트릭의 집으로 가서 차에 앉아 패트릭을 봤어. 패트릭은 세단 뒤에 상자를 싣고 있었어. 여전히 이삿짐센터를 믿지 않는 게 분명했어. 내가 패트릭네 집으로 들어가던 날을 기억해. 패트릭은 직접 내 짐을 옮기겠다고 우겼지. 그날 나는 잭을 돌봤고, 패트릭은 스팅키의 도움을 받았어. 그때 나는 잭을 데리고 공원에 갔었어. 거기에는 잭 또래의 아이가 한 명 있었어. 그때 잭은 처음으로 다른 아이들과 함께 나누며 노는 법을 배웠어. 잭은 공원이 자기 거라고 생각했거든. 그 작은 여자아이도 그렇게 생각했고. 두 아이는 계속 '내 거야. 내 거야!'를 외쳤고, 나랑 그 아이 엄마는 "안돼. 같이 놀아야지", "사이좋게 놀아야지", "이제 양보해야지"처럼 부모들이 하는 아무 의미도 없는 말을 계속 읊어댔어.

그 엄마는 한숨을 쉬면서 말했어. "이맘때 아이들을 돌보고 있다 보면 정말 지치는 것 같아요." 나도 그렇다고 했어. 하지만 사실 나는 전혀 지치지 않았어. 행복해서 계속 웃음이 나왔거든. 나는 패트릭을 사랑했고, 잭을 사랑했고, 우리 셋은 함께 새로운 인생을 시작하고 있었으니까.

그날 저녁에는 피자랑 맥주를 먹었어. 우리는 잭한테도 피자를 줬어. 잭이 생애 처음으로 피자를 먹은 날이야. 패트릭이 그 모습을 사진으로 찍었는데, 패트릭은 그때가 역사적인 순간이라고 했어. 잭은 두 눈을 우스꽝스럽게 휘둥그레 뜨더니 아주 행복한 표정을 지었어. 어떻게 피자라고 부르는 이런 경이로운 음식을 전혀 알지 못한 채 3년 동안이나 이 세상에서 살아올 수 있었을까 하는 표정이었어. 잭은 정말 기계처럼 쩝쩝쩝쩝 피자를 씹어 먹었고 패트릭은 "알아, 친구. 아빠가 이해한다. 빨리 커라. 아빠랑 차가운 맥주 마시게"라고 했어.

당신 아들이 생애 처음으로 피자를 먹을 때 나도 거기 있었어, 패트릭. 다른 사람과 물건을 함께 쓰는 법을 가르친 게 나란 말이야. 날 그냥 지울 수는 없을 거야. 나는 거기 있었으니까. 그리고 나는 지금도 여기 있어.

세단 뒤에 상자를 싣는 패트릭은 전혀 행복해보이지 않았어. 이제 곧 결혼을 하고 새로 태어날 아기를 기다리는 남자처럼은 보이지 않았어. 솔직히 말해서 성격 더러운 중년 남자처럼 보였어.

아마도 내가 지켜보고 있는 걸 알고 그런 표정을 짓는 것 같았어. 내가 있는 걸 알면 패트릭은 언제나 극도로 화를 냈으니까. 하지만, 잘은 모르겠지만, 뭔가 다른 게 있는 것 같았어. 난 패트릭을 그 누구보다도 잘 안단 말이야.

세단에 마지막 상자를 싣고 패트릭은 내 자동차가 있는 곳으로 걸어왔어. 나는 자동차 창문을 내렸고, 패트릭이 허리를 숙여 자동차에 몸을 기대더니 나를 보면서 말했어.

"안녕, 사스키아."

나는 깜짝 놀랐어. 패트릭이 내 이름을 부르는 소리는 정말 오랜만에 들었으니까. 아니, 가끔 내 이름을 말할 때도 있었지만, 그건 모두 사스키아라는 단어가 아주 사악하고 역겨운 무엇이라도 되는 것처럼 소리를 지를 때뿐이었어.

그런데 이번에는 내가 오랜 친구라도 되는 양 아주 평범하게 내 이름을 불렀어. 잠시 동안 나는 환희에 차서 아주 터무니없는 생각을 했어. 두 사람 헤어졌구나. 패트릭이 나한테 돌아온 거야. 다시 한 번 내 것이 된 거야. 모두 끝난 거야. 이제 패트릭이 완전히 정리하기만 기다리면 되는 거야.

하지만 패트릭이 말하기 시작했을 때, 나는 그 어느 때보다도 패트릭이 화가 났다는 걸 알 수 있었어. 패트릭은 곧 터지려는 아슬아슬한 폭탄을 들고 있어서 걸음도 말도 극도로 조심해야 하는 사람처럼 굴었어. 패트릭은 "다시는 엘런 근처에 얼씬거리지 마. 알아듣겠어? 나를 따라다녀야겠다면, 그렇게 해. 하지만 엘런은 내버려 둬. 엘런은 이런 일을 겪을 이유가 하나도 없어."

패트릭은 금발 머리 공주를 용에게서 지키려는, 번쩍이는 갑옷을 입은 용감한 기사였어. 나라는 용에게서 말이야. 나는 용이었던 거야.

"나는 그럴 의도가……."

"책."

"빌려간 걸 돌려준 거야."

"그럼 꽃은?"

패트릭은 내가 죽은 동물을 놓고 가기라도 한 것처럼 '꽃'이라는 단어를 발음했어.

"패트릭. 난 엘런을 좋아해."

내가 말했어. 패트릭에게 내가 엘런을 해코지하려던 게 아니라는 걸 분명히 알려주고 싶었어. 그 꽃은 호의로, 어느 정도는 사과의 의미로 가져다놓은 거니까. 나는 엘런이 어딘가 멀리 떠났으면 해. 하지만 그녀를 해칠 마음은 전혀 없어.

"아니. 엘런 얘기는 절대로 하지 마. 절대로. 이런 젠장."

패트릭은 깊이 숨을 들이마시고 뺨을 잔뜩 부풀리더니 다시 숨을 내뱉었어. 나는 우리가 잭이 화가 나서 짜증을 부릴 때마다 분노를 조절하는 법을 알려주려고 "숨을 깊이 들이마셔. 숨을 깊이 들이마시는 거야"라고 말했던 걸 떠올렸어.

"혹시 기억나? 우리가……."

"도대체 언제까지 이럴 거야?"

패트릭은 짐짓 꾸민 게 분명한 것처럼 들리는 평온하고 차분한 목소리로 말했어.

"당신을 사랑하는 걸 언제 그만둘 거냐고 묻는 거라면, 절대로 그만두지 않을 거야."

"당신은 나를 사랑하는 게 아니야. 심지어 이제는 나를 알지도 못한다고. 당신이 사랑하는 건 기억이야. 그게 전부라고."

"아니야. 당신이 틀렸어."

내 말에 패트릭은 한숨을 내쉬었어.

"좋아. 사랑한다고 쳐. 하지만 중요한 게 뭔지 알아? 내가 엘런이랑 결혼한다는 거야."

"나도 알아. 축하해. 아기도."

패트릭의 표정이 또다시 바뀌었어.

"아기가 있다는 건 어떻게 알았어? 아니, 말하지 마. 알고 싶지 않아."

패트릭은 자동차에서 몸을 떼더니 자기 차가 있는 쪽으로 걸어가기 시작했어.

"당신, 잭이 처음 피자 먹은 날 기억해?"

내가 패트릭의 등 뒤에 대고 소리쳤어.

그러자 패트릭은 갑자기 걸음을 멈추고 그 자리에 우뚝 섰어. 홱, 하고 몸을 돌려 나를 보더니 소리쳤어.

"그래, 기억해! 정말 행복한 시간들이었어! 그래서 어쩌라고? 대체 어쩌라는 거야?"

패트릭은 손가락을 활짝 펴고 손을 번쩍 들어 올렸어. 패트릭의 손이 바르르 떨리는 게 보였어.

"이렇게는 살 수 없어. 정말 끝내야 해."

패트릭의 목소리는 정말 이상하게 들렸어.

"나도 알아. 그러니까 당신이 나한테 돌아오면 돼."

나는 완벽하게 이성적이고 차분하게 대답했어.

▲ ▲ ▲

엘런이 벽에 집어던진 접시는 외할머니의 유품이었다. 할머니가 그녀의 부모님에게 받은 결혼 선물이었다. 엘런이 사랑하는 식기 세트의 일부였다. 집에 불이 나면 어떻게든 다시 뛰어 들어와서 가지고 나갈 보물이었다. 그런 귀중하고, 다시는 구할 수도 없는 보물을 벽에 던져 깨뜨려버렸다는 사실을, 엘런은 믿을 수가 없었다. 그것도 그렇게 사소하고 바보 같은 일 때문에 그런 짓을 하다니. 패트릭이 바람을 피운다고 선언한 것도 아니고, 다른 사람과 만날 약속을 정하면서 의견 차이가 있었을 뿐인데!

엘런은 한 번도 그런 행동을 해본 적이 없었다. 그런 엘런을 내담자가 본다면 그녀를 어떻게 생각할까?

엘런은 바닥에 무릎을 꿇고 앉아 진심으로 애석해하면서 깨진 접시 조각을 주워 들었다.

"미안, 할머니. 나, 정말 창피해."

엘런은 큰 소리로 말했다. 영혼의 세계에 있는 외할머니 모습이 보이는 것 같았다(외할머니는 영혼의 세계에서도 영혼 위원회 같은 곳에서 일하느라 바쁠 것 같았다. 공동체 일에 적극적으로 참여하는 사람이니까). 서류를 읽던 얼굴을 들고 안경 너머로 엘런을 보면서 "너답지 않은 행동을 했구나, 아가"라고 말하는 것 같았다.

"알아. 정말 이상하다는 거."

그때 전화벨이 울렸다. 엄마였다.

"방금 할머니 접시를 깼어. 할머니가 결혼 선물로 받은 거."

"그거 볼 때마다 느꼈지만 너무 케케묵은 구식이야. 나 같으면 손닿는 가까운 데 놔둘 거야. 패트릭이랑 싸울 때마다 한 개씩 던져서 깨버리려고. 물론 넌 그런 짓은 안 하겠지만. 아마 둘이 싸우면 함께 명상을 한다거나 찬가를 읊는다거나 아우라인지 뭔지를 조정한다거나, 뭐 그런 걸 하겠지?"

"그 접시, 내가 벽에 던져서 깨진 거야."

엘런이 말했다.

"네가?"

엄마는 감동받은 것 같았다.

"응."

대답하는 동안 엘런은 갑자기 엄마에게 맹렬한 분노를 느꼈다.

"패트릭이랑 나는 찬가를 읊거나 명상을 하지 않아. 나는 아우라도 믿지 않고, 사실, 육체적 현현도 믿지 않아. 그리고 어쨌든 아우라는 조정할 수 없어. 차크라를 조정하는 거지. 사람한테 무안을 주려거든 적어도 용어는 정확하게 써야지."

엄마는 잠시 아무 말도 하지 않았다.

"너 무안 주려고 그런 거 아니야."

그러고는 부드럽게 달래는 듯이 말했다.

"미안. 나는 그저 재치 있는 말이라고 생각했을 뿐이야. 사실 네 아버지가, 아, 데이비드가 어제 그러더라. 내가 조금 '날카로울' 때가 있다고. 그 말이 맞는 것 같아."

엄마의 사과를 받자 왠지 모르게 엘런은 더욱더 화가 났다.

"글쎄, 엄마는 남자 때문에 성격이 바뀌거나 하는 사람이 아닌 줄 알았는데. 내가 여덟 살 때부터 엄마한테 귀에 못이 박히도록 들었던 말이 그거잖아. 점심시간에 제이슨 후드가 내 옆에 앉으려고 했을 때, 내가 걔한테 뭐라고 그랬는 줄 알아? 네가 내 성격을 억압할지도 모르니까 앉으면 안 된다고 했어. 영문도 모른 채 벌게진 얼굴로 울면서 뛰어가게 만들었단 말이야."

엘런의 말에 앤이 키득거리며 웃었다.

"나는 절대로 그런 말 안 했어. 아마 멜라니한테 남자가 여자를 억압한다느니 어쩌니 하는 말을 들은 거겠지. 나를 억압할 수 있는 남자는 절대로 없을 것 같은데. 아무튼 고맙다."

"뭐, 엄마 말이 맞겠지."

엘런은 엄마한테 들은 말이 분명하다고 생각했지만, 정정하지는 않았다. 엄마가 셋이나 된다는 건 바로 이런 게 문제였다. 세 사람이 엘런의 기억 속에서 뒤엉켜 있다는 것. 엘런은 손가락 끝으로 이마를 꾹 눌렀다.

"두통이 있는 것 같아. 그런데 왜 전화했어?"

"아, 혹시 이번 주말 약속 바꿀 수 있나 해서. 데이비드랑 내가 성령강림절(부활절에서 50일 되는 날—옮긴이)에 요트 여행에 초대를 받았지 뭐니. 20미터나 되는 요트라니, 믿어지니? 그 사람 영국 친구 몇 명이 그때 오스트레일리아를 지나간다나 봐. 아마 모두 은행가들일 거야. 아주 부자들이겠지. 얘기를 들어보니까, 금융 위기를 아주 잘 헤쳐나가고 있다나 봐."

평소와 다르지 않은 엄마의 냉정하고 똑 부러지는 말투 아래에서 순수한 기쁨이 느껴졌다. 엘런은 그런 삶이야말로 엄마가 늘 꿈꿔왔던 것이라는 생각이 들었다. 요트에서 은행가들과 수다 떨면서 샴페인을 마시는 삶. 다음에는 아마 파리에서 쇼핑을 하고 있을 것이다.

"데이비드는 약속을 연기하려고 하지 않았어. 하지만 내가 괜찮다고 했어. 물론 네가 이 만남을 아주 심드렁해 한다는 말은 안 했지만."

"잘했어."

엘런은 대답했지만, 상처받았다. 엘런의 아버지는 딸보다 더 나은 제안을 받아들인 것이다. 지금까지 한 번도 만나지 못한 딸이야 언제든 또 만날 수 있을 테니까. 이로써 돌아오는 일요일에 산에 가서 콜린의 부모님을 만나지 않을 핑곗거리도 사라져버렸다. 멋지다.

"정말 괜찮아? 왠지 화난 것 같은데? 화난 거 아니지? 내가 요트 여행을 간다고, 경멸하는 거 아니지? 내가 끔찍하게 얄팍한 건 알겠는데, 요트 여행이라고 하니까 너무나 근사하게 느껴지지 뭐니. 뭐랄까…… 데카당스하다고 해야 하나? 퇴폐적인 거, 그 말 맞지?"

솔직한 마음을 털어놓은 데다 조금 당황하기까지 한 엄마의 목소리는 떨리고 있었다. 엄마는 결코 당황하는 법이 없었는데. 그런 생각을 하자 엘런의 마음이 누그러졌다. 엘런은 깊이 숨을 들이마셨다. 세상에. 그녀의 감정은 널을 뛰고 있었다.

"완벽하게 괜찮아. 좋아. 사실, 그날 패트릭도 어딜 좀 같이 가자고 했었어."

"잘됐네. 아, 그런데, 너한테 해주고 싶은 말이 있었어. 지난주에 한 명도 아니고 세 명이나 최면으로 살을 뺐다고 하더라."

"정말?"

사실 엘런은 그다지 흥미가 없었다.

"그래. 분명 '최면 파티'에 다녀온 뒤에 살이 빠졌대. 처음에 갔을 때는 화가 아주 많이 났대. 꼭 터퍼웨어 파티에 온 것 같아서. 하지만 플라스틱 그릇을 보여주는 게 아니라 모두에게 최면을 걸었다는 거야. 샴페인이랑 당근도 먹었을 것 같아, 내 생각에는. 나이 지긋한 여자들이랑 소득계층 사람들이 열광했나 봐."

"놀랍네."

엘런이 대답했다. 뭐, 대니한테는 잘된 일이네.

하지만 왠지 살짝 우울한 기분이 드는 건 어쩔 수 없었다. 이런 기분이 드는 건, 혹시 대니같이 역동적이고 젊은 최면치료사가 기존 업계를 흔들면 엘런처럼 평범한 최면치료사는 힘들어지기 때문일까?

"아무튼, 이제 끊어야겠다. 같이 극장에 갈 거거든."

"핍 이모랑 멜 이모한테 안부 전해줘."

"사실은, 데이비드랑 갈 거야."

"아, 핍 이모랑 멜 이모는 뭐 하는데?"

"몰라. 데이비드랑 나는 새로 하는 윌리엄슨 연극을 볼 거야. 오늘 개막해. 맨 앞좌석 예약했어."

"어련하시겠어."

"뭐라고 했니?"

"아무 말도 안 했어. 아빠한테 안부 전해줘."

"엘런?"

"미안. 기분이 조금 이상해서 그래. 괜찮아. 연극 잘 보고와."

엘런은 전화를 끊고, 바닥에서 빛나고 있는 깨진 접시 조각들을 물끄러미 쳐다봤다.

생각해보니 지금까지 정말로 이루어지기만 한다면 엘런의 인생이 아주 행복해질 거라고 믿었던 모든 일이 이루어졌다. 엘런에게는 저녁에 함께 연극을 보러 가는 어머니와 아버지가 생겼다. 약혼자도 있었고 의붓아들도 있었고 뱃속에서는 아기도 자라고 있었다.

그런데도 왜 최고로 행복하지 않은 걸까? 어째서 이렇게 감정이 제 멋대로 바뀌고 짜증이 나는 걸까? 정말로 단순히 변화를 두려워하는 마음과 호르몬 때문인 걸까?

내가 그렇게 평범할 리 없어. 안 그래?

아하! 너는 네가 특별하다고 생각했구나? 그랬구나, 엘런?

복도에서 들려오는 엄청나게 큰 소리에 엘런은 깜짝 놀라 펄쩍 뛰었다. 재빨리 복도로 뛰어나간 엘런은 제일 위에 올려놓았던 패트릭의 상자 두 개가 엎어져서 활짝 열린 채, 복도 위로 그 안에 들어 있던 물건들을 모두 뱉어내고 있는 모습을 봤다.

낡고 더러운 운동화, 케이스에서 빠져나온 CD들, 복잡하게 뒤엉킨 연장 코드들, 휴대용 헤어드라이어, 크리스마스 장식품, 프라이팬, 성냥으로 만든 자동차, 쫙 펴진 채 책등을 위로 하고 엎어져 있는 볼록한 앨범, 낡은 쓰레받기, 동전, 요리책 같은 물건들이었다.

쓰러진 상자 가운데 하나를 집어 들고 엘런은 패트릭이 상자 옆에 조심스럽게 '잡동사니'라고 적어놓은 글을 읽었다. 그리고 웃음을 터뜨렸다. 분명히 엘런은 어딘가 어수룩하지만 사랑스러운 예비 남편을 생각하며 부드럽고 사랑스럽게 웃을 생각이었지만, 실제로 터져 나온 것은 수년 동안 불행한 결혼 생활을 한 뒤에 더는 참을 수 없는 아내의 입에서 나올 법한 불쾌하고도 씁쓸하고 커다란 웃음이었다.

그리고, 그 상자의 밑 부분이 찢어지면서 또 다른 '잡동사니'들을 복도 바닥으로 쏟아낼 때, 엘런은 "오, 제발, 안 돼!"라고 소리쳤다. 엘런은 껍질만 남은 상자를 떨어뜨리고 발을 쾅쾅, 굴렀다. 이제 엘런의 집은 다시는 그녀의 집으로 돌아가지 못할 것이다. 엘런의 집은 쓰레기 산 밑으로 사라져버릴 것이다. 엘런은 작은 벌레들이 온몸을 기어 다니는 것 같았다. 분노가 온몸을 감싸자 손목이 너무 간지러워서 정신없이 긁어댔다.

이건 적절하지 않은 반응이야. 숨을 쉬어야 해. 숨을 들이마시고, 내뱉는 거야. 하얀빛이 내 몸을 가득······.

"닥쳐, 닥쳐, 닥치라고!"

엘런은 텅 빈 복도를 향해 고함을 질렀다. 그러다가 한 가지 물건에 시선을 빼앗겼다. 엘런은 허리를 숙여 앨범을 집어 들었다.

앨범 첫 장에는 소매가 풍성한 흰색 셔츠를 입고 있는 믿을 수 없을 정도로 젊은 패트릭이 있었다. 패트릭의 무릎에는 금발 머리 아가씨가 앉아 있었다. 흰색 바지 밑단을 부츠에 집어넣은 그 아가씨는 어깨에 패드를 넣은 옷을 입고 있었고 주황색 깃털이 달린 귀걸이를 하고 있었다. 패트릭과 콜린. 1980년대 후반의 연인들 모습이었다.

엘런은 앨범을 넘기고 또 넘겼다.

패트릭이 찍은 것이 분명한 콜린의 사진들이 계속 나왔다. 허리에 손을 얹고, 살짝 벌린 입술을 불룩 내밀고, 두 눈을 크게 뜨고, 유혹적으로 웃고 있는 사진들이었다.

학교에 다닐 때는 콜린과 비슷한 귀걸이를 찼지만 남자 친구 앞에서 그런 식으로 포즈를 취한다는 생각을 한 번도 해본 적이 없는 열일곱 살의 엘런이 신랄하게 말했다.

"그래, 진짜 끝내주게 예쁘네."

그러자 훨씬 성숙한 엘런의 자아가 입을 열었다. *엘런? 너 도대체 어떻게 된 거니? 콜린은 어린 소녀야. 열일곱 살이라고. 게다가 어려서 죽었잖아. 제발, 못되게 굴지 마.*

엘런은 계속 앨범을 넘겼다.

"아이고, 망측해라."

이번에는 외할머니 목소리가 튀어나왔다.

엘런은 실오라기 하나 걸치지 않은 콜린의 사진을 보고 있었다. 콜린의 금발 머리는 이제 막 샤워를 하고 나온 것처럼 매끄러웠다. 유행이 지난 옷과 머리 스타일을 완전히 제거한 콜린은 옛날 사진을 볼 때 당연히 느끼는 촌스러움에서 완전히 벗어나 있었다. 사진 속 콜린은 단순히 예쁜 80년대 소녀가 아니라 높은 광대뼈와 커다란 두 눈을 가진 고전적인 미인이 되어 있었다. 사진들을 보는 동안 엘런은 기이하게도 흥분되면서도 살짝 토할 것 같았다. 날씬했지만, 나올 곳은 나오고 들어갈 곳은 들어간 정확히 콜린의 몸매는 완벽한 비율을 자랑하고 있었다. 전문 모델이라고 해도 믿을 정도였다.

콜린의 사진에 외설적인 느낌은 없었다. 그저 천진했고, 관능적이었다. 순수한 첫사랑의 강렬함이 그대로 느껴지는 사진이었다. 콜린이 완전히 옷을 벗고 싱글 침대에 누워 있고, 햇살이 눈을 감은 콜린의 얼굴을 비추는 아름다운 사진도 있었다.

엘런은 이렇게 매혹적인 소녀를 바라보는 혈기 왕성한 10대 소년이 어떤 기분을 느꼈을지 상상해봤다. 엘런도 10대 때는 완벽하게 매력적이었다. '예쁜' 소녀였다. 하지만 콜린과 같은 몸매는 한 번도 가져본 적이 없었다. 그리고 지금 엘런의 피부는 이미 나이가 들었고, 몸은 임신으로 퍼져 가고 있었다. 엘런은 순수한 질투심에 사로잡혔다. 그녀 자신도 어린 소녀가 되어 햇살을 받으며 옷을 벗고 침대에 누워 있고 싶었다. 하지만 현실에서 엘런은 그런 소녀였던 적이 한 번도 없었고 앞으로도 될 수 없었다.

그만 봐. 엘런이 스스로에게 말했다. *이건 정말 사적인 물건이잖*

아. 너한테는 이걸 볼 권리가 없어. 이건 실례야. 지금 네 반응, 정말로 성숙하지 못한 거 알지? 이런 사진이 있는 거, 진짜로 별일이 아니야. 누구나 오래된 상자에 고등학교 때 좋아했던 사람 사진 정도는 처박아놓고 있잖아. 빨리 앨범을 덮고, 잭이 보지 못하는 곳에 안전하게 숨겨놔. 이런 엄마 사진을 보게 할 수는 없잖아. 그리고 가서 인터넷으로 아기 유모차나 검색해. 세금을 내거나, 뭔가 다른 할 일이 있잖아!

엘런은 잡동사니가 널브러진 복도 바닥에 양반다리를 하고 앉아서 계속 앨범을 쳐다봤다. 그러는 동안 이상하게도 사스키아와 여자 대 여자로 대화를 해보고 싶다는 생각이 들었다.

'패트릭이 아직도 자기 아내를 사랑한다고 생각해요?'

엘런은 사스키아에게 물어보고 싶었다.

'패트릭이 정말로 콜린을 잊을 수 있을 거라고 생각해요? 패트릭이 우리 둘 중 한 명이랑 사랑에 빠지는 게 가능하다고 생각해요?'

엘런은 그녀가 사진에서 눈을 떼지 못하는 이유를 이해할 수 있는 사람은 사스키아밖에 없을 것 같다는 기분이 들었다.

처음으로 하는 연령퇴행(최면에서 어릴 때로 돌아가 그때의 경험을 재생하게 하는 방법—옮긴이) 경험은 절대로 잊을 수 없다.

– 플린 홀리데이

"마음속에 떠오르는 걸 말해보세요."

엘런이 말했다. 엘런 앞에 있는 안락의자에는 사람들 앞에서 제대로 말하고 싶어하는 겸손한 회계사 알프레드 보일이 있었다. 지금 알프레드는 이상적인 최면 상태에 빠져 있음을 온몸으로 보여주고 있었다. 그의 뺨은 발갛게 물들어 있었고, 눈동자는 눈꺼풀 뒤에서 쉴 새 없이 움직였으며, 잘 닦은 검은색 신사화는 앞으로 쭉 뻗어 있었다.

이번이 알프레드의 두 번째 내담이었고, 엘런은 연령퇴행을 시행하고 있었다.

첫 번째 내담에서 엘런은 알프레드가 발표를 할 때 느끼는 공포가 완벽하게 발달한 공포증임을 알았다. 알프레드는 심지어 발표를 해야 한다는 사실을 말할 때조차도 부들부들 떨었고 말을 더듬었다. 그 때문에 직장을 잃을 위험에 처해 있었다. 발표를 해야 할 때면 아파서 출근할 수 없다는 전화를 자주 했기 때문에 다른 사람이 그 대신 발표를 해야 할 때도 많았다.

알프레드는 이미 이전 내담에서 수습 회계사로 첫 직장 생활을 했던 시기로 돌아갔다. 그때는 작은 발표를 망친 알프레드에게 상사가 친절하게 끼어들어 "걱정하지 마, 친구"라고 말했다고 했다.

지금 알프레드는 '음악'을 주제로 즉석연설을 해야 하는 고등학교 때로 돌아가 있었다.

"속이 매스꺼워요."

알프레드의 목소리는 한층 어려져 있었다. 전혀 묵직한 곳이 없었다. 알프레드의 턱이 10대 소년처럼 움직이는 모습을 지켜보는 건 조금 어색했다.

"음악에 관해선 전혀 할 말 없어요. 음악이라니. 음악이 뭔데요? 그냥 소리랑 뭐, 쓸데없는 걸로 된 거 아니에요? 애들이 모두 나를 봐요. 나를 바보라고 생각할 거예요. 난 진짜 바보예요."

"어디에서 공포가 느껴지나요?"

"여기요."

알프레드가 손가락으로 배를 꾹 찔렀다.

"토할 것 같아요. 진짜로요. 교실 바닥에 다 토해버릴 것 같아요."

엘런은 불편한 얼굴로 알프레드를 쳐다봤다. 엘런도 토할 것 같았다.

"이제 그 기분을 다리처럼 사용할 거예요. 그 기분을 다리 삼아서 그런 기분을 느꼈던 가장 처음 순간으로 돌아가보는 거예요."

알프레드의 공포를 형성한 최초의 사건으로 돌아가 보려는 것이다.

"이제 다섯부터 하나까지, 거꾸로 수를 셀 거예요. 그러면 시간이 거꾸로 돌아갈 거예요. 다섯, 알프레드는 점점 더 어려지고 작아져요. 넷, 토할 것 같은 기분을 따라가세요. 셋, 거의 다 왔어요. 둘,

하나."

엘런은 몸을 앞으로 기울이고 손톱으로 알프레드의 이마를 가볍게 툭, 쳤다.

"자, 도착했어요."

엘런은 잠시 기다렸다가 물었다.

"지금 어디에 있죠?"

"유치, 원요."

알프레드가 대답했다.

알프레드의 목소리에 엘런을 살짝 전율했다. 이 순간은 아무리 많이 경험해도 언제나 놀라웠다. 쉰두 살이나 되는 남자가 엘런 앞에 앉아서 어린아이의 목소리로 말을 하는 것이다.

"몇 살이니?"

엘런의 물음에 알프레드는 손을 올리더니 손가락 네 개를 쫙 폈다.

"네 살?"

엘런의 물음에 알프레드가 수줍은 듯이 고개를 끄덕였다.

"지금 무슨 일이 벌어지고 있니, 알프레드?"

"아무 일도 없어요. 그냥 팸이 책 읽는 곳에서 울고 있어요. 팸이 아주 슬퍼해요. 그래서 내가 선물을 주고 달래주려고 해요."

"아, 그거 좋은 생각이구나. 무슨 선물을 줄 건데?"

"달팽이요."

이런. 분명히 문제가 생길 텐데.

"달팽이?"

"네, 오늘 아침에 유치원 오다가 발견했어요. 지금 주머니에 있어요. 엄청 커요. 그거 알아요?"

알프레드의 얼굴에는 남자아이다운 자부심이 가득했다.

"달팽이한테 털도 있어요. 털 난 달팽이는 처음 봐요!"

"지금은 뭐 하고 있니?"

"내가 팸한테, '봐, 팸. 이거 선물이야'라고 말했어요."

"팸은 뭐라고 했니?"

엘런의 말을 듣는 순간 알프레드의 얼굴은 끔찍한 충격을 받은 것처럼 변했다. 달팽이가 멋진 선물이 아니었던 게 분명했다.

"소리를 지르면서 날 밀쳤어요."

이런, 팸.

"내가 책상에 부딪쳤어요. 그래서 오늘 아침에 친구들이랑 색칠한 부활절 달걀이 모두 떨어져서 깨져버렸어요. 버크 선생님이 불이 난 것처럼 소리를 질러요. 달팽이가 어디로 갔는지 모르겠어요. 아이들이 모두 나를 봐요."

알프레드가 발을 쾅쾅, 내리쳤다.

"버크 선생님이 내 다리를 때렸어요."

이런 나쁜 사람, 엘런은 생각했다.

쉰두 살인 알프레드의 얼굴에서 네 살 아이의 눈물이 닭똥처럼 흘러내렸다.

"교실 앞에 서 있어야 해요. 팸한테 미안하다고 사과하고, 아이들한테 부활절 달걀을 모두 깨뜨려서 미안하다고 말해야 해요. 아이들이 모두 나를 봐요. 모두 내가…… 내가 꼭 은행 강도인 것처럼 쳐다봐요."

엘런은 곧장 1963년으로 돌아가서 알프레드를 유치원에서 데리고 나와 아이스크림을 사주고 싶었다. 하지만 그 일을 할 수 있는 건 단 한 사람뿐이었다.

엘런은 목소리를 높였다.

"지금 어른 알프레드랑 얘기하고 싶은데, 거기 있어요?"

알프레드가 몸을 똑바로 세웠다. 알프레드는 헛기침을 하더니 턱을 들어 올렸다. "예." 다시 목소리가 굵어져 있었다.

"좋아요, 알프레드. 알프레드가 유치원으로 돌아가서 네 살인 알프레드를 만났으면 좋겠어요. 다섯부터 거꾸로 셀게요. 다섯, 넷, 셋, 둘, 하나……. 자, 도착했어요."

알프레드가 목을 쭉 뺐다.

"유치원에 갔나요?"

"예."

"네 살 알프레드가 보이세요?"

"예."

"꼬마 알프레드에게 해주고 싶은 말을 하세요."

"괜찮아, 친구. 여자아이들은 달팽이를 좋아하지 않아. 그런 건 이상하다고 생각하지. 넌 그냥 팸을 도와주려고 한 거야. 그러니까 네 잘못은 하나도 없어."

엘런은 손목시계를 들여다봤다. 정해진 내담 시간은 지났고, 다음 내담자는 메리 케이트였다. 메리 케이트는 분명히 올 것이다. 그러니 이제 알프레드에게 긍정적인 암시를 주고 내담을 마무리해야 하는 시간이다.

엘런은 메리 케이트의 우울하고 시무룩한 얼굴을 생각하면서 알프레드 보일을 뚫어지게 쳐다봤다. 메리 케이트도 싱글이었다. 내담자 상담 기록을 작성하려고 엘런이 결혼 여부를 물어봤을 때, 두 사람은 그 질문을 듣는 즉시 당연히 예상할 수 있지 않느냐는 듯 체념 섞인 말투로 '싱글'이라고 대답했다.

두 사람은 나이도 비슷했다. 엘런은 그들에게 어떤 공통점이 있는지는 알 수 없었지만, 성격과 배경과 화학이 작용해 마법을 부리면, 어떤 사람들이라도 사랑에 빠질 수 있음을 알았다. 그러니까 두 사람을 살짝 찔러주는 것도 괜찮지 않을까? 손톱으로 살짝만 건드려주면 두 개의 구슬처럼 함께 굴러가지 않을까? 그게 해가 될까? 엘런은 마음이 바뀌기 전에 얼른 입을 열었다.

"알프레드는 유치원에서 그 일이 있었을 때부터 항상 그런 기분을 가지고 살아온 거예요. 이제부터는 알프레드의 역사를 다시 써야 해요. 다음번에 우울해 보이는 여자를 만나면 그 여자를 칭찬해주고 싶다는 기분이 강하게 들 거예요."

엘런은 잠시 말을 멈췄다. 분명히 알프레드가 제일 처음 만나는 우울한 여자는 메리 케이트일 것이다. 그때 메리 케이트는 어떻게 반응할까? 확실히 네 살짜리 팸처럼 반응하지는 않겠지만, 메리 케이트는 여전히 메리 케이트였다. 엘런은 메리 케이트가 어떤 반응을 보일지 알 수 없었다. 그렇다면, 이런 시도는 미친 짓 아닐까?

"그리고 그 사람이 어떻게 반응하든, 알프레드의 기분은 좋아질 거예요. 실제로 알프레드가 굉장한 일을 했다는 기분이 들 거예요."

엘런은 잠시 주저했다. 이렇게까지 해도 되는 걸까?

아, 몰라. 될 대로 되라지.

"심지어 그 여자한테 데이트 신청을 할지도 몰라요. 그 여자의 눈을 똑바로 들여다보면서 분명하고 확신에 찬 목소리로 말하게 될 거예요. 네 살 알프레드가 방해가 된다면 어른 알프레드가 책임을 맡으세요. 그 여자한테 한잔 하러 가자고 하는 거예요. 시간이 된다고 하면 오늘 밤에요. 맨리 워프 호텔에서 만나는 게 좋겠어요. 밖이 보이는 자리에 앉는 거예요."

좋아. 이제, 그만. 제발 흥분하지 좀 마.

엘런은 서둘러 암시를 마무리했다.

"그리고 설사 그 여자가 싫다고 해도 알프레드는 기분이 좋아지고 확신에 차고 긍정적이 될 거예요. 도약했다는 사실이 중요하니까요. 내 말을 이해했다면 고개를 끄덕여보세요."

알프레드는 고개를 한번 끄덕였다. 그러고는 가슴까지 고개를 푹, 떨어뜨렸다. 꼭 택시를 불러줘야만 할 것 같은 술 취한 사람처럼 보였다.

'음, 일어날 일은 일어나게 돼 있어.' 엘런은 생각했다.

엘런은 알프레드를 최면에서 깨어나게 했다.

"기분은 어떠세요?"

엘런은 알프레드의 잔에 물을 채워주면서 물었다.

알프레드가 엘런에게서 물 잔을 받아들고 머리를 뒤로 젖혀 단숨에 들이켰다. 빈 잔을 탁자에 내려놓은 알프레드가 엘런을 보고 씩 웃었다. 알프레드는 정말로 근사하게 웃는다.

"좋은 것 같아요."

알프레드는 고개를 내저으며 빙그레 웃었다.

"아, 어쩐지 항상 여자들이 나를 보자마자 좋아하더라니. 난 늘 여자들이 아주 좋아하는 선물을 줬거든요. 털 난 달팽이 같은 거요. 그런 일이 있었다는 걸 까맣게 잊고 있었어요."

"씩씩한 여자였다면 분명 달팽이의 진가를 알아봤을 거예요."

엘런이 말했다.

"하지만 그게 내가 사람들 앞에서 발표를 못하게 된 이유라고 말씀하시는 건 아니죠? 그렇죠?"

알프레드가 물었다.

"전 아무 말도 안 했어요."

엘런은 두 손을 가지런히 무릎에 놓은 채 알프레드를 보고 웃었다.

"이건 그냥……."

"네?"

"아니, 너무 하찮아서요. 조금 당혹스럽습니다. 아무튼, 전생에 무슨 큰일을 겪은 것은 아니군요. 내 말은, 따분한 연설을 했다는 이유로 이집트 성직자들한테 돌에 맞아 죽었다든가, 뭐 그런 이유 는 아니라는 겁니다."

"이집트 성직자들요?"

"잘 모르겠습니다. 난 역사학자가 아니라 회계사니까요. 아무튼, 나는 전생은 믿지 않습니다."

아주 좋아. 그러니까 알프레드에게는 메리 케이트와 공통점이 있는 것이다. 두 사람이 전생을 믿지 않는 것에 관해 얘기를 나누면 되겠군. 어쩌면 두 사람은 고대 로마에 살았던 회의주의자 연인이 었는지도 몰랐다.

"아니면 적어도 어린 시절에 정말로 충격적이고 비극적인 기억 이 있을 줄 알았습니다."

완벽하게 행복했던 어린 시절을 보낸 내담자들 중 많은 사람이 과거에 끔찍한 기억이 있기를 바란다는 사실은 정말 흥미로웠다.

"아이들에게는 아주 사소한 사건도 정신적 충격으로 남을 수 있 어요. 무의식은 그런 기억들을 간직하고 있는 거죠. 다음 내담에서 는 그런 기억들을 찾아볼 거예요. 그래서 당신의 무의식을 다시 편 집할 거예요. 앞으로 경험하게 될 새로운 자신감에 놀라게 되실 거 예요."

그렇게 단언하면서 엘런은 몸을 앞으로 숙여 알프레드의 눈을 똑바로 쳐다봤다. 엘런은 최면에서 깨어난 직후에는 내담자들이 영향받기 쉽다는 사실을 알았다. 바로 그때가, 깨어 있을 동안 암시를 걸어서 최면 효과를 더 강화할 수 있는 기회였다.

엘런은 손목시계를 들여다봤다. 제발, 메리 케이트. 오늘은 반드시 와야 해요. 당신의 운명이 당신을 기다리고 있단 말이에요.

엘런이 알프레드에게 영수증을 써준 뒤 그를 배웅하려고 천천히 층계를 내려올 때 초인종이 울렸다.

좋았어!

"아, 다음 내담자예요."

엘런은 다음 내담자가 왔다는 사실이 놀랍다는 듯 아주 기뻐하면서 말했다.

"아, 그거…… 잘됐군요."

알프레드는 엘런이 재정적인 문제를 겪고 있다고 생각할지도 몰랐다.

엘런은 현관문을 열었다. 메리 케이트의 웃음기 없는 우울한 얼굴이 보였다. 알프레드는 메리 케이트가 먼저 들어올 수 있도록 예의 바르게 뒤로 물러났다.

"안녕하세요, 메리 케이트."

엘런이 경쾌하게 인사했다.

"아, 안녕하세요."

메리 케이트가 미심쩍은 얼굴로 대답했다.

"아!"

엘런이 옆머리를 손바닥으로 세게 쳤다(그것도 너무 세게 쳤다. 엘런은 연기에는 정말 소질이 없었다).

"아 참, 드릴 게 있었는데. 알프레드, 잠깐만 기다려주세요. 금방 돌아올게요. 미안해요, 메리 케이트. 금방이면 돼요. 그냥, 아, 두 분 모두 앉아 계세요."

엘런은 잡지가 놓인 커피 탁자 옆에 있는 등의자 두 개를 가리키면서 말했다.

2층으로 올라가는 동안 엘런은 메리 케이트가 몸을 숙여 커피 탁자 위에 있는 잡지를 집어 드는 모습을 봤다. 알프레드는 긴장한 듯 기침을 하면서 그 옆에 서 있었다. 그는 엘런이 벽에 붙여놓은 인쇄물 앞으로 걸어가더니 그 종이를 사기라도 할 것처럼 강렬하게 쳐다 보고 있었다.

엘런은 내담실로 돌아가서 사람들 앞에서 발표를 할 때 자기최면 거는 방법을 정리한 종이 몇 장을 찾았다. 마음을 평온하게 해주는 CD도 한 장 챙겼다.

엘런은 창가로 가서 바다를 물끄러미 바라봤다. 또다시 최면치료사로서 지켜야 할 윤리의 선에 발가락을 걸치고 서 있게 된 걸까? 두 사람은 어쩌면 서로 말 한마디 나누지 않을지도 몰랐다. 엘런은 손목시계를 쳐다봤다. 몇 분쯤 여유가 있을까? 그들이 엘런이 혹 쓰러진 게 아닐까 걱정하기 전에 내려가려면 얼마나 더 있어야 할까?

엘런은 5분 뒤에 내려가기로 했다. 5분은 두 사람의 인생에 아무 일도 일어나지 않을 수도 있고, 두 사람의 인생이 영원히 바뀔 수도 있는 시간이다.

두 사람은 어떤 선택을 할까? 알프레드, 메리 케이트, 당신들 어떤 선택을 할 거예요?

과거에 머물지 말고 미래를 꿈꾸지 마라.

오직 현재에 마음을 집중하라.

– 엘런 오패럴이 욕실 거울에 붙여놓은 부처의 말씀

"음, 내 생각에는, 나는…… 음, 그게, 자기가 원하지 않으면……
나는, 차 안에서 기다려도 될까?"

차가 콜린이 묻혀 있는 묘지에 도착했다. 뒷좌석에서 잭은 닌텐
도 DS를 하며 고개를 숙인 채 뭔가를 조용히 중얼거리고 있었다.
잭은 카룸바까지 차를 타고 달려오는 1시간 반 내내 게임만 했다.
콜린의 부모님은 콜린이 죽기 몇 해 전에 블루마운틴으로 이사를
했고, 콜린이 죽은 뒤에는 딸을 가까운 곳에 묻기를 원했다. 잭 옆
에는 콜린이 좋아했던 커다란 노란색 거베라 꽃다발이 놓여 있었
다. 패트릭이 특별히 주문하고 오늘 아침 플로리스트에게서 찾아온
꽃다발이었다.

(패트릭은 다른 여자에게 주려고 꽃을 사 온 것이 아니었다. 사랑의 라이벌에
게 주려고 사 온 게 아니다. 그의 정부에게 주려고 사 온 게 아니다. 그건 분명했
다. 패트릭이 엘런에게 꽃 선물을 하지 않았던 것도 아니다. 선물했다. 그것도
여러 번 했다. 그런데 왜, 꽃에 관해서는 생각할 게 아무것도 없는데도, 사실 전
혀 없는데도, 어째서 엘런은 계속해서 저 망할 꽃 생각을 하는 걸까?)

"아니, 같이 가."

패트릭은 자동차 시동을 끈 뒤 안전벨트를 풀고는 엘런을 보면서 어색하게 웃었다. 오늘 아침 내내 패트릭은 안절부절못하고 갈팡질 팡하면서 보냈다. 엘런의 말에 지나치게 크게 웃었고, 잭에게는 지나치게 엄격하게 굴다가 갑자기 꼭 끌어안으면서 위로해주고는 했다. 패트릭은 이제 막 무대로 올라가 공연을 해야 하는 극심한 무대공포증 환자처럼 굴었다.

"당신을 콜린한테 소개해주려고."

패트릭이 조용히 말했다.

"아."

"너무 이상한가?"

패트릭이 엘런의 손에 자기 손을 포개면서 물었다.

"아니, 전혀."

엘런이 대답했다. 하지만 속으로는 고함을 질렀다. 당연히 이상하지. 당신, 제정신이야?

패트릭이 고개를 돌려 뒷좌석을 봤다.

"엄마 만나러 가자, 친구."

"나는 그냥······."

잭은 엄지손가락을 부지런히 움직이면서 고개도 들지 않고 말했다.

"잭."

패트릭이 날카롭게 말했다.

잭이 한숨을 쉬면서 닌텐도를 옆에 내려놓았다.

"알았어."

세 사람은 자동차 밖으로 나갔다. 생각보다 추워서 엘런은 코트를 단단히 여몄다. 이제는 습관이 됐지만, 엘런은 혹시라도 사스키아가 따라왔는지 보려고 주위를 둘러봤다. 하지만 나이 많은 부부 외에는 아무도 보이지 않았다. 노부부는 손을 잡고 조용히 이야기를 주고받으면서 묘지에서 돌아오고 있었다. 엘런과 눈이 마주친 부인이 살며시 웃어 보였다.

사스키아가 엘런의 앞마당에 책과 꽃을 놓고 간 뒤로 엘런은 그녀를 딱 한 번밖에 보지 못했다. 잭과 패트릭과 함께 슈퍼마켓에 갔을 때였다. 잭과 패트릭이 아침에 먹을 시리얼을 두고 실랑이를 벌이고 있을 때, 엘런은 텅 빈 카트를 밀면서 세 사람이 있는 통로로 걸어오는 사스키아를 봤다. 두 사람이 눈이 마주쳤을 때, 엘런은 자기도 모르게 활짝 웃었다. 왜냐하면 엘런이 처음 본 모습은 데버라 반덴버그였으니까. 만성 통증으로 고통을 호소하는 내담자였고, 항상 즐겁게 내담했던 사람이니까. 엘런과 농담을 하고 즐겁게 이야기를 주고받던 사람이니까. 엘런과 비슷한 연배였고, 어딘지 모르게 줄리아를 떠오르게 하는, 어쩌면 쉽게 친구가 됐을 수도 있었던 사람이니까.

하지만 엘런은 곧 두 사람이 사실은 어떤 관계를 맺고 있는지를 떠올렸다. 그러자 엘런의 신경계는 그녀가 당황한 것처럼 반응했다. 뺨은 벌겋게 물들었고, 목이 말랐고, 두 눈은 여전히 여자들은 신경도 쓰지 않고 크런치 너트 콘플레이크를 갖고 실랑이를 벌이는 두 남자에게로 날아갔다. 사스키아는 거의 알아채지도 못할 정도로 살며시 고개를 흔들었다. 마치 '두 사람에게는 말하지 마요' 라고 하는 것 같았다. 그러고는 조용히 카트를 밀고 지나가버렸다.

"당신, 괜찮아?"

사스키아가 모퉁이를 돌아 사라져버린 뒤에야 패트릭이 엘런을 돌아보면서 물었다.

"그냥 좀 어지러워서."

엘런이 대답했다(임신은 이럴 때 정말 편리하게 써먹을 수 있다).

그 뒤부터 엘런은 모호한 죄책감을 느꼈다. 마치 사스키아와 공모해 패트릭을 속이고 있는 기분이 들었다. 하지만 사스키아와 있었던 일을 패트릭에게 그대로 말할 수도 없었다. 누사에 다녀온 뒤로 사스키아를 미워하는 패트릭의 마음은 새롭고 더욱 강렬하게 증폭된 것만 같았다. 사스키아 이야기를 할 때 패트릭의 눈에 떠오르는 증오가 너무도 강렬해서 두려울 때조차 있었다. 엘런이 외할머니의 접시를 벽에 던져 깨뜨린 날, 패트릭은 더 많은 상자와, 집을 뛰쳐나간 것을 사과하는 의미로 사 온 꽃을 들고 들어오면서 "그 여자, 오늘은 우리 집에 왔어. 진짜 정신 나간 미친 인간이야"라고 했다.

사스키아는 왜 엘런을 보고 고개를 저은 걸까? 그건 확실히 두 사람이 은밀하게 공모하고 있다는 느낌이 들게 했다. 사스키아는 자기가 있다는 걸 패트릭에게 알리는 걸 좋아하지 않나? 그게 중요한 게 아닐까? 그게 아니라면 뭐가 중요한 거지? 사스키아는 정말로 패트릭이 결국에는 자기에게 돌아갈 거라고 생각하는 걸까? 이 모든 게 언제, 어떻게 끝날까? 엘런에게 사스키아는 반드시 풀어내야 할 수수께끼 같았다.

패트릭이 뒷좌석으로 몸을 들이밀어 꽃다발을 꺼냈다. 여자 친구 집에 생전 처음 가는 긴장한 남자 친구처럼 꽃다발 밑동을 두 손으로 꽉 움켜잡고 있던 패트릭은 엘런과 눈이 마주치자 어색하게 웃었다.

"그럼……."

패트릭이 입을 열었다.

잭이 풀밭 위에서 발꿈치를 질질 끌면서 기관총처럼 '투두두두' 하는 소리를 냈다.

"잭."

패트릭이 말했다.

"왜?"

"그거 하지 마."

"뭘?"

"됐다. 가자."

잭이 앞서 뛰어갔다. 엘런은 패트릭과 나란히 걸었고, 묘지에 적힌 이름들을 보면서 생각했다. 지금 매스껍다는 말을 해선 안 되는 걸까? 엘런은 오늘 이동하면서 먹으려고 플라스틱 용기에 정성껏 담았지만, 결국 부엌 조리대 위에 두고 온 비타 위트 비스킷이 정말로 먹고 싶었다.

오늘로 엘런은 정확히 임신 11주 차가 됐다. 그리고 어제까지만 해도 그저 아주 약한 배경음처럼 살짝 거슬리기만 했던 매스꺼움이 갑자기 그 강도를 바꿔버렸다. 오늘 아침에는 토하기까지 했다. 엘런은 살아오면서 한 번도 토한 적이 없었다. 토한다는 말조차도 좋아하지 않았다. 욕실 바닥에 꿇어앉아서 변기통에 얼굴을 대고 있는 것은 너무 불쾌하고 불편하고 품위 없는 일이었다. 엘런은 엄마를 부르면서 울고 싶었다. 하지만 그건 터무니없는 생각이었다. 엘런의 엄마는 그녀가 어렸을 때도 아프다는 딸을 그다지 안쓰럽게 생각하지 않았으니까. 엄마는 늘 그날 자기는 엘런보다 훨씬 아픈 아이를 치료하고 왔다는 말만 했다.

콜린은 잭을 임신한 동안 단 한 순간도 아팠던 적이 없었다. 임신

8개월이 될 때까지도 매주 빠지지 않고 테니스를 했다니까.

그건 엘런의 상상이 아니었다. 패트릭과 약혼한 뒤로 콜린에 관한 이야기를 정말 아주 많이 들어야 했다. 실제로 엘런은 콜린 관련 얘기를 머릿속에 기록하기 시작했다. 지난주만 해도 매일 적어도 한 가지 정보를 들어야 했다. 콜린은 임신한 동안 매일 밤 배에 헤드폰을 대고 아기에게 클래식 음악을 들려줬다(엘런도 처음에는 아기에게 음악을 들려주고 싶었지만, 지금은 그런 생각 따윈 접었다). 콜린은 임신 기간 내내 감자칩을 입에 달고 살았다. 콜린은 임신 초기에 살이 너무 빠져서 패트릭이 걱정할 정도였다. 콜린은 감정 변화 때문에 힘들어 하지 않았다. 콜린은 완벽한 자연분만으로 잭을 낳았다. 패트릭의 이야기는 끝이 없었다.

콜린이 그저 평범한 전 부인이었거나 전 여자 친구였다면, 엘런은 패트릭에게 그 입 다물라고 말해줬을 것이다. 하지만 콜린은 죽었다. 이제 새 아기가 생길 테니 패트릭이 잭을 임신했을 때 있었던 일을 계속해서 말하는 것은 어쩌면 자연스러운 일이다. 더구나 콜린은 잭의 엄마니까, 잭이 엄마가 자기를 임신했을 때 어땠는지를 듣고 싶어하는 건 당연하다. 그러니까 엘런은 그저 패트릭의 말을 얌전히 듣고 있는 게 아니라 밝고 사랑스럽고 열렬하게 공감하는 얼굴로 흥미롭다는 듯이 질문을 해서, 완벽해 보이는 콜린의 본성을 더 많이 드러낼 수 있도록 이해하고 격려해줘야 한다.

그런데 솔직히 말해서 그것 때문에 엘런은 미칠 것만 같았다.

엘런은 잭을 사랑했다. 잭이 태어날 아기의 오빠가, 형이 된다고 생각하면 정말 사랑스러웠다. 하지만 패트릭에게도 이 아이가 첫 아이라면 어땠을까? 패트릭과 엘런, 온전히 두 사람만 임신을 기뻐하고 걱정할 수 있는 상황이었다면 어땠을까 하는 생각이 드는 건 어쩔 수 없었다.

게다가 입덧도 도움이 되지 않았다. 물론 입덧이 아주 심할 수도 있다는 사실은 입덧이 있기 전부터도 알고 있었다. 하지만 실제로 문제가 되리라고는 생각지 않았다. 전혀 문제가 되지 않거나, 어느 정도까지만 문제가 될 거라고 생각했다. 엘런의 이성적인 마음은 입덧이 영원히 지속되지 않으리라는 걸 알았지만, 이 끔찍하고 지독한 입덧이 모든 것을 오염시키는 것처럼 느껴졌다. 아이를 안고 있는 상상을 할 때마다 엘런의 머리에 떠오르는 건 '이런 기분으로 어떻게 아이를 돌볼 수 있을까?' 뿐이었다.

"여기로 올라가서 거의 끝에 있어."

패트릭이 말했다.

잭이 앞서 뛰어갔다. 패트릭이 멈춰 서더니 엘런의 어깨를 만졌다.

"당신, 괜찮아?"

패트릭이 엘런의 눈을 똑바로 들여다봤다. 패트릭은 엘런이 거의 기대조차 하지 않을 때 이렇게 행동할 때가 있다. 자기가 하던 일을 멈추고 정말로 제대로 엘런을 쳐다볼 때가 있었다. 엘런이 전달할 중요한 신호를 기다리는 사람처럼 그 둥근 녹색 눈으로 강렬하게 그녀를 쳐다보는 것이다.

그럴 때마다 엘런의 마음은 녹아 내렸다.

"괜찮아."

엘런은 패트릭이 그녀의 입덧을 걱정하면서 다시 자동차로 돌아가거나 하는 일은 원치 않았다.

"정말? 너무 추운 거 아니야?"

"괜찮아."

"그래. 바로 저 위에 있어."

두 사람은 계속 걸었다. 무덤과 무덤을 지나, 삶과 삶을 지나. 엘런은 전에도 묘지에 가본 적은 있지만, 아는 누군가의 무덤을 찾아가본 적은 없었다. 엘런의 외조부모는 모두 화장해서 두 분이 가장 좋아했던, 바다가 보이는 벼랑에 뿌려드렸다. 두 분이 돌아가셨을 때는 당연히 슬펐지만, 받아들일 수 있는 잔잔한 슬픔이었다. 홀로 남은 외로움과 두 분이 없다는 사실로 인한 슬픔이었다. 이른 나이에 갑자기 죽은 사람 때문에 황망하고 지독하게 아파야 하는 그런 슬픔은 아니었다. 서른다섯 살이 될 때까지 엘런은 그렇게 갑작스럽고 힘든 죽음은 경험해보지 못했다.

엘런은 한 비석 앞에 놓은 지 얼마 안 된 꽃다발을 봤다. 저 꽃다발은 아까 본 노부부가 가져다놓은 게 아닐까? 엘런은 궁금했다. 잠시 걸음을 멈추고 비석에 새긴 글을 읽어봤다. 1970년에 태어나 1980년에 죽은 리암이라는 소년의 무덤이었다. 엘런은 주차장을 흘긋 쳐다봤다. 노부부의 차가 주차장을 빠져나가고 있었고, 자동차 창문으로는 노부인의 옆모습만 보였다.

엘런은 계속 잭과 패트릭을 따라 걸었다. 위장이 뒤틀리기 시작했고 입안은 침으로 가득 찼다. 이런 순간에는 아무것도 중요하지 않았다. 패트릭의 사랑스러움도, 심지어 가련한 여자의 슬픔조차도 중요하지 않았다. 중요한 것은 그 아픔뿐이었다. 불쾌하고 불쾌한 아픔만이 중요했다.

마침내 세 사람은 그 위에 타원형 액자가 세워져 있는 반짝이는 회색 비석 앞에 섰다. 액자에는 사진사가 아니라 누군가 다른 사람(패트릭일까?)을 보면서 웃고 있는 콜린의 흑백사진이 있었다. 오래전에 불었던 산들바람이 콜린의 머리카락을 날리고 있었고, 그녀의 눈에는 사랑이 가득 들어 있었다.

콜린의 비석 앞에서 엘런은 처음으로 그녀의 죽음이 만든 현실에 강하게 부딪쳤다. 이 아름다운 젊은 여자는 죽어선 안 되었던 거야. 이 여자는 남편이랑 아들과 함께 이곳으로 부모님을 보러 왔어야 해. 두 번째 아이를 임신하고.

아니, 그보다 더 좋은 건, 콜린이 패트릭의 전 부인으로 남아 있는 것이다. 더는 이렇게까지는 예쁘지 않고, 자녀 양육 문제나 아이를 만나는 문제로 터무니없는 요구를 하는 전 부인으로 남아 있는 거야. 그러면 엘런도 패트릭의 삶에 함께할 수 있을 것이다(더구나 엘런은 평범하고 성질 더러운 전 부인 따위는 잘 다룰 수 있었을 것이다. 차분하게, 흔쾌히 여러 상황을 처리할 테니 패트릭은 엘런에게 더욱 빠져들었을 거다).

엘런은 비석에 적힌 글을 읽었다.

콜린 스콧
1970년~2002년
패트릭의 사랑하는 아내였고 잭의 엄마였고
밀리와 프랭크의 딸이었다.
인생은 영원하지 않지만 사랑은 영원하다.

맞는 말이다.

"내 첫 번째 생일 때 찍은 거래요."

잭이 손가락으로 사진을 가리키면서 엘런에게 말했다.

"할머니가 주신 선물을 여는 나를 보고 있는 거래요. 공룡 직소 퍼즐이에요. 그거 아직도 있어요."

"사랑스러운 사진이구나."

"아, 근데, 알려줄게요. 그 공룡, 티라노사우루스예요."

잭은 바지 주머니에 손을 넣더니 곰곰이 생각했다.

"아주 쉬워요. 다섯 조각인가밖에 없어요. 3초면 다 맞춰요. 아니, 1초면 다 맞춰요."

"우리가, 음, 콜린한테 말을 걸 거야. 조금 바보 같긴 한데……."

"아니야. 당연히 아니지."

엘런이 말했다. 엘런은 끔찍하게, 정말 끔찍하게 속이 메스꺼웠다. 콜린의 무덤 위에 토하면 안 될 텐데. 엘런은 주위를 둘러봤다. 최악의 경우 빌 테일러의 무덤으로 달려가면 된다. 빌은 '아주 다정하고 관대한 마음을 소유했던' 사람이라고 하니, 신경 쓰지 않을 것이다.

패트릭이 콜린의 비석 앞에 무릎을 꿇고 앉았다. 몸을 앞으로 기울이더니 콜린의 사진에 입을 맞췄다.

이런, 세상에.

잭도 패트릭 옆에 꿇어앉더니 특별히 의식하지도 않는 듯한 태도로 콜린의 사진에 입을 맞추고 "안녕, 엄마"라고 했다.

저게 이곳에서 지켜야 하는 예절인가? 엘런도 무릎을 꿇고 앉아 콜린의 사진에 입을 맞춰야 하는 걸까? 아니, 그럴 리 없다. 엘런은 콜린을 알지도 못한다. 사진에 입을 맞추다니, 너무나 부적절한 일일 것이다. 악수는 괜찮겠지. "만나서 반가워요"라고 말하면서 정중하게 비석을 토닥이는 것도 괜찮을지 모른다. 엘런은 이 얘기를 듣고 한 손으로 눈을 가리면서 꺅꺅 웃어댈 줄리아를 떠올렸다. 끔찍하고 또 끔찍하다!

패트릭이 비석 앞에 꽃다발을 내려놓았다. 셀로판지로 만든 포장지가 바스락거렸다. 패트릭은 헛기침을 했고, 엘런은 코로 숨을 들이마셨다가 내뱉었다.

"음, 또 왔어, 콜린. 당신 부모님하고 점심을 먹으러 가는 길이야. 어머니가 또 치킨 리조토를 만들어주신대."

말을 할수록 패트릭의 목소리는 차분하게 바뀌었다.

"내가 너무 밍밍하다고 했을 때, 어머니가 얼마나 화를 내셨는지 기억하지? 지금은 마늘을 너무 많이 넣으셔. 현관에 들어서자마자 마늘 냄새가 진동할 정도라니까. 오늘은 정말 날씨가 좋아. 우리는 당신도…… 아, 그거 알아? 주말에, 잭이 축구 시합에서 이겼어. 처음 시합에 출전한 거야."

엘런은 당혹스러웠다. 패트릭은 '우리는 당신도 함께했으면 좋겠다고 생각했어'라고 말하려던 것이다. 하지만 바로 직전에 임신한 약혼녀가 함께 와 있다는 걸 깨달은 거고.

"우리 팀이 완전히 박살 내버렸어!"

잭이 만족스럽다는 듯이 말했다.

"정말이야. 그리고 잭도 정말 잘했어. 당신이 봤다면 정말 자랑스러워했을 거야."

"엄마도 봤지? 천국에서. 천국에는 아주 커다란 스탠드가 있을 것 같아. 거기 모두 모여서 땅에서 가족이 하는 시합을 구경할 수 있는 거지? 각자 다른 가족이 하는 시합 말이야. 엄마는 원하는 건 뭐든지 먹고 마실 수 있을 거야. 동시에 여러 사람이 하는 시합도 볼 수 있고. 혹시 화면이 두 개로 갈라지는 스크린이 있는 거 아니야? 원하면 막 채널도 바꾸고……."

"그만, 됐어."

패트릭이 끼어들었다.

"아무튼, 콜린. 우리가 아주 엄청난 소식을 갖고 왔어. 그렇지,

잭?"

잭은 무슨 소리냐는 듯이 아빠를 쳐다봤다. 패트릭이 고갯짓으로 엘런을 가리키면서 말했다.

"아기!"

"아, 맞다! 엄마는 아기가 남자앤지 여자앤지 벌써 알 것 같아. 엄마는 알지? 그치? 엄마는 하늘에서 조립라인에 가봤을 거야. 공장 같은 데 말이야. 아기 만드는 공장. 엄마는 거기서 봤을 거야. '우와, 엘런의 새 아기구나. 네가 잭의 남동생이 되는 거야' 라고 했을 것 같아. 아니면 아, 네가 잭의……."

"맞아. 그래서, 이 사람이 엘런이야."

패트릭이 엘런을 보더니 손을 뻗어 그녀의 손을 잡았다.

나도 무릎을 꿇어야 해? 그래야 하나 봐. 하지만, 아프면 어떻게 하지? 아니야, 무릎을 꿇어야 하는 거야.

엘런은 무릎을 꿇었다. 분명 크림색 바지에 풀물이 들 거야. 하지만 패트릭의 얼굴에 갑작스레 떠오른 복잡한 감정을 보니, 잭이 지금까지는 한 번도 하지 않았던 행동을, 엘런의 어깨에 다정하게 한 팔을 척 걸치는 행동을 하는 것을 보니 잘했구나 하는 생각이 들었다.

"엘런이랑 나는 결혼할 거야. 당신이 행복해하리란 걸 알아, 콜린. 당신이 언젠가 내가 사랑스러운 사람을 만나게 될 거라고 했던 거, 항상 기억해."

패트릭은 갈라진 목소리로 말하며, 엘런의 손을 아플 정도로 세게 움켜잡았다.

"난 그럴 일은 절대로 없을 거라고 했잖아. 하지만 당신이 맞았어. 엘런은 사랑스러워. 정말로 사랑스러워. 엘런 덕분에 우리는 정말로 행복해."

패트릭이 말했다.

"맞아!"

잭도 말했다. 잭은 엘런의 어깨에 살며시 턱을 걸쳤다.

"오, 두 사람, 정말."

엘런은 간신히 그렇게 말했다. 무슨 말을 해야 할지 알 수가 없었기 때문이다. 엘런은 눅눅한 흙냄새와 패트릭의 애프터셰이브 로션 냄새, 잭의 땅콩버터 냄새를 맡을 수 있었다. 패트릭의 손이 엘런의 손을 따뜻하게 감싸고 있었다. 잠시 동안 메스꺼움이 사라지고, 엘런의 몸은 사랑스러운 안도감으로 가득 찼다.

그래, 이건 줄리아와 함께 웃어 넘겨야 하는 고통스러운 경험이 아니다. 이런 어색함이, 이런 끔찍함이 결국은 본질적으로는 사람을 만드는 것이다. 이렇게 쉽게 경험할 수 없는 가슴 아픈 순수한 순간들이 인생의 모든 근사한 부분과 비극적인 부분을 압축하고 있는 거다.

▲ ▲ ▲

오늘은 이번 달 네 번째 일요일이야. 패트릭이 콜린의 부모님과 점심을 먹는 날이지. 그건 절대로 바뀌지 않아. 항상 그 날은 일단 제쳐두고 휴가 계획을 짜야 했어.

콜린의 부모님 집은 딱 한 번 가봤어. 우리가 함께 산 지 몇 달쯤 지났을 때. 그다지 성공적인 만남은 아니었어. 너무 빨랐던 거야. 함께 간다는 말을 하지 않았어야 했는데. 하지만 패트릭이 내가 꼭 갔으면 했는걸. 사실은 꼭 가야 한다고 우겼지. 패트릭은 아주 급하게 서두르는 느낌이었어. 꼭 해야 하는 일을 해치워버리려는 사람 같았어. 할 일 목록을 해치워버리려는 사람. 나를 소개하는 게 자기 장인, 장모에게 아주 좋은 일이라고 생각하는 것 같았어. 사실 엄마는 실수하는 거라고 했는데.

"오, 사스키아. 가면 안 돼. 너무 잔인한 일이야."

엄마는 그렇게 말했지. 하지만 난 바보처럼 패트릭이 최선의 선택을 한 거라고 생각해버렸어.

당연히 엄마가 옳았어. 프랭크와 밀리에게는 내가 패트릭과 있는 모습이 정말로 끔찍했던 거야. 자기들 손자가 나에게 달려오는 게 끔찍했던 거라고. 딸을 잃어서 너무나 슬퍼하고 있었으니까. 눈물에 냄새가 있어 온 집 안에 스며들어 있는 것처럼, 그분들 집에 들어서자마자 그분들의 슬픔을 느낄 수 있었어. 두 사람 모두 주먹으로 얼굴을 한 대 맞기 직전인 사람처럼 똑같이 충격받은 표정을 짓고 있었어.

그분들 집에는 콜린의 사진이 없는 곳이 없었어. 콜린. 아기인 콜린. 학교에 들어간 콜린. 콜린과 패트릭. 콜린과 잭. 그곳은 마치 한 가지 주제로 전시를 하는 곳 같았어. 나는 어디에 시선을 둬야 할지 알 수가 없었어. 하지만 이상하게도 콜린과 패트릭이 함께 있는 사진을 볼 때는 그 어떤 질투도 느끼지 않았던 걸 기억해. 그때는 바보처럼 나에 대한 패트릭의 사랑을 전적으로 믿고 있었으니까. 나를 안절부절못하게 만든 건 콜린과 잭이 함께 찍은 사진이었어. 그 사진이야말로 내가 잭의 진짜 엄마가 아니라는 걸 분명하게 알려주는 증거였으니까.

그 뒤로 나는 산에 따라가지 않고 항상 패트릭과 잭만 가게 했어. 두 사람이 콜린의 부모님 집으로 가는 일요일에는 밀린 집안일을 하거나, 친구들을 만나거나, 다리가 아프기 전에는 운동을 하면서 보냈어. 전적으로 나 혼자서 조용하게 집 안에서 휴식을 취하는 시간이 정말 좋았어. 지금 생각하면 나 자신이 너무 낯설어. 혼자 있는 시간을 좋아했다니. 이제는 일을 끝내고 난 뒤 혼자 있는 시간이 너무나도 공허할 뿐인데. 패트릭을 관찰하는 것 외에는 아무것도 할 일이 없는 끝없는 사막일 뿐인데.

바쁘고 행복하게 살던 그 여자가 정말로 나였을까? 일이 끝나면 쇼핑센터를 뛰어다니면서 장을 보고, 집에 가서는 어린아이에게 줄 영양가 높은 이유식을 만들고, 그 아이의 아빠가 먹을 맛난 저녁을 준비하던 사람이 정말로 나였을까? 파티에 가고 바비큐를 먹고 영화를 보던 사람이 과연 나였을까? 일요일 아침마다 섹스를 했던 사람, 그저 평범한 인류의 한 사람이었던 그 여자가 정말로 나였을까?

그 사스키아는 다른 사람처럼 느껴져. 내가 잘 아는 사람. 내가 정말로 좋아하는 사람. 하지만 절대로 나는 아닌 다른 사람처럼 느껴져.

나는 네 번째 일요일마다 산에 가는 패트릭은 결코 따라가지 않아. 그 사람이 어디로 가는지 아니까. 어떤 꽃을 살지도 알고, 어떤 플로리스트에게서 꽃을 살지도 알아. 콜린이 묻혀 있는 묘지에 어떻게 가는지도 알아. 처음 함께 묘지에 갔을 때, 패트릭은 나한테도 같이 가서 콜린의 무덤을 보자고 했어. 하지만 난 거절했어. 정말로 이상한 생각 같았으니까. 나는 내가 죽은 사람이라면 당신이 새 여자 친구를 데리고 내 무덤에 와서 함께 춤을 추는 게 싫을 것 같다고 했어. 패트릭은 "당신이랑 거기서 춤추자는 거 아니야"라고 말했지. 하지만 어쨌거나 잭이 카시트에서 잠들어 있었기 때문에 나는 잭을 깨울 수가 없다고 했어. 그러니 그냥 잭과 함께 차에 남아 있겠다고.

이제 슬슬 패트릭이 엘런을 산으로 데려갈 때가 됐을 거야. 두 사람은 함께 사는 데다, 이제 곧 결혼도 할 테니까. 이제 패트릭은 제대로 된 관계를 맺고 있고, 잭은 제대로 된 새엄마를 갖게 됐으니까.

나는 차 안에 앉아서 세 사람이 엘런의 집에서 나오는 모습을 쳐다봤어. 세 사람은 제대로인 작은 가족 같았어. 한겨울인데도 잭은 산에 갈 만한 옷을 제대로 입고 나오지 않았어. 그저 소매가 긴 티셔츠만 입고 있었어. 나는 엘런에게 '가서 잭이 입을 재킷 가져와요'라고 소리치고 싶었지만, 꾹 참았어. 잭을 혼란스럽게 하거나 속상하게 만들고 싶지는 않았으니까.

엘런은 나를 보지 못했지만 패트릭은 나를 봤어. 패트릭은 실제로 몇 초 동안 나를 빤히 쳐다보다가 꼭 장례식장에서 경찰을 발견한 깡패처럼 코를 훌쩍이더니 어깨를 으쓱하고는 선글라스를 꼈어.

며칠 전에 슈퍼마켓에서 세 사람을 본 건 정말 이상했어. 난 그들을 쫓아가지 않았어. 그냥 거기 들렀던 거야. 그냥 우연이었어. 우연 비슷했던 거야. 내가 그 지역에 있기는 했어. 직장에서 나와 집에 가는 길에 엘런의 집 근처를 지나가게 된 것뿐이야. 그러다 갑자기 식료품을 좀 사 가야겠다고 생각한 거야. 그때 나는 패트릭이나 엘런은 생각조차 하지 않았어. 그러니까 그저 귀한 간식을 대접받은 거랑 비슷해. 나는 귀리를 찾고 있었어. 왠지 갑자기 안작비스킷이 미치도록 먹고 싶었거든. 나는 몇 년 동안 비스킷을 굽지 않았어. 패트릭과 헤어진 뒤로는 굽지 않아. 패트릭이랑 잭이 내가 구운 비스킷을 정말 좋아했는데. 물론 슈퍼마켓에서 재료를 사 간 뒤에도 비스킷은 굽지 않았어. 내가 왜 비스킷을 굽겠어? 비스킷을 구워야 하는 사람은 내가 아니라 엘런인데.

엘런은 나를 보자마자 재빨리 고개를 돌렸어. 꼭 당황한 사람처럼, 아니면 죄책감을 느끼는 사람처럼. 내가 아니라 자기가 스토커인 것처럼.

그게 패트릭이 나를 부르는 말이야. 스토커. 패트릭이 그 말을 처음 했을 때는 정말 충격을 받았어. 내가 스토커라고? 나는 정신 나간 이방인이 아니야. 우린 함께 살았잖아. 함께 아기를 만들려고 노력했는걸. 내가 패트릭을 따라다니는 이유는 오직 하나, 그저 그가 보고 싶고, 그와 말하고 싶고, 그를 이해하고 싶기 때문인걸.

하지만 아마도, 기술적으로 말해서, 나는 스토커가 된 걸지도 몰라.

마흔세 살까지 혼자 살 거라고는 생각도 못했는데. 아이가 없을 거라는 것도 생각 못했어. 스토커가 될 거라는 생각은 절대로 못했지.

엘런을 보고 고개를 저은 건 패트릭이 내가 꼭 살인을 저지를 사람처럼 굴기 시작하면 잭이 너무 놀랄까 봐서야. 잭이 함께 있을 때면 나는 항상 눈에 띄지 않으려고 조심했어. 그건 내 나름대로 세워놓은 스토커의 윤리 같은 거야.

오늘은 산에 가는 내내 따라가봐야 아무 소용없다는 걸 알았어. 그 구불구불한 길도 싫고, 잭이 차에 타고 있는데 패트릭이 나를 따돌린다고 속도를 내는 것도 원치 않았어. 그래서 고속도로까지 따라갔다가 세 사람이 가는 곳을 확인한 뒤에 그다음 출구에서 빠져나왔어.

"즐거운 시간 보내!"

나는 멀어져가는 세 사람의 차를 보면서 소리쳤어. 내 앞에는 일요일 하루가 사악한 농담처럼 놓여 있었어. 집으로 돌아오는 동안 나는 세 사람이 차 안에서 무슨 말을 할지 상상해봤어. 아마 수많은 이야기를 하고 계획을 세우겠지. 결혼식. 아기. 그들은 오늘 저녁에 뭘 먹을까? 엘런도 잭에게 도시락을 싸줄지 궁금해. 엘런도 나처럼 아주 쉽게, 열정적으로 엄마라는 역할을 기꺼이 맡을까?

나는 아직도 잭의 등교 첫날 잭에게 싸줬던 도시락을 기억해. 통밀 빵에 햄이랑 치즈를 넣은 샌드위치였어. 복숭아도 넣었지. 잭은 복숭아를 사랑했어. 작은 씨 없는 건포도 상자도 넣어줬고, 애플주스도 함께 쌌어. 좋아하는 바나나 빵도 한 조각 넣어줬지. 그 모든 걸 정말로 꼼꼼하게 생각해서 준비했는데. 그리고 엄마랑 도시락 이야기를 했어.

"그걸 다 먹었다고?"

그날 밤에 엄마가 전화를 해서 물었어.

"건포도 빼고는 다 먹었어."

나는 그렇게 대답했고. 패트릭은 잭이 도시락으로 뭘 싸 갔는지 전혀 몰라. 음식은 정말로 패트릭이 관심을 갖는 분야가 아니었으니까.

한 아이를 책임질 때, 그 사람의 일상은 아이의 점심 도시락, 아이의 학교 가방, 아이의 신발, 아이가 좋아하는 티셔츠, 아이의 친구들, 아이 친구의 엄마들, 아이가 보는 텔레비전 프로그램, 아이의 분노발작 같은, 아이의 인생을 결정하는 자잘한 일들로 가득 차는 거야. 그러다가 더는 아이를 책임질 필요가 없다는 말을 들으면, 이제 더는 원하지 않는다는, 더는 서비스를 제공할 필요가 없다는 말을 들으면, 그렇게 갑자기 정리해고를 당해버리면, 더는 들어갈 수 없는 회사에서 걸어 나가야 하는 직원처럼 힘들어지는 거야. 아주 끔찍하게 힘들어지는 거야.

잭은 나를 찾았을 거야. 잭은 정말 어리둥절했을 거야.

난 잭을 실망시켰어. 그건 모두 패트릭과 헤어진 뒤에 내가 살짝 무너졌다고 해야 하나, 조금 제정신이 아니었기 때문이야. 늘 자던 침대에서 더는 잘 수 없게 됐으니 나는 내 친구 태미네 집으로 갔어. 태미라니. 태미는 어떻게 살고 있을까? 그 애는 어떻게 해서든 나와 친구 관계를 유지하려고 했었는데. 하지만 다른 모든 사람처럼, 언제부터인지 내 인생에서 완전히 사라져버렸어.

태미 방에서 5일을 보낸 날 아침, 갑자기 그날이 금요일이라는 걸 깨달았어. 매주 금요일마다 잭은 학교가 끝나자마자 수영장에 가야 했어. 전날 밤에 미리 준비물을 챙겼을까? 수영장은 누가 데려다줄까? 궁금해졌어. 그날 내 근무시간은 9시 30분부터 2시 30분이었어. 금요일에는 늘 근무시간을 조정하고 잭을 데리러 갔으니까. 난 그 일이 정말 좋았어. 패트릭보다 훨씬 시간을 자유롭게 쓸 수 있었고 무엇보다도 내가 직접 잭을 데리러 갈 수 있다는 게 좋았어. 난 잭의 엄마니까. 시간제 근무를 하기 때문에 승진하지 못하는 건 아무런 문제가 되지 않았어. 그거야 엄마들은 다 그러잖아. 아이들 때문에 자기 직업을 희생하잖아.

그래서 나는 패트릭한테 전화를 걸었어. 잭이 수영 교실에 가야한다는 걸 알려주려고. 그때 모든 게 시작했어. 내 습관이 시작된거야. 내 옛 인생을 '스토킹' 하는 버릇이 생겨난 거야. 왜냐하면 패트릭이 나를 낯선 사람 취급 했거든. 잭의 수영 교실이 나하고는 아무 상관이 없는 것처럼 반응했으니까. 바로 그 전 주까지만 해도 내가 같이 수영장에 가서 수경을 제대로 씌워주고, 수영 강사한테 상급반으로 올라갈 수 있는지 물어보고, 같이 수영하는 아이 엄마랑 아이들을 함께 놀게 할 약속까지 잡았는데 패트릭은 "괜찮아"라고 했어. 짜증을 내듯이 말을 내뱉었어. 내가 괜한 간섭을 한다는 듯이. 나는 잭하고 아무런 관계가 없다는 듯이. "우리가 알아서 잘할 수 있어"라고도 했어.

그 말을 듣는 순간 그전까지는 한 번도 느껴보지 못했던 분노가 온몸을 휘감았어. 나는 패트릭이 미웠어. 여전히 패트릭을 사랑했지만, 정말로 패트릭이 미웠어. 그 뒤로 패트릭을 향한 그 두 감정을 구별하기가 힘들어졌어. 패트릭이 그렇게까지 밉지 않았다면, 나는 더는 패트릭을 사랑하지 않았을 거야. 알아, 말이 안 된다는 거.

패트릭이 내게 그의 아내 역할을(그때 나는 내가 패트릭의 아내라고 생각했으니까) 서서히 그만두고, 잭의 엄마 역할을 서서히 그만두게 해줬다면, 잭을 염려해서 전화를 건 내게 내가 받아야 마땅한 존중을 해줬다면, 그저 나와 함께 앉아서 내가 얼마나 상처를 받았는지 알고 있다고 말해줬다면, 그저 진심으로 미안하다고 말해줬다면, 나는 두 사람을 떠나보냈을 거야. 결국 많은 사람이 그렇듯이 나도 상처를 딛고 다시 일어섰을 거야.

하지만 패트릭은 내게 미움을 심어버렸어. 미움은 퍼져나가는 거야. 조직이 괴사하듯이, 미움도 내 몸을 좀먹으면서 퍼져나가는 거야. 내 몸을 장악하는 거야. 모두 패트릭 잘못이야. 내가 남들이 받아들일 수 없는 일을 한다는 거 알아. 마음 깊은 곳에서는 나도 잘 알고 있어. 하지만 패트릭이 시작했어. 엄마는 아빠를 만났을 때 정말 완벽한 러브스토리 같았다고 했어. 나도 패트릭이 나의 완벽한 러브스토리라고 생각했어. 하지만 패트릭은 아니었어. 패트릭은 최면술사의 러브스토리였던 거야. 최면술사의 러브스토리에서 나는 연인의 전 여자 친구일 뿐이야. 주인공은 내가 아니야. 나는 그저 아주 작은 단역일 뿐이야.

아니, 어쩌면 악당인지도 몰라.

▲　▲　▲

묘지에서 출발한 뒤에 세 사람은 한 마디도 나누지 않고 프랭크와 밀리의 집으로 갔다.

잭은 다시 뒷좌석에서 조용히 게임에 몰두했고, 패트릭은 구불구불한 산길을 달리는 데만 집중했다. 엘런은 의자에 머리를 기대고 앉아 있었다. 여전히 속이 매스꺼웠지만 참을 만했다. 프랭크와 밀리의 집에 도착해서도 오랫동안 아무것도 먹지 못하는 일만 생기지 않는다면 견딜 수 있을 것이다. 마른 빵 한 조각만 먹어도 이 메스꺼움은 가라앉을 것이다.

엘런은 화면을 빨리 돌리는 영화처럼 빠른 속도로 지나가는 창밖 풍경을 물끄러미 쳐다봤다. 예스러운 산골 마을에는 카페와 중고 서점과 골동품 가게가 있었다. 엘런은 연애를 시작했을 무렵에 존과 함께 블루마운틴에서 보냈던 낭만적인 주말을 생각했다. 이제는 그 기억을 버려야 했다. 존은 결혼을 할 테니까. 엘런도 결혼을 한다. 인생은 그렇게 앞으로 가는 것이다. 엘런은 이제 앞에 펼쳐진 길만 쳐다보며 가야 한다. 사스키아도 그래야 한다. 사실은, 패트릭도 그래야 한다.

엘런은 패트릭이 지금 콜린을 생각하고 있는지 궁금했다. 그녀를 콜린과 비교하고, 콜린이 죽지 않았다면 지금 그의 인생이 어땠을지를 생각하고 있는지 궁금했다. 패트릭의 마음을 읽을 수 있다면 얼마나 좋을까? 엘런은 도무지 헤아릴 수 없는 패트릭의 옆모습을 힐끔 쳐다봤다.

물론 마음을 들여다볼 수 있는 방법은 있다.

거의 매일 밤, 패트릭은 잠들기 전에 최면을 걸어달라고 부탁했다. 패트릭이 편히 잘 수 있도록 최면을 거는 건, 두 사람의 일상이 되었다. 패트릭은 완벽하게 엘런을 믿었다. 그러니 엘런은 패트릭을 깊은 최면에 들게 해서 콜린을 생각하는 그의 마음을 알아내고, 자신이 그런 질문을 했다는 사실을 영원히 잊어버리도록 최면 후 암시를 걸 수도 있었다.

하지만 그건 잘못된 일이다. 전적으로 비윤리적이다. 패트릭의 허락도 받지 않고 그의 마음에 들어갈 수는 없다. 그런 일은 패트릭의 일기장을 훔쳐보는 일과 다르지 않다. 더구나 패트릭은 엘런의 마음을 들여다보지 못하니, 공정하지도 않다.

엘런은 자신이 여전히 존에 대해 복잡한 감정을 품고 있다는 사실을 패트릭에게 들키고 싶지 않았다. 그러니 절대로 패트릭의 마음을 들여다보는 일은 하지 않을 것이다. 그건 대니 같은 사람이나 하는 짓이다. 대니가 연애를 한다면 그런 짓을 할 것 같았다.

하지만 애초에, 자기가 이런 생각을 한다는 사실 자체를 엘런은 믿을 수가 없었다. 최근 들어 엘런은 스스로에게 실망하는 일이 점점 많아졌다. 언제나 자신의 모습이라고 생각했던 사려 깊고 배려심 많고 참을성 있고 도덕적인 인간이 아니라는 증거가 쌓이고 있었다.

하지만, 정말로 솔깃한 생각이잖아.

"아빠?"

갑자기 뒷좌석에서 잭이 말했다.

"점심 먹고 지난번 갔던 곳에서 부시워크 하자."

"그래."

패트릭이 대답했다. 하지만 곧바로 또 말했다.

"아, 안 된다. 안 돼, 잭. 점심 먹고 곧바로 떠나야 해. 아빠가 사무실에서 할 일이 있거든. 몇 시간 일하다 올 거야."

잭이 끙, 하고 신음 소리를 냈다.

"다음에 가자."

패트릭이 말했다.

"오후에 출근할 거야?"

엘런이 물었다.

패트릭이 엘런을 흘긋 쳐다봤다.

"아, 응. 미안. 내가 말 안 했나? 서류 정리할 게 있어서. 일이 너무 밀렸어."

그러니까 오후에 잭을 돌봐야 하는 사람은 엘런이 된 것이다. 엘런도 오후에 줄리아를 만날 약속을 잡았는데. 줄리아하고는 오랫동안 보지 못한 데다 줄리아는 콜린의 부모님 집에 다녀온 얘기를 전해 듣기를 학수고대하고 있었다. 잭이 옆에 있으면 제대로 말하지 못할 게 분명했다.

"그럼 오후에 내가 잭을 돌봐야 해?"

엘런이 다시 한 번 물었다.

"다 컸는데, 뭐. 이제 돌봐줄 필요 없어 그치, 잭? 잭은 그냥 자기할 일 하면 돼. 잭, 너 해야 할 숙제 있지? 그렇지, 잭?"

엘런은 한숨이 나오는 것을 꾹 눌러 참았다. 패트릭과 잭이 그녀의 집으로 들어온 뒤로 엘런은 생애 처음으로 숙제를 감독해야 하는 환상적인 즐거움을 경험하고 있었다. 정말 끔찍한 일이었다. 잭을 책상에 똑바로 앉히고 잭의 손에 연필을 쥐여주고 책을 펴게 하는 일은 정말로 힘들었다. 잭은 늘 의자에서 반쯤 미끄러진 자세로 아픈 사람처럼 책상에 얼굴을 대고 있거나, 갑자기 설명할 수 없는 할 일들이 생겨난 듯 책상 앞에서 도망가버리기 일쑤였다.

엘런은 잭과 잘 지내는 법을 아직 찾아가는 중이었다. 물론 잭이 엘런에게 반항을 한다거나 엘런을 사악한 계모 대하듯 하는 건 아니었다. 잭은 완벽하게 우호적이었고 엘런을 편하게 생각했다. 초조한 쪽은 엘런이었다. 엘런은 잭에게 이야기할 때면 자기 목소리가 끔찍할 정도로 통통 튄다고 생각했다. 그런 엘런의 모습은 열네 살 때 다리가 하나뿐인 소년을 사랑했던 스스로를 떠오르게 했다. 그 소년, 자일스는 엘런에게 친절했다. 사실 자일스는 그를 좋아하는 모든 소녀에게 친절했다. 엘런이 말을 걸면 잭은, 그 옛날 엘런이 기차역에서 3.45호 열차가 도착하기 전에 어떻게 해서든지 좋은 인상을 심어주려고 아무렇게나 떠드는 동안 자일스가 지었던 표정을 지었다. 정신은 다른 데 가 있지만 꾹 참아준다는 표정. '사실 네가 하는 말에는 그다지 관심이 없지만 나는 좋은 사람이니까, 네 마음이 다치는 걸 원치 않으니까, 네가 말을 끝낼 때까지 웃으면서 기다려 줄게' 하는 듯한 표정을 지었다.

더욱 끔찍한 것은 엘런 자신이 아무렇지도 않다는 듯이 행동한다는 거였다. 잭이 완전히 자기 생각에 몰두하고 자기 인생을 살아가느라 바빠서 엘런의 존재를 완전히 잊어버릴 때는 잭이 그녀를 어떻게 생각하는지 전혀 신경 쓰지 않는 것처럼 행동한다는 것이다. 그것은 엘런이 정확히 자일스에게 했던 행동이었다.

음, 이런 게 엘런이 기꺼이 살고 싶어했던 인생 아니었나? 엘런은 의붓아들이 생긴다고 좋아했다. 곧바로 가족이 생긴다고 좋아했다. 패트릭이 그녀를 아내처럼 여기고 이런 오후에 아들의 숙제를 감독하는 역할을 맡겼으니 행복해야 하는 거 아닐까? 다섯 살 때 벌써 한 명도 아니고 두 명이나 엄마를 잃고 버려졌다는 생각에 끔찍한 정신적 고통을 겪고 있을 불쌍한 아이에게 전적으로 집중하고, 그 아이를 돌봐줘야 하는 거 아닐까?

"좋았어!"

잭이 닌텐도 DS를 번쩍 들어 올리면서 소리쳤다.

"이런, 잭! 앞좌석, 발로 차는 거 아니야."

패트릭이 말했다.

하지만 패트릭은 먼저 엘런의 일정이 어떻게 되는지부터 확인했어야 하지 않을까? 엘런에게 잭을 부탁해도 되는지, 그녀의 시간이 괜찮은지부터 확인했어야 하지 않나?

당연히 그랬어야지. 하지만 엘런도 줄리아와 약속을 잡기 전에 패트릭의 일정은 물어보지 않았다. 엘런은 지금 잭은 자기 책임이 전혀 아닌 것처럼, 마치 독신 여성인 것처럼 행동한 것이다.

어떤 게 공정하고 어떤 게 부당한지를 판단하는 건 정말 어려운 일이다. 부모들은 아마 이런 일에 관한 매뉴얼을 갖고 있을 것이다. 어떤 일이 먼저인지를 결정할 수 있는 분명한 절차가 있을 것이다. 엘런은 이 문제를 매들린에게 물어봐야겠다고 생각했다.

"자기, 오늘 오후까지 복도에 있는 상자들 다 치워준다고 했잖아."

토요일에는 잭의 시합이 있었기 때문에 상자를 치우지 못했다. 패트릭은 일요일 저녁까지는 상자를 모두 치우겠다고 약속했다.

"아, 당연하지. 걱정하지 마. 이따가 집에 가서 다 치워줄게."

아니, 안 그럴 거다. 패트릭이 상자를 치우지 못하리라는 것을 엘런은 알았다. 오전 일정을 끝내고 사무실에 나갔다가 집으로 돌아오면 분명히 녹초가 되어 있을 테니까. 이미 시간은 너무 늦었고, 아빠를 보자마자 잭이 놀아달라고 할 테니까. 패트릭은 저녁 뉴스를 보다가 소파에서 잠들고 싶어할 거다. 그때서야 치우지 않은 상자가 생각날 거다. 그리고 엘런이 마치 '잔소리'를 한 것처럼 느껴질 거다. 엘런은 또 한 주를 복도에 있는 상자들을 견디며 지내야 할 테고.

상자에 담겨 있는 온갖 잡동사니는 풍수지리로 봤을 때, 엘런의 집에 온갖 재앙을 불러올 것이다. 출입구는 자연스럽게 흐르는 에너지가 들어와야 하는 문이다. 그러니 엘런이 이렇게 짜증을 내는 것도 당연하다. 잡동사니들 때문에 좋은 에너지가 엘런의 집으로 들어오지 못하고 완전히 막혀 버릴 테니까.

당연히 지금은 잡동사니 상자 이야기를 꺼낼 적절한 타이밍이 아니었다. 지금 패트릭은 프랭크와 밀리와 함께 할 점심 식사 때문에 잔뜩 긴장하고 있었으니까. 하지만 말이란 것은 초콜릿 상자에 하나 남은 마지막 초콜릿처럼 억누르기 힘든 것이다.

"안 치울 거면서."

엘런은 조용히만 말한다면 아무 문제없다는 듯이 창문을 보면서 중얼거렸다.

"뭐라고?"

패트릭의 목소리가 날카로워졌다.

"아무 말도 안 했어."

"엘런! 내가 분명히 치울 거라고 했잖아."

"다 들어놓고 왜 물어?"

"둘이 싸우는 거야?"

잭이 흥미롭다는 듯이 물었다.

'허, 진짜 아름답고도 가슴 아픈 순간이네.' 엘런은 생각했다.

▲ ▲ ▲

나는 일요일 내내 텔레비전만 보기로 했어. 몇 달 전 사무실에서 내 옆에 앉은 랜스가 〈더 와이어〉 첫 번째 시즌을 빌려줬거든. 랜스랑 그 사람 부인은 텔레비전 드라마에 완전히 심취해 있어. 늘 텔레비전 드라마에 나오는 등장인물이 어떻게 성장해 나가는지, 줄거리가 얼마나 놀라운지 같은 말을 계속 늘어놓고는 했어. 그래 봤자, 텔레비전 프로그램이잖아. 나는 늘 '제발, 랜스. 난 텔레비전에는 관심 없어요. 나는 내 인생을 살아가고 있다고요' 라고 말해 주고 싶었어.

그렇지. 나야 괜찮은 인생을 살아가고 있어. 애석하게도, 사회가 용납하지 않는 '스토킹' 이라는 취미 활동을 하면서.

왜인지는 모르지만 랜스는 내가 꼭 그 드라마를 봐야 한다고 했어. 어찌나 우기던지, 별로 관심도 없었는데 결국 빌려올 수밖에 없었어. 랜스는 내가 이 드라마를 꼭 보고 나서 거기에 나오는 이야기들을 함께 떠들어대기를 바라는 듯했어. 그걸 어떻게 아느냐면, 랜스가 사무실에 근무하는 다른 여자한테 〈웨스트 윙〉을 빌려주는 걸 봤거든. 랜스는 그 여자를 볼 때마다 몇 편을 보고 있느냐 묻고는, 아주 진지하게 드라마를 분석했어. 결국 그 여자는 랜스를 피해 숨어 다녔어. 복도에서 랜스를 보고 화들짝 놀라면서 가까이 있는 사무실로 뛰어 들어가는 걸 몇 번이나 봤는걸.

내가 전혀 볼 생각을 안 하니까, 랜스도 아직 안 봤느냐고 묻는 건 그만뒀어. 그런데 오늘 갑자기, 드라마를 보면서 일요일을 보내면 완벽하겠다는 생각이 든 거야. 드라마를 본다면 패트릭도 엘런도 잭도 전혀 생각하지 않으면서, 그저 토스트와 초콜릿을 먹으면서 일요일의 나머지 시간을 보낼 수 있겠다고 생각한 거야. 나는 드라마를 보면서 흘려보낼 시간들을 고대하며 집으로 돌아왔어.

하지만 인생의 많은 것들이 당연히 그렇듯 내 계획은 생각대로 흘러가지 않았어. 내가 진입로에 들어섰을 때 옆집에 이사 온 새 가족들이 진입로로 차를 몰고 들어왔어. 정말로 완벽하게 절묘하고도 끔찍한 타이밍이었어.

그 가족은 금요일에 이사를 왔어. 내가 생각한 것만큼 정말로 끔찍한 가족이었어. 엄마는 포니테일을 찰랑거리는 여자였고, 아빠는 아주 시원하게 머리가 벗겨진 남자였어. 작은 딸은 주근깨투성이 곱슬머리였고, 작은 아들은 보조개가 있었어. 모두 사랑스러웠고 튼튼하고 친절하고 활기찼어. 마치 옆집에 래브라도가 네 마리 살게 된 것 같았지. 그 사람들은 인사를 하러 와서는 자기들이 너무 시끄럽게 굴지 않길 바란다고 했지만, 나는 시끄러울 거라고 장담해. 게다가 그 사람들은 언젠가 나를 자기들 집에 초대할 게 분명해. 그러니까 나는 최대한 서먹하게 굴어야 해. 그래야 그런 친절들이 다 쓸모없다는 걸 알게 되지. 나에게는 그저 친절하게 손 흔들어주는 걸로 만족해야 한다는 걸 알게 해야 해. 제프든, 부동산중개업자든, 그 사실을 그 가족들에게 분명히 알려줬어야 하는데. '차고문은 스틱으로 열어야 하고, 쓰레기는 월요일 밤에 내놓고, 옆집 사람하고는 대화를 해선 안 됩니다'라고 말해줬어야 하는데.

내가 자동차 밖으로 나오자마자 네 사람 모두 나를 향해 뛰어왔어. 혀를 밖으로 쭉 빼고 꼬리를 마구 살랑거리면서. 나는 하마터면 그들을 저지하려고 손을 번쩍 들 뻔했어.

"오늘 저녁에 우리 집에 올래요?"

작은 여자아이가 말했어.

"사스키아 아줌마한테 시간을 드리렴."

아이의 엄마는 너무나도 사랑스럽게 웃었어. 아마 나보다 적어도 열다섯 살은 어릴걸. 더 어릴지도 몰라. 그 사람 이름은 기억나지 않아. 기억해둬야겠다는 생각도 하지 않았어.

그 가족은 오후에 집들이 바비큐 파티를 한다며 나한테 오라고 했어.

"그냥 친구들 몇 명만 올 거예요. 정말 간단하게 저녁만 먹으려 고요."

"원래 살던 데 옆집 아줌마는 쇼트(Short) 부인이었어요. 근데 작은 아줌마가 아니었어요. 아주 큰 아줌마였어요."

"허."

그 집 아들 말에 내가 대답했어.

그 아이는 어딘지 모르게 잭을 떠오르게 했어. 아마 아이의 눈 때문인 것 같아. 아니면 나이가 비슷해서일 수도 있지. 그 아이는 다섯 살 정도 돼 보였어. 패트릭이랑 헤어졌을 때의 잭과 같은 나이였지. 난 그 아이랑 친구가 되고 싶지 않았어. 그저 쳐다보는 것만으로도 내 가슴이 찢어질 것 같았으니까.

"그냥 간단히 한잔 하고 가셔도 돼요."

그 집 아빠가 말했어.

"우리 집에 아주 특별한 소시지 있어요. 거기 칠리도 넣어요."

작은 딸아이가 말했고,

"강요하는 건 아니에요. 부담은 느끼지 않으셨으면 좋겠어요."

아이의 엄마도 말했어.

"우리는 그냥…… 혹시 아무 계획이 없으면, 한 집을 공유하는 거랑 같으니까, 사실 한 번도 듀플렉스에서 살아본 적이 없거든요. 그래서, 우리 생각에는…… 음, 하지만 당연히 다른 계획이 있거나, 아니 일요일에는 그냥 푹 쉬고 싶으실 수도 있으니까……."

아이의 엄마는 살짝 허둥대다가 입을 다물었어. 아이의 아빠가 아내에게 살짝 눈치를 준 거야. 그러니까 두 사람은 내가 주저한다는 걸 눈치챈 거야. 그래서 내게 거절할 기회를 주려는 거였지. 친절한 사람들. 친절하고 공손하고 평범한 사람들. 그런 사람들이야말로 나에게 꼭 필요했어. 옆집에 사는 친절한 사람들. 그래야 내가 얼마나 못난 인간인지 알 수 있으니까.

하지만 나는 하루 종일 집에서 텔레비전이나 보면서 나 자신을 진정시켜야 할 필요가 있었어. 그래서 그 사람들에게, 초대는 받아들이고 싶지만 오늘은 하루 종일 매달려야 할 다른 일이 있다고 말했어. 너무나도 유감이라는 듯이 말했지. 그렇게까지 유감이라는 듯이 행동해선 안 되는 거였는데.

"다음에요."

아이의 아빠가 말했어.

"다음에요."

아이의 엄마도 말했어.

"다음에요."

나도 말했고,

"다음에요."

라고 그 작은 남자아이도 말했어.

남자아이가 말을 하자마자 우리 어른 셋은 정말로 유쾌하게 웃었어. 아이는 얼굴을 찡그렸고. 자기가 말하자마자 어른들이 웃은 이유를 몰라서 그랬을 거야.

정말 잘됐어. 이제는 분명히 다음이 있게 된 거야.

집으로 들어와서 나는 정말 오랫동안 있지도 않은 사회적 의무를 다하려고 준비했어. 일단은 오랜 친구의 마흔 번째 생일을 축하하러 가기로 결정했어. 친구네 뒷마당에서 열릴 그 파티는 소박하지만 우아할 거야. 아이들이 사방에서 뛰어다닐 거고, 요식업체에서 나와 음식을 서빙해주겠지. 나는 그 친구들이 아주 부자라고 설정했어. 그 친구들 집 바로 뒤에는 시드니 항구가 있어. 그러니까 음식도 아주 훌륭할 거야. 내가 축사를 해야 해. 아주 재미있고 감성적인 축사를 할 거야. 엘런이 친구의 마흔 번째 생일 파티에 가서 할 것 같은 축사를 하는 거지.

나는 청바지를 입고 부츠를 신을 거야. 그리고 엄마가 돌아가시기 직전에 태미가 내 생일 선물로 사준, 정말로 아름다운 파란색 상의를 입을 거야. 적절하게 입을 기회가 없어서 한 번도 입지 않았던 건데, 항구 옆에서 열리는 친구의 생일 파티라면, 정말로 완벽한 기회지. 그리고 엄마가 만들어준 아주 긴 스카프도 맬 거야. 분명 파티에 참석한 사람 모두 그 스카프를 칭찬할 거야. 그럼 나는 엄마의 솜씨가 아주 좋았다고 말할 거고. 나는 드라이어로 머리를 매만지고 화장도 하고 패트릭이 항상 섹시해 보인다고 했던 커다란 귀걸이도 하고 갈 거야.

문밖으로 걸어 나갈 준비를 모두 마쳤을 때 나는 정말로 오랜만에 스스로를 아주 매력적인 사람처럼 느꼈어.

집을 나서기 전 갑자기 충동적으로 안작 비스킷을 만들려고 사

온 재료를 모두 비닐봉지에 담았어. 파티에 가기 전에 엘런의 집 앞에 내려놓고 가야겠다고 생각한 거야. 엘런이라면 비스킷을 만들어 먹을 수 있을 테니까. 나야 사교 생활을 하느라 바빠서 비스킷 만들 시간이 없으니까.

차를 타려고 걸어가는데, 우리 진입로로 집들이 바비큐 파티에 참석하려고 걸어오는 남자와 여자가 보였어. 남자는 와인 병을 들고 있었고 여자는 알루미늄 포일로 감싼 커다란 접시를 들고 있었어.

나는 내가 당연히 평범한 사람이라는 걸 알리려는 듯이, 일요일이면 친구의 마흔 살 생일 파티에 참석하는 사람이라는 걸 알리려는 듯이, 그 사람들을 보고 웃으면서 "안녕하세요"라고 말했어.

그 사람들도 나를 보고 웃었어. 사실 남자는 특히 친절하게 웃는 것 같았어. 그냥 형식적으로 웃는 웃음이 아니었어. 나를 아는 것 같은데 정확히는 모르겠다는 듯한 웃음이었어. 거의, 가능한지는 모르겠지만, 내가 아주 매력적이라고 생각하는 것 같은 웃음이었어.

"파티에 오셨나요?"

그 남자가 물었어.

"아니에요. 전 또 다른 파티에 가요. 친구의 마흔 번째 생일이라서요."

"아, 그렇군요. 즐거운 시간 보내세요."

그 남자가 말을 하고 있을 때, 옆집 문이 벌컥 열리더니 그 집 가족이 쏟아져 나오면서 소리를 질렀다.

"이게 누구야! 용케도 찾았네."

나는 재빨리 차 있는 곳으로 걸어갔어. 괜히 옆집에 온 손님을 소개받고 싶지는 않았으니까. 제프와 나란히 살 때는 이런 난처한 일은 걱정할 필요도 없었는데. 우리 둘 다 누굴 초대하는 일은 없었으니까. 자동차 시동을 걸면서 손을 흔들어 작별 인사를 하는데, 여전히 나를 보는 남자가 보였어. 그 남자도 손을 들어서 나에게 인사를 해줬어. 그 모습을 보니까 마음이 따뜻해졌어. 행복이 어떤 느낌인지 기억이 나는 것도 같았어.

후진해서 진입로를 빠져나온 뒤에도 다시 웃으면서 뒤를 봤어. 누구든지 눈이 마주치면 손을 흔들어주려고 했어. 하지만 아무도 나를 보지 않았어. 그 여자는 아이의 엄마에게 알루미늄 포일을 감싼 접시를 내밀고 있었고, 남자는 그런 여자를 자기 앞으로 끌어당겨서는 짐짓 '내 여자다'라고 말하듯, 패트릭이 나한테 그랬던 것처럼 여자의 엉덩이에 손을 얹고 있었고, 여자는 그런 남자를 보고 웃음을 터뜨렸고, 옆집 사는 작은 남자아이는 무언가를 보여주고 싶은 것처럼 남자의 다른 손을 붙잡고 있었어.

순간 얼굴을 한 대 맞은 것 같아서, 따뜻했던 마음이 다시 차가워졌어. 그 남자는 내가 매력적이라고는 조금도 생각하지 않았는지도 몰라. 그 남자는 그저 이 세상에 가득한 상냥하고 친절한 사람 가운데 한 명에 지나지 않을지도 몰라. 맞아. 그게 맞을 거야. 옆집 사람들이 좋은 사람들이라면, 그들이 아는 사람도 좋은 사람일 수밖에 없겠지. 좋은 사람들은 한데 모이니까.

아, 어쩌면 그 남자는 나한테 매력을 느꼈는지도 몰라. 어쩌면 약간 끈적끈적하고 너저분하게, '당신이 원하면 내 여자 친구는 속일 수 있어'라는 식으로 웃은 건지도 몰라. 항상 기회를 엿보면서 만나는 모든 여자들한테 그런 웃음을 날리는 남자일 수도 있어.

그러다 생각했어. 이런, 그런데 나 이제 어디로 가지?

항구가 보이는 곳에서 마흔 번째 생일 파티를 한다는 생각이 너무도 현실처럼 느껴져서 나는 정말로 그런 파티가 열렸으면 하고 바랐어. 하지만 사실은 갈 곳이 없었어. 먼 옛날이었다면 전화를 걸어볼 친구들이 있었을 거야. 친구들이 손가락 사이로 빠져나가는 건 정말로 놀라워. 사회 관계망이 한 번도 존재한 적이 없었던 것처럼 사라져버리는 건 정말로 놀라운 일이야.

가족도 없고, 그 어떤 사람과도 접촉하지 않고 살 수 있게 설계된 도시에서 늘 자동차로 이동하며 살다 보면, 거리를 걷다가 사람들과 인사할 일이 전혀 없는 도시에 살다 보면, 할 수 있는 건 내가 산 식료품이나 쳐다보면서 무표정하게 걷는 10대들로 가득 찬 영혼 없는 슈퍼마켓에서 쇼핑을 하는 것뿐이야. 슈퍼마켓에서 만난 10대들은 내가 마치 투명인간인 것처럼, 존재하지 않는 것처럼 내 몸을 투사해버려. 그 애들에게 나는, 정말로는, 존재하지 않는 거니까.

내가 설계해보고 싶었던 마을에서 산다면, 어디든 혼자라는 느낌이 들지 않는 곳으로, 대화를 나누고 싶은 마음이 드는 탁 트인 밝은 곳에서 커피를 마시고 책을 읽을 수 있는 곳으로 갈 수 있었을 텐데.

아니, 다 쓸데없는 없는 자기망상이야. 나는 사랑스러운 곳, 모든 사람이 매일같이 이야기를 나눌 생각이 절로 드는 곳, 모든 사람이 불쾌할 정도로 친절한 곳, 햇살처럼 화사하게 나를 보고 웃는 사람들이 모인 곳을 견딜 수 없을 거야. 내가 원하는 건 이번 주말에 뭐 할 거냐는 질문을 듣지 않고도 그저 작은 우유 하나 살 수 있는 자유니까.

나는 외롭지 않아. 그냥 혼자인 것뿐이야. 나는 혼자가 되는 걸 택한 거야.

내가 다시 사교 생활이 있는 곳으로 돌아가려면 무엇을 해야 하는지는 정확하게 알아. 그저 〈더 와이어〉를 보고 랜스에게 그 사실을 알리면 돼. 그리고 다른 드라마 DVD도 빌려달라고 부탁하면 돼. '혹시 언제 아내 분이랑 같이 저녁 먹을까요?' 라고 말만 하면 돼. 그런데, 내가 랜스 부인을 본 적이 있던가? 한 번도 없는 것 같은데? 아니면 사무실 다른 직원한테 말하면 돼. '끝나고 한잔 할래요?' 몇 달 전에 있었던 회사 파티에 나갔으면 됐겠지. 옆집 사람들의 초대를 받아들였으면 되는 거라고. 인터넷으로 연애든 섹스든, 하고 싶은 남자를 찾으면 되는 거라고.

나는 사교성이 없지 않아. 그냥 내성적이고 수줍음이 많을 뿐이야. 문제가 될 정도로 소심하지는 않아. 사람들은 사귀어봤어. 시드니에 처음 왔을 때, 아는 사람이 한 명도 없을 때도 친구를 만들었는걸. 사교 모임에 참석했고, 초대를 받아들였어. 사람들에게 웃으면서 질문을 하고, 내가 먼저 다가갔었어.

하지만 이제는 굳이 누군가를 사귀고 싶지 않아. 그러기에는 너무 늦었어. 그리고 중요한 건 이거야. 공평하지 않다는 것. 내가 다시 그런 노력을 기울일 이유는 없어.

이제는 옆집 사람들하고 그랬던 것처럼 가식적으로, 활발한 척 꾸미고 싶지 않아. 새로 사람을 사귄다면, 자꾸 거짓된 모습을 보이고 말 거야. 초반에는 자기를 포장하는 일이 필요하니까. 그래야 서로 호감을 가질 수 있으니까. 하지만, 예전에는 나도 진짜 친구들과 진짜 우정을 나눴어. 나도 엄마였고 아내였고 친구였고 딸이었던 적이 있었는데, 지금은 아무것도 아니야.

내가 패트릭을 잊고 정상적인 삶을 살아간다면, 분명히 패트릭은 자기가 옳았다고, 우리는 함께할 운명이 아니었다고 생각하게 될 거야.

나는 엘런의 집으로 차를 몰았어. 잠시 동안 사라져 있었기 때문에 늘 느끼는 끊이지 않는 고통과 상실감과 분노가 어느 때보다도 증폭되어 있었어.

나는 그냥 안작비스킷 재료가 든 봉투를 문 앞에 두고 오려고 했어. 굳이 쪽지를 남기지 않아도 두 사람은 내가 두고 간 걸 알 거야. 재료를 내려놓고 돌아오려는데, 현관 위 돌출부에 안경을 쓴 돌로 만든 작은 부엉이가 보였어. 그 부엉이를 보자 엘런이 분명 저 부엉이 밑에 열쇠를 뒀을 거라는 생각이 들었어.

내 생각은 맞았어.

개는 생각하지 마세요! 지금 여러분, 개를 생각하고 있죠, 맞죠? 그
래서 최면에서 내담자에게 제안을 할 때는 언어를 신중하게 선택해
야 하는 거예요. 역전 현상이 생기니까요. 내담자들은 '생각하지 말
라' 는 말에 반응하지 않아요. '개' 라는 말을 들었다는 사실에만 집중
하거든요.

– 엘런 오패럴의 2일 단기 코스 '최면치료 개론 강의' 중에서

패트릭이 모는 차가 진입로로 들어서자마자 현관 앞으로 콜린의
부모님이 나타났다.

"저분들이야. 프랭크와 밀리."

패트릭이 잔뜩 긴장한 목소리로 이를 앙다문 채 웃으면서 손을
흔들었다.

잭이 벌컥 차 문을 열고 나가 외조부모에게 뛰어갔다. 엘런과 패
트릭은 잭이 노부부를 껴안는 모습을 지켜봤다. 오늘 자연스럽게
행동하는 사람은 잭밖에 없는 것 같았다.

"좋아."

패트릭이 말했고, 두 사람은 자동차 밖으로 나갔다.

"빨리 와. 두 사람 모두, 안으로 들어가. 따뜻하고 포근할 거야."

잭은 외할아버지와 함께 집 안으로 들어가버렸고, 밀리만이 문

앞에 서서 패트릭을 손짓해 불렀다.

"안녕하세요. 밀리. 좋습니다. 정말 좋은 생각이에요."

패트릭은 엘런이 한 번도 들어보지 못한 쾌활한 말투로 대답했다.

세상에, 엘런은 생각했다.

"아안녕, 하세요!"

엘런은 그녀 자신이 아주 친절하고 좋은 사람인 데다 따님을 잃은 두 분 때문에 정말로 마음이 아프다는 걸 보여주려는 것처럼 서둘러서 인사를 건넸다(이런 세상에. 어째서 꼭 메아리치는 것 같은 소리를 낸 거지? 산꼭대기에서 두 분을 향해 소리 지르는 것 같잖아. 미친 사람인 줄 알았을 거야).

밀리의 말이 맞았다. 프랭크와 밀리의 집은 추운 묘지를 다녀온 뒤여서인지 정말로 아늑하고 포근했다. 은은한 음악이 들려오고 있었고, 밀리는 엘런을 벽난로 앞으로 데려갔다.

"마실 건 뭘로 줄까요?"

밀리가 물었다. 밀리는 키가 작고 가냘팠다. 나이보다 젊게 입은 밀리는 청바지에 가느다란 몸에는 조금 커 보이는 풍성한 흰색 점퍼를 입고 있었다. 분명히 한때는 정말로 아름다웠고, 분명히 무언가를 간직하고 있었지만, 왠지 얼굴에는 '나도 이제 더는 아름답지 않다는 걸 알아. 그래서 뭐? 신경 쓰지 않아' 하는 듯한 체념의 빛이 서려 있었다.

밀리의 남편 프랭크도 마른 체구였다. 나이가 들어 구부정했지만, 왕년에는 농구선수였다고 해도 믿을 만큼 키가 컸다. 엘런은 슬픔이 두 사람의 얼굴을 할퀴어 만들어놓은 희미한 발톱자국을 봤다.

두 사람 모두 수줍은 성격인 것 같았지만, 따뜻하고 친절하게 웃으면서 교통은 나쁘지 않았는지, 날씨는 어땠는지를 물었다. 그런

두 사람을 보니 엘런은 가슴이 찢어질 것 같았다. 이렇게까지 친절하지 않아도 되는데.

"엘런한테는 지금 마른 크래커가 필요해요. 속이 매스껍대요. 임신을 하면 어떤지 아시죠?"

패트릭이 '임신'이라고 말할 때 마치 부끄러운 일을 한 사람처럼 목소리를 낮춘 건, 엘런의 착각일까?

"금방 갖다줄게."

밀리가 말했다.

"집에서 조금 챙겼는데, 깜빡 잊고 나왔어요. 귀찮게 해드려서 죄송해요."

엘런은 크래커를 부탁하는 게 아주 실례라도 되는 것처럼 긴 변명을 늘어놓았다. 사실은 엘런이 이곳에 있는 것이, 두 사람의 딸이 아닌 엘런이 살아서 임신을 한 것이 더 실례일 텐데.

"나도 콜린을 가졌을 때 마른 비스킷을 입에 달고 살았어요."

밀리가 엘런에게 비스킷이 담긴 접시를 내밀면서 말했다.

"하지만 콜린은 어찌나 운이 좋은지, 잭을 가졌을 때 입덧을 전혀 안 했죠."

밀리는 잭을 보면서 싱긋 웃었다.

"잭, 넌 태어나기 전부터 정말 착한 아이였어."

밀리가 재빨리 엘런을 보면서 덧붙였다.

"엘런의 작은 아기가 못된 아기라는 뜻은 아니에요."

밀리의 말을 들으면서 엘런은 벽에 붙어 있는 액자를 쳐다봤다. 액자에는 생후 6개월쯤 된 잭을 안고 있는 콜린이 있었다. 콜린은 다정하게 웃으면서 잭을 내려다보고, 잭은 장난감 토끼의 한쪽 다리를 물어뜯고 있었다.

그때 일이 벌어졌다.

엘런의 눈에서 갑자기 눈물이 터져 나왔다. 크래커가 목에 걸려 콜록거리는 바람에 사방에 가루가 튀었고, 모든 사람이 놀라고 경악해서 그녀를 물끄러미 쳐다봤다.

지금 뭐 하는 거야? 극도로 예의를 갖추어야 할 사람들 앞에서 방귀를 뀐 것 같은 너무나도 어처구니없는 일을 저지른 것이다. *그만 멈춰!* 엘런은 자기 자신에게 명령을 내렸지만, 눈물은 계속 볼을 타고 흘러내렸다.

눈물이 나는 데는 여러 가지 이유가 있을 것이다. 콜린의 얼굴이 너무 사랑스러웠고, 마침내 크래커를 먹었다는 사실에 안도했고, 추운 산에서 내려와 따뜻한 집으로 들어와서 행복했고, 밀리가 '엘런의 작은 아기'라고 말했고, 묘지에서는 이상한 기분을 느끼며 스트레스를 받아야 했고, 이제 곧 생애 처음으로 아버지를 만난다는 사실 모두가 복합적으로 작용했는지도 모른다. 아, 이유 따위 알게 뭐야. 문제는, 이렇게 당혹스러운 감정은 지금까지 한 번도 느껴보지 못했다는 거였다.

"아이고, 이런."

프랭크가 엘런이 앉아 있는 의자 옆으로 다가와서 거미처럼 긴 다리를 접고 꿇어앉더니 그녀의 등을 원을 그리듯 문질렀다. 운이 좋은 콜린은 프랭크처럼 사랑스러운 아버지의 딸이었던 것이다.

"왜 그래요, 엘런?"

잭이 물었다.

잭이 아빠를 쳐다봤지만, 패트릭도 도와주지는 않았다. 패트릭은 여자 친구가 이제 막 부모님의 값비싼 꽃병을 깨뜨려버린 것처럼 망연자실한 표정으로 서 있었다. 패트릭은 콜린 부모님 집에 들어서자마자 끊임없이 아주 밝고 명랑한 말투로 떠들고 있었다. 그 목소리 밑에는 경찰이 도착할 때까지 벼랑에서 뛰어내리려는 사람을 막으려고 아무 이야기나 늘어놓아 상대방을 진정시키려는 사람의 절박함이 깔려 있었다. 엘런은 패트릭이 그렇게 말을 많이 하는 모습을 본 적이 없었다. 엘런은 콜린의 부모님을 찾아뵙는 일이 그에게는 아주 큰 노력을 들여야 하는 힘든 일임을 알 수 있었다. 패트릭이 끊임없이 말하는 이유는 지독한 슬픔이 그 누구에게서도 표출되지 않도록, 불편한 침묵이 흐르지 않도록 하기 위해서임을 알았다. 그런데 지금, 패트릭이 그토록 유지하려고 애썼던 위태로운 균형이 엘런 때문에 깨진 것이다.

"죄송해요. 호르몬 때문인가 봐요."

엘런이 코를 훌쩍이면서 말했다.

호르몬, 호르몬, 호르몬! 최근에 엘런은 걸핏하면 호르몬 때문이라는 말을 했다. 하지만 엘런은 자기가 어떤 행동을 하는 이유가 몸 때문이라고는 절대로 믿지 않았다. 엘런은 언제나 몸과 마음은 한 방향으로만 연결된다고 생각했다. 마음은 몸에 영향을 미치지만 몸은 마음에 영향을 미치지 않는다고 생각했다. 내담자가 스스로 호르몬 때문에 이해할 수 없는 행동을 한다고 말했다면 엘런은 다 안다는 듯이 달래는 말투로, '아마도 당신의 무의식이 몸을 통해 어떤 메시지를 전달하려는 것 같아요'라고 말해줬을 것이다.

마침내 몸을 움직일 수 있을 정도로 정신을 차린 패트릭이 엘런에게 다가와 그녀를 꼭 끌어안았다.

"아마 차를 오래 타서 피곤했나 봐."

패트릭은 꼭 패트릭다운 말투로 말했다. 패트릭이 다정하게 안아주고 있다는 안도감과 익숙한 그의 냄새를 맡자 엘런은 다시 울음을 터뜨릴 뻔했다.

"정말 죄송해요."

엘런은 훌쩍거리면서 말했다.

"아이고, 아무렇지도 않아요."

프랭크와 밀리가 다정하게 말했다.

점심을 먹는 동안 엘런은 실수를 만회하려는 듯이 부지런히 패트릭을 쫓아 밝고 유쾌하게 떠들었다. 두 사람은 떨어뜨리는 순간 터지는 폭탄을 주고받는 사람처럼 말이 끊이지 않도록 부지런히 계속 떠들어댔다. 드디어 세 사람이 떠날 준비를 마쳤을 때 엘런은 프랭크와 밀리가 아주 지쳐 보인다고 생각했다. 아마도 두 사람은 패트릭과 엘런의 입을 단 몇 초라도 다물게 하고 싶었는지도 모른다.

"다음 달에 또 보면 좋겠어요."

세 사람이 떠날 때 밀리가 엘런의 팔을 다정하게 잡으면서 말했다.

그 순간 엘런은 또다시 눈물이 터질 것 같았지만, 굳건한 의지로 간신히 눈물을 삼켰다. 카툼바를 벗어날 때까지 세 사람은 아무 말도 하지 않았다. 뒷좌석에 있는 잭은 잠이 든 것 같았다. 마침내 더는 참을 수 없었던 엘런이 입을 열었다.

"갑자기 울어버려서 미안."

엘런은 '울어버리다' 라는 말을 멋지고 조금은 흥미로웠던 사건인 것처럼 발음했다.

"괜찮아. 정말로. 그러니까 걱정하지 마."

그러니까 엘런은 여기서 멈췄어야 했다.

"진짜 힘들었을 거야. 그분들. 나랑 아기를 봐야 하다니."

"그랬을 거야. 실제로 울어버린 건 당신이지만."

패트릭의 말이 너무나도 날카로워서 엘런은 그 순간 헉, 하고 숨을 들이마셨다.

"미안."

패트릭은 그 즉시 사과했다. 그가 운전을 하던 손을 뻗어 엘런을 만졌다.

"농담이었어. 진짜 바보 같은 농담을 하려고 했던 거야. 프랭크랑 밀리를 볼 때마다, 콜린은 죽고 나는 살았다는 사실이 너무 미안하게 느껴져. 두 분을 만나러 오는 건 정말 힘든 일이야. 너무 어색해."

지금 농담해?

"맞아. 나도 정말 어색했어."

엘런이 말했다. 난 자기 죽은 아내 무덤 앞에 무릎을 꿇고 앉았어. 이 얼룩은 지워지지도 않을 거라고!

"미안해."

패트릭은 엘런에게 뻗었던 손을 거두면서 말했다.

"정말로. 당신은 오늘 근사했어. 같이 가줘서 정말 고마워. 나는 그저……."

패트릭의 목소리는 멀어져 가는 것처럼 잦아들더니 완전히 없어져버렸다. 패트릭은 지금은 운전에 온 정신을 집중해야 한다는 듯 얼굴을 찡그리고 똑바로 앞만 쳐다봤다.

나는 그저 뭐? 그저 당신이 울지만 않았으면 좋았겠다고 말하고 싶은 거야? 그저 콜린이 죽지 않았으면 좋았겠다는 거야? 엘런은 몸속에서 조용히 부글부글 끓어오르는, 정확하게는 정의할 수 없는 여러 감정들을 느꼈다. 그 감정들은 수치심 같기도 했고, 분노 같기도 했고, 어쩌면 두려움 같기도 했다. 내가 이런 감정을 느낄 리가 없어. 이건 나답지 않아. 엘런은 계속해서 생각했다.

자동차가 빨간불에서 멈춰 섰을 때, 엘런은 또다시 입을 열었다.

"그러니까, 오늘은 자기가 상자를 버릴 시간이 없겠네."

엘런이 말을 하는 동안 또 다른 엘런이 차갑고 이성적인 눈으로 그녀를 쳐다보면서 고개를 저었다. *오, 엘런. 넌 네가 우는 바람에 패트릭이 당황한 게 미안한 거야. 그래서 패트릭도 완벽한 사람은 아니라는 걸 지적하려고 그런 말을 하는 거야. 무슨 일이 일어나기를 원하듯 지금 싸움을 걸고 있잖아.*

"오후에는 일해야 한다고 말했잖아."

패트릭이 대답했다.

"그러니까 상자는 이번 주 말고 다음 주에 치운다고 생각하면 되는 거지?"

엘런은 아주 가볍고 명랑하게 말했지만, 패트릭의 농담처럼 그녀의 말에는 커다란 가시가 잔뜩 돋아 있었다.

"날 긁지 마, 엘런."

패트릭의 말에 엘런은 재빨리 그를 쳐다봤다. 패트릭은 볼이 움푹 파일 정도로 턱을 앙다물고 있었다.

"긁는다고? 내가 자길 어떻게 긁는데?"

"지금은 하지 마. 여기서는 안 돼."

패트릭은 엘런이 일부러 어리고 연약한 아들 앞에서 싸움을 걸려고 한다는 듯이 재빨리 잭을 가리키면서 고갯짓을 했다.

그 뒤로 두 사람은 집에 올 때까지 한 마디도 하지 않았다. 집에 오는 내내 엘런은 블루마운틴에서 존과 함께 보냈던 시간을 기억 장소에서 다시 꺼냈다. 두 사람이 사랑을 나눴던 순간을 음미하고 또 음미했다. 엘런이 지금까지는 한 번도 보인 적이 없는 수동적인 공격성이었다.

집에 도착했을 때, 차 안 공기는 답답할 정도로 침묵에 꽉 막혀 있었다.

"이따 봐."

패트릭은 잭을 집 안으로 데려가는 일을 엘런에게 맡긴 채 차에서 내리자마자 짧게 인사하고 떠나버렸다. 그러니까 잭이 숙제를 하기 전에 엘런은 잊지 말고 줄리아에게 전화해서 약속을 취소해야 했다.

"저게 뭐지?"

스크린도어를 열면서 엘런이 말했다.

층계 밑에는 포일로 감싼 물건이 놓여 있었다. 엘런은 허리를 숙여 그것을 집어 올렸다. 아직도 따뜻했다.

엘런의 호흡이 빨라졌다. *사스키아!*

▲ ▲ ▲

그냥 충동적으로 그런 거야. 비스킷 재료를 가득 담은 비닐봉지를 들고 엘런의 부엌으로 걸어가는 동안 왠지 슈퍼마켓에 갔다가 집에 돌아온 기분이 든 거야. 그래서 생각했지. '그들을 위해서 비스킷을 좀 만들어놓아야겠다.'

엘런의 부엌에서는 즐거웠어. 엘런의 그릇을 쓰고, 엘런의 숟가락을 쓰고, 엘런의 베이킹 트레이를 쓰는 게 즐거웠어. 엘런의 부엌에 있는 건 대부분 그녀의 외할머니가 쓰던 물건 같았어. 엘런이 이 집을 물려받은 뒤로 거의 바꾼 게 없다고 했던 말을 기억해. 엘런은 자기가 '복고풍을 좋아하는 것 같다'고 했지. 그 말을 듣고 나는 카펫이 멋있다고 했고. 엘런의 말을 들으면서 패트릭은 물론이고, 우리한테 공통적인 취향이 또 있다고 생각했는데.

이상하게도 평화로웠어. 내게 그곳에 있을 전적인 권리가 있는 것처럼 느껴졌어. 내가 엘런이 된 것처럼 느껴졌어. 패트릭과 잭은 외출을 했고, 나는 갓 구운 비스킷으로 두 사람을 놀라게 해주려고 준비하는 사람 같았어. 잭이 어렸을 때, 두 사람이 공원에 갔을 때처럼 말이야. 나는 두 사람이 집으로 돌아오는 것을 상상했어. 열쇠로 현관문을 열고 들어오는 소리가 나고, 곧 잭이 집 안으로 뛰어 들어오는 소리가 들릴 거라고 상상했어.

엘런의 부엌은 엄마의 부엌을 많이 생각나게 했어. 그게 내가 말도 안 되게 편안함을 느낀 이유인지도 몰라. 마치 어린 시절에 살았던 집으로 돌아간 느낌이 들었던 거지. 어렸을 때, 엄마의 앞치마를 허리에 두르고 부엌 의자 위에 서서 엄마를 돕던 기억이 나. 난 항상 나도 크면 어린 딸과 함께 요리를 하게 될 거라고 생각했는데.

사실, 잭과는 요리도 함께 했어. 귀찮게 앞치마를 두르거나, 잭을 의자에 올라가게 하지는 않았지만. 잭은 내가 요리를 준비하는 동안 탁자에 앉아 있었어. 잭은 나랑 함께 요리하는 걸 좋아했어. 머리카락에 밀가루를 묻히고, 손가락으로 반죽을 주물럭거릴 때, 그 위로 달걀 껍데기가 떨어지는 걸 좋아했는데. 한번은 잭한테 반죽을 젓게 해줬더니 갑자기 반죽기를 번쩍 들어 올리는 바람에 부엌이 온통 케이크 가루 범벅이 되어버린 적도 있어.

세 사람이 생각보다 일찍 돌아온다면, 뭐라고 설명해야 할까?

아주 이상해 보인다는 건 알아. 하지만 당신 인생에 내가 존재하지 않는다는 건 참을 수가 없어. 혹시 여기로 이사 와서 함께 살면 안 될까? 나는 그냥 저기 모퉁이에 조용히 앉아 당신이 사는 걸 쳐다만 볼게. 아무튼, 산에 간 건 어땠어? 비스킷 먹을 사람?

세 사람은 일찍 집으로 돌아오지 않았지만, 누군가 찾아오기는 했어.

내가 막 오븐에서 비스킷을 꺼내고 있을 때 초인종이 울렸어.

너무 놀라서 펄쩍 뛸 정도였어. 죄책감 때문이었겠지. 그건 내가 완전히 제정신이 아닌 건 아니라는 뜻이야. 남의 집에 들어가 비스킷을 만들어선 안 된다는 정도는 알고 있다는 거지.

밖에 있는 사람은 초인종을 누른 뒤 현관문을 두드리기 시작했어.

처음에는 패트릭이 온 거라고 생각했어. 패트릭이라면 그냥 문을 열고 들어오면 되니 당연히 말이 안 되는 소리였지만, 잔뜩 화가 나서 문을 두드리는 게 패트릭일 수밖에 없다고 생각했어.

그러다가 '경찰이구나' 생각했어. 누군가가 내가 열쇠를 꺼내 집으로 들어가는 걸 보고 경찰에 연락한 거야. 엘런의 친절한 이웃이 신고 했겠지. 그녀에게는 친절한 이웃이 있을 테니까.

나는 베이킹 트레이를 내려놓고 패트릭의 상자가 엉망으로 쌓여 있는 복도를 살금살금 걸어갔어. 불쌍한 엘런. 그 더러운 상자들 때문에 엘런의 집은 더는 영적인 마음으로 가득 찬 곳이 아니었어. 엘런은 그 상자들이 지긋지긋할까, 아니면 그런 세속적인 일에는 초월했을까? 패트릭이 변하지 않았다면, 그 상자들은 정말 오랫동안 거기 놓여 있을 거야.

나는 현관문 옆에 있는 창문으로 밖을 내다봤어. 한 남자가 보였어. 그 남자는 주머니에 손을 넣고 곧 싸움을 앞둔 사람처럼 턱을 앞으로 쭉 내밀고 있었어. 40대 남자였는데, 왠지 아주 고급스러운 느낌을 풍기고 있었어. 뭔가 돈 냄새가 나는 거야. 그 남자가 입고 있는 양복 때문일 수도 있고, 살짝 길면서도 세심하게 흐트러뜨린 머리 모양 때문일 수도 있고, 중요한 일을 책임진 사람처럼 단호하고 꼿꼿하게 서 있는 자세 때문일 수도 있었어.

아무튼 왠지 흥미를 끄는 남자였어.

최면치료를 받으러 온 고객일까?

아니면 엘런의 전 남자 친구? 하지만 그 남자는 엘런이 좋아할 만한 얼굴이 아니야. 하긴 패트릭도 분명 엘런의 타입은 아니지. 패트릭은 너무 평범하고 남성적이잖아. 건강하고 쾌활한 측량사 따위는 나한테 돌려주고 엘런은 창백하고 흥미진진한 시인을 만나야 해.

혹시 애인일까? 엘런의 아기 아빠는 패트릭이 아닐지도 몰라. 그렇다면 완벽할 텐데. 잔뜩 화가 난 이 남자가 두 사람의 관계를 망가뜨릴 최적의 도구일 수도 있어.

나는 현관문을 열었어.

최면치료를 '새로운 치료법'이라고 하는 건 우스운 일이에요. 이집트 무덤에서 발견한 상형문자에는 고대 이집트 사람들이 기원전 3000년 무렵에 최면을 걸었다는 기록이 있으니까요.

– www.EllenOFarrellHypnotherapy.com에서 발췌

"이것 좀 들어봐, 매들린."

줄리아가 매들린의 팔을 만지자 엘런은 매들린이 살짝 움찔하는 모습을 봤다. 수요일 밤 세 친구는 영화를 보기 전에 저녁을 먹으려고 붐비는 태국 식당 안 ㄷ자형 부스 테이블에 비좁게 앉아 있었다. 영화의 시작은 9시였고, 세 사람이 메뉴판을 받아든 지금 시각은 7시 30분이었다. 영화관에 늦게 도착할 수도 있다는 이유 때문에 매들린은 짜증이 나 있었고, 줄리아는 자신은 매들린과 달리 자유롭고 느긋한 타입이라 전혀 걱정하지 않는다는 티를 내고 있었다.

줄리아와 매들린은 서로를 마음에 들어하지 않았다. 그저 엘런을 위해 서로 맘에 들어하는 척할 것뿐이었다. 두 사람은 서로 얼굴만 아는 엘런의 친구였고, 엘런은 보통 두 사람을 따로 만났다. 하지만 이번에는 두 사람 모두 조지 클루니의 새 영화를 보고 싶어했으므로 굳이 따로 만날 필요가 없다고 생각했던 것이다.

엘런은 이제 다시는 두 사람을 같이 만나지 않겠다고 다짐했다.

줄리아는 엘런을 더 오래 알고 있는 건 자기라는 사실을 분명히 하고 싶은 듯 늘 학교 이야기를 했고, 조금은 유치한 청소년처럼 매들린이 모르는 다른 친구들 이야기를 늘어놓았다. 매들린은 '내가 엘런을 더 잘 아는 친구' 싸움에 말려드는 대신 세 사람 가운데 아기 엄마는 자기뿐이라는 태도를 취하는 전략을 구사했다. 매들린은 늘 아기 우는 소리를 들어야 하는 엄마처럼 조금은 멍하고 어쩔 줄 모르는 표정을 짓고 있었다. 지금은 임신 8개월째였기 때문에 한 손을 배에 얹고 평소보다 훨씬 심각한 표정을 짓고 있었다. 더구나 이번에는 엘런도 임신한 상태였기 때문에 매들린은 그 이점을 충분히 살려서 줄리아가 무슨 말을 하든 계속해서 화제를 아기 이야기로 돌렸다. 세 친구 가운데 유일하게 술을 마실 수 있는 줄리아는 와인한 병을 혼자서 마셔가면서 기회가 있을 때마다 아기 없는 자유로운 싱글 생활과 성공한 커리어우먼의 삶을 부각시키려고 노력했다.

엘런은 두 사람의 어깨를 움켜잡고 '이제 그만해!' 라고 말해주고 싶었다.

"뭔데?"

매들린이 살짝 몸을 움직여 줄리아의 팔을 떨어뜨리면서 대답했다. 매들린은 사람들과 접촉하는 걸 싫어했다. 그걸 알기 때문에 줄리아는 항상 매들린의 팔을 만졌고, 그녀를 만날 때마다 아주 요란하게 입을 맞췄다.

"엘런의 스토커가 갓 구운 비스킷을 엘런 집 현관 앞에 놓고 갔대. 제정신인 사람이라면 그 비스킷을 곧바로 쓰레기통에 버리고 경찰에 신고했겠지? 그런데 아니야. 엘런은 차와 함께 그 비스킷을 먹었대."

"견과류가 든 게 아니었으면 좋겠네. 임신 중에는 땅콩은 피해야 해. 그건 알지?"

매들린이 말했다.

"지금 땅콩 따위가 문제가 아니라니까! 그 스토커는 비스킷에 침을 뱉었을 거야. 더한 걸 했을지도 모른다고. 아우, 진짜. 그 생각만 하면 토할 것 같아. 진짜 무슨 짓을 했을지 어떻게 알아? 안 그래?"

"음, 비스킷은 어땠어?"

매들린이 물었다.

"똥 맛이었겠지."

줄리아는 몸이 옆으로 넘어갈 정도로 자지러지게 웃었다.

매들린은 살짝 옆으로 몸을 움직이면서 어색하게 웃었다.

"그게 스토커가 놓고 간 거라는 건 어떻게 알아?"

매들린이 엘런에게 물었다.

"그거 초콜릿 칩이었어?"

누운 자세로 줄리아가 물었다.

"안작 비스킷이었어. 쪽지를 남겨놔서 알았어. '오늘 만든 거예요. 당신이 좋아할 것 같아서요. 사랑을 담아, 사스키아'라고 적혀 있었어."

"진짜 끔찍하다."

매들린은 깔끔하게 정돈된 자신의 삶에는 그런 끔찍한 일이 벌어지게 내버려두지 않겠다는 듯이 몸을 부르르 떨었다.

"더 끔찍한 일도 있는데, 뭐."

엘런이 말했다.

"그게 뭔데?"

줄리아가 몸을 똑바로 세우면서 물었다. 매들린이 오기 전에 엘런은 이야기의 절반만 줄리아에게 들려준 상태였다.

"그 비스킷, 우리 집에서 구운 것 같아."

엘런이 말했다.

"정말? 아우, 끔찍해."

"왜 그렇게 생각하는데?"

매들린이 차분하게 물었다. 이미 극적인 역할은 줄리아가 맡았기 때문이다.

"부엌에서 비스킷을 구운 냄새가 났거든."

엘런은 부엌에 서 있던 순간을 기억했다. 이상하고 끔찍했던 산행을 끝내고 돌아와 부엌에 서서 향긋한 골드 시럽과 브라운 슈거 냄새를 맡았던 순간을 기억했다. 외할머니가 살아 계실 때 집에 올 때마다 맡았던 강렬한 향기를 떠올리면서 심장박동이 빨라졌던 그 순간을 기억했다. 사스키아는 외할머니만큼이나 비스킷을 잘 구웠다. 어쩌면 더 잘 굽는지도 몰랐다. 더 바삭했다.

"그냥 상상일지도 모르잖아."

줄리아가 말했다.

"아닐 거야. 임신을 하면 후각이 정말 예민해지거든. 내가 이사벨라를 가졌을 때 한 번은……."

"부스러기 같은 건 안 떨어져 있었니? 어떤 흔적 같은 게 있었어? 찬장에 있는 물건이 바뀌었다거나?"

줄리아가 매들린의 말을 끊고 끼어들었다.

"그 반대야. 오븐이 너무 깨끗하게 닦여 있었어. 비스킷을 구운 다음에 오븐을 청소하고 갔나 봐."

"왜 너희 집 부엌에 들어와서 요리를 한 걸까? 그 미친 스토커가 알리고 싶은 게 뭘까? 너한테 무슨 말이 하고 싶었던 걸까?"

줄리아가 곰곰이 생각하면서 말했다.

"난 남의 부엌에서는 요리하고 싶지 않던데. 내가 필요한 걸 찾을 수가 없잖아."

매들린이 말했다.

줄리아가 매들린을 보면서 천천히 눈을 깜빡이더니 다시 엘런을 쳐다봤다.

"패트릭은 뭐래?"

"그 사람, 몰라. 산에서 돌아왔을 때, 집에 들르지 않고 곧바로 일하러 갔거든. 그냥 나랑 잭만 내려주고 갔어. 패트릭이 알아봐야 도움도 안 되는걸. 그저 화만 낼 거야."

엘런은 산에서 내려올 때 패트릭과 한 마디도 하지 않았다는 이야기는 하지 않았다.

"잭한테는 말했어?"

줄리아가 물었다.

"그냥 친구가 주고 간 거라고 했어. 관심도 없던데, 뭐."

"잭한테 그걸 먹인 건 아니지, 엘런?"

매들린이 물었다.

"당연하지. 안 먹이는 게 좋겠다고 생각했어. 그래서 잭한테는 초콜릿 비스킷을 줬어. 잭이 숙제하는 동안 같이 먹었어."

"저녁 먹기 전에 비스킷을 먹었단 말이야?"

매들린이 중얼거렸다.

"하지만 너는 먹었잖아. 만지지도 말았어야지. 독이 들었으면 어쩌려고?"

줄리아가 말했다.

"아기한테 안 좋을 수 있단 말이야."

매들린이 말했다.

이제 두 친구는 완벽하게 동의한다는 듯이 심각하고 단호한 표정으로 서로를 보면서 고개를 끄덕였다.

"알아. 그때는 그런 생각을 못 했어."

엘런이 대답했다.

비스킷 냄새가 정말 좋았단 말이야. 비스킷을 처음 봤을 때 엘런은 당연히 불안했고 당황했다. 하지만 하나 꺼내 들었을 때는, 터무니없게도 기분이 나아지려면 그 비스킷을 반드시 먹어야 한다는 생각이 들었다. 비스킷을 먹고 나서는 맛이 너무 좋아서 한 개를 더 먹었다. 그 기분 좋음이 비스킷을 받았다는 충격을 능가했다. 한 번에 세 개를 연달아 먹을 때까지도 엘런은 혹시라도 독이 들어 있을지도 모른다는 생각은 전혀 하지 않았다. 하지만 그날 밤 아무도 모르게 가쁜 숨을 내쉬면서 인터넷으로 '중독 증상이 나타날 때까지 걸리는 시간' 같은 것을 계속 검색했다.

"넌 처음부터 이 일을 너무 가볍게 생각하는 것 같았어."

줄리아가 식당 반대편에 있는 종업원의 시선을 끌려고 노력하면서 말했다.

"그 여자는 너희 집에도 들어갔어. 네 사생활을 침범했단 말이야. 그런데 왜 전혀 무서워하지 않는 거야? 그리고 저 종업원은 왜 날 못 본 척하는 거니? 내가 보일 텐데? 오케이, 나를 봤어."

"모르겠어. 조금 무섭기는 해."

비스킷을 발견한 뒤로 엘런은 중요한 약속에 늦은 사람처럼 숨이 차기는 했다. 어젯밤에는 해가 뜨기 직전에 아주 맑은 정신으로 벌떡 일어나서 생각했다. '뭔가 안 좋은 일이 벌어지고 있어.' 사스키아는 그 일이 벌어지기 전까지는 그만두지 않을 게 분명했다. 하지만 무슨 일? 무슨 일이 벌어져야 하는 거지?

엘런은 이제 더는 이 일이 사스키아와 패트릭의 문제가 아니라는 생각이 들었다. 이제는 엘런과 사스키아의 문제였다. 두 여자의 문제였다. 그러니까 엘런이 적절한 일을 한다면, 적절한 말을 해준다면, 이제는 끝낼 수 있을 것이다. 하지만 뭐라고 해야 하지? 무슨 일을 해야 해? 어떻게? 엘런은 마치 탁자 위에 있는 깨지기 쉬운 물건을 팔로 잘못 쳐서 떨어뜨렸는데도 그걸 잡을 생각도 하지 않고 한 손을 뻗은 채 멍하니 있다가, 물건이 떨어져 깨진 걸 보고 나서야 '애초에 떨어뜨리지 않을 수도 있었는데' 라는 생각을 끝도 없이 하고 있는 것처럼 느꼈다.

"당연히, 아주아주 무서워해야지. 항상."

매들린이 단호하게 말했다.

"정말 고마워. 엄청 위로가 된다."

엘런이 대꾸했다.

"어째서 경찰한테 신고하지 않는지 이해가 안 돼. 접근 금지 명령을 내리고, 스토커가 명령을 어길 때마다 경찰에 신고해야지. 그럼, 당연히 체포해 갈 거 아니야. 그럼 모두 해결되는 거 아니야?"

줄리아가 말했다.

"패트릭이 경찰한테 말했었어. 다시 신고하겠다고 말은 하는데, 아마 그럴 것 같지는 않아. 그리고, 이건 네가 생각하는 것보다 훨씬 복잡한 문제 같아."

"접근 금지 명령은 실제로 소용이 없다고 들었어."

매들린이 엘런을 거들었다.

"그래도 너는 경찰에 신고해야 해."

줄리아가 매들린을 무시하고 엘런을 손가락으로 가리키면서 말했다.

한번은 이런 순간도 있었다. 외할머니의 오븐 장갑을 끼고 있을 때, 사스키아가 이 장갑을 썼으리라는 생각이 들었다. 자기 손을 보호하려고 할머니의 부드러운 장갑에 손을 넣었을 거라는 생각이 들었다. 그러자 사스키아의 뻔뻔함에 화가 치밀어 올랐다. 엘런은 곧바로 경찰에 신고하려고 전화기로 달려갔지만, 수화기조차 들지 못했다. *사스키아가 집에 들어왔었다는 걸 어떻게 입증하지? 냄새를 맡아보세요, 경관님. 빵 구운 냄새 안 나세요? 내 오븐이 얼마나 깨끗한지 한번 보세요. 난 저 오븐을 치운 적이 없단 말이에요.* 그런 말을 하면 정말 바보처럼 보일 것이다.

게다가 경찰에 신고해야 할 사람은 엘런이 아니라 패트릭이었다. 그리고 왜인지는 모르지만 패트릭은 여전히 경찰에 신고하기를 주저하고 있었다.

"난폭한 짓을 하지는 않아."

엘런이 자신 없는 말투로 말했다.

"아직 안 한 거지."

매들린이 말했다.

"분명히 너희 결혼식에 올 거야. 주례가 '이 두 사람의 성스러운 결합을 반대하는 사람이 있다면 지금 이 자리에서 말하십시오'라고 할 때 분명히 '저요, 저요'라고 소리 지를걸."

줄리아가 말했다.

"지금도 주례가 그런 질문을 하나? 아닐걸?"

엘런이 말했다.

줄리아가 엘런을 무시하고 말했다.

"총을 가져올지도 몰라."

매들린이 말을 받았다.

"웨딩드레스 밑에 방탄복을 입어야 할걸."

줄리아가 말했다.

"난 우리 애들은 안 데려갈래."

매들린이 곰곰이 생각하면서 말했다.

"으음."

엘런이 말했다. 패트릭과 엘런이 결혼식 계획을 제대로 세우지 못하는 건 바로 이 때문이었다. 결혼식 얘기를 할 때마다 늘 사스키아 얘기가 나왔고 결코 그녀에게서 자유로울 수 없었다.

"우리가 외국으로 가도 그 사람은 쫓아올 거야."

패트릭은 그렇게 말했다.

패트릭의 어머니는 '결혼도 하기 전에 아기가 태어날까 봐' 걱정하시는 게 분명했지만, 패트릭은 엘런이 '아기가 태어난 뒤에 결혼식을 올리는 게 어떨까' 하고 말했을 때는 오히려 안심하는 것 같기도 했다.

아무튼 입덧 때문에 엘런은 신부가 된다는 사실이 그렇게 신나지는 않았다.

"그 스토커 정말 싫겠다. 널 생각하니 나도 그 사람이 끔찍하게 싫어진다. 심지어 결혼 계획도 마음대로 못 세우고 있잖아."

매들린이 말했다.

"싫지 않아. 정말로 싫지는 않아. 사실 그 사람하고 이야기해보고 싶어."

"그래, 좋은 생각이네. 같이 커피나 한잔 하자고 해."

줄리아가 시끄러울 정도로 크게 웃었다.

"지금 전화해서 우리랑 함께 영화 보자고 해."

매들린이 줄리아를 보면서 재빨리 수줍게 웃으며 말했다.

줄리아는 필요 이상으로 크게 웃었다. 두 친구가 엘런을 비웃으면서 친밀해지고 있는 거였다.

"언젠가 전화하려고."

엘런이 진지한 표정으로 말했다. 빨대로 미네랄워터를 휘휘 저으면서 방울방울 생기는 거품을 뚫어지게 쳐다보았다.

"진짜 할 거야."

▲ ▲ ▲

일요일부터 지금까지 엘런의 집에 왔던 그 남자 생각이 계속 나.

내가 문을 열자마자 그 남자는 달려들 듯이 "엘런 오패럴?"이라고 말했어. 나는 뒤로 물러났고 스크린도어는 열지 않았어.

"아닌데요. 엘런은 지금 없어요."

"좋아. 그럼 당신은 누구요?"

남자는 최상의 서비스만을 요구하고 받아들이는 사람 같은 목소리를 냈어. 일하면서 만나는 건축업자들을 생각나게 하는 사람이었지. 이 세상에서 자기가 있는 위치를 분명하게, 아주 분명하게 확신하고 있는 사람의 말투였어.

"음, 그러는 당신은 누구죠?"

나도 아주 오만하게 되물었어. 그건 정말 웃기는 일이었지. 사실 진짜 침입자는 나니까.

"얘기할 게 있어서 왔소. 지금 당장."

남자의 콧구멍에서 불이 뿜어 나올 것 같았어.

"할 말이 있으면 전해줄게요."

나는 *잔뜩 화가 난 남자가 엘런을 당장 만나야 한다며 찾아왔*

어요. *사랑하는 사스키아가*'라고 쓴 쪽지를 냉장고에 붙여놓아야 겠다고 생각하면서 남자에게 물었어.

"아니, 됐소."

남자는 주먹으로 벽을 치지 않으려고 정말 애쓰는 것처럼 보였어.

"다음에 또 오지."

"그러시든가요."

나는 활기차게 대답했어.

남자는 가버렸어.

이상하게도 남자가 떠난 뒤에 문을 닫자마자 엘런이 걱정되기 시작했어. 엘런은 아주 순진한 데가 있어서, 다른 사람들도 모두 자기처럼 다정하고 정직하다고 믿을 것 같아. 사실 전혀 아닌데.

그런데, 왠지 그 남자, 내가 아는 사람 같다는 이상한 기분이 들어. 어디서 봤는지는 모르겠지만.

▲ ▲ ▲

"그러니까 패트릭의 죽은 아내의 가족을 만났단 말이야?"

줄리아가 물었다. 와인을 마셔서 볼이 발갛게 물든 데다 눈을 비비는 바람에 마스카라가 희미하게 번져서, 잔뜩 부스스해진 줄리아는 아주 섹시해 보였다. 어스름한 태국 식당의 조명을 받으니 짧고 특별할 것 없었던 사춘기 때, 고등학생이라는 신분을 속이고 둘이 함께 술을 마시러 갔던 그때의 줄리아를 보는 것 같았다(엘런의 엄마와 대모들의 10대 시절은 그보다 훨씬 요란하고 화려했다).

"어, 잠깐만. 난 너희 아빠 만난 얘기를 듣고 싶은데."

매들린이 뒤로 기대어 앉더니 볼록 나온 배 위에서 두 손을 깍지

껐다. 매들린이 움직이자 그녀의 단단한 배가 엘런의 팔꿈치에 부딪쳤고, 엘런은 매들린의 아기를 실감하며 깜짝 놀랐다. 팔꿈치에서 몇 센티미터밖에 떨어지지 않은 곳에 정말로 아기가 있었다. 그저 아기가 있다고 생각하는 게 아니다. 정말로 살아 있는 아기가 매들린의 임부복 밑에, 늘어난 배 밑에 웅크리고 있는 것이다.

엘런은 매들린처럼 두 손을 살며시 배에 올리고 깍지를 꼈다. 엘런의 배는 아직도 부드러웠다. 살짝 동그래지기는 했지만 피자를 많이 먹어도 그 정도 배는 나올 것이다. 슬슬 옷이 작아지고 있음을 느꼈지만, 그렇다고 해도 몇 달 뒤에 매들린처럼 배가 커다래져서 임산부 특유의 걸음걸이로 걷게 되리라고는, 지나가는 사람들에게 의자를 권유받거나 '얼마나 남았어요?' 라는 질문을 받게 되리라고는 상상할 수 없었다.

"얘 인생은 정말 텔레비전 드라마 같지 않아?"

줄리아가 말했다.

"모래시계의 모래가 빠져나가듯이, 엘런의 인생도 그렇게 지나가리라."

매들린이 썩 훌륭한 미국식 억양으로 읊조렸다. 엘런은 매들린이 목소리까지 바꾸고 농담하는 모습을 지금까지 한 번도 본 적이 없었다.

"차분하게 참선하는 거 봤지? 엘런을 흐트러뜨릴 수 있는 건 아무것도 없을 거야."

줄리아가 말했다.

"말도 안 돼. 나도 연애하다 헤어지면 엉망이 된다고."

엘런이 항의했다.

"아니, 너는 엉망일 때도 우리 기준으로 보면 너무나 고귀해."

매들린이 말했다.

"왠지 화나는데?"

엘런이 말했다. 엘런은 친구들이 자기를 정말로 어떻게 생각하는지를 몰래 엿들은 것처럼 상처받았다.

하지만 줄리아와 매들린은 처음으로 서로를 마음에 들어하느라 여념이 없어서 엘런이 상처받았다는 사실은 신경도 쓰지 않았다.

"아, 그건 화날 일도 아니야. 아무튼, 나부터 들을래. 패트릭 아내의 가족을 만났다고?"

줄리아가 말했다.

"우리 재빨리, 효율적으로 먹는 데 집중해야 할 것 같은데."

종업원이 커다란 접시 세 개를 팔에 걸친 채 세 사람이 있는 테이블로 다가오는 모습을 보면서 엘런이 말했다.

"영화는 관두자. 그냥 편하게 얘기나 하지 뭐."

매들린이 말했다.

"그래, 굉장히 좋은 생각이야."

줄리아가 의자에 기대앉으면서 매들린을 보고 웃었다.

종업원에게 어떤 음식을 어디에 놓아야 하는지를 알려주면서 종업원이 밥을 떠줄 수 있도록 살짝 몸을 뒤로 빼는 두 사람을 보면서 엘런은 처음으로 둘이 사실은 아주 비슷하다고 생각했다. 두 사람의 신중하고 느긋한 태도는, 사실은 언제라도 상처받을 수 있고 그런 상처를 참을 수 없기 때문에, 연약한 스스로를 방어하려고 미리 치는 연막 같은 것이라는 사실을 알 수 있었다. 두 친구 모두 자기들이 선택한 겉모습을 지나치게 힘들게 고수하고 있는 것 같았다. *나는 이런 사람이야. 나는 그렇게 믿으니까, 그렇게 생각하니까, 이렇게 행동할 거야. 내가 옳아. 내가 옳아. 내가 확실히 옳다고!*

하지만, 아마도 누구나 어느 정도는 그렇게 행동하고 있는지도 몰랐다. 어쩌면 어른들 모두 그저 어린아이일 뿐이지만 매일 신중하게 고른 어른 가면을 쓴 뒤에, 그 가면처럼 행동하고 있는 것인지도 모른다. 사실 어른이라면 당연히 그래야 하는지도 몰랐다. 아니면 엘런 자신의 성격이 매들린이나 줄리아와는 달리 모호하게만 느끼고 확실히 정의를 내리지 못하는 것일 수도 있다.

아니면 이 모든 게 쓸데없는 생각이고, 매들린과 줄리아는 그저 자기 자신으로 살아가고 있는 것인지도 몰랐다. 최근에 엘런은 무슨 일이든 액면 그대로 받아들이지 않는 자신의 태도에 점점 짜증이 나고 있었다. 왜 이렇게 짜증이 나는지 이해할 수 없었다. 왠지 특별한 이유도 없이 아주 친한 친구와 갑자기 의절한 것처럼 느껴졌다.

"진짜 어색했겠다. 패트릭의 죽은 아내의 가족을 만나다니."

매들린이 말했다.

"너를 싫어하는 것 같았니? 사랑하는 딸의 자리를 빼앗았다고?"

"아니, 사랑스러운 분들이었어. 정말로 편안해 보이셨어. 근데 내가 바보같이 굴었어."

"이런, 안 돼."

줄리아가 엘런이 바보처럼 구는 게 버릇이기라도 한 것처럼 소리쳤다.

"뭘 했는데?"

"콜린이 잭을 안고 있는 사진을 봤거든. 잭이 아기였을 때. 그걸 보고 내가……."

"콜린한테 안 좋은 말을 했어? 죽은 사람한테 나쁜 말을 한 거야?"

줄리아는 죽음을 끔찍하게 여겼다. 죽음에 관한 이야기만 나오면 어떻게 해서든지 피하겠다는 듯 조금은 경박스럽고 이상하게 굴었다.

"내가 그랬을 것 같아?"

엘런이 숟가락으로 음식을 떠서 입으로 가져갔다.

"갑각류는 안 돼!"

매들린이 비명을 지르면서 엘런의 입에서 숟가락을 치웠다.

"아냐. 닭고기야."

엘런이 자기 앞에 놓인 접시를 가리키면서 말했다.

"아, 맞다. 미안. 어서 먹어."

"내 생각엔, 넌 임신했을 때 먹어도 되는 음식이랑 먹으면 안 되는 음식을 지나치게 나누는 것 같아. 프랑스 사람들은 임신을 해도 소프트 치즈랑 와인을 먹는데. 일본 사람들도 스시를 먹고. 그래도 아기들 모두 문제없잖아."

엘런이 말했다.

매들린은 프랑스와 일본 아기들의 품질을 확신할 수 없다는 듯이 입술을 오므렸다.

"그래도 임신 초기에는 어떤 모험도 하지 않는 게 좋아."

임신 얘기에 줄리아는 살짝 지루한 표정을 지었다.

"그래서, 사진을 보고 뭘 했는데."

"울었어."

"울어? 넌 그 사람, 알지도 못하잖아."

매들린은 아주 역겨운 음식을 먹기라도 한 것처럼 얼굴을 찡그리면서 포크를 내려놓았다. 그녀가 엘런을 대신해서 굴욕을 느낀 게 분명했다.

"왜 운거야?"

줄리아는 흥미를 보였다.

"임신 호르몬 탓이겠지."

매들린이 이해한다는 듯이 말했다.

"그래도 앞으로 여섯 달 내내 그런 식으로 행동할 순 없어. 너 자신한테 최면을 걸거나 해서 고칠 수는 없는 거야?"

자기최면을 해보라고 하다니, 그건 매들린이 이 문제를 어느 정도로 심각하게 여기는지를 보여주는 분명한 증거였다. 엘런은 평소에 매들린이 최면치료를 뉴에이지식 헛소리라고 생각한다는 사실을 알고 있었다. 사람들의 시간과 돈을 낭비하게 하는 사기, 의도는 좋지만 사람들을 미혹하는 정말 바보 같은 일이라 생각한다는 걸 알고 있었다. 실제로 매들린이 어떤 말을 할지는 모르지만, 엘런의 직업 얘기가 나올 때마다 그녀가 조심스럽고도 정중하지만 멍한 표정을 짓는 걸 보면, 엘런의 생각은 크게 틀리지 않아 보였다. 엘런은 매들린에게 최면치료를 정말로 어떻게 생각하는지 말해보라고 강요한 적이 한 번도 없었다. 매들린이 엘런을 생각해서 거짓말하리라는 걸 잘 아니까. 게다가 매들린은 거짓말도 잘 못하니, 굳이 친구를 불편하게 만들 필요는 없었다. 엘런은 매들린이 엘런을 좋아한다는 것, 그리고 그녀에게 엘런의 마음을 다치게 할 생각이 전혀 없다는 것도 잘 알았다.

지금까지 엘런은 두 사람의 대화에 균형이 맞지 않는다는 사실을 개의치 않았다. 사실 매들린의 편견에 성숙하게 대처하고 있다는 자부심도 있었다. 자신의 가치를 다른 사람에게 인정받을 필요는 없으니까. 하지만 지금은 아주 강한 분노를 느꼈다. 엘런에게는 자신의 일이 매우 중요했다. 엘런의 인생에서 정말로 큰 부분을 차지하고 있었다. 어째서 매들린은 최면치료에 관해 조금이라도 알아볼 생각을 하지 않는 걸까? 어째서 엘런의 일에 관해 단 한 가지 질문도 하지 않는 걸까? 도대체 왜 그러는 거지? 그건 무례한 태도야. 정말로 짜증 나는 태도라고.

"내 이에 뭐 묻었어? 왜 그렇게 쳐다봐?"

매들린이 당황해서 물었다. 매들린은 몸을 돌려서 벽에 걸린 거울을 쳐다봤다.

엘런은 헛기침을 했다. '왜 우린 한 번도 내 일에 대해 이야기하지 않은 거야, 매들린?' 하고 소리 지를 수는 없으니까.

뭐가 잘못된 걸까? 임신이 성숙한 감정을 모두 가져가버린 것 같았다. 엘런의 마음에는 도무지 통제할 수 없는 날 선 감정만이 남아 있었다. 대책 없이 분노하고 곧바로 끔찍한 절망이 따라왔다. 세상에, 엘런은 내담자처럼 행동하고 있었다.

"미안, 살짝 졸았나 봐."

"음, 내 생각에는 단순히 호르몬 문제가 아닌 것 같아. 혹시 죄책감을 느낀 거 아닐까? 그 사람 남편이랑 아기까지 가졌으니까. 물론, 억제된 감정에 관한 건 네가 더 잘 알 테지만."

줄리아가 말했다.

엘런은 고마움을 가득 담아 줄리아를 쳐다봤다. 매들린과 달리 줄리아는 항상 엘런의 일을 지지해줬고 자랑스럽게 여겼다. 수년 동안 줄리아는 엘런에게 친구들을, 지인들을 소개해줬다. 그래, 줄리아는 정말 좋은, 진정한 친구야.

"지금 우는 거야? 그냥 생각만 해도 또 눈물이 나?"

"아니야. 미안. 나는……."

엘런은 대책 없이 키득거리기 시작했다. 엘런은 줄리아와 매들린이 눈길을 교환하는 모습을 봤다.

"임신하면 조금 정신이 없어진다는 건 알았지만, 이건 좀 심한 거 아니니?"

줄리아가 말했다.

"맞아."

매들린이 대답했다.

"처음으로 아버지를 만났을 때는 무슨 짓을 했을지 생각도 하기 싫다. 분명 진정제가 필요했을 거야."

줄리아는 손등을 이마에 대더니 읊조렸다.

"아빠! 아빠! 오랫동안 잃어버렸던 내 아빠!"

줄리아의 말에 매들린은 깔깔거리고 웃다가, 이내 미안한 표정을 지었다.

"아무튼, 아버지를 봤을 때는 분명히 감상적이 됐었겠지?"

"사실은, 완전히 반대여서 문제였어. 아무것도 못 느꼈거든. 정말로 아무 느낌이 없었어."

"진짜?"

매들린은 안심했다는 표정을 지었다. 이번 반응은 괜찮았다.

"그냥 아저씨였어. 평범하고 별 특징 없는 아저씨. 치과의사나 회계사처럼 말이야. 머리가 벗겨지고 있었고, 안경을 썼어. 그렇게 흥미 있는 분은 아니었어."

"불쌍한 아빠."

줄리아가 와인 잔에 대고 말했다.

"내가 정말로 말하고 싶은 게 뭔지 알잖아. 상자 말이야. 우리 집 복도를 막고 있는 상자."

엘런이 나이프와 포크를 내려놓으면서 말했다.

"그건 별로 재미있을 것 같지 않은데."

줄리아가 말했다.

"다 패트릭 거지?"

매들린이 덥석 그 주제를 잡았다.

"맞아. 계속 옮겨달라고 부탁했거든. 상자 때문에 미칠 것 같아. 잔소리를 하지 않고 남자가 일을 하게 하려면 어떻게 해야 해?"

엘런이 물었고,

"오호, 그거야말로 10억짜리 질문이군."

매들린이 대답했다.

▲ ▲ ▲

밤늦게 하는 뉴스를 보다가 갑자기 알게 됐어.

그래, 나 말이야, 그 남자가 누군지, 분명히 알고 있었어. 그런데 왜 그 남자가 엘런을 만나려고 한 걸까? 왜 그렇게 엘런에게 화가 나 있었던 거지?

▲ ▲ ▲

엘런은 어두운 자동차 안에 앉아 시동도 켜지 않은 채, 시끄러웠던 식당의 소음에서 벗어나 갑작스럽게 찾아온 침묵을 즐겼다. 귀는 윙윙거렸고, 모든 감각이 지나치게 자극받았다. 술도 마시지 않는 평온한 세 친구의 모임이 아니라 나이트클럽에서 술을 잔뜩 마시며 격렬하게 하룻밤을 보내고 온 것처럼 느껴졌다. 오늘은 줄리아와 매들린 모두에게 살짝 경악했다. 좁은 부스 테이블에서 두 친구의 얼굴은 엘런에게 너무나도 가까웠다. 골격이 가는 줄리아의 얼굴에는 놀랍도록 주름이 많았고(엘런은 줄리아를 항상 열네 살 소녀로만 생각했기 때문에 더욱 놀라웠다), 부드럽고 통통한 매들린의 얼굴에서는 들창코에 장미 봉우리 같은 입술이 특히 눈에 띄었다. 차에 앉아 있는 지금도 줄리아의 향수 냄새가 나는 듯했고, 약간 거칠었던 매들린의 목소리가 들리는 듯했다(매들린은 살짝 감기에 걸려 있었다).

"내일 밤에 샘을 보기로 했어."

매들린이 서둘러 떠난 뒤에 식당 밖 보도에 서서 줄리아가 말했다.

"스팅키? 진짜로 독감에 걸렸던 거 맞지? 그다음에도 만났던 거야? 왜 지금까지 말 안 했어?"

"우린 그 사람 그렇게 안 불러. 아무튼, 너무 흥분하지 말고, 친밀한 더블데이트 따위는 꿈도 꾸지 마. 우린 그냥 친구니까."

엘런은 줄리아의 눈에서 반짝이는 희망을 볼 수 있었다.

"하지 마. 한 마디도 하지 마."

엘런의 얼굴에 떠오른 표정을 보면서 줄리아가 말했다. 하지만 작별 인사를 할 때 줄리아는 엘런을 꼭 끌어안았다.

이제 엘런은 손목시계를 들여다보고 있었다. 아직 9시밖에 안 됐다. 집에 가면 잭이 아직 깨어 있을 것이다. 여덟 살 아이가 너무 늦게까지 안 자는 게 아닌가 싶지만, 엘런이 뭘 알겠는가?

잭이 잠자리에 드는 시간을 바꿔야겠다고 말하면 패트릭은 분명 엘런의 의견을 전적으로 존중해줄 것이다. 하지만 엘런은 자립심이 강한 작은 아이에게 부모 노릇을 하려고 할 때마다 혹시 자기 행동이 지나치지는 않은지 자꾸만 자기검열을 하게 됐다. 매들린의 아이들은 언제 잠자리에 드는지 물어봐야겠다. 매들린이라면 정확한 정보를 줄 것이다.

텅 빈 집에 돌아가지 않아도 된다는 건 정말 좋은 일이었다. 진입로로 차를 몰고 들어가는 순간 집 안에서 환하게 빛나는 불빛을 보게 될 것이다. 현관문을 여는 순간 타코나 팝콘 같은 저녁 간식 냄새가 날 것이다. 패트릭과 잭은 나란히 앉아서 텔레비전을 보거나, 닌텐도 게임을 하거나, 엘런이 마음 챙김 수련을 하려고 천장에 걸어뒀지만 지금은 칼인지 총인지 모를 역할을 하게 된 나뭇가지를 휘두르면서 온 집 안을 뛰어다니고 있을 것이다(두 사람이 노는 방식은 가끔 너무 폭력적이라고 생각될 때가 있다). 엘런을 보면 패트릭은 영화는 어땠는지 물어볼 것이다. 잭은 오늘 하루 있었던 일을 엘런에게 말해줄 것이다. 두 사람은 핫초콜릿을 먹거나 잭이 학교 바자회에 가져갈 초콜릿을 꺼내 먹고 있을 것이다. 패트릭은 계속해서 잭한테 자러 가라고 말할 것이고, 잭은 그 말을 스무 번 정도 들은 뒤에야 자기 침실로 들어갈 것이다.

엘런이 언제나 꿈꿨던 왁자지껄한 가족의 삶이 있는 집으로 돌아가는 건 정말로 근사한 일이었다.

하지만 엘런은 여전히 차에 시동을 걸지 않았다.

좋아. 마음껏 생각해도 돼, 엘런.

지금, 텅 빈 집으로 돌아갈 수 있다면 정말 좋을 거야. 온통 침묵에 쌓여 있고 복도에는 상자라고는 하나도 없는 집으로. 차를 마시면서 느긋하게 책을 읽고, 언제 침대로 올 거냐고 물어보는 사람 없이 오랫동안 뜨거운 물로 목욕을 할 수 있는 집으로 돌아가면 정말 좋을 거야.

정말로, 오늘밤만이라도 엘런만의 집으로, 엘런만의 침대로, 엘런만의 과거의 삶으로 돌아갈 수만 있다면 정말로 근사하고 행복할 것 같았다.

하지만 엘런은 작년의 그 많은 밤들을 떠올렸다. 아무도 없는 집으로 돌아가 어둠 속에서 더듬거리면서 열쇠 구멍을 찾아 문을 열었던 그 밤들을. 현관문을 손으로 더듬거리면서 누군가 안에서 그녀를 기다리고 있었으면 하고 바랐던 마음을, 정확히 패트릭 같은 사람이 기다리고 있어주기를 간절히 원했던 마음을 생각해냈다.

그리고 사스키아를 생각했다. 패트릭이 돌아오기를 바라는 마음 하나로 살아가고 있는 사스키아를 생각했다. 사스키아는 벌써 몇 년째 한 가지만을 바라고 있다. 사스키아는 매력적이고 지적인 여성이다. 분명 다른 남자를 만날 수 있는 사람이다. 그런데도 사스키아는 패트릭만을 원한다. 미친 게 확실하지만 정말로 헌신적이다.

엘런은 패트릭을 향한 자신의 사랑이 그렇게까지 격렬하지는 않음을 안다. 사실 그 누구도 그렇게까지 격렬하게 사랑해본 적은 없었다. 사랑 때문에 다른 사람의 집에 들어가본 적도, 사랑 때문에 법을 어길 정도의 충동을 느껴본 적도, 사랑 때문에 반사회적인 행동을 해본 적도 없다. 엘런의 귀에 '그게 당연한 거야, 바보야. 제정신이라면 그래야지. 성숙한 어른이라면 그래야 하는 거야'라고 외치는 줄리아와 매들린의 소리가 들리는 듯했다.

엘런은 한숨을 내쉬고 자동차의 시동을 켜려고 손을 뻗었지만 이내 다시 손을 거뒀다. 자동차 밖에서는 젊은 연인이 인도를 걷고 있었다. 두 연인은 한참 실랑이 중이었는데 갑자기 여자가 뒤돌아서더니 재빨리 팔을 움직이면서 걸어가버렸다. 남자는 그런 여자를 뚫어지게 쳐다만 봤다. '쫓아가야지.' 엘런은 생각했다. '그게 여자가 바라는 거야.' 하지만 남자는 입을 앙다물고 어깨를 으쓱하더니 바지 주머니에 손을 넣고 여자가 걸어간 곳과 반대 방향으로 걸어가버렸다.

엘런은 그날 밤 친구들과 저녁을 먹으면서 말했던 모든 일과 말하지 않은 모든 일을 생각했다.

엘런은 최면치료를 진행하는 그 모든 시간 동안 간교하게도 내담자들에게 "인간관계는 정말 어려워요"라고 말했다. 하지만 얼마만큼 어려운지는 엘런도 전혀 모르고 있었던 거다(사실 엘런은 다른 사람들에게는 인간관계가 아주 힘든 일이지만, 자기에게는 그다지 힘들지 않을 거라고 은밀하게 생각해왔다. 자신의 지식과 기술과 감정지능이라면 조금도 힘들지 않으리라고 생각한 것이다. 어째서 그렇게 자만했던 걸까?).

당연히 엘런과 패트릭은 산에 다녀온 날 밤에 화해했다. 다툰 게 오히려 다행이라고 느껴질 정도로 아름다운 화해였다.

"내 잘못이야."

엘런이 고귀하게 자기 잘못을 시인했다.

"아니, 전적으로 내가 잘못한 거지."

패트릭은 자기가 왜 그랬는지 설명해줬다. 사무실에 몇 가지 문제가 있고, 큰돈을 내야 할 고객이 지불을 거절하고 있다고 했다. 더구나 산으로 떠나기 직전에 사스키아를 봤다고 했다.

"아마 내가 받은 스트레스를 나도 모르게 당신한테 풀었나 봐."

패트릭은 최대한 엘런과 같은 방식으로 말하려 했고, 그 모습은 정말 사랑스러웠다. 엘런이 잭과 함께 집에 있으려고 줄리아와의 약속을 취소했다는 말을 들었을 때는 경악했다.

"왜 말 안 했어? 그런 건 말해야지."

"잘 모르겠어. 아마 잭한테 제대로 엄마 노릇을 하고 싶었나 봐."

"당신은 제대로 하고 있어. 당신이 잭을 대하는 방식이 정말 좋아. 더는 잘할 수 없을 거야. 당신은 시간이 있을 거라고 내 멋대로 생각하지 말았어야 했어."

"음, 나도 일찍 말했어야 했어."

"무슨 말도 안 되는 소리야. 이번 건 전적으로 내 잘못이야."

그 뒤로 패트릭은 20분 동안 엘런의 발을 주물러줬다.

그러니 엘런으로서는 사스키아가 비스킷을 두고 갔다는 말을 도저히 할 수가 없었다. 그런 말을 듣는 순간, 패트릭은 엘런의 발을 주무르는 걸 관두고 초조한 듯 욕을 하면서 서성거렸을 테니까.

그리고 패트릭은 그날 밤 늦게 상자를 두 개 옮김으로써 절반의 약속을 지켰다. 엘런의 외할머니가 아끼던 카펫 위에 커다란 트럭 바퀴 자국 같은 선명한 흔적을 두 개 남기고는 상자를 끌고 거실로 갔다. 이 모습을 할머니가 봤다면 정말로 끔찍해하셨을 것이다. 늘 할머니 눈에만 보이는 티끌을 없애겠다고 무릎을 꿇고 카펫을 계속 닦던 분이었으니까.

미안, 할머니.

물론 나머지 상자는 여전히 복도에 있었다. 이제는 정말로 안정적인 자세로 고꾸라져 있었다. 상자가 사라진다는 것은 불가능한 일처럼 보였다.

엘런은 자동차에 시동을 걸고 헤드라이트를 켰다. 엘런 앞에 있는 거리가 밝게 빛났다.

엘런의 자동차 앞쪽에서 아까 걸어갔던 젊은 남자가 거리를 달려오는 모습이 보였다. 그는 고개를 숙인 채 축구장에서 뛰는 것처럼 팔을 힘차게 움직이고 있었다. '맞아, 그래야지.' 엘런은 가슴이 저릿했다. 저 남자는 연인에게 달려가 뒤에서 확 잡아채 들어 올리면서 연인의 머리카락에 얼굴을 묻을 것이다. 정말 낭만적이야.

하지만 어쩌면 여자를 때리려고 달려가는 건지도 몰랐다. 인생이라는 건 보이는 것만큼 낭만적이지 않을 때도 있으니까. 엘런은 차를 몰고 도로로 나갔다.

생애 처음으로 아버지를 만나면 보통은 떨리고 애정 어린 감정으로 가득 차는 것이 인생이라고 생각할 것이다.

월요일의 만남은 분명 실수였다. 어째서 밤보다 낮이 훨씬 더 편하리라고 생각한 걸까? 낮이 아니라 밤에 만났어야 했는데. 세 사람은 노스시드니에 있는 카페에서 만나기로 했다. 그들 모두 그날은 그 근처에서 이런저런 약속이 있었기 때문에 거기서 만나는 것이 가장 좋으리라 생각했던 것이다. 문제는 그 때문에 그 점심이 그저 할 일 목록에서 해치워야 할 사소한 일, 그날 있을 여러 약속 가운데 하나일 뿐이라는 느낌이 들어버렸다는 것이었다. 엘런에겐 세 사람의 대화가 누군가가 서류철을 내밀면서 '좋아요. 그럼 이제 회의를 시작합시다'라고 말하기 전에 가볍게 나누는 잡담처럼 느껴졌다.

더구나 한낮의 빛도 전적으로 문제였다. 너무나 눈부셨고 너무나 현실적이었다. 엘런은 아버지의 윗입술에 난 미세한 검은 털 따위는 보고 싶지 않았다. 아버지 코에 있는 모공도 보고 싶지 않았고, 아버지 머리카락 밑에 듬성듬성 보이는 분홍색 두피도 보고 싶지 않았다. 아버지의 입술에 묻은 모로칸 치킨 소스도 보고 싶지 않았다. 엄마가 냅킨으로 아버지의 입을 명랑하게 쓱쓱 닦는 모습도, 정말 보고 싶지 않았다(그런 엄마라니, 엄마는 말랑말랑했고 순종적이었고 여성적이었다. 말을 하다가 실제로 머리카락을 만지작거리기까지 했다).

입덧도 도움이 되지 않았다. 엘런의 입덧은 그녀가 세상을 보는 방식에 영향을 미쳤다. 지금 엘런에게는 세상이 온통 끔찍한 베이지색으로 보였다. 그래도 저녁이었다면 훨씬 나았을 거다. 왜 그걸 생각 못했는지, 이해할 수가 없었다.

카페로 걸어 들어갈 때 엘런은 마치 인터넷으로 알게 된 데이트 상대를 만나러 가는 기분이었다. 혹시나 깊은 사이로 발전할지도 모른다는 기대를 가지고 낯선 사람의 얼굴을 찾으려고 카페 안을 둘러볼 때 느끼는 그런 강렬한 감정을 느꼈다. '내가 당신한테 키스하고, 당신과 함께 침대에서 눈을 뜨고, 당신과 싸우는 게 상상이 돼요?' 물론 그 점심은 엘런이 상대방을 마음에 들어하는지 아닌지는 전혀 중요하지 않다는 점이 인터넷 데이트와 달랐다. 카페에 나온 사람이 마음에 들지 않는다고 다시 집으로 돌아가서 아버지가 될 다른 사람을 찾을 수는 없는 노릇이니까.

처음에 엘런의 눈은 그 사람을 잡아내지 못했다. 엘런의 눈에 그는 카페에 가면 어디서나 볼 수 있는 양복 입은 노신사일 뿐이었으니까. 그러다가 그 사람 맞은편에 앉아 있는 엄마를 봤다. 엘런은 엄마도 거의 알아보지 못할 뻔했다. 엄마는 언제나 멜 이모나 핍 이모와 함께였으니까. 세 사람이 모여 조금은 극적인 모습을 연출하고 있었으니까. 세 사람은 언제나 그 누구보다도 크게 웃고 떠들었다. 머리가 하얀 남자 앞에 앉아 있는 엄마는 어딘지 모르게 작아 보였다. 언제나 영국 여왕처럼 완벽한 자세로 꼿꼿하게 앉아 있던 엄마가 그때는 두 팔을 탁자에 걸치고 앞으로 몸을 숙인 채 조금은 굴욕적인 각도로 고개를 기울이고 있었다.

엘런을 보자마자 엄마는 나쁜 짓이라도 하다가 들킨 사람처럼 재빨리 몸을 똑바로 세웠다. 엄마가 엘런을 보고 웃으면서 손을 흔들었다. 엄마의 얼굴에는 자부심이 서려 있었지만, 그와 거의 동시에 두려움도 스쳐 지나갔다.

엘런이 두 사람 쪽으로 다가가자 엘런의 아버지, 데이비드가 일어서더니, 요즘 시대에 어느 정도 나이가 있고 수입이 괜찮은 남자들이 하는 식으로 그녀의 양 볼에 우아하게 입을 맞췄다(아까 태국 식당에서 매들린은 "요즘 이 도시 사람들은 그런 키스를 남발하는 것 같아. 이제 곧 식료품을 사러 가서도 계산해주는 사람한테 키스해야 할 거야"라고 했다).

"만나서 기쁘구나, 엘런."

데이비드는 그렇게 말했고, 자리에 앉아서는 다시 정식으로 "내 인생에 들어와줘서 놀랍고도 기쁜단다"라고 말했다. 하지만 데이비드가 그 말을 하는 순간 종업원이 다가와서 그의 말을 끊고 합판으로 만든 메뉴판을 탁자에 내려놓는 바람에, 데이비드는 엘런이 자기가 한 말을 제대로 들었는지 아니면 다시 말해야 하는지 판단을 내릴 수가 없었고, 엘런은 종업원에게 가능한 한 빨리 빵을 가져다달라고 말하느라 정신이 없어서 데이비드에게 그가 한 말을 들었다고 알려줄 수 없었고, 그녀 자신도 아버지가 내 인생에 들어와줘서 놀랍고도 기쁘다고 말할 기회를 갖지 못했다. 사교적으로 어긋나버린 잠깐의 어색한 순간이 데이비드의 세련된 겉모습을 조금쯤은 스르르 벗겨내버렸기 때문에, 엘런은 왠지 데이비드가 부분 가발을 쓰고 있음을 알아챈 것처럼 못 볼 것을 봤다는 기분이 들어 당혹스러웠다.

그때부터 세 사람은 사소한 잡담밖에는 할 수가 없었다. 성령강림절 주말을 어떻게 지냈는지 이야기할 뿐이었다(엄마는 새된 목소리로 '아우 놀라워라, 정말 재미있었겠네' 같은 말을 계속했다. 엘런은 그런 엄마가 꼭 남의 엄마 같다고 느꼈다). 앤과 데이비드가 보고 온 연극이 어땠다느니, 오랜 시간이 지난 뒤에 시드니로 돌아온 데이비드의 기분이 어떤지 같은 이야기만 나눴다. 데이비드는 정형외과 의사였고, 몇 년 뒤에는 은퇴할 생각이라고 했다.

"그러면 보트를 사서 1년 동안 전 세계를 여행할 거란다."

그러더니 앤을 보면서 말했다.

"제일 먼저 승선해줄 거지?"

앤의 얼굴이 밝게 빛났다.

"에스프레소 머신이 있으면."

두 사람을 보면서 엘런은 이따금 생각했다. '이분들이 내 부모님이야. 나는 부모님과 함께 점심을 먹고 있는 거야.' 그녀의 가족사를 모르는 친구나 내담자, 또는 다른 사람을 만나 두 사람을 소개하는 상상도 했다. *이분들이 내 엄마랑 아빠예요.*

얼마나 지극히 평범한가.

엘런의 아버지는 최근에 읽은 것이 분명한 내용을 참고로 엘런에게 '최면치료'에 관해 세세하게 질문했다. 이 만남을 위해 특별히 시간을 들여 최면치료에 관해 공부한 게 분명했다. 그런 아버지의 노력은 가슴 저릴 정도로 감동적이었다. 데이비드가 엘런의 대답을 정중하면서도 주의 깊게 듣는 모습을 보자 눈 주변이 따끔거릴 정도였다.

데이비드는 '대체의학'에 아주 열린 마음을 지닌 게 분명했다. 그 나이의 외과 의사로서는 상당히 놀라운 태도였다. 엘런의 엄마도 평소와 달리 최면치료에 관해 신랄한 말은 한 마디도 하지 않았다. 오히려 살짝 칭찬하기도 했다.

"엘런은 예약이 밀려 있을 때가 많아."

그렇게 말하고는 몇 분 뒤 의사 대 의사로 말한다는 투로 데이비드에게 "특발성 고통을 관리하는 데는 정말 탁월한 결과를 내기도 해"라고 했다.

그런데도 엄마는 한 번도 엄마의 환자를 나한테 소개한 적이 없지.

엘런은 생각했다. 혹시 엄마는 아버지한테 엘런을 팔고 싶은 걸까? 앤은 싱글 맘이고 엘런은 엄마가 팔아야 하는 싱글 맘 패키지의 구성품인 게 아닐까? 패트릭이라는 상품에 잭이 들어 있는 것처럼?

두 아들에 관해 말할 때 데이비의 목소리는 아주 부드러워졌다. 아들의 이름을 말하는 것만으로도 저절로 웃음이 나오는 것 같았다.

"둘 다 아직 아이는 없고요?"

엘런이 물었다. 엘런은 한 명은 부동산 중개업을 하고 한 명은 마케팅 일을 하고 있다는, 자기보다 몇 살 어리고 지구 반대편에서 살고 있으며, 영국식 영어를 쓰고 영국 사람처럼 생겼을 두 이복동생에 대해서는 지나치게 많은 생각을 하고 싶지 않았다. 그건 어렸을 적에 있다고 생각했던 상상 속의 친구가 실제로 쭉 존재해왔다는 얘기를 듣는 것과 같았으니까. 어렸을 때 엘런은 자주 엄마에게 아버지한테 다른 아이들이 있는지 물어봤고, 그럴 때마다 엄마는 그날의 감정 상태에 따라 아주 가볍게, 아니면 조금은 퉁명스럽게 "그렇겠지"라고 대답했다.

어렸을 때 엘런은 상상 속에서 여자 형제나 남자 형제를 그려봤다. 상상 속에서는 잘생긴 친구들이 잔뜩 있는 섹시한 오빠가 가죽 재킷을 입고 오토바이를 탔고, 여동생은 엘런을 좋아했고, 언니는 그녀에게 화장하는 법을 가르쳐줬다. 하지만 이제 엘런은 다 자랐다. 어린 두 동생이라니, 이제는 정말로 필요 없었다. 남동생들이 아니어도 엘런은 충분히 바빴다. 친구들을 알아가는 것만으로도 정신이 없었다. 동생들이라니, 뭘 해야 하는 거지? 페이스북을 검색해 봐야 하나?

"아직 손자는 없어. 캘럼은 결혼을 했지만, 며늘애가 도통 아기 가질 생각을 안 하는구나. 라클런은 그냥 독신으로 쭉 살 것 같아."

데이비드는 잠시 말을 멈추고 얼굴을 찡그렸다.

"그래서……."

데이비드는 티스푼으로 어색하게 엘런의 배를 가리켰다.

"그래서, 이 아기가 내 첫 손자란다."

데이비드는 마치 넘어선 안 될 선을 넘은 것처럼 얼굴이 빨개졌다.

"그렇군요."

엘런은 특별히 어색해할 필요는 없다는 신호를 보내려고 애쓰면서 말했다.

"우리가 조부모가 될 거라고 누가 생각했겠어."

엄마가 중얼거렸고, 엘런은 부모님이(엘런의 부모님이라니!) 의미를 가득 담은 눈길을 은밀하게 주고받는 모습을 쳐다봤다.

점심을 먹는 내내 엘런은 자기가 아버지와 유전자를 공유하고 있다는 증거를 찾으려고 아버지의 생김새를 관찰했다. 엄마가 적어놓은 것처럼 아버지는 귀가 작았고 이가 튼튼했다(하지만 '유머 감각'이 조금 이상한 것 같지는 않았다. 아마도 그건 아버지가 긴장하고 있었기 때문일 수도 있다. 그날 세 사람은 모두 긴장했다. 평소대로 행동한 사람은 분명 아무도 없을 것이다). 갑자기 데이비드가 "네 눈은 엄마를 닮았을 거라고 생각했단다"라고 말한 것으로 보아 그도 은밀하게 엘런을 관찰하고 있었음이 드러났다.

바로 그때가 엘런이 아주 중요한 감정을 느꼈을 수도 있었던 순간이었다. 그 감정은 어쩌면 엘런이 누릴 수도 있었던 많은 것들을 잃었다는 상실감인지도 몰랐다. 결코 만나보지 못했던 가족? 할머니, 할아버지는 늘 엘런의 감정을 말랑말랑하게 만들었다.

"어머니께서 타로카드 점을 보셨다고 했죠?"

엘런이 물었다.

데이비드는 깜짝 놀란 것 같았다.

"그랬지. 그러셨어. 정말 우스운 취미였지. 그걸 네가 어떻게……."

"내 점을 봐 주신 적이 있잖아."

엘런의 엄마가 재빨리 끼어들었다(데이비드는 엄마가 자기한테 점수를 매긴 걸 모르고 있는 것 같았다).

"기억나? 당신 어머니가 나보고 앞으로 아주 먼 곳으로 여행을 갈 거라고 했잖아. 그래서 나는 '당신 어머니가 내가 당신을 두고 멀리 떠나기를 바라는구나' 생각했지. 날 진짜 싫어하셨잖아."

"어머니는 당신을 위협이 된다고 느끼셨던 것 같아. 제인을 좋아하셨으니까."

데이비드가 웃으면서 말했다.

"제인이 아내 분이세요?"

질문을 하고 나서 엘런은 얼굴을 붉혔다. 데이비드의 아내라면 그가 엘런을 만들면서 속인 그 약혼자니까. 엘런은 왠지 큰 죄를 지은 것 같은 기분이 들었다.

데이비드는 헛기침을 하면서 "그래"라고 대답한 후 카푸치노를 입으로 가져갔고, 엘런의 엄마는 컵받침을 티스푼으로 톡톡 두드렸다. 세 사람 옆에 앉은 낯선 두 여자는 노트북을 들여다보면서 빈약한 '응답률'에 관해 열정적으로 토론하고 있었다.

"어머니는 1998년에 돌아가셨어. 어머니가 보셨다면 엘런을 아주 좋아하셨을 거야. 특히 네 직업에 관심을 보이셨을 거고."

"아마 제 존재를 용납하지 않으셨을지도 몰라요."

엘런은 데이비드에게 걱정할 일이 하나도 없다는 듯이, 할머니의 사랑은 엘런에게 그다지 중요한 문제가 아니라는 듯이, 이제는 정서장애를 겪는 10대가 아니니 그런 문제는 진즉에 극복했다는 듯이 웃어 보였다.

"아무튼."

데이비드는 그렇게 말하고 입술을 잘근잘근 씹었다.

"아무튼……."

그러고는 흘긋 손목시계를 쳐다봤다.

"이만 가봐야겠다. 만나서 즐거웠다, 엘런. 다시 만났으면 좋겠구나. 당연히, 네 남편 될 사람도, 꼭 보고 싶구나. 패트릭 맞지? 네가 좋다면 말이야."

아, 정말로 이상한 순간이었다. 데이비드는 마치 인터넷 데이트가 끝난 뒤에 여자와 두 번째 만남을 이어가려고 애쓰는 남자처럼 말하고 있었다. 분명히 여자가 거절할 것을 알지만, 그래도 어쨌건 시도는 해보려고 애쓰는 남자처럼 굴고 있었다.

"당연하죠."

엘런은 나오지 않는 웃음을 억지로 지어 보였다.

데이비드는 두 여자에게 키스를 하고 걸어가다가 재빨리 계산대 앞에서 멈춰 서더니 계산을 하고 나갔다. 데이비드는 언제나 자동적으로 계산은 자기가 하는 남자임이 분명했다.

"그래, 어떤 것 같아?"

엘런의 엄마가 카페를 나서는 데이비드의 등을 쳐다보면서 말했다. 데이비드는 뒤돌아보지 않았다. 그저 걸으면서 아이폰 화면만 쳐다보고 있었다. 엄마의 아름다운 보라색 눈 속에는 콜린의 무덤에서 패트릭이 지었던 표정을 생각나게 하는 무언가가 있었다. 갈망일까? 그런 생각을 하자 엘런은 불쾌해졌다.

"결혼식에 갔었어?"

엘런이 불쑥 물었다.

"누구 결혼식?"

앤이 되물었다.

"거기. 제인이라는 분의 결혼식."

"아."

엄마는 다시 평소대로 똑바로 의자에 앉았고, 목소리도 몇 옥타브 낮아져 있었다.

"음, 그랬지. 멜이랑 핍이랑 다 같이 갔어. 우리 모두 함께 어울리던 친구들이니까. 진짜 끔찍했어. 몸이 안 좋았거든."

"죄책감 때문에?"

"무슨, 아니야. 그때 임신 3개월이었거든."

"세상에, 엄마."

이제 막 남편이 된 남자의 아기를 임신한 사람이 결혼식 하객으로 오다니, 불쌍한 제인.

"왜 그렇게 놀란 척하는지 모르겠네. 네 아빠가 다른 사람이랑 약혼한 건 원래 알고 있었잖아."

"알아. 알고 있어. 미안. 그 결혼식에 엄마가 갔을 거라는 생각은 안 해봤어. 그래서 그래."

엘런은 자기가 왜 그런 반응을 보이는지 알고 있었다. 아버지의 신부였던 사람에게 지나치게 감정이입하고 있기 때문이다. 무의식적으로, 아니 사실은 아주 의식적으로 이제 곧 결혼할 남자가 여전히 다른 사람을 사랑하고 있는지도 모른다고, 그 대상이 죽은 사람이라고 해도 내 남자가 다른 여자를 사랑하고 있는지도 모른다고 걱정을 하기 때문이다.

"엄마가 임신했다는 걸 말해야겠다고 생각해본 적은 없어?"

"전혀! 난 내가 그 사람을 사랑한다는 것도 인정하지 않았으니까. 네가 쓰는 말로 표현하면 그런 감정을 억누르고 있었으니까. 나는 내가 아기만 원하는 아주 강인한 페미니스트인 척했거든."

엘런은 엄마가 강인한 페미니스트일 때가 좋았다. 난 엄마가 나랑 아주 다른 게 좋았단 말이야. 그래야 내가 더 나다워지니까.

"넌 내 이야기를 정말로 낭만적이라고 생각할 줄 알았어. 뭐든지 낭만적이라고 생각하는 게 네 특기잖아. 핍하고 멜한테, 엘런이 이 얘기를 들으면 진짜 좋아할 거라고 했다고. 근데 넌 이상하게 계속 부정적이야. 내 딸, 미스 긍정이 이 이야기에만 유독 부정적이라고. 이 세상 모든 일에 공감하는 내 딸이 말이야. 심지어 미친 전 여자 친구가 자기 약혼자를 스토킹해도 관대한 내 딸이 말이야. 너 왜 엄마한테만 이렇게 모진데?"

"호르몬 때문 아닐까?"

엘런은 망설이듯이 말했다.

"아이고, 제발. 호르몬 얘기는 하지도 마."

"알았어."

그렇게 대답하면서 엘런은 엄마에게 해줘야 하는 말이 무엇인지 깨달았다. 엄마는 지금 막 새로 사귄 남자 친구를 엘런에게 소개해 준 것이다.

"사랑스러운 분이야. 데이비드는, 정말 사랑스러워. 매력적이고 잘생겼어. 나도 마음에 들어."

그리고 그 말은 거짓말도 아니었다. 그러자 갑자기 전구를 켠 것 같은 효과가 나타났다. 엄마의 얼굴은 금세 밝아졌다.

"내가 그랬잖아."

그 뒤로도 엘런은 30분 동안 엄마가 데이트했던 다른 남자들과 데이비드가 어떻게 다른지, 그에게 어떤 장점이 있는지에 대한 애기를 들어야 했다.

"그 불쌍한 남자들이 왜 나를 붙잡지 못했는지 알겠어. 이제는 정확히 알아. 내가 너희 아빠를 여전히 사랑하고 있으니까, 당연히 그 사람들이랑은 잘될 수가 없었지. 내가 무의식적으로 그 사람들을 거부했던 거야. 너한테 최면을 좀 받아봐야겠다. 내 '문제'가 뭔지 알아보게."

"우와, 엄마가 최면을 받다니, 천지가 개벽하겠네."

엘런이 말했다.

'문제'라는 말을 할 때 엄마의 눈에 냉소적이면서도 비꼬는 기미가 보인다는 사실이 이상하게도 위로가 됐다. 엄마가 정말로 최면 치료에 관심을 보이고 정중하게 대했다면 그것이 오히려 더 기분 나빴을 것 같았다.

그리고 이제 엘런은 집 앞에 멈춰 서서 집 안에서 흘러나오는 불빛을 보고 있었다.

저 빛이 없었다면 분명히 열쇠 구멍을 찾느라 더듬거려야 할 것이다. 현관 등은 수년 동안 망가진 채로 있었지만, 이 집의 많은 부분이 그렇듯이 패트릭이 엘런의 집으로 이사해 오자마자 일주일 안에 조용히, 마법처럼 멀쩡하게 되살아났다.

갑자기 패트릭과 잭의 그림자가 창문으로 달려오더니 마구 팔을 휘둘러댔다. 그 모습을 보고 엘런은 웃음을 터뜨렸다. '집에 왔어.' 엘런이 아기에게 마음속으로 말했다. '아빠랑 잭이 아직 안 자고 있어.'

엘런은 배에 손을 얹었고, 갑자기 미래에서 온 메시지처럼 가슴을 감싸는 정교하고 짜릿하고 뜨겁고 얼얼한 통증을 느꼈다. 그것은 엘런의 몸이 새로운 감각을 경험할 수 있음을 알게 해주는 신호였다.

"안녕, 아가."

이번에는 큰소리로 말했다.

"이거 진짜 아프다. 하지만 괜찮아. 엄마는 신경 쓰지 않아. 너는 푹 쉬면 돼. 무럭무럭 자라기만 하면 돼."

다시 형언할 수 없는 기쁨이 몰려왔다. 아기야. 세상에, 엘런은 그녀를 사랑하는 남자의 아기를 가진 것이다. 그 외에 중요한 것은 없었다.

나는 매일같이, 모든 면에서, 점점 나아지고 있다.

– 유명한 프랑스 심리학자이자 약사이며 '자기최면 창시자' 인 에밀 쿠에(1857년~1926
년)가 제안한 자기암시 구절

"어젯밤에는 잘 잤니, 잭?"

엘런이 물었다.

화요일 아침이었고, 엘런과 패트릭과 잭은 아침을 먹고 있었다. 패트릭은 신문을 읽고 있었고, 잭은 그답지 않게 말이 없었다. 평소라면 활기차게 재잘댔을 것이다. 밤새 아주 많은 생각을 쌓아 놓은 아이처럼 콘플레이크를 먹는 동안 온갖 생각을 쏟아냈을 것이다. 하지만 오늘은 아무 말도 없이 그저 숟가락으로 그릇을 툭툭 치고만 있었다. 눈 밑에는 어둑어둑하게 그늘져 있었다. 작고 보드라운 아이의 얼굴에는 어울리지 않는 그늘이었다.

"사실은 계속 꿈만 꿨어요. 밤새 계속해서 꿈만 꿨어요. 꼭 끝나지 않는 영화를 보는 것처럼요."

잭이 대답했다.

"허, 어서 밥이나 먹어."

패트릭이 신문에서 눈을 떼지 않고 말했다.

"어떤 영화를 보는 것 같았는데?"

엘런이 물었다.

"〈아마겟돈〉요."

잭이 대답했다.

패트릭이 신문을 내려놓고 엘런을 보면서 한쪽 눈썹을 찡긋 올렸다.

"그게 무슨 뜻인지는 알아?"

패트릭이 잭에게 물었다.

"당연하지."

잭의 얼굴이 창백하다고 엘런은 생각했다.

"세상이 끝난다는 뜻이잖아. 인터넷에서 봤어."

"인터넷에서 쓸데없는 걸 너무 많이 보는 것 같은데."

패트릭이 한숨을 내쉬었다.

"정말이야. 곧 올 거래. 아마겟돈."

잭은 아빠의 말은 전혀 신경 쓰지 않고 말했다.

"음, 아니야."

패트릭이 대답했다.

"아빠가 어떻게 알아? 전에 아빠는 아무것도 모른다고 했잖아."

패트릭이 힘차게 신문을 접으면서 말했다.

"이건 알아."

"꿈에서 내가 아는 사람이 모두 죽었어. 정말로 무서웠단 말이야."

잭은 반쯤 남은 콘플레이크 그릇을 싱크대에 넣었다.

"이선한테 꿈 얘기를 해줘야 해. 이선이랑 나는 아마겟돈 클럽 회원이거든."

잭의 말에 패트릭이 고개를 저었다.

"아빠가 네 나이 때는 스파이 클럽을 했는데. 아마겟돈 클럽을 스파이 클럽으로 바꿀 생각 없니?"

잭은 말도 안 되는 소리를 한다는 듯이 아빠를 쳐다봤다.

"아니, 안 돼. 사실은 그렇게 할 수가 없어."

잭은 마치 서른 살은 먹은 것처럼, 다른 업무는 맡을 수 없을 정도로 바쁘고 스트레스를 많이 받고 있지만 어쨌든 도움은 주고 싶었다고 말하는 회사 임원처럼 반응했다. 그리고는 그 작은 어깨에 세상의 무게를 가득 얹고 주방에서 나갔다.

"음, 아마겟돈이라니. 허. 아침 먹으면서 얘기하기 딱 좋은 유쾌한 주제네, 안 그래?"

잭이 발을 무겁게 쿵쿵거리며 계단을 올라가는 소리를 들으면서 패트릭이 말했다.

"흥분돼?"

자기 그릇을 싱크대에 넣으면서 패트릭이 엘런을 보고 웃었다. 두 사람은 처음으로 아기 초음파 사진을 찍으러 갈 것이다.

"당연하지. 빨리 보고 싶어. 아직은 아기가 배에 사는 끔찍한 벌레처럼 느껴지거든. 내가 입덧이 이렇게 심한 게 진짜 아기 때문이라는 증거를 보고 싶어."

엘런은 '콜린은 입덧을 안 했다느니, 콜린은 처음 초음파 찍을 때 어땠다느니, 하는 말은 절대로 하지 마'라고 생각했다.

패트릭이 무슨 말인가를 하려고 했지만, 그의 입에서 '콜린'이라는 말이 나오는 순간 비명을 지를 것 같아서 엘런은 재빨리 선수를 쳤다.

"11시 예약인 거 기억하지? 병원에서 만날까? 아님 초음파실에서?"

"그게 내가 하려던 말이야. 같이 가면 돼. 일단 잭을 학교에 데려다주고 다시 올게. 가기 전에 상자를 치울 수 있을 거야. 오늘 아침에 일어났을 때 생각했지. '필요할 때 몇 시간 마음대로 쓸 수 없을 거면 내 사업은 왜 하는 거지' 하고 말이야. 당신도 내 상자들을 정말 오래 참았잖아."

엘런이 미처 대답하기 전에 이층에서 잭이 비명을 질렀다.

"아압, 빠!"

"아마겟돈 씨가 원하는 게 뭔지 가봐야겠어."

패트릭이 말했다. 그러고는 잠시 입을 다물고 얼굴을 찡그렸다.

"아마겟돈 클럽을 만들다니, 그게 잭의 생각일까? 도대체 뭐가 어린애한테 아마겟돈에 관심을 갖게 한 거지? 당신은 어떻게 생각해? 이건 조금······."

"아아압, 빠!"

잭이 이런 식으로 비명을 지르는 것을 처음 들었을 때 엘런은 심장이 떨어질 뻔했고, 미친 듯이 복도로 달려 나갔다. 잭이 피를 철철 흘리면서 쓰러진 거라고 생각했기 때문이다. 하지만 이제는 안다. 잭은 아마도 양말 한 짝을 못 찾았을 것이다.

"간다!"

패트릭도 고함을 질렀다. 패트릭은 자기 아들과 정확히 똑같은 방식으로 층계를 쿵쿵거리며 걸어 올라갔다. 층계 울리는 소리가 아들보다 훨씬 크다는 것이 다르다면 다른 점이었다.

엘런은 숟가락을 식탁에 내려놓고 포리지를 뚫어지게 쳐다보면서 자신의 양심을 생각했다.

오전에 출근을 안 하고 상자를 치우겠대.

엘런은 자기가 웃고 있음을 알았다. 아주 만족스럽고 부드럽게, 고양이처럼 웃고 있음을 알았다. 이런, 잘했어. 그녀는 정말 잘했다. 매일같이, 엘런은 모든 면에서, 패트릭을 더 나아지게 만들고 있었다. 그러다 자기가 웃고 있다는 사실을 깨달은 엘런은 급히 웃음을 멈췄다. 이런 세상에. 왜, 손가락을 흔들면서 고개를 뒤로 젖히고 낄낄낄 웃지 그래? 마녀처럼! 사람의 마음을 조정하고 비도덕적인 일을 하는……

하지만, 사실 이런 생각은 모두 허세였다. 엘런은 정말로 그렇게 생각하진 않았다. 엘런의 마음 깊은 곳에는 자신이 잘해냈다는 산뜻하고 개운한 만족감밖에는 없었다.

엘런이 느끼는 죄책감은, 죄책감이 전혀 느껴지지 않는다는 것뿐이었다. 게다가 전혀 의도한 일이 아니었다. 적어도 그녀가 아는 한, 일부러 그런 것이 아니다. 패트릭이 상자를 치우도록 의도적으로 유도한 적은 없다. 패트릭은 비용을 지불하지 않는 고객 때문에 잔뜩 화가 나 있었다.

"내 전화는 받지도 않고 이메일에 답장도 안 해."

어젯밤에 잠자리에 들었을 때, 패트릭은 분한 듯이 소리쳤다.

"나를 완전히 무시하고 있어. 잘못한 건 자기가 아니라 나라는 듯이 말이야. 꼭 자기를 스토킹하는 사람처럼 날 취급한다니까. 날 사스키아처럼 취급하는 거야."

"푹 잘 수 있게 도와줄까?"

임신, 패트릭과 잭의 이사, 아버지와의 만남 등으로 너무나도 정신이 없었기 때문에 프러포즈 받기 전날 밤에 최면을 걸어준 뒤로 어젯밤까지 엘런은 한 번도 패트릭에게 최면을 건 적이 없었다.

패트릭은 최면을 걸어주면 고마워했고, 사실 최면에 아주 잘 걸렸다. 패트릭도 줄리아와 같았다. 집중하면서 영상을 떠올리는 능력이 뛰어났다. 패트릭은 자기가 생각하는 것보다 훨씬 상상력이 풍부했다.

엘런은 패트릭에게 산꼭대기까지 등산을 하는 상상을 하라고 했다. 산을 오르는 패트릭은 그 끔찍한 고객 때문에 생긴 걱정과 분노와 스트레스가 가득 담긴 배낭을 메고 있다. 산에 오르는 동안 그런 부정적인 감정들을 하나씩 배낭에서 꺼내 버려야 한다. 정상에 도달할 무렵이면 그런 감정들은 모두 사라지고, 패트릭은 순수하고 평온한 산의 공기만을 깊이 들이마시게 된다. 숨을 한 번 들이마실 때마다 패트릭은 점점 더 자신의 깊은 곳으로 들어가게 된다.

패트릭이 찡그렸던 이마를 펴고 가슴을 들썩이면서 정말로 산꼭대기에 서 있는 것처럼 깊이 숨을 들이마시고 내뱉는 모습을 쳐다보면서 엘런은 상쾌하고 깨끗한 산의 공기가 패트릭이 선명하고 산뜻하게 결정을 내리는 데 도움이 될 거라고 말해줬다.

"인생을 제대로 통제하려면 꼭 해야 하는 일을 정확히 해내야해. 법무사에게 전화하는 일이건, 서류 정리를 다른 사람에게 일임하는 일이건, 치우고 싶은 상자를 모두 옮기는 일이건 간에 말이야. 인생을 복잡하게 만드는 일을 체계적으로 정리해나가야 해. 그렇게 이번 주가 끝날 무렵이 되면 산 정상에 서서 두 팔을 높이 쳐들고 있는 것처럼 인생을 완전히 통제하며 산다는 기분을 느낄 거고, 훨씬 더 활기차고 행복하게 숨 쉴 수 있게 될 거야."

자신의 내재적 가치에 맞지 않는 일을 하도록 최면을 걸 수는 없어요. 실제로 원하지 않는 일을 할 수 있게 최면을 걸 수는 없어요.

엘런은 내담자에게 늘 그렇게 말해왔다.

그러니까 패트릭은 스스로 원하기 때문에 상자를 치우는 것이다. 서류 정리를 다른 사람에게 위임하고 싶은 거고, 법무사에게 전화를 걸고 싶은 거다. 패트릭은 하기 싫은 일에 관한 한 자기가 자꾸

미루는 사람이라는 사실을 기꺼이 인정했다. 게다가 상자가 사라져서 그러다 기분이 좋아지는 것과는 별개로, 상자를 치우면 패트릭의 기분도 아주 좋아지리라는 것은 분명한 사실이었다.

"좀 야한 걸로 설득해봐."

함께 저녁을 먹을 때 줄리아가 말했다.

"상자를 옮길 때까지 섹스 안 한다고 해."

매들린은 그렇게 말했고.

확실히 즐겁게 최면을 걸면서 살짝 제안하는 것이, 잔소리를 하거나 고함을 지르거나 섹스로 협박하는 것보다 훨씬 낫다. 그런 협박은 너무 1950년대 스타일이니까.

게다가 엘런은 패트릭의 의식을 향해 그녀가 상자를 옮기라고 제안했다는 사실을 잊어버리라고 지시하지도 않았다. 그러니 패트릭은 엘런이 무슨 말을 했는지 분명히 알고 있을 것이다. 엘런은 패트릭에게 아무렇지도 않게 가벼운 말투로 '어젯밤에 내가 상자 얘기해서 마음 상하지 않았어?'라고 물어봐도 된다. 물론 일단 패트릭이 상자를 옮긴 뒤에 물어볼 것이다. 그전에 물어보는 건 아무 의미가 없으니까.

"다녀오겠습니다!"

잭이 책가방을 들고 주방으로 뛰어 들어오면서 말했다.

"도시락은 챙겼어?"

엘런이 물었다.

엘런은 패트릭이 매일같이 잭에게 베지마이트를 바른 흐물흐물한 식빵(요즘 누가 식빵을 먹지? 그거 불법 아니었나?) 두 개를 착 붙인 샌드위치와 초록색 사과를 점심으로 싸주는 것을 보고 자기가 직접 잭의 도시락을 싸겠다고 나섰다. 엘런은 패트릭에게 "잭은 매 끼

단백질을 먹어야 해"라고 말했다. 패트릭은 자기는 엘런이 여자라는 이유로 잭의 도시락을 만들 의무를 미루는 성차별주의자가 아니고, 어쨌거나 자기가 잭의 도시락을 수년 동안 싸왔으며, 잭은 그거 외에는 먹지 않는다고, 베지마이트에도 단백질이 들어 있지 않느냐고 항변했다. 하지만 엘런은 잭의 도시락은 자기가 싸는 게 좋겠다고 우겼고, 자신이 그렇게나 단호할 수 있다는 사실에 깜짝 놀랐다. 잭이 그녀의 집에 들어온 순간부터 엘런은 잭의 영양은 자기 책임인 것처럼 느꼈다. 잭에게 건강한 음식을 준비해서 먹일 때마다 엘런은 깊은 만족감을 느꼈고, 무언가 자발적이고도 생리적인 욕구를 충족한 사람처럼 잭이 음식을 씹는 동작에 맞춰 자기 입을 오물거렸다. 하루가 끝날 때면 엘런은 누군가에게 잭이 먹은 음식을 보고하는 사람처럼 마음속으로 그날 잭이 먹었던 것을 모두 떠올려봤다. 엘런이 제출하는 보고서를 받는 사람은 분명 패트릭은 아니었다. 잭의 엄마였다. *오늘 당신 아들한테 이걸 먹였어요, 콜린. 탄수화물이랑 단백질이 적절하게 함유된 음식이에요.*

오늘은 참치를 넣은 밥에 요구르트와 과일 샐러드를 조금 준비했다. 잭은 그다지 기대하지 않는 표정으로 냉장고에서 도시락을 꺼냈다.

"과일에 요구르트를 뿌려 먹으면 돼."

엘런이 말했다.

잭은 멍한 표정으로 엘런을 쳐다봤다.

엘런은 한숨을 쉬었다. 아마도 여전히 아마겟돈을 걱정하고 있거나 사라져버린 베지마이트 샌드위치를 그리워하고 있는지도 몰랐다. 잭에게 좋은 음식을 먹이겠다는 엘런의 시도는 그다지 성과를 보이고 있는 것 같지 않았다. 오히려 잭은 피곤해 보였다.

"어디 아픈 거 아니니? 오늘은 그냥 집에 있을래?"

엘런이 잭에게 물었다.

"안 돼요. 학교 끝나고 이선네 가기로 했어요."

엘런이 잭 뒤에 서 있는 패트릭을 쳐다봤다. 엘런이 잭에게 집에 있어야 한다고 말하면, 패트릭은 그렇게 하라고 할 것이다. 엘런이 조금이라도 권위를 내세우려고 할 때마다 패트릭은 그녀에게 힘을 실어주려고 했다.

"음, 그럼 오늘은 일찍 자자."

"그래야지."

패트릭은 거친 방식으로 아이를 사랑하는 아버지다운 태도로 잭의 머리카락을 헝클어뜨렸다.

"그리고 어른들 모르게 마음대로 인터넷 뒤지지 말고. 이제는 안 돼. 함께 스파이 클럽을 검색해보자."

아빠의 말에 잭이 살짝 눈을 흘겼다.

두 남자가 잭의 학교로 떠난 뒤에 엘런은 초음파 검사를 하기 전에 오전에 해야 할 일을 점검했다.

루이자 벨이 올 거야!

초음파 검사를 하는 날에 '도무지 이유를 알 수 없는 불임' 때문에 힘들어하는 내담자를 만나야 하다니, 너무나도 슬프고 부적절한 일처럼 느껴졌다.

아니, 어쩌면 다행인지도 모른다. 엘런이 진심을 다해서 루이자를 위해 할 수 있는 일을 찾으려고 할 테니까.

갑자기 속이 아주 매스꺼워서 엘런은 '행복 - 건강 돌'을 찾으려고 집 안을 여기저기 뒤지고 다녔다. 보기만 하면 기분이 좋아지는 그 하얀 돌은 패트릭을 만난 뒤에 해변에서 찾은 것이었다. 엘런은 그 돌을 자기최면 도구로 사용하기로 결정했고, 지금은 아침에 입덧을 가라앉히거나 온종일 지독하게 아플 때 통증을 가라앉히는 용도로 사용하고 있었다. 그 돌로 배를 문지르면 엘런의 무의식이 입덧이 가라앉게 도와줬다. 문제는 그 돌을 찾을 수가 없다는 거였다. 엘런이 마지막으로 그 돌을 본 것은 패트릭이 누군가에게 전화로 욕을 하고 집 안을 서성거리면서 계속해서 그 돌을 공기처럼 공중으로 집어 던졌을 때였다. 그때는 패트릭이 하도 심각해 보여서 차마 "내 행복 – 건강 돌 돌려줘"라고 말할 수가 없었다.

엘런은 한숨을 내쉰 뒤 돌을 찾는 일은 포기하고 대신 생강차를 끓여 마셨다. 그리고 엄마를 생각했다. 엘런의 엄마라면 '행복 – 건강 돌이라고? 그냥 차나 한 잔 마셔'라고 할 테니까.

한 시간 뒤에 엘런의 집 현관을 향해 걸어오던 루이자는 자선단체에 기증하겠다고 선언한 물건들을 잔뜩 담은 상자를 두 팔 가득 안고서 허겁지겁 현관에서 나오는 패트릭과 부딪칠 뻔했다. 패트릭은 루이자가 지나갈 수 있도록 한쪽으로 비켜서면서 루이자에게 절도 있게 고개를 끄덕여 인사하고는 재빨리 차 쪽으로 걸어가버렸다. 패트릭의 이마에는 땀이 맺혀 있었고, 눈에는 결의가 가득 차 있었다. 잭을 학교에 데려다주고 온 뒤 패트릭은 도저히 맞출 수 없는 마감일을 반드시 사수하겠다고 결심한 사람처럼 미친 듯이 상자를 치웠다.

최면이 얼마나 효과적인지 그 증거를 보고 싶다면……

"정말 죄송해요. 제, 약혼자가 지금 청소를 하고 있어서요."

엘런이 루이자에게 말했다.

"아, 알아요. 결혼한다고 들었어요."

루이자는 충분히 젖어 있는 것처럼 보이는 티슈로 코를 톡톡 두드리면서 말했다. 루이자는 감기나 독감 약 광고에 출현할 만반의 태세를 갖춘 사람처럼 늘 감기를 달고 살았다. 언제나 코가 빨갰고, 눈은 충혈되고 부어 있었다. 엘런은 너무나 마음이 아파서 자기 코도 완전히 막혀버린 것처럼 느꼈다.

"들었다고요?"

루이자를 이층으로 안내하면서 엘런이 물었다. 왜인지 사스키아가 생각났다. 사스키아가 엘런의 내담자들에게 그녀의 결혼 소식을 알리고 다니는 걸까?

"패트리시아 브래드버리 아줌마가 그러던데요."

루이자가 대답했다.

줄리아의 엄마! 루이자가 줄리아 엄마의 친구 딸이라는 사실을 깜박했다. 그런데 루이자가 엘런이 약혼한 사실을 안다면, 엘런이 임신한 사실도 아는 게 아닐까? 필사적으로 임신하고 싶어 하는 사람에게 어쩌다 임신을 하게 된 사람 이야기는 분명 안 했을 것이다.

"허브차 만들어드릴까요? 감기에 좋은 레몬과 꿀로 끓여드릴게요."

엘런이 루이자에게 내담자 의자에 앉으라고 권하면서 물었다.

"난 임신 안 했어요. 엘런은 했다고 들었고요."

이런, 했구나.

"네, 맞아요. 아직 초기라서……."

"사고였다면서요?"

루이자가 코를 킁킁거리면서 엘런의 티슈를 한 움큼 빼 들더니 거칠게 코를 문질렀다.

"계획한 임신은 아니에요."

엘런은 조심스럽게 말하고는 의자에 앉아서 미리 빼놓은 루이자의 파일을 집어서 내담하기 위해 커피 테이블 위에 놓았다.

"나한테 최면을 걸어야 하는데 본인한테 최면을 걸었나 봐요."

루이자는 쓸쓸하게 웃다가 사래에 걸렸는지 캑캑거리면서 기침을 했다.

"아주 불공평하다는 생각이 들 수도 있어요."

엘런이 말했다.

"내가 임신할 수 있게 해준댔잖아요."

루이자가 말했다.

"그런 말은 안 했어요."

엘런은 절대로 그런 말을 한 적이 없었다. 루이자가 반드시 임신하기를 바란 것은 사실이었다. 지난 수년 동안 루이자와 비슷한 고민을 가진 많은 여자들을 도운 것도 사실이었다. 엘런을 만난 여자들은 넘치는 고마움을 담은 편지와 아기 사진을 보내왔고, 심지어자기 아이에게 엘런이라는 이름을 지어준 사람도 있었다.

"돈 돌려줘요. 오늘은 그래서 온 거예요. 당신은 사기꾼이에요. 고통받는 사람들을 이용해서 돈을 갈취하는 나쁜 사람이에요. 가장취약한 부분을 이용해서 돈을 버는 사람이에요. 나는 당신을 도저히 믿을 수가 없어요."

엘런은 갑자기 알레르기 반응이 일어난 것처럼 온몸이 따끔거리고 화끈거렸다.

"루이자, 정말 미안해요. 하지만……."

"내 돈 내놔요."

내담자에게 돈을 돌려줘선 안 돼. 우리가 제공하는 건 전문적인 서비스야. 전문가들은 아무 이유 없이 부당하게 돈을 돌려주지 않아. 자기 자신을 존중해야지. 자신이 하는 일을 존중해야 해. 엘런의 귀에서 플린의 목소리가 둥둥 울렸다.

"당신은 돌팔이야."

루이자의 목소리는 급기야 울음을 터뜨릴 것처럼 바르르 떨렸다.

"내가 왜 당신이 아기 기르는 데 돈을 보태야 해? 왜 내 돈으로 당신 아기 옷을 사고 당신 아기 기저귀를 사야 하는데? 인공수정 한다고 그 많은 돈을 썼는데, 왜 우리가 그런 돈까지 써야 해요? 남편이 대체 의학 같은 건 모두 쓰레기랬는데, 그 말이 맞았어."

이제 루이자는 극심한 고통에 온몸이 뒤틀리는 사람처럼 앞뒤로 몸을 흔들면서 통곡하고 있었다.

"루이자, 나는 정말로 아직도 우리가 노력하면⋯⋯."

"그냥 돈 돌려줘요."

"알았어요. 그렇게 할게요. 잠깐만요. 수표를 써드릴게요."

엘런은 책상 서랍에서 수표책을 꺼냈고, 루이자라는 이름을 쓰는 동안 살며시 떨리는 손을 쳐다봤다. 엘런의 임신 증상이 갑자기 모두 강렬해졌다. 가슴은 딱딱해지고 불타는 것 같았고, 입안에서는 피 맛이 심하게 났다. 루이자는 임신하지 않았는데 엘런만 임신했다는 사실에, 엘런의 몸이 그녀에게 훨씬 더 강렬한 죄책감을 느껴야 한다고 재촉하는 것만 같았다.

"부도수표가 아니면 좋겠네요."

루이자가 핸드백에 수표를 아무렇게나 쑤셔 넣으면서 말했다.

"당연히 아니에요."

엘런은 한편으로 루이자를 한 대 때려주고 싶었고 한편으로는 꼭 끌어안아주고 싶었다.

"알았어요. 나는, 음⋯⋯."

루이자는 기침을 연달아 세 번 했다. 그러고는 흠뻑 젖은 티슈로 코를 꾹 누르면서 눈물 젖은 눈으로 엘런을 쳐다봤다.

"몸조심하세요."

엘런은 무척 마음이 아파 자신도 모르게 루이자의 팔을 토닥이려고 했다. 가엾은 루이자는 정말로 힘들어 보였다.

"손대지 말아요."

루이자는 몸을 돌려 아래층으로 내려갔다. 층계를 내려가는 내내 기침을 해댔다. 여전히 복도를 치우고 있던 패트릭이 역도 선수처럼 커다란 쓰레기봉투를 양쪽 어깨에 하나씩 짊어지고 있다가 층계에서 내려오는 소리를 듣고 위를 쳐다봤다. 패트릭은 루이자를 보며 다정하게 미소 지었지만, 불행한 것이 분명한 루이자의 표정을 보고 황급히 웃음을 거뒀다. 패트릭은 무슨 일이냐는 듯이 엘런에게 눈길을 돌렸고, 엘런은 아무 말도 없이 그저 어깨만 으쓱했다.

엘런은 루이자가 나갈 수 있도록 현관문을 열어줬고, 루이자는 잘 있으라는 인사도 없이 마치 무언가를 저지르기 위해 결의를 가지고 나서는 사람처럼 턱을 쭉 내밀고 팔을 휘저으면서 서둘러 걸어가버렸다.

"왜 그래?"

패트릭이 엘런의 옆에 서면서 물었다.

"자기는 임신을 못했는데, 내가 임신해서 화가 난 거야. 근데 저 사람은…… 어, 저 사람은 누구지?"

루이자는 엘런의 집 앞에서 검은 선글라스를 쓰고 멋진 양복을 입은 키 큰 남자와 이야기를 나누고 있었다.

"아는 남자야?"

패트릭이 물었다.

"아닌 것 같은데."

엘런이 대답했다. 엘런은 루이자가 손으로 엘런의 집을 가리키면서 열심히 무슨 말인가를 하고, 남자가 루이자에게 몸을 기울여 열심히 듣는 모습을 지켜보면서 엄청나게 불길한 예감을 느꼈다. 남자는 루이자의 말에 지나칠 정도로 관심을 보이고 있었다. 저 남자가 누구든 간에 엘런은 지금은 루이자의 말을 듣지 않았으면 했다.

"새로운 내담자는 아닐 것 같네. 지금 저 여자가 한바탕 불만을 늘어놓는 것 같으니."

"난 아무도 아니었으면 좋겠어."

엘런은 눈을 가늘게 뜨고 두 사람을 봤다. 남자가 몸을 돌렸기 때문에 엘런은 남자의 옆모습을 볼 수 있었다. 커다란 매부리코를 가진, 분명히 어디선가 본 듯한 남자였다.

"왠지 어디서 본 것 같은데."

패트릭이 어깨에 멘 쓰레기봉투를 좀 더 편하게 고쳐 메면서 말했다.

"나도. 아나운서 같은 사람 아닐까? 배우인 것 같기도 하고."

두 사람은 루이자가 핸드백에서 무언가를 꺼내 그 남자에게 보여주는 모습을 지켜봤다.

"내가 준 수표를 보여주나 봐."

엘런이 말했다.

"수표라니? 수표는 왜 줬는데?"

"치료비를 돌려달라고 해서."

"치료비를 돌려줘? 당신이 임신했다고 치료비를 돌려달라고 했다는 거야?"

"나중에 설명해줄게. 저 사람 지금 뭐 하는 거지?"

남자가 재킷 주머니에서 명함처럼 보이는 물건을 꺼내 루이자에게 줬다. 그것을 흘긋 본 루이자는 남자를 보고 밝게 웃었다.

"이런 세상에. 저 사람 대체 누구야?"

"내가 가서 알아볼게. 남의 사유지에 들어와서 저렇게 계속 떠들고 있을 수는 없어."

패트릭이 말했다.

"아니야. 기다려봐."

엘런은 손톱을 잘근잘근 씹으면서 루이자가 남자에게 받은 종이를 소중한 서류라도 되는 것처럼 핸드백에 집어넣고 걸어가는 모습을 지켜봤다. 남자는 루이자에게 손을 흔들어 작별 인사를 하고는 엘런의 집 진입로를 성큼성큼 걸어오면서 한 손으로 능숙하게 선글라스를 바로잡았다. 남자는 공항에서 수하물 창고로 잃어버린 짐을 찾으러 가는 사람처럼 결의에 차 있었고 화가 나 보였다.

"좋아."

패트릭은 쓰레기봉투를 내려놓고 스크린도어를 열었다.

"무슨 일입니까, 선생님?"

패트릭의 목소리에는 분명히 공격적인 데가 있었다. 엘런이 패트릭의 셔츠를 잡아당기면서 말했다.

"패트릭, 그러지 마."

"엘런 오패럴을 만나러 왔습니다."

남자는 웃지 않고 말했다. 낯선 사람의 집 앞으로 걸어올 때면 대부분 형식적으로라도 웃지 않나?

"약속은 하셨습니까?"

패트릭이 어깨를 쫙 펴고 말했다.

"안 했습니다."

남자는 그래서 어쩔 건데? 하는 표정으로 턱을 치켜들었다.

패트릭이 가슴을 불쑥 앞으로 내미는 모습을 보면서 엘런은 생각했다. 이런, 예의는 모두 어디에 간 거야?

"그럼 돌아가시고 약속을 하고 다시 오시죠."

아니야, 이건 너무 지나쳐. 엘런은 앞으로 나갔다.

"제가 엘런이에요. 무슨 일로……."

남자의 눈에 극도의 증오심이 깃들어 있는 것을 보고 엘런은 움찔했다.

"무슨 일로 오셨나요?"

"이언 로먼이오. 내 아내가 당신의 '환자'였지. 로지 말입니다. 알죠? 당신이 금연할 수 있게 도와준다고 했지만, 우습게도 지금도 하루에 한 갑씩 피워대는 사람 말입니다."

그래서 어디선가 본 것 같았구나. 로지의 부자 남편. 로지가 '거물'이라고 말했던 사람. 부동산업자라고 했던가? 언론 총수라고 했던가? 남자의 직업이 무엇이었는지는 정확히 생각나지 않았다. 엘런은 남자에 대해서 아는 것이라고는 신문에서 얼굴을 본 게 전부였다.

"당신이 누군지는 중요하지 않은데요."

패트릭은 그렇게 말했지만, 엘런은 그의 목소리가 살짝 바뀌었음을 알 수 있었다. 패트릭은 이언 로먼이 누구인지, 그리고 그가 어떤 일을 하는지 정확하게 알고 있음이 분명했다.

"약속도 하지 않고 이렇게 마구 쳐들어오시면 곤란합니다."

"괜찮아요. 몇 분쯤 시간을 낼 수 있어요."

엘런은 두 남자 사이에 끼어들어 '고마워, 자기. 하지만 지금은 조금 비켜줘' 하는 표정으로 패트릭을 쳐다봤다.

"내 담실은 저쪽이에요, 이언. 10분 정도 얘기 나눌 수 있겠어요."

엘런은 일부러 이언이라는 이름을 강하게 발음했다.

"밑에서 기다릴게."

패트릭이 이언에게 경고하듯이 말했다.

"여기서 사람들에게 최면을 건다는 거군."

이층으로 올라온 이언 로먼이 말했다. 사랑스러운 엘런의 내담실을 둘러보며 이언 로먼은 더럽고 불쾌한 냄새를 맡은 것처럼 코를 킁킁거렸다.

"여기 앉으세요."

엘런은 내담자들이 앉는 녹색 의자를 가리키면서 말했다. 그리고 왜인지는 모르지만(아마도 두려움 때문이었을 텐데), 경박하게도 "초콜릿도 드세요"라고 말해버렸다.

이언은 자리에 앉았지만 초콜릿 쪽으로는 눈길조차 주지 않았다. 이언은 바짓가랑이를 잡아당겼고, 엘런은 그의 앞에 앉으면서 부지런히 로지와 마지막으로 내담을 했을 때 나눈 이야기를 떠올렸다.

이언이 갑자기 몸을 앞으로 내밀면서 말했다.

"로지가, 어제 자기 언니랑 만났단 말입니다. 나는 일찍 집에 돌아왔고요. 집으로 들어가다가 메일을 좀 볼 게 있어서 잠깐 서 있는데, 두 사람 말소리가 들리더군요. 사실은 들을 생각이 없었는데, 갑자기 내 이름이 들려서 귀를 쫑긋할 수밖에 없었소. 그래, 내가 무슨 말을 들었는지 아십니까?"

이언에게 엘런의 대답을 기다릴 생각은 없었다.

"내 아내가 최면을 받다가 자기가 나를 사랑하지 않는다는 사실을 알았다고 하더이다. 근사한 일 아니오? 하지만, 그건 아무 문제가 없지. 왜냐하면, 이제 내 아내는 나를 사랑하려고 최면을 받고 있으니까. 최면술 한 번당 150달러. 당신은 금연은 잊어버립시다, 그건 너무 어려운 일이니까. 대신 당신 남편을 사랑하게 해주겠다. 5분 전에 결혼한 남자를 사랑하게 해주겠다. 이렇게 내 아내를 꼬셨겠지."

엘런은 떨리는 숨을 깊이 들이마셨다. *오늘 대체 왜 이래?* 엘런은 차분하고 전문적으로, 상대방의 입장을 충분히 이해하고 공감한다는 목소리를 내려고 노력했다.

"아내 분이랑 선생님 얘기를 한 건 분명 비도덕적인 일이었어요. 하지만 저는 아내 분이⋯⋯."

"아, 당신 자신은 도덕적이라고?"

아래층에서 쿵, 하고 커다란 물체가 떨어지는 소리가 났다. 패트릭이 상자를 떨어뜨린 것 같았다. 엘런은 두 뺨이 불타오르는 것만 같았다.

난 돌팔이가 아니야. 난 죄책감을 느껴야 할 일은 아무것도 하지 않았어.

하지만 사실은 했는지도 모른다.

"로지하고는 이야기해보셨어요?"

엘런이 물었다.

"아니, 그 사람한테는 한 마디도 안 했소. 분명한 건, 우리 결혼은 끝났다는 거요. 최면에 걸려야 나를 사랑하는 사람은 나도 필요 없으니까. 이게 무슨 말도 안 되는 일이야? 이런 웃긴 일이 어디 있어?"

억눌린 분노가 그의 얼굴 표면 위로 잠깐 떠올랐다. 그 순간, 엘런은 이언의 마음을 분명하게 들여다볼 수 있었다. 이언은 로지를 사랑했다. 그래서 절망적으로 상처를 받았다. 하지만 이 모든 감정을 압도하는 진짜 감정은 자존심이 상처를 입었다는 것이다. 상처받은 자존심이 이언을 뒤흔들고 있었다. 자존심에 강한 타격을 받았기 때문에, 이언은 그 고통이 가실 때까지 되받아칠 것이다.

"남자들 자존심을 상하게 해선 안 돼."

언젠가 엘런의 외할머니는 그렇게 말했다.

"자존심을 다친 남자는 상처를 입고 숲속을 질주하는 곰과 같아."

엘런은 손으로 배를 문질렀다. 루이자가 오기 전에 엘런은 입덧을 가라앉히려고 물을 두 잔 마셨다. 그 때문에 지금 엘런의 방광은 빨리 비워달라고 아우성치고 있었다.

"기쁘게도 오는 길에 당신한테 아주 만족스러워하는 고객도 한 명 만났지. 여기서 당신이 얼마나 터무니없는 일을 하고 있는지 알겠소. 그러니 늘 환불을 해줘야겠지."

"이 일은 아내 분과 얘기해보셔야 해요."

엘런은 어찌할 바를 몰라 허둥대고 있었다. 그녀의 전문가로서의 정체성이 위태롭게 비틀거리고 있었다. 갑자기 아주 오래전에 봤던 엄마의 표정이 떠올랐다. "엘런, 그걸 정말 네 직업으로 삼으려는 건 아니지?" 엘런은 그 모든 농담과 비웃음과 의심을 참아냈다고 생각했다. 하지만 갑자기 자신이 돌팔이인 것처럼, 또는 사기꾼인 것처럼 느껴졌다.

"생각하시는 것하고는 달라요."

"그 바보 같은 최면 파티에도 관여하고 있겠지. 사람들을 한꺼번에 벗겨 먹기 좋을 테니까."

이런, 세상에. 이 사람은 엘런과 대니가 서로 아는 사이라는 걸 안 거다. 대니라면 이런 공격을 어떻게 막아낼까? 플린이라면? 두 사람이라면 지금의 엘런보다는 훨씬 잘 대처할 것 같았다.

"암도 치료하겠지? '화학 치료는 받지 말아요, 그저 마음의 힘을 믿으세요'라고 할 거야."

이언이 말했다.

"근거 없는 주장은, 단 한 번도 하지 않았어요. 저는 믿음 치료사가 아니에요. 제대로 자격을 갖춘 최면치료사이고 상담가예요. 오스트레일리아 의학협회에서 인정한 최면치료사예요. 의사들이 저에게 환자를 소개해주고 있고요."

(우리 엄마는 아니지만.)

"당연히 뒷거래가 있겠지."

"전혀, 아니에요."

(작년 크리스마스에 레나 피터슨에게 초콜릿을 한 상자 보내기는 했다. 그게 뇌물인 걸까?)

이언은 의자에서 일어나더니 창가로 갔다. 창문이 얼마나 강한지 확인하려는 듯이 유리를 톡톡 두드렸다.

"바다가 보이는 곳이라. 정말 근사한 곳이야. 분명히 장사가 아주 잘되겠지."

"여긴 사실 우리 외할머니의 집⋯⋯."

플린의 목소리가 들려와 엘런은 하려던 말을 멈췄다. *당신의 재정 상태를 그 남자한테 말할 필요는 없어.*

이언은 천천히 몸을 돌려 엘런을 봤다. 그리고 거의 칭찬하는 것처럼 들릴 만큼 친절하고 부드러운 목소리로 말했다.

"당신을 끝내버릴 거요."

"뭐라고요?"

남자의 목소리가 너무 극적이어서 엘런은 거의 웃음을 터뜨릴 뻔했다. 지금 저 사람, 뭐라고 하는 걸까?

이언이 다정하게 웃었다.

"당신이 이 일을 더는 못하게 하겠다는 겁니다."

지금의 나는 모두 내 생각이 만든 결과물이다. 그림자가 절대로 사람을 떠나지 않는 것처럼 나쁜 생각을 하고 나쁜 말을 하면 고통이 따라오고, 순수한 생각을 하고 순수한 말을 하면 행복이 따라온다.

– 엘런 오패럴이 냉장고에 붙여놓은 부처의 말씀

건설 현장에서 회의를 마치고 사무실로 돌아오면서 문득 몇 분만 가면 최면술사의 집이라는 생각이 들었어.

'아니야, 가면 안 돼.' 나는 생각했어. 스티브한테 회의 결과도 알려야 하고, 이메일도 잔뜩 밀렸을 거야. 지금 넌 기분이 좋잖아. 넌 왜 항상 기분이 좋을 때 이 일을 하려는 거야?

하지만 나로서는 선택의 여지가 없는 것처럼, 엘런의 집이 거부할 수 없는 강력한 자석이라도 되는 것처럼 이미 나는 오른쪽이 아니라 왼쪽으로 차를 돌리고 있었어.

일요일에 한 일을 생각하면 조금 이상한 기분이 들어. 계속해서 일요일 생각을 하게 되고, 나한테 놀라게 돼. 다른 사람 집에 들어가서 비스킷을 만들다니. 다른 사람이 내가 한 일을 들으면 어떤 생각을 할지 궁금해. 방금 건설 현장에서 만난 사람들이 그 이야기를 들으면 뭐라고 생각할까? 한 여자는 주말에 머지에 다녀왔다고 했어. 그 얘기를 들으면서 이 사람이 내가 일요일에 한 일을 들으면 어떤 반응을 보일지 궁금했어. 분명 표정이 달라지면서 조심스레 뒤로 물러나겠지. 이야기를 듣는 순간 나는 전문가 동료가 아니라 이상한 미친 여자가 되어버릴 거야.

패트릭의 집에 들어갈 때는 잘못을 저지르고 있다는 기분은 들지 않았어. 거기가 내 집이 아니라는 생각은 한 번도 해본 적이 없으니까. 내 인생에서 가장 행복했던 시기를 보낸 곳이니까. 토요일 아침마다 나는 욕실을 청소했어. 잭의 방에 페인트를 칠했고, 거실에 깔 양탄자도 내가 골랐어. 그러니까 불법을 저지른다거나 잘못된 일을 하고 있다는 느낌은 들지 않았어. 아무도 인정해주지 않는다고 해도 나는 그곳에 있을 권리가 있다고 생각했어.

하지만 엘런의 집에 들어가서 비스킷을 굽고, 거기 사는 것처럼 화가 난 손님을 맞으러 현관문을 여는 건 다른 일이야. 나는 선을 넘었는지도 모른다는 기분이 들었어.

새벽 3시에 갑자기 아주 맑은 정신으로 깨어나서 생각했어. '난 도움을 받아야 해. 치료를 받아야 해. 적절한 치료를 받아야 해. 멈춰야 해.' 컴퓨터를 켜고 인터넷 상담 서비스도 찾아봤어. 상담을 받으려고 이름과 전화번호도 남겼어. 반드시 치료받아야 한다고 생각했으니까.

하지만 다시 잠들었다가 출근하려고 몇 시간 뒤에 깨었을 때는, 아침 햇살을 받으며 다시 생각했을 때는 모든 것이 그저 평범한 일처럼 보였어. 그래서 생각했어. '맞아, 굳이 치료받을 필요는 없어. 자제만 하면 돼. 자살 충동에 휩싸이는 것도 아니고 폭식을 하는 것도 아니고 이상한 소리가 들리는 것도 아니잖아. 그냥 멈추면 돼. 엘런의 집에서 비스킷을 만든 게 내 마지막 기행이면 되는 거야.' *안녕, 특별했던 내 재능이여!*

그런 기분은 어제도 하루 종일 계속됐어. 어젯밤에는 정말 기분이 좋았어. 심지어 옆집에 가서 그 행복한 래브라도 가족에게 어제가 쓰레기를 내놓는 날이라는 말도 해줬어. 그거야말로 친절하고 사려 깊은 이웃이 하는 행동이잖아. 치료받을 필요가 전혀 없는 사람이 하는 일이잖아. 내가 가니까 네 가족이 모두 뛰어 나와서 정말로 고마워했어. 쓰레기 버리는 날인 걸 잊었다면서, 이사를 와서 쓰레기가 많이 쌓여 있다고 했어. 아, 그리고 나한테 일요일은 어땠는지도 물어봤어. 잠깐 동안 나는 내가 꾸며댔던 친구의 생일을 까맣게 잊었지 뭐야. 하지만 곧 나는 완벽하게 기억난다고 했어. 너무나도 근사한 시간이었다고도 했어. 아직 일요일밖에 안 됐는데, 아주 오래전에 있었던 일처럼 느껴지다니, 내가 참 이렇다고, 하하하, 트랄랄랄라, 인생이 참 웃기다는 말도 해줬어.

그리고 오늘은 패트릭도 잭도 엘런도 새로 태어날 아기도 전혀 생각하지 않은 채 출근을 했어. 회의도 즐겼어. 새로 만들 복합 쇼핑몰에 관한 회의였어. 바다가 보이는 높은 곳에 지을 아주 커다란 복합 쇼핑몰이었어. 그래서 나는 커다란 유리 창문이 있는 엘런의 내담실을 생각했어. 햇살이 반짝이는 바다도 생각했어. 그래서 건축업자한테 마을 광장 같은 쇼핑몰을 짓는 게 좋겠다고 했어. 커다란 유리 창문이 있어서 커피를 마시면서 하늘을 쳐다볼 수 있고, 아기들이 비행기 흉내를 내면서 빙글빙글 돌 수 있는 커다란 공간도 만들었으면 좋겠다고 했어. 잭이 어렸을 때 쇼핑하러 갈 때마다 그런 곳이 있었으면 좋겠다고 생각했던 게 떠올랐던 거야. 이제 잭은 학교에 다니고 더는 나하고 관계없는데도 내가 아직도 아장아장 걷는 아기의 엄마인 것처럼 느껴지다니, 정말 이상한 일이야. 아마도 나는 시간에 갇혀 있는 것 같아.

건축업자는 "좋아요, 그곳을 사스키아의 평온한 장소라고 부르죠" 하더니 계속 빙그레 웃었어. 내가 마치 커다란 부엌이 필요하다고 말하는 어린 숙녀라도 되는 것처럼 약간은 거들먹거리면서 '그래, 우리 꼬마 아가씨는 그런 게 좋아?' 라고 추파를 던지는 것 같은 가벼운 말투였어. 하지만 나는 필사적으로 싸웠고 내 의견을 관철했어. 모든 어머니들을 위해 그런 거야.

그래서 나는 전문가로서 만족감에 푹 젖어 있었고, 내가 도시 계획을 얼마나 사랑하는지 기억해냈어. 회의를 끝내고 차에 올랐을 때는 전화도 받았어. 태미였어. 내 오랜 친구 태미 쿡. 패트릭이 '끝난 것 같아' 라고 말했을 때 나를 자기 집에 머물게 해준 친구.

그때 태미는 내가 환자인 것처럼 나를 돌봐준 좋은 친구였어. 태미는 내게 닭고기 수프와 차를 만들어줬고, 마치 커다란 트럭이 가슴을 누르고 있는 듯 숨 쉬기가 어려워 그저 멍하니 누워 있을 때, 내 옆에 앉아서 내 손을 꼭 잡아줬어. 내가 "다시 아무렇지도 않게 살아갈 수 있을까?" 하고 물었을 때 태미는 "당연하지. 다시 살아가게 될 거야, 허니"라고 대답해줬어. 물론 그건 태미가 틀렸어. 하지만 그녀가 좋은 사람인 건 확실해. 친구를 '허니' 라고 부르고 친구한테 '사랑해' 라고 말해주는 여자지. 나에게도 그런 친구가 있었다니, 정말로 놀라워. 마치 예전에는 프랑스어를 능숙하게 구사했는데 지금은 한 마디도 하지 못하는 것과 마찬가지인 거야.

태미의 집에서 나와 듀플렉스로 옮겨간 뒤에도 태미는 계속 내 친구로 남으려고 노력했어. 같이 나이트클럽에 가서 춤도 추고 술도 마시자며 나를 불러내려고 했어. 어서 빨리 기운을 차리고 마음을 추슬러서 이제는 아무렇지도 않다는 것을 패트릭에게 보여주라고 했어.

하지만 그때 나는 태미의 노력이 불공평하다고 생각했어. 만약에 패트릭이 자동차 사고로 죽었다면 몇 년 동안 패트릭을 생각하면서 슬퍼해도 되잖아. 모두들 나에게 꽃을 보내고 나를 위로하는 카드를 보낼 거잖아. 캐서롤을 한 냄비 만들어서 가져다줄 거잖아. 패트릭 사진을 보이는 곳에 올려놓고, 패트릭 얘기를 하면서 좋았던 시간을 회상할 거잖아. 그런데 패트릭이 나를 버렸다고, 아직 살아 있다고 내 슬픔을 품위 없고 한심한 일로 치부하는 거잖아.

내가 패트릭을 얼마나 사랑하는가 하는 문제에서 나는 진정한 페미니스트가 될 수 없었어. 패트릭이 더는 나를 사랑하지 않는다고 해서 내가 패트릭을 사랑하지 않을 수는 없었어. 즉시 네 사랑을 그만둬. 싹둑싹둑 잘라버려. 그런 바보 같은 감정은 즉시 버려버려. 네 사랑은 더는 화답받지 못하잖아. 그러니까 '계속하는 건 바보 같은 짓이야'라고 말하는 건 부당하다고 생각했어.

패트릭과 잭이 마치 죽어버린 것처럼 내 인생에서 사라졌는데도, 그 누구도 엄청난 비극이라고 생각하지 않았어. 헤어지는 거야 늘 일어나는 일이니까. 엄마가 돌아가신 것도 마찬가지야. 나이 든 사람들이야 늘 죽으니까. 게다가 엄마는 아팠잖아. 그러니까 사실은 다행인 거야. 엄마의 목소리를 다시는 못 들으면 어때? 잭한테 밤마다 책을 읽어줄 수 없으면 어때? 패트릭이랑 다시는 사랑을 하지 못한다고 뭐 어떻다는 거야? 이렇게 생각하는 거야.

이제는 극복해. 너도 살아야지. 정신 차려, 이 여자야. 모든 사람이 내가 빨리 상처에서 벗어나야 한다고, 빨리 다시 행복하게 살아야 한다고 재촉했어. 머리 스타일을 바꿔봐. 저녁에 강의를 들으면 어때? 내가 하고 싶지 않을 때, 할 수 없을 때 들은 그런 모든 제안들은 그저 짜증 나는 잔소리일 뿐이었어. 내가 내 인생에서 태미를 밀어낸 건 전혀 이상한 일이 아니었어.

그리고 그렇게 오랜 시간이 흐른 뒤에 태미가 다시 내 인생에 나타났어. 전화기 너머로 들리는 태미의 목소리는 전혀 변한 것이 없었어. 태미는 늘 한 구역을 달려온 사람처럼 살짝 숨이 찬 듯 말했어.

"사스키아, 허니! 나 시드니에 돌아왔어."

나는 태미가 시드니를 떠나 있었던 것도 몰랐는데?

"너 페이스북에 없더라? 페이스북을 안 하면 옛날 친구들이 너를 어떻게 찾아? 이 미개인아."

태미는 우리가 어쩌다 연락이 끊긴 평범한 사람들인 양 말했어. 심지어 패트릭에 관한 말은 한 마디도 하지 않았어. 태미는 수요일에 만나서 술이나 한잔 하자고 했어. 나는 당연히 그러자고 했지. 태미의 전화를 받고 차에 앉아서 햇살을 느끼는 동안 생각했어. 그래, 나는 치료받을 필요가 없어. 내일은 옛 친구와 만나서 술도 마실 거야. 난 완벽하게 정상이야!

그리고 5분 뒤에 나는 최면술사의 집을 향해 달리고 있었어. 그냥 차를 타고 지나치기만 할 거야. 차를 멈추지도 않을 거야. 지금쯤이면 잭은 학교에 있을 테고, 패트릭도 사무실에 나갔을 테고, 엘런은 햇살이 벽에 아른거리는 아늑하고 작은 유리 천국에서 줄무늬 의자에 앉아 초콜릿을 권하면서 청아한 목소리를 높였다가 낮췄다가 하고 있겠지.

엘런의 집으로 달려가면서 나는 내가 여전히 데버라였으면 했어. 다리의 통증을 고치려고 엘런에게 내담을 받으러 가는 길이었으면 했어. 이상하게도 나는 엘런과의 내담을 정말 즐겼어. 통증은 최근에 더 심해졌어. 하지만 엘런이 알려준 기술은 전혀 쓰고 싶지 않았어. 이제 엘런에게 나는 데버라가 아니니까. 엘런이 알려준 기술을 쓸 자격이 내게는 없는 것처럼 느껴졌으니까.

그런데 패트릭이 엘런의 집에 있었어. 막 길 모퉁이를 도는데 두 사람이 약속에 늦은 것처럼 허겁지겁 집에서 나오는 모습이 보였어. 패트릭은 청바지를 입고 있었어. 오늘은 출근을 하지 않은 거야. 무슨 일일까? 패트릭은 절대로 출근하지 않는 사람이 아닌데? 엘런도 청바지를 입고 있었어. 짧은 줄에 귀여운 방울이 달린 몸에 꼭 맞는 긴 회색 코트를 입고 있었고, 독특하고 행복한 사람들이나 입는 아름다운 코트였어. 엘런은 전혀 임신한 사람처럼 보이지 않았어.

두 사람은 완벽하게 커플 같았어. 그들이 서로에게 속해 있지 않다고 생각하는 사람은 아무도 없을 거야. 두 사람을 보고 있으니까 이상하게도 강렬하면서도 쓰라린 통증이 느껴졌어. 가늘고 길고 번쩍이는 바늘이 천천히 내 몸을 뚫고 들어오는 것처럼 예리하고 날카로운 통증이 느껴졌어.

두 사람은 어디로 가는 걸까? 나는 내 충동을 싸워 이길 생각조차 하지 않았어. 알아야 했으니까. 두 사람이 어디로 가는지만 알 수 있다면 이 통증이 가라앉을 거라고 생각했으니까. 사실은 진실을 알았을 때 더 아픈 법이지만, 난 늘 그렇게 생각했어. 그래서 두 사람을 쫓아갔어. 내 차가 또 말썽을 부려서 나는 회사 차를 타고 있었어. 그러니까 패트릭은 나를 발견하지 못할 테고, 나를 따돌리려고 무리해서 곡예를 벌이지도 않을 거야.

두 사람은 잭의 학교로 갔어.

학교에서 발표회를 하는 걸까? 혹시 축구 시합을 하나? 내가 모르는 시합이 열리는 걸까? 당연히 답장을 보내지 않겠지만, 나는 패트릭에게 문자를 보내서 물어볼까 생각했어. 학교에 도착해서는 패트릭만 학교로 들어가고 엘런은 그냥 차에 앉아 있었어. 패트릭은 거의 반쯤 뛰어서 학교로 들어갔어. 잭이 아픈 걸까 생각했어.

하지만 잠시 뒤에 패트릭이 다시 나타났어. 패트릭은 잭의 가방을 들고 서둘러 걸어 나왔고, 잭은 거의 뛰다시피 아빠를 쫓아왔어. 세 사람은 다시 어디론가 출발했어.

그 시간에 세 사람이 어디로 가는지, 전혀 짐작도 되지 않았어. 세 사람이 어디로 가는지를 알아야겠다는 욕구가 내 몸을 격렬하게 감쌌어. 나는 핸들을 꼭 잡고 몸을 앞으로 바짝 숙였어. 내 눈은 패트릭의 자동차 번호판에서 절대로 떨어지지 않았어.

그 번호판 꿈을 꾸곤 했었는데.

사무실에서 토비가 전화했지만, 받지 않고 음성 사서함으로 넘어가게 했어. 세 사람을 쫓아가는 게 더 중요하니까. 밀리터리 로드에서 신호를 받았을 때, 어떤 멍청한 여자가 전적으로 나를 가로막는 게 자기 목표인 것처럼 노란 불일 때 갑자기 내 앞에서 멈춰버리는 바람에 세 사람을 놓쳤어. 어찌나 절망스럽고 화가 나던지, 나는 소리를 내지르면서 두 손으로 핸들을 세게 내리쳤어. 아마 두 손 다 멍이 들 거야.

그들을 다시 찾은 건 순전히 운이었어. 밀리터리 로드가 끝나는 곳에서 퍼시픽 하이웨이로 들어가려고 아무 생각 없이 좌회전했을 때 인도를 걷고 있는 그들이 보였어. 엘런이 한 건물을 손으로 가리켰고, 세 사람은 그곳으로 들어갔어.

나는 가까운 곳에 차를 세우고 주차 요금 징수기를 켜지도 않고 걷기 시작했어. 세 사람이 들어간 건물로 걸어가는 동안 내 다리는 통증 때문에 뒤틀리는 것 같았어. 텅 빈 로비로 들어가서 그 건물에 입주해 있는 사업자 명단을 쭉 살펴봤어. 치과. 공인회계사무

소. 이민 상담소. 세 사람은 그곳에서 어디든지 들어갈 수 있을 것 같았어.

그러다가 발견한 거야. 시드니 초음파센터.

거기야. 그들은 거기에 간 거야. 아기를 보러. 세 사람의 아기를 보러.

그건 나를 공격한 것 같았어. 세 사람이 나를 아프게 하려고 초음파센터에 온 것만 같았어. 그 건물이 있는 이유는 전적으로 나를 아프게 하기 위해서인 것 같았어.

패트릭은 엘런의 손을 꼭 잡고 있겠지. 두 사람은 눈물이 그렁그렁한 얼굴로 밝게 웃으며 서로를 쳐다보면서 아기의 심장 박동 소리를 들을 거야. 영화에서는 모두 그렇게 하잖아. 어떻게 진행되는지 잘 안다고. 잭은 처음으로 동생을 만나는 거야.

패트릭과 내가 아기를 가지려고 노력했을 때, 나는 잭에게 잭은 이 세상에서 가장 근사한 형이, 또는 오빠가 될 거라고 말해줬어. 잭은 여동생이 있으면 좋겠다고 했어. 유치원에서 제일 친한 친구들이 모두 여자라면서. "여동생 이름은 '지마이마' 라고 해주세요. 검은 머리 동생으로 낳아주세요"라고 했었는데, "제발요"라는 말도 덧붙였어. 그때는 내가 잭에게 예절을 가르쳤는데. 나는 그랬으면 좋겠다고 대답했어. 나는 '지마이마' 라는 이름이 정말 좋았어.

나는 '주님, 저들을 쫓아올 수 있게 해주셔서 감사합니다' 라고 생각했어. 안 그랬다면 내가 두 사람이 초음파 사진을 보러 간 날이 언제인지 영원히 알 수 없었을 테니까. 안 그랬다면 어느 날 갑자기 새벽 3시에 일어나서 '지금쯤이면 두 사람이 초음파 사진을 찍었겠네' 라고 생각했을 테니까. 그러면 초음파 사진을 언제 찍었는지, 어디에서 찍었는지, 어떤 옷을 입고 가서 찍었는지 세세한 사항을 고민하느라 다시 잠들지 못했을 테니까. 하지만 이제는 적어도 통제할 수는 있어. 함께 있었으니까. 여전히 세 사람과 함께 있었으니까. 내가 거기 있다는 걸 세 사람이 모른다고 해도, 나는 아니까. 세 사람이 초음파실에서 나올 때 '여기서 만나다니, 정말 신기하다' 라고 말해줄 수 있고, 저녁에 문자를 보내 '초음파 사진은 어땠어?' 라고 물어볼 수 있으니까. 아니, 아무 일도 하지 않더라도 처음부터 내가 함께했다는 게 중요해. 임신했다는 사실도 나는 그날 알았잖아.

그러니까 두 사람이 나한테 대모가 되어달라고 요청할지도 몰라.

하하, 나는 정말 웃기는 인간이야.

배가 불룩한 임산부들이 가득한 커다란 대기실은 아주 부산했어. 대기실에는 손을 꼭 잡고 조용히 얘기를 나누는 부부도 있었고, 잡지를 보면서 살며시 미소 짓는 날씬한 여자들도 있었어. 하나같이 모두 직소퍼즐의 조각처럼 사회에 딱 들어맞는 사람들이 모여 있었어. 사랑받고 사랑하는, 결점 하나 없이 완벽하게 건전한 사람들이 모여 있는 거야.

나는 제일 처음 발견한 의자에 앉았어. 문에서 가까운 그 의자에 앉아서 잡지를 집어 들었어. 그리고 한 간호사가 말하는 소리를 들었어.

"엘런 오패럴 씨."

간호사는 잠시 기다렸다가 다시, 이번에는 조금 더 큰 소리로 말했어.

"엘런 오패럴 씨?"

고개를 들어보니 정수기 앞에서 플라스틱 컵 두 개를 들고 물을 마시려고 하다가 완전히 당황해서, 이 컵을 어떻게 해야 할지 모르겠다는 표정으로 소녀처럼 어정쩡하게 서 있는 엘런이 보였어. 급히 몸을 일으키는 바람에 엘런의 가방은 어깨 밑으로 미끄러진 채 매달려 있었어. 잭과 패트릭이 엘런에게 다가갔고, 잭은 엘런의 어깨 밑으로 흘러내린 가방 끈을 다시 어깨 위로 올려주고(이제 다 컸구나, 잭. 정말 매너가 좋아. 잭한테 저런 매너를 가르친 게 바로 나란 말이야!), 패트릭은 엘런에게서 컵을 받아 들었어. 간호사가 나에게는 들리지 않는 말을 몇 마디 하자, 세 사람은 모두 웃더니 복도를 따라 걸어가버렸어. 셋 모두, 내 존재를 눈치챈 사람은 없었어.

그때 내 옆에 앉아 있던 여자가 말했어.

"괜찮으세요?"

내가 울고 있다는 건, 나도 몰랐어.

▲ ▲ ▲

"엘런이 죽으면 아기도 같이 죽어요?"

잭이 엘런에게 물었다.

"잭, 무슨 그런 질문을 해?"

패트릭이 말했다.

세 사람은 근처 피자집에서 이른 저녁을 먹기로 했고, 주문한 피자가 나오기 전까지 잭은 초음파 사진을 뚫어지게 쳐다봤다.

"아기가 계속 자라려면 내가 살아 있어야 해."

엘런이 대답했다. 잭은 내가 자기 엄마처럼 죽을까 봐 걱정하는 걸까? 아니면 그냥 궁금해서 물어보는 걸까? 아니면 내가 죽기를 바라는 건 아닐까? 건강한 도시락이 지긋지긋해서?

"오늘 점심은 먹었니, 잭?"

엘런이 물었다.

"그러니까, 음, 아마겟돈이 오고, 임신한 사람이 모두 죽으면……."

"그만. 이제 아마겟돈 얘기는 하지 마. 그것 때문에 밤에 잠도 못 자고, 수업 시간에 조는 거잖아."

패트릭이 말했다.

"수업 시간에 안 졸았어."

잭이 초음파 사진을 내려놓자, 엘런은 손을 뻗어서 그 사진을 손가락을 꾹 눌러 자기 앞으로 끌어당겼다.

"그냥 생각하려고 눈 감고 있었던 거야."

"선생님이 깨워도 안 일어났다고 했어, 친구."

패트릭이 말했다.

엘런과 패트릭이 초음파 사진을 찍으러 가기 직전 잭의 학교에서 전화가 왔다. 잭이 책상에 엎드려서 푹 잠이 들었는데, 선생님이 안고 양호실에 갈 때까지 깨어나지 않았다고 했다. 선생님들은 잭이 어딘가 아픈 것 같다고 했지만 지금은 아주 팔팔했고, 학교에 가지 않고 동생 초음파 사진을 보러 왔다는 사실에 신나기까지 한 것 같았다.

"너, 코까지 골았을 거야. 너 때문에 수업이 방해됐겠어."

패트릭이 고개를 한쪽으로 기울이더니 심하게 코 고는 흉내를 냈다.

잭이 그런 아빠를 보고 활짝 웃었다.

"코는 아빠가 골지. 나는 절대로 안 골아."

"내가? 아빠는 코 안 골아. 그렇지, 엘런?"

패트릭이 물었다.

"그럼."

엘런이 대답했다. 사실을 말하자면, 패트릭은 코를 골았다. 엘런은 귀마개를 살까 생각하는 중이었다. 엘런은 초음파 사진을 들고 가만히 쳐다봤다. '내 거. 내 아기야.' 엘런은 생각했다. 그러다 패트릭을 살짝 쳐다본 뒤에 다시 생각했다. '우리 아기야.' 사진은 꼭 유령 같은 것이, 초자연적인 현상을 찍어놓은 것 같았다.

"아무 문제 없어 보이는군요. 축하합니다."

초음파 사진을 찍는 기사가 말했다.

"오, 저기 보세요. 아기가 가족 분들에게 손을 흔드네요."

기사는 아주 작고 뿌연 손을 가리키면서 말했고, 세 사람은 아기를 향해 손을 흔들었다.

"아빠는 지진 난 것처럼 코를 곤단 말이야."

잭이 손가락으로 패트릭을 가리키면서 말했다. 몸을 앞으로 숙이면서 팔꿈치로 식탁을 짚는 바람에 식탁보가 미끄러져 내리기 시작했다.

"꼭 화산이 터진 것 같아."

"조심해야지, 친구."

패트릭이 식탁보를 똑바로 끌어 올리면서 말했다.

"사실 예전에 너희 엄마가 아빠 코 고는 소리를 녹음한 적이 있어. 진짜 화산이 폭발한 줄 알았어."

딩동! 또 콜린이다. 한 시간 동안 벌써 네 번이나 나왔어. 엘런은 신경 쓰지 않으려고 노력했지만, 패트릭이 콜린을 언급할 때마다 신경이 곤두서는 것은 어쩔 수가 없었다.

"미국에는 옐로스톤 슈퍼 볼케이노라는 화산이 있대. 이 화산이 빵, 하고 터지는 날에는……."

잭이 식탁을 주먹으로 내리치는 바람에 설탕이 담긴 유리병이 엎어졌다.

"세상이 끝난대. 그 화산은 언제라도 폭발할 수 있대."

"정말?"

엘런이 물었다.

"아니야. 대체 피자는 언제 나오는 거야? 조금만 더 기다리다가는 굶어 죽을 것 같아. 사진 좀 다시 줘봐."

패트릭이 엘런에게서 사진을 가져갔다.

"나도 이런 사진 찍었어?"

잭이 물었다.

"그럼. 너희 엄마가 너 아기 때 사진첩에 넣어놨잖아. 기억나지? 너도 전에 봤잖아."

딩동!

오, 엘런. 제발 그만 좀 해. 그럼 이 불쌍한 남자가 어떻게 해야 해? 아들 질문을 무시해? 콜린이 전혀 없었던 것처럼 행동해야 해?

"화장실 다녀올래."

잭이 선언했다. 잭은 외식을 할 때마다 화장실에 갔다. 그건 식당을 돌아다니며 재미있는 일은 없는지 살펴보려는 핑계였다.

"분명히, 저기, 주방이 보이는 곳에서 멈춰 설 거야."

엘런이 말했다.

그 말이 떨어지자마자 잭은 엘런이 말한 자리에 멈춰 서더니 화분에 심은 식물에 몸을 기대고 까치발을 한 채 선반 뒤로 보이는, 피자 도우가 공중에서 날아다니는 주방을 태연하게 들여다봤다.

그 모습을 보고 엘런과 패트릭은 함께 웃었다. 잠시 동안 두 사람은 그들이 잭의 부모라는 생각에 젖어 있었다. 패트릭은 웃으면서 "정말 웃기는 녀석이라니까"라고 했다. 그가 초음파 사진을 들어

올려 자세히 들여다봤다.

"너도 언젠가 아마겟돈 때문에 걱정할 거니, 꼬마? 아니면 너희 엄마처럼 평온하고 영적인 사람이 될 거니?"

"나 지금 전혀 평온하지 않은데? 정말 굉장한 날이야. 루이자가 오더니 돈을 돌려달라고 하고, 이언 로먼이 와서는 날 '파산' 시키겠다고 했어. 아마, 오늘이 내가 일을 시작하고 제일 엉망인 날이었을 거야."

"이언 로먼은 그냥 협박하는 거야. 그 사람 걱정은 하지 마. 분명히 새로 만들 텔레비전 방송국인지 뭔지 때문에 바쁠 테니까."

패트릭이 잠시 생각에 잠겼다가 말했다.

"정말로 로먼의 아내가 로먼을 사랑하도록 최면을 걸었어?"

"당연히 아니지. 존재하지 않는 감정을 존재하게 만들 수는 없어. 로지가 그렇게 해달라고 했지만, 나는 로지한테 자존감을 높이는 치료를 하자고 했어. 자기 자신에게 만족하지 못하는 사람은 다른 사람도 사랑할 수 없으니까. 내가 많은 말을 해줄 수는 없지만, 남편을 떠나는 게 맞는지, 함께 노력해 보는 게 맞는지 알 수 있도록 충분히 자신감을 기르게 도와주겠다고는 했어."

"으음."

패트릭은 뭔가 미심쩍다는 표정을 지었다.

"왜?"

엘런이 물었다.

"잘 모르겠어. 내가 듣기에는 조금…… 비현실적인 것 같아서."

패트릭의 말에 엘런은 짜증이 확 밀려왔다.

"자기 지금 나를 사기꾼이라고 말하고 싶은 거야?"

"당연히 아니지. 저기, 나는 단순한 측량사잖아. 땅에 사는 남자라고. 그러니까 지금 내가 무슨 말을 하는지도 정확히 몰라."

"정말 모르는 것 같네."

"이런. 빨리 대화 주제를 바꾸자. 우리 아름다운 아기 얘기를 할
까? 안녕, 아가?"

패트릭은 서둘러 엘런의 손에 초음파 사진을 쥐여줬고, 엘런은
자신도 모르게 싱긋 웃었다. 하지만 곧 패트릭의 음성이 바뀌었다.

"그 여자 봤어?"

"응."

엘런은 사진에서 눈을 떼지 않고 대답했다. 패트릭이 누구를 말
하는지 정확히 알았다.

"조치를 취해야겠어. 아기가 생겼으니까……."

패트릭은 손가락 끝으로 사진을 꾹 눌렀다.

"그 사람이 위험하리라고는 생각해본 적이 없어. 하지만 오늘은
조금…… 글쎄, 조금 불안정해 보였어. 평소보다 훨씬 미친 것 같았
어."

패트릭의 말을 들으면서 엘런은 오늘 오전에 본 루이자를 떠올렸
다. 엘런이 임신했다는 사실에 슬퍼하고 질투에 사로잡혀 있던 루
이자를 생각했다. 그리고 초음파 병원 대기실로 걸어 들어오던 사
스키아의 얼굴을 떠올렸다. 엘런은 대기실로 들어오는 사스키아를
그 즉시 알아볼 수 있었다. 사스키아는 중요한 비행기를 놓치지 않
으려고 서두르는 사람처럼 벌겋게 상기되어 있었고 절박해 보였다.

"혹시 사스키아가 아기를 갖고 싶어했어?"

엘런이 물었다.

"그게 무슨 상관이야. 그런 게 이런 일을 벌이는 이유가 될 순
없어."

패트릭이 퉁명스럽게 말했다.

"그냥 궁금해서."

엘런이 대답했다. 나는 그냥 이해하고 싶단 말이야.

"수프림 피자 패밀리 사이즈 나왔습니다."

식당 종업원이 피자를 내려놓았다.

▲　▲　▲

집에서는 리사 해밀턴이라는 기자가 남긴 음성메시지가 엘런을 기다리고 있었다. 기자는 자기가 〈데일리 뉴스〉에 실을 최면치료와 그 피해 사례에 관한 글을 쓰고 있는데, 엘런의 내담자 몇 명이 제보를 해왔다고 말했다.

"혹시라도 그분들이 제보한 혐의에 관해 하실 말씀이 있으면 연락주세요."

차갑고 딱 부러지는 기자의 목소리에는 권위적이면서도 확신이 담긴 혐오가 들어 있었다.

엘런은 전화기를 내려놓았다.

"무슨 문제 있어?"

패트릭이 물었다.

"이언 로먼이 날 어떻게 파산시킬 생각인지 알 것 같아."

엘런이 대답했다.

꿈은 무의식으로 가는 지름길이다.

– 프로이트, 1900년

"그 왜, 아주 유명한 말 있지 않나? 매스컴에 알려지는 건 어쨌든 좋은 거다?"

패트릭이 말했다.

엘런은 이미 잠자리에 들어 있었고 패트릭은 잭을 재우고 지금 막 돌아온 참이었다.

"이렇게 알려지는 건 좋지 않은 것 같아."

엘런이 대답했다.

엘런은 기자에게 전화를 걸었고, 내일 오전 11시에 만나기로 했다. 지난 몇 년 동안 엘런은 기자들과 많이 만났고, 보통은 인터뷰를 상당히 즐겼다. 몇 년 전 '최면치료 마케팅 전략' 세미나에 다녀온 뒤로 엘런은 기회가 있을 때마다 언론과 인터뷰를 하려고 했다. 엘런은 매년 12월이면 '전문가가 말하는 새해 결심을 제대로 지키는 법' 같은 기사에 등장하는 전문가였고, 여러 건강 잡지에 살 빼는 방법을 알려주고, 여러 경제지에서 사람들 앞에서 떨지 않고 연설하는 법을 알려주는 조언자였다. 지역 신문에 매주 '정신 건강' 칼럼을 기고하고 있었고, 정오 라디오 프로그램에 정기적으로 출연하는 게스트였다. 심지어 텔레비전에도 몇 번 출연했다.

엘런이 만나본 언론인들은 모두 그녀를 존경까지는 하지 않더라도 완벽하게 호의적이었고, 그녀에게 관심을 보였다. 엘런의 직업은 말랑말랑하고 부담스럽지 않은 뉴스 소재였다. 사람들이 충분히 흥미를 느낄 만한 주제였고, 여성 독자들은 재미를 느끼는 소재였다. 엘런이 언론에 나가 하는 말 때문에 정말로 화를 내는 사람은 없었다. 사람들은 최면을 진짜로는 믿지 않았지만, 그렇다고 못 견디게 싫어하지는 않았다.

하지만 리사 해밀턴 기자와 몇 마디를 주고받는 순간 엘런은 이번 인터뷰가 지금까지 해왔던 인터뷰와는 다르리라는 사실을 직감했다. 해밀턴 기자의 태도는, 심지어 엘런이 지금 임신을 했고 아침이면 지독한 입덧에 시달리고 있으니 아침 만남은 되도록 피하고 싶다고 노골적으로 동정을 유발하며 간청했을 때에도 전혀 누그러지지 않았다. 해밀턴 기자는 엘런의 비밀을 더 캐고 싶어서 거짓으로 꾸민 호의를 내보일 사람이 아님이 분명했다. 그런 사람이 엘런을 비난하는 기사를 쓴다면, 그건 엘런을 정말 싫어하기 때문일 것이다.

하지만 엘런은 다른 사람에게 미움받아본 적이 없었다. 그건 분명히 입덧에 나쁜 영향을 줄 것이다.

"콜린은 제품에 안 좋은 리뷰가 달려도 신경 쓰지 않는다고 했어. 사람들은 나쁜 점이 아니라 제품의 이름만 기억하게 된다고."

패트릭이 이불을 젖히고 엘런 옆에 누우면서 말했다.

콜린은 마케팅 어시스턴트였다. 엘런은 패트릭이 콜린의 이름을 말할 때마다 자동적으로, 엘런의 아버지가 그의 진짜 아이들을 언급할 때 떠올렸던 표정을 짓고 있다고 생각하는 게 자신만의 착각인지 궁금했다.

그런데 진짜 착각이면 어쩌지? ('진짜 아이들'이라는 표현처럼 말이다. 토라진 게 분명한 너무 바보 같은 표현이잖아. 아버지가 나를 버린 것처럼 말하는 거잖아. 도대체 내 무의식에는 뭐가 있는 걸까? 적어도 이보다는 훨씬 성숙한 사람이라고 믿었는데.)

"난 제품이 아닌데."

엘런은 최면치료 마케팅 세미나에서 최면치료사도 자기 자신을 '하나의 상품'이라고 생각해야 한다는 말을 들은 적이 있지만, 패트릭에게는 그렇게 대답했다.

"내가 왜 그런 말을 했는지 알잖아. 나는 혹시 아무 문제도 아닐 수 있는데, 괜히 당신이 고민하면서 잠을 설치지 않을까 걱정이 되는 거라고. '내 똥꼬 크다'고 으스대던 그 망할 녀석이랑은 관계없는 일일 수도 있잖아."

"그 사람이 그 신문사 사장이야. 인터넷에서 찾아봤어. 우연이라고 하기에는 너무 타이밍이 절묘한걸."

"그 사람 부인한테는 전화해봤어? 그 여자가 있어야 이언 로먼을 막을 수 있을 것 같은데."

"메시지를 두 번 남겼어. 하지만 로지가 도움이 될 것 같지는 않아. 로먼은 나를 겨냥하고 있잖아."

엘런은 잠시 입을 다물었다가 다시 말했다.

"'당신 남편이 나를 겨냥하고 있어요'라고 말하란 말이야? 그런 말은 못할 것 같아."

패트릭은 아무 말도 하지 않았다. 그는 베개를 베고 똑바로 누워서 블랙베리를 들여다보고 있었다. 패트릭은 블랙베리 중독이었다. 잭이 닌텐도 DS를 너무 많이 가지고 논다고 패트릭이 불평할 때마다 엘런은 웃음이 나왔다.

"이런."

패트릭이 벌떡 일어나 앉았다.

"왜?"

'사스키아!' 엘런은 생각했다.

"그 나쁜 놈이 나를 고소하겠대."

"그 나쁜 놈이 누군데?"

패트릭은 믿어지지 않는다는 듯이 블랙베리의 작은 화면을 뚫어지게 쳐다봤다.

"측량 비용을 지불하지 않겠다고 버티는 고객 말이야."

패트릭이 엄지손가락으로 맹렬한 속도로 화면을 넘겼다.

"오늘 변호사가 지불 독촉장을 보냈거든. 그런데 이 나쁜 놈이 비용을 내기는커녕 우리가 너무 늑장을 부렸다고 고소하겠다고 했대. 이게 말이야 방귀야?"

"그러니까, 뭐라더라, 응수를 하겠다는 거지?"

"절대 아니지. 이건 막 나가자는 거지."

패트릭의 온몸이 분노로 부르르 떨렸다.

"이 사람이 일을 아주 빨리 끝내달라고 했어. 그래서 야근까지 했다고. 이 나쁜 놈 일을 하느라 난 잭의 축구 시합도 못 봤어. 그런데 뻔뻔하게도 우리가 일을 늦게 했다는 거야."

"자기 변호사가 어떻게 해야 할지 알 거야."

패트릭의 분노 때문에 엘런은 살짝 두려웠다. 남자들이 화내는 모습을 볼 때마다 엘런은 늘 겁이 났다. 너무 육체적이었으니까.

"내일 아침에 일어나자마자 변호사한테 전화해봐."

엘런이 말했다.

"그래야지."

패트릭은 블랙베리를 끄고 깊게 숨을 들이마시더니 엘런을 흘끔 쳐다보면서 말했다.

"우리 둘 다 좋은 날은 아니었네."

"쉬잇. 좋은 날이었어. 왜인 줄 알지?"

엘런이 배를 가리키면서 말했다.

"당연히 알지."

패트릭이 살며시 엘런의 배를 만졌다. 패트릭은 블랙베리를 침대 옆 협탁에 놓고 엘런에게 이불을 덮어줬지만 자기는 덮지 않았다. 두 사람은 동시에 각자의 취침등을 끄고 서로 등을 대고 누웠다.

"평평한 베개."

패트릭이 다시 똑바로 눕더니 베고 있던 베개를 들고 말했다.

"아, 맞다."

두 사람은 베개를 바꾸고 다시 누웠다.

패트릭이 잘 자라고 발뒤꿈치로 엘런의 다리를 톡톡 건드렸다. 엘런도 잘 자라고 발뒤꿈치로 패트릭의 다리를 톡톡 건드렸다.

두 사람이 만난 지 아직 1년이 안 됐지만, 이미 많은 일들이 습관이 되고 과정이 되고 절차가 되고 있었다. 새로운 커플은 둘이 함께 새로운 왕국을 만들어가는 것이다.

사스키아가 이 왕국을 무너뜨리도록 내버려두지 않을 거야.

엘런이 눈을 감자 커튼 뒤에서 그녀가 잠들기만 기다렸다는 듯이 갑자기 이언 로먼이 눈앞에 나타났다.

"당신이 이 일을 더는 못하게 하겠다는 겁니다."

정말로 이언 로먼이 그녀가 더는 일을 하지 못하게 만들 수 있을까? 그건 아닐 거다. 아주 끔찍한 기사가 나간다고 해도 모든 내담자가 떠나지는 않을 거다. 수년 동안 엘런이 쌓아왔던 평판이 하루 아침에 무너지지는 않을 거다. 기사 한 편 때문에 그렇게 되지는 않을 것이다.

어떡해. 얼마나 안 좋은 기사가 나갈까? 그녀는 사악한 거짓말쟁이가 아니었다. 잘못한 건 아무것도 없다. 설마 없는 일을 꾸며서 쓰지는 않겠지?

아니, 당연히 꾸며서 쓸 거다. 엘런은 제니퍼 애니스톤과 브래드 피트가 재결합할 거라고 떠들어대던 연예 기사들을 생각했다. 하지만 두 사람은 재결합하지 않았잖아. 음, 하지만 엘런은 유명인이 아니었다. 엘런의 인생에 신경을 쓰는 사람이 어디 있겠는가? 제니퍼 애니스톤과 브래드 피트랑은 전혀 다르지. 사람들은 모두 그 두 사람이 재결합하기를 바라잖아. 모두가 그 소식을 듣고 싶어하니까 기자들이 계속 그런 기사를 쓰는 거잖아(엘런도 제니퍼와 브래드가 재결합하기를 많이 바라는 사람이었다).

리사 해밀턴에게 루이자 말고도 다른 내담자를 만나서 의견을 들어볼 정도의 기자 윤리는 있겠지? 아니면 선택의 여지가 없는 걸까? 이언 로먼이 해밀턴 기자를 불러서 '이 여자 명성에 먹칠하지 않으면 해고해버릴 거야'라고 협박한 건 아니겠지?

그 가엾은 기자에게는 폭력을 휘두르는 남편과 셋이나 되는 어린 아이들이 있을지도 몰랐다. 한 아이는 비싼 장기 이식 수술을 받아야 해서, 어떤 일이 있어도 직장에서 해고돼선 안 되는 사정이 있을 수도 있다. 어쩔 수 없이 엘런을 희생시키더라도 말이다.

"자?"

조용한 방 안에 갑자기 패트릭의 커다란 목소리가 울려 퍼졌다.

"아니."

엘런이 대답했다.

"나도."

패트릭이 취침등을 켜고 일어나 앉았다.

"우유나 차 갖다 줄까?"

"아니."

엘런도 하품을 하면서 일어나 앉았다.

"우리, 섹스라도 하고 잘까?"

패트릭이 물었다. 하지만 정말로 그럴 생각이 있는 목소리는 아니었다.

"아니, 딱히 그러고 싶지는 않아."

엘런이 웃으면서 말했다.

"그래. 나는 가서 고객한테 메일을 좀 보내야겠어. 아니면 뭔가를 좀 치고 오든가, 밖에 나가서 달리다 와야겠어."

"잘 수 있게 도와줄게."

그러면 엘런도 다른 생각을 할 수 있을 것이다.

"당신 일만으로도 정신없을 텐데, 괜찮아."

패트릭이 대답했다.

"괜찮아. 나도 최면에 걸릴 거야."

"아, 정말 고마워. 차마 해달라고 말하기가 그랬거든."

패트릭은 똑바로 누웠다.

"이렇게 중독되다니, 믿을 수가 없어."

10분 뒤에 패트릭은 중간 최면 상태에 들어갔고, 엘런은 패트릭에게 최면을 걸 때마다 도달하는 사랑스럽게 취한 상태에 빠져 있었다.

"자기가 아주 편했던 시간으로 돌아가봤으면 좋겠어. 사업을 시작하기 전에, 스트레스를 받지 않았던 시절로 돌아가는 거야. 완벽하게 편하고 행복했던 시간으로 돌아가는 거야. 그 시절로 돌아갔어?"

패트릭이 고개를 끄덕였다.

"지금 어디에 있어?"

"신혼여행을 왔어."

패트릭의 목소리는 마약을 한 사람처럼 몽롱했다.

패트릭의 대답을 듣는 순간 엘런의 몸은 그대로 굳어버렸다.

여기서 그만둬야 해. 플린의 목소리가 들려왔다. 엘런은 아무 말도 없이 패트릭의 깊고 평온한 숨소리를 들으면서 생각했다.

물어봐요. 알고 싶은 걸 물어봐요. 대니의 목소리가 들렸다.

"지금 뭘 하고 있어?"

엘런이 패트릭에게 물었다. 이런 질문이 문제가 되지는 않겠지.

패트릭의 얼굴이 10년은 더 어려진 것처럼 환하게 빛났다. 미간의 주름이 펴졌고, 볼이 좀 더 빵빵하게 부풀어 올랐다.

"스노클링을 하고 있어."

"당신이랑 콜린 말이지."

엘런이 확인차 물어봤다.

그럼 누구겠니? 줄리아가 엘런의 머릿속에서 콧방귀를 뀌었다. *다 쓸데기 없는 짓이야. 패트릭은 그저 기억하는 걸 말해주는 거야. 그건 시간 여행이 아니라니까.* 엘런의 엄마가 말했다.

"우와, 대단해. 콜이 파란색 비키니를 입었어."

패트릭이 빙그레 웃으며 말했다.

"파란색?"

"진짜 끝내줘."

"잘됐네."

엘런의 머릿속에서 줄리아가 데굴데굴 구르면서 죽어라고 웃었다. *네가 물어봤잖아, 바보야!*

전혀 전문가답지 못한 행동이야. 플린이 말했다.

"기분이 어떤지 말해봐."

엘런은 패트릭을 안전지대로 데려오려고 했다.

"지금까지 스노클링은 한 번도 안 해봤어. 아주 느긋하고 고요하게 느껴져. 내 숨소리 말고는 들리는 게 없어. 저기 산호가…… 이런, 콜린한테 말해야 해."

패트릭의 얼굴이 바뀌었다. 다시 주름이 생겼고 볼도 홀쭉해졌다.

"말하다니, 뭘?"

최면으로 휴식을 유도하다 보면 종종 억눌렀던 부정적인 감정이 솟구쳐 오를 때도 있다. 지금까지 패트릭이 그런 적이 한 번도 없다고 해서 언제까지나 그러지 말라는 법도 없었다. 더구나 패트릭하고는 정식으로 내담을 하는 것도 아니었다. 그저 끔찍한 고객은 잊고 푹 자라고 조금 돕는 것뿐이다.

그래서 자기 파트너한테 최면을 걸어선 안 되는 거라고 플린은 말했다.

"의사를 만나러 가야 해. 지금, 당장. 의사를 만나서 빨리, 너무 늦기 전에 치료를 받아야 해."

패트릭이 손을 뻗더니 반사적으로 침대 시트를 세게 움켜잡았다.

"콜린은 정말 멍청해. 너무 고집이 세고. 암 덩어리를 발견했으면서, 몇 달 동안이나 한 마디도 안 했어. 그냥 아무 일도 아닌 것처럼, 그냥 사라져버리기만 바랐던 거야. 기름이 떨어졌다고 불이 깜빡이는데도 경고등이 저절로 꺼지기만을 바라고 있었던 거야. 이런 세상에. '넌 정말 바보야.' 콜린한테 그렇게 말했어. '이 바보 멍청아.' 콜린이 울어. 울리면 안 되는데. 하지만 콜린한테는 책임이 있단 말이야. 잭에 대한, 나에 대한."

슬픔 때문에 패트릭의 얼굴이 초췌해졌다.

"자, 이제 그 기억을 흘려보낼 거야."

엘런의 목소리에는 제대로 실려 있어야 할 권위가 담겨 있지 않았다. 초심자처럼 파르르 떨렸고, 진심이 담겨 있지 않았다.

"이제 다시는 콜린처럼 다른 여자를 사랑할 수는 없을 거야."

"다섯까지 셀게."

엘런이 말했다.

"나는 엘런을 봐."

패트릭이 말했다.

그 순간, 엘런은 얼어붙었다.

"그리고 생각하는 거야. 달라. 엘런은 달라. 그렇게 생각하는 거야."

▲ ▲ ▲

세 사람이 초음파실로 걸어 들어간 뒤로 울음을 멈출 수가 없었어. 나는 떠나야 했어. 너무 극적인 모습을 연출하고 있었으니까. 접수대 뒤에 앉은 여자가 아주 친절하지만 '정말 안됐어요. 하지만 제발 그 입 좀 다물어요'라고 말하고 싶은 것이 분명한 표정으로 나를 향해 걸어왔어.

초음파를 촬영하러 온 사람들이 언제나 기뻐서 우는 건 아니라고 봐. 초음파 사진이 항상 좋은 소식을 전해주는 건 아니니까. 그 여자는 내가 아기를 잃었다고 생각했을 거야. 그런 사람한테 내가 무슨 말을 할 수 있었겠어? '아니에요. 사실은 임신한 적도 없는걸요. 하지만 내 의붓아들을 잃었어요' 라고 하면 됐을까? 그러면 내가 우는 이유를 인정해줬을까? 저기 자기 새엄마 핸드백 끈을 올려주는 아름다운 아이가 바로 그 아이에요. 왠지 피곤해 보여요. 그 애 새엄마가 제대로 먹이지 않는 것 같아요. 두부랑 렌즈콩만 많이 먹이는 게 아닌가 싶어요. 단백질을 더 먹여야 할 텐데요. 진짜로 아기를 잃은 건 아니지만 내가 꿈꾸던 아이는 잃어버렸어요. 왜냐하면 저기 저 남자가 이제 더는 나를 사랑하지 않거든요. 난 너무 나이를 많이 먹었는데, 저 남자는 젊고 상냥한 새 여자를 찾았어요.

그럼 거기에 있던 사람들은 이렇게 말하겠지. 맞아요. 전혀 인정해줄 수 없는 이유네요. 제발, 스스로를 우습게 만드는 짓은 그만둬요. 품위를 지켜요. 자존감은 어디 갔어요?

진짜 공평한 세상이야.

승강기로 가는 동안에도 나는 계속 울었지만 어떤 특별한 감정이 들기에 이렇게 울어대는지는 알 수 없었어. 그냥 특별한 질병에 걸려서 우는 것만 같았어. 그저 멈추기를 기다려야만 하는 그런 눈물이었어.

자동차가 있는 곳까지 걸어가는데, 갑자기 다리가 참을 수 없이 아팠어. 엘런의 다이얼 비유를 빌리자면, 누군가 다이얼을 최대로 올려놓은 것처럼 고통스럽게 아팠어. 도저히 걷는 게 불가능했어. 나는 어디든 앉아야 했어. 주변에 버스 정류장이나 기대고 있을 벽이 있는지 찾아봤지만, 그런 곳은 없었어. 그래서 나는 술 취한 사람처럼 인도 가장자리에 걸터앉았어. 30분 전만 해도 건축업자들을 능숙하게 다루었던 내가 지금은 거리에 주저앉아 울고 있다니, 믿을 수가 없었어.

내가 앉아 있는 곳 바로 앞에 차를 세운 한 신사가 다가오더니 괜찮으냐고 물었어. 60대 후반으로 보이는 그 신사는 꼭 오스트레일리아 오지에서 온 사람처럼 강인하고 친절한 얼굴을 하고 있는 것이 패트릭의 아버지를 떠오르게 했어. 그 신사는 내가 발목을 접질린 게 분명하다고 생각했어. 그래서 얼음을 가져다주냐, 일어날 수 있겠느냐고 묻기도 했어. 나는 한참 동안 발목은 괜찮다는 사실을 설명해야 했어. 그리고 마침내 다리에 통증이 느껴진다는 것과 내가 우는 건 다리 때문이 아니라 '사적인 일' 때문이라는 걸 설명했어.

그 신사는 주머니에서 지갑을 꺼내더니 명함을 한 장 꺼냈어. 잠깐 동안 나는 그가 치료 전문가 이름을 알려줄 거라고 생각했지만 신사는 "이 사람은 아주 솜씨 좋은 물리치료사예요. 몇 달 동안 등이 아파서 고생했어요. 정말 괴로웠지요. 거의 울 뻔했지 뭡니까. 하지만 이 사람 덕분에 나았어요. 이제는 완전히 새것처럼 생생하군요"라고 했어.

나는 그 신사에게 그저 고맙다고 말했어. 물리치료사는 벌써 일곱 명이나 만나봤고, 더는 그런 일에 돈을 낭비하고 싶지 않다는 말은 굳이 하지 않았어.

"아주 강력한 진통제를 먹는 것도 잊지 말아요. 그리고 그 멍청이는 잊어버리고. 남자 문제, 맞죠? 바다에는 당신처럼 아주 멋진 여자를 만나고 싶은 물고기가 차고 넘쳐요."

그 신사는 내 어깨를 토닥거렸지만, 곧 아주 당황한 것처럼 보였어. 자기가 한 행동이 적절했는지 염려됐기 때문일 거야. 그 신사는 재빨리 일어났는데, 그 바람에 무릎에서 정말로 커다랗게 관절 꺾이는 소리가 났어. 그 솜씨 좋은 물리치료사한테 무릎도 좀 봐달라고 해야 할 것 같았어.

이 세상에는 정말 친절한 사람들이 있어. 그들은 왜 그렇게 친절한 거지? 어떻게 그런 식으로 살아갈 수 있는 거지? 항상 웃고, 다른 사람을 신경 쓰고, 자기 걸 나눠가면서? 도움이 필요한 낯선 사람에게 늘 시선을 맞추고 살면 피곤하고 시간도 많이 들 텐데.

그 신사가 걸어가는 모습을 보면서, 정말로 오랜만에 아빠가 있다면 정말 좋겠다는 생각을 했어. 엘런에게는 분명 사랑스러운 아빠가 있을 거야. 엘런을 무릎에 앉히고 발을 통통 굴려주면서 우리 공주님이라고 불러줄 아빠가 있을 거야. 엘런은 아빠한테 사랑을 아주 많이 받고 자란 사람처럼 보이니까.

도로 연석 위에 주저앉은 채 사무실에 전화해서 오늘은 집에서 일하겠다고 말했어. 간신히 절뚝거리면서 차 있는 곳에 도착해 집으로 간 뒤에는, 아빠처럼 친절했던 신사 분의 충고대로 약 선반에서 강력한 진통제를 두 알 먹고 잠들어버렸어.

일어났을 때는 옆집에 사는 착한 가족의 아이들이 학교에서 돌아와 뒤뜰에서 놀고 있었어. 일을 조금 하려고 했지만 머리가 너무 어지럽고 아픈 데다, 옆집 아이들이 노는 소리 때문에 집중할 수가 없었어. 정말로 착한 그 아이들이 노는 모습은 전혀 착해 보이지 않았어. 두 아이는 유해한 관계를 맺고 있는 것 같았어. 어느 순간에는 깔깔대고 웃고 노래를 부르다가, 곧바로 비명을 지르고 울면서 '그만해!' 라고 소리 질렀어. 어째서 나는 요즘 아이들은 모두 집 안에서 컴퓨터 게임만 한다고 생각했을까?

결국 나는 일하기를 포기하고 레드와인 병을 열었어. 새로 태어날 패트릭의 아이를 축하해줄 생각이었어.

그게 내 실수였어. 나는 정말 술을 못 마시거든.

▲ ▲ ▲

엘런은 꿈을 꿨다.

선명하고 끝도 없는 꿈이었다. 엘런도 꿈을 꾸고 있다는 사실을 알고 계속 깨어나려고 애썼고, 꿈에서 깨어나 어두운 방 안에서 눈을 떴다는 사실을 깨달았다. 엘런은 베개를 정리한 뒤 패트릭의 코골이를 멈추게 하려 했다. 하지만 그 순간, 다시 속절없이 잠에 빠져들었고, 엘런의 머릿속에서는 수많은 생각과 얼굴과 소리가 소용돌이치기 시작했다.

꿈에서 엄마와 대모 이모들이 옷을 모두 벗고 해변을 달리고 있었다. 10대 소녀들처럼 깔깔거리며 웃는 세 사람을 보고 있으면 엘런은 언제나 소외감을 느꼈다.

"저분들, 괜히 으스대는 거예요."

엘런은 해변에서 나란히 앉아 있는 아버지에게 말했다. 아버지는 고맙게도 정장을 입고 넥타이를 매고 있었다. 아버지의 입술에는 모로칸 치킨랩에 뿌린 소스가 묻어 있었다.

"딸이 장차 어떤 연애를 하는지는 아빠와의 관계가 결정한대요."

그 말을 하면서 엘런은 아주 심오하고 역설적이면서도 재치 있는 표현을 한 것 같은 자부심을 느꼈다.

엘런의 아버지는 신문을 읽고 있었다.

"이거 네 기사구나."

엘런을 흘긋 쳐다보는 아버지의 얼굴에는 역겹다는 표정이 또렷하게 나타나 있었다.

"그 기사, 사실이 아니에요."

엘런은 부끄러웠고, 믿을 수 없을 정도로 마음이 아팠다.

"사실이에요."

엘런의 앞에서 노란색 삽으로 모래성을 토닥이며 형태를 잡아가던 여자가 말했다.

"콜린!"

그 여자는 패트릭의 죽은 아내였다. 엘런은 콜린을 정말로 친절하게 대할 거다. 엘런은 아주 친절한 사람이니까.

"어떻게 지냈어요?"

엘런은 콜린이 흥미를 느낄 주제를 생각하려고 애썼다.

"웨딩드레스를 직접 만들었다고 들었어요. 정말로 잘 만들었던데요?"

"지금 너 잘난 체하고 있는 거야."

엎드려서 일광욕을 하고 있던 줄리아가 고개를 들고 말했다.

"엘런은 임신을 해선 안 됐던 거예요. 그건 너무 비윤리적이에요."

콜린이 줄리아에게 말했다.

"그렇죠. 하지만 나쁜 의도로 그런 건 아니에요."

줄리아가 하품을 하면서 말했다.

"패트릭이 아직 나를 사랑하는데 임신을 하다니, 정말로 비도덕적이에요."

콜린이 만족스러운 듯이 말했다.

"하지만 당신은 죽었잖아요!"

콜린의 비난이 부당하다고 느낀 엘런은 갑자기 그녀가 죽었다는 사실을 깨닫고 소리를 질렀다.

"정말 아름답군요."

엘런의 아버지가 콜린에게 말했다.

콜린이 고개를 살짝 갸우뚱했다.

"고마워요, 데이비드."

"음, 임신해서 미안해요."

엘런이 말했다. 엘런은 아버지가 콜린을 칭찬했다는 이유로 자기가 심통 사납게 굴고 있다는 걸 잘 알았지만 도저히 그만둘 수 없을 것 같았다. 엘런은 모래를 한 움큼 집어서 자기 얼굴에 뿌렸다.

"내가 어떻게 하면 되죠? 나한테 뭘 해달라는 거죠?"

"엘런, 그만해. 그래봐야 너만 우스워져."

둘이 함께 썼던 아파트의 낡은 소파에 앉아서 매들린이 말했다.

"저 소리 들려?"

패트릭이 말했다.

엘런은 침대 옆에 앉아서 눈을 비비고 있는 패트릭을 봤다.

"그냥 바람 소리 같은데."

거세게 부는 바람 때문에 창문이 덜컹거렸다. 엘런은 일어나 앉아서 협탁 위에 있는 물잔을 들었다.

"미안."

패트릭이 다시 누웠다.

엘런은 물을 마시려고 했지만 물잔은 비어 있었다. 마신 기억이 없는데? 엘런은 시계를 봤다. 새벽 4시였다. 이 밤이 끝날 것 같지 않았다.

"아주 이상한 꿈을 꾸고 있어."

엘런이 말했다.

지붕에 무언가 강하게 부딪치는 소리가 났다. 나뭇가지 같은 물체일 것 같았다.

"나도. 바람이 부네."

"자기한테 최면을 걸었을 때, 자기가 뭔가 말했어."

엘런이 말했다.

"으음?"

"콜린에 관해서."

엘런은 패트릭이 대꾸하기를 기다렸다. 하지만 이내 코 고는 소리가 들렸다. 엘런은 다시 누웠고, 눕자마자 또다시 꿈속으로 빠져 들어 갔다.

이번에는 결혼식 날, 엘런은 외할머니의 웨딩드레스를 입고 결혼식 단상 앞으로 걸어가고 있었다. 쭉 뻗은 엘런의 손 위에는 아기가 있었다. 구슬처럼 작은 아기였는데, 엘런의 손바닥 위에서 이리저리 굴러다니고 있었다.

"손을 쫙 펴야죠. 잘못하면 아기가 떨어지겠어요."

결혼식에 온 한 하객이 말했다. 엘런은 고개를 돌려서 그 하객을 쳐다봤다. 루이자가 커다란 모자를 쓰고 앉아 있었다.

"당신은 아기 돌보는 법도 모르잖아. 임신은 당신이 아니라 내가 했어야 해. 그 아기는 나한테 줘요."

"당신한테는 돈을 돌려줬잖아요. 내가 더 할 건 없어요. 난 좋은 사람이라고요."

엘런이 퉁명스럽게 말했다.

엘런은 계속 걸었다. 단상 앞에 패트릭이 있었다. 패트릭은 다른 곳을 보고 있었다. 패트릭이 고개를 돌려 그녀를 쳐다보자 엘런은 밝게 웃었지만, 패트릭의 표정은 그 순간 바뀌었다.

"나를 쫓아다니지 마!"

패트릭이 고함을 질렀다. 패트릭의 목소리가 성당 전체에 울려 퍼졌다.

"끝났다고! 무슨 뜻인지 이해가 안 돼? 나는 당신을 한 번도 사랑한 적이 없어!"

엘런은 당황했다.

"패트릭? 나, 사스키아 아니야. 나야, 엘런."

엘런은 패트릭에게 소리쳤다. 어쨌거나 결혼식이니까 명랑하고 밝게 말하려고 했지만, 공항의 활주로만큼이나 긴 저쪽 통로 끝에 있는 패트릭이 들을 수 있게 크게 소리쳤다.

"나를 좀 내버려둬!"

패트릭이 고함을 질렀다.

"얘야, 패트릭은 이제 더는 널 사랑하지 않나 봐."

엘런의 엄마가 말했다. 엘런의 엄마와 대모들은 1980년대 결혼식 들러리들이 입었던, 소매가 크고 태피터 직물로 만든 분홍색 드레스를 입고 있었다.

"남자라니. 누가 남자가 필요하대니? 그냥 술이나 마시자."

필리파 이모가 말했다.

"다른 사람을 만날 수 있을 거야."

멜 이모가 말했다.

"사실 그다지 마음에 들지도 않았어."

엘런의 엄마가 콧방귀를 뀌었다.

"패트릭은 나를 사스키아라고 생각하는 거야. 사스키아랑 나를 혼동한 게 분명해."

하지만 확신할 수는 없었다. 혹시 지금까지 패트릭을 스토킹한 게 나였던 거야?

"당신이 상자를 옮기라고 나한테 최면을 걸었어. 나를 조종한 거야."

패트릭이 고함을 질렀다.

"미안해!"

엘런이 소리쳤다.

패트릭은 엘런과 헤어지려 하고 있었다. 이제껏 엘런이 했던 연애처럼 이제 패트릭과의 관계도 끝이 나려고 했다. 이제 엘런은 혼자서 아기를 길러야 했다. 이렇게 작은 아기를. 엘런은 손으로 구슬 아기를 조심스럽게 감싸 쥐고 달리려고 했다. 하지만 마치 벼랑 위에서 뛰어내리는 것처럼 다리가 지독하게 떨렸다.

엘런은 눈을 떴다.

아침인지 저녁인지 알 수가 없었다. 침대는 이상하고 기이한 주황빛으로 가득 차 있었다. 마치 방 전체가 불길에 휩싸인 것만 같았다. 하지만 연기와 냄새는 나지 않았다. 패트릭이 거칠게 숨을 내뱉는 소리가 들렸다. 코 고는 소리는 아니었다. 해변에 파도가 부딪치는 것처럼 공허하고 규칙적인 소리였다.

그리고 엘런은 다른 소리도 들었다. 아니, 느꼈는지도 몰랐다. 무언가 옳지 않은 것이 느껴졌다.

침대 맡에 길고 어두운 물체가 서 있었다. 엘런은 그 물체를 응시했다. 엘런의 두 눈이 서서히 빛에 적응하는 동안 그녀의 심장은 거세게 뛰었다. 그 물체는 점점 익숙한 형태로 변해갔다. 꼭 의자처럼 보이기도 하고, 문에 걸어 놓은 드레싱 가운 같기도 했다.

그 물체가 움직였다.

엘런의 폐 속으로 공기가 밀려들어갔다.

엘런과 패트릭의 침실에, 두 사람의 침대 맡에 한 여자가 서서 그들이 자는 모습을 지켜보고 있었다. 너무 급하게 머리를 뒤로 젖히는 바람에 엘런의 뒤통수가 침대 머리 판에 세게 부딪쳤다.

콜린이야. 콜린이 남편을 되찾으려고 살아 돌아온 거야.

"왜 그래?"

패트릭이 졸린 목소리로 말했다. 그가 몸을 세우고 앉아 손등으로 눈을 문질렀다. 그러더니 갑자기 이불을 젖히고 침대 밑으로 기어갔다.

"나가! 당장 나가!"

패트릭이 고함을 질렀다.

그 여자는 콜린이 아니었다. 사스키아였다. 사스키아는 풋볼 저지 상의에 잠옷바지를 입고 있었다. 젖은 머리카락은 머리에 찰싹 들러붙어 있었고, 맨발이었다.

"패트릭, 나는 그저……."

사스키아는 패트릭에게 붙잡히지 않으려고 뒤로 물러났다.

사스키아를 놓치는 바람에 패트릭은 볼품없이 침대 밑에 대자로 뻗어버렸다.

엘런은 사스키아가 손에 들고 있는 걸 봤다. 식탁에 두고 온 초음파 사진이었다.

"내놔요. 그거 돌려줘요."

엘런의 입에서 한 번도 내뱉어본 적이 없는 날카로운 목소리가 흘러나왔다. 엘런은 침대에서 내려가 사스키아에게 다가갔다.

"내 거 돌려줘요."

그때 복도에서 날카로운 비명 소리가 들렸다.

"아빠!"

"잭."

사스키아가 복도로 달려 나가려고 했다.

패트릭이 벌떡 일어나 사스키아를 두 팔로 붙잡았다. 패트릭이 사스키아를 벽에 밀어붙이려는 듯이 번쩍 들어 올렸다. 사스키아의 손에서 벗어난 초음파 사진이 침실 바닥으로 떨어져 내렸다. 엘런은 패트릭이 온몸을 부르르 떨고 있는 모습을 봤다. 분노에 젖은 두 눈이 이글이글 타고 있었다.

사스키아를 죽일 거야. 내가 말려야 해.

엘런은 패트릭의 티셔츠 뒷자락을 움켜잡았다.

"그냥 설명하려는 거야."

사스키아가 패트릭의 목을 끌어안으려고 했다. 패트릭이 사스키아를 밀치자, 사스키아는 풀썩 주저앉았다.

"아빠! 엘런? 무슨 일이야?"

잭이 비명을 질렀다.

"나가! 여기서 당장 나가."

패트릭이 사스키아를 일으키려고 했다.

"미안해."

사스키아는 흐느껴 울었다. 사스키아는 패트릭의 가슴에 얼굴을 묻었고, 엘런은 여전히 패트릭의 티셔츠 뒷자락을 붙잡고 있었기 때문에 세 사람은 기묘한 춤을 추는 것처럼 어정쩡한 자세로 복도로 나왔다.

새벽이 밝아오면서 침실과 마주 보고 있는 엘런의 내담실에서, 보통은 엘런이 해변과 바다를 보곤 하는 내담실에서 열린 문을 통해 햇살이 쏟아져 들어왔다. 꼭 세상이 끝나는 날에 불타오를 것 같은 주황빛이었다. 엘런의 집 안으로 주황빛이 쏟아져 들어오고 있었다. 엘런은 패트릭의 티셔츠를 놓고 멍하니 빛을 바라봤다.

무슨 일이지? 전쟁이 난 걸까?

"아빠! 아마겟돈이야!"

소리가 들리는 곳으로 고개를 돌린 엘런의 눈에 사스키아를 밀치는 패트릭과 공포를 가득 담은 눈을 휘둥그레 뜨고 잠옷 차림으로 복도를 달려오는 잭이 보였다.

복도 위에서 미끄러지면서 사스키아는 어떻게든지 멈춰보려고 팔을 휘저었다. 퍼덕이던 손이 잭의 잠옷 윗도리를 움켜잡았고, 두 사람은 서로 뒤엉켜버렸다. 우당탕, 데구루루, 철퍼덕. 사스키아와 잭은 그렇게 계단 아래로 무참히 굴러 떨어졌다.

조심해!

– 시대와 장소를 막론하고 엄마라면 늘 하는 말

끝이 느껴지지 않는 시간 동안 엘런과 패트릭은 아무 말도 하지 않고 층계 끝에서 난간을 붙잡은 채 잭과 사스키아를 뚫어지게 쳐다보았다.

사스키아는 똑바로 누워 있었다. 한쪽 다리는 기묘한 각도로 꺾였고 고개는 축 늘어졌으며 얼굴은 머리카락에 가려져 있었다.

잭은 엎드려 있었다. 다리를 곧게 펴고 손바닥을 바닥에 대고 있는 모습이 마치 침대 위에서 자고 있는 것 같았다.

'두 사람 모두 죽은 거야.' 엘런은 생각했다. 정확히 이런 일이 언제나 매일같이 실제로 벌어진다는 것을 직접 눈으로 목격했다는 사실이 경악스러웠다. 바보 같은 잠깐의 실수 때문에 사람들이 죽고, 아이들이 죽는 거다. 그런데도 다른 사람들은 계속해서 숨을 쉬고 계속해서 살아가고, 변함없는 일상을 지속해나가는 거다. 받아들일 수 없는 일이 벌어졌는데도 그걸 받아들여야 한다고 누구나 생각하는 거다.

패트릭이 강아지처럼 낑낑대는 소리를 냈다.

그때 잭이 움직였고, 패트릭은 재빨리 계단을 내려갔다. 쿵쾅거리며 쏜살같이 달려 내려가는 패트릭을 따라 내려가면서 엘런이 소리쳤다.

"조심해야 해!"

잭이 팔을 짚고 일어나 앉았다. 잭의 한쪽 팔이 덜렁거렸고, 얼굴은 죽은 것처럼 창백했다.

"부러졌나 봐."

잭은 아무렇지도 않게 말했지만, 곧바로 고개를 옆으로 돌리고 토하기 시작했다.

엘런과 패트릭은 잭의 양 옆에 무릎을 꿇고 앉았다.

"이런, 우리 아가."

엘런은 잭의 잠옷 소매를 걷어 올렸다. 잭의 팔은 이미 상당히 부어 있었고, 기이하게 비틀려 있었다.

"괜찮을 거야, 친구."

패트릭의 목소리는 그다지 확신에 차 있지 못했다. 사실 패트릭 자신이 곧 기절할 것처럼 보였다.

잭은 고개를 들고 손으로 입을 닦았다. 눈물이 흐르는 당혹스러운 눈으로 엘런과 패트릭을 쳐다봤다.

"무슨 일이야? 무슨 일인지 잘 모르겠어. 왜 사스키아 아줌마가 여기 있어?"

"걱정하지 마. 아빠가 응급실에 데려다줄게."

패트릭은 잭을 들어 올리려고 했다.

"안 돼, 움직이면. 척추나 머리를 다쳤을지도 몰라. 그냥 눕혀놓고 팔을 움직이지 못하게 해야 해. 내가 구급차를 부를게. 자기는 사스키아를 살펴봐."

"사스키아는 내버려둬."

"왜 아줌마가 여기 있는 거야?"

엘런의 어깨 너머로 사스키아를 본 잭의 눈이 더 휘둥그레졌다.

"아줌마는 괜찮아?"

"저 여자는 잊어버려."

패트릭이 말했다.

"싫어!"

잭이 소리쳤다. 잭의 목소리는 죽은 듯이 고요한 집의 침묵에 비례해 더욱 크게 들렸다.

패트릭의 얼굴이 핼쑥해졌다.

"다 잘될 거야, 친구."

잭이 패트릭을 밀쳐냈다.

"사스키아 아줌마를 그냥 내버려둬선 안 돼. 그렇게 말하지 마. 아빠가 아줌마를 싫어하니까 그렇게 말하는 거잖아. 아빠는 너무해."

"다 괜찮을 거야."

패트릭은 잭은 달래려고 했다.

"아줌마를 보란 말이야!"

잭이 고함을 질렀다. 잭의 얼굴은 발갛게 달아올랐고, 작은 가슴은 거세게 위아래로 움직였고, 두 눈은 분노로 이글거렸다. 엘런은 그 모습을 물끄러미 쳐다봤다. 저렇게 작은 아이가 저렇게 어른처럼 화를 내는 모습은 생전 처음 봤다.

"사스키아 아줌마는 괜찮을 거야. 내가 장담할게, 잭."

엘런이 말했다.

어떤 부분은 절대로 잊지 못할 테고, 어떤 부분은 절대로 기억나지 않을 거야.

가령, 택시를 부른 건 기억나지 않아. 하지만 엘런의 집 앞에 택시가 섰을 때, 택시 기사한테 돈을 건넨 기억은 있어. 난 그 사람한테 팁으로 10달러를 줬고, 우린 바람 이야기를 조금 했어. 바람은 꼭 울부짖는 것 같았어. 나무들이 죽은 아이를 껴안고 오열하는 엄마들처럼 미친 듯이 흔들리고 있었어.

나는 아주 흥분해 있었고 격앙되어 있었어. 숲에 들어간 여자처럼 내 안의 야성이 깨어난 것 같았어. 그때 머리카락을 만져보고 물이 뚝뚝 떨어질 정도로 젖어 있다는 사실에 어리둥절했던 기억이나. 비를 맞아서 젖은 게 아니었어. 샤워하자마자 곧바로 밖에 나와서 택시를 잡아탄 거야. 어쨌거나 술에 취한 상태로 운전을 하지 않는 건 분명해. 택시를 잡아탈 정도의 이성은 남아 있었던 거야.

도대체 왜 엘런의 집으로 간 걸까? 그 이유를 정확히는 모르겠어. 하지만 짐작은 해볼 수 있어. 아마도 샤워를 하다가 문득 지금쯤이면 패트릭과 엘런이 함께 잠잘 준비를 하고 있을 거라는 생각을 했을 거야. 그리고 두 사람이 나란히 누워서 그날 있었던 일을, 처음으로 아기를 보고 와서 행복했던 일을 얘기할 거라고 생각했겠지. '그 두 사람이 무엇을 하는지 보고 싶어'라고 생각했겠지. 그다음 어느 순간엔가 분명히 '지금 보러 가면 되지 뭐가 문제야?'라고 생각했을 거야.

아니면 패트릭에게 말해야 한다는 엄청난 충동에 사로잡혀 있었던 건지도 몰라. 내가 그를 얼마나 사랑하는지, 얼마나 미워하는지를 말하고 싶었는지도 몰라. 내가 이해하는 것, 절대로 이해하지 못하는 것을 말하고, 마침내 이제는 놓아주고 싶다고, 다시는 패트릭 곁에 다가가지 않겠다고 말하고 싶었는지도 몰라. 아니, 절대로 놓아줄 수 없다고, 내 남은 평생 당신만을 사랑할 거라고 말하고 싶었는지도 몰라. 내가 무슨 말을 하고 싶었는지, 누가 알겠어?

그다음으로 내가 기억하는 건, 두 사람이 자고 있는 침대 밑에 서 있었다는 거야.

패트릭은 침대에 누워서 입을 벌리고 꼭 그답게 코를 골고 있었어. 한 번 코를 골 때마다 점점 소리가 커졌다가, 갑자기 몸을 부르르 떨면서 반쯤 깨어나서는 코 고는 걸 멈추고 처음부터 다시 시작하는 거야. 엘런은 기도하는 사람처럼 두 손을 포개 얼굴 밑에 대고 옆으로 누워 있었어. 엘런은 내가 생각했던 것과 똑같은 자세로 자고 있었어. 코를 골 거라는 생각은 못했지만. 엘런도 코를 골았어. 패트릭보다는 훨씬 약하게, 훨씬 규칙적으로 골았어. 두 사람이 코고는 소리는 정말 재미있었어. 왠지 서로 화음을 맞추려고 애쓰지만 끊임없이 실패해서 다시 시작하는 것 같았거든.

두 사람을 보는 동안 나는 질투도 분노도 고통도 느끼지 못했어. 그냥 평온했고, 두 사람이 친근하게 느껴졌어. 아마도 두 사람이 코를 골아서 그런 거 같아. 그 때문에 그들이 깨어났을 때는 충격을 받았어. 그들의 반응에 충격을 받은 거야. 그렇게 공포에 질린 표정을 짓다니. 나는 말하고 싶었어.

"아니 아니, 놀랄 필요 없어. 나, 사스키아야."

패트릭은 내가 무슨 위험한 동물이라도 되는 것처럼 반응했어. 내가 자기를 덮치려는 회색곰이라도 되는 것처럼 반응한 거야. 나야. 그냥 나란 말이야. 사스키아. 바퀴벌레도 못 죽이는 사스키아란 말이야. 자기도 잘 알면서 왜 그래?

엘런은 내가 들고 있는 걸 가리키면서 소리를 질렀어. 그때서야 나는 내 손을 내려다보고 내가 초음파 사진을 들고 있다는 걸 알았어. 그걸 언제 들고 왔는지는 도통 기억이 나지 않아.

엘런은 내가 자기 아기를 훔치기라도 한 것처럼 고함을 질렀어.

하지만 솔직히 말해서 아기를 훔친 건 내가 아니잖아. *엘런이 내 아기를 훔친 거잖아.* 우리가 계속 노력했다면 패트릭의 아기를 갖는 건 엘런이 아니라 나였을 거야. 나도 임신을 했을 거라고.

두 사람이 야단법석을 떠는 바람에 잭이 깼어. 잭이 지르는 비명소리가 들렸어. 난 모두 진정했으면 했어. 야단법석을 떨 이유가 하나도 없다는 걸 알아줬으면 했어. 그건 마치 발가벗은 채 쇼핑센터에 와 있는 것 같은 악몽이었어.

그때 내 머리에서 작은 소리가 들렸어. *사스키아. 너, 너무 지나친 일을 했어. 엄마가 보면 뭐라고 생각하겠어?* 엄마는 잭을 놀라게 하면 안 된다고 말할 거야.

하지만 아무도 진정할 생각이 없어 보였어. 패트릭은 내 말을 전혀 듣지 않으려고 했어. 나를 밀쳐내고 떠밀었어. 주변은 온통 빛바랜 사진처럼 적갈색으로 물들고 있었어. 그 때문에 악몽을 꾸는 것 같은, 현실이 아닌 것 같은 느낌만 더욱 강해졌어.

잭이 그 눈에 공포를 가득 담고 복도를 뛰어오던 모습도 기억해. 그 모습을 보면서 내 머릿속 목소리가 말했어. *네 잘못이야, 사스키아.*

그리고 무슨 일이 있었던 건지는 모르지만 우린 함께 계단을 굴렀어. 나는 잭이 다치지 않도록, 잭을 붙잡으려고 했어. 정말 끔찍했어.

그게 내가 병원에서 의식을 찾기 전까지, 기억하는 마지막 순간이야. 깨어나는 순간, 나는 아주 높은 곳에서 떨어진 벽돌에 맞은 것처럼 하반신이 부서질 것 같은 통증을 느꼈어. 그리고 엘런을 봤어. 엘런은 나를 등지고 병실 창문을 내다보고 있었어. 내가 무슨 소리를 낸 게 틀림없었어. 엘런은 뒤를 돌아보더니 나를 보고 웃었어. 겁을 먹은 것 같지는 않았어. 엘런은 내가 회색곰이 아니라 평범한 사람인 것처럼 웃고 있었어.

"황사가 아주 심해요."

엘런이 말했어.

▲ ▲ ▲

그것이 엘런의 머리에 제일 먼저 떠오른 생각이었다.

"시드니가 황사로 덮여 있어요. 정말로 세상이 끝날 것처럼 보여요. 잭이 세상이 멸망한다고 생각한 것도 무리가 아니에요. 사실 나는 핵전쟁이 일어났다고 생각했어요."

사스키아는 외국어를 듣고 있는 사람처럼 멍한 얼굴로 엘런을 쳐다봤다.

"이번 황사는 우주에서도 보일 거예요. 분명히."

엘런은 깊이 숨을 들이마시면서 사스키아의 침대 옆에 있는 의자에 앉았다.

"그래서 오늘 아침에 구급차가 늦게 온 거예요. 지금 시드니 전체가 난리도 아니에요."

사스키아는 자기 몸을 덮고 있는 이불과 병원 침대를 천천히 훑어봤다.

"골반이 골절됐어요. 오른쪽 발목하고요. 발목은 수술해야 할 테지만 골반은 저절로 붙을 거래요. 너무 아파서 참기 힘들면, 저 옆에 버튼을 누르면 돼요."

그리고 두 사람은 아무 말도 하지 않았다. 엘런은 사스키아의 눈을 가만히 응시했다. 놀랍게도 두 사람은 사랑을 나누는 연인들보다도 훨씬 친밀하게 연결되어 있는 것 같았다.

"무슨 일이 있었는지, 기억 못하나 봐요."

엘런이 입을 열었다.

"잭은요?"

사스키아가 또렷하게 말했다.

"팔이 부러졌어요. 하지만 다른 데는 괜찮아요."

사스키아의 얼굴이 일그러졌다.

"내 잘못이에요."

"음, 맞아요."

엘런이 말했다.

▲ ▲ ▲

잭이 아장아장 걸을 때는 다치는 일이 잦았어. 커피 탁자에 머리를 부딪치거나 문틀에 팔꿈치를 부딪치곤 했지. 멍이 사라지거나 상처가 낫자마자 또 다른 상처가 생겼어. 집 안에서 잭과 떨어져 있을 때, 갑자기 부딪치는 소리가 나고 잠시 아무 소리도 들리지 않다가 죽어라고 내지르는 비명 소리를 들을 때면 정말 심장이 오그라드는 것 같았어. 또야? 안 돼! 속으로 비명을 지르게 됐어.

한번은 패트릭이 잭이 자러 갈 시간이 지났는데도 계속해서 놀아준 적이 있었어. 내가 "됐어. 이제 그만 놀아"라고 했는데도. 잭은 피곤하면 꼭 다쳤단 말이야. 아니나 달라? 결국 턱을 부딪혔고 혀를 깨무는 바람에 비명을 지르면서 피를 흘려야 했다고. 그때 패트릭한테 정말로 크게 화냈는데.

조심하라는 말을 수천 번도 더 했을 거야.

그런데, 이번엔 나 때문에 잭의 팔이 부러졌어. 정말로, 그건 나 때문이야. 아무리 변명하려고 해도 그날 밤에 잭이 다친 건 내 잘못이 틀림없었어.

엘런은 내 옆에 앉아서 그저 가만히 나를 쳐다보기만 했어. 엘런은 피곤해 보였어. 눈에는 그늘이 져 있었고 입술은 창백했어. 화장도 하지 않고 머리는 헝클어져 있었어. 엘런의 얼굴은 별다른 특징이 없었어. 어떻게 보면 평범해 보이기까지 했어. 하지만 아주 깨끗해 보였어. 엘런을 보고 있으니 꼭 자연을, 진실을 쳐다보고 있는 것만 같았어.

나 때문에 잭의 팔이 부러졌어.

누군가가 내 얼굴 가까이에 영화가 재생되는 스크린을 놓아둔 것처럼 지난 3년 동안 내가 했던 모든 일이 선명하게 펼쳐졌어. 내가 보낸 모든 문자, 내가 건 모든 전화, 내가 쓴, 그리고 패트릭이 절대로 읽지 않았던 모든 편지가 스쳐 지나갔고, 결국 적갈색 빛이 온 주위를 감쌀 때 잭과 내가 층계 밑으로 떨어지던 순간에서 끝이 났어.

나는 그 모습들을 보지 않으려고 눈을 감았지만, 그것들은 내 앞에서 사라지지 않았어. 그 장면들은 조금도 사그라질 생각을 하지 않았고 조금도 희미해질 생각을 하지 않았어. 나는 부끄러워서 숨막혀 죽을 것만 같았어.

"숨을 쉬어요. 그저 숨 쉬는 일에만 집중하는 거예요. 숨을 들이마시고, 내뱉고, 다시 들이마시고 내뱉어요."

엘런이 말했어. 아주 오래전에 들었던 친숙한 목소리였어. 그 목소리를 듣는 순간 나는 다시 바다가 내려다보이던 엘런의 작은 유리방으로 돌아갔어. 나는 엘런의 목소리가 산소라도 되는 것처럼 탐욕스럽게 그 목소리에 매달렸어.

"그래요. 자, 들이마시고, 내뱉어요."

나는 눈을 떴어. 엘런의 얼굴이 바로 앞에, 내 얼굴에서 불과 몇 센티미터밖에 떨어지지 않은 곳에 있었어. 엘런이 내 손을 잡았어. 엘런의 손은 차가웠어. 우리 엄마 손도 차가웠는데. 손은 *차갑고 마음은 따뜻해.* 엄마는 늘 그렇게 말했지.

"혹시 '바닥을 치다'라는 말 알아요?"

엘런은 내 대답을 기다리지 않았어. 엘런의 목소리는 미묘하게 바뀌어 있었어. '전문가' 다운 말투로 바뀌어 있었던 거야.

"육체적으로나 정신적으로나 감정적으로 모든 면에서 무너져 내리면 중독 증상이 나타날 수 있어요. 지금 당신한테 나타난 게 바로 그 증상이라고 생각해요, 사스키아. 정확히는 모르지만, 아마 아주 끔찍할 거예요. 이 세상이 끝난 것처럼 느껴질 거예요."

나는 덫에 걸린 새처럼 내 가슴 안에서 거칠게 퍼덕이는 감정을 느꼈어.

엘런은 계속 말했어.

"하지만 좋은 거예요. 정말 좋은 거예요. 어쩌면 굉장한 일인지도 몰라요. 이제 터닝 포인트에 도달한 거니까요. 이제부터는 더 나아질 테니까요. 이제부터는 당신의 삶이 되돌아올 테니까요. 이전에도 그만두려고 노력해본 적이 있을 거예요, 내 말이 맞죠?"

엘런은 이번에도 역시 내 대답을 기다리지 않았어.

"하지만 이제부터는 효과가 있을 거예요. 무엇보다도 이제는 꼼짝도 할 수 없으니까요."

엘런의 눈이 아주 굉장한 농담을 했다는 듯이 반짝였어.

"의사 선생님 말이 6주 내지 8주 동안 걷지 못할 거라고 했어요. 그 뒤로도 한동안은 목발을 짚고 다녀야 하고요."

나는 엘런의 말에 아무런 반응도 보이지 않았어. 미래라는 게 있다는 생각이 들지 않았으니까. 미래라는 건 나와는 전혀 관계가 없어 보였으니까.

"쉬는 동안 상담을 받아야 해요."

엘런은 이미 결정 난 휴가 계획을 짜는 사람처럼 확신에 찬 행복한 말투로 말했어.

"그럼 시간이 아주 잘 갈 거예요. 그리고 일단 다시 걷게 되면, 이제는 앞으로 나아가야 해요."

엘런은 나를 보면서 웃었어.

"이렇게 말하니까 내가 조금 건방져 보이죠. 음, 하지만, 난 건방질 권리가 있어요. 내 생각에는 시드니에서 멀리 떨어진 곳으로 이사 가는 게 좋을 거 같아요. 그래야 유혹을 물리칠 수 있어요."

엘런은 더욱 세게 내 손을 잡았어.

"아마 패트릭은 결국 접근 금지 명령을 신청할 거예요. 그러면 법적으로 당신은 우리 곁에 오지 못해요. 패트릭은 그럴 수밖에 없을 거예요. 하지만 나는 당신이 약속해줬으면 좋겠어요. 지금 당장요. 지난밤은 끝났고, 오늘은 이제부터 시작인 거예요. 사스키아의 옛 인생은 끝났고 이제 새로운 인생이 시작되는 거예요. 나한테 약속해줄 수 있어요?"

내 고개가 저절로 끄덕여지는 게 느껴졌어. 내가 마치 엘런이 줄을 잡고 움직이는 꼭두각시 인형이 된 것처럼 느껴졌어.

엘런이 내 손을 토닥이면서 말했어.

"좋아요."

갑자기 하반신에 통증이 느껴졌어. 마치 누군가가 일부러 내 발을 비틀고 있는 것처럼 지독하고 끔찍하게 아팠어. 나는 그 고통을 그대로 느끼려고 했어. 그게 내가 받는 벌이라고 생각했어. 하지만 참을 수 있는 고통이 아니었어.

"사스키아, 버튼을 눌러요."

엘런이 내 손에 가벼운 스위치 같은 조그만 물건을 내려놨어. 나는 버튼을 눌렀어. 몇 초쯤 지나자 핀과 바늘이 내 다리를 타고 살금살금 올라오는 것처럼 느껴지고, 통증은 사그라졌어.

"왜 여기 있는 거예요? 왜 나를 상냥하게 대하는 거예요?"

내가 엘런에게 물었어. 내 입은 오랫동안 말을 하지 못했던 것처럼, 구슬을 가득 물고 있는 것처럼 느껴졌어.

엘런은 말을 하려다가 잠시 멈추고 생각에 잠겼어.

"음, 나도 모르겠어요. 당신 때문에 겁이 났지만, 동시에 흥미롭기도 했어요. 이상하게 그럴 만하다고 생각했고요. 당신이 나를 지켜본다는 사실이 왠지 내 인생을 더 흥미롭게 만드는 것 같았어요."

엘런은 고개를 저었어.

"나도 어느 정도는 당신한테 중독되어 있었던 거예요."

"당신은 나를 미워해야죠. 패트릭이 나를 미워하니까."

내 목소리가 뇌졸중 환자처럼 둔탁하게 들렸어.

"내가 당신을 미워하지 않는 건 패트릭이 당신에게 느끼는 것 같은 감정은 없기 때문일 거예요. 패트릭이 당신을 미워하는 건 한때 당신을 사랑했기 때문이고요."

"당신은 정말 친절해요."

내 코에서 콧물이 주르륵 흘러내렸어. 나는 손등으로 코를 쓱 닦고 손등에 묻은 콧물을 쳐다봤어. 큰 소리로 코를 훌쩍이면서 콧물을 들이마셨어. 그런 건 아무래도 괜찮았어. 이미 더 잃어버릴 존엄 따위는 없었으니까.

"난 친절하지 않아요. 당신이 우리 아기 초음파 사진을 들고 있는 걸 봤을 때, 당신을 죽이고 싶었어요. 그러니까 내게도 내가 정한 한계가 있는 거예요. 당신이 내 아기 옆에는 오지 않았으면 해요."

엘런의 눈빛이 단호하게 변했어.

나는 '미안해요'라고 말하려고 했지만, 왠지 그 말은 모욕적이고 부적절한 것 같았어. 그래서 대신 "당신을 만나다니, 패트릭은 정말 운이 좋아요"라고 말했어. 그 말을 하고 나니까, 정말로 내가 그렇게 생각한다는 사실을 깨달았어. 내 마음속, 아득히 먼 곳에 있는 관대한 마음은 그 때문에 내가 행복할 수도 있겠다고 생각했지.

엘런의 표정이 미묘하게 달라졌어. 엘런은 "패트릭은 아직도 첫 번째 아내를 사랑해요"라고 했어.

"그럼요. 당연하죠."

나는 내 감각들이 서서히 떠나가기 시작하는 걸 느꼈어.

"패트릭은 아직도 콜린을 사랑해요. 첫사랑이었고, 많은 걸 함께 했으니까요. 하지만 그게 왜요? 콜린은 죽었어요. 안 그래요? 난 항상 패트릭이 나를 사랑하는 것보다 내가 그를 더 많이 사랑한다는 걸 알았어요. 하지만 신경 쓰지 않았어요. 그냥 내가 훨씬 사랑하면 되는 거니까."

피곤이 나를 움켜잡고 어디론가 끌고 가는 것만 같았어.

"당신이 그랬다는 거 알아요. 당신은 패트릭을 사랑했어요. 잭을 사랑했고요."

엘런이 일어서더니 엄마처럼 나에게 담요를 제대로 덮어줬어.

잠시 뒤 다시 정신을 가다듬고 내가 물었어.

"혹시 나한테 최면을 걸었어요?"

내 말에 엘런이 싱긋 웃었어.

"최면을 안 걸려고 노력하고 있어요, 사스키아."

내 감각이 다시 떠나가기 시작했어. 그리고 엘런의 목소리를 들었어.

"이제는 앞으로 나아갈 시간이에요. 패트릭과 잭에 관한 기억은 모두 떠나보내야 해요. 기억을 떠나보낸다고 해서 당신과 패트릭과 잭이 함께했던 시간이 사라지지는 않아요. 패트릭이 당신을 사랑하지 않았던 것도 아니고, 당신이 멋진 엄마가 아니었다는 의미도 아니에요. 당신은 정말 멋진 엄마였어요. 패트릭은 분명히 당신을 아프게 했고요. 하지만 이제는 문을 닫을 시간이에요. 자, 정말로 문이 있다고 상상해보는 거예요. 아주 옛날식으로 황금색 자물쇠가 달려 있고 두툼한 나무로 된 커다란 문이에요. 자, 이제 닫는 거예요. 쾅! 이제 자물쇠를 잠그고 열쇠를 멀리 던져버려요. 이제 문은 닫혔어요, 사스키아. 영원히 닫혔어요."

다시 깨어났을 때는 병실에 나 혼자뿐이었어. 최면술사가 다녀간 건 꿈처럼 느껴졌어.

사랑이 뭐냐고? 그건 매일 나한테 초콜릿을 주는 거야.

– 엘런의 대모 필리파

남자 때문에 굶어 죽는 여자는 있어도 참정권 때문에 굶어 죽은 여성
참정권 운동가는 없어.

– 엘런의 대모 멜

이런, 세상에. 그런 터무니없는 말을 그렇게 길게 늘어놓다니!
'문을 닫아요, 영원히 닫아요' 라니.

사스키아는 한밤중에 그들의 집에 들어와서 두 사람이 자는 모습
을 쳐다봤다. 조현병이나 조울증처럼 정신 질환을 앓고 있는지도
모른다. 항정신병 약과 아주 강력한 치료를 받아야 할지도 모른다.

엘런이 지껄인 감상적인 말들은 수술을 받아야 하는 사람한테 비
타민을 준 거나 마찬가지일지도 몰랐다. 게다가 문을 닫으라는 비
유도 적절하지 않았다. 기억을 문으로 닫으라고 해선 안 되는 거다.
그럼 기억을 억누르게 될 수도 있으니까. 물 같은 걸 비유로 드는
게 좋았을 것이다. 몸을 깨끗하게 씻고…… 아아, 제발 좀!

엘런은 손으로 입을 가리지도 않고 입을 쩍 벌리면서 하품했다.
엘런은 병원에서 나와 차를 타고 집으로 돌아가고 있었다. 평소와

달리 거리에는 차가 많지 않았다. 엄청난 황사 때문에 모두 집에 머물고 있는 게 분명했다.

지난밤처럼 거세지는 않았지만 여전히 바람이 강하게 불었다. 하늘은 음울한 구름으로 가득했고, 도시는 모두 미세한 황사로 가득 덮였다. 집으로 가는 동안 엘런은 텅 빈 노천카페에서 병원에서나 쓰는 마스크를 쓰고 대걸레로 바닥을 닦고 있는 여자와, 마이클 잭슨의 아이들이 그랬던 것처럼 시트로 완전히 감싼 어린 아기를 안고 서둘러 자동차로 뛰어가는 엄마를 봤다. 반바지와 티셔츠를 입고 오늘이 햇살 따뜻한 날인 것처럼, 하늘이 파란 날인 것처럼, 깨끗하고 평범한 날인 것처럼 조깅을 하는 젊은 남자도 있었다.

도대체 왜 그 여자한테 말을 건 거야? 네가 그 여자보다 더 미쳤어. 왜, 초콜릿이랑 꽃도 보내지? 회복을 빈다는 카드도 보내지! 아마도 모두 그렇게 말할 것이다.

엘런은 시계를 쳐다봤다. 정오였다. 엘런은 아침 일을 떠올렸다. 그때부터 몇 시간이 아니라 며칠은 흐른 것처럼 느껴졌다.

잭이 움직여도 된다는 사실이 분명해지자 패트릭은 잭을 데리고 직접 병원으로 가기로 했다. 엘런이 보기에 패트릭은 그저 앉아서 구급차가 오기만을 기다릴 수가 없는 듯했다. 무엇보다 그는 사스키아 옆에서 벗어나야 할 필요가 있었다. 엘런은 패트릭이 온몸으로 발산하는 분노를 느낄 수 있었다. 그 분노는 미열처럼, 정말로 느낄 수 있었다. 엘런은 집에 남아 사스키아를 태우고 갈 구급차를 기다리겠다고 했다.

"당신을 이 여자 곁에 두고 갈 수는 없어."

패트릭은 그렇게 말했지만 엘런은 사스키아는 거의 의식이 없어서(얕은 숨을 내뱉고 있는 그녀는 분명 엄청나게 고통스러워 보였다) 그 누구에게도 커다란 위협이 되지 못하며, 구급요원이 왔을 때 보라고 문 앞에 쪽지만 꽂아둔 채 그냥 내버려두고 떠날 수는 없다는 사실을 패트릭에게 상기시켰다. 그때 패트릭은 사스키아에 관해 한 마디라도 좋은 말을 할 수 있는 상황이 아니었다. 패트릭은 사스키아를 경찰에 신고하고 넘겨버리자고 했지만, 엘런은 그에게 잭한테만 온 신경을 써야할 때라고 말해줬다.

구급차가 도착했을 때, 구급요원들은 사스키아를 모나 베일 병원으로 데리고 갈 테니 굳이 자기들을 따라오려고 하지 말고 병원으로 곧바로 오면 된다고, 사스키아는 자기들이 안전하게 데려가겠다고 말했다. 그 사람들은 엘런이 병원에 가는 것이 당연하다고 생각하는 것 같았다. 그래서 엘런은 옷을 갈아입고 차를 몰고 병원으로 가서 붐비는 대기실 안 쌕쌕거리며 숨 쉬기를 힘들어하는 천식 환자들 틈에서, 한 구절도 눈에 들어오지 않는 싸구려 잡지를 들여다보면서 몇 시간을 보냈다. 그리고 마침내 간호사 하나가 이제는 잠깐 동안 사스키아를 보고 와도 된다고 했다.

그사이에 패트릭과는 딱 한 번 통화를 했다. 패트릭은 맨리에 있는 개인 병원으로 잭을 데려갔고, 지금 엑스레이를 찍으려고 기다리는 중이라고 했다. 패트릭은 사스키아에 관해서는 한 마디도 묻지 않았고, 엘런에게 힘이 들 테니 조금이라도 자라고 말했다. 패트릭은 엘런이 집에 있는 줄 아는 게 분명했다.

엘런이 사실은 그 시간에 병원에 있었고 사스키아와 이야기까지 했다는 걸 알면 패트릭은 어떻게 반응할까? 엘런이 자기를 배신했다고 생각할까? 이게 정말 배신일까?

하지만 사스키아와 이야기한 것은 그저 옳은 일을 한 것이 아니라, 두 사람 모두에게 반드시 필요한 일이었다는 기분이 들었다.

엘런은 병원의 좁은 침대에 누워 있던 사스키아의 얼굴에 떠올랐던 절망을 생각했다. 사스키아는 자연재해로 모든 것을 잃은 사람처럼 보였다. 사스키아는 삶을 구성하는 모든 기반이 무너져버렸다는 사실을 받아들이기 힘들어 패닉 상태에 빠진 사람처럼 보였다.

사스키아는 정말로 바닥을 친 걸까? 혹시 극심한 육체적 고통을 엘런이 절망이라고 착각한 건 아닐까? (간호사는 통증이 상당할 거라고 했다.) 사스키아는 다리가 다 나으면 다시 패트릭을 쫓아다닐까?

조수석에 놓인 엘런의 휴대폰이 울렸다. 엘런은 고개를 돌려 휴대폰 화면을 응시했다. 패트릭이었다. 지금쯤이면 잭을 데리고 집으로 왔다가 엘런이 없다는 걸 알고 놀랐을 것이다. 이제 몇 분만 있으면 집에 도착한다는 생각에, 엘런은 전화를 받지 않고 내버려뒀다.

이제 패트릭은 틀림없이 확고한 선을 넘었을 것이다. 잭이 다쳤으니 분명히 경찰의 도움을 구할 것이다. 지금 엘런이 사스키아는 이제 돌아갈 지점에 도달했다고 말해봐야 믿지 않을 것이다. 엘런은 기이하게 빛나던 새벽 어스름 속에서 침대 위를 기어가던 패트릭을 떠올렸다. 패트릭이 발산한 분노와 공포를 떠올렸다.

더구나 엘런이 틀렸다면, 사스키아가 다시 그들을 쫓아다닌다면, 사스키아를 미워하는 마음은 조금씩 패트릭을 갉아먹고 결국 무너지게 만들 것이다. 강력한 산처럼, 그 마음은 패트릭의 내부에서부터 그를 부식시켜나갈 것이다. 이미 엘런은 패트릭의 성격이 날카롭게 변해간다고 느꼈다. 대부분의 경우 패트릭이 세상에 내보이고 싶은 모습, 느긋하고 솔직한 오스트레일리아 남자이고 싶은 소망 때문에 그 성격을 감추고 있지만, 지난 몇 달 동안 엘런이 패트릭을 알아갈수록, 두 사람이 사랑의 열병 단계를 지나 친숙한 단계로 나아가면서 서로를 더 잘 알아갈수록 그 날카로움이 모습을 드러낸다는 사실을 알았다. 패트릭의 날카로움은 신랄함과 불신, 불안으로 이루어져 있었다. 사실 사스키아를 만나기 전부터도 패트릭의 인생은 이미 충분한 슬픔으로 가득 차 있었다.

콜린이 살아 있었다면 패트릭은 어떤 사람이 됐을까? 두 사람은 잭의 동생들을 낳았을 테고, 패트릭은 학교 일에는 관여하지만 집안일은 아내에게 맡기는 전형적인 아빠가 됐을지도 모른다. 훨씬 단순하고 유쾌하고 행복한 사람이 됐을지도 모른다. 그랬다면 어제 엘런을 보고 손을 흔들던 아기는 이 세상에 존재하지 않았을 것이다.

하지만 그런 생각은 모두 바보 같고 의미 없다.

엘런은 다시 하품을 했다. 그녀는 상당히 피곤했을 뿐 아니라 엄청나게 배가 고팠다. 그 즉시 무언가를 먹지 않으면 죽을 것처럼 느껴지는 배고픔은 임신하기 전에는 한 번도 느껴보지 못했던 충동이었다. 집에 가면 토스트가 잔뜩 담긴 접시와 차를 들고 곧바로 침대로 가서 모두 먹어치운 다음에 이불을 목까지 덮고 곧바로 꿈도 꾸지 않는 깊은 잠에 빠져들고 싶었다. 집에 가면 패트릭에게 너무 피곤해서 아무 말도 할 수 없을 것 같다고 말할 것이다. 너무 피곤해서 과거든, 미래든, 현재든, 그 어떤 말도 하고 싶지 않다고 말할 것이다.

하지만 패트릭은 나를……

아니야. 그만 생각해. 엘런은 날카롭게 자신을 꾸짖었다.

하지만 소용이 없었다. 어젯밤부터 그 많은 일이 있었는데도 엘런은 자신의 의식 한 곳에서 어느 정도는 한 가지 생각만을 하고 있음을 알았다. 그리고 몇 시간이 흐르자 그 생각은 더욱 더 끔찍한 악몽으로 변해가고 있었다.

패트릭은 나를 콜린만큼은 사랑하지 않아. 패트릭은 의심하고 있어. 나를 보면서 콜린을 생각하고, 콜린을 사랑하는 것처럼 나를 사랑하지는 않는다는 걸 느끼는 거야. 패트릭은 콜린처럼은 다른 여자를 사랑할 수 없어.

엘런은 총에 맞은 상처를 들여다보려고 옷을 들쳐보는 사람처럼 조심스럽게 망설이듯이 자기 감정을 들여다봤다.

마음이 아픈가?

그랬다. 정말 마음이 아팠다.

엘런은 패트릭이 언제까지나 콜린을 제일 많이 사랑하리라는 사실을 덤덤하게 받아들이던 사스키아를 생각했다. 그리고 아주 단순하면서도 놀랍도록 자명한 사실을 깨달았다. *나는 사스키아만큼은 패트릭을 사랑하지 않아.*

사스키아는 자기가 패트릭을 훨씬 많이 사랑해도 상관없다고 했다. 하지만 엘런은 달랐다. 엘런은 자기 심장을 한 조각 줬다면 패트릭도 당연히 그의 심장을 한 조각 주기를 바랐다. 아니, 사실은 정말로 고마워할 수 있도록 훨씬 큰 조각으로 돌려주기를 바랐다.

엘런이 원하는 것은 사랑받는 거였다. 엘런은 아기를 가졌다. 엘런은 사랑받아 마땅했다.

음, 이건 너무 유치한 생각 아닐까?

자기를 사랑해주는 파트너 없이 아기를 낳아야 하는 여자들은 어느 시대에나 있었다. 엘런에게는 그녀를 사랑하는 파트너가 있다. 그걸로 충분한지도 모른다. 엘런은 행운아인 거다. 엘런의 엄마는 남자도 없이 혼자 아기를 낳아야 했으니까.

엘런은 행운아였다. 공정하게 나눠 가져야 할 사랑보다 더 많은 사랑을 받았다. 어쩌면 그게 문제였는지도 모른다. 너무 많은 사랑을 받아서 버릇이 나빠진 거다.

패트릭이 한 말은, 콜린에 관한 이야기는 잊어버려야 한다. 생각도 하지 말고, 친구한테도 말하지 말고, 패트릭한테는 더더욱 내색해선 안 된다. 맞다. 분명 쉽지는 않겠지만, 그렇게 하는 게 맞다.

엘런의 뒤에서 조용히 빵, 하는 경적 소리가 들렸다. 직진 신호로 바뀌었는데도 엘런이 우아하게 앉아서 생각에 잠겨 있으니 빨리 출발하라고 뒤에서 일깨워준 소리였다. 엘런은 손을 들어 뒷사람에게 사과하고 가속페달을 밟았다.

나는 행운아야. 엘런은 다시 한 번 그 사실을 생각했다.

▲ ▲ ▲

"음, 몇 달 동안은 도움을 많이 받으셔야 할 겁니다."

주치의가 말했어. 발갛고 아기처럼 매끈한 볼을 가진 의사는 아주 어려 보였어. 내가 나이를 많이 먹은 게 분명해.

엄마는 병원에 갈 때마다 나이 어린 의사들을 보면 아주 어색해했어. "계속 웃음이 나지 뭐니. 한껏 진지하게 말하는 게 꼭 어른 옷을 입은 아이들 같다니까." 그렇게 말했는데.

하지만 그 아이들은 자기들이 무슨 말을 하는지 알아. "크리스마스 때까지는 살아 계실 겁니다. 하지만 오래 버티지는 못할 겁니다." 그 아이 가운데 한 명이 그렇게 말했지.

엄마가 돌아가실 때, 난 엄마 곁에 없었어. 잭이 입학을 하는 바람에 집에 가야 했으니까. 그곳을 '집'이라고 생각하다니, 정말 우스워.

내 주치의는 엘런이 이미 말해준 이야기를 다시 전해줬어. '골반에 금이 갔고 발목이 부러졌다. 내일 수술을 할 거다. 6주 동안은 침대에 누워만 있어야 한다.'

잭의 팔이 나으려면 얼마나 걸릴지 궁금했어.

"전 가족이 없어요."

나는 의사한테 그렇게 말했어. 그 말을 왜 했는지는 모르겠어. 아마 그 의사가 나를 돌봐줄 사람을 한 명 처방해줄 거라고 생각했나 봐.

"음, 그럼 친구 분들에게 부탁을 해야겠네요. 아까 한 분 다녀간 걸 봤어요. 아주 친한 친구 분 같던데요. 환자 분을 정말로 걱정하시더군요."

주치의가 말하는 친구는 엘런이었어.

"으음. 그 사람은 다시 올 것 같지 않아요."

내가 대꾸했어.

"아. 그럼, 음, 그래도 도움이 필요하니까, 누군가 도와주실 분을 찾아보시는 게 좋겠어요. 걱정하지 마세요. 사람들은 어려움에 처한 사람을 기꺼이 도우려고 하니까요. 그러면 기분이 좋아지잖아요. 본인이 쓸모가 있다는 걸 깨닫게 되니까요. 친구들이 자발적으로 나서는 걸 보시면 정말 놀라실 겁니다."

"네, 정말, 그럴 것 같아요."

차마 나에게는 도와줄 사람이 한 명도 없다는 사실을 말할 수가 없었어. 사람들이 일반적으로 맺는 타인과의 교류를 하지 않는다는 사실을 말할 수가 없었어. 나 혼자뿐이라고, 도와달라고 부탁할 사람이 전혀 없다는 사실은 말할 수가 없었어. 주치의는 나 같은 사람이 이 세상에 존재한다는 생각조차 못 할 테니까. 겉으로 보기에는 교육을 잘 받은 평범한 사람처럼 보이지만, 사실은 노숙자처럼 외롭고 미친 사람이 존재한다는 생각은 절대로 못할 테니까.

그때, 노숙자와 내가 다른 점이 뭔지 깨달았어. 나에게는 돈이 있다는 거였어. *날 도와줄 사람을 구하면 돼. 분명 이 세상에는 나 같은 사람을 도와주는 일을 하고 돈을 버는 사람이 있을 거야.*

"잘 이겨내실 겁니다."

주치의가 말했어.

나는 예의 바르게 웃어주려고 했지만, 얼굴 근육이 말을 듣지 않았어. 지금까지 한 번도 웃어본 적이 없는 것처럼 얼굴 근육이 아주 어색하게 움직였어.

주치의는 모르핀 투입기를 내 손에 쥐여주더니 내 어깨를 토닥였어.

"이걸로 진통제를 직접 넣을 수 있습니다. 진통제를 투여하는 동안은 충분히 즐기세요. 진통제는 곧 치울 겁니다."

나는 붉은색 버튼을 눌렀어.

▲ ▲ ▲

엘런이 집에 도착했을 때 잭은 잠들어 있었다. 침대 위에 옆으로 웅크리고 자면서 깁스한 팔을 이불 밖으로 빼놓고 있는 잭은 너무나도 창백하고 작아 보였다.

"의사가 아주 강력한 진통제를 처방해줬어."

엘런과 함께 침대 옆에 나란히 서서 잭을 내려다보던 패트릭이 조용히 말했다. 패트릭은 잭의 이불을 다시 덮어주고 손으로 잭의 이마를 살며시 짚었다.

"아마 몇 시간 내리 잘 거야."

아래층으로 내려가는 동안 엘런은 패트릭의 분노가 끓어오르는 냄비처럼 꾸준히 상승하고 있음을 느꼈다. 거실로 들어가자마자 패트릭은 끊임없이 움직이면서 쉬지 않고 말을 했다. 하고 싶은 말이 너무 많아 보였고 그 때문에 엘런이 어디에 갔었는지는 물을 생각조차 못한 듯했다. 패트릭은 이미 경찰에 전화를 했고, 경찰에게서 서류를 제대로 갖춰서 신고하면 사스키아에게 접근 금지 명령을 내릴 절차를 진행하겠다는 말을 들었음을 엘런에게 알려주고 싶어했다. 패트릭은 끊임없이 잭이 훨씬 심하게 다칠 수 있었다고 말했고, 잭이 엎어져 있을 때는 정말로 죽었을 거라 생각했다고 말했고, 아마 엘런도 그렇게 생각했을 거라고 말했고, 진작에 사스키아에게 접근 금지 명령을 내렸어야 했다고 말했고, 그 때문에 자신을 영원히 용서할 수 없을 거라고 말했다.

"도대체 어떻게 집 안으로 들어올 수 있었는지 알아내야겠어."

패트릭이 마침내 말했다.

"어떻게 들어왔는지 모르겠어."

엘런은 잔뜩 피곤해 하면서 말했다. 패트릭이 엘런을 외할아버지의 가죽 소파에 앉히는 동안 그녀는 팔로 눈을 가리고 있었다. 집에 들어왔을 때 패트릭이 준 차를 한 잔 마시기는 했지만, 피로 회복에는 별다른 효과가 없었다.

"지난번에 분명히 열쇠를 치웠는데."

"뭐라고?"

패트릭의 목소리를 듣는 순간 엘런은 자신이 실수했다는 사실을 알았지만, 너무 늦었다. 엘런은 눈을 떴다. 패트릭이 거실 한가운데 얼어붙은 채 우두커니 서 있었다.

"지난번이라니, 무슨 뜻이야?"

엘런은 말을 하려고 입을 열었다가 다시 다물었다. 거짓말을 하지 않고 패트릭의 화를 돋우지 않을 방법을 찾으려고 애를 썼지만, 뾰족한 방법이 떠오르지 않았다. 결국 엘런은 포기하고 사실대로 이야기했다.

"우리가 산에 갔다 온 날, 문 앞에 비스킷을 두고 갔어. 아마 우리 부엌에서 구운 것 같아."

"뭐라고? 그 여자가 집에 들어왔었는데 나한테 말도 하지 않았다는 거야?"

"그거야, 내가 틀렸을지도 모르니까."

엘런은 똑바로 앉아서 보호하듯이 배를 두 손으로 감쌌다.

"정확한 증거가 있는 것도 아니었고."

그 말을 들은 패트릭은 거의 때릴 것 같은 표정으로 엘런을 쏘아봤다. 갑자기 엘런의 마음속에서 벽에 내동댕이칠 것처럼 사스키아의 어깨를 움켜잡던 패트릭이 떠올랐다.

"난 사스키아가 아니야."

자기도 모르게 엘런이 말했다.

"아닌 거 알아."

패트릭은 짜증이 난다는 듯이, 넌더리가 나서 견딜 수가 없다는 듯이 손을 휘둘렀다.

"대체 왜 말을 안 한 거야?"

"자기가 화낼까 봐. 얼마나 화낼지 아니까."

"비스킷은 당연히 갖다버렸겠지?"

"당연하지."

정직이 최선이라는 말은 정말 과대평가된 거다.

"분명히 쥐약을 넣었을 거야. 세상에, 탄저균을 뿌렸는지도 모르잖아."

"사스키아는 자기를 죽이려는 게 아니야, 패트릭. 그 사람은 당신을 사랑해."

"그걸 당신이 어떻게 알아? 그 여자가 원하는 게 뭔지, 당신이 어떻게 아냐고? 세상에. 그 여자는 우리가 자는 걸 지켜봤다고."

"병원에서 말해봤어. 이제 끝났을 거라고 생각해. 정말로. 그렇게 하겠다고, 사스키아가 약속했어. 게다가 몇 주 동안은 꼼짝없이 침대에 누워 있어야 하는걸."

패트릭이 엘런의 앞에 있는 의자에 앉았다. 외할아버지가 늘 앉아서 텔레비전을 보던 의자였다. 그 의자에 앉기에 패트릭은 너무나도 커 보였고 거칠어 보였다. 엘런은 '거기에 앉지 마'라고 하고 싶은 걸 간신히 참아냈다.

"그 여자랑 말을 했다고. 도대체 왜 그런 짓을 한 거야?"

패트릭이 천천히 말했다.

"그냥 얘기를 나눠봐야겠다고 생각했어. 그러면 바뀔 거라는 생각이 들었어."

"그렇군."

패트릭은 까칠해진 얼굴을 손으로 거칠게 문질렀다.

"그래, 두 여자가 즐겁게 얘기를 나눴단 말이지?"

"내 생각에는 사스키아가 정말로 바닥을 친 것 같아."

엘런이 말을 이으려고 했지만 곧바로 패트릭이 끼어들었다.

"이런, 세상에. 바보 같으니라고."

엘런은 입을 다물었다. 이제 패트릭은 신랄해져도 되는 권리를 얻은 것이다.

두 사람은 잠시 동안 서로를 쳐다봤지만, 이내 패트릭이 시선을
돌리더니 고개를 내저었다. 패트릭은 숨을 깊이 들이마셨다.

"당신은 내 편이어야지."

"당신 편이야."

엘런이 즉시 대답했다.

"아니, 그 여자 편인 것 같아."

"그건……, 바보 같은 말이야."

"자기의 전 남자 친구가 자기를 스토킹하면, 사스키아처럼 굴면,
나는 조금도 주저하지 않을 거야. 그 자식 머리를 깨버릴 거라고."

"지금 내가 사스키아를 때렸어야 했다는 거야?"

엘런은 패트릭에게 지지 않으려고 터무니없고 말도 안 되는 대답
을 했다.

"당연히 아니지."

패트릭은 피곤하다는 듯이 말하고 의자에 등을 기대면서 눈을 감
았다.

엘런은 정수리가 심하게 지끈거렸고 손목이 미친 듯이 가려웠다.
죄책감이야. 엘런이 느끼는 것은 죄책감이었다. 패트릭이 어느
정도는 옳았으니까. 지금까지 엘런은 패트릭의 입장에서 이해하려
고 하기보다는 사스키아의 입장에서 이해하려고 애썼다. 지금 엘런
이 보일 수 있는 성숙한 반응은 이제부터는 아무 말도 하지 않고,
자기 자신을 방어하려고도 하지 않고, 사스키아의 입장을 패트릭에
게 설명하지도 않는 것이다.

하지만 엘런은 "지금 무슨 생각해?"라고 묻고 말았다.

"무슨 생각을 하냐니?"

패트릭이 눈을 떴다.

"콜린 생각하는 거지?"

"그게 무슨 소리야? 내가 왜 콜린 생각을 해? 콜린이 이 일이랑 무슨 상관이라고."

패트릭은 정말로 완벽하게 당혹스러운 것 같았다.

자동차 안에서 엘런이 내렸던 고결한 결정은 허공으로 날아가버렸다. 엘런의 일부는 과거로 시간을 되돌려 자기가 한 질문을 거둬들이고 싶었다. 하지만 나머지 일부는, 기본적이고도 본능적인 부분은, 모든 것을 하나도 남김없이 말하고 대답을 듣고 싶었다.

"어젯밤에 자기가 나를 볼 때면 가끔 콜린이 생각난다고 했어. 그리고, 다르다고, 자기는 그 누구도 콜린을 사랑한 것처럼은 절대로 사랑하지 못할 거라고 했어."

"내가 그런 말을 했다고?"

패트릭은 잠시 말을 하지 않았다.

"아니, 그런 말은 안 했을텐데."

"최면 상태일 때 그랬어."

엘런이 순순히 자백했다.

그는 '그런 말은 절대로 안 했을 거야'라고 말하지 않았다.

"그럼 그건 잠꼬대한 거랑 비슷한 거잖아."

패트릭이 천천히 말했다.

"비슷해. 잠든 상태랑 깨어 있는 상태 중간쯤에 있던 거니까."

"그럼 내가 최면에 들 때마다 그런 걸 물은 거야? 콜린에 관한 걸? 그래서 나한테 최면을 건 거야? 내 머릿속을 뒤져보려고?"

"절대로 아니야."

그때 전화벨이 울렸다. 엘런은 전화를 받아서 도망갈 기회를 잡아야 하는 게 아닐까 생각했지만, 좋은 생각이 아닌 것 같았다. 엘런은 손목을 내려다봤다. 너무 긁어서 손목에서 피가 배어 나올 정도였다.

"그냥 음성 사서함으로 넘어가게 돼."

패트릭이 말했다.

두 사람은 서로를 쳐다보면서 앉아 있었고, 전화벨은 울리고 또 울렸다.

▲ ▲ ▲

모르핀은 모든 것을 녹여버렸어. 천장은 부드러워지면서 빙글빙글 돌아갔고, 내 몸을 덮고 있는 이불은 물결처럼 출렁였어. 녹아내리는 방에서 도망치려고 눈을 감자 내 인생이 트럼프 카드를 차르륵 재빨리 넘기는 것처럼 내 앞에 펼쳐졌어.

패트릭이 극장 앞에서 나를 기다리고 있어. 아주 슬퍼 보이는 얼굴로 깊은 생각에 잠겨 있어. 하지만 나를 보자마자 갑자기 표정이 바뀌고 밝게 빛났어. 아직은 금발인 엄마가 나를 학교에서 집으로 데려가면서 내가 한 말에 앞을 본 채로 웃음을 터뜨렸어. 옆집에 이사 온 아이들이 사람을 신뢰하는 순진한 눈으로 나를 올려다봤어. 사무실에서 랜스가 〈더 와이어〉 DVD를 한사코 내 손에 쥐여주고 있어.

나는 눈을 뜨고, 나에게 직업이 있다는 사실을 기억해냈어. 함께 근무하는 사람들은 내가 한동안 사무실에 나가지 못한다는 사실을 알아야 해.

나는 침대 옆에 있는 전화기로 사무실에 전화를 걸었어. 니나가 전화를 받았지. 그 익숙하고 유쾌한 목소리를 듣는 순간 나는 꿈을

꾸고 있는 것처럼, 실오라기 하나 걸치지 않고 사무실로 걸어 들어
간 것처럼 공포를 느꼈어. 게임은 끝났어. 모두 내 정체를 알게 될
거야.

"니나, 나예요, 사스키아."

내 귀에 내 목소리가 들려왔어.

"아, 안녕하세요, 사스키아. 오늘 아침에 외부 근무하시는 줄 몰
랐어요. 사실 물어볼 게 있어서 사스키아를 기다리고……."

"니나?"

나는 마치 깊은 물속에 잠겨 있는 것 같았어. 나는 수화기를 더
세게 움켜잡았어.

내가 너무 오랫동안 말을 하지 않고 있었던 게 분명해.

"사스키아? 아직 전화기 들고 있어요?"

"내가 바닥을 쳤어요."

내가 말했어.

"네? 뭐라고요?"

니나가 되물었어.

▲ ▲ ▲

"뭐라고 해야 할지 모르겠어. 어제는 생각할 게 너무 많았잖아.
그런 말을 한 기억이 전혀 없어. 콜린 얘기 말이야."

패트릭은 말간 눈으로 엘런을 쳐다봤다.

"그런 말은 해선 안 되는 거였어."

엘런은 정말로 스스로가 실망스러웠다. 집 안 어딘가에서 엘런의
전화벨이 계속 울렸다.

"이 얘기는 나중에 하자. 잭이 자는 동안 경찰서에 가서 서류를 접수하고 와야겠어."

"그래. 사실 이 얘기는 잊어버리는 게 좋겠……."

"아니, 잊어버리면 안 돼. 나중에 얘기하자."

패트릭은 엘런을 보고 웃었다. 생각지도 않았던 패트릭의 반응에 엘런은 울어버릴 것만 같았다.

"나중에 다시 자세히 이야기하고, 오해를 바로잡아줄게. 약속해."

"좋아."

그때 엘런의 내담실 전화벨이 울리기 시작했다.

"당신하고 꼭 얘기해야 하는 사람이 있나 보네."

"그런가 봐."

그때 엘런의 폐로 헉, 하고 공기가 밀려들어왔다.

"이런, 안 돼. 잊어버렸어. 완전히 잊어버렸어."

"잊다니, 뭘?"

엘런은 패트릭 뒤에 있는 시계를 올려다보고, 믿을 수 없다는 듯이 한참을 바라봤다. 2시 30분이었다.

"그 기자. 오늘 오전 11시에 카페에서 보기로 했거든."

엘런은 해밀턴 기자가 카페에 앉아서 탁자를 두드리면서 짜증스럽게 계속 손목시계를 들여다보는 모습을 떠올렸다. 해밀턴 기자는 안 그래도 엘런을 나쁘게 생각했는데, 이제는 일부러 바람 맞혔다고 생각할 것이다. 엘런에게 숨겨야 할 것이 있다고 생각할 것이다.

"다시 약속을 잡아. 사고가 있었다고 말해. 당신 잘못이 아니라고."

"그래."

이성적으로 생각하면 패트릭의 말이 맞지만, 엘런은 이미 이번 일이 재앙이 되리라는 사실을 짐작했고, 그날 오전 휴대폰과 내담실 전화기에 남은 음성사서함 내용을 듣는 순간, 짐작이 맞았다는 사실을 확인했다.

"그쪽에서 만나자고 했던 카페에서 기다리고 있어요."

리사 해밀턴 기자가 말할 때 '그쪽' 이란 단어에 조금 더 힘이 들어간 것을 듣고, 배경 소음으로 들려오는 카페 소리를 들으면서 엘런은 죄책감을 느꼈다.

"오늘 오후에 기사를 제출할 거예요. 그러니까 곧 그쪽에서 아무 말도 없으면 할 말이 없는 걸로 알고, 그러니까 당신 고객들이 제시한 불만에 대답할 생각이 없는 걸로 알고 일을 진행할게요."

엘런이 수화기를 내려놓자마자 또다시 전화벨이 울렸다. 엘런은 절실하게 구원을 바라면서 전화기를 낚아채듯이 집어 올렸다.

"아침 내내 전화했어. 너한테 꼭 할 말이 있단 말이야."

엘런의 엄마가 나무라듯이 말했다.

"지금은 통화 못해. 내가 다시 전화할게."

전화기는 내려놓자마자 또다시 울렸다.

줄리아였다. 줄리아는 목이 쉰 것처럼 낮은 목소리로 은밀하게 말했다.

"지금 막 누가 내 침대에서 나갔는 줄 알아?"

"지금은 통화 못해."

엘런이 또다시 말했다. 왠지 상황이 아주 끔찍한 코미디처럼 전개되고 있는 것 같았다. 엘런은 서둘러 전화를 끊었다.

"진정하고 숨을 천천히 쉬어봐."

내담실 문 앞에서 패트릭이 말했다.

"조용히 해."

엘런은 해밀턴 기자에게 전화를 걸었다. 전화는 곧바로 음성사서함으로 넘어갔다. 음성메시지를 남기는 내내 엘런의 목소리는 극심한 공포에 질려 있었다.

"의붓아들이 다쳤어요. 그래서 아침 내내 병원에 있어야 했어요."

엘런의 목소리는 진짜가 아니었다. 억지스러웠고 가짜 같았다. 엘런은 자기가 거짓말을 하고 있다고 느꼈다. 지금까지 한 번도 잭을 '의붓아들'이라고 불러본 적이 없었고, 사실 잭과 함께 병원에 있었던 것도 아니니까. 사스키아와 함께 병원에 있었던 거니까.

패트릭이 숨을 들이마시라는 시늉을 해 보였다.

엘런은 저리 가라는 듯이 패트릭을 향해 손을 휘저었다. 사실 엘런이 느끼는 죄책감은 지나친 것이었다. 그녀는 누군가를 살해하지 않았다. 그저 약속을 잊은 것뿐이다.

엘런이 음성사서함에 마지막 말을 남기고 마무리했을 때 초인종이 울렸다(엘런은 '지금도 당신과 얘기할 기회를 고대하고 있어요'라고 했다. 고대하고 있다니. 꼭 텔레마케터처럼 말한 거다).

패트릭이 문을 열어주러 아래층으로 내려갔고, 엘런은 내담자의 목소리를 듣는 순간 심장이 철렁했다. 평소처럼 2시 30분에 내담을 온 메리 케이트였다. 메리 케이트는 엘런의 기사에 충분히 등장하고도 남을 자격이 있는 내담자였다. 해밀턴 기자는 지난 몇 달 동안 메리 케이트가 아무런 진전도 없이 받아야 했던 내담 얘기를 들을 테고, 엘런이 딱 한 번밖에 신지 않은 부츠를 얼마 주고 샀는지도 알게 될 것이다.

나는 나쁜 사람이야. 엘런은 생각했다. *아주아주 나쁜 사람이야.*

(그러니까 패트릭은 콜린을 사랑한 것처럼은 나를 사랑하지 않을 거야. 결국 패트릭은 나를 떠날 테고, 나는 엄마처럼 싱글맘이 될 거야. 이제는 직업도 없

어질 거야. 더구나 이제 5년만 있으면 나, 마흔 살이란 말이야. 마흔 살!)

"메리 케이트!"

엘런은 아주 단호한 목소리로 소리쳤다. 패트릭이 메리 케이트를 안으로 안내하는 동안 엘런은 재빨리 아래층으로 내려갔다.

"정말 미안해요. 하지만 오늘은 내담을 할 수가 없어요. 사실은, 이제 다시는 내담을 하지 못할 거예요."

메리 케이트는 깜짝 놀란 것 같았다. 엘런은 오늘 메리 케이트의 분위기가 다르다고 생각했다. 메리 케이트는 평소와 달리 멍하고 창백한 얼굴이 아니었다. 게다가 꽃다발을 들고 있었고, 미나리아재비 꽃처럼 노란 스카프도 매고 있었다.

메리 케이트의 뒤에서 패트릭이 '지금 당장 내담을 모두 그만두려고 하는 거야?'라는 물음이 분명하게 담긴 눈으로 엘런을 쳐다보면서 눈썹을 찡긋 올려 세웠다. 그러고는 어깨를 으쓱하더니 2층으로 올라갔다.

"무슨 문제 있어요?"

메리 케이트가 물었다.

"별문제는 아니에요. 아마, 내일 신문에 내 평판을 떨어뜨릴 기사가 나올 거예요."

"어떤 신문에요?"

메리 케이트는 지금 당장 뛰어나가서 신문을 한 부 사겠다는 듯이 다급하게 물었다.

"데일리 뉴스요. 사실 나는 메리 케이트가 그 기사를 안 읽었으면 좋겠지만, 내가 하고 싶은 말은……."

"음, 그럼 우리가 무슨 일을 할 수 있는지 고민해봐야겠군요."

메리 케이트가 말했다.

"아, 그보다 이거 당신 주려고 가져왔어요."

메리 케이트는 들고 있던 꽃다발을 엘런에게 내밀었다.

"고마워요."

엘런은 멍하니 꽃을 들여다봤다. 꽃도 메리 케이트의 스카프처럼 노란색이었다.

"말씀은 고맙지만, 당신이 할 수 있는 일은 아무것도 없을 거예요."

"모두 말해봐요."

"네? 무슨?"

"비밀 서약을 한 내용이 아니라면 무슨 일이 일어난 건지, 나한테 자세히 얘기해줘요."

"미안하지만, 메리 케이트가 왜 이런 말을 하는지 잘 모르겠네요."

"나, 법정 변호사예요. 명예훼손 전문이고요."

메리 케이트가 말했다.

하지만 저에게는 어린 아들이 있는걸요.

– 몇 달밖에 살지 못할 거라는 말을 들었을 때, 콜린 스콧이 제일 먼저 한 말

병원 침대 옆에 랜스랑, 나는 모르는 창백한 빨간 머리 여자가 앉아 있는 꿈을 꿨어.

"이런, 랜스. 〈더 와이어〉는 아직 못 봤어요."

나는 혼자 웃어보려고 랜스에게 말을 걸었어.

"괜찮아요."

랜스가 대답했어. 이런, 꿈이 아니었던 거야. 랜스는 정말로 내 침대 옆에 서 있었어.

"많이 아프죠. 몇 년 전, 사촌이 골반이 부러졌어요. 진짜, 아기 낳는 것보다 훨씬 더 아프다고 하던데요."

빨간 머리 여자가 말했어.

"아기는 낳아본 적이 없어서요."

내가 대답했어. 이 여자는 누구지?

"나도 그래요. 그래도 모두 아주 많이 아플 때는 애 낳는 이야기를 하잖아요. 어디나 그렇지 않나? 아기를 낳아본 적이 없어도 그런 말은 할 수 있잖아요. 아무튼, 사실 요로결석도 정말 끔찍하게 아파요."

"굳이 얼마나 아픈지 자꾸 떠오르게 하는 건 좋지 않은 것 같아."

랜스가 말했다.

"어머, 정말 힘들겠다는 걸 말해주고 싶었던 것뿐이에요. 병원에 오면 나는 꼭 이렇게 엉뚱한 말을 늘어놓는다니까요. 케이트예요. 랜스의 아내. 혹시 기억하지 못할까 봐요. 우리 작년, 크리스마스 파티 때 봤잖아요."

"물론 기억해요."

물론 전에 랜스의 아내를 본 적이 있는지는 잘 모르겠어. 해마다 크리스마스 파티 때면 핑계를 대고 안 갔을 텐데?

"그냥 잠깐 들른 거예요."

랜스가 말했어.

"영화 보러 가는 길이거든요."

케이트도 말했고.

그리고 잠시 모두 아무 말도 하지 않았어. 나는 도대체 두 사람이 왜 병원에 온 건지 이해할 수가 없었어.

그러다 나와 랜스가 동시에 말했어.

"무슨 영화 보는데요?"

"사무실 사람들이 보낸 카드를 가져왔어요."

랜스는 내 이름을 위에 적은 흰색 봉투를 내밀었어.

"초콜릿도요."

케이트는 초콜릿 상자를 번쩍 들어 올리더니 게임쇼 호스트처럼 한 손을 초콜릿 앞에 대고 흔들었어.

"시시껄렁한 잡지 몇 권이랑요. 아, 그리고 포도도요. 하나같이 진부한 것만 가져왔네요."

나는 봉투에서 카드를 꺼내려고 했지만, 아주 어려운 일을 하고 있는 것처럼 손이 너무 떨려서 꺼내지지가 않았어.

"내가 해줄게요."

랜스가 부드럽게 말했어.

"초콜릿 한 개만 먹어도 돼요?"

케이트가 말했어.

"나중에 할게요."

내가 말했어.

"초콜릿 하나 먹으면 안 돼요?"

케이트가 말했어.

"케이트!"

랜스가 말했어.

"미안해요."

케이트가 말했어.

"당연히 드셔도 돼요."

내가 말했어.

나는 랜스가 꺼내준 카드를 쳐다봤어. 모두 직접 손으로 쓴 글들이 적혀 있었어.

이스트게이트 프로젝트가 하기 싫다고

2층에서 몸을 날릴 필요는 없었잖아.

빨리 나아서 돌아와!

– 맬컴!

늘 고마워요, 사스키아. 곧 병문안 갈게요.

사랑해요.

– 니나. 쪽쪽!

아이고, 불쌍한 사스키아. 기운 차려요!

(토요일에 브라우니 가지고 갈게요.)

– J.D.

"혹시 필요한 거 있으면 말해요. 우리가 가져다줄게요."

케이트가 초콜릿을 두 개째 먹으면서 말했어.

"사스키아의 가족은 모두 태즈메이니아에 있다고 했던 것 같은데, 그래서⋯⋯."

거기까지 말하다가 케이트는 혹시라도 또 실수한 것은 없는지 살펴보려는 듯이 랜스를 흘긋 쳐다봤어. 랜스는 어색하게 헛기침을 하면서 침대 옆에 있는, 꺼져 있는 텔레비전을 물끄러미 쳐다봤고. 케이트는 계속 말했어.

"우리 가족은 브리즈번에 있어요. 그래서 사스키아 심정이 어떨지 잘 알아요. 모두들 형제랑 엄마랑 하다못해 사촌도 있는데, 뭐 이런 생각이 들죠? 하지만 그런 건 아무 문제없어요."

나는 두 사람을 물끄러미 쳐다봤어. 그리고 랜스를 봤어. 졸린 듯한 랜스의 눈은 친절했고, 그의 어깨는 운동을 하는 사람처럼 넓었어. 지금까지 한 번도 랜스를 제대로 쳐다본 적이 없었다는 생각이 들었어. 나는 다시 랜스의 아내를 봤어. 정말로 말랐고, 가슴은 평평했어. 엄마가 봤다면 '남자아이처럼 매력적으로 생긴 여자구나'라고 했을 것 같아. 케이트는 산림지대에서 온 사람처럼 머리가 정말 짧았고 눈이 컸어. 그리고 아주 이상한 각도로 의자에 앉아서 여전히 내 초콜릿을 먹고 있었어.

왠지 크리스마스 파티 때 케이트가 자기는 크래들 산에서 휴가를 보낼 거라고 말했던 기억이 나는 것 같아. 그때 나는 패트릭의 집 앞에 차를 세운 채 그를 지켜보려고 파티를 일찍 떠났었는데. 잠들어 있던 잭이 패트릭에게 안겨서 고개를 아빠의 어깨에 묻고 축 늘어져서 집으로 들어가는 모습을 지켜봤었지.

나는 다시 잭을 생각했고, 부러진 잭의 팔을 생각했고, 시드니를 떠나는 게 좋겠다는 엘런의 말을 생각했어. 내가 어젯밤에 무슨 짓을 했는지, 지난 3년 동안 무슨 짓을 했는지 알게 된다면 내 앞에 있는 이 친절한 사람들은 무슨 생각을 할까? 그 생각을 하니까 내 기분은 곤두박질쳤어.

"이런 일이 생기면, 정말 충격일 것 같아요. 한 길을 따라 쭉 안전하게 가고 있는데, 갑자기 공이 날아오는 거잖아요."

케이트는 날아오는 공을 피하려는 것처럼 고개를 재빨리 숙였고, 그 바람에 케이트의 무릎에 놓여 있던 상자에서 절반쯤 남은 초콜릿이 공중으로 날아가버렸어.

"케이트!"

랜스가 서둘러 웅크리고 앉더니 초콜릿을 주웠어.

"이런."

케이트가 말했어.

"나는 별로……."

나는 말해주고 싶었어. *당신들은 이해하지 못할 거예요. 내가 당신들처럼 정상적인 사람이라고 생각할 테니까. 하지만 난 아니에요.*

하지만 내 목소리는 밖으로 나오지 않았어. 내 몸이, 내 존재가 완전히 와해돼버린 것 같았어. 여전히 숨을 쉬고 있고, 심장은 뛰고 있지만, 나라는 존재는 더는 없는 것 같았어. 예전에는 랜스가 아는 사무적이고 전문적인 사스키아도 있었고, 패트릭이 아는 미친 사스키아도 있었지만, 이제는 그 어느 쪽도 존재하지 않는 것 같았어. 나는 내가 어떤 존재인지 알 수가 없었어. 재미있는 사람인지 진지한 사람인지, 조용한 사람인지 시끄러운 사람인지 알 수가 없었어. 패트릭을 더는 원하지 않는다면, 이제는 무얼 원해야 하지? 나는 어떤 일에 흥미를 느껴야 하지? 내가 존재할 수는 있는 걸까? 바로 앞에 있는 특이하고 다정한 두 사람이 내가 존재하고 있는 것처럼 바라보고 있지만, 정말로 내가 존재하는지는 확신할 수가 없었어.

"부기 보드!"

내가 갑자기 말했어.

"네, 그거예요!"

케이트는 부기 보드야말로 뜬금없이 말해도 되는 단어인 것처럼 상냥하게 대답했어.

"니나 말이, 계단을 굴렀다면서요. 몽유병이 있는 것 같다고 하던데요."

랜스가 얼굴을 찡그리면서 말했어.

니나한테 그런 말을 한 기억은 나지 않지만, 상당히 그럴듯한 이유처럼 느껴졌어.

"부기 보드가 내 취미예요."

그렇게 말하고는 생각했어. 지금 나, 생각하지 않고 그냥 큰 소리로 말한 거야?

"나도요. 음, 사실 아직 부기 보드를 타본 적은 없어요. 하지만 해볼 거예요. 아, 정확하게 말하면, 진짜 서핑보드를 타고 진짜 서핑을 하려고 해요. 그러니까, 강습을 받을 거예요!"

케이트의 말에 랜스가 콧방귀를 뀌었고, 케이트는 랜스의 팔을 세게 찰싹 때리더니 나를 보고 밝게 웃었어.

"병원에서 진통제를 아주 많이 처방해줬나 봐요, 그렇죠, 사스키아?"

랜스가 말했어.

"그거 무례한 말이잖아. 사스키아는 멀쩡한 것 같은데."

"그런 말이 아니거든."

"지금, 누구 전화 소리지?"

케이트가 말했어.

내 전화기 소리였어. 케이트가 내 가죽 가방을 들어 올렸어.

"내가 받을까요?"

나는 가방을 물끄러미 쳐다보면서 생각했어. 저 가방이 어째서 지금 여기 있을 수 있지? 도대체 무슨 일이 일어난 거야? 왜인지 모르지만, 가방이 내 옆에 있다는 사실이 정말로 기쁘게 느껴졌어. 그래서 나는 크게 웃었어.

"나는 정말 당신처럼 되고 싶다니까."

랜스가 말했어.

"내가 받을게요."

케이트는 내 가방을 뒤져서 핸드폰을 꺼냈어.

"사스키아가 받으라는 말 안 했잖아."

랜스가 말했어.

"사스키아 씨 핸드폰입니다."

케이트는 의자에서 일어나더니 내 전화기를 자기 귀에 대고는 저 멀리 걸어가버렸어.

"음, 네. 여기 있어요! 아니요, 걱정할 거 없어요. 괜찮아요. 그냥 입원해 있는 것뿐이에요."

"미안해요. 가끔 케이트는 조금……."

랜스는 아내를 묘사할 말을 여간해서는 찾을 수가 없는지 말을 잊지 못했어.

"초콜릿 좀 드세요."

"그러죠."

나는 초콜릿을 한 개 집어 들고 활기차게 떠들고 있는 케이트를 쳐다봤어. 몇 분 뒤에 원래 앉아 있던 의자로 돌아온 케이트가 내 침대 옆 탁자에 전화기를 내려놨어.

"사스키아 친구 태미였어요. 오늘 술 마시러 가기로 했다면서요. 아무튼, 이리 온대요. 내가 병원 위치를 알려줬어요."

"그럼 우린 가야겠네요."

랜스가 두 손으로 자기 무릎을 탁 치면서 자리에서 반쯤 몸을 일으켰어.

"우리 때문에 사스키아가 피곤하면 안 되잖아요."

"맞아요. 가야겠어요."

케이트는 손목시계를 들여다봤어.

"음, 근데 시간이 많이 남네. 혹시 심심하시면 우리가 태미가 올 때까지 기다려줄 수 있는데, 어떠세요?"

그런 케이트에게 나는 '아, 혹시 영화 시간에 늦을지도 모르니까 어서 가보세요'라고 말할 만반의 준비를 끝냈어. 하지만 내 입에서 나온 소리는 "네, 그때까지 함께 있어주면 좋겠어요"였어.

"좋아요!"

랜스와 케이트는 동시에 대답했어.

▲ ▲ ▲

이른 저녁, 엘런의 집은 생각지도 않게 많은 사람으로 넘쳐났다. 잭의 깁스에 낙서를 하고 회복 기원 선물을 주겠다고 패트릭의 부모님과 동생이 와 있었고, 왜 그런 기분이 드는지는 모르지만 엘런으로서는 짜증스럽게도 엘런의 엄마까지 집으로 찾아왔다. 앤은 잭에게 《기네스 세계기록》 책을 선물했는데, 잭은 정말 좋아했다.

엘런과 패트릭의 식구는 모두 엘런의 식탁에 둘러앉아 패트릭이 구운 소시지를 먹었다. 패트릭은 훨씬 좋아진 기분으로 경찰서에서 돌아왔다. 지난 3년간 사스키아가 보낸 이메일과 편지 같은 온갖 증거를 출력해 링 바인더에 빼곡하게 담아서 가져간 스토킹 기록을 보고 경찰이 패트릭을 칭찬했다고 했다(경찰서에 가져가기 전에 바인더를 살펴본 엘런은 패트릭의 간결한 표현에 깜짝 놀랐다. 패트릭은 7월 27일 오전 12시 30분. S가 현관문을 두드림. 들어오겠다면서 가라는 요구를 여러 번 무시함', 이런 식으로 적어놓았다). 일단 임시로 접근 금지 명령을 내릴 것이고, 사스키아가 법정에서 부당함을 호소할 수도 있다고 했다. 그리고 또한 사스키아를 무단침입으로 고소할 수도 있다고 했다. 이번에 패트릭이 찾아간 경찰서 담당자가 누구인지는 모르지만, 그가 받아야 할 정확하고 권위 있는 동정심을 제대로 보여준 것이 분명했다. 패트릭은 더는 분노에 사로잡혀 있지 않았다. 마치 오랫동안 정의를 위해 싸웠고, 마침내 정당성을 입증받을 순간을 기다리는 사람처럼 평온해 보였다.

엘런은 전화벨 소리를 들을 수 있도록 핸드폰을 사이드보드 위에 올려놓았다. 그녀는 신문에 기사가 나지 않도록 자기가 가서 막아보겠다던 메리 케이트의 전화를 기다리고 있었다. 크게 희망을 품고 있진 않았다. 소화가 잘 안 되는 시무룩한 메리 케이트가 강력하고 빛나는 치아를 가진 이언 로먼 같은 사람을 이길 가능성은 거의 없어 보였다.

"어떤 장담도 할 수는 없어요."

작은 가죽 공책에 간략하고 신속하게 무언가를 끄적이면서 엘런이 하는 말을 들은 메리 케이트가 말했다.

"하지만 지금 곧바로 가서 기사 게재 금지 신청을 할 거예요. 사실 금지 신청이 받아들여질 가능성은 별로 없어요. 법원에서는 언론의 자유에 관한 문제라고 생각할 테니, 금지 신청을 기각할 거예요. 그사이에 나는 데일리 뉴스 변호사들한테 실제로 금지 신청이 통과될 거라는 인상을 심어줄 거예요. 지금 엘런한테 악의적으로 그러는 게 분명하니까요. 게다가 그 기사가 실리면 엘런의 평판은 정말로 똥이 될 거예요. 하지만, 아무튼, 저쪽에 접촉해볼게요."

"나는 당신이 법률회사 비서인 줄 알았어요."

엘런이 주저하며 말했다.

"음, 아니에요."

메리 케이트는 가장 법정 변호사답지 않은 말투로 말했다.

생각해보니 메리 케이트는 자신이 '변호업계'에서 일한다고 했다. 법률회사 비서라고 생각한 건 엘런이었다. 메리 케이트가 법정 변호사였다는 걸 알았다면 좀 더 인내심을 가지고 훨씬 더 존중하는 태도로 그녀를 대했을까? 엘런은 혼자 생각해봤다. 부끄럽게도 메리 케이트를 대하는 엘런의 태도는 분명히 달랐을 것이다.

"이 세상에서 가장 많이 뼈가 부러진 사람이 있어요. 그게 몇 번인지 알아요?"

잭은 《기네스 세계기록》을 식탁에 펼쳐놓고 계속 들쳐보면서 소시지를 먹고 있었다.

"서른다섯 번이래요. 이블 크니블이라는 사람이 세웠대요."

잭은 대답을 기다리지 않고 말했다.

"진짜? 사람한테 그렇게 뼈가 많은지 몰랐구나."

모린이 말했다. 모린은 잭이 자기가 가져온 선물은 밀쳐버리고 앤이 가져온 선물에 푹 빠져 있어도 아무렇지도 않다는 걸 보여주려는 듯 잭의 말에 특히 관심을 보이고 있었다.

"사람의 뼈는 모두 206개예요."

앤이 말했어.

"오, 놀랍네요."

모린이 조금 과하게 웃었다.

"아기 때는 300개쯤 되는데, 크면서 합쳐지는 게 있어서 그래요."

앤이 다시 말했다.

"의학 지식이 풍부하면 아이를 기르는 데 정말 도움이 많이 되겠어요. 항상 허겁지겁 아이들을 차에 태우고 병원에 갔다가, 아무 이상 없다는 말을 듣고 돌아올 때마다 바보가 된 기분이었거든요."

모린이 말했다.

'제발 잘난 체하지 마, 엄마.' 엘런은 생각했다.

"사실, 그래서 더 문제였던 거 같아요."

다행히도 엘런의 엄마는 아주 살짝만 여왕다운 위엄을 드러내면서 모린에게 웃어 보였다.

"뭐든지 잘못될 수 있다는 걸 알았으니까요. 체온이 얼마나 되든 그것이 죽음을 의미할 수도 있었으니까요."

"체온 얘기가 나와서 말인데. 음, 사실은, 체온 얘기가 아니라 통증에 관한 건데 말입니다. 아주 이상한 통증이 내……."

"아빠."

패트릭의 아버지 조지가 입을 열었고, 동시에 패트릭이 말했다.

"조지는 죽어라고 병원에는 안 가요. 그래놓고는 의사만 만나면 자기한테 이런 병이 있다는 둥 저런 병이 있다는 둥 떠들어대는 거예요."

모린이 말했다.

"흥미로워하실 것 같으니까 그렇지."

조지가 항의했다.

"당신은 그럼 사람들이 당신을 볼 때마다 전기에 문제가 있다고 하면 좋겠어요?"

모린이 말했다.

"그럴 것 같은데. 혹시 휴즈 나간 데 있어요, 앤?"

"음, 아무튼, 엘런은 좋았을 것 같아. 엄마가 의사라서."

모린이 말했다.

"엄마."

패트릭이 말했다.

"왜?"

패트릭은 어깨를 으쓱하고는 소시지 샌드위치를 한 입 베어 물었다.

"제가 아프면 엄마는 늘 짜증을 냈던 것 같아요."

엘런이 대답했다.

"맞아요. 우리 엄마도 그랬다니까요."

패트릭의 동생이 목소리를 높였다.

"우리 엄마가 제일 크게 화내는 걸 본 건, 내가 크리켓 볼에 맞아서 쓰러졌을 때예요. 정신을 차리고 제일 먼저 본 게 엄마였는데,

엄마가 고함을 지르고 있더라고요. '사이먼, 당장 안 일어나?' 하고요."

"죽은 줄 알았으니까 그랬지."

모린이 말했다.

"아들을 되살리려고 고함을 질렀다고?"

"그 심정 정말 이해해요. 너무 무서우니까 오히려 화가 나는 거예요."

앤이 말했다.

"너도 아기를 낳으면 무슨 말인지 이해할 거야, 엘런."

모린이 말했다.

자기 엄마와는 정확히 반대인 엄마가 되고 싶은 엘런은 열이 나는 아이의 이마를 시원하고 부드러운 손으로 살며시 어루만져주는 자신의 모습을 떠올리면서 "네, 그럴 거라고 생각해요"라고 대답했다.

"아빠도 내 팔이 부러졌을 때 나한테 화냈는데. 사스키아 아줌마한테도 화냈어요."

잭이 말했다.

그 순간, 식탁 주위로 팽팽한 긴장이 감돌았다.

"그거야 사스키아가 잘못한 거니까."

패트릭이 말했다.

"사고였어. 그리고, 아빠가 아줌마한테 못되게 굴고 있었잖아."

"맞아, 우리 아기. 그건 사고였어. 하지만 아빠가 그런 건, 그 밤에 사스키아 아줌마가 여기 있으면 안 되는 거니까 그런 거야."

모린이 말했다.

"경찰서에 간 일은 어떻게 됐니?"

조지가 패트릭에게 물었다.

"사스키아 아줌마를 경찰에 신고했어?"

잭이 잔뜩 비난하는 표정으로 재빨리 아빠를 쳐다봤다.

"아줌마, 감옥에 가는 거 아니지? 그치?"

"감옥에는 안 갈 거야. 하지만 네가 이해해야 해, 친구. 사스키아는 절대로 다시는 우리 집에 들어와선 안 돼. 경찰이 사스키아한테 절대로 우리 곁에, 다시는 가까이 가지 말라고 말해줄 거야."

"좋아. 그래도 나 축구 시합할 때는 와서 볼 거야."

잭이 말했다.

엘런은 숨을 헉, 하고 들이마셨다.

"아이고야."

조지가 말했다.

"그게 무슨 말이야, 잭?"

패트릭은 들고 있던 소시지 샌드위치를 가만히 내려놓았다.

"시합할 때. 사스키아 아줌마는 내 시합에 다 왔어."

잭이 대답했다.

"나는 못 봤는데."

패트릭이 말했다.

"아빠가 눈이 안 좋으니까 그렇지. 멀리 떨어져서 서 있었어. 나무 같은 거 옆에. 항상 팬케이크처럼 생긴 니트 모자를 쓰고 왔는데."

잭이 아빠가 늘 그렇지, 하는 말투로 말했다.

"베레모 말하는 거니?"

앤이 물었고,

"어머나. 그거 내가 떠준 건가 봐."

모린이 말했다.

"다시 한 번 너 있는 곳에 나타나면 체포하게 할 거야."

패트릭이 말했다.

"안 돼."

잭이 말했고,

"아니, 그럴 거야."

패트릭이 말했다.

"아빠가 아줌마를 체포하게 하면, 아빠랑은 다시는 말 안 할 거야."

"좋아. 하지 마."

"얘들아."

모린은 속절없이 두 팔을 옆으로 쭉 뻗어서 아들과 손자를 말렸다.

엘런의 전화벨이 울렸다.

"나는, 잠깐만…… 전화 좀 받을게요."

엘런은 전화가 있는 곳으로 달려갔다.

"메리 케이트?"

"맞아요. 안녕, 엘런. 좋아요. 다행히 법원에서 금지 신청을 받아들였어요. 그 기자도 일단 엘런의 이야기를 먼저 들어본다는 데 동의했고요. 어쩌면 기사 자체를 안 쓸지도 모르겠어요. 왜, 기자들한테는 자긍심이라는 게 있잖아요. 이 사람은 이언 로먼이 개인적인 일 때문에 자기를 이용해먹는 건지도 모른다는 생각에 화가 많이 난 거 같아요. 이언 로먼이 자기 회사 사장이라도 아닌 건 아닌 거니까요."

엘런은 너무나도 안심이 되어서 다리가 풀릴 것 같았다.

"고마워요. 어떻게 이 고마움을 표현해야 할지 모르겠어요, 메리 케이트."

"별말씀을요."

엘런의 전화기 너머로 웅웅거리는 남자 소리가 들려왔다.

"아, 알프레드가 안녕, 하네요."

"알프레드? 알프레드 보일 말하는 거예요?"

엘런의 말에 메리 케이트가 웃었다. 메리 케이트가 웃는 소리는 처음 들은 것 같았다.

"놀라는 척하지 말아요, 엘런."

엘런은 살짝, 소심하게 웃었다.

"알프레드가 오늘 회계사 200명 앞에서 발표를 했대요. 사람들이 배꼽을 잡고 웃었대요. 반응이 굉장했나 봐요. 회계사들을 웃게 한 거예요."

"정말 잘됐어요."

"아무튼 일이 진행되는 거 봐서 다시 연락할게요. 하지만 그 기자나 에디터가 자세한 내막을 알면 분명히 기사는 쓰지 않을 거예요."

"오늘 해주신 일은 꼭 비용을 청구하셔야 해요."

엘런이 말했다.

(법정 변호사는 분 단위로 비용을 청구하지 않나?)

"바보 같은 소리 하지 말아요."

메리 케이트는 유쾌하게 말하더니 서둘러 전화를 끊었다.

엘런은 눈을 감고 고개를 숙여서 수화기로 이마를 톡톡 두드렸다. 음, 메리 케이트와 알프레드의 소개비를 받은 거구나. 다음에 해밀턴 기자와 만날 기회가 생기면 반드시 이 말을 해야겠다. '임상 최면치료사는 최면을 걸어서 자기 환자들이 서로 사랑에 빠지게 만들어요.' 퍽이나 도움이 되겠다.

"괜찮니?"

엘런은 눈을 떴다. 샐러드 그릇을 들고 있는 엄마가 보였다.

"나는 빠지는 게 좋을 것 같아서. 다들 조금 날카로워 있거든. 당연하지. 그 사스키아라는 여자, 미친 게 확실하잖아."

"이제 더는 그러지 않을 거야. 내가 오늘 사스키아한테 얘기했어."

"최면을 걸었구나, 그렇지?"

앤이 이제 그런 말을 하는 게 습관이 된 듯 재빨리, 거의 자동적으로 말했다. 그러고는 엘런의 대답을 기다리지도 않고 샐러드 그릇을 탁자에 내려놓으면서 말했다.

"들어봐. 할 말이 있어. 너희 아버지에 관한 거."

"결혼하는구나!"

엘런은 적절하게 우아한 결혼식을 떠올렸다. 엘런의 엄마는 눈에 어울리는 보라색 드레스를 입을 테고, 유명 디자이너의 옷을 입고 온 하객들은 매니큐어 바른 손가락으로 샴페인 잔을 우아하게 들고 있을 것이다. 분명히 신문 사회면에 나올 법한 결혼식을 치르겠지. 엘런은 억지로 웃느라 얼굴이 좀 아플 것이다.

"핍 이모랑 멜 이모가 신부 들러리가 되는 거야? 그럼 나는 화동이 될게. 엄마 딸이 화동이 돼야지. 임신한 귀엽고 작은 화동이 되는 거야."

"엘런."

"이복동생들도 화동이 되면 좋겠다. 완전 거대한 화동일 거야."

"우리, 헤어졌어."

"뭐? 왜?"

이런, 딱 한 번 못되게 군 것뿐인데, 전적으로 부적절하고 엄마에게 상처를 준 행동을 해버린 거다(사실 부모님이 결혼을 한다면 엘런은 정말로 기뻤을 것이다. 두 사람의 결혼식은 감동적이고 사랑스러웠을 테니까. 도대체 뭐가 잘못된 걸까?).

"왜 헤어진 거야?"

당연히 부인한테 돌아갔겠지. 아니면 젊은 모델을 만났거나. 혹시 엘런 때문에 그런 거 아닐까? 아버지가 엘런을 싫어했던 거다 (아, 내면의 아이가 자기 이야기를 들어달라고 떠들기 시작했어!).

"내가 헤어지자고 했어."

앤은 탁자에 앉더니 샐러드 그릇에서 방울토마토 하나를 꺼냈다.

"하지만, 왜?"

엘런도 의자를 하나 끌어와서 엄마 앞에 앉았다.

"엄마는…… 엄마는 정말로 흠뻑 빠진 것 같았는데."

"알아."

앤은 어색하게 웃으면서 어깨를 으쓱했다.

"그랬지. 알아. 완전히 굴욕적이었지."

엘런은 주방에서 들려오는 패트릭의 날카로운 목소리 때문에 잠시 정신이 없었다.

"사스키아 말고 다른 얘기 좀 하면 안 돼? 그래, 아마겟돈은 어때? 혹시 아마겟돈에 관심 있는 사람 없어?"

"당황할 필요 없어."

엘런의 엄마가 말했다.

"내가 바보였어. 넌 지금 엄청난 일들을 겪고 있잖아."

엘런의 엄마가 주방을 가리키면서 고갯짓을 했다.

"결혼도 해야지. 의붓아들도 생겼지. 아기도 태어나지. 미친 스토커도 있지. 네 일만으로도 정신없을 텐데 거기다 내가 너희 아버지까지 던져준 거잖아."

"엄마, 난 성인이야."

엘런은 정확히 같은 생각을 하고 있었기 때문에 진지하고도 완벽하게 진심처럼 말할 수 있었다.

"왜 헤어진 건지 말해줘."

"지난 35년 동안 나는 기억을 사랑해온 거야. 미친 짓이지. 나는 절대로 아니라고 부정했지만, 다른 남자를 만날 때마다 늘 너희 아버지랑 비교했어. 사실 데이트도 한 번 안 해봐서, 어떤 사람인지조차도 모르는 너희 아버지랑 말이야. 그러니 다른 사람이 눈에 찰 리가 없지. 여러 가지 의미로."

앤은 킥킥, 웃었다.

"엄마. 제발."

엘런은 정색했다.

"아, 미안. 그래서 데이비드랑 데이트를 시작했을 때, 정말로 기뻤어. 내가 기억하고 있는 대로 모든 면에서 사랑스러웠으니까. 그래, 그건 인정해야 해. 그 사람은 사랑스러워. 여전히 내가 만난 그 어떤 남자보다 말이야."

"그럼, 대체 뭐가 문제야?"

"근데, 둘이 한 시간 넘게 함께 있으면 이상한 기분이 들기 시작하는 거야. 처음에는 왜 이런 기분이 드는지 몰랐는데, 지난주에 알았어. 따분해지는 거더라고."

"따분해진다고?"

엘런은 갑자기 아버지가 불쌍해졌다.

"응. 지루해서 미치겠는 거야."

앤이 다시 한 번 단호하게 말했다.

"음, 하지만 그건 그럴 수도……."

"아니. 그 사람은 나한테 맞지 않는 거야. 나한테 맞는 사람이었던 적이 한 번도 없었던 거지. 그 사람은 말도 잘 안 해. 게다가 어떨 때는 말 그대로 아무것도 안 하고 시간을 보내기도 한다니까. 한 번은 아침에, 안락의자에 20분이나 앉아 있었어. 20분 동안, 정말로 아무것도 안 하면서 앉아 있었어. 책을 읽는 것도 아니고, 말을 하는 것도 아니고, 그냥 나무만 쳐다보는 거야. 도대체 왜 그러는 걸까?"

"아마 자연의 아름다움을 감상한 게 아닐까? 아니면 잠시 명상을 하면서 인생에 감사하거나. 어쩌면 마음 챙김 수련을 하거나……."

"질문한 거 아니야. 그냥 감탄사 같은 거야, 엘런. 내 생각에는 그 사람 뇌 기능이 저하되는 것 같아. 아무튼, 젊은 사람들 말처럼 내가 이것저것 핑계를 대는 거겠지. 난 그 사람이 뭘 하는지는 관심 없어. 내가 아는 건, 내가 그런 상황을 견디지 못한다는 거야. 당연히 계속 친구로는 지낼 거야. 아주 사이 좋은 친구가 될 거야. 그리고, 그 사람이 너하고는 계속 봤으면 좋겠다. 너만 좋다면."

"그게 좋겠네."

사실 아버지를 만난다는 건 이제는 충분히 받아들일 수 있는 일인 것 같았다. 아니, 오히려 위로가 되는 것 같았다.

엘런이 어느 비 오는 일요일에 카펫 위에 누워서 창유리를 타고 미끄러지는 빗방울을 넋을 잃고 바라보고 있을 때, 엘런의 엄마는 계속 방 안을 들락날락거리면서 "엘런, 지금 뭐 하고 있는 거야? 제발 좀 나가. 가서 친구들이랑 얘기를 하거나, 제발 뭐라도 좀 하란 말이야"라고 했다. 아마도 엘런과 엘런의 아버지는 특별한 말을 하지 않아도 오랫동안 함께 있을 수 있을 것이다. 어색하게 '우리 서로 알아가자' 라는 대화를 굳이 하지 않아도, 그냥 그대로 아버지와 딸이 될 것 같았다. 약간의 친근함 외에는 어떠한 감정을 느끼지 못해도 그것 그대로 또 좋을 것 같았다.

"그래. 이런 미숙한 예순여섯 살 여자가 드디어 진짜로 연애할 준비가 된 거야. 내가 강박적으로 생각했던 낭만적인 연애란 건 이 세상에 없다는 걸 알았으니까. 어쩌면 새 남자를 찾으려고 인터넷 쇼핑을 할지도 몰라. 그게 요즘 60대 이상 장년들의 새로운 취미라잖아. 너 봐라. 얼마나 멋진 남자를 찾아냈니."

"그렇지."

패트릭은 콜린을 사랑하는 것처럼은 다른 여자를 사랑할 수 없대. 그러니까 엄마, 내가 적절한 예는 아닐 수도 있어.

"말이 나와서 말인데, 한참 뭉그적거리고 심술을 부리느라 내가 패트릭을 얼마나 좋아하는지 말 못했지? 미안. 사실은 나, 패트릭이 아주 마음에 들어. 조금 시간이 걸리기는 했지만……."

"엄마, 패트릭 들어."

엘런이 날카롭게 말했다.

"아우, 괜찮아. 나쁜 얘기도 아닌데 뭘. 패트릭이 널 보는 눈길이 참 좋더라. 네가 옳아. 존은 재미있기는 했지만, 패트릭이 바라보는 것처럼 너를 보지는 않았어."

"패트릭이 나를 어떻게 보는데?"

엘런이 물었다.

"그리고 좋은 아빠잖아."

"혹시 내가 방해한 거예요?"

모린이 접시를 하나 가득 들고 부엌 문 앞에 서 있었다.

"으응, 아뇨. 댁의 아드님이 아주 좋은 아빠라고 말하고 있었어요."

앤이 재빨리 모린에게 다가가서 접시를 나눠 들었다. 모린의 얼굴이 밝게 빛났다.

그때 계단을 쿵쿵거리며 올라가는 잭의 고함 소리가 들렸다.

"아빠 미워!"

패트릭도 같이 소리쳤다.

"맘대로 해. 나머지 팔도 부러져봐야 정신을 차리지?"

웃고 있던 모린의 얼굴이 파르르 떨렸다. 모린은 재빨리 감정을
추스르고 접시에 남아 있는 음식을 나이프로 밀어내기 시작했다.

"바람이 많이 불면 모두 예민해지잖아요, 그쵸? 혹시 무슨 의학
적인 이유가 있는 거 아닐까요, 앤?"

▲　▲　▲

깜박 잠이 들었던 게 분명해. 눈을 뜨니까 태미가 보였거든. 태미
랑 랜스와 케이트는 내 침대 옆에 의자를 둥그렇게 놓고 앉아서는
초콜릿을 먹고 있었어.

태미는 길고 검었던 머리를 짧게 자르고 붉은 기가 도는 금발로
염색한 상태였어. 별로 안 어울린다고 나는 생각했어.

랜스와 태미는 아주 특이한 말투로 턱을 쭉 내밀고 어깨를 으쓱
하면서 말하고 있었어.

내가 눈을 뜬 걸 보고 케이트가 말했어.

"두 사람 모두 볼티모어 마약 거래상처럼 말하고 있는 거예요.
둘 다 〈더 와이어〉를 너무 좋아한다면서요. 몇 주 동안 랜스는 온종
일 그 드라마 얘기만 한다니까요. 상상이 돼요? 무슨 상상이냐면,
랜스가 정말로 마약 거래상처럼 말할 수 있게 되면 정말 섹시할 것
같지 않아요?"

"태미?"

내가 말했어.

"사스키아, 허니!"

태미는 의자에서 일어서더니 누워 있는 내 뺨에 입을 맞췄어. 태미에게서는 여전히 5년 전에 뿌리던 향수 냄새가 났기에 나는 그 즉시 다시 그 시절로 돌아갈 수 있었어.

"다시 보다니, 정말 좋다. 병실이 아니라 바에 함께 앉아 있어야 했는데, 이게 무슨 일이니? 랜스랑 케이트 말이, 너 자면서 걷다가 층계에서 떨어졌다며? 진짜 끔찍하다. 도대체 언제부터 몽유병이 있었던 거야?"

"너랑 만나지 않았을 때부터."

나는 모호하게 말했어. 엘런이라면 그 아래 숨은 뜻을 알아내려고 노력했을 법한 답변이었어. 하지만 태미는 내가 한 말을 그대로 받아들이는 게 분명했어.

"정말? 치료 방법은 있대? 병원에 오면서 널 마지막으로 봤을 때를 생각했다니까. 그때 어떤 남자랑 헤어져서 완전히 상심해 있었잖아. 측량사였지, 아마? 그 남자 이름이 뭐더라? 피트? 패트릭? 너무 오래돼서, 너도 그 남자 이름은 잊었을 것 같다."

이런, 태미의 말에 정말 큰 소리로 웃었어.

▲ ▲ ▲

"엘레엔!"

2층에서 패트릭이 소리쳤다.

"어머, 무슨 큰 문제가 생겼나 봐."

엘런의 엄마가 깜짝 놀라서 말했다.

"잭 때문에 네 도움이 필요한가 봐. 여자 도움이 필요한 거야."

모린이 앤을 보면서 뻔하지 않겠냐는 표정으로 웃었지만, 엘런의 엄마에게는 전혀 뻔하지 않은 일이었다.

엘런은 행주로 힘차게 손을 닦고, 엄마를 위해서 살짝 빠른 속도로 부엌에서 나갔다. 자기 딸이 진짜 주부처럼 서둘러 부엌에서 나가 2층으로 뛰어 올라가는 모습을 보면 엄마가 괴로워할 테니까. 패트릭과 잭은 바닥에 앉아서 벤10 침대보를 깐 침대에 기대 있었다. 무릎을 곧추세운 채 다리 사이에 팔을 축 늘어뜨리고 앉아 있는 아빠와 아들은 서로를 쳐다보지도 않았다.

"이 고집쟁이한테 사스키아가 왜 한밤중에 우리 집에 들어오면 안 되는지 설명 좀 해줘."

엘런이 문 앞에 나타났을 때 패트릭은 그녀를 보면서 소리내지 않고 "도와줘!"라고 말했다.

"나, 바보 아니거든. 나도 아줌마가 그러면 안 된다는 거 알아."

잭이 버럭 화를 냈다.

"그럼 대체 뭐가 문제야? 안다면서 왜 아빠를 화나게 하는 건데?"

패트릭이 말했다.

엘런은 잭 옆에 앉았다. 엘런은 운동복에 감싸여 있는 잭의 연약하고 가는 다리를 쳐다봤다. 그리고 물었다.

"사스키아 아줌마랑 아빠가 헤어졌을 때, 어떤 기분이 들었니?"

그 말을 듣자마자 잭과 패트릭은 엘런이 아주 부끄러운 일을 들춰낸 것처럼 그대로 굳어버렸다. 이런, 세상에. 엘런은 생각했다. 엘런은 갑자기 의욕으로 가득 찼다. *모든 걸 밖으로 드러내야 해.*

사스키아에 관한 문제는 이제 더는 망설이고 숨겨선 안 되는 거야.

"음, 그건 지금 상황이랑은……."

패트릭이 말했다.

"난 알고 싶어."

나한테 도와달라고 했잖아. 가만히 있어봐, 이 친구야.

"기억이 안 나요. 다섯 살밖에 안 됐으니까, 아주 어렸어요."

잭은 다섯 살부터 여덟 살까지라는 아주 긴 시간 동안 무슨 일이 있었는지를 생각해보려는 사람처럼 눈을 위로 치켜떴다.

"맞아. 너무 어렸어. 그러니까 이 문제는……."

"아, 맞다. 한 가지 기억나는 거 있어요. 나는 사스키아 아줌마가 행운의 구슬 때문에 떠났다고 생각했어요."

"뭐라고?"

패트릭의 표정이 달라졌다.

잭이 주먹으로 깁스를 툭 쳤다.

"행운의 구슬이라니, 그게 뭔데?"

그 질문에는, 여전히 아들에게서 눈길을 떼지 않는 패트릭이 대답했다.

"사스키아한테 그 사람 아버지의 유품인 커다란 유리구슬이 있었거든. 아주 색이 화려했지. 사스키아는 긴장할 때마다 그 구슬을 손에 꼭 쥐고 있었어. 잭이 입학했을 때 그걸 잭한테 줬지."

패트릭은 헛기침을 했다.

"잭한테 그 구슬을 주머니에 넣고 다니라고 했어. 그럼 구슬이 마법의 힘을 발휘해서 잭을 지켜줄 거라고."

"무기로는 쓸 수 없댔어요."

잭이 분명하게 말했다. 잭은 엘런을 쳐다봤다.

"레이저 총 같은 걸로는 안 변한다고 했어요. 사실, 정말은 아무 걸로도 변하지 않았지만요."

"우리 회사 첫 의뢰인을 만날 때 그 구슬을 가져갔었어. 설명하는 내내 그 구슬을 잡고 있었지."

패트릭은 사스키아에 관해서는 한 번도 좋은 말을 하지 않았다. 이번에 엘런은 처음으로 두 사람에 관한 새로운 면을 들여다봤다.

"근데 학교에서 구슬을 잃어버렸어요. 계속 찾아봤는데, 선생님이랑 같이 찾아봤는데, 없었어요. 사스키아 아줌마한테는 말 안 했어요. 슬퍼할 것 같아서. 그다음 날 아줌마가 떠나버렸어요. 그래서, 어, 나는, 아줌마가 내가 구슬을 잃어버린 걸 알았다고 생각했어요."

잭의 머리 너머로 패트릭과 엘런의 눈이 마주쳤다.

"그래서 아줌마가 떠난 게 네 잘못이라고 생각했구나."

엘런이 말했다.

"아줌마가 나한테 화가 났다고 생각했어요. 아빠도 내가 아줌마를 떠나게 해서 나한테 화가 난 거라고 생각했고. 그래서 우리가 아줌마 얘기를 하면 안 되는 거라고 생각했어요."

"이런, 절대로 그렇지 않아."

패트릭이 두 손가락으로 자기 이마를 꾹 눌렀다.

"알아."

잭이 명랑하게 말했다.

"정말로, 그 일은 너하고는 전혀 상관없어."

패트릭의 눈이 그렁그렁해졌다. 패트릭은 잭의 어깨에 팔을 둘렀다.

"친구. 사스키아는 너를 사랑했어. 너를 위해서라면 뭐든지 했을 거야. 사스키아는……."

잭은 몸을 살짝 흔들어서 아빠의 팔을 떨쳐냈다.

"진정해, 아빠. 나도 내 잘못 아닌 거 알아. 아빠랑 사스키아 아줌마도 이선의 엄마 아빠처럼 그냥 헤어진 거잖아. 내가 말했잖아. 바보 같은 꼬마였을 때는 그렇게 생각했다고. 아무튼, 난 다시 가서 기네스 책 읽을래."

"우리 아직 얘기 안 끝났잖아."

"뭐 어때."

잭이 눈을 굴렸다.

"아빠는 네가 그때 상황을 이해해줬으면……."

"아빠는 사스키아 아줌마한테 나쁘게 굴어선 안 돼."

잭은 팔짱을 끼려고 하다가 자기 손에서 깁스를 발견하고는 멈췄다.

"내가 하고 싶은 말은 그게 다야. 아빠는 아줌마가 사람을 진짜로 죽인 것처럼 굴잖아. 내 팔은 아줌마가 부러뜨린 게 아니야. 그냥 사고였단 말이야."

"알아. 알아, 친구. 네 말이 맞아. 하지만 이건 너무 복잡해……."

패트릭은 지쳐 보였다.

"안녕, 여러분. 이제 가야겠어. 친구들을 만나기로 했거든."

복도에서 사이먼이 고개를 내밀었다.

잭은 삼촌의 등장을 아래층으로 도망갈 기회로 포착했다.

"잘 가!"

잭은 삼촌과 하이파이브를 하고 방에서 나갔다.

"두 사람 모두 완전히 널브러져 있는 것 같은데."

사이먼은 바닥에 앉아 있는 두 사람을 내려다보다가 놀랍다는 듯 고개를 저은 뒤에 아래층으로 내려갔다.

"정말 고마워요."

엘런이 사이먼에게 소리쳤다.

패트릭이 일어나더니 엘런이 일어날 수 있도록 한 손을 잡아줬다. 엘런은 끙, 앓는 소리를 냈다.

"아우, 진짜 널브러질 것 같아."

패트릭이 엘런을 끌어당겼다. 엘런은 잠시 패트릭의 가슴에 이마를 대고 가만히 서 있었다. 머릿속에서 생각들이 소용돌이쳤다.

불쌍한 잭, 사스키아가 자기 때문에 떠났다고 생각했구나. 불쌍한 사스키아. 행운의 구슬을 잃어버렸어. 불쌍한 데이비드. 따분하다는 이유로 엄마한테 차인 거야. 불쌍한 나. 패트릭은 나를 정말로는 사랑하지 않아. 뱃속에는 작은 아기가 들어 있고. 오, 하늘에 계신 신이시여, 가슴이 아파요.

"다 잘될 거야."

패트릭이 엘런의 귀에 대고 속삭였다.

"정말?"

엘런이 대답했다.

아래층에서는 엘런의 엄마가 패트릭의 어머니를 돕겠다던 반쯤 진심이던 마음을 접고 부엌 탁자에 앉아 와인을 마시고 있었고, 모린은 식기세척기에 그릇을 넣고 있었다.

"이런, 서둘러야겠다."

엘런을 보자 앤이 말했다.

"핍이랑 멜이랑 술 마시기로 했거든. 시내에 새로 생긴 와인바가 있어서, 거기 가보기로 했어."

"지금 시내로 나간다고요? 아이구야."

모린이 벽시계를 쳐다보면서 말했다. 8시였다.

"우린 세 마리 올빼미거든요."

앤이 대답했다. 그녀에게 엘런의 아버지와 만났던 시간은 조금도 존재하지 않았던 것처럼 느껴졌다. 아버지라는 존재의 출현은 엘런의 삶을 완전히 뒤집어놓기는커녕 그저 잔잔한 파문 하나를 남겼을 뿐이다.

앤은 우연히도 앤이 가려는 와인바와 같은 거리에 있는 클럽에서 친구들을 만나기로 한 사이먼과 함께 떠났다(사이먼은 택시비를 아낄 수 있게 됐다며 정말 기뻐했다).

"음, 정말 친절하세요, 앤."

모린이 떠나는 앤에게 그다지 행복하지 않은 말투로 말했다.

엘런과 모린이 부엌을 다 치우자 패트릭의 아버지는 모노폴리 게임을 하자고 제안했다(엘런의 부엌 찬장은 외할머니가 돌아가시기 전에도 그렇게 빛이 나지는 않았다). 선반 위에서 모노폴리 게임을 찾아낸 패트릭의 아버지는 손바닥을 맞대고 비비면서 한 시간 안에 모두를 파산시키겠다고 장담했다.

조지가 탁자에 앉아 조심스럽게 수표를 쌓으면서 게임을 세팅하고 있을 때, 패트릭이 자신과 엘런은 게임에서 빠지고 싶다고 했다.

"우린 잠깐 해변을 걷다 올게요."

패트릭이 엘런에게 묻는 것처럼 눈썹을 위로 올렸다. 엘런은 고개를 끄덕였다. 산책을 다녀오면 머리가 맑아질 것 같았다.

"밖에 추워. 바람도 많이 불고. 한겨울이잖아. 한밤중이고. 게다가 네 아내는 임신했잖아."

모린이 패트릭을 나무랐다.

"이제 봄이에요. 겨우 8시 반이고. 상당히 포근해. 아기도 괜찮다고 할 거예요."

"그리고, 저는 이 사람 아내도 아니고요."

엘런이 말했다.

그 순간, 어색한 침묵이 흘렀다.

"아직은 아니라고요. 그러니까, 이제 곧 될 거라고요."

엘런이 서둘러 말했다.

"그래, 다녀오렴."

모린은 아들의 연애에 머리카락만 한 균열이라도 있으면 반드시 찾아내겠다고 결심한 탐정처럼 날카로운 눈으로 패트릭과 엘런을 재빨리 훑어봤다. 탐색을 끝낸 모린은 표정을 바꾸고 말했다.

"너희가 돌아오면 조지랑 나는 한밤에 테니스를 치러 나갈 거야."

"아이고, 우리 마눌님은 진짜 빈정대기의 대가라니까. 여기 당신 줄 아이언이 있네."

조지가 모노폴리 게임 세트에서 작은 아이언을 집어 들면서 말했다.

"전함은 항상 내가 가지고 있다는 걸 잘 알 텐데."

모린이 탁자의 상석에 앉아서 동그랗게 만 두 손 안에 주사위를 흔들면서 말했다.

"어서 와라, 잭. 팔이 부러졌다고 빠져나갈 생각을 하는 건 아니겠지?"

▲ ▲ ▲

패트릭이 옳았다. 바람은 잔잔해졌다. 재킷과 스카프를 매고 아무도 없는 해변을 거니는 기분은 정말 좋았다. 황사 때문에 모래는 여전히 주황색이었지만 소금기를 머금은 공기에는 황사가 사라지고 없었다. 두 사람은 바다 가까이 단단해진 모래밭으로 내려가기 전에 한껏 심호흡을 했다.

패트릭과 엘런은 살짝 닿을락말락한 거리에서 나란히 걸었다. 엘런은 규칙적으로 해변에 부딪치는 파도 소리와 자기 숨소리에 귀를 기울였다.

"그런 거야."

그리고 마침내 패트릭이 말했다.

"응, 그래."

"음, 정말 당혹스러워."

"잭 말이지?"

"응. 내 말은, 잭이 사스키아 얘기를 하지 않는 게 아주 좋은 일이라고 생각했단 거야. 사스키아가 자기 때문에 떠났다고 생각했을 거라고는, 정말 짐작도 못했어."

패트릭의 목소리는 갈라져 있었다.

"그 작은 녀석이 얼마나 힘들었겠어."

엘런은 패트릭이 스트레스를 많이 받으면 꼭 자기 아빠처럼 말한다는 걸 깨달았다. 1950년대 오스트레일리아 언어를 사용하는 것이다.

"아이들은 자기가 우주의 중심이라고 생각하잖아. 그래서 뭐든지 자기 탓을 하는 거야."

"나는 잭이 사스키아 때문에 계속 나한테 화내고 있는 거라고 생각했어. 지난 몇 년 동안."

"그랬을지도 몰라."

엘런은 더는 말을 하지 않았다. 이 문제는 패트릭이 직접 깨닫고 생각해내야 했다.

몇 분 동안 아무 말도 하지 않고 걷다가 패트릭이 조용히 말하기 시작했다.

"사스키아는 좋은 엄마였어. 사스키아는……."

패트릭은 말꼬리를 흐리면서, 영감을 얻으려는 듯이 밤하늘의 별을 쳐다봤다. 패트릭은 심호흡을 하고, 해변에서 만나 아주 짧은 시간에 급한 정보를 전달해야 하는 비밀요원처럼, 엘런을 쳐다보지도 않고 아주 빠른 속도로 이야기를 해나갔다.

"콜린이 죽었을 때, 난 제대로 대처할 수가 없었어. 그런 고통은 당해본 적이 없어서, 너무나도 겁이 났어. '이게 뭐야? 왜 이렇게 아파?' 이런 생각만 했어. 그래서 그 고통에 저항한다는 현명한 전략을 세운 거야. 이런 생각을 했던 걸 기억해. '망할 슬픔을 극복하는 일곱 단계 같은 건 거치지 않을 거야. 콜린을 생각해서 마음이 아프면, 생각하지 않을 거야. 그냥 바쁘게 살면 돼.' 그래서 내 사업을 시작한 거야. 내가 충분히 노력하면, 내 정신력이 충분히 강하기만 하면 그런 고통쯤은 극복할 수 있다고 생각했거든. 그런 상황에서 내가 어떤 인간이 됐겠어? 충분히 알 만하지? 나는 걷고 말하고 숨 쉬는 로봇이 된 거야. 하지만 사람들은 내가 제대로 극복하고 있다고 생각했어. 모두 나를 칭찬했어. 어느 정도는 사실이었지. 나는 내 방식대로 대처해나가고 있었던 거야. 그러다가 누사에서 사스키아를 만난 거야. 당연히 사스키아를 좋아했어. 어쩌면 아주 기묘하고 로봇 같은 방식으로 사랑까지 했는지도 몰라. 하지만 사스키아는 내가 로봇이라는 사실을 눈치채지 못했어. 우리 두 사람 모두 자기가 해야 할 일을 한 거야. 사스키아가 나를 보고 웃을 때마다 나는, 놀랍게도, '사스키아는 정말로 행복해하는구나, 절대로 꾸민 게 아니야, 정말로 행복해하는 거야' 그렇게 생각한 거야. 그래, 아무 문제없는 거야. 지금 이게 바로 현재의 나니까. 그리고 '잭이 행복하면 되는 거잖아' 라고 말이야. 이런, 발 조심해!"

파도 하나가 유난히 멀리까지 부서지면서 하얀 거품이 두 사람을 향해 달려왔다. 패트릭은 엘런의 신발이 젖지 않도록 한 팔로 그녀를 가볍게 들었다가 파도가 지나간 뒤에 내려놓았다. 생각지도 않게 패트릭의 온기를 느낀 엘런은 두 사람이 사귀는 사이가 아닌 것처럼, 그저 절대로 사귈 수는 없는 이성 친구와 산책하러 나온 것처럼, 이상하게도 패트릭을 간절히 원했다.

"사스키아가 잭의 양육을 상당 부분 맡았어. 그래서 난 콜린을 원망했지."

"뭐라고?"

엘런은 혼란스러웠지만, 가여운 콜린도 패트릭의 원망을 들었다는 사실을 알게 되어 어느 정도는 기쁘기도 했다.

"콜린은 아주 굉장한 엄마였어. 하지만 너무 지나쳤어. 항상 '이건 내 영역이야' 라는 듯이 행동했어. 내가 잭을 돌보려고 할 때마다 콜린은 내가 마치 사랑스러운 어릿광대인 것처럼, 잭이 나랑 있으면 아주 위험한 것처럼 거들먹거렸어. 그래서 콜린이 죽었을 때, 나는 공포에 사로잡힌 거야. '나 혼자 이 아이를 기르지 못해' 라고 생각한 거야. 앞으로 나는 이 아이한테 이상한 옷만 입힐 거고, 너무 춥거나 덥게 만들 거고, 제대로 먹이지도 못하고 올바른 발진 크림 하나 발라주지 못할 거라고 생각한 거야. 나는 아무것도 할 줄 아는 게 없었고, 우리 엄마랑 콜린의 엄마가 계속 참견을 하면서 잭을 돌봐줬어. 당연히 두 엄마는 콜린보다도 더 심했지. 남자는 기저귀를 못 가는 게 당연하다는 식으로 행동했으니까. 그러다 사스키아를 만난 거야. 사스키아는 곧바로 콜린의 자리로 들어와서 잭의 엄마 역할을 맡았고, 나는 그냥 그렇게 하도록 내버려뒀어. 그냥 뒷짐 지고 사스키아가 하는 대로 내버려둔 거야. 잭은 사스키아를 사랑했고, 사스키아도 잭을 사랑했어. 하지만 그렇게 내버려둬선 안 됐던 거야."

패트릭은 엘런을 흘긋 쳐다봤다.

"그런데, 나도 잘 모르겠어. 아마 또 같은 일을 반복하고 있는 것 같아. 당신이 잭의 도시락을 싸도록 내버려두고 있잖아."

"나 도시락 싸는 거 좋아해."

엘런이 조심스럽게 말했다. 엘런은 왠지 잭의 인생에 존재하는 모든 여자들(할머니들, 콜린, 사스키아)이 엘런과 나란히 서서 남자들은 할 수 없다는 표정, '잭한테 식빵을 먹이면 안 되지!' 하는 표정으로 패트릭을 보면서 고개를 절레절레 내젓고 있는 것만 같았다.

"음, 이번에는 좀 더 균형을 맞추려고 노력할 것 같아. 그냥 아들을 넘겨주면서, '자, 우리 아들 좀 돌봐줘' 이런 식으로 하지는 않을 거야. 그리고 우리 아이가 태어나면, 난 처음부터 함께 기르고 싶어. 알겠지?"

"아기 보는 건, 자기가 나보다 경험이 더 많잖아."

엘런의 말에 패트릭이 고맙다는 듯이 씩, 웃었다.

"그렇지. 전문가는 나지. 내가 당신을 가르칠 거야. 뭘 해야 하는지 말해줄게."

"그래서, 로봇이 되는 건 그만둔 거야? 그래서 사스키아랑 헤어진 거야?"

아니면 아직도 계속 로봇인 거야? 나는 그저 또 다른 사스키아일 뿐이고?

"하루는, 갑자기 울기 시작했어. 차에서. 진짜 이상한 일이었어.

고든에서 마스코트까지 가는 내내 울었어. 그때부터는 툭하면 울었어. 차에 혼자 있을 때마다 울음이 터졌지. 횡단보도에 선 사람들이 이상하게 쳐다볼 정도로 울었어. 다 큰 남자가 자동차 핸들을 잡고 엉엉 울고 있으니까, 당연히 이상했겠지. 그런 일이 몇 주나 이어졌어. 그러다 어느 날 아침에 일어났는데, 기분이 다르게 느껴졌어. 왜, 정말로 아팠는데 자고 일어났더니 나아 있을 때 있잖아. 물론 그렇게까지 행복하지는 않았어. 하지만 다시 행복해질 수 있겠다는 생각이 든 거야. 그때 내 옆에 자고 있는 사스키아가 보였어. 그때 사스키아하고 헤어져야 한다는 걸 알았지. 그게 절대적으로 올바른 일이라는 걸 안 거야. 한동안은 나와 잭만 있을 필요가 있다는 걸 안 거야. 나한테는 그게 내가 분명히 해야 할 일이었어. 하지만 곧 사스키아의 어머니가 아프다는 걸 알았어. 그래서 헤어지자는 말을 미룰 수밖에 없었어."

"그러다 사스키아의 어머니가 돌아가신 거구나."

"맞아. 그리고 마침내 내가 말했지. 그때 나는 아주 멍청한 생각을 했어. 사스키아가 그렇게 많이는 화를 내진 않을 거다. 나로서는 최선을 다했고, 사스키아는 그녀를 제대로 사랑해줄 사람을 분명히 만날 수 있을 테니까. 그래서 사스키아의 반응에 깜짝 놀랐고, 심각하게 생각하지 않기로 한 거야. 그저 '사스키아, 당신이 나를 진짜로 사랑했을 리가 없어. 난 심지어 여기에 있지도 않았으니까'라고 생각한 거야. 무슨 뜻인지 알겠어?'"

"알 것 같아."

엘런은 숨이 차올랐다. 말이 길어질수록 패트릭의 발걸음이 빨라졌고, 엘런은 그 속도를 따라갈 수가 없었다.

"미안. 잠깐 앉았다 가자."

두 사람은 부드러운 모래가 깔린 곳으로 걸어가 어깨를 마주 대고 바다를 보면서 앉았다.

"내가 계속 접근 금지 명령을 신청하지 않고 머뭇거린 건 그 때문일 거야. 그 누구에게도, 스스로도 인정하지 않았지만, 사실은 마음속 깊은 곳에서는 내가 사스키아에게 나쁜 짓을 했다는 걸 아니까. 경찰서에 갈 때마다 나는 생각했을 거야. '이런, 그 여자가 우리 아들 배변 연습을 시켰단 말이야. 우리 아들을 돌보려고 자기 일도 포기했단 말이야. 난 사스키아에게 빚을 졌어.' 그러면서 생각하는 거야. '그래, 결국에는 그만둘 건데 뭐' 하고 말이야. 내가 좀 더 심각하게 생각했어야 해. 당신이 휘말렸다는 걸 알았을 때, 그때 누사에서 돌아와서 재빨리 조치를 취했어야 해. 어젯밤 당신에게든, 잭에게든, 아기에게든 무슨 일이 일어났을 수도 있었다는 생각만 하면……."

패트릭은 몸을 부르르 떨었다.

"자기가 경찰서에 다녀왔어도 바뀌는 건 없었을지도 몰라."

엘런이 말했다.

패트릭은 '그걸 어떻게 알아?'라는 듯이 한쪽 어깨를 으쓱 올렸다.

"아무튼, 이제 사스키아는 충분히 할 만큼 했어."

패트릭은 고개를 들어 하늘을 올려다봤다.

"제발, 하느님. 이제 사스키아는 충분합니다."

"맞아요."

엘런도 거들었다. 엘런은 사스키아의 창백했던 얼굴을 떠올렸다. 지금 이 순간 사스키아는 무엇을 하고 있을까? 친구나 가족이 병원에 왔을까? 엉망으로 뒤집힌 이상한 마음으로 지금은 무슨 생각을 하고 있을까?

패트릭은 숨을 크게 들이마셨다.

"아무튼, 오늘 내가 잠깐 걷자고 한 건, 어젯밤 일을 얘기해보려고. 그러니까 내가 말했다는 거 말이야. 콜린에 관해."

패트릭의 목소리는 완전히 바뀌어 있었다. 익숙하지 않은 법정 절차를 밟고 있는 사람처럼 딱딱해지고 거북해졌다.

"괜찮아."

대답은 그렇게 했지만, 엘런의 배가 딱딱하게 뭉쳤다. 사실은 패트릭과 그 이야기를 하고 싶지 않은 것이다. 말이란 것은 상황을 더욱 복잡하고 나쁘게 만들 수 있다. 정말 이상한 일이었다. 지금까지 엘런은 항상 말은 모든 것에 관한 대답이 될 수 있다고 생각했다. 결국 엘런도 말을 가지고 사람들을 치료하고 있으니까.

통신선을 항상 열어두셔야 해요. 사람 관계에서 힘들어하는 내담자들에게 엘런은 항상 그렇게 말했다. 하지만 지금은 말보다 더 나쁜 것은 없는 것처럼 느껴졌다. 이 감정은 분명 여자들에게서 '우리 얘기 좀 해'라는 말을 듣고 가슴이 철렁 내려앉은 남자들이 느끼는 감정일 것이다. 사실은 여자들이 그대로 덮어뒀으면 하는 일들을 낱낱이 드러내면서 그녀들의 영혼을 내보일 때, 남자들이 '제발 그 입 좀 다물어줘'라고 생각하면서 느끼는 바로 그 감정일 것이다.

"내가 그런 말을 한 건……."

패트릭이 말하기 시작했다.

"저기, 어머니 아니야?"

엘런이 말했다. 멀리서 모린이 지뢰밭을 걸어오는 것처럼 조심스럽게 모래밭을 가로질러 오는 모습이 보였다.

"엘런, 전화 왔다. 아주 급한 전화라는데?"

모린의 목소리가 놀랍도록 맑게 해변을 타고 내려왔다.

우정은 증오를 치유할 수 있는 유일한 치료법이며, 평화를 보증해주는 유일한 수단이다.

— 앨런 오패럴의 내담실 보드에 붙어 있는 부처의 말씀

결국 태미는 랜스, 케이트와 함께 떠났어. 함께 영화를 보자고 초대를 받은 거야. 그러니까 이제 세 사람 모두 친구가 된 거지. 태미가 어린아이처럼 처음 보는 사람하고도 즉시 친구가 된다는 걸 까맣게 잊고 있었어. 몇 년 전에 나하고도 그렇게 친구가 된 건데.

세 사람이 떠나려고 일어섰을 때 간호사가 나를 보러 왔어. 병실 문을 열다가 우리 넷이 케이트가 한 말 때문에 웃음을 터뜨리는 걸 보고 간호사는 사과하면서 "친구 분들이 가신 뒤에 올게요"라고 했어.

간호사는 나를 정상적인 친구가 있는 정상적인 사람이라고 생각한 거야. 다쳤다는 소식을 듣자마자 병실로 달려올 만큼 나를 좋아하는 친구가 있는 사람이라고 생각하는 거야. 그 사람은 랜스는 그저 직장 동료일 뿐이고, 회사 밖에서는 본 적도 없으며, 솔직히 말해서 특별히 관심도 가져본 적이 없는 사람이라는 걸 몰라. 랜스의 아내는 나한테는 완전히 낯선 사람이라는 것도 모르고. 두 사람이 여기에 온 게 사실은 아주 이상한 일이라는 걸 모르는 거야. 태미가

3년 동안 연락도 하지 않았던 사람이라는 걸 몰라. 세 사람 모두 내 엉덩이에 금이 간 진짜 이유를 모른다는 사실도 그 간호사는 모르는 거야.

진짜로 이상한 일은, 랜스도 케이트도 태미도 이 행사를 꾸준히 진행하려는 의지를 내비친다는 거야. 세 사람은 또다시 나를 찾아올 계획을 세웠어. 꼼짝없이 침대에 누워 있어야 할 6주 동안 나를 돕는 일이 세 사람의 프로젝트가 되어버린 거지. 혹시 세 사람 모두 자발적으로 자선 행위를 하고 그 결과를 인터넷에 올리는 자기 향상 프로젝트를 신청한 거 아닐까?

랜스는 마침내 내가 〈더 와이어〉를 볼 수 있도록 휴대용 DVD 플레이어를 갖다주기로 했어. 왠지 이상하게도 랜스는 그가 나를 좋아한다고 생각하기 딱 좋은 부드럽고도 조금은 놀리는 것 같은 말투로 "이제 더는 변명할 방법이 없을 겁니다"라는 말까지 했어.

케이트는 다시 돌아와서, 하필이면 다른 것도 아니고 뜨개질하는 법을 알려준다고 했어. 그건 모두 태미 때문이야. 태미가 내가 이렇게 속절없이 누워 있는 동안 스페인어를 배우든 무엇이 됐든 간에, 지금까지 하고 싶었지만 시간이 없어서 할 수 없었던 걸 배워야 한다고 말했기 때문이야. 그래서 반쯤은 진심을 담아서, 늘 뜨개질을 배우고 싶었다고 말했어. 그러니까 항상 하고 싶다고는 하지만 정말로 할 생각은 없는 일을 아무거나 말한 거야. 문제는 내 말을 듣자마자 케이트의 눈에서 번쩍 빛이 났다는 거지. 〈더 와이어〉 이야기를 할 때면 랜스가 늘 띠곤 했던 '내가 너에게 성스러운 정보를 주겠노라' 하는 표정이 케이트의 얼굴에 떠오른 거야. 케이트는 나에게 뜨개질을 가르칠 만반의 준비를 끝냈어.

그리고 어떻게 된 일인지는 모르지만, 태미는 내가 병원에 있는 동안 우리 집에서 살기로 했어. 시드니에 돌아온 뒤로 언니와 함께 살고 있지만 언니 때문에 미치겠다고 했어. 그러니 나로서는 우리 집에서 살라고 제안하는 게 지극히 당연한 수순이었어. 태미는 내 옷을 가지고 집으로 갔다가 발목 수술을 한 다음날 다시 가져오기로 했어.

태미가 우리 집을 보면 뭐라고 생각할까? 책도 없고 그림도 없고 냉장고에 사진 한 장 붙여놓지 않은 집을 보면? 태미가 우리 집에 가게 될 걸 알았다면 제대로 준비해놓았을 텐데. 내가 마신 와인 병이랑 진통제 통은 아직 부엌 식탁에 그대로 있을 거야. 그것만 빼면 표면적으로는 아주, 극단적으로, 기이할 정도로 깨끗할 거야. 냉장고랑 식료품 저장실은 우유랑 빵이랑 버터처럼 아주 기능적인 음식으로 가득 차 있을 테고, 비스킷이나 케이크 같은 간식거리는 전혀 없을 거야. 아마도 태미는 내가 변했다면서 그 사실을 지적하겠지. 패트릭이랑 함께 살 때 우리 집에 놀러 오면 태미는 항상 집이 너무 가정적이라고 놀리곤 했거든. 꽃병에는 항상 꽃이 꽂혀 있고 갓 구운 비스킷을 언제라도 먹을 수 있는, 그런 집에서 살았었는데. 지금은 강박적이고 외로운 연쇄살인범처럼 살아가고 있지.

저녁을 먹은 뒤에(내 쟁반에 붙은 종이에는 '가벼운 식사'라고 적혀 있었지만, 사실은 요 몇 달 동안 내가 먹은 가장 묵직한 식사였어. 저녁은 대부분 그냥 시리얼 한 그릇 정도만 먹고 말았으니까), 나는 다시 베개에 몸을 기대고 빠르게 복도를 달려가는 소리, 덜커덕거리며 카트를 끌고 가는 소리, 크고 낮은 목소리 같은, 병원에서 나는 분주한 소리에 귀를 기울였어. 갑자기 병실 안에 혼자 남으면 대부분의 사람들은 외로움을 느끼겠지만, 나는 아니었어. 이상하게도 그 소리들이 너무나도 편안하게 느껴졌어. 병원은 내 마을이니까. 나처럼 아프고 슬프고 어딘가 부러진 사람들이 모이는 곳이니까.

고통이 훈련을 잘 받은 쥐처럼 내 안으로 슬슬 들어오기 시작했어. 나는 모르핀 공급기의 버튼을 눌렀어. 습관처럼, 지금 이 순간 패트릭과 엘런과 잭이 무엇을 하고 있을지 궁금해졌어. 잭도 팔 때문에 많이 아플까? 패트릭은 나를 신고하러 경찰서에 갔을까? 하지만 모르핀 때문에 나는 게을러졌어. 아주 많이 궁금하지는 않았던 거야. 세 사람을 보려고 지금 당장 달려가고 싶은 충동은 느껴지지 않았어.

사실 내 마음은 그 세 사람에게서 벗어나 케이트에게로, 랜스에게로, 태미에게로 날아갔어. 세 사람이 즐겁게 영화를 봤는지, 세 사람이 얘기하던 한국 식당에는 가봤는지 궁금했어. 지금도 랜스와 태미는 볼티모어 마약 거래상처럼 굴고 케이트는 두 사람을 노려보고 있을지 궁금했어.

내 생각인데, 나, 잠들기 전에 큰 소리로 깔깔대며 웃었던 것 같아.

▲ ▲ ▲

"전화한 사람이 누군지, 이름은 못 들었어. 미안하구나. 바람 좀 쐬려는데 방해한 것도 미안하고. 하지만 이 사람이 꼭 울 것 같지, 뭐니."

모린이 엘런에게 전화기를 건네주면서 말했다.

"괜찮아요. 감사합니다."

엘런은 전화기를 받아 들었다. 왠지 긴장됐다. 지금 이 시간에 누굴까? 엘런은 헛기침을 하고 말했다.

"여보세요?"

"엘런. 정말로, 이 밤에 전화해서 미안해요."

전화기 너머로 잔뜩 코맹맹이 소리가 들려왔다.

"하지만 알게 되자마자 전화하지 않을 수 없었어요. 엘런한테 말해주려고요. 어제 그렇게 엄청난 짓을 해버린 걸 사과하려고요. 사실 변명의 여지가 없지만요."

아주 익숙한 목소리였지만 엘런은 정확히 누군지 알 수 없었다. 누군지는 모르지만 심각한 감기에 걸린 게 분명했다. 최근에 감기에 걸린 사람을 봤는데, 그게 누구였더라?

"죄송해요. 하지만, 지금⋯⋯."

"나 임신했어요, 엘런."

"루이자!"

엘런은 돈을 돌려달라고 요구할 때 봤던, 창백하고 화가 잔뜩 나 있던 루이자의 얼굴을 떠올렸다. 지금 생각해보니 루이자의 증상은 확실했다. 당연히 임신을 한 거였다. 루이자는 엘런이 욕실 거울을 볼 때마다 목격하게 되는 창백하고 기운 없는 임산부 특유의 안색을 하고 있었다. 루이자가 자기는 임신하지 않았다며 너무나도 심하게 화를 내는 바람에 엘런이 미처 그 사실을 눈치채지 못했던 것 뿐이다.

"주치의가 계속 나한테 전화하려고 했대요. 우린 곧 다시 시험관 아기 시술을 시작할 예정이었어요. 그런데 의사 말이 시술을 할 수 없다는 거예요. 그래서 내가 무슨 문제 있어요? 하고 물어보니까, '문제가 있긴 한데, 그건 당신이 임신을 했다는 거예요' 라고 하지 않겠어요? 자연 임신이 된 거예요. 이렇게 오래 고생하고요. 모두 당신 덕분이에요. 당신 덕분에 임신을 한 거예요."

"음, 남편 분은 다르게 말할 것 같은데요."

엘런이 말했다.

"내가 엘런에게 돈을 돌려달라고 했다니, 믿을 수가 없어요. 어쩌면 그렇게 끔찍한 일을 했는지 나도 모르겠어요. 나는 그냥 질투에 사로잡혀서 미쳤던 것 같아요. 맞아요. 미쳤었어요."

루이자가 살짝 목소리를 낮췄다.

"그리고, 아는지는 모르겠지만, 데일리 뉴스에서 엘런 얘기를 쓸거래요."

"알아요. 들었어요."

"정말로, 정말로 미안해요. 엘런 집에서 나오자마자 이언 로먼을 만났어요. 어쩌면 이언 로먼이 나를 협박했는지도 몰라요. 아니면 내가 유명한 사람을 만나서 정신이 나갔는지도 모르겠어요. 아무튼, 정말 용서받기 힘든 일이지만, 사과하고 싶어서 전화했어요. 이언 로먼이 기자한테 내 전화번호를 준 거예요. 그래서 그 사람을 만났거든요. 내가 그 사람한테 했던 얘기를 생각하면, 꼭 토할 것 같아요. 지금 서른 번이나 문자를 보내서 내가 한 말을 기사에 쓰지 말아달라고 했어요. 그래도 내가 한 말이 기사로 나오면 엘런은 나를 고소해야 해요. 정말이에요. 그것밖에 해결책이 없어요. 내가 가진 돈을 모두 달라고 고소해야 해요. 사실 돈은 별로 없지만, 정말로 그래야 해요. 난 그래도 싸요."

루이자는 잠시 말을 끊고 전화기 너머에 있는 사람에게 말했다.

"사실이 그렇잖아. 난 그런 일을 당해도 싸단 말이야."

루이자의 남편은 그 생각이 그다지 마음에 들지 않는 듯했다.

"일단 며칠간은 기사가 올라가지 않도록 간신히 막을 수 있었어요."

엘런이 루이자에게 말했다.

"오, 다행이에요. 진심으로요. 그 기자가 나한테 다시 전화하면 내가 직접 말해줄게요. 엘런이 기적의 치유사라고 말해줄 거예요."

"아니, 제발, 그런 말은 하지 말아요. 진짜로요."

"음, 난 진실을 말할 거예요. 우리 아기는 기적의 아기란 말이에요. 이런, 미안해요, 엘런. 가봐야겠어요. 부모님이 오셨어요. 하지만, 고마워요. 정말로요. 그리고 다시 한 번 진심으로, 깊이 사과할게요. 아이 참, 아빠! 나 샴페인 못 마셔요!"

루이자의 목소리가 갑자기 활기로 높아졌다.

전화기 너머로 남자 목소리가 들려왔다.

"그래라. 그래도 할아버지는 마실 수 있지!"

"축하해요. 모두들 축하해요."

엘런이 말했지만, 루이자는 이미 전화를 끊은 뒤였다.

엘런은 깊이 숨을 들이마셨다가 천천히 내뱉었다. 할아버지가 된다는 기쁨에 샴페인 병을 높이 들고 있을 루이자의 아버지를 생각하니, 코끝이 찡해졌다. 하지만 아직 임신 초기인걸. 임신하게 됐다고 그렇게나 칭찬을 받았으니 혹시라도 잘못되면 엄청난 비난을 받게 될까? 하지만 그렇다고는 해도 엘런의 전문가로서의 명성은 며칠 정도는 더 안심해도 될 것 같았다.

엘런은 거실로 들어갔다. 패트릭은 모린의 의자 뒤에서 모노폴리 게임이 진행되는 상황을 들여다보고 있었고, 조지는 애절하게 고개를 흔들면서 보드 위로 말을 달리고 있었다.

"돈 갚아요! 할아버지, 돈 갚아요. 할아버지 빚이 세 배로 늘었어요!"

"너 때문에 할아버지 파산하겠다, 잭. 이제 우리가 해낸 거니?"

모린이 희망에 찬 목소리로 말했다.

"괜찮아?"

패트릭이 엘런을 쳐다보면서 말했다.

"응, 괜찮아. 나중에 말해줄게."

엘런이 대답했다.

"돈 주세요, 할아버지."

잭이 조지에게 손을 내밀었다.

"늦었다. 이제 게임 그만하고 자야지."

패트릭이 말했다.

"아빠가 내일은 학교 안 가도 된다며?"

잭이 항의했다.

"맞아. 하지만 넌 쉬어야 해."

"하루 종일 잤는데?"

이제 기력을 회복한 잭의 눈은 초롱초롱하고 맑았다.

"잭은 생생해. 하지만 너희 둘은 완전히 피곤해 보이는구나. 오늘은 우리가 잭을 데리고 잘게."

모린이 말했다.

"글쎄. 어젯밤에 그런 일이 있어서 왠지……."

"내일 아침에는 특별히 맥도날드에서 맛난 거 사줄게."

모린은 툭 내뱉듯이 말하고는 다시 손을 모아쥐고 주사위를 흔들었다.

"좋았어! 해시브라운 먹어야지."

잭이 소리쳤다.

"엄마."

패트릭이 반격하려고 했지만, 엘런은 그에게는 논쟁을 벌일 여력이 없다는 걸 알았다. 패트릭의 어머니는 분명 만만찮은 적수를 상대로 지배자 할머니 자리를 차지하는 전투에서 승리를 거둘 것이다.

한 시간 뒤에 엘런과 패트릭은 단둘이 남게 됐지만 잠을 자는 대신에 마시멜로 한 봉지를 다 먹어 치웠고 잭의 플레이스테이션으로 '드래곤 블레이드 클로니클스'를 했다. 의붓아들이 생긴 뒤로 엘런은 닌자 게임을 아주 많이 했다.

"아주 잘하는데? 렌즈콩을 먹는 히피 아가씨치고는 말이야."

다섯 번을 연달아 이긴 뒤에 패트릭이 말했다.

"이거 이상하게 중독성이 있는 것 같아. 그리고 사실 렌즈콩은 내가 좋아하는 협과 식물도 아니야."

"무슨 식물?"

"그냥 입 다물고 마시멜로나 먹어."

두 사람은 몇 초 정도 아무 말도 없이 마시멜로를 씹었다.

그리고 마침내 패트릭이 헛기침을 하더니 조심스럽게 말을 꺼냈다.

"좋아. 더는 미룰 수 없어. 아직 중요한 얘기는 꺼내지도 못했잖아."

"그냥 잊어버려. 진심으로 하는 말이야. 게임이나 한 판 더 해."

엘런이 게임기를 집어 들었지만, 패트릭은 그것을 엘런의 손에서 빼내서 커피 탁자 위에 놓았다.

"최면에 걸렸을 때 내가 그런 얘기를 한 게 처음이야?"

패트릭이 물었다.

"응."

엘런이 대답했다.

"치료사는 최면치료 중에 내담자가 원하지 않는 말을 하게 하거나 원하지 않는 일을 하게 할 수 없다고 했잖아. 당연히 나는 당신한테 그런 말은 절대로 하고 싶지 않았다고."

자기 무의식이 나한테 말하고 싶었나 보지. 엘런은 생각했다.

"아마 내가 자기 치료사가 아니라 파트너였기 때문에, 그래서 조금 흐트러진 게 아닌가 싶어."

엘런은 최면치료사다운 말투로 말했다.

"나는 보통 내담자하고는 자지 않거든."

엘런은 끔찍하게도 꾸민 목소리로 웃음을 터뜨렸지만, 패트릭은 웃지 않았다.

"아마 자기는 반쯤은 잠이 들고 반쯤은 최면에 걸린 상태였던 것 같아. 하지만 그건 정말 아무 문제도……."

"되지 않는다고? 아니, 당연히 문제지. 당신이 무슨 말을 들었는지 생각해봐. 그것 때문에 당신이 내가 느끼는 감정을 완전히 잘못 생각하고 있잖아. 당신한테 그 말을 들은 뒤로 어떻게 해야 제대로 돌려놓을지 고민하느라 정신이 없었어."

"괜찮다니까."

엘런은 웅얼거렸다. 엘런이 직업윤리만 철저하게 지켰어도 이런 끔찍하고 이상한 대화는 할 필요도 없었을 것이다.

"당신은 우리 관계를 조금도 의심한 적이 없어? 나랑 예전 남자친구들을 비교한 적 없어? 나한테는 말해줄 수 없는 생각을 한 적이 한 번도 없어?"

"잘 모르겠어. 아마 아닐걸."

엘런은 불편해서 살짝 몸을 비틀었다. 패트릭이 알지 못했으면 하는 생각과 느낌, 두 사람이 연애하는 내내 엘런의 머릿속에 떠올랐으니까.

"콜린의 부모님 집에 갔을 때는 어때? 그때 정말 나쁜 놈이었잖아. 그러니까 이런, 내가 지금 여기서 뭘 하고 있는 거지? 이런 생각, 하지 않았어?"

"나는…… 정말 기억이 안 나."

엘런은 그날 집에 오는 내내 존과 함께 산에 갔던 주말을 다시 체험했다는 사실을 똑똑히 기억했다.

"당연히 확신하지 못하고 의심했던 순간이 있겠지. 내가 상자를 복도에 쌓아놓았을 때는 나를 목 졸라 죽이고 싶었을 거야. 그렇다고 그런 일들을, 그런 생각들을 모두 입 밖으로 내지는 않잖아."

"그래."

엘런이 대답했다. 패트릭이 엘런의 눈을 똑바로 쳐다봤지만 그녀는 시선을 피했다.

"아니, 사실은 아니라고 대답하려고 했어."

엘런은 너무도 비참했다. 하루 종일 엘런은 패트릭이 자기가 한 말을 부정해주기를, 해명해주기를 바랐다. 비록 패트릭이 하는 말을 믿지는 못하겠지만, 그래도 그가 부정해준다면 엘런은 스스로를 속일 만반의 준비가 되어 있었다. 그런데 지금 엘런이 할 수 있는 일이라고는 비참하게 웃으면서 참는 것뿐이었다. 앞으로 엘런이 할 일은 그녀의 남편이 그녀를 볼 때마다 지금 함께 있었으면 하는 사람이 엘런이 아니라 첫 번째 아내이기를 바란다고 해도 참는 거다.

"이해해."

엘런은 씩씩하게 말했다.

"아니, 당신은 이해 못해."

"아냐, 괜찮다니까."

"당신은 사랑을 이것 아니면 저거라고 생각하는 거야. 여자들은 모두 그렇잖아. 하지만 틀렸어. 여자들은 정말 똑똑한데, 어떨 때는 정말로 바보 같을 때가 있어."

엘런은 정말 세게, 패트릭의 팔을 한 대 때렸다.

"아야. 알았어. 하지만, 당신은 괜찮지 않잖아."

패트릭은 너무나 답답해서 절망을 느끼는 사람처럼 뺨 안쪽을 잘 근잘근 씹었다.

"정말 괜찮아. 이해해."

엘런은 자기가 때린 곳을 문지르면서 말했다.

"요즘 콜린 얘기를 너무 많이 했지?"

패트릭이 불쑥 말했다.

엘런은 어깨를 으쓱하면서 웃었다.

"미안."

패트릭이 엘런의 손을 잡았다.

"우리가 약혼하고, 아기 얘기를 들은 뒤부터 콜린이 계속 생각났어. 왜냐하면, 너무 행복했기 때문이야. 사스키아가 아직 나타나고 있다고 해도 너무나 기뻤거든. 콜린이 잭을 가졌을 때는 느껴보지 못한 행복이었어. 그래서 자꾸, 콜린 생각이 났던 거야. 콜린이 잭을 가졌을 때 생각이 나는 거야."

패트릭은 엄지손가락으로 엘런의 손가락 관절을 어루만졌다.

"콜린은 내가 다시 사랑에 빠질 거라고 했어. 아기를 더 낳게 될 거라고도 했고. 하지만 난 그럴 리가 없다고 했어. 다시 행복해질 순 없을 거라고. 그런데 다시 행복해졌어. 그리고 가끔은, 정말로 생각해. 지금이 콜린하고 있었을 때보다 더 행복한 것 같아. 이번 사랑은 훨씬 더 깊고 더 어른스러운 사랑이야. 그냥…… 더 나은 거야. 그럴 때면 콜린이 생각나고 기분이 나빠져. 마치 '콜린을 죽게 해주셔서 감사합니다, 신이시여' 이렇게 생각하는 것만 같아서."

"그래."

엘런은 패트릭의 말을 믿어야 할지 말아야 할지 알 수가 없었다.

그저 그녀의 마음이 편해지라고 거짓말을 하는 걸지도 모르니까.

"당신이 내 말을 믿을지 안 믿을지는 모르겠어. 하지만 사실이야. 완전히 다른 생각이 왔다 갔다 떠오른 적은 없어? 하루는 이 생각을 하지만 그다음 날은 완전히 반대되는 생각을 하는 거지."

"그럴 수 있을 것 같아. 맞아. 그럴 수 있어."

엘런은 자기가 맡은 역할이 정말로 즐겁지 않았다. 조금은 굴욕적이기까지 했다. 감성지수가 낮은 사람에게 현명한 질문을 해서 깨달음을 얻게 하는 역할은 엘런이 맡아야 하니까.

"그리고 바보 같은 일이지만, 그런 느낌이 들 때마다 콜린에게 보상을 해줘야 한다는 생각이 드는 거야. 콜린과 함께 했던 좋은 일들을 떠올려야 한다고 생각하는 거지. 어쩌면 속죄하는 기분인지도 몰라. 당신과 함께 있는 시간이 즐거우면 즐거울수록 나는 콜린을 더 많이 생각하게 되는 거야. 이게 말이 된다고 생각해? 난 잘 모르겠어. 내가 가톨릭 신자라서 더 그러는 걸지도."

"아니, 말이 된다고 생각해."

"아무튼 분명한 건, 온종일 당신과 콜린을 비교하면서 하루를 보내는 건 아니라는 거야. 끊임없이 닌자 게임을 하면서 보낼 수는 없는 것처럼. 솔직히 말해서, 대부분은 아주 피상적인 생각을 하지. 음, 꼭 램 촙스가 된 것 같다. '톰 라이더스에서 잭을 깨뜨리고 레벨 4로 올라갈 수 있을까?' 이런 생각."

엘런은 마시멜로를 두 개 집었지만, 먹지 않고 그저 손으로 으깨기만 했다.

"콜린이 죽었을 때, 모두들 콜린이 마치 성자였던 것처럼 말하기 시작했어. 모두 우리가 굉장히 멋진 결혼 생활을 했던 것처럼, 우리는 한 번도 싸운 적이 없는 것처럼 비통한 표정을 지었어. 나도 그런 말들을 사실로 받아들였고. 어렸으니까. 모든 게 단순했거든. 그래서 어제, 그런 말을 한 거라고 생각해. 당연히 나는 내가 콜린을 사랑하던 방식으로는 다른 여자를 사랑할 수 없어. 왜냐하면 다시는 열여덟 살로 돌아갈 수 없으니까. 또다시 첫사랑을 할 수는 없으니까. 하지만 그게 당신을 사랑하지 않는다는 말은 아니야. 그리고 콜린한테도 똑같은 말을 할 수 있어. 나는 절대로 당신을 사랑하는 식으로는 콜린을 사랑하지 못할 거야."

엘런은 자기도 모르게 갑자기 하품을 했고, 패트릭은 웃음을 터뜨렸다.

"사람이 진지하게 감정을 고백하고 있는데 하품을 하다니, 너무한 거 아니야? 아무튼 내가 말하고 싶은 건, 내 마음을 다해서 당신을 사랑하고 있다는 거야. 반쪽 마음도 아니고, 두 번째로 사랑하는 것도 아니고, 나는 당신을 사랑해. 내가 할 수 있는 건 내 남은 평생을 다해서 그걸 당신에게 증명해 보이는 거야. 무슨 말인지 알겠어? 내 미친 최면술사님?"

패트릭은 엘런의 뒷머리를 손으로 받치더니 꼭 전쟁을 나가는 사람이 기차역에서 연인에게 인사를 하듯이 격렬하게 키스를 퍼부었다.

엘런의 혈관 속으로 따뜻하고 평온한 감정이 퍼져나갔다. 엘런의 마음을 움직인 건 패트릭이 한 말이 아니었다. 엘런의 이해가 너무나도, 너무나도 절실하다는 듯이, 말하는 내내 패트릭의 미간에 잡혀 있던 두 가닥 굵은 주름이었다. 아니, 어쩌면 엘런은 지금 너무너무 졸린지도 몰랐다. 루이자는 임신을 했고, 신문 기사는 나오지 않을 것이다.

"알 것 같아."

패트릭이 놓아줬을 때, 엘런이 말했다.

"감사합니다, 신이시여. 이 두 시간 동안 지금까지 살아온 모든 시간을 합친 것보다 더 많이 내 '감정'에 관해 이야기한 것 같아."

패트릭은 엘런에게 마시멜로를 내밀었다.

"봐, 마지막 남은 마시멜로를 당신한테 주는 거야. 그게 사랑이라고. 자, 이제 자자."

콜롬비아 보고타의 전 시장인 엔리케 페나로세는 우리는 '기쁨의 도
시'를 만들려고 노력해야 한다고 믿었습니다. 그의 목표는 단 한 가
지 목적에 적합한 도시 기반 시설을 만드는 일이었습니다. 바로 행복
이라는 목적 말입니다. 도시 설계사로서 우리는 행복을 설계할 수 있
을까요? 우리는 행복을 설계하고 있는 걸까요?

　– 사스키아 브라운이 어머니의 장례식이 끝난 뒤 참석했던 세미나에서 들은 강연 내
　용(사스키아 브라운은 공책에 '행복을 위한 설계'라고 썼다.)

사고가 나고 2주가 흐른 따뜻한 토요일 오후였어. 사고가 아니라
사건이라고 말해도 되겠지. 원하는 대로 부르면 돼. 나는 병원 뜰로
바로 나갈 수 있는 병실로 옮겼어. 그래서 가끔 휠체어를 타고 밖으
로 나가서 신선한 공기를 마시곤 해. 뜰에 나가면 재스민 향기를 맡
을 수 있고, 곧 여름이 오리라는 걸 느끼지.

의사들 말이 발목 수술은 아주 잘 됐고 골반뼈는 기대대로 치유
되고 있대. 이제 모르핀을 더는 처방해주지 않아. 그냥 플라스틱 컵
에 들어 있는 평범한 진통제를 먹고 있어.

랜스의 아내 케이트가 내 침대 옆에 앉아 있어. 우리 둘 다 뜨개
질을 해. 이전에도 벌써 두 번이나 나를 찾아와서 뜨개질을 가르쳐
줬고, 내가 쓸 바늘이랑 실을 새로 사 왔는데도 한사코 돈은 받으

려 하지 않았어. 내 첫 번째 프로젝트는 커다란 흰색 방울을 단 다홍색 비니를 짜는 거야. 그 비니는 내가 쓸 거야. 두 번째로는 잭한테 줄 니트나 패트릭의 어머니에게 줄 니트를 짤까 싶어. 모린이 나에게 베레모를 짜준 적이 있으니까. 사과 선물인 거지. 잘 있으라는 작별의 선물인 거야. 니트를 선물하면 내가 어떤 마음인지 알 수 있을 거야. 하지만 그 생각을 하는 순간, 내 머릿속에 중세 성에서 볼 법한 거대한 떡갈나무 문이 떠올랐어. 내 앞에서 세게 닫히는 문 말이야.

케이트는 내가 '타고난 뜨개질꾼' 이래. 도대체 왜 케이트가 나한테 친절하게 대해주는지 모르겠어. 우리 엄마가 교회에 다니는 몇몇 여자들을 보고 이름 붙이던 '공상적 박애주의자' 는 아닌 것 같은데. 공상적 박애주의자들은 항상 냄비 하나 가득 캐서롤을 만들어서 가져다주거나 안 입는 옷을 챙겨다주곤 하지만, 가난한 사람들을 돕느라 너무 바빠서 자기 엄마가 차 한잔 하자고 해도 시간을 낼 수 없는 사람들이야. 사악하게도 나는 그 사람들이 정말 싫었어.

나는 케이트가 좋았어. 케이트는 조금 이상한 데가 있어. 특이하다기보다는 조금 별난 데가 있는 거야. 항상 살짝 일찍 말하거나 조금 늦게 말했고, 계속 뭘 떨어뜨렸어. 아주 친근한 사람이었지만, '봐라, 내 사교술 끝내주지?' 같은 식으로 행동하지는 않았어. 이상하게도 케이트하고 있으면 마음이 편했어.

케이트는 작년 크리스마스 파티가 끝나고 랜스에게 나를 저녁 식사에 초대하라고 했지만, 랜스가 너무 소심해서 자기 말대로 하지 않았다고 했어. 두 사람은 브리즈번에서 왔고, 시드니에 정착한지 이제 1년밖에 되지 않았다고도 했어.

"우린 지금 한참 새 친구들을 사냥하러 다녀요. 근데, 봐요. 사스키아는 지금 침대에 갇혀 있잖아요. 그러니까 나를 피할 수가 없을 거예요. 내가 사스키아를 스토킹하고 있는 거라니까요."

그 소리를 듣고 나는 지나치게 크게 웃었어.

케이트는 헛기침을 했고, 우리 둘 다 입을 다물었어. 뜨개질바늘이 사각사각 움직이는 소리가 들렸고, 이제는 내 일상의 배경음이 되어버린 조용하지만 부산한 병원 소리가 들렸어.

"새 친구를 사귀는 이야기가 나와서 말인데, 태미랑 주말마다 요가를 배우기로 했어요. 내가 당신 집에 가서 태미를 태우고 갈 거예요."

"알아요. 태미한테 들었어요."

태미는 책이나 DVD, 바깥 음식, 다시 만나게 된 옛 친구들 소식을 가지고 며칠에 한 번씩 병원에 왔어. 태미를 보면 늘 기뻤지만, 태미가 돌아가면 늘 피곤했어. 그에 반해서 케이트가 다녀가면 훨씬 평온했어. 아마도 뜨개질 때문이겠지.

"좀 이상한가요? 당신도 없는데 당신 집에 가다니?"

물론 조금 이상한 일이었지만 나는 정말로 신경 쓰이지 않았어.

"전혀요. 괜찮아요."

"혹시 내가 사스키아의 친구를 뺏어간다고 생각할까 봐 조금 걱정돼요."

케이트는 예의 독특하고도 어린애 같은 말투로 말했어. 그때 나는 케이트가 독특하게 느껴지는 건 그 솔직함 때문이라는 사실을 깨달았어. 케이트는 절대로 자기가 할 말을 스스로 검열하지 않았어. 그러니까 조금은 그 최면술사를 닮은 거야.

"태미랑은 몇 년이나 연락도 없이 지냈는걸요. 먼저 차지하는 사람이 임자예요."

내 말에 케이트가 밝게 웃었어.

"사스키아 다리가 다 나면 우리 셋이 같이 요가 다녀요. 요가가 끝나면 카페에서 커피도 마시고요. 내 생애 최고로 맛난 초콜릿 머드 케이크 만드는 곳을 알아요. 얼마나 맛있는지, 먹을 때마다 눈물이 난다니까요."

케이트의 말에 나는 아무 대답도 하지 않았어. 병원을 떠난 뒤에 대면해야 하는 내 인생은 상상도 하기 싫었으니까.

"퇴원 날짜를 꼽아보고 있을 것 같아요."

한 간호사가 그렇게 말했을 때 나는 그렇다고 대답했지만, 간호사가 말한 것과는 전혀 다른 의미로 퇴원 날짜를 세고 있는 거였어. 집으로, 내 진짜 삶으로 다시 돌아갈 생각을 하면 속이 매스껍고 불편해졌으니까.

"요가를 한 뒤엔 허브차를 마셔야 하지 않을까요?"

내가 말했어.

"알아요. 카페인을 마시면 기껏 요가로 만든 에너지의 흐름이 방해받겠죠?"

케이트가 말했어.

우리는 다시 조용히 뜨개질을 했어. 나는 바늘이 위아래로, 안과 밖으로 움직이면서 니트 층을 하나씩 쌓아 가는 규칙적인 움직임이 너무나도 좋았어.

"뜨개질에 완전히 빠졌나 봐요."

케이트가 내가 짜는 비니를 고갯짓으로 가리켰어.

"꼭 최면에 걸린 것 같아요."

내가 대답했어. 그러자 '데버라'라는 이름으로 처음 찾아갔을 때 봤던 최면술사의 얼굴이 떠올랐어. 우린 나란히 서서 창문 밖으로 보이는 바다를 봤지. 그게 벌써 몇 년은 더 된 일처럼 느껴졌어.

발목 수술을 한 다음 날 경찰이 왔었어. 남자랑 여자 경찰. 두 사람은 아주 어려 보였지만 그렇다고 무섭지 않은 건 아니었어. 창피하지 않은 건 아니었어. 수치스럽지 않은 건 아니었어. 그 모습을 엄마가 봤다면 뭐라고 생각했을까? 엄마는 경찰이라면 모두 존경했는데. 경찰들은 나한테 경고문을 읽어줬어. 그 사람들은 뭐랄까, 미국 범죄 드라마에 나오는 경찰들하고는 달리 건조했고 그다지 매력적이지도 않았거든. 그래서 더 무서웠던 것 같아.

"그래, 여기는 어떻게 오시게 된 겁니까?"

경찰관이 내 침대를 가리키면서 말했어. 메모패드를 손에 들고. 나는 내 사연을 말해줬고, 두 사람은 무표정한 얼굴로 내 얘기를 들었어. 분명히 두 사람은 내가 한 것보다 더 끔찍한 이야기를 들었겠지.

경찰관들은 스토킹이 현재 형사상 처벌이 가능한 범죄 행위라는 사실을 알고 있는지 물었어. 그들은 패트릭의 요청을 받아들여 임시로 일정 기간 접근 금지 명령을 내린다고 말했어. 따라서 나는 패트릭의 집과 패트릭이 있는 곳에는 100미터 이내로 접근할 수 없고, 패트릭을 '공격하거나 괴롭히거나 협박하거나 겁을 주거나 스토킹'을 할 수 없게 됐어. 항의할 내용이 있으면 법정에서 진술하면 되지만, 경찰관들은 그 항의가 받아들여질 가능성은 거의 없다는 어조로 말했어. 이 접근 금지 명령을 어기면 5,000달러 벌금형에 처하거나 2년의 징역형에 처한다고도 했어.

'공격하거나 괴롭히거나 협박하거나 겁을 주거나 스토킹하거나'라니.

경찰들이 한 말이 내 머리에서 떠나지 않았어. 나같이 바른 사람한테 그런 말을 하다니. 완벽한 모범생이었고 반전 시위에도 참가한 평화주의자인 나한테. 처음이자 유일한 과속 딱지를 뗐을 때, 내가 얼마나 울었는데.

접근 금지 명령뿐만이 아니라 나는 가택 침입죄로도 기소됐어. 경찰들은 나한테 법원 출두 명령서도 줬어, 그걸 받는데 손이 얼마나 떨리던지 바닥에 떨어뜨릴 뻔했어. 여자 경찰이 명령서가 떨어지기 전에 그걸 잡아서 조심스럽게 내 침대 옆 협탁에 올려놓았어. 그때, 그 여자 경찰 눈에는 공무를 집행하는 엄격함은 사라지고 나를 안쓰럽게 여기는 마음이 담겨 있었어.

파란 모자를 옆구리에 끼고 권총을 권총집에 넣은 채 두 사람이 떠난 뒤로도 세 시간 동안 내 심장은 격렬하게 두방망이질 쳤어.

"뜨개질 때문에 랜스를 만난 거예요. 랜스가 버스에서 내 옆에 앉았다가 '지금 뭘 뜨는 거예요?' 라고 물었거든요."

"우와, 랜스가 선수였네요."

"맞아요. 아주 창의적이었죠. 당신은 어때요? 싱글, 맞죠?"

"3년 동안 아무도 안 만났어요. 하지만, 사실 그 3년 동안 혼자라는 생각은 전혀 안 한 것 같아요."

"응? 그게 무슨 말이에요?"

케이트는 계속해서 손을 놀리면서 고개만 들었어.

나는 아무 말도 안 할 생각이었어. 사실 케이트는 거의 모르는 사람이니까. 나에겐 아무 말도 하지 않을 권리가 있으니까. 하지만 나도 모르게, 모든 말이 갑자기 한꺼번에 쏟아져 나왔어.

▲ ▲ ▲

'일찍 오셨네.' 현관으로 걸어가면서 엘런은 생각했다.

엘런의 아버지가 그녀를 데리러 오기로 했다. 독특하게도 두 사람은 패러매타에서 열리는 올리브 축제에 가기로 했다.

거기에 가자고 제안한 건 데이비드였다. 데이비드는 엘런에게 전화를 걸어 "재미있을 거야. 엘리자베스 농장에서 하는 축제란다. 그런 곳이 있다는 걸 알았니? 지금까지 남아 있는, 오스트레일리아에서 가장 오래된 유럽식 주택도 거기 있어"라고 했다. 그리고 헛기침을 하면서 "왠지 재미있을 것 같지 않니? 조금 색다르지 않을까 싶어"라고도 했다.

엘런은 아버지와의 만남을 인터넷 데이트와 비교하고 싶지는 않았지만(그건 정말 부적절하니까), 왠지 데이비드가 지나치게 깊은 감동을 주려고 애쓰다가 '다른, 재미있는' 데이트를 찾는 데 지쳐버린 절박한 남자처럼 느껴지는 건 어쩔 수 없었다.

아버지가 서른다섯 살이나 먹은 딸에게 잘 보이려고 인터넷을 뒤지며 재미있는 '이벤트'를 찾는 모습을 생각하니 가슴이 조금 미어지는 것 같았다. 두 사람이 30년 전에만 만났어도 엘런의 아버지는 딸을 놀이공원에 데리고 가서 인형을 사줬을 것이다. 사실 엘런은 "어디에 갈 필요 없어요. 그냥 얘기나 해요"라고 말하고 싶었지만, 도대체 무슨 이야기를 해야 하는지 알 수가 없었다. 모두 망할 엄마 때문이다.

엘런은 사랑스러운 딸이 지어 마땅한 미소를 띠고 현관문을 열었다. 현관문 앞에는 데이비드가 아니라, 아주 커다란 선글라스를 끼고 야구 모자를 눈까지 푹 덮어쓰고 있는 여자가 서 있었다.

"빨리요. 나 좀 들어가게 해줘요."

그 여자가 말했다.

"뭐라고요?"

여자가 선글라스를 밑으로 내려 엘런이 잘 아는 동그랗고 파란 눈을 드러냈다.

"이렇게 어처구니없는 모습으로 찾아와서 미안해요. 나예요, 로지. 하루 종일 사진기자들이 쫓아다녀서요."

엘런은 현관문을 열었다. 2주 전에 이언 로먼이 다녀간 뒤로 엘런은 이언 로먼에게서도, 기자에게서도 어떠한 소식도 듣지 못했고, 더는 로지에게 메시지를 남기지도 않았다.

"왜 기자들이 당신을 쫓는 거죠?"

엘런이 물었다.

"오늘 신문 못 봤어요?"

로지가 선글라스와 모자를 벗었다. 검게 그을린 로지는 예뻤다. 엘런과 알고 지냈던 그 어느 때보다 행복해 보였다.

"아뇨, 못 봤어요."

엘런의 심장이 갑자기 정신없이 뛰기 시작했다. 메리 케이트가 일단 기사를 막기는 했지만 엘런은 여전히 신문을 넘길 때마다 속이 매스꺼웠다. 끔찍한 제목에 엘런의 얼굴이 찍혀 있는 기사를 보게 된다면 어떤 기분일지 상상도 하기 싫었다. 그래서인지 요즘은 나쁜 기사에 실린 사람을 보면 너무나도 안쓰러웠다. 어처구니없게도 엘런은 늘 스스로 공감 능력이 뛰어나다고 생각했었다. 하지만 이제는 실제로 경험해보지 않고서는 다른 사람에게 진심으로 공감한다는 것이 무엇인지 알 수 없음을 안다.

로지는 가방에서 반으로 접은 타블로이드 신문을 꺼내서 쫙 펴더니 1면에 실린 기사를 손가락으로 톡톡 쳤다. 그 기사에는 이언 로먼과 키 크고 늘씬한 여자가 호텔 로비처럼 보이는 곳에서 나오는 흑백 사진이 실려 있었다. '방황하는 로먼'이라는 기사 제목이 아니어도 충분히 어떤 내용인지를 짐작할 수 있게 하는 사진이었다.

엘런은 기사 첫 줄을 읽었다.

유명한 언론계 거물 이언 로먼은 불과 세 달 전에 결혼했다. 그러나 낭만적인 신혼 기간은 끝난 것이 틀림없다.

"이언이 슈퍼모델이랑 바람을 피웠어요. 그래서 기자들이 상처받고 비참해하는 나를 찍으려고 따라다니는 거예요."

"이런, 정말 안됐어요."

"으음, 전혀요."

로지가 경멸하듯이 말했다.

"그 사람은 자기 체면을 살리고 싶은 거예요. 내가 자기랑 헤어지려는 것 같으니 선수를 친 거죠. 분명히 자기가 직접 기자들한테 제보했을걸요. 그나저나, 그 사람이 엘런을 찾아왔다고 들었어요."

"음, 즐거운 방문이었죠."

엘런은 엄마처럼 차갑고 건조한 말투로 말했다. 가끔은 아주 유용하게 쓰이는 말투였다. 엘런은 로지를 거실로 안내했다.

"차 마실래요? 아니면 커피나 차가운 음료를 드릴까요?"

엘런이 물었다.

"아니 아니, 괜찮아요. 갑자기 말도 없이 찾아와서 미안해요."

로지는 엘런의 외할아버지 의자에 앉았다. 다리가 짧아서 발레 슈즈처럼 생긴 신발을 신은 발끝이 간신히 바닥에 닿았다. 로지는 용서를 비는 사람처럼 두 손을 모으고 몸을 앞으로 숙였다.

"그냥 직접 보고 사과하고 싶었어요. 엘런이 나 때문에 겪어야 했던 일 때문에요. 휴대폰을 놓고 멀리 가는 바람에 엘런이 보낸 메시지를 확인하지 못했어요. 오늘 아침에야 모든 걸 알고 곧바로 여기로 온 거예요."

엘런은 그 끔찍했던 날을 떠올리고 얼굴을 찌푸렸다.

"너무 미친 사람처럼 메시지를 남겼……."

"저런, 아니에요. 그럴 수밖에 없었을 거예요. 그 사람이 어떤 식으로 말했을지 상상이 돼요. 분명 음, 람보나 토니 소프라노처럼 굴었을 거예요."

"무시무시하게…… 겁을 주기는 했죠. 다시는 내 일을 못하게 할 거라고 했으니까요."

"진짜 짜증 나는 인간이에요."

로지가 가방에서 껌을 꺼내더니 포장지를 풀어 입에 넣고 급하게 씹기 시작했다.

"니코틴 껌이에요. 드디어 담배 끊었어요."

로지가 자기 입을 가리키면서 말했다.

"음, 남편 분이 지적한 대로, 내가 크게 도움이 되지는 못했는걸요."

"장난해요? 모든 사람들한테 엘런을 추천해줄 거예요."

로지는 격렬하게 껌을 씹으면서, 왜 엘런을 추천하려고 하는지 그 이유를 생각해내려는 듯 먼 곳을 뚫어지게 쳐다봤다.

"남편 분은 당신이 언니랑 얘기하는 말을 들었대요."

엘런이 로지가 다른 생각을 할 수 있도록 살짝 거들었다.

"몰랐어요."

로지가 의자에 몸을 기대자, 그녀의 발은 더는 바닥에 닿지 않았다.

"이언이라면 하찮은 내 말을 엿듣는 일은 절대로 안 할 거라고 생각했거든요. 아무튼, 제대로 알아듣지도 못한 거네요. 나는 그냥 언니한테 '내가 남편이랑 사랑에 빠지도록 최면을 걸어달라고 엘런에게 부탁하면 어떨까' 하고 물은 것뿐이에요. 언니는 나보고 멍청이라고 했고요. 아무튼, 그래서 언니가 나한테 퀸즐랜드로 가족 여행을 가는데, 꼭 함께 가야 한다고 한 거예요. 여행은 정말 좋았어요. 그냥 평범한 바닷가 여행이었거든요. 조카들이랑 모래성을 쌓고 새우 샌드위치도 먹고요. 이언은 분명 그런 여행 싫어했을 거예요. 그게, 뭐랄까, 우리는 모든 점에서 다르다는 증거예요. 나는 그냥 아주…… 평범하잖아요."

"평범한 사람은 없어요."

엘런은 반사적으로 말했다.

"난 평범해요. 극단적으로 평범해요. 그 사람이 왜 나 같은 호빗한테 관심을 보인 건지 모르겠어요. 난 그 사람 취향이 아닌데 말이에요. 신문에 나온 그 슈퍼모델, 그런 여자가 그 사람 취향이죠. 그런 여자가 요트 위에 서 있으면 얼마나 멋있겠어요."

"난 잘 모르겠어요, 로지. 난 남편 분이 당신을 정말로 사랑했다고 생각해요. 그래서 그렇게 화가 난 거예요."

"아뇨, 그냥 자존심이 상한 거예요. 아무튼, 이제 끝났어요. 우리 둘 다 아주 큰 실수를 한 거예요. 난 그 사람을 진심으로 사랑한 적도 없는걸요. 당신도 알잖아요. 엘런 덕분에 그 사실을 깨달을 수 있었어요."

"내 생각에, 당신은 스스로에게 이언을 사랑할 기회를 주지 않은 것 같아요. 좋아할 수 있는 기회도, 그 사람을 알아보려는 기회도 말이에요. 남편 분이 어째서 로지를 택했는지 의아해하느라 너무 바빴으니까요. 내 생각에 당신은 이언 로먼이라는 이미지에 갇혀버린 것 같아요. 그 사람이 가지고 있는 돈과 권력, 거물 같은 행동에요. 하지만 그는 어쩌면 해변에서 보내는 평범한 휴가를 사랑하는 사람일 수도 있어요."

로지는 눈을 깜박이면서 계속 껌을 씹었다.

"그 사람은 로지를 택했어요. 그런 위치에 있는 사람은 누구라도 아내로 맞을 수 있잖아요. 그런 사람이 슈퍼모델이 아니라 로지를 택한 거예요."

엘런은 이렇게 말해주고 싶었다. *이언 로먼이 당신처럼 평범해 보이는 사람을 택했다는 건 당신 안에 아주 특별한 점이 있다는 걸 알았기 때문일 거라고. 우리가 생각하는 것보다 이언 로먼이 훨씬 더 괜찮은 사람일 수도 있다고.*

엘런은 여자들은 사랑을 이것 아니면 저것이라고 생각한다는 패트릭의 말을 떠올렸다.

로지는 얼굴을 찡그렸다. 로지의 눈에서 무언가가 번쩍였다. 로지는 발을 차면서 물끄러미 자기 손을 내려다봤다. 하지만 그 빛은 사라져버렸다. 로지는 결심한 것이다. 이런. 로지에게는 자부심이, 용기가, 행동에 나서게 할 그 무엇이 없었다. 로지의 결혼 생활은 그 순간 죽어버렸다.

"어쨌든 그 사람은 나를 속였잖아요. 우린 끝났어요. 그건 걱정하지 말아요. 난 괜찮아요. 아까 말한 것처럼, 난 여기 사과하려고 온 거예요. 이언이 당신을 괴롭힐 일은 없을 거란 걸 알려주려고 온 거예요. 신문에 엘런한테 나쁜 기사가 나면 내가 기자들을 불러서 우리 얘기를 할 거라고 협박했거든요. 이언한테 아주 웃기는 섹스 페티시가 있다고 말해버리겠다고 했어요. 그런 평판을 얻으면 평생 그 이미지로 살아야 할걸요. 그러니까 엘런은 안심해도 돼요."

"고마워요."

"아, 그런데, 사실 이언한테 이상한 섹스 페티시는 없어요."

로지는 가방을 들고 의자에서 일어섰다.

"사실 그 사람, 섹스는 아주 잘했어요."

로지의 결혼 생활이 끝났다고 생각하니, 터무니없게도 엘런은 우울해졌다. 로지는 이언 로먼을 사랑하지 않는다. 그 끔찍한 이언 로먼은 지금쯤 요트에서 슈퍼모델과 함께 샴페인을 마시고 있을 것이다. 하지만, 자존심만 아니었다면 두 사람은 행복하게 살았을 수도 있다.

로지가 엘런에게 손을 내밀었다. 로지는 웃고 있었다. 정말로 예쁘게 웃고 있었다.

"이제 평범한 내 인생으로 돌아갈 거예요."

로지가 현관문을 나설 때 엘런의 아버지가 도착했다. 데이비드는 현관문 앞에 서서 로지를 위해 문을 잡아줬다.

"환자니?"

엘런의 집 안으로 들어서면서 데이비드가 말했다.

"내담자라고 해요. 우리는 환자라는 말은 안 써요. 뒤늦은 깨달음이지만, 전혀 다른 방법으로 치료했어야 했어요."

엘런은 걸어가는 로지를 보면서 말했다.

"뒤늦은 깨달음이라. 항상 문제가 생겨야 알게 된다는 거구나."

엘런의 아버지가 말했다.

"음."

케이트는 적당한 말을 찾으려는 듯이 방 안을 둘러봤어. 도저히 내 눈을 쳐다보지 못하는 것 같았어.

"아우, 어떻게 해요."

내가 말을 하는 동안 케이트는 한 마디도 하지 않았어. 그냥 계속 뜨개질을 하면서 이따금 고개를 끄덕였고, 가끔은 눈썹을 치켜올렸어. 케이트가 무슨 생각을 했을까? 나로서는 알 수 없었어.

나는 그때까지 있었던 일을, 내가 저지른 일을 모두 말했어. 꾸미거나 줄여서 말할 생각은 없었어. 너무 끔찍한 어린 시절을 보내서 내가 그런 일을 할 수밖에 없었다고 변명할 수도 있었겠지만, 사실은 그 누구도, 그 무엇도 내가 비난할 대상은 아니었으니까. 나는 확실히 범죄를 저지른 거라고, 케이트에게 그렇게 말했어.

"미친 사람을 문병 왔다는 생각은 절대 못했을 거예요."

마침내 내가 말했어.

케이트에게 말을 하니까 이상하게 기분이 좋아졌어. 그래서 멈출 수가 없었던 거야. 그건 마치 손톱으로 끔찍한 딱지를 떼어낸 거랑 같았어. 하지만 막상 그 일을 하고 나니까, 딱지를 떼어내고 생살을 드러낸 채 케이트 앞에 앉아 있으려니까, 끔찍하게 유감스러웠고 끔찍하게 지독한 상실감이 느껴졌어. 난 정말로 케이트가 좋았어. 우린 친구가 될 수 있었을 텐데. 내가 그걸 망쳐버린 거야.

"아, 음, 나도 미친 짓을 하기는 했어요."

"정말요?"

케이트는 고개를 한쪽으로 갸우뚱하더니 잠시 생각에 잠겼어.

"음, 아니, 사실은 아니에요. 그런 일하고 비교할 수 있는 짓은 안 했어요. 그냥 사스키아 기분 좋으라고 한 말이에요."

"고마워요."

케이트는 뜨개질을 계속 했어.

"사스키아는 전갈자리죠? 맞죠?"

케이트는 고개를 들어 올리지 않고 말했어.

"음, 맞아요. 그렇기는 해요. 하지만 나는……."

"점성술 안 믿죠? 전갈자리는 그래요. 나도 점성술을 안 믿지만 아무튼, 사스키아는 격정적이죠. 전갈자리는 음울하고 신비해요. 나도 전갈자리였음 좋겠다고 생각하곤 했었는데, 사자자리거나요. 나는 천칭자리거든요. 천칭자리는 우유부단해요. 물론 진짜로 믿는 건 아니지만요."

케이트는 여전히 고개를 들지 않았어.

"그 사람을 정말로 사랑했을 거예요. 그 작은 아이도요."

케이트는 팔목에 감긴 실을 풀어냈어.

"그래요. 하지만 내가 정말 두 사람을 사랑했다면, 뭐랄까, 남들이 말하는 것처럼 '그들에게 자유를 줬어야' 해요. 사랑한다는 게 변명이 될 수는 없으니까요."

그날 밤부터 나는 계속 패트릭의 얼굴을 봤어. 침대 끝에 선 나를 보던 패트릭 말이야. 그건 침대 맡에 누군가가 서 있기 때문에 짓는 표정이 아니었어. 내가 서 있기 때문에 짓는 표정이었어. *패트릭에게 나는 악몽이었던 거야. 내가 패트릭이 나를 악몽으로 여기게 만든 거야.*

"내가, 당신이 뭘 해야 한다고 생각하는지 알아요?"

"음, 상담을 받아보라고 말할 것 같아요."

나는 피곤한 듯이 말했어. 당연히 케이트의 생각도, 최면술사의 생각도 옳아. 나에게는 '전문가'의 도움이 필요해.

"당신이 원하면 그래도 좋을 거라고 생각해요. 하지만 내가 말하고 싶은 건, 이제 당신이 그만둬야 한다고 생각한다는 거예요."

"그만두라고요?"

"맞아요. 그게 내가 주는 아주 끝내주는 충고예요. 그만둘 것!"

"그냥…… 그만두라고요?"

케이트는 웃기 시작했어.

"내가 치료사라면 그렇게 말할 거예요. 사스키아, 그냥 그만둬요. 스토킹은 관두고 뜨개질이나 해요!"

나는 순순히 뜨개질거리를 집어 들었어. 그 모습을 보고 케이트가 웃었어.

"그거예요. 봐요. 치료가 됐잖아요. 자, 치료비 200달러 줘요."

케이트를 보고 있자니 이 우주가 지금까지는 전혀 존재하지 않았던 새로운 유형의 친구를 나에게 보내준 것만 같았어. 혹시 엄마가 꾸민 일 아닌가 하는 생각마저 들었어. 사후 세계의 엄마가 별이 가득 떠 있는 무도회장에서 아빠하고 덩실덩실 춤을 추는 모습이 떠올랐어. 엄마랑 아빠는 내가 저지른 끔찍한 일을 보면서 고개를 저으며 얘기했을 거야. 나랑 잭이 계단에서 굴러 떨어졌을 때 엄마는 '봐봐. 내가 쟤 혼자서는 도저히 그만두지 못할 거라고 했잖아. 쟤한테는 전혀 새로운 유형의 친구가 필요해'라고 말했을 것 같아. 그러다 문득 생각했겠지. '아하, 알았다. 뜨개질을 배우게 해야겠어. 난 쟤가 항상 뜨개질을 배웠으면 했거든.' 그러고는 곧바로 달려가서 뜨개질을 가르쳐줄 친구 신청서를 작성했는지도 몰라.

"스토킹 말고 뜨개질을 하자."

케이트가 중얼거렸어.

"자, 나를 따라 해봐요. 스토킹 말고 뜨개질을 하자."

▲　▲　▲

올리브 축제는 기대 이상으로 재미있었다.

당연히 재미있을 수밖에 없었다. 어째서 기대하지 않았던 걸까? 그런 축제를 항상 좋아했으면서. 엘런은 학교 모금 행사도, 공예품 전시회도, 야외 벼룩시장도 모두 좋아했다. 작은 가판대에서 온화하고 정직한 사람들이 꿀, 잼, 처트니, 와인처럼 집에서 직접 기른 유기농 제품을 하얀 천 위에 올려놓고 파는 모습을 사랑했다. 물론 올리브 축제에서 파는 건 올리브와 올리브 오일이었지만. 풍경이 울리는 소리도 에센셜 오일 냄새도 모두 사랑했다. 축제에 모인 사람들은 엘런의 사람들이었고 축제에 나온 물건들은 모두 엘런의 물건들이었다("넌 돈 있는 히피라니까." 줄리아는 늘 엘런에게 그렇게 말했다).

엘런과 엘런의 아버지가 마늘, 갓 구운 빵, 등나무 같은 지중해가 실어 온 향취를 맡으면서 하얀 천막이 늘어선 곳, 불어오는 미풍에 천막이 부드럽게 펄럭이는 곳을 걷는 동안 봄 햇살이 두 사람의 어깨를 부드럽게 어루만졌다. 엘런은 온몸 가득 아주 나른하고 깊은 만족감을 느꼈다.

그 이유는 부분적으로는 이 데이트가 진짜 데이트는 아니라는 사실을 서서히 깨달았기 때문일 테고, (아마도) 엘런의 아버지가 갑자기 멈춰 서서 그녀에게 키스할 위험은 전혀 없기 때문일 것이다. 어쩌면 드디어 입덧이 사라지고 있는 것처럼 느껴지기 때문인지도 몰랐다. 짜증 나는 손님이 비로소 손을 흔들며 돌아가는 걸 보는 것처럼 안도가 느껴지기 때문인지도 몰랐다.

그리고 어쩌면 진짜 이유는 두 사람이 집을 나서기 전에 패트릭이 보여준 초음파 사진을 보고 데이비드의 눈이 촉촉해졌다가 그 때문에 당혹스러워하는 모습을 봤기 때문인지도 몰랐다. 이제 데이비드는 엘런에게 그녀의 인생을 농담처럼 이야기할 때 가장 웃기는 부분이 아니라 실제로 존재하는 사람이 되어 있었다. 자동차 조수석에 앉아서 아버지가 운전하는 모습을 지켜보면서(그는 패트릭처럼 편안하고 능숙하게 운전을 했다) 엘런은 몸속 가장 깊은 곳이 말랑해짐을 느꼈다. 이렇게 감상적이 되어도 되잖아. 엘런은 생각했다. 데이비드는 엘런의 아버지였다. 당연히 그래도 된다. 원하면 마음껏 좋아해도 돼. 애정을 느껴도 된단 말이야.

두 사람이 작은 가판대 앞에 서자마자 몸집이 작고 열성적인 여성이 그 즉시 두 사람에게 다가오더니, 오스트레일리아 올리브 오일 협회의 심의를 통과하려면 엑스트라버진 올리브 오일이 어떤 품질을 유지해야 하는지를 열정적으로 설명하기 시작했다. 그 여자는 엘런과 데이비드가 엑스트라버진 올리브 오일을 심사받으려 하겠지만 결국에는 승인받지 못할 것이라는 듯이 아주 상세하게 심사 기준을 설명해줬다.

"좋습니다. 음, 그럼…… 엘런, 우리 좀 먹어볼까?"

여자가 마침내 설명을 끝냈을 때 데이비드가 말했다.

엘런은 네모난 작은 그릇에 담긴 황금색 올리브 오일에 빵을 찍어 먹었다.

"정말 맛있어요."

엘런은 너무나 행복해서 크게 숨을 들이마시면서 하늘을 쳐다봤다. 올리브 오일은 정말로 맛있었다. 물론 과거의 경험으로 봤을 때 엘런은 이런 곳에서 사 간 음식은 집에 가자마자 슈퍼마켓에서 사 온 음식과 똑같은 맛으로 변해버린다는 사실을 잘 알았다. 야외 가 판대에서 먹는 음식이 맛있는 이유는 신선한 공기와 열의를 가지고 설명하는 사람들 덕분이다. 그러니까 최면에 걸린 것처럼 살짝 취 하는 거다.

"내가 한 병 사줄게."

데이비드가 지갑에서 50달러짜리 지폐를 꺼냈다.

"아우, 멋진 아빠네요."

그 여자가 말했다.

데이비드는 주먹으로 입을 가리고 기침을 했고, 엘런은 그런 데 이비드를 보면서 안쓰럽게 웃었다.

두 사람을 보면서 여자가 얼굴을 찡그렸다.

"이런, 미안해요. 아빠랑 딸 아니었어요?"

"아니, 맞아요."

엘런이 대답했다.

"그래, 그럴 줄 알았다니까요."

여자는 어디서 감히 나를 속이려 드느냐는 말투로 두 사람을 살짝 나무랐다.

"완전히 똑같이 생겼구만."

여자가 올리브 오일을 담은 흰 종이봉투와 거스름돈을 데이비드 에게 건네주면서 말했다.

엘런과 엘런의 아버지는 동시에 손끝으로 턱을 쓰다듬었고, 동시 에 손을 내렸다.

그 후 두 사람은 대형 천막 밑에 있는 하얀 플라스틱 탁자에 앉아 서 스파게티를 먹었다. 대화는 충분히 즐거웠지만 어느 정도 힘이 드는 것도 사실이었다. 두 사람이 처한 상황은 그저 같은 버스 정류장에 서 있다는 이유만으로 가볍게 얘기를 나누게 된 두 이방인이 버스가 너무 늦게 오는 바람에 결국 말을 끊지 못하고 계속하는 상황과 비슷했다.

"엄마랑 헤어지신 거, 유감이에요."

한참 동안 오스트레일리아의 봄과 영국의 봄을 비교한 뒤에 엘런이 말했다.

"그래, 나도 그렇구나. 아마 내 잘못일 거야. 아직 상처가 다 회복되지도 않았는데 곧바로 연애를 하는 건 아니었던 것 같아."

"상처가 회복되지 않았다고요?"

엘런은 조금 당황스러웠다.

"그래. 아내가 결혼 30년 만에 내 곁을 떠나버렸으니까. 나한테는 정말 충격이었단다. 다른 남자가 생긴 것도 아닌데 말이야. 아내는 '자기 자신이 되는 법을 잊어버렸다'고 했어. 그래서 내가 '그냥 당신이 돼. 절대로 막지 않을 테니까'라고 했거든. 하지만 그렇게 해주지 못했지."

데이비드는 포크로 능숙하게 스파게티를 말더니 슬픈 얼굴로 그것을 물끄러미 쳐다봤다.

"이런, 안됐어요."

엘런은 자기가 알고 있는 정보를 재조정하느라 애를 먹었다.

"저는 아내 분을 떠나셨거나 서로 합의해서 헤어지신 줄 알았어요."

"상호간에 합의를 한 건 아니지."

"엄마가 말해주지 않아서 몰랐어요."

"아마 내가 '아내 때문에 마음이 찢어질 것 같다'는 내색을 안 해서 그렇겠지."

"결혼 생활 내내 엄마 생각을 하셨다고 엄마가 그러던데요."

엘런은 자기 목소리에 비난이 섞여 있음을 데이비드가 눈치채지 못하기를 바라면서 말했다.

엘런의 아버지가 슬픈 표정으로 딸을 쳐다봤다.

"엄마가 그렇게 말했구나."

데이비드는 스파게티 접시를 앞으로 밀고 두 팔을 의자 손잡이에 걸쳤다.

"거짓말은 하지 않을게. 결혼 생활을 하면서 가끔 너희 엄마를 생각했다. 꿈을 꾸기도 했지. 하지만 그렇다고 내가 제인을 사랑하지 않은 건 아니야."

엘런도 스파게티 접시를 앞으로 밀었다.

"하지만 약혼한 상태에서 부인을 속였잖아요."

엘런은 평가를 내리려는 의도는 없음을 보여주려는 듯 농담처럼 가볍게 말했다.

"그것도 한 번도 아니고 여러 번요."

엘런은 데이비드가 부정을 저지른 결과가 여기 있다는 듯이 자기 자신을 가리켰다.

"그래, 어렸고 바보였으니까. 너희 엄마는 너무 멋졌고. 그 눈을 봐라."

데이비드는 소년처럼 수줍은 듯이 어깨를 으쓱했다.

"내가 운이 좋았지. 안 그러니?"

엘런은 그런 아버지의 모습을 매력적이라고 생각해야 할지 어떨지 판단이 서지 않았다. 그러니까, 엘런의 출생에 얽힌 비밀은 모호하고도 혼란스러웠다. 끝내주는 러브스토리도 없고, 화끈한 치정 사건도 없고, 용감한 페미니즘적 행동도 없었다.

"아무튼, 너희 엄마랑은 친구로 지내기로 했다. 그리고 너니까 하는 말인데, 아직 완전히 희망을 버리지는 않고 있단다."

"정말요?"

엘런은 아버지가 엄마와 다시 잘될 기회는 절대로 없을 것 같다고 말해줘야 하는 건 아닌지 잠깐 고민했지만, 사실은 그녀도 알 수 없는 일이었다. 지난 몇 달 동안 엘런은 진실이라고 믿었던 것이 한순간에 거짓으로 바뀔 수 있음을 여러 번 경험했다. 영원한 건 아무것도 없었다. 불교 신자라면 그게 무슨 뜻인지 더 잘 알 것이다.

두 사람은 잠시 아무 말도 없이 대형 천막 중앙에서 공연을 준비하고 있는 모습을 지켜봤다.

"패트릭은 좋은 남자 같더구나. 아들이 있었지, 아마? 첫 번째 결혼에서 낳은?"

"잭이에요. 오늘은 파티에 갔어요. 잭 엄마는 잭이 어렸을 때 죽었고요."

"아아, 마이크 테스트. 마이크 테스트. 둘, 셋, 넷."

공연을 준비하는 사람이 마이크에 대고 말했다.

"그래서 분명, 우리 관계가 조금 복잡한 면이 있어요."

엘런은 자기가 말하는 소리를 들었다. 버스 정류장에서 낯선 사람이랑 너무 오랫동안 얘기를 나누면 이런 일이 생긴다. 부적절하게도 갑자기 너무 사적인 이야기를 하게 되는 것이다.

"왜?"

데이비드의 반응에 엘런은 조금 놀랐다. 왜라니, 당연한 거 아닌가? 이런 말을 들으면 여자들은 대부분 '아, 그래. 무슨 말인지 알겠어. 만약, 우리 언니가 애 딸린 홀아비랑 데이트를 한다면, 아우,

그건 재앙일 거야 같은 말을 할 것이다.

"음, 왜냐면, 패트릭의 첫 번째 아내는 죽었으니까……"

엘런이 설명하려고 했을 때 갑자기 마이크가 삐, 하고 듣기 싫은 소리를 냈다. 사람들 모두 얼굴을 찡그리고 손가락으로 귀를 막았다.

마침내 그 소리가 사라지고 마이크 앞에 있던 사람이 "죄송합니다!"라고 소리쳤다.

"네가 걱정할 건 없을 것 같은데."

데이비드가 말했다.

"어째서요?"

데이비드는 엘런을 쳐다봤다. 그리고 "엘런" 하고 불렀다(엘런은 그것이 아버지가 처음으로 자기 이름을 부른 순간이라고 생각했다. 엘런은 계속해서 '데이비드', '데이비드 씨'라고 불렀는데 말이다. 그녀는 잘 알지도 못하는 사람도 언제나 이름을 남발해서 부르곤 했다).

"그 남자가 오늘 아침에 너를 위해서 커튼을 달아줬잖니."

"알아요. 저도 그건……"

"그런 일이란 게, 힘들지만 사실 귀찮고 별다른 의미는 없잖니? 우리 아버지는 그런 일을 늘 쓸모없는 일이라고 하셨어."

"그래요?"

"하지만 그게 중요한 거야. 게다가 나한테 초음파 사진을 보여주면서 신나했잖아. 내 보기에 복잡할 일은 하나도 없는 것 같은데."

대형 천막 가득 기타 튕기는 소리가 울려 퍼졌다. 플라멩코 댄서 세 명이 매혹적인 드레스를 펄럭이고 머리를 좌우로 흔들면서 무대 위로 올라왔다. 아름다운 젊은 여자들의 얼굴은 강렬했고 장엄했다.

"올레!"

엘런의 아버지가 소리쳤다. 아버지가 두 손을 번쩍 들어 올리더니 캐스터네츠 치는 흉내를 냈다. 이상하고 바보 같은 행동이었다. 엘런이 자의식 강한 10대 자녀였다면 분명히 창피해했을 것이다.

"올레!"

엘런도 아버지를 따라 외쳤다. 엘런은 의자에 몸을 기대고 플라멩코 춤을 감상했다. 그녀의 마음 한구석에 남아 있던 패트릭의 사랑에 대한 의심이, 그녀로서는 있는지조차 몰랐던 의심이 사라지는 걸 느끼면서 엘런은 생각했다.

이런 게 바로 아빠가 있다는 거구나.

▲ ▲ ▲

"똑똑."

병실 밖에서 태미가 입으로 노크했어.

"태미한테는……."

나는 케이트에게 말했어. 태미가 나를 비난하지 않으리라는 건 나도 알아. 당연히 내 편에 서줄 거야. 어쩌면 그보다 훨씬 관심을 보이고 재미있어하고 호기심을 느낄지도 몰라. 분명 숨넘어가는 소리를 하면서 꺅꺅, 소리를 지르고 질문을 퍼부어대겠지. 내가 왜 그런 짓을 했는지 알고 싶어할 거고, 패트릭이 어떻게 반응했는지 알고 싶어할 거야. 절대로 그 주제를 그냥 흘려보내는 법이 없을 거야.

"당연하죠. 랜스한테도 말 안 할 거예요."

케이트는 뜨개질거리를 내려놓았어.

하지만, 랜스에게는 말하겠지? 오늘 밤, 집에 가자마자 말할 거야. 그런 얘기를 배우자한테 하지 않는 건 불가능한 일이잖아.

케이트의 말을 들은 랜스는 한동안 나를 나쁜 여자라고 생각할 테고, 나와 데이트한 상대가 자기가 아니라는 사실에 안심할 테고, 패트릭을 안쓰럽게 생각할 거야. 하지만, 몇 년이 지나고 케이트가 그 얘기를 다시 꺼내면 약간 주저하듯이 '아, 됐어. 그 얘기를 몇 번이나 해?' 라고 말할 것 같은 기분이 들어. 랜스는 쓸데없이 다른 사람의 정보나 수집하는 사람이 아니니까.

사무실에서 본 랜스는 아주 순수하거나 도덕적인 데가 있었어. 남의 이야기 하는 걸 좋아하지 않는지, 뒤에서 다른 사람 이야기 하는 걸 본 적이 없어. 그나저나 내가 다시 회사로 돌아갈 수 있을 것 같지는 않아. 많은 일들이 변하고 있으니까.

"뭐 하시오, 아줌마들?"

케이트와 나는 눈짓을 하면서 서로를 쳐다봤어. 태미와 랜스는 여전히 볼티모어 마약 거래상 흉내를 내고 다녔어.

"아우, 할머니들, 뜨개질하고 있는 거야?"

태미는 원래 자기 목소리로 말하면서 내 앞에 우편물을 한 보따리 던져놓았어.

"그나저나, 재닛이랑 피터가 안부 전해달래."

"재닛이랑 피터?"

"네 이웃집 사람들."

아, 그 래브라도 가족? 나는 그 사람들의 얼굴을 떠올려보려고 했지만 생각이 나지 않았어. 아마도, 정말로 제대로 쳐다본 적은 한 번도 없었던 것 같아.

"어제 거기서 저녁을 먹었거든."

태미가 말했어.

내 집에서 다른 사람이 내 인생을 사는 걸 보는 건, 그 삶이 얼마나 쉽고 자연스러울 수 있는지를 보는 건 흥미로웠어. 태미는 저녁 먹으러 오라는 초대를 조금도 주저하지 않고 받아들였을 거야. '당연히 갈게요. 뭘 좀 가져갈까요?' 라고 말했을 거야.

"진짜 재미있는 사람들이더라. 아이들이랑 모노폴리 게임을 했어."

"난 모노폴리 싫어요."

케이트가 뜨개질바늘을 집어 들면서 말했어.

"아무튼, 우리가 너 퇴원 파티를 해주기로 했어."

태미 말에 내가 대꾸했어.

"파티? 나는 파티 같은 거 안 해."

태미 말에 내가 대답했어.

"무슨 소리야? 내가 재닛과 피터한테 몇 년 전에 네가 열었던 핼러윈 파티 얘기를 해줬는데. 기억 안 나? 내 생애 가장 멋진 파티 가운데 하나였단 말이야."

물론 기억해. 패트릭이랑 내가 막 데이트를 시작할 무렵에 있었던 일이니까. 아직 우리가 함께 살기 전에. 나는 정말 전력을 다해서 우리 집을 호박 등과 거미줄로 꾸며놨었어. 으스스한 연기가 피어오르게 하려고 상자에 드라이아이스까지 넣어놨단 말이야. 모두 핼러윈 의상을 입었고. 패트릭은 드라큘라 복장을 하고 와서는 목을 물려는 것처럼 자꾸 내 쪽으로 몸을 숙였어. 나는 〈아담스 패밀리〉에 나오는 엄마, 모티샤처럼 긴 검은 가발을 쓰고 아주 짧은 거미 목걸이를 하고 있었지. 그날 우리가 함께 찍었던 사진도 기억해. 그렇게 행복한 모티샤는 어디에도 없었을 거야.

'하지만 그 파티를 개최했던 여자는 이제 더는 없는걸.' 나는 태미를 보면서 생각했어.

"너, 호박 파이도 만들었잖아. 정말 끝내줬는데."

"호박 파이는 먹어본 적이 없어요."

케이트가 말했어.

"내가 만들어줄게요."

그 말을 하자마자 내 머릿속에 호박 파이 재료가 쭉 떠올랐어. 크림치즈, 시나몬, 생강. 그 순간 나는 내가 얼마나 케이트와 랜스와 태미에게 호박 파이를 만들어주고 싶어하는지를 깨닫고 깜짝 놀랐어. 왠지 옆집 사람들에게까지 만들어주고 싶었어. 사람들이 내가 만든 음식을 먹는 걸 보고 싶었고, 한 그릇 더 먹을 사람은 없는지 묻고 싶었어.

그러다가 문득 엘런의 부엌에서 만든 안작 비스킷이 생각나서 부르르 몸을 떨었어. 나는 생각을 떨쳐버리려고 우편물을 집어 들었어.

"재닛의 오빠가 너한테 홀딱 반한 것 같던데? 그래서 환영 파티 때 우리가 둘을 엮어주려고."

"재닛의 오빠?"

그게 무슨 말도 안 되는 소린가 싶었어.

"난 그 사람 오빠를 본 적도 없는걸."

나는 메일을 분류했어. 모두 광고 아니면 청구서였어.

"네가 나갈 때 봤다던데. 그리고 전에도 본 것 같대. 아발론 비치에서 부기 보드 탔던 거. 그거, 너 맞지?"

나는 왠지 익숙한 필체로 단정하게 주소를 적은 봉투를 집어 들었어. 봉투 오른쪽 끝이 조그맣게 볼록 솟아 있었어.

"몇 번 부기 보드를 타기는 했어."

그 봉투를 이리저리 살펴보다가 패트릭의 부모님 집에서 엘런을 본 다음 날 아침 빨간 드레스를 입고 모래사장에 누워 있을 때 만났던 사람이 떠올랐어. 햇빛을 가리면서 나를 내려다보던 더벅머리 남자 말이야. 그리고 내가 마흔 살 생일 파티가 있다고 거짓말을 하고 집을 나설 때 이웃집 진입로를 올라가던 야구 모자 쓴 남자도 떠올려봤어.

내 기억에 있는 두 남자의 이미지를 겹쳐보니 둘은 한 사람인 게 분명해 보였어. 참 이상한 기분이 들었어. 왠지 내 인생이, 과거를 돌아보면서 내가 놓쳤던 많은 일들을 다시 살펴보고 찾아낼 필요가 있는 것처럼 느껴졌으니까.

"하지만 그 사람 여자 친구 있잖아."

나는 그 사람이 함께 온 여자를 감싸 안던 모습을, 그 때문에 내가 얼마나 실망했는지를 떠올렸어.

"얼마 전에 헤어졌대. 다시 연애 시장에 나온 거지. 그러니까 다른 사람이 채가기 전에 빨리 움직여야 해."

"직업이 뭐래요? 음, 이건 너무 피상적인 질문인가? 꿈이 뭐래요? 소망은요?"

케이트가 물었어.

"기다려봐요. 그 사람 직업이 뭐냐면…… 짜잔! 목수예요!"

태미가 마치 연극배우처럼 잔뜩 과정을 섞어 말했어.

"저런, 그럴 리가요!"

케이트가 뜨개질거리를 툭 떨어뜨렸어.

"정말이에요."

"아우, 누가 내 심장 좀 말려봐요."

나는 두 사람을 보고 웃었어. 그렇게 웃는 법을 잊어버리고 있었던 것 같아. 바보처럼, 10대 소녀처럼 대책 없이 웃어대는 거 말이야. 깔깔거리고 웃기에는 너무 늙었다고 생각했지만, 그런 웃음은 절대로 사라지지 않는 건데. 그걸 알았어야 하는데.

70대가 됐을 때도 엄마는 테니스 클럽 회원들과 한 달에 한 번씩 점심을 먹었어. 한 번은 엄마 집에서 모임을 할 때 내가 간 적이 있어. 현관문을 들어서자마자 거실에서 들리던 깔깔거리던 웃음 소리를 기억해. 엄마는, 엄마 친구들은 그때 모두 10대 소녀처럼 웃었어.

데이트를 할 때 가장 좋은 건 실제 데이트가 아니라 데이트 얘기를 하는 거라는 걸 잊고 있었어. 여자 친구들과 새로운 남자 친구가 될지도 모르는 사람 얘기를 하는 게 제일 즐거운 일이라는 걸 잊고 있었어.

"나도 파티 가도 돼요? 그 목수, 만나보고 싶어요."

케이트가 물었어.

"당연하죠. 그 사람한테 혹시 파티에서 실제로 목수 일 하는 걸 보여줄 수 있냐고 물을 참이었는데요."

"책장 만들기 같은 거요?"

"사스키아를 아주 연약하고 여리여리하게 보이게 만드는 게 좋겠어요."

"이런, 페미니즘은 대체 어디로 간 거야?"

내가 말했어.

"아, 장애인 경사로는 어때요? 휠체어가 지나다닐 수 있게요."

케이트가 손가락을 딱, 튕기면서 말했어.

"퇴원할 때쯤 되면 걸을 수 있댔어요."

한 주 정도는 목발을 짚고 걸어야 한댔지만.

"이런, 확실해요?"

케이트는 실망했어.

두 사람이 떠나고 늦은 밤이 될 때까지 왠지 눈에 익은 글씨가 적힌 봉투는 까맣게 잊어버리고 있었어. 봉투 뒷면에는 보낸 사람이 제대로 적혀 있었어.

모린 스콧 부인.

패트릭의 어머니였어. 맞아, 이런 편지를 보낼 사람은 모린밖에 없는데. 모린은 우리 엄마 같아. 카드를 보내는 사람인 거야. 내가 패트릭과 함께 살았을 때, 모린은 온갖 자질구레한 이유로 카드를 보냈어. '사랑하는 패트릭, 사스키아, 잭, 토요일 밤에 멋진 저녁 식사에 초대해 줘서 고맙구나. 사스키아, '타이 비프 샐러드' 잘 먹었어. 정말 맛있었어' 같은 내용의 카드를 보내왔어.

모린이 왜 나한테 편지를 보냈을까? 이제 그만하라고, 충분히 할 만큼 했다고 말하려는 걸까? 손자 팔을 부러뜨린 나쁜 년이라고 욕하려는 걸까?

나는 편지를 꺼냈어. 희미한 보라색 종이 가장자리에 라벤더 잔가지가 그려져 있는 편지지가 나왔어. 모린은 몇 년 동안 변함없이 같은 편지지를 사용하는 듯했어.

나는 편지를 읽었어.

친애하는 사스키아.

잭이 사스키아에게 '회복 기원' 카드를 보내고 싶어해서 이 편지를 써(회복 기원 카드는 잭이 자기 돈으로 직접 사 왔어). 내가 사스키아의 주소를 알아내서 꼭 부쳐주겠다고 했거든. 패트릭은 우리가 이런 편지를 보내는 줄 몰라. 그러니까 (지금 상황도 사실 그렇고 하니까) 답장은 하지 않는 게 좋을 것 같아.

오래전에 진작 말해줬어야 하는데, 사스키아는 잭한테 정말 근사한 엄마였어. 나는 잭의 할머니니까, 내가 진작 사스키아랑 연락하면서 지내야 했는데, 그렇게 하지 못해서 정말 미안해. 그걸 생각하면 늘 후회스러워. 잭은 아주 사랑스러운 아이로 성장했어. 다 사스키아 덕분이야.

나는 사스키아가 이제 새롭게, 행복하게, 자기 삶을 살아가기를 정말로 소망하면서 기도하고 있어. 그게 사스키아의 엄마도 바라시는 일일 거야.

－사랑을 담아, 모린.

잭이 직접 쓴 회복 기원 카드에는 기린이 체온계를 입에 물고 침대에 누워 있는 그림이 그려져 있었어.

사스키아 아줌마에게.

빨리 나아요. 난 괜찮아요. 다음 주에 깁스를 풀 거예요.

아빠가 아줌마한테 못 가게 해요. 미안해요.

(추신. 점토로 만든 도시 기억해요. 정말 멋졌어요.

또 추신. 행운의 구슬을 보내요. 내가 잃어버린 거 대신이에요.)

－사랑하는 잭이.

봉투에는 구슬이 들어 있었어.

나는 구슬을 들어 전등에 비춰봤어. 알록달록한 선이 휘몰아치는 구슬 안을 들여다보는 동안 눈앞이 뿌옇게 흐려졌어.

나는 정말 오랫동안 울었어. 비통하고 고통스러운 울음이 아니라 조용하고 깨끗한, 일요일 오후에 오랫동안 부드럽게 내리는 비처럼 울었어.

마침내 눈물이 그쳤을 때는 코를 풀고 불을 끄고 곧바로 잠들어 버렸어. 몇 년 동안이나 자지 못했던 아주 깊은 잠에 빠져들었어. 자는 동안 꿈도 꾸지 않은 것 같아. 그냥 겨울잠 자는 동물처럼 푹 잠들어버린 거야. 잠에서 깼을 때는 깊고 어두운 동굴을 나와 마침 내 신선한 봄 공기를 마음껏 들이마신 듯한 기분이 들었어.

손등으로 눈을 비비는데 설익은 베이컨과 질 나쁜 커피 냄새가 났어. 거의 매일 아침 나에게 아침 식사를 가져다주는 정말 끝내주 게 성격 나쁜 간호조무사 샐리가 내 침대 아래쪽에 서 있었어. 늘 그렇듯이 샐리는 거칠게 달그락 소리를 내면서 내 침대 탁자 위에 쟁반을 털썩 내려놓더니 나를 보면서 눈썹을 치켜올렸어.

"잘 잤어요?"

"끝내주게 잘 잤어요."

샐리가 물었고, 내가 대답했어.

아기를 만나기 전까지는 사랑의 감정이 얼마나 깊은지, 아기가 잘 자라고 건강하기를 기원하는 마음이 얼마나 강렬한지, 절대로 알지 못한다.

– 오스트레일리아 육아 고전, 로빈 바커의 《아기 사랑》 중에서

"맞아. 그게 엄마 코야. 아하, 재미있어? 이제 뭔가 집중할 생각이 드니?"

아기는 엘런의 코에서 손을 떼고 손바닥으로 엘런의 입을 만졌다.

"얌얌."

엘런은 아기의 손을 먹는 시늉을 했다.

아기가 빙그레 웃었다. 아기는 고개를 돌리더니 '잠깐만 기다려, 다시 올게' 하는 것처럼 한 손가락을 허공에 삐죽 치켜 올리고 다시 엄마의 젖을 힘차게 빨기 시작했다.

수천 개 작은 자석이 한꺼번에 젖을 잡아당기는 찌릿한 감각을 느끼면서 엘런은 잠깐 동안 눈을 감았다. 그건 여섯 달 전만 해도 전혀 알 수 없었지만, 지금은 미풍을 느끼듯이 익숙해진 감각이었다. 하지만 느낄 때마다 언제나 조금은 새롭고 놀라운 감각이기도 했다.

젖을 먹는 몇 분 동안 그레이스는 마치 교향곡을 지휘하는 사람

처럼 작은 머리를 동그랗게 굴렸다. 그 작은 영혼이 음악에 감동받은 것처럼 머리를 뒤로 젖히고 눈꺼풀을 파르르 떨었다.

"우리 꼬마 아가씨, 어디 있나?"

아빠 목소리가 들리자 아기는 젖꼭지에서 입을 떼고 재빨리 그쪽으로 고개를 돌렸다. 엘런의 가슴 밑으로 젖이 주르륵 흘러내렸다.

"안녕, 꼬마 그레이시 걸. 안녕, 안녕, 안녕!"

패트릭은 엘런이 앉아 있는 마루 옆에 웅크리고 앉았다. 아기는 사랑에 흠뻑 취해서 깍깍, 하고 까르륵거리면서 꼼지락거렸다. 패트릭이 두 손을 엘런에게 내밀면서 허락해달라는 표정을 지었다.

"좋아. 진짜 조금만 먹었어."

패트릭은 아기를 안아 들고 아기의 목에 얼굴을 묻었다.

"피피포롬! 아주아주 맛있는 아기 피 냄새가 나는군."

엘런은 패트릭을 보면서 브래지어를 다시 채우고 셔츠 단추를 잠갔다.

"어머나, 세상에. 저렇게 애 때문에 정신을 못 차리는 남자는 처음 본다."

어젯밤 엘런의 엄마는 패트릭이 그레이스와 노는 모습을 보면서 그렇게 말했다. 그것도 조금 언짢은 듯이, 어쩌면 짜증까지 내면서 그랬다. 엄마가 그런 반응을 보인 이유가 엘런한테는 딸에게 정신을 못 차리는 아빠가 없었던 게 유감스러워서인지, 앤 자신은 싱글맘이었기에 질투를 하는 것인지, 그런 행동은 남자답지 못하고 꼴사납다고 생각했기 때문인지, 엘런으로서는 알 수가 없었다.

"미안. 잘 있었어?"

패트릭은 허리힘으로 쭉 일어서면서 엘런의 머리에 입을 맞췄다.

"으응, 잘 지냈어. 난 신경 안 써도 돼."

엘런은 어깨를 으쓱해 보였다.

하지만 엘런은 패트릭이 꼴사납다고는 생각되지 않았다. 패트릭과 그레이스의 모습은 언제 봐도 기분이 좋았다. 그런 기분은 병원에서 휠체어를 타고 병실로 들어가 맨가슴에 갓난아기를 안고 있는 패트릭을 봤을 때부터 쭉 느꼈다(간호사들은 패트릭에게 엘런이 회복되는 동안 그레이스가 아빠와 피부로 접촉하는 게 좋겠다고 했다. 그래서 패트릭은 셔츠 단추를 풀고 갓 태어난 아기를 잠든 코알라처럼 가슴에 댄 채 안고 있었다). 당연히 욕망이 아닌데도 아주 강렬한 욕망 같은 느낌이 들었다. 아기에게 젖을 먹일 때 드는 기분처럼, 전적으로 새로운 감각이었다. 엘런은 그런 감정이 드는 게 생리작용 때문인지 궁금했다. 배우자가 내가 낳은 자손과 긴밀한 유대감을 형성하는 걸 보고 기분이 좋은 이유는, 그 남자가 계속 옆에 머물면서 사자든 호랑이든 무엇이 되었건 간에 위험이 닥치면 나를 위해 싸워주리라는 걸 알기 때문 아닐까? 아니면 엘런은 그레이스에게 감정을 이입하고, 패트릭을 통해 그동안 억눌렀던 아버지에 대한 사랑을 대리 만족하고 있는 건지도 몰랐다.

그 이유가 무엇이건 간에 엘런은 패트릭의 넘치는 부정이 고마웠다. 패트릭이 콜린을 엘런보다 더 사랑하는지 사랑하지 않는지를 두고 마음을 썩이는 일 따위는 이제 어리석게 느껴졌다. 엘런은 조심스럽고 겸손하게 1년 전의 자신을 돌아봤고, 그 모든 것이 부질없는 신파극이었음을 깨달았다. 이 세상에는 모든 사람을 충분히 아우를 수 있는 사랑이 존재한다.

지난주 월요일 아침 해리엇이 굳이 전화를 걸어서 존의 부인이 쌍둥이를 임신했다고 알려준 일에도 대처할 수 있을 만큼 충분한 사랑이 이 세상에는 있는 것이다(그러니까, 사랑은 거의 충분하다고 할 수 있을 정도로 존재한다. 존이 밤마다 얼마나 잠 못자고 시달릴지를 생각하니 그 사랑은 더욱 커졌다. 존은 무엇보다도 잠자는 시간을 소중하게 여겼으니까. 엘런은 존의 쌍둥이 아기들이 건강하고 활기차기를 바랐다. 특히 새벽 3시에).

해리엇의 전화를 받은 뒤에 엘런은 요즘에는 전 남자 친구들 생각을 거의 하지 않았다는 사실을 깨달았다. 그레이스가 도착하면서 엘런의 머리에서 전 남자 친구들을 모두 몰아내버린 것이다. 예전에 엘런이 패트릭과의 사랑을 그토록 만족스럽게 여겼던 이유는 전 남자 친구들에게 느꼈던 감정보다 패트릭에게 느꼈던 감정이 훨씬 더 좋았기 때문이었다. 예전에 엘런은 영원히 끝나지 않는 시합을 하는 것처럼 패트릭과의 관계를 지난 관계들과 끊임없이 비교하면서 '그래, 또 이겼어. 우리가 이긴 거야. 우린 섹스도 이렇게 근사하게 하는 걸. 우리가 얼마나 행복한지 봐봐' 라고 소리쳤던 것이다. 물론 그 시합을 지켜보는 사람도, 신경 쓰는 사람도 한 명 없었지만 말이다.

하지만 이제 패트릭에 대한 사랑은 언제나 변함없었던 것처럼 그저 덤덤한 사실이 되었고, 엘런의 인생에 존재하는 본질적인 일부가 되어 있었다. 가끔은 이렇게 행복하고 만족스러운 기분이 모유 수유를 하면 분비된다는 '사랑의 호르몬', 신뢰와 공감하는 마음을 강화하고 두려움을 줄여준다는 옥시토신 때문이 아닌가 생각될 때도 있었다.

오, 정말로 그런 거면 좋겠다. 엘런은 그레이스가 원할 때까지 계속 모유 수유를 할 생각이었으니까("너는 아기들 학교 갈 때까지 계속 젖을 먹이는 이상한 히피 엄마는 절대로 되지 마라." 엘런의 엄마는 그렇게 말했었다. 엘런은 천진하게도 "그러면 안 돼?"라고 되물었고).

엄마의 외할머니 이름을 따서 지은 그레이스 릴리 스콧은 밸런타인데이에 제왕절개로 태어났다. 태반이 너무 내려와 있어서 자연분만이 어렵다는 말을 들었을 때, 엘런은 한동안 세상이 끝나버린 것 같았다. 엘런은 언제나 자기가 성공적으로 이끌어줬던 많은 엄마들이 그랬듯이 자기최면을 이용해 약도 먹지 않고 아기를 분만하겠다는 의지를 불태워왔다. 자기에게 자연분만을 할 기회조차 없으리라고는 꿈에도 생각하지 못했다.

"그래, 네가 상심할 줄 알았어."

엘런의 제왕절개 소식을 들은 줄리아가 말했다(그 무렵 줄리아는 이제 막 스팅키와 함께 살기로 했고, 전남편의 새 아내가 또 다른 남자를 만나려고 전남편을 떠났다는 소식을 들었기 때문에 아주 눈부시게 밝은 행복감에 휩싸여 있었다. 가장 만족스러운 카르마 상태에 들어서 있었던 것이다).

"제왕절개라는 건 네 정체성이랑 안 어울리잖아. 너라면 초랑 향을 켜놓고 찬가를 읊으면서 집에서 아기를 낳아야지."

"꼭 그런 건 아니거든."

줄리아의 말이 정확히 맞았지만, 엘런은 콧방귀를 뀌었다.

매들린은 "그래, 너처럼 고귀한 여자는 진통을 겪지 않을 거란 걸 알았다니까"라고 말했지만 곧바로 질투 때문에 그런 말을 했음을 시인했다. 막내 해리를 낳으려고 열여섯 시간이나 진통해야 했던 게 매들린에게는 좋은 기억은 아니었다(최근에 매들린은 엘런에게 최면치료에 관해 한 번도 묻지 않았던 이유는, 엘런이 자신을 영적이라거나 그것을 이해할 수 있을 정도로 깊이 생각하지는 않는다고 여겼기 때문이라는 고백도 했다. 물론 엘런은 깜짝 놀랐다).

"꼭 진통을 겪어야만 엄마가 되는 건 아니란다, 얘야."

패트릭의 어머니는 그렇게 말했다.

"100년 전에만 태어났어도 넌 몇 날 며칠 진통을 겪다가 피를 너무 많이 흘려서 죽을 수도 있었어."

엘런의 엄마는 그렇게 말했고.

물론 결국 아기를 어떻게 낳느냐는 아무 문제가 되지 않았다. 수술하는 동안 엘런은 혈압이 일정하게 유지되도록 자기최면을 할 수 있었고, 수술 뒤에는 합병증도 없었다. 엘런의 수술실에 들어온 마취과 의사는 패트릭에게 "부인은 제가 본 그 어떤 환자보다도 평온하고 차분하세요"라고 말했다.

"이런, 닌자 게임 하는 걸 보셨어야 하는데요."

패트릭은 그렇게 대답했다고 한다.

산부인과 집도의가 아기를 높이 들어 올려 보여주기 전까지 엘런은 완벽하게 평온한 자신만의 영역에 머물러 있었다. 그 때문에 아기를 봤을 때는 이제 막 수영장 바닥에서 끌어 올려진 사람처럼 거칠게 숨을 들이마셔 모든 사람을 걱정시켰지만, 아무 문제없다고, 자신은 완벽하게 멀쩡하다고, 그저 '어머나, 세상에. 정말로 아기다!' 하며 그저 놀란 것뿐이라는 설명을 제대로 할 수가 없었다. 엘런의 의식을 담당하는 마음은 육아서를 읽고 아기방을 꾸미면서도, 무의식을 담당하는 마음은 엘런이 아기가 아니라 물고기나 테디 베어 같은 다른 존재를 낳을 거라고 생각한 것이 분명했다.

"엄마가 최면을 거느라 바쁜 동안 우리는 뭘 할까? 아빠랑 오빠랑 같이 해변에 놀러 갈까? 아니면 밖에 나가서 바람 좀 쐴까?"

패트릭이 그레이스에게 말했다.

그레이스는 그 큰 눈으로 패트릭의 눈을 똑바로 쳐다보면서 아주 길게 옹알이를 시작했다. 그레이스의 눈은 외할머니를 닮은 보라색이었다. 그레이스의 눈에 엄청난 자부심을 느끼는 엘런은 딸의 두 눈이 훨씬 더 돋보일 수 있도록 늘 신중하게 색을 맞춰서 옷을 입혔다. 그레이스를 데리고 밖에 나갈 때마다 누구나 아기를 들여다보면서 눈이 예쁘다고 말했지만, 그럴 때마다 엘런은 그런 말을 하는 사람은 댁이 처음이라는 듯이 깜짝 놀란 것처럼 겸손한 체하면서 "외할머니를 닮아서 그래요"라고 대답했다.

"좋아."

패트릭은 계속해서 옹알이를 하는 딸에게 의견을 존중한다는 듯이 고개를 끄덕여 보였다.

"그래, 알았어. 가자. 뭐? 잘 모르겠어? 마음을 정할 수가 없다고? 왜 그런 줄 알아? 네가 여자라서 그래."

"어머, 아저씨."

엘런이 패트릭을 나무랐다.

"사실 네가 그러는 건 너희 엄마를 닮아서 일지도 몰라. 너희 엄마는 상황을 늘 지나치게 깊게 분석하거든. 지금 너 이런 생각하고 있지? 아빠가 나를 해변에 데려가려는 진짜 이유가 뭘까? 혹시 아빠의 무의식에는 나한테 하고 싶은 말이 따로 있지 않을까? 혹시 아빠는 진짜 소망을 억누르고 있는 거 아닐까?"

"안 들려."

엘런은 자리에서 일어나면서 머리 위로 두 팔을 쭉 뻗었다.

엘런은 얼마 전부터 다시 내담자를 조금씩 받고 있었다. 수요일 오전에는 엘런의 엄마와 대모들이 그레이스를 데려갔다. 세 사람은 그레이스를 공주처럼 입혀서 식당으로 데려갔다. 그곳에서 세 할머니가 작은 아기에게 작게 썬 훈제 연어를 먹이는지, 잘게 간 초콜릿을 먹이는지는 아무도 알 수 없었다. 목요일 오후에는 패트릭의 어머니가 잭과 그레이스를 데리고 갔다. 모린은 항상 그레이스를 씻기고 으깬 호박을 먹였고, 깨끗하게 감은 몇 가닥 없는 머리카락에 분홍색 리본 핀을 꽂아서 집으로 돌려보냈다. 잭은 그레이스가 아주 작은 아기였을 때는 그다지 관심을 보이지 않았지만 일단 오빠에게 반응하는 나이가 되자 동생을 웃기는 것이 일대 사명이 된 것처럼 행동했다. 잭은 점점 더 격렬하게 까꿍 놀이를 했고, 그레이스는 오빠에게만 특별히 보여주는 크고 환한 웃음을 개발했다.

토요일에는 패트릭이 하루 종일 그레이스를 봤기 때문에 가장 오랫동안 시간을 낼 수 있어 내담자를 네 명 받았다.

내담자 예약이 세 달이나 밀려 있었지만 엘런은 더 많은 시간을 내 일을 하고 싶진 않았다. 아기를 돌본다는 건 새로운 직장에 나가면서 동시에 열정적인 연애를 하고 언어도 문화도 다른 나라로 이주하는 것과 같았다. 아기는 엘런의 마음을, 심장을, 감각을 모두 채우고 있었다. 엘런은 아기를 호흡하고, 아기를 집어삼키고 싶었다.

엘런이 그레이스에게 느끼는 사랑은 기쁨과 공포 사이에 놓인 칼날 위를 끊임없이 맴도는 것과 같았다. 엘런이 그런 걱정을 이야기했을 때 패트릭의 어머니는 "아기들은 금방 나아"라고 말했다. 그때 엘런은 '농담하세요? 아기들은 자다가도 죽을 수 있단 말이에요'라고 대답하고 싶었다.

한번은, 아기방에서 그레이스를 보고 나오는데 엘런의 엄마가 혼자 찾아왔다. 엘런이 그레이스에 대한 여운이 채 가시지 않은 얼굴로 엄마에게 말했다.

"그레이스를 너무 사랑해서 오히려……."

"너무 고통스럽지? 알아. 그 고통은 절대 나아지지도 줄어들지도 않아. 그냥 한평생 갖고 살아야 해."

엄마가 엘런의 말을 거들었다.

그때 엘런은 이제는 딸의 눈을 생각나게 하는 엄마의 눈을 쳐다 봤다. 엘런은 언제나 엄마가 늘 엘런 자신을 그렇게 날카롭고 맹렬 하게 쳐다보는 이유를 안다고 생각했다. 그건 엄마가 엘런을 얼마 나 사랑하는지 감추려고, 사랑한다는 사실을 들키면 약한 모습을 보이는 거라고 생각하기 때문이라고 믿었다. 그래서 항상 사랑을 감추려고 하는 것이 엄마의 사랑스러운 단점이라고 생각해왔다. 언제나 엄마에게 '나를 조금만 더 좋아해봐. 사랑에 좀 더 너그러 워지란 말이야' 라고 말하고 싶었다. 하지만 이제는 엄마가 사랑에 저항한 것이 아니라 사랑을 감내한 것이라는 사실을 이해할 수 있 었다. 엘런도 사랑이 얼마나, 문자 그대로 얼마나 아픈지를 안다. 가슴 한가운데가 사랑 때문에 얼마나 고통스러워질 수 있는지 잘 알고 있다.

다행히 엘런의 마음이 걷잡을 수 없이 초월적으로 변하려고 할 때마다 엄마라면 해야 하는 따분한 일들이 그녀를 다시 지상으로 데려다놓았다. 터지기 일보 직전인 기저귀를 갈아야 하고, 아보카 도와 코티지치즈를 이제는 먹지 못하는 이유를 납득해야 하고, 아 기를 보면서 끊임없이 '피곤한가? 배고픈가? 이가 나려고 하나?' 같은 문제들을 고민하고, 아기가 단조롭게 '어, 어, 어' 하는 소리 를 들으면서 그걸 그치게 하려면 어떻게 해야 하는지 궁리하다 보 면, 이런 형이상학적인 생각들은 자연스럽게 사라져버렸다.

"잭이랑 함께 해변에 가야겠어. 그래야 그 녀석이 조금이라도 컴 퓨터 앞에서 떨어지지."

패트릭이 말했다.

"그래. 그레이스 모자는 옷장에 있어. 선크림은⋯⋯."

"다 알아서 할 수 있어."

"그래. 밖에 바람이 좀 부니까……."

"엘런. 아빠를 믿어."

"나는 그냥…… 음. 알았다, 오버."

"어허, 너희 엄마, 저러다가 죽을 거야. 지금도 하고 싶은 말이 많아서 입이 근질거릴걸. 이래라저래라 지시하고 싶을 텐데."

"일하려면 옷을 갈아입어야겠어."

엘런이 패트릭을 살짝 흘겨보면서 말했다. 엘런은 젖이 묻은 청바지와 티셔츠를 입고 있었다.

"둘이 잘 놀고 와."

패트릭이 그레이스의 손을 잡고 흔들었다.

"안녕, 엄마."

엘런은 자신을 쳐다보는 두 쌍의 눈을 자세히 들여다봤다.

"그레이스 눈은 자기를 닮았어. 색은 엄마랑 똑같은데, 모양은 자기랑 같아."

"이거 봐. 머리가 빈 부분도 같아."

패트릭이 그레이스를 겨드랑이에 끼고 자기 머리를 숙여서 두 사람 정수리를 보여줬다.

엘런은 거실에서 나와 복도를 반쯤 걸어가다가 재빨리 다시 돌아가서 거실 안으로 삐죽 고개를 내밀고 재빨리 말했다.

"혹시, 그레이스, 파란, 카디건, 어디에, 있는지, 알고 싶으면, 현관, 옆에 있는, 가방을 봐. 그거, 말, 하려고, 왔어!"

그리고 다시 이층으로 올라가는데 패트릭의 목소리가 들렸다.

"봐라. 너네 엄마 하는 거 봤지? 정말 못 말린다니까."

20분 뒤에 엘런은 옷을 갈아입고 내담실 창문 옆에서 패트릭이 달아준 커튼을 잡고 서 있었다. 패트릭은 아기를 앞에 붙들어 매고 파라솔을 팔에 끼고 비치백을 어깨에 메고 걷고 있었다. 잭은 패트릭 앞에서 뒷걸음질로 걷고 있었다. 아마도 그레이스를 웃기려고 열심일 것이다. 엘런은 눈을 찡그리고 좀 더 자세히 쳐다봤다. 그레이스는 파란 카디건을 입고 있었다.

세 사람은 바다와 가까운 곳에 멈춰 섰다. 패트릭은 잭에게 그레이스를 안게 하더니 바닥에 무릎을 꿇고 앉아 파라솔 꽂을 구멍을 파기 시작했다. 패트릭은 언제나 아주 정성을 들여서 파라솔을 꽂았다. 사이클론이 불어도 끄떡없을 것이다.

"빨리 좀 해. 아기가 햇볕에 타잖아."

엘런이 패트릭을 보면서 중얼거렸다.

그 말을 듣기라도 한 것처럼 패트릭이 손을 멈추더니 엘런을 쳐다봤다. 패트릭이 산꼭대기에 올라간 사람처럼 두 손을 높이 들어 올리더니 엘런을 향해 흔들었다. 엘런도 웃으면서 손을 흔들었다.

패트릭이 행동하는 방식도 처음 만났을 때와는 달라졌다. 움직임은 훨씬 더 커졌고, 자유로웠고, 느긋했다. 사스키아를 마지막으로 본 뒤로 벌써 1년이 넘게 흘렀고, 시간이 갈수록 패트릭은 눈에 띄게 달라졌다. 훨씬 여유가 있었고 훨씬 더 웃기는 사람이 되었고 행복해졌다. 점점 더 사람을 믿게 되었고 짜증도 분노도 줄어들었다. 집안일을 하러 돌아다닐 때면 미국식 억양으로 남자를 속이는 냉정한 여자를 묘사한 컨트리송을 불렀다. 그런 패트릭을 볼 때면 엘런은 '자기가 실은 패트릭을 몰랐구나' 하고 생각했다. 엘런이 사랑에 빠진 패트릭은 병들어 있었다. 하지만 이제는 건강해졌다. 정말 굉장한 보너스를 받은 것처럼 느껴졌다. 주문하지도 않은 물건을 공짜로 받은 것 같은 기분이 들었다.

그런 기분이 들 때마다 엘런은 사스키아에게 뒤늦은 분노를 느꼈다. 그리고 스토킹이 패트릭에게 미친 영향을, 그리고 앞으로도 계속해서 미칠 영향을 제대로 알아채지 못한 자기 자신에게도 분노를 느꼈다.

한번은, 그레이스가 태어나고 몇 주 지나지 않았을 때, 엘런과 패트릭은 전남편에게 수년 동안 스토킹을 당한 한 여자의 이야기를 다룬 다큐멘터리를 봤다.

"저게 바로 내가 느낀 감정이야."

어떤 장면에서 패트릭은 그렇게 말했고, 그 순간 엘런은 깜짝 놀라 얼어버렸다. 그 다큐멘터리를 보면서 패트릭 생각은 전혀 하지 않았기 때문이다.

엘런은 그런 자신이 끔찍했다. 엘런은 그 다큐멘터리를 보면서 패트릭이 사스키아 때문에 겪은 일을 떠올리리라고는 조금도 생각하지 않았다. 그저 다큐멘터리에 나오는 여자가 불쌍하다고만 생각했던 것이다. 저 사람, 정말 끔찍하겠다! 그 여자 남편의 행동은 변명의 여지가 없었다. 그 남자가 그런 짓을 저지른 이유 따위는 관심이 없었다. 진짜 나쁜 놈이니까. 법이 반드시 징벌해야 하는 악당이니까. 텔레비전 화면에서 여자가 우는 모습을 보면서 그레이스를 들쳐 안고 잠을 재우는 동안, 엘런은 패트릭에게는 일말의 동정도 보이지 않으면서 만나본 적도 없는 여자를 걱정했던 자기 모습을 떠올렸다. 자신의 선입견을, 그 맹목적인 편협함을 깨닫고는 숨이 막혔다.

"그런 일을 겪어야 했다니, 자기가 너무 안쓰러워."

"아, 괜찮아. 당연히 여자들이 더 힘들지."

엘런의 말에 패트릭은 어깨를 으쓱하면서 대답했다.

지금도 패트릭은 운전을 할 때면 운전자라면 으레 하는 것 이상으로 자주 백미러를 쳐다봤고, 식당에 들어가면 꼭 옛날 스파이들처럼 식당 전체를 훑어봤다. 하지만 이제는 미간을 잔뜩 찡그리고 경계하듯, 방어하는 표정으로 주위를 살펴보지는 않았다. 불면증에 시달리지도 않았고 훨씬 활기차졌다. 외모도 훨씬 젊어 보였다.

"아주 끔찍한 병에 걸렸다가 낫고 있는 것 같아. 전화기나 이메일에 사스키아라는 이름이 없는 걸 볼 때마다 꼭 상을 받은 기분이 들어."

패트릭은 엘런에게 그렇게 말했다.

엘런과 패트릭은 결혼식에는 그다지 흥미가 없었지만 이제는 느긋하고도 여유 있게 어떤 결혼을 할지, 어떤 날에 했으면 좋겠는지 말하곤 했다. 패트릭은 해외에서 결혼하기를 원했다. 그건 아직도 완벽하게는 치료되지 않았음을 의미한다고, 엘런은 생각했다. 패트릭은 여전히 사스키아가 결혼식장에 나타날 수도 있다고 생각하는 것이다.

엘런은 사스키아가 자기가 제안한 대로 시드니를 떠났는지, 지금도 다리 때문에 고생하고 있는지, 마침내 새로운 누군가를 만났는지 궁금했다. 지금의 사스키아가 어떻게 살고 있는지 정말로 알고 싶었지만, 엘런은 미신을 믿는 사람이었기 때문에 인터넷 검색 창에 사스키아라는 이름조차 입력해본 적이 없었다. 그랬다가 현실에서 사스키아가 나타날까 두려웠기 때문이다.

엘런은 패트릭이 파라솔을 모래에 꽂고 잭에게서 그레이스를 받아 드는 모습을 봤다. 패트릭이 그레이스를 머리 위로 들어 올려 그네를 태웠다. 그레이스는 아빠의 머리카락을 움켜잡고 까르륵 웃고 있을 것이다. 그레이스가 웃는 소리는 통통하고 맛있었다. 그 웃음소리는 엘런이 가장 듣고 싶은, 가장 먹음직한 소리였다.

잭이 바다 쪽으로 뛰어가더니 물구나무를 섰다. 잭은 다리를 꼿꼿하게 세운 채 몇 초 동안 손으로 땅을 짚고 걸었다.

"조심해."

엘런은 유리창에 대고 속삭였다.

아침을 먹을 때 잭은 엘런에게 곧 체육대회를 한다고 했다.

"내가 친구들한테 우리 엄마가 엄마들 달리기 시합에서 이길 거라고 했어요. 엄마가 다른 엄마들을 모두 최면에 걸 거라고요. 자라, 자라, 자라! 하면 엄마들이 모두 푹 쓰러져버릴 거라고요."

잭이 아무렇지도 않게 엄마라고 하는 소리를 들으면서 엘런은 전율을 느꼈고, 그래서 콜린에게 마음속으로 사과 편지를 썼다.

엘런은 자기는 곧 죽을 테고 다른 사람이 그레이스를 기르게 된다는 걸 알면 어떤 기분이 드는지 이제 알았다. 아기가 태어나기 전에는 그녀 자신의 장례식을, 은밀하고도 우울하지만 어느 정도는 기쁜 마음으로 상상해본 적도 있다. 하지만 이제는 다른 사람이 그레이스의 인생을 결정하고 영향을 미칠 거라는 생각만 해도 참을 수가 없었다.

당신이 잭과 함께하지 못해 유감이에요, 콜린. 하지만 최선을 다한다고 약속할게요. 나는 잭을 사랑해요. 정말로 사랑해요.

하지만 그레이스를 사랑하는 것처럼 사랑하지는 않았다. 그레이스처럼 아프지는 않았다. 그래도 괜찮다고, 엘런은 생각했다. 자다가 한밤중에 아이가 걱정돼서 벌떡 일어나는 사랑이 아니어도 괜찮다고, 엘런은 생각했다. 사랑에는 여러 형태가 있으니까.

엘런은 아버지와 맺고 있는 새로운 관계를 떠올려봤다. 두 사람 사이에 점점 싹트고 있는 애정과 존중을 생각했다. 아버지와 엘런의 관계가 아버지가 그의 아들들과 맺고 있는 관계와 다르다고 해서 두 사람의 사이가 특별하지 않은 것은 아니다.

물론 잭은 어른이 아니라 어린아이였다. 그렇기 때문에 잭의 무의식이 엘런이 그레이스를 사랑하는 것처럼 고통스러운 방식으로 자신을 사랑하지는 않는다는 사실을 깨닫는다면 분명히 정신적으로 상처를 받을 것이다. 그러면 엘런은 몇 날 밤은 늦게까지 자지 못하고 자신이 나쁜 새엄마는 아닌지 고민해야 할 것이다.

엘런은 한숨을 내쉬었다. 엄마들 달리기 시합에서 이길 수 있다면 좋을 텐데. 하지만 엘런의 달리기 실력은 형편없었다. 그녀는 다친 척 해야 하는 건 아닌지, 진지하게 고민하고 있었다.

이제 잭은 파라솔 주위를 빙글빙글 돌고 있었다. 분명 발에 차인 모래가 패트릭 위로 떨어져서 아기 눈에 들어갈 것이다. '으음, 그렇게 상처받지는 않을 것 같아.' 엘런은 생각했다.

초인종이 울렸다.

엘런은 인터넷으로 그녀를 찾아낸 새로운 내담자를 기다리고 있었다. 전화기 너머로 들려오던 남자의 목소리는 다급하게 느껴졌고, 의심으로 가득 차 있었고…… 절박했다. 그 남자는 금연을 하고 싶다고 했지만, 엘런은 문제는 다른 데 있다는 느낌을 받았다. 그리고 자신이야말로 그가 마지막으로 붙잡아보는 동아줄임을 알았다.

엘런은 마지막으로 한 번 더 가족들을 쳐다보고는, 어떻게 하면 남자를 도울 수 있는지 알아보려고 아래층으로 몸을 돌렸다.

내가 우리 딸을 얼마나 사랑하는지 전해주세요. 꼭이요.

— 사스키아의 엄마가 침대 옆에 쭈그리고 앉아 꼬인 링거 줄을 풀려고 애쓰는 간호사
에게 임종 직전에 남긴 말(간호사는 "네? 뭐라고요?"라고 물었지만, 사스키아의 엄
마는 이미 숨을 거두었다.)

최면술사가 나에게 하라고 한 일을 다 할 수는 없었지만, 1년 넘
게 치료사를 만나기는 했어. 선택의 여지가 없었으니까.

초여름, 퇴원하고 시드니 시내에 있는 법정에 출두해야 했을 때, 나
는 가장 책임감 있어 보이고 멀쩡해 보이는 옷을 입고 갔어. 판사 앞
으로 호명되어 나가기 전에 의자에 앉아 기다리면서 나는 누사에서
패트릭을 처음 만났던 순간을 떠올렸어. 그때 나는 '환경친화적인 건
물 디자인' 워크숍 행사장에 앉아 있었고 패트릭은 늦게 뛰어 들어왔
어. 허겁지겁 자리를 찾는 패트릭을 보면서 나는 생각했어. '내 옆으로
와요.' 그때 패트릭과 눈이 마주쳤고, 패트릭은 나를 보고 웃어줬어.
그게 우리의 시작이었고, 법원에 있던 순간 우리의 사랑은 끝이 났어.

재판은 아주 놀라울 정도로 빨리 끝났어. 나는 접근 금지 명령을
받아들였고 가택 무단침입죄도 순순히 인정했어. 나는 1년 동안 행동
교정 프로그램에 참가하고, 정신과 의사한테 치료를 받아야 했어.

내 정신과 의사는 말을 그다지 많이 하지 않았어. 그저 내가 계속

웅얼거리게 내버려뒀어. 하지만 그녀가 일단 말을 시작하면 나는 마치 종이에 핀으로 고정시킨 박제 나비가 된 것 같았어. 처음에는 항상 패트릭 얘기만 했어.

"당신이 계속 전화를 걸었을 때, 패트릭은 어떤 기분이었을 것 같아요?"

"당신이 갑자기 나타나면 패트릭은 무슨 생각을 했을까요?"

"패트릭은 그날 밤 두려웠을까요?"

이상한 건, 지난 3년 동안 나는 패트릭 외에는 아무것도 생각하지 않았는데, 정작 패트릭이 어땠을지는 단 한 번도 생각해 보지 않았다는 거야.

"폭력을 휘두른 적은 한 번도 없어요."

"육체적인 폭력만 폭력인 건 아니에요. 당신은 패트릭을 무기력하게 만든 거예요."

"무기력하게 만들다뇨? 나는 패트릭을 사랑했어요. 그저 다시 함께하기를 바란 것뿐이에요."

"다시 생각해봐요, 사스키아."

내 정신과 의사는 나를 어디로든 달아나지 못하게 했어. 마치 나를 거울 앞에 세워놓고는, 내가 자꾸 외면하고 다른 곳을 보려고 할 때마다 내 어깨를 붙잡고 다시 거울 앞으로 돌려놓는 것처럼 느껴졌어. 내가 손으로 눈을 가릴 때마다 그녀는 내 손을 부드럽게 잡고 내 옆에 가지런히 내려놓는 거야. 마침내 나 스스로 거울을 들여다볼 수밖에 없게 말이야.

그건 정말 유쾌하지 않은 경험이야.

내 정신과 의사는 아주 덤덤한 임상의다운 말투로 내 행동이 패트릭에게 미칠 수 있는 영향을 열거했어. 불안 장애, 우울증, 외상

후 스트레스 장애.

"나는 정말 그렇게는 생각……."

나는 말하려고 했지만 입을 다물 수밖에 없었어.

"충분히 입증된 사실이에요."

내 정신과 의사가 말했어.

"놀랍네요."

"당신은 알았어요. 분명히 당신의 내면 어딘가에서는 자신이 패 트릭에게 무슨 일을 하고 있는지 알았을 거예요."

"음, 사과 카드를 보내야겠네요."

나는 마침내 아주 바보 같고 멍청한 목소리로 말했어.

그건 아주 재미없는 농담이었고, 내 정신과 의사는 그런 나에게 반 응조차 하지 않았어. 그저 나를 쳐다보면서 내 심장 더욱 깊숙이 핀을 찔러 넣었고, 나는 파드닥거리고 꿈틀거리다가 마침내 축 늘어졌어.

정말이야. 카드 얘기는 농담이었어. 퇴원한 뒤로는 패트릭을 보 러 간 적도, 연락을 한 적도 없어. 잭의 시합에도 안 갔어. 가려는 생각조차 하지 않았어. 물론 정말로는 아니야. 그런 충동은 내가 끔 찍하게 아플 때만 먹는 아주 맛있는 음식과 같아. 맛이 얼마나 기가 막힌지 알기 때문에 가끔은 먹고 싶지만, 그 맛을 떠올릴 때마다 그 걸 먹으려면 내가 얼마나 아파야 하는지를 기억하는 거야. 욕망이 공포를 뛰어넘지 못하는 거지.

우리는 나의 슬픔에 대해서 많은 얘기를 나눴어. 죽어버린 내 엄 마와, 떠나버린 패트릭과 잭, 그리고 내가 갖지 못했던 아기에 관해 서도 이야기했어. 내가 어떤 식으로 내 슬픔을 패트릭에게 휘두를 무기로 사용했는지에 관해서도 말했어. 내가 내 고통과 분노를 떨 쳐버리려고, 불길을 내뿜는 검으로 어떻게 패트릭을 향해 절망적이고 끔찍하고 무의미한 공격을 해댔는지도 이야기했어.

나는 내 정신과 의사의 티슈를 무진장 썼어.

내 정신과 의사는 패트릭이 나와 헤어진 이유가 사실 나하고는 전혀 관계가 없을지도 모른다고 했어. 그녀는 패트릭이 나와 헤어진 건 그 자신의 문제, 콜린을 잃은 슬픔 때문일 거라고 했어.

"만약 그때 회의장에서 만난 사람이 당신이 아니라 엘런이었다고 해도 정확히 같은 방식으로 헤어졌을 거예요."

내 정신과 의사는 그렇게 말했어.

"아니에요. 두 사람은 소울메이트인걸요. 두 사람은 정말 서로를 사랑해요."

내가 말했어.

"타이밍의 문제예요."

내 정신과 의사가 말했어.

우리는 우정에 관해서도 말했고, 내가 사람들이 내 인생에서 빠져나가게 내버려둔 이야기도 했어. 취미 얘기도 했어. 스토킹 말고 다른 취미. 앞으로 연애를 할 땐 어떻게 해야 하는지, 버림받게 되면 어떻게 해야 하는지도 이야기했어.

티슈를 많이 쓰는 일은 이제 없어.

한번은 불쑥 찾아가서 주말에 본 영화 이야기를 했고 내가 만들어먹은 새로운 생선 요리 이야기도 했어. 우리 둘 다 생선을 더 먹었으면 좋겠다는 말도 했어. 그날, 내 정신과 의사는 이제 다음 주부터는 더 예약할 필요도, 상담을 받을 필요도 없을 것 같다고 했어. 그래서 나는 더 이상 정신과 의사를 찾아가지 않았어. 그 대신 페디큐어를 받았지.

엘런은 내가 시드니를 떠나는 게 좋겠다고 했지만, 나는 떠나지 않았어. 시드니를 떠나기에는 친구들이 너무 많으니까.

태미는 이제 나랑 같이 타운하우스에서 살아. 우리는 재닛이랑 피터하고도 자주 만나. 그 집 아이들은 항상 우리 집에 놀러 오고. 지난 주말에는 우리가 아이들을 돌보고 재닛과 피터가 외출을 했지.

재닛의 오빠와는 몇 달 만나봤어. 그 부기 보드 타는 남자 말이야. 이름은 토비야. 아주 재미있는 사람이라 잠깐 동안은 아주 즐겁게 지냈지만, 그 사람도 헤어진 지 얼마 되지 않았고, 이상한 방식이기는 했지만 나도 혼자가 된 지 얼마 안 됐을 때라 우리 둘 다 연애를 하는 게 왠지 조금 어색하고 부적절하게 느껴졌어. 그래서 결국 우리의 연애는 아주 우호적으로 잘 끝났어.

우리는 여전히 좋은 친구로 지내고 있어. 이건 내게는 정말 이상한 경험이야. 지금까지는 남자 친구였던 사람과 친구로 지내본 적이 없었으니까. 그게 어떻게 가능한지, 전 남자 친구와 친구로 지내려면 어떤 규칙을 지켜야 하는지는 잘 모르겠어. 지금까지는 아무 문제없이 지내고 있어. 가끔 어색해지기는 하지만. 우리는 대화는 주고받지만 눈을 마주치지는 않아.

케이트는 우리가 결국 함께할 운명이라고 했어. 나를 바라보는 토비의 눈빛에 무언가 있다면서(예전에는 토비가 나를 본다는 생각을 한 적이 없는데, 요즘은 내가 정신을 다른 데 쓰고 있을 때면 분명 나를 보는 것 같기는 해). 하지만 모르겠어. 케이트는 그 무렵에 임신을 해서 아주 감상적이 되었거든. 한번은 밤늦게 전화를 걸어서, 낮에 초음파 검사를 하고 왔는데 남자 아기라며 나한테 대모가 되어 달라고 했어. *나한테 말이야.*

"우리가 그렇게 오래 알고 지낸 사이가 아닌 건 알아요. 그러니까 부담스러우면 말해줘요. 사스키아? 아직 전화기 들고 있죠?"

케이트는 그렇게 말했어.

내 대자는 내년에 태어날 거야.

아기 얘기가 나와서 하는 말인데, 오늘 최면술사의 아기를 봤어.

아니, 일부러 보려고 한 건 아니야. 나는 접근 금지 명령을 철저하게 지켰어. 그 사람들을 만날 수 있는 곳은 일부러 피해 다녔단 말이야.

그런데 오늘 오후, 이른 저녁에 서큘러 선착장에 갔을 때였어. 나는 태미랑 케이트를 만나서 오페라 바에서 한잔 하고 연극을 보러 갈 예정이었어. 케이트가 인터넷 사이트에서 표를 싸게 구했거든. 정말 아름다운 저녁이었고, 선착장은 여객선과 오페라 하우스를 오가는 사람들로 가득했어.

엘런은 아주 크고 화려한 유모차를 끌고 나를 향해 곧바로 걸어오고 있었어. 아기도 잠깐 볼 수 있었어. 패트릭의 아기. 딸이었어. 그 아기는 보라색 옷을 입고 있었어. 하얀 양말을 신은 작은 발을 앞으로 쭉 뻗고 있었지.

나는 갑자기 그 자리에서 우뚝 서버렸어. 내 뒤에서 오던 사람이 "이런, 조심해요"라고 말했어.

엘런의 얼굴이 갑자기 환하게 빛났어. 꼭 나를 보고 웃는 것만 같았어. 나도 엘런을 보고 웃어줬어. 나는 늘 다른 세계였다면 우리가 친구가 됐을 거라고 생각했으니까. 그리고 정말로 말해주고 싶은 게 있었으니까. 골반뼈에 금이 가고 발목이 부러진 뒤로 이상하게도 다리 통증이 사라졌다고 말해주고 싶었으니까.

하지만 곧 나는 엘런이 내가 아니라 내 뒤에 있는 다른 누군가를 보고 웃고 있다는 걸 알았어. 나는 그 사람이 누구일지, 패트릭일지, 잭일지, 아니면 전혀 다른 사람일지 확인해보려고 고개를 돌리지 않았어. 나는 그저 계속 걸으면서 다른 사람들 속으로 녹아들어갔어.

감사의 글

이 원고를 책으로 바꿔주신 펭귄의 여러 재능 있는 분들에게 먼저 고맙다는 말씀을 전합니다. 특히 셀린 켈리, 캐런 휘틀록에게 감사를 표합니다. 나를 적극적으로 지원해준 에이전트 조너선 로이드와 커티스 브라운의 모든 분들, 감사합니다.

책을 쓴다는 핑계로 최면치료라는 놀라운 세계를 공부할 수 있었습니다. 전문가로서 기꺼이 시간을 내어 멋진 세계를 소개해주신 린 매킨토시에게 정말로 고맙다는 말씀을 전합니다. 혹시나 최면의 세계를 잘못 묘사하거나 비약한 부분이 있다면, 그것은 전적으로 내 잘못입니다.

내 친구들, 범죄자 처리에 관한 법적 절차를 알려준 마크 데이비드슨, 도시 계획을 설명해준 저넬 앳킨스, 내게 도움을 주려고 자신이 직접 최면술을 받아본 재키 미카엘 모두 고맙습니다. 측량 이야기를 해준 나의 아버지 버니 모리아티, 만나는 모든 사람에게 딸의 책 이야기를 해준 나의 어머니 다이앤 모리아티께도 마음을 전합니다. 언제나 내 원고를 가장 먼저 읽어주는 우리 자매들 재클린 모리아티와 니컬라 모리아티, 완성된 원고의 교정을 도와준 카트리나 해링턴에게 감사합니다.

책을 쓰는 동안 여러 책의 도움을 듬뿍 받았습니다. C. 배넌과 G. 케인의 《최면과 최면치료(Hypnosis and Hypnotherapy)》(2001), 태드 제

임스, 로레인 플로러스, 잭 쇼버의 《최면: 종합 안내서(Hypnosis: A Comprehensive Guide)》(2008), 잭 알라이어스의 《진짜 마법 찾기 (Finding True Magic)》(2006), C. 로이 헌터의 《최면의 예술(The Art of Hypnosis)》(2010), J. 리드 멜로이의 《스토킹의 심리학(The Psychology of Stalking)》(1998)이 그 책들입니다.

The Hypnotist's love Story
당신이 내게 최면을 걸었나요?

제1판 1쇄 인쇄 | 2018년 2월 2일
제1판 1쇄 발행 | 2018년 2월 8일

지은이 | 리안 모리아티
옮긴이 | 김소정
펴낸이 | 한경준
펴낸곳 | 마시멜로
편집주간 | 전준석
책임편집 | 이혜영
기획 | 유능한
저작권 | 백상아
영업마케팅 | 배한일 · 김규형
홍보마케팅 | 남영란 · 조아라
디자인 | 김홍신
본문디자인 | 디자인 현

주소 | 서울특별시 중구 청파로 463
기획출판팀 | 02-3604-553~6
영업마케팅팀 | 02-3604-595, 583 FAX | 02-3604-599
H | http://bp.hankyung.com   E | bp@hankyung.com
T | @hankbp   F | www.facebook.com/hankyungbp
등록 | 제 2-315(1967. 5. 15)

ISBN 978-89-475-4315-6   03840

마시멜로는 한국경제신문 출판사의 문학 브랜드입니다.
책값은 뒤표지에 있습니다.
잘못 만들어진 책은 구입처에서 바꿔드립니다.